Für Peter,
meine Liebe, mein Leben, mein Alles

But what it is, is something true
Made up of these three words that I must say to you

I just called to say I love you
And I mean it from the bottom of my heart

(Stevie Wonder, amerik. Sänger und Songwriter)

PROLOG

Der Anblick des blühenden Lavendelfeldes im Licht der Sonne war einzigartig.

Die Pflanzen standen in dichten Reihen, und aus der Ferne betrachtet wirkte es fast, als würden sich bauschige Schlangen aus amethystfarbener Watte über die Erde winden. Der leichte Sommerwind strich durch ein Meer von Blüten und erzeugte so eine sanfte Wellenbewegung, die sich bis in die Unendlichkeit fortzusetzen schien. So weit das Auge reichte, schwelgte es in diesem unverwechselbaren Blauviolett.

Alexander Hellberg parkte seinen Wagen am Rand des Lavendelfeldes, stieg aus und atmete tief den intensiven Duft ein, der ihn sofort umfing. Eine Weile genoss er ganz bewusst den Anblick, der sich ihm darbot. Er war schon häufig hier gewesen, und trotzdem überraschte es ihn jedes Mal aufs Neue, wie wunderbar und friedlich es hier war. Schließlich zündete er sich eine Zigarette an, lehnte sich gegen sein Auto und dachte nach.

In den vergangenen Monaten war sein Leben aus den Fugen geraten, so viel war klar. Er hatte es nicht darauf angelegt, ganz sicher nicht. Vielleicht hatte er Fehler gemacht und war irgendwann einen entscheidenden Schritt zu weit gegangen. Aber die Uhr ließ sich nicht zurückdrehen – und er wollte es auch gar nicht, wenn er ehrlich war.

Zu viel Gefühl!

Wie man es auch drehte, von welcher Seite man es auch betrachtete, er fand keinen Ausweg aus der emotionalen Sackgasse, in die er geraten war.

Du bist frei, Alex!

Dieser schlichte, fast schon naive Satz führte sich in seinem Kopf wie ein Hurrikan auf. Seine Gedanken schienen sich nicht mehr seinem Willen unterzuordnen, und das brachte ihn völlig aus dem Tritt.

Nun stand er also allein hier in der Sonne der Provence, am Rand eines blühenden Lavendelfeldes. Die Luft war warm und duftete herrlich, er freute sich auf seine Familie, auf das Essen seiner Mutter und die guten Gespräche mit seinem Bruder bei einem Glas Wein. Und doch …

1. KAPITEL

Einige Monate zuvor

Die Beisetzung von Oberkommissar Frank Michaelsen fand an einem regnerischen Freitag im April statt. Der düstere wolkenverhangene Himmel ließ kein einziges Fleckchen Blau erkennen und bot somit dem traurigen Anlass eine passende Kulisse.

Alexander Hellberg fragte sich im Stillen, warum es gerade bei Trauerfeiern und Beerdigungen so häufig regnete. Er schüttelte sich leicht und schlug fröstelnd den Kragen seines dunkelgrauen Trenchcoats hoch, bevor er einem älteren Kollegen dankbar zunickte, der ihm freundlicherweise ein Plätzchen unter seinem Schirm zugestanden hatte. Alexanders aufmerksamer Blick glitt unauffällig über die Trauernden hinweg, die hier zusammen mit ihm am offenen Grab standen. Die meisten von ihnen hielten die Köpfe gesenkt und blickten noch immer hinab in das frustrierende Erdloch, in dem gerade eben erst der Sarg mit den sterblichen Überresten von Frank Michaelsen verschwunden war.

Wenn man einmal von der Gruppe der Kollegen und einigen Offiziellen absah, war die eigentliche Trauergesellschaft nicht besonders groß. Franks Familie war überschaubar. Zwei Gesichter der Angehörigen waren Alexander sogar recht vertraut, obwohl er sie schon sehr lange nicht mehr gesehen hatte. Er erkannte Franks älteren Bruder Walter und auch die Mutter der beiden sofort wieder.

In früheren Jahren war Alexander sehr häufig und immer wieder gern bei Anneliese Michaelsen zu Gast gewesen – damals, als Frank noch sein Freund gewesen war. Doch wenn er jetzt an diese Zeit zurückdachte, kam es Alexander fast so vor, als hätte es diese Freundschaft nur in einem anderen, fernen Leben gegeben. In seinem Kopf schien er wahre Ewigkeiten überbrücken zu müssen, um sich an diese aufregenden Zeiten mit Frank erinnern zu können. Nicht zuletzt deshalb hatte er es in den letzten Jahren auch nie mehr wirklich versucht.

An einem Tag wie heute lag die Sache jedoch anders.

Die Erinnerungen stellten sich ganz von allein ein, und obwohl er hier am Grab seines ehemaligen Freundes stand, fühlte Alexander sich plötzlich irgendwie jung – jung und auf eine nahezu beklemmende Weise sogar ein wenig unbeschwert.

Achtzehn Jahre, Frank!

An einem trüben Montagmorgen vor achtzehn Jahren hatten sich Alexander Hellberg und Frank Michaelsen kennengelernt. Es war ihr erster gemeinsamer Tag auf der Polizeischule gewesen. Und bereits an diesem ersten verregneten Montag hatten sie entdeckt, dass sie sich in sehr vielen Bereichen des Lebens auf eine ganz eigentümliche Art ergänzten.

Über zwei Jahre lang waren sie dann zusammen um die Häuser gezogen, hatten sich beinahe jeden Tag gesehen, wenn ihr Dienst es zugelassen hatte.

Sie hatten Spaß gehabt, sogar eine Menge Spaß!

Bis zu jenem Tag, an dem Frank Michaelsen sich aus irgendeinem Grund entschlossen hatte, genau das wieder zu ändern. Praktisch über Nacht hatte er sich immer mehr zurückgezogen, und Alexander war noch zu jung, zu stolz und auch zu tief verletzt gewesen, um seinen Freund nach dem Grund zu fragen. Also hatte er es nur stillschweigend hingenommen, und ihre Freundschaft zerbrach ebenso schnell, wie sie gut zwei Jahre zuvor entstanden war.

Einige Jahre später hatte der Beruf sie dann doch noch einmal zusammengebracht, denn sie waren inzwischen beide als junge Kommissare bei der Kriminalpolizei gelandet. Zu jener Zeit bekamen sie es unerwartet mit dem gleichen Fall zu tun, für den man eine Sonderkommission eingerichtet und Beamte aus verschiedenen Abteilungen zusammengezogen hatte.

Damals, in der eher kurzen Zeit ihrer äußerst erfolgreichen Zusammenarbeit, hatte er auch erfahren, dass Frank inzwischen geheiratet hatte und sogar Vater einer kleinen Tochter geworden war. Persönlich kennengelernt hatte er Franks Familie allerdings nie. Ihre neue Beziehung war rein beruflich geblieben, und nach der Auflösung der Sonderkommission hatten sich ihre Wege sofort wieder getrennt.

Und jetzt war Frank Michaelsen tot.

Er war regelrecht hingerichtet worden.

Irgendjemand hatte Frank die eigene Dienstwaffe in den Nacken gedrückt und ihm eine Kugel in den Hinterkopf verpasst.

Diese grausame Tatsache führte sie nach all der Zeit erneut zusammen, denn Alexander arbeitete seit fünf Jahren bei der Hamburger Mordkommission.

Nein, der brutale Mord an Frank Michaelsen war nicht sein Fall. Obwohl er offiziell sogar zur Bereitschaftsgruppe gehörte, die den Fall Michaelsen bearbeitete, hatten seine Vorgesetzten es bisher verstanden, Alexanders direkte Beteiligung an den Ermittlungen zu verhindern. Und wenn er ehrlich zu sich selbst war, gab er ihnen sogar recht – ihm fehlte noch immer die emotionale Distanz zum Opfer, um gute und objektive Ermittlungsarbeit leisten zu können, das war ihm spätestens heute schmerzlich bewusst geworden. Einige seiner Kollegen arbeiteten bereits seit mehreren Tagen an der Aufklärung des Mordes, unter Hochdruck, wie man so schön sagt. Nach einigen Gesprächen hatte man Alexander zumindest wohlwollend zugestanden, jederzeit Informationen über den Fortschritt der Ermittlungen einzufordern. Außerdem hatte niemand etwas dagegen einzuwenden, wenn er erneut privaten Kontakt zur Familie von Frank Michaelsen aufnahm.

Alexanders ernster Blick blieb zum wiederholten Male an der jungen Witwe hängen. Sie hielt ihren Kopf gesenkt, und ihre rechte Hand war fest mit der linken ihrer Tochter verschlungen. Alles, was Alexander erkennen konnte, war eine offenbar sehr zierliche Person mit einem breitkrempigen Hut auf dem Kopf, der genauso nachtschwarz war wie der einfache knielange Wollmantel, den sie trug. Das junge Mädchen neben ihr war dunkelblond und recht groß und schlaksig, ebenso wie Frank es gewesen war. Es überragte seine Mutter bereits um Hauptes-länge. Direkt hinter der Witwe stand Walter Michaelsen, Franks Bruder, und sorgte mit einem überdimensionalen Stockschirm dafür, dass die weiblichen Mitglieder seiner Familie nicht allzu nass wurden. An seinem freien Arm hing seine Mutter und schluchzte bitterlich in ein großes hellblaues Herrentaschentuch, dessen Farbe aus all dem Schwarz eigenartig hervorstach.

Als sich ihre Blicke begegneten, nickte Walter Michaelsen Alexander kurz zu und neigte sich dann zu seiner Mutter hinab, um ihr etwas zuzuflüstern. Sie sah auf und nickte grüßend in seine Richtung. Trotz der Tränenflut deutete sie ein verhaltenes Lächeln an. Alexander hob leicht eine Hand und erwiderte ihr Lächeln.

Eine halbe Stunde später war die Beisetzung überstanden, und der Regen hatte aufgehört. Etwas abseits vom Geschehen wartete Alexander geduldig ab, bis sich der überwiegende Teil der Trauergäste von der Familie verabschiedet hatte. Man hatte zuvor alle Anwesenden diskret darüber informiert, dass außer Walter Michaelsen niemand von der Familie an dem üblichen Leichenschmaus teilnehmen würde, der jetzt in einem nahe gelegenen Restaurant folgen sollte.

Wie Alexander es insgeheim gehofft hatte, kam Franks Mutter schließlich von allein auf ihn zu und reichte ihm ihre eiskalte Hand.

„Mein Beileid, Anneliese. Es tut mir unendlich leid“, sagte er leise.

Die ältere Frau kämpfte kurz gegen erneut aufsteigende Tränen an, ließ jedoch seine Hand noch nicht los. „Ich freue mich so, dich wiederzusehen, mein Junge. Trotz …“

„Es ist lange her“, unterbrach er sie schnell.

„Ja, das ist es in der Tat.“

Eine kleine Weile blickten sie sich stumm an, bis sie von Walter Michaelsen unterbrochen wurden. „Alex, wie nett von dir, dass du heute gekommen bist, um meinem Bruder die letzte Ehre zu erweisen.“

Alexander konnte sich noch sehr gut daran erinnern, wie neidisch Walter Michaelsen damals auf das gute Aussehen seines jüngeren Bruders gewesen war. Doch nun, aus der Nähe, stellte er fest, dass die Zeit mit Franks Bruder eigentlich recht nachsichtig umgegangen war. Obwohl Walter bereits seinen vierzigsten Geburtstag hinter sich haben musste, wirkte er noch immer sehr schlank und drahtig. Sein dunkelblondes, leicht welliges Haar war voll, und die sonnengebräunte Haut in seinem Gesicht war nahezu faltenlos geblieben.

„Es war mir ein Bedürfnis, herzukommen", erklärte Alexander knapp.

Walter nickte flüchtig, wandte sich dann aber sogleich an seine Mutter. „Linda und Charlotte warten bereits im Auto auf dich. Meine Assistentin wird euch dann nach Hause fahren."

„Ja", sagte sie abwesend, ohne ihren Blick von Alexander zu lösen. „Ja, ich komme schon, Walter. Wirst du dich mal bei uns melden, Alexander?" Noch immer lag ihre kalte Hand in der seinen. „Bitte!", fügte sie nach einer kleinen Pause nachdrücklich hinzu.

„Sicher. Ich ... ähm ... ich würde auch sehr gerne deine Schwiegertochter und deine Enkelin kennenlernen."

„Ich bleibe heute Nacht bei ihnen im Haus. Du kannst gerne morgen Vormittag auf eine Tasse Kaffee oder Tee vorbeischauen, wenn du möchtest. Ich werde sie auf deinen Besuch vorbereiten."

„Ja, gerne. Aber, wenn sie ..." Er zögerte und warf einen schnellen Blick auf den wartenden Wagen. „Wenn es nicht passen sollte – hier ist meine Karte. Du kannst mich jederzeit anrufen, Anneliese, selbstverständlich auch im Büro."

„Linda wird einverstanden sein, Alexander. Mach dir keine Gedanken. Komm gegen elf, ja? Du hast die Adresse?"

Alexander nickte und sah Anneliese Michaelsen nach, bis sie ebenfalls in die flaschengrüne Limousine gestiegen war und der Wagen schließlich abfuhr. Erst als das Auto aus seinem Blickfeld verschwunden war, bemerkte er, dass Walter noch immer neben ihm stand.

„Mutter nimmt es ziemlich schwer."

Alexander musste sich räuspern. Er hatte Franks älteren Bruder noch nie sehr gemocht.

„Sie hat ihr Kind verloren, Walter."

„Frank war achtunddreißig Jahre alt, Alex."

„Das ändert doch nichts. Gar nichts!"

Seit ihrer kurzen Zusammenarbeit in der Sonderkommission wusste Alexander, dass Frank in eine recht vermögende Familie eingeheiratet hatte. Deshalb wunderte er sich weder über die vornehme Adresse, die in den Akten angegeben war, noch über die klassisch hanseatische schneeweiße Villa, vor der er schließlich seinen Wagen parkte. In dieser Gegend von Hamburg gab es viele von diesen alten Kaufmannsvillen. Und sie hatten allesamt die gleiche Wirkung auf Alexander. Mit ihrem Flair von Reichtum und Macht, das sie unübersehbar ausstrahlten, lösten sie Unmut, ja fast eine Art gedämpften Zorn in ihm aus.

Während er auf das große Portal zuging, glitt sein Blick noch einmal an der beeindruckenden Front des Hauses hinauf. Mächtige Steinsäulen, riesige Fenster, gemauerte, reich verzierte Balkone. Alexander atmete noch einmal tief durch, bevor er den erstaunlich normalen Klingelknopf betätigte und sich dabei innerlich bereits auf den Anblick eines uniformierten Dienstmädchens vorbereitete. Doch das blonde schlaksige Mädchen, das ihm temperamentvoll die Tür öffnete, war durchaus nicht uniformiert, sondern trug eine enge schwarze Hüfthose und ein kurzes bunt bedrucktes T-Shirt, das einen gepiercten Bauchnabel frei ließ.

„Hi, ich bin Charlotte. Sie müssen dieser alte Freund von meinem Vater sein. Auch Bulle, richtig?"

Alexander grinste automatisch. Das Mädchen gefiel ihm auf Anhieb.

„Ja, richtig. Hallo, Charlotte. Freut mich, dich kennenzulernen. Ich bin Alexander Hellberg."

„Na, dann kommen Sie mal herein, Alexander Hellberg."

Auch sie grinste und musterte ihn ziemlich frech und auffällig mit dem so typischen aufreizend abschätzigen Teenagerblick. „Meine Oma und meine Mutter erwarten Sie bereits. Sie sitzen im Wintergarten und trinken Tee. Ich bringe Sie hin."

Alexander räusperte sich. Ganz der Papa, dachte er leicht amüsiert.

Er folgte Charlotte aus der Eingangshalle in den Raum, der offensichtlich das Wohnzimmer sein sollte. Mit einem einzigen, umfassenden Blick registrierte er den rosafarbenen italienischen Marmor auf dem Fußboden ebenso wie den protzigen Kaminsims aus Rosenquarz, die mächtige weiße Ledergarnitur und die zwei außergewöhnlichen, offenbar antiken Schränke aus tiefdunkler Mooreiche. Trotz der enormen Größe dieses Raumes fühlte er sich plötzlich seltsam eingeengt. Noch während er dem jungen Mädchen folgte, das schnurstracks auf den angrenzenden Wintergarten zuging, versuchte Alexander, sich seinen alten Freund Frank in dieser gewichtigen Atmosphäre vorzustellen. Aber irgendwie wollte ihm das nicht gelingen.

Anneliese Michaelsen erhob sich sofort, als sie ihn erblickte, und begrüßte ihn herzlich.

„Alexander, ich freue mich, dass du unserer Einladung folgen konntest."

„Ich freue mich auch, Anneliese."

„Darf ich dir meine Schwiegertochter vorstellen? Linda, das ist Alexander Hellberg. Ich habe dir ja schon von ihm erzählt."

Linda Michaelsen erhob sich jetzt ebenfalls und streckte ihm mit einem fast schüchternen Lächeln ihre schmale Hand entgegen, die er automatisch ergriff und leicht schüttelte. Der Hauch eines seltsam vertrauten Dufts stieg ihm in die Nase, und irgendwo tief in seinem Inneren vernahm er ein flüchtiges, kaum hörbares Geräusch, das dem Zerplatzen einer winzigen Kaugummiblase ähnelte. Nur eine Sekunde später war er jedoch davon überzeugt, er habe sich diesen eigenartigen Ton nur eingebildet.

„Willkommen, Herr Hellberg. Ich habe schon sehr viel von Ihnen gehört."

Ihre Stimme wirkte ebenso zart wie die ganze Person.

„Ich bitte trotzdem um Gnade", erwiderte er und setzte dabei ein möglichst gewinnendes Lächeln auf, wie er hoffte. Auch sie lächelte, allerdings auf eine sehr distanzierte Art.

„Oh, bitte, mir ist selbstverständlich nur Gutes über Sie zu Ohren gekommen. Nehmen Sie doch Platz, Herr Hellberg." Die zierliche Frau räusperte sich kurz. „Darf ich Ihnen ebenfalls Tee anbieten, oder hätten Sie lieber einen Kaffee?"

„Nein, danke, Tee ist völlig okay."

Er setzte sich in einen der einzelnen, weich gepolsterten Korbsessel und wartete, bis Linda Michaelsen aus der bauchigen Porzellankanne eine weitere Tasse mit Tee gefüllt hatte und direkt vor ihm abstellte.

„Nun, mein Junge, wie ist es dir in den letzten Jahren so ergangen? Hast du inzwischen eine nette Familie?", fragte Anneliese ihn ohne große Umschweife.

Er trank einen Schluck von dem aromatischen Tee und schüttelte den Kopf, während er seine Tasse wieder abstellte.

„Nein, Anneliese. Ich bin nicht verheiratet."

„Aber Alexander, ein Mann wie du?"

„Du hast in dieser Beziehung schon immer viel zu viel von mir gehalten", winkte er leicht verlegen ab.

Anneliese Michaelsen beugte sich vor und legte eine Hand auf seinen Unterarm. Der Blick aus ihren blassblauen Augen wirkte mütterlich und nachsichtig. „Ich weiß nur, dass ich eine sehr gute Menschenkenntnis habe, Alexander, und ich war eben schon immer davon überzeugt, dass du der geborene Familienvater seiest. Deine unerschütterliche Loyalität und deine verantwortungsvolle Wesensart habe ich stets sehr geschätzt. Du weißt doch sicherlich noch, wie ich Frank deshalb mehr als nur einmal die Hölle heißgemacht habe, stimmt's? Ich war damals ausgesprochen froh über eure Freundschaft und den guten Einfluss, den du auf ihn ausgeübt hast. Du kannst dir nicht vorstellen, wie traurig ich war, als du plötzlich gar nicht mehr zu uns gekommen bist. Ich muss zugeben, unsere nächtlichen Gespräche an meinem alten Küchentisch haben mir sehr gefehlt."

„Mir auch", nickte Alexander lächelnd, „aber Frank wollte es so, und mir blieb damals nichts anderes übrig, als seine Entscheidung zu akzeptieren."

Eine Weile ging es noch so weiter. Alexander unterhielt sich vorwiegend mit Anneliese, und Franks Witwe saß still daneben und hörte ihnen zu. Charlotte war indes unbemerkt wieder verschwunden. Als Anneliese sich schließlich kurz entschuldigte und ebenfalls den Wintergarten verließ, nutzte er die Gelegenheit und wandte sich direkt an Linda Michaelsen.

„Ich muss offen zugeben, dass ich gehofft hatte, Ihre Schwiegermutter würde bei Franks Beerdigung wieder Kontakt zu mir aufnehmen, Frau Michaelsen. Es lag mir am Herzen, herzukommen. Ich ... ich dachte ... Ich würde Ihnen gerne meine tatkräftige Hilfe anbieten. Ich weiß, dass es für eine Familie nicht immer ganz einfach ist, wenn plötzlich der Mann im Haus fehlt. Frank, er ... Ich meine, trotz der zurückliegenden Jahre habe ich niemals aufgehört, Ihren Mann als einen Freund zu betrachten. Es wäre mir also eine Ehre, wenn ich Ihnen irgendwie behilflich sein könnte."

Der Blick aus ihren großen whiskeyfarbenen Augen wirkte kühl und unverändert distanziert, und er fragte sich unweigerlich, ob er sich gerade zum Affen gemacht hatte.

„Ich danke Ihnen für Ihr großzügiges Angebot, Herr Hellberg, aber die Polizei hat mir bereits zwei nette Kollegen meines Mannes an die Seite gegeben, die mich unterstützen, wo sie nur können."

Natürlich! Angehörigenbetreuung!

Die Betreuung der Hinterbliebenen wurde bei der Hamburger Polizei sehr großgeschrieben, wenn ein Kollege ums Leben gekommen war. Trotzdem widerstrebte es Alexander, jetzt schon aufzugeben. Warum das so war, wusste er allerdings selbst nicht so genau.

„Das ist mir durchaus bekannt, Frau Michaelsen. Ich wollte Sie nur wissen lassen, dass ich jederzeit ansprechbar bin, wenn Sie oder Ihre Tochter Hilfe oder Rat benötigen. Haben Sie also bitte keine Scheu davor, mich anzurufen."

Ein kurzes Nicken und ein kühles Lächeln waren alles, was sie ihm noch zukommen ließ, bevor Anneliese wieder zurückkehrte.

Entschlossen erhob er sich, denn er konnte förmlich spüren, dass seine Zeit in diesem Hause für heute, vielleicht sogar für immer, abgelaufen war.

„Ich denke, ich sollte jetzt besser aufbrechen. Vielen Dank für den Tee, Frau Michaelsen. Anneliese, es war mir ein Vergnügen, dich wiederzusehen." Da er der festen Überzeugung war, dass es kein Wort gab, das eine Mutter in ihrer Situation tatsächlich trösten konnte, tauschte er lediglich noch einen langen Blick mit ihr. Anneliese schenkte ihm ein mildes Lächeln, und er wusste, sie hatte ihn verstanden.

„Ich hoffe, es werden nicht erst wieder viele Jahre vergehen müssen, bis du dich einmal blicken lässt, mein Junge. Du weißt ja, wo ich wohne und arbeite. Es hat sich nichts geändert."

Kurz bevor er in seinen Wagen stieg, drehte er sich noch einmal zu dem riesigen Haus um und erblickte auf einem der steinernen Balkone Charlotte.

Sie zwinkerte ihm frech zu und hob winkend ihre rechte Hand. „Tschau, Alexander Hellberg!"

Er winkte kurz zurück, dann stieg er grinsend und mit einem leichten Kopfschütteln in sein Auto.

Da Alexander Hellberg sich vorgenommen hatte, heute die enorme Anzahl seiner Überstunden etwas zu reduzieren, fuhr er gar nicht erst zurück ins Büro, sondern direkt zu seiner Wohnung. Seit langer Zeit war sein Schreibtisch endlich einmal wieder übersichtlich, das musste ausgenutzt werden, bevor eine neue Höllenflut losbrach. Sein nächster offizieller Bereitschaftsdienst würde erst am nächsten Nachmittag beginnen, also konnte er sich ohne Weiteres diese kleine Auszeit gönnen.

Die Autofahrt dauerte nicht viel länger als fünfzehn Minuten, und trotzdem fühlte er sich in eine vollkommen andere Welt versetzt, als er endlich die Tür zu seiner kleinen Altbauwohnung aufschloss. Er schlüpfte aus den Schuhen und warf seine Lederjacke über einen der beiden hölzernen Garderobenhaken im winzigen Flur. Zielstrebig marschierte er in die Küche, um sich aus dem Kühlschrank ein Bier zu holen. Die geöffnete Flasche in der einen Hand, betätigte er mit der anderen automatisch die Fernbedienung des Fernsehgerätes und ließ sich in seinen Lieblingssessel fallen. Einige Zeit jagte er durch mehrere Kanäle, bis er den Apparat schließlich fluchend wieder abstellte und minutenlang auf die bereits leere Flasche starrte, die er noch immer in den Händen hielt und versonnen hin und her drehte.

Der Tod von Frank holte nicht nur viele alte Erinnerungen zurück, sondern riss auch einige alte Wunden wieder auf. Wunden, von denen er geglaubt hatte, sie seien längst verheilt und vergessen. Eigentlich hatte er die Sache schon lange als erledigt betrachtet, und die Frage nach dem Warum war mit den Jahren in seinem Kopf verstummt. Frank hatte es damals für sie beide so entschieden, und er selbst hatte ebenfalls irgendwann einen Schlusspunkt unter diese Sache gesetzt. Doch nun war die Frage aus dem Nichts plötzlich wieder aufgetaucht.

Warum?

Immer wieder hatte er sich in den ersten Jahren nach Franks Rückzug diese Frage gestellt und sie bis heute nicht beantworten können. Warum nur hatte Frank die enge Freundschaft, die sie verbunden hatte, so einfach in den Wind geschrieben? An seiner Frau konnte es jedenfalls nicht gelegen haben, denn die hatte er damals ja noch nicht einmal gekannt.

Schöne Frau!

So ganz anders als die üppigen, grell geschminkten Blondinen, die Frank stets bevorzugt hatte. Er stellte sich diese zarte elegante Person neben seinem alten Kumpel Frank vor und schmunzelte in sich hinein, während er seinen Gedanken weiter freien Lauf ließ. Nun gut, Frank Michaelsen war durchaus kein hässlicher Kerl gewesen, aber mit ihr? Na ja, irgendwie blond war sie schließlich auch. Alexander lehnte sich in seinem Sessel zurück und schloss die Augen.

Blond? Nein, honigfarben. Ihr Haar war honigfarben, und ihre Augen hatten eine ganz ähnliche Farbe. Golden, weich und schimmernd wie guter Whiskey auf Eis. Er sah sie genau vor sich, in diesem schlichten schwarzen Kleid, das ihre zierliche Figur nur noch zusätzlich betonte. Hitze schoss unvermittelt in seine

Lenden, und er setzte sich abrupt auf, mehr amüsiert als schockiert über sich selbst. Es gab nicht mehr viel, das ihn wirklich schockieren konnte, also stieß er den angehaltenen Atem zischend durch seine Zähne und beschloss, sich umzuziehen, um sich dann etwas später in das Nachtleben seiner Stadt zu stürzen.

Linda Michaelsen war völlig erschöpft.

Sie fühlte sich leer, verbraucht und regelrecht ausgewrungen. Ein neuer furchtbarer Streit mit ihrer neuerdings so aufsässigen Tochter lag kaum eine halbe Stunde zurück. Zum Glück war Anneliese bereits fort gewesen, als das unerfreuliche Wortgefecht seinen Anfang genommen hatte. Es wäre Linda peinlich gewesen, wenn ihre Schwiegermutter mitbekommen hätte, wie sich Charlotte ihr gegenüber seit einiger Zeit benahm. Wieder so ein Tag, den sie am liebsten aus ihrem Leben streichen würde. Es gab inzwischen viel zu viele davon. Offensichtlich hatte sie ein ganz besonderes Talent dafür, derartige Tage geradezu anzuziehen.

Seufzend ging sie hinüber in ihr Badezimmer, ließ heißes Wasser in die Wanne laufen und warf einige Badeperlen hinein. Charlotte schlief endlich, und jetzt würde auch sie versuchen, sich ein wenig zu entspannen.

Frank ist tot. Man hat ihn erschossen!

Immer wieder sagte sie sich diese wenigen Worte, ohne sie wirklich zu verstehen. Das ganze Ausmaß dieser unwiderruflichen Tatsache wollte sich noch nicht vollkommen in ihrem Gehirn Raum verschaffen. Die Gefühle, die dieser Gedanke ganz tief in ihr auslöste, konnte Linda einfach noch nicht zulassen. Und eigentlich wollte sie das auch nicht. Alles, was sie wusste, war, dass ihr Ehemann nicht wiederkommen würde. Er war fort – für immer!

Während sie aus ihrer Unterwäsche schlüpfte, blickte sie sich mit müden Augen im Schlafzimmer um. Seit zehn Tagen war sie nun schon Witwe.

Eine vierunddreißigjährige Witwe mit einer fünfzehnjährigen Tochter.

Frank würde nicht wiederkommen! Weiter konnte sie einfach noch nicht denken.

Er ist tot. Er wird nicht zurückkehren, dachte sie auch noch, als sie sich langsam in das heiße, zart nach Lavendel duftende Badewasser gleiten ließ.

Linda ließ sich zurücksinken und versuchte, sich zu entspannen. Sie übte sich von Zeit zu Zeit in der Kunst des autogenen Trainings und atmete nun tief und regelmäßig ein und wieder aus, bis sie tatsächlich spürte, wie sich ihre angespannten Muskeln lockerten und ein wohltuendes Gefühl von Entspannung einsetzte. Erst als ihr das Wasser zu kühl wurde, stieg sie schließlich aus der Badewanne, um sich abzutrocknen. Wie gewöhnlich cremte sie sich sorgfältig mit ihrer Lieblingslotion ein, bevor sie sich in ihren flauschigen Bademantel hüllte und wieder hinüber ins Schlafzimmer ging.

Ein schneller Blick auf ihren Radiowecker sagte Linda, dass Mitternacht schon lange vorüber war. Seufzend ließ sie den Bademantel von ihren Schultern gleiten und öffnete den großen Kleiderschrank, um sich frische Nachtwäsche herauszunehmen. Sie schlüpfte in ein einfaches weißes Baumwollhemd, löste anschließend ihr Haar und schüttelte es gründlich aus, bevor sie unter ihre Bettdecke kroch. Fröstelnd rollte sie sich zusammen und ließ ihren Gedanken freien Lauf.

Linda bedauerte sehr, dass ihre Schwiegermutter sie bereits wieder hatte allein lassen müssen, aber das ließ sich nicht ändern. Das Leben musste schließlich irgendwie weitergehen. Die kleine Imbissstube, die Anneliese Michaelsen betrieb, war schon seit Franks Tod geschlossen, und einen noch länger andauernden Verdienstausfall konnte sich ihre Schwiegermutter einfach nicht leisten.

Anneliese war mit den Jahren zu einer Art Ersatzmutter für Linda geworden. Ihre eigenen Eltern waren bei einem Flugzeugabsturz ums Leben gekommen. Sie selbst war damals gerade zwölf Jahre alt gewesen. Ihr Onkel, der ältere Bruder ihrer Mutter, war ihr als einziger Verwandter geblieben, und ihre Eltern hatten in ihrem Testament festgelegt, dass er in das Haus einziehen und sich um sie kümmern sollte. Bis zu seinem eigenen Tod vor acht Jahren hatte er das auch voller Zuneigung und mit der nötigen Sorgfalt getan. Doch nur wenn sie mit Anneliese zusammen war, empfing sie so etwas wie mütterliche Fürsorge.

Lindas Herz zog sich furchtsam zusammen. Sie musste unbedingt dafür sorgen, dass ihr und Charlotte diese wunderbare Frau erhalten blieb, denn Anneliese war nun alles, was ihnen überhaupt an Familie und Halt geblieben war.

Ohne dass Linda es bewusst darauf angelegt hätte, wanderten ihre Gedanken zum Vormittag zurück. Der Besuch von Franks altem Freund war ihr irgendwie unangenehm gewesen. Auch wenn Anneliese sich so unübersehbar auf ihn gefreut hatte.

Frank wird schon seinen Grund gehabt haben, weshalb er mit Alexander Hellberg nichts mehr zu tun haben wollte, dachte sie fast trotzig, um die aufkeimende Unsicherheit schnell wieder zu vertreiben.

So tief konnte die Freundschaft der beiden Männer also gar nicht gewesen sein. Der Kontakt zu diesem Hellberg war schließlich schon beendet, als sie selbst Frank kennengelernt hatte.

Außerdem hatte Alexander Hellberg bereits vom ersten Augenblick an eine Art Argwohn in ihr hervorgerufen. Sie mochte grundsätzlich keine Männer, die aussahen wie er.

So auffallend attraktiven Männern war es stets bewusst, wie anziehend sie auf Frauen wirkten, und das nutzten sie dann schamlos aus. Mit seinem gewinnenden Lächeln war der Mann augenscheinlich der Prototyp eines Herzensbrechers – und denen ging eine vernünftige Frau tunlichst aus dem Weg.

„Dieser Beau soll gar nicht erst darauf warten, dass ich ihn wegen irgendwas um Hilfe bitte“, sagte sie leise zu sich selbst.

Linda hatte sowieso restlos genug von Polizisten. Seit Tagen schwirrten sie schon um sie herum. Die zwei Kollegen ihres Mannes hatte sie bereits vorher flüchtig gekannt. Für deren Hilfe war sie auch zunächst noch recht dankbar gewesen. Doch das Schlimmste waren die beiden älteren Typen von der Mordkommission gewesen, die ihr immer und immer wieder die gleichen Fragen gestellt hatten, auf die sie immer und immer wieder die gleichen Antworten gegeben hatte.

Sie wusste einfach nichts.

Sie war die letzte Person, die der Polizei würde helfen können. Sie kannte weder die Freunde ihres verstorbenen Mannes, noch hätte sie sagen können, wer eigentlich seine Feinde gewesen waren. Linda hatte absolut nicht den geringsten Zweifel daran, dass Frank tatsächlich einige Feinde gehabt hatte, im beruflichen Bereich ebenso wie in seinem privaten Umfeld. Doch ihr Mann hatte sie von alldem stets penibel ferngehalten. Von Anfang an hatte er ihr klargemacht, dass sein Freundeskreis und sein Beruf ihm allein vorbehalten bleiben würden.

Noch nicht einmal zu ihrer Hochzeit hatte Frank seine Freunde oder wenigstens ein paar Kollegen eingeladen, und Linda selbst war viel zu unerfahren und verliebt gewesen, um sich darüber Gedanken zu machen. Außerdem war er damit ihrem eigenen Naturell sogar ein wenig entgegengekommen, denn Linda war es ohnehin niemals leichtgefallen, sich auf neue Bekanntschaften einzulassen. Die einzigen Freundinnen, die sie jemals gehabt hatte, Karina und Ulrike, kannte sie bereits seit der gemeinsamen Schulzeit. Karina lebte jetzt in Schweden, aber sie und Linda schrieben sich noch recht häufig. Auch Ulrike hatte schon vor einigen Jahren Hamburg verlassen und war zusammen mit ihrem Mann zunächst nach Frankfurt und später dann nach Köln gezogen. Linda besuchte sie höchstens noch zweimal im Jahr. Trotzdem vertiefte sie neue, flüchtige Bekanntschaften nie, die sich ab und an ergaben.

Ja, damals war Linda wirklich furchtbar verliebt in Frank.

Ulrike hatte ihren achtzehnten Geburtstag mit einer großen Party gefeiert, und dort war sie Frank Michaelsen zum ersten Mal begegnet. Sie selbst war erst siebzehn gewesen und wegen ihrer sprichwörtlichen Schüchternheit ohne jede Erfahrung in Bezug auf das männliche Geschlecht. Sie erinnerte sich noch genau daran, wie sie ihn so unauffällig wie nur möglich den ganzen Abend beobachtete. Seine aufreizende Art – wie er so ungehemmt mit den anderen Mädchen getanzt hatte und geflirtet – hatte sie vollkommen in seinen Bann gezogen. Sein gutes Aussehen, das dunkelblonde Haar und seine strahlenden himmelblauen Augen hatten ihr Herz vom ersten Augenblick an höherschlagen lassen. Doch erst ganz kurz vor dem Ende der Party war auch sie ihm endlich aufgefallen. Als er sie wortlos auf die Tanzfläche gezogen hatte, wäre sie vor lauter Aufregung fast ohnmächtig geworden. Sie erinnerte sich noch genau daran, wie unglaublich erfahren und selbstsicher er auf sie gewirkt hatte.

Zwei Monate nach Ulrikes Party war sie bereits mit ihm verlobt gewesen, und weitere drei Monate später, kurz nach ihrem eigenen achtzehnten Geburtstag, hatten sie geheiratet. Es gab keine große Hochzeit, wie Linda es sich immer erträumt hatte. Keine kirchliche Trauung und kein wallendes weißes Hochzeitskleid. Von diesen Dingen hatte Frank nie viel gehalten. Nach einer kurzen Zeremonie auf dem Standesamt hatten sie nur noch zusammen mit Anneliese und Walter in einem Restaurant gefeiert, und gleich nach dem Essen waren dann alle nach Hause gefahren.

Oh ja, ich war damals tatsächlich ungeheuer verliebt in diesen gottverdammten Schweinehund.

2. KAPITEL

Alexander saß an seinem Schreibtisch und hämmerte konzentriert, aber äußerst unwillig auf die Tastatur seines Computers ein. Er verabscheute diesen Schreibkram. Er hasste überhaupt alles, was mit Computern oder irgendwelchen Tasten zu tun hatte.

„Hast du einen Moment Zeit für mich, Alex?"

Sein älterer Kollege, guter Freund und Bereitschaftsleiter Bernd Lindemann stand in der offenen Bürotür und unterbrach Alexanders geheime Verwünschungen, die sich allesamt gegen den grauen Kasten auf seinem Schreibtisch richteten.

„Ja, nur zu. Komm rein, Bernd."

Bernd Lindemann setzte sich gemächlich an den zweiten, derzeit ungenutzten Schreibtisch, verschränkte seine Hände im Nacken und lehnte sich leise aufschnaufend zurück. „Mann, bin ich froh, dass wir gleich Feierabend haben! Ich bin völlig fertig. War eine harte Woche."

Alexander verdrehte die Augen. Er kannte Bernd Lindemann seit vielen Jahren. Der ältere Mann konnte ihm nichts vormachen. „Bernd, was ist los? Wenn du um diese Zeit freiwillig in mein Kabäuschen kommst, willst du doch was von mir, oder?"

„Mhm, ja. Ich ... wir haben gedacht, dass du uns vielleicht doch irgendwie behilflich sein könntest. Ich meine, im Fall Michaelsen."

Alexanders Augen wurden schmal. „Auf deine höchstpersönliche Anweisung hin bin ich nicht mit an Bord, Bernd. Vergiss das nicht."

Lindemann schüttelte seinen Kopf. „Das soll im Grunde auch so bleiben, Alex. Wir haben nur ein kleines, aber ziemlich nervtötendes Problem mit deinem früheren Kumpel und hoffen ganz einfach, dass du uns ein bisschen helfen kannst. Um genau zu sein, ist dieses Problem alles andere als klein. Der Mann ist sozusagen ein leeres Blatt Papier."

„Was willst du damit sagen?"

„Nun, seine Kollegen beim Einbruch hatten praktisch keine

verwertbaren Informationen für uns. Niemand von ihnen hatte jemals privaten Kontakt zu ihm. Er war ein guter Polizist und besaß einen auffallend klugen Kopf, hat stets gewissenhaft gearbeitet. Das ist eigentlich schon alles, was sie und seine Chefs über ihn sagen können."

Alexander griff nach einem Kugelschreiber und drehte ihn zwischen seinen Fingern hin und her. Stumm wartete er darauf, dass sein Kollege weitersprach. Bernd Lindemann erhob sich, ging hinüber zum Fenster und starrte einen Moment lang hinaus in den anhaltenden Regen, bevor er zum eigentlichen Punkt kam. Mit ernstem Blick wandte er sich Alexander wieder zu. „Alex, seine Frau sagte uns, dass er sehr viel Zeit mit seinen Freunden verbracht hat. Freunde, die sie übrigens nicht kannte. Sie konnte uns noch nicht einmal einen einzigen Namen nennen. Wie findest du das?"

Alexander zuckte mit den Schultern und zog seine Augenbrauen hoch. „Zumindest ungewöhnlich."

Lindemann nickte. „Das ist aber noch nicht alles." Er zögerte. „Wir finden einfach keinen dieser Freunde. Keinen einzigen! Frank Michaelsen war in keinem Sportverein. Es gibt keine Adressen oder Telefonnummern in seinen persönlichen Unterlagen, keine Fotos, die uns helfen könnten, noch nicht einmal Geburtstagskarten. Selbst auf seiner Beerdigung war niemand anwesend, der nicht zur Familie oder zum Kollegenkreis gehörte. Trotzdem war der Mann, laut Aussage seiner Witwe, offenbar noch seltener zu Hause als ein Handelsreisender. Wir stecken fest, Alexander. Absolut fest! Und die oberen Etagen machen uns gewaltig Druck. Du weißt, wie das läuft, wenn ein Kollege dran glauben muss. Die Uhren ticken dann anders." Bernd Lindemann konnte direkt sehen, wie es bereits im Kopf seines Gegenübers arbeitete. „Du weißt, was ich denke?"

Alexander nickte und holte tief Luft. „Klingt alles nicht gut. Klingt überhaupt nicht gut. Vor allem nicht, wenn man die Art berücksichtigt, wie Michaelsen zu Tode gekommen ist. Das war eine regelrechte Hinrichtung."

„Du sagst es."

„Sieht mir stark nach einem Racheakt aus. Aber ihr habt sicherlich schon in diese Richtung ermittelt, oder?"

„Klar, aber wir haben nichts gefunden, was diese Vermutung stützen könnte. Es gibt einfach nichts, Alex! Michaelsen hat sich in den letzten Jahren nur noch mit einfachen Wohnungseinbrüchen beschäftigt. Er wollte offensichtlich ganz bewusst eine ruhige Kugel schieben. Keinen Schichtdienst mehr und nur ganz selten Bereitschaftsdienste. Er hat sich noch nicht einmal mehr um eine weitere Beförderung beworben. Wenn man seine erfolgreichen Anfangsjahre bei unserem Verein berücksichtigt, hätte er doch schon lange Hauptkommissar sein können, sofern er sich denn weiterhin so ins Zeug gelegt hätte."

Der Kugelschreiber flog zurück auf den Schreibtisch, und Alexander erhob sich.

„Und was wollt ihr jetzt von mir?"

„Kannst du dir das nicht denken? Erzähl mir, was du über ihn weißt, Alex. Alles, was dir einfällt."

„Ich habe seit ewigen Zeiten keinen Kontakt mehr zu Michaelsen gehabt, Bernd! Alles, was ich euch sagen könnte, wäre nicht mehr aktuell. Außerdem gibt es da auch gar nicht viel zu sagen."

„Du kennst doch den allseits beliebten Spruch: Lass das mal unsere Sorge sein."

Alexander ließ sich zurück auf seinen Stuhl sinken und blähte seine Wangen auf.

„Mann, wo soll ich da denn anfangen?"

„Sag mir einfach, was dieser Michaelsen in deinen Augen für ein Typ war."

„Nun, er war damals ein Hans Dampf in allen Gassen, wie man so schön sagt." Ein anzügliches Grinsen machte sich auf Alexanders Gesicht breit. „Zusammen hatten wir ebenso viel Erfolg wie Spaß, wenn du weißt, was ich meine."

Lindemann lächelte.

Alexander stand noch einmal auf, ging zum Garderobenständer neben der Tür und fischte aus der Innentasche seiner Lederjacke eine zerdrückte Packung Zigaretten.

„Ich dachte, du hättest aufgehört", bemerkte Lindemann.

Der jüngere Mann schüttelte den Kopf, seine schiefergrauen Augen wurden noch eine Spur dunkler. „Hat nicht ganz geklappt."

Mit einer qualmenden Zigarette zwischen den Lippen ging er zurück an den Schreibtisch und kramte einen kleinen Glasaschenbecher aus einer der Schubladen hervor.

„Du hast doch mitgekriegt, dass wir hier nicht mehr rauchen dürfen, oder?"

„Siehst du hier etwa jemanden rauchen, Chef? Ich nicht." Alexander kräuselte seine Lippen, öffnete eines der Fenster und ließ sich dann zurück auf seinen Stuhl sinken.

Nachsichtig schüttelte Lindemann seinen Kopf und wartete.

Alexander schaute geistesabwesend dem Rauch nach, der zur Zimmerdecke emporstieg, und die aufkeimende Erinnerung ließ ihn erneut grinsen.

„Frank und ich waren fürwahr ein fantastisches Team. Wir haben uns perfekt ergänzt. Sowohl privat als auch beruflich. Es gab Tage, da waren wir rund um die Uhr zusammen." Er nahm einen tiefen Zug von seiner Zigarette. „Frank war … ein verrückter Typ. Hinter jedem Rock her, solange die Trägerin nur schön blond und ordentlich vollbusig war. Er hat diese Sorte reihenweise abgeschleppt."

„Nun", unterbrach ihn Lindemann, „in dieser Beziehung brauchtest du dich wohl kaum hinter ihm zu verstecken, oder?"

Alexander ließ missbilligend seine dunklen Augenbrauen in die Höhe schießen und drückte die erst halb aufgerauchte Zigarette aus. „Sei vorsichtig, Bernd! Nein, ernsthaft, ich war sozusagen ein Waisenknabe gegen ihn. Wir sind uns auch nie in die Quere gekommen. Unser Geschmack ging doch sehr weit auseinander, was die Frauen betraf. Er hat nichts ausgelassen, glaub mir. Eine feste Freundin gab es für ihn nicht. Ich habe nie erlebt, dass er zweimal seine Hände auf dasselbe Mädchen gelegt hätte. Ich sag ja, ein völlig verrückter Hund war er damals. Na ja, wir waren eben … jung."

„Woran ist euer erbauliches Miteinander denn eigentlich gescheitert?"

Alexander schluckte trocken und starrte eine Weile auf seine ineinander verschränkten Hände. „Diese Frage ist mir selbst jahrelang nicht aus dem Kopf gegangen. Frank hat sich von heute auf morgen immer mehr von mir zurückgezogen. Er hat unsere Freundschaft praktisch ohne ersichtlichen Grund einschlafen lassen. Ich habe es damals hingenommen, weil ich mir keine Blöße geben wollte. Meine Güte, wir waren gerade mal so um die zwanzig. In dem Alter hat man noch eine gehörige Portion männlichen Stolz."

„Du hast einige Jahre danach noch einmal mit ihm zusammengearbeitet, stimmt's?"

„Ja, in der ‚Soko Kretschmer'. War ein ganz heißes Ding. Es gab ziemlich viel Presserummel damals. Frank und ich haben als Team ermittelt und schließlich zusammen den entscheidenden Schritt zur Aufklärung getan. Während unserer Zusammenarbeit habe ich auch erfahren, dass er inzwischen ziemlich reich geheiratet hatte und sogar Vater einer Tochter geworden war. Ich weiß noch, dass ich das irgendwie eigenartig fand. Ich meine, ich hätte mir Frank niemals als treuen Ehemann und fürsorglichen Vater vorstellen können. Aber, um dir gleich den Wind aus den Segeln zu nehmen, Bernd, er hat sich nicht weiter in die Karten schauen lassen. Er war ein Meister im Abblocken, verstehst du? Ich habe kaum noch ein privates Wort mit ihm gewechselt. Wir haben uns auch im Dienst nur ganz selten mal allein gesehen. Nach der Auflösung der Sonderkommission sind wir beide zurück an unsere alten Dienststellen, und das war es dann."

Die nächste Zigarette landete zwischen Alexanders Lippen. Bernd Lindemann lehnte sich zurück und raufte sich die wenigen Haare. Seine glänzende hohe Stirn legte sich in die für ihn so typischen Falten, die Alexander stets an ein tollpatschiges Hundebaby denken ließen. „Habt ihr euch in der Zeit eurer Freundschaft auch noch mit anderen Leuten getroffen, Alex?"

„Nein, ich muss dich enttäuschen. Nicht zusammen. Ich hatte zwar zu dem einen oder anderen Kollegen von der Bereitschaftspolizei einen ganz guten Draht, Frank jedoch nicht. Er hielt sich gern aus allem heraus. Die meisten Kollegen hielten ihn schlicht und ergreifend für arrogant und ziemlich selbstgefällig." Alexander verzog den Mund. „Im Grunde hatten sie sogar recht mit dieser Einschätzung."

Lindemann nickte. „Ja, das bestätigen auch unsere Ermittlungen. Du hast also auch keinen Namen für uns, oder?"

„Leider nein. Die einzigen Leute, die ich mit Frank Michaelsen in Verbindung bringen kann, sind seine Mutter und sein älterer Bruder Walter. Sonst habe ich niemanden kennengelernt. Frank konnte gleichzeitig introvertiert und verrückt sein – kurz gesagt, ein komplizierter Typ. Frag mich nicht, warum gerade ich so gut mit ihm ausgekommen bin, keine Ahnung."

Eine Weile saßen die beiden Männer schweigend da und starrten vor sich hin. Dann stand Lindemann auf und reckte sich.

„Okay, Alex, trotzdem danke."

„Ich kann mir nicht vorstellen, dass ich dir wirklich weitergeholfen habe."

„Ich weiß nicht so recht, Alex. Mein Bild von Michaelsen ist doch etwas klarer geworden." Lindemann stieß ein unwilliges Schnauben aus und deutete dann ein Grinsen an, bevor er weitersprach. „Verdammt, Hellberg, ich wünschte wirklich, ich hätte in diesem Fall mein Superhirn zur Verfügung."

Der Bereitschaftsleiter spielte damit auf den Spitznamen an, den die Presse Alexander verpasst hatte, nachdem er einige Jahre zuvor den brutalen Mord an einem bekannten Modeschöpfer aufgeklärt hatte. Alexander war bei den Ermittlungen über ein ganz bestimmtes Detail gestolpert, das alle anderen Kollegen zuvor übersehen hatten – und das nur, weil er seinem Instinkt gefolgt war. Diese besondere Spürnase bestätigte sich immer wieder in Alexanders täglicher Arbeit, und den albernen Spitznamen nahm er unterdessen sogar von seinen Kollegen kommentarlos hin. Auch wenn er sich manchmal zwingen musste, einfach darüber hinwegzuhören.

Alexander erhob sich nun ebenfalls. „Wie hat er eigentlich seine Frau kennengelernt?", fragte er, ohne auf die letzte Bemerkung seines Vorgesetzten einzugehen.

Lindemann schüttelte den Kopf. „Auch so ein totes Gleis,

Alex. Es war auf einer Party. Eine Freundin von ihr wurde volljährig. Eine andere Bekannte hatte ihn mit zur Geburtstagsfeier gebracht. Natürlich sind wir der Sache sofort nachgegangen, doch auch diese Frau hatte ihn erst einen Abend zuvor in einer Diskothek kennengelernt. Später hatte auch sie keinen Kontakt mehr zu ihm. Nur diese Linda Michaelsen wurde ihn offenbar nicht mehr los.“

Alexander stolperte über die unüberhörbare Ironie in der Stimme seines Kollegen. „Hab ich da was nicht mitbekommen?“

„Wie du weißt, bin ich seit dreiundzwanzig Jahren verheiratet, Alex. Glaub mir, die Ehe der Michaelsens war alles andere als glücklich.“ Er schüttelte den Kopf. „So ein zartes Persönchen.“

Alexander blieb stumm. Linda Michaelsen besaß anscheinend ein großes Talent dafür, in einem Mann den Beschützerinstinkt zu wecken. Ihm war es ja schließlich ganz ähnlich gegangen. Seit seinem Besuch in ihrem Hause dachte er viel an sie, obwohl er sich ständig bemühte, diese lästigen Gedanken abzuschütteln. Sie hatte etwas in ihm angerührt, und dieses Etwas ließ gleichzeitig einige Alarmglocken in seinem Polizistenkopf schrillen. Nein, Frank Michaelsen und er hatten wirklich noch nie den gleichen Geschmack in Bezug auf Frauen gehabt. Doch offenbar gab es jetzt eine Ausnahme, denn Linda Michaelsen gefiel ihm sogar außerordentlich gut. Irritiert bemerkte er, dass er sich fast dafür schämte.

„Du hattest ihr doch deine Hilfe angeboten. Hat sie sich daraufhin eigentlich mal bei dir gemeldet?“ Lindemanns Frage riss ihn aus seinen Gedanken.

„Nein, hat sie nicht.“

„Vielleicht solltest du es noch einmal versuchen, Alex.“

Alexander schüttelte vehement den Kopf. Ohne es zu wissen, hatte Bernd Lindemann einen ziemlich wunden Punkt angesprochen. Tagelang hatte er sich mit der Frage herumgeplagt, ob er Linda Michaelsen anrufen sollte oder besser nicht. Erst in der vergangenen Nacht, als er wieder einmal schlaflos in seinem Bett lag, hatte er für sich beschlossen, sich nicht bei ihr zu melden und endlich zu versuchen, die ganze Sache abzuhaken.

„Ich denke, nicht, Bernd. Sie hat mir auf eine sehr wohlerzogene Weise, aber ziemlich deutlich zu verstehen gegeben, dass sie mich absolut nicht leiden kann."

„Ich verstehe." Bernd Lindemann ging zur Tür und legte seine Hand auf die Klinke, doch dann drehte er sich noch einmal zu Alexander um. „Ach, Alex."

„Ja?"

„Wirf endlich diesen Aschenbecher weg."

Nachdem Bernd Lindemann sich von ihm verabschiedet hatte, räumte Alexander seinen Schreibtisch auf, stellte den verhassten Computer ab und schlüpfte in seine alte Lederjacke. Sein Magen knurrte vernehmlich, und er fühlte sich wie erschlagen. In den vergangenen Nächten hatte er aus den verschiedensten Gründen nicht besonders gut geschlafen, und das Defizit machte sich inzwischen recht deutlich bemerkbar.

„Zigaretten", sagte er laut zu sich selbst. „Ich muss unbedingt noch Zigaretten kaufen."

Einen lauten Fluch ausstoßend, zog er die leere Hülle aus seiner Jackentasche, zerknüllte sie und warf sie wütend in den grünen Papierkorb unter seinem Schreibtisch. Dann griff er entschlossen nach dem Aschenbecher, der noch immer auf seinem Schreibtisch stand, und warf ihn gleich hinterher. Eine ganze Weile rührte er sich nicht von der Stelle, starrte nur vor sich hin, ohne wirklich etwas zu sehen.

Verdammt, verdammt noch mal!

Endlich verließ er sein Büro.

Es war bereits vollkommen dunkel, als Alexander Hellberg seinen Wagen direkt vor der großen Villa in eine Parklücke lenkte. Entschlossen zog er den Zündschlüssel ab und stieg aus. Nachdem er auf den Klingelknopf gedrückt hatte, wappnete er sich innerlich bereits gegen eine weitere eisige Abfuhr und wartete. Hinter einigen Fenstern brannte Licht, und nun wurde es auch in der Eingangshalle hell. Genauso wie beim letzten Mal öffnete Charlotte Michaelsen die Tür und schenkte ihm sofort ein breites, herrlich freches Lächeln, das ihn augenblicklich wieder an Frank erinnerte.

„Hi, Alexander Hellberg."

„Hallo, Charlotte. Ist deine Mutter zu Hause?"

„Kommen Sie herein. Ich sage ihr Bescheid."

Nachdem Alexander einige Minuten untätig in der Eingangshalle gewartet hatte, erschien Linda auf dem obersten Treppenabsatz, verharrte dort oben eine Sekunde und kam dann zögernd zu ihm herunter. Seine eigene erste Reaktion – ein warmes Prickeln, das ihm beim Anblick dieser Frau über den Rücken lief – überraschte ihn. Er registrierte dennoch sofort, dass sie heute kein Schwarz trug, sondern eine enge verblichene Jeans und ein lavendelfarbenes T-Shirt. Trotz dieser legeren Kleidung wirkte sie überraschend elegant, aber gleichzeitig auch zart und ungeheuer jung.

„Herr Hellberg, was kann ich für Sie tun?"

Wie er es erwartet hatte, war der Blick aus ihren Augen ebenso kühl wie der Klang ihrer Stimme.

„Entschuldigen Sie die Störung, aber ich musste einfach noch einmal herkommen, Frau Michaelsen. Hätten Sie vielleicht einige Minuten Zeit für mich?"

Linda musterte ihn kurz, bevor sie mit erhobenem Kopf an ihm vorbeiging und ihn mit einer Handbewegung in das Wohnzimmer bat. „Bitte." Sie deutete auf die ausladende Couchgarnitur und setzte sich.

Alexander nahm ihr gegenüber Platz und verschränkte seine Hände. „Sie haben mich nicht angerufen", stellte er lakonisch fest und verfluchte sich sofort dafür.

„Ich sagte Ihnen ja bereits, dass ich sehr gut alleine zurechtkomme, Herr Hellberg."

Es kostete ihn eine ordentliche Portion Konzentration, ihr weiterhin direkt in die Augen zu sehen. „Ich habe mich heute mit einem Kollegen unterhalten, der den Mord an Frank untersucht. Er hat mich auf den neuesten Stand der Ermittlungen gebracht."

Linda Michaelsen zog missbilligend ihre Stirn kraus. „Soweit ich weiß, gibt es keinen neuesten Stand, weil Ihre Kollegen noch immer auf der Stelle treten. Außerdem", fuhr sie fort, „wusste ich nicht, dass auch Sie sich mit dem Tod meines Mannes befassen."

Er winkte ab. „Nein, ich gehöre auch nicht direkt zum ermittelnden Team, aber ich bin ebenfalls bei der Mordkommission. Da ich früher sehr eng mit Frank befreundet war, hat mich mein Kollege sozusagen zur Sache vernommen."

„Herr Hellberg, das, was Sie offenbar einmal mit meinem Mann verbunden hat, liegt doch sehr lange zurück. Was sollten Sie über Frank sagen können? Und vor allem, warum sind Sie hier?"

Sein Blick glitt unweigerlich über ihren Mund, während sie sprach. Er spürte ein Kribbeln in seiner Unterlippe und zog sie kurz zwischen seine Zähne. Lindas goldene Augen ruhten erwartungsvoll auf seinem Gesicht. Ihm wurde heiß. Er öffnete den Reißverschluss seiner Jacke und schluckte trocken. „Sie wussten niemals, wohin Frank ging, wenn er das Haus verließ?"

Was er hier tat, war vollkommen verrückt, und das wusste er.

„Haben Sie vor, mir jetzt noch einmal all die enervierenden Fragen zu stellen, die ich Ihren Kollegen bereits einige Male beantwortet habe?" Linda erhob sich abrupt.

Automatisch stand auch Alexander auf. Sie ging hinüber zur Terrassentür und wandte ihm den Rücken zu. Er folgte ihr und blieb direkt hinter ihr stehen. Sein Blick fiel auf ihr Haar, das seidig glänzend auf ihre schmalen Schultern fiel. Reflexartig schob er die Hände tief in seine Hosentaschen, um so den übermächtigen und aberwitzigen Drang besser bekämpfen zu können, dieses wundervolle Haar zu berühren.

„Ich kann nicht verhindern, dass ich mir meine Gedanken mache, Frau Michaelsen. Auch ich bin Polizist, und ich habe Ihnen bereits beim letzten Mal gesagt, dass Frank trotz allem ein wichtiger Teil meines Lebens geblieben ist. Egal, ob wir in den vergangenen Jahren noch Kontakt hatten oder nicht. Sein furchtbarer Tod ist mir sehr nahegegangen, das versichere ich Ihnen."

Ihre offenkundige Ablehnung machte ihn plötzlich wütend, und dadurch fand er für einen kurzen Moment zu seiner abgeklärten Professionalität zurück. Seine Stimme wurde eine Spur härter. „Ich verstehe es nun einmal nicht, dass eine Ehefrau nicht weiß und offenbar auch nicht wissen will, mit wem und wie ihr Mann seine Freizeit verbringt, wenn er das Haus verlässt."

Sie schoss zu ihm herum, blitzte ihn aus wütenden Augen an und machte damit seine gerade zurückerlangte Selbstsicherheit wieder zunichte. „Es ist mir verflucht egal, ob Sie das verstehen, oder nicht, Herr Hellberg! Was mich betrifft, sind Sie jedenfalls ein vollkommen Fremder, und mein Leben geht Sie überhaupt nichts an!" Sie betonte jedes einzelne Wort. Der Zorn verlieh ihren Wangen einen rosigen Hauch.

„Sie sind …"

Mein Gott!

Beinahe hätte er etwas sehr Dummes gesagt. Ihr Anblick raubte ihm sprichwörtlich den Atem, und sein Gehirn funktionierte nicht mehr richtig. In diesem Moment erschien sie ihm unbeschreiblich anziehend – und es dauerte einige Sekunden, bevor er sich dieses Gefühl selbst eingestand. Langsam zog er seine Hände aus den Taschen seiner Jeans und ballte sie zu Fäusten. Sein Puls beschleunigte sich, und er wandte sich rasch von ihr ab, um sich nicht auch noch lächerlich zu machen, indem er sich verriet. Es war einfach töricht, sagte er sich, dass er so stark auf diese vollkommen fremde Frau reagierte. *Töricht und dumm!*

Linda konnte nicht wirklich sagen, warum ihre Wut plötzlich verrauchte, während sie ihm ins Gesicht gestarrt hatte. Seine rauchgrauen Augen hatte er wie unter einem stechenden Schmerz kurz zusammengekniffen, bevor er sich von ihr abgewandt hatte. Eine Art Schuldbewusstsein drängte sich in ihren Kopf, und sie suchte verwirrt und ergebnislos einen Grund dafür.

„Es … ähm … es tut mir leid, Herr Hellberg. Ich habe mich offenbar gehen lassen. Ich wollte Sie auf keinen Fall so anfahren. Das war äußerst ungerecht von mir. Es ist nur …" Ihre Stimme begann leicht zu zittern und wurde eine Spur leiser. „Es ist im Augenblick alles nicht so einfach für mich."

Sofort drehte Alexander sich wieder zu ihr herum und folgte seinem Gefühl. Er griff nach ihren Händen und hielt sie mit den seinen fest. „Dann lassen Sie sich doch einfach ein wenig von mir helfen. Es würde mir wirklich viel bedeuten“, sagte er so sanft, wie es ihm möglich war.

Linda blickte zu ihm auf und studierte sein Gesicht. Es wirkte überraschend offen, und seine Augen waren ruhig auf sie gerichtet. Der Mann strahlte Wärme, Stärke und vor allem Ehrlichkeit aus. Sie fühlte, wie sie unter seinem dunklen Blick eine Sicherheit empfand, die ihr schon seit ihrer Kindheit nicht mehr vertraut war. Unwillkürlich huschte ein sanftes Lächeln über ihr Gesicht.

Dieses unerwartete Lächeln brachte Alexander vollkommen aus dem Konzept, und es blieb ihm nichts anderes übrig, als es zu erwidern.

Verlegen entzog ihm Linda ihre Hände und trat einen Schritt zurück. „Wie wäre es mit einer Tasse Kaffee?“, fragte sie nahezu beiläufig, als wäre er ein alter Bekannter und gerade erst angekommen. „Bevor Sie kamen, wollte ich mir gerade einen aufbrühen.“

Verwirrt räusperte er sich. „Sehr gern, danke.“

„Kommen Sie. Wir trinken ihn in der Küche.“

Alexander folgte ihr durch die Eingangshalle zur anderen Seite des Hauses. Die Küche passte zum Rest der Villa: ein riesiger Raum mit einer weißen, sehr schlichten, aber unübersehbar teuren Einbauküche. Der Fußboden und die Arbeitsflächen waren aus dem gleichen rosafarbenen Marmor wie im Wohnzimmer. Linda Michaelsen wirkte verloren und zweifellos deplatziert in diesen übergroßen Räumen, befand er.

Er ließ sich auf einen der hohen Hocker des Küchentresens nieder und schaute zu, wie sie mit geübten Griffen die Kaffeemaschine in Gang setzte. Anschließend nahm sie zwei weiße Porzellanbecher aus einem der Schränke und kam ebenfalls zum Tresen herüber. Ihm gegenüber rutschte sie auf einen der Hocker. Bevor er es schaffte, dagegen anzukämpfen, musste er schmunzeln.

„Ja, ich weiß, es sieht jedes Mal urkomisch aus, wenn ich mich auf eines dieser monströsen Dinger setzen will. Ich bin eben ziemlich kurz geraten.“

„Tut mir leid. Ich wollte nicht …"

Sie winkte ab und schenkte ihm ein weiteres Lächeln. „Machen Sie sich nichts daraus, aber zur Strafe werden Sie gleich den Kaffee holen, wenn er fertig ist, damit ich nicht noch einmal auf diesen Berg klettern muss."

Sein breites und einnehmendes Grinsen wirkte befreiend auf beide. „Abgemacht."

Nachdem beide Becher gefüllt waren, prosteten sie sich wortlos zu. Der Kaffee tat Alexander gut, obwohl er von der bleiernen Müdigkeit, gegen die er noch vor weniger als einer halben Stunde gekämpft hatte, inzwischen nichts mehr bemerkte.

„Erzählen Sie mir von Charlotte, Linda." Er empfand eine fast alberne Befriedigung dabei, sie mit ihrem Vornamen anzusprechen.

Ihre Miene wurde ernst, aber ihr Blick blieb zu seiner großen Erleichterung freundlich. „Nun, sie ist ein Teenager. Was erwarten Sie?"

„Das ist eine recht schwierige Zeit für alle Eltern. Haben Sie große Probleme mit ihr?"

Sie dachte einen Moment ernsthaft darüber nach, ihn einfach anzuschwindeln, doch letztendlich entschied sie sich dagegen. „Es ist in der letzten Zeit nicht immer einfach mit ihr, denn sie hat den Eigensinn und den sprichwörtlichen Dickschädel ihres Vaters geerbt. Ich muss zugeben, dass ich mich manchmal etwas überfordert fühle, aber im Grunde ist sie ein liebes Mädchen und … ich bin auch sehr stolz auf sie. Sie ist sehr gut in der Schule."

„Gymnasium?"

„Ja, sie ist jetzt in der neunten Klasse."

Eine Weile schwiegen sie, und Alexander füllte unaufgefordert ihre leeren Kaffeebecher nach. „Darf ich Sie noch etwas über Frank fragen, Linda?"

Sie überlegte kurz und nickte schließlich. „Sie würden es ja doch tun, oder? Früher oder später, meine ich."

Das klingt fast, als hätte sie sich bereits damit abgefunden, dass ich in ihrer Nähe bin, dachte er erfreut und lächelte zufrieden in sich hinein.

„Wie war er so als Vater?"

Lindas Gesicht veränderte sich fast unmerklich. „Wollen Sie eine ehrliche Antwort, Alexander?"

Seinen Vornamen aus ihrem Mund zu hören bereitete ihm fast noch mehr Vergnügen, als den ihren auszusprechen. Wieder spürte er diese unwillkommene Hitze in sich aufsteigen. Er setzte seinen Kaffeebecher an die Lippen und nickte. Linda rutschte nervös von ihrem Hocker und lehnte sich stehend gegen die Schmalseite des Küchentresens, sodass sie ihm jetzt um einiges näher war. Ihr Duft stieg ihm in die Nase. Wieder dieser Hauch von Lavendel. Leicht blumig, ungeheuer feminin und betörend. Seine Kehle wurde trocken und seltsam eng.

„Frank war ein lausiger Vater. Mehr ist dazu kaum zu sagen. Ich schätze, Charlotte war ihm ebenso egal wie … ich."

Sein vernebelter Verstand brauchte eine Weile, um sie richtig zu verstehen und die damit verbundene Kettenreaktion in seinem Gehirn zu verarbeiten.

„Das klingt sehr bitter, Linda."

„Das ist nun einmal die kalte Wahrheit. Sie wollten doch sicherlich keine beschönigende Lüge hören, oder?"

„Nachdem Sie mir vorhin fast die Tür vor der Nase zugeknallt haben, wundere ich mich nun allenfalls über Ihre schonungslose Offenheit."

Sie duftete wirklich himmlisch, und er rückte unauffällig noch ein Stück zu ihr hin.

Linda blickte versonnen und unverwandt auf ihre Hände, die ineinander verschränkt auf der Marmorplatte des Tresens ruhten, deshalb bemerkte sie es zunächst nicht.

„Das entspricht eben meiner Natur. Es liegt mir nicht, einen einmal gefassten Entschluss rückgängig zu machen. Ich habe mich überzeugen lassen, mit Ihnen zu reden, und das tue ich jetzt, Alexander." Sie blickte zu ihm hoch und sah sein Gesicht unerwartet dicht vor sich. Plötzlich schien der Raum um sie herum förmlich zu vibrieren.

Sie fühlten es beide.

Seine dunklen Augen hielten für mehrere Sekunden ihren Blick fest, und er registrierte darin ebenso eine gewisse Überraschung wie auch eine unübersehbare Panik. Sie atmete hörbar aus und machte einen großen Schritt von ihm weg.

Für einen kurzen Moment hatte er geglaubt, sein Herz werde aussetzen. Seine Hand war bereits auf dem Weg zu ihrem Kopf gewesen, um endlich dem verrückten Bedürfnis nachzugeben, ihr Haar zu berühren, bevor sie so ruckartig zurückgewichen war.

„Ich glaube, Sie sollten jetzt besser gehen", durchbrach ihre zitternde Stimme die verlegene Stille zwischen ihnen.

Er räusperte sich, aber die ungeheure Spannung wollte noch immer nicht weichen. „Ja, ich … Das sollte ich wirklich." Er stand auf und machte instinktiv einen Schritt auf sie zu. Linda hob abwehrend beide Hände und schüttelte leicht ihren Kopf.

„Bitte, Alexander, geh jetzt."

Unschlüssig blickte er sie einen Moment lang an. „Darf ich wiederkommen?"

Während sie ihm noch den Rücken zuwandte, nickte sie stumm.

Er fand allein den Weg hinaus.

Zwei ganze Tage und Nächte hielt Alexander sich zurück, dann gab er seinem inneren Drang schließlich doch nach und rief Linda an. Sie war sofort am Apparat.

Er meldete sich mit seinem Namen, doch sie antwortete nicht. Also redete er einfach drauflos. „Linda, ich wollte Sie … dich fragen, ob … Wie wäre es mit einem guten italienischen Essen? Heute Abend?"

Sie blieb noch einen weiteren Augenblick stumm, bevor er endlich wieder ihre sanfte Stimme hörte. „Ja, warum nicht. Ich würde mich freuen."

Das klang zwar schon wieder ein bisschen distanziert, aber sie hatte schließlich zugestimmt, überlegte er. „Darf ich euch um halb acht abholen?"

Wieder Stille.

„Uns?"

„Ich dachte, vielleicht würde deine Tochter gerne mitkommen. Die machen eine sensationelle Pizza da."

Er lauschte auf ihren Atem und berauschte sich daran. Die eigene Reaktion stufte er sofort als äußerst übertrieben ein und schüttelte über sich selbst den Kopf.

„Ich werde Charlotte fragen, Alexander."

„Bis heute Abend, Linda. Ich freue mich."

„Ja."

Das Klicken in der Leitung teilte ihm mit, dass sie aufgelegt hatte. Alexander hielt noch einige Augenblicke den Hörer in der Hand, bevor er ihn zurück auf die Ladestation gleiten ließ. Er schloss kurz die Augen und atmete bewusst einige Male tief ein und aus.

Sie ist seine Frau.

Nein, sie war seine Frau, verbesserte er sich in Gedanken.

Und ich will sie!

Als Alexander um Punkt halb acht aus seinem Auto stieg, stand Charlotte mit einigen Freundinnen draußen vor der Haustür. Offenbar hatte sie sich gerade von ihrer Mutter verabschiedet. Lachend winkte das Mädchen ihm zu. „Hi, Alexander Hellberg, danke für die Einladung, aber ich habe leider schon was vor." Wie bisher jedes Mal, so entlockte Lindas Tochter ihm auch jetzt ein breites Grinsen.

„Ich werde es irgendwie überleben müssen, Kleine", sagte er augenzwinkernd.

Charlotte und ihre Freundinnen enttäuschten seine Erwartungen nicht und brachen daraufhin in ein albernes Teenagergekicher aus, bevor sie endgültig das Feld räumten.

Linda stand noch immer in der Haustür und sah ihm entgegen.

„Sie werden allesamt heute Nacht von dir träumen", sagte sie lächelnd.

„Nun, das will ich doch hoffen!"

Sein Blick glitt bewundernd über ihre Erscheinung. Der

schlichte dunkelblaue Hosenanzug stand ihr hervorragend. „Du siehst sehr schön aus“, entfuhr es ihm.

„Danke. Offenbar hast du dir für heute vorgenommen, allen weiblichen Wesen den Kopf zu verdrehen.“

Sie verhielt sich ihm gegenüber vollkommen natürlich – und er war dankbar dafür. Lächelnd geleitete er sie zu seinem Auto und hielt ihr die Beifahrertür auf.

Beide genossen das Essen, den Wein und ihre erfreulich unverkrampften Gespräche. Ihre eigenen Vorbehalte gegen Alexander Hellberg erschienen Linda bald ebenso albern wie dumm.

Es war viel zu lange her, dass sie sich so gut unterhalten und amüsiert hatte. Solange sich ihre Beziehung auf einem rein freundschaftlichen Terrain bewegte, fühlte sich Linda sicher und konnte den Abend genießen. Den Gedanken an die wenigen Sekunden, in denen sie sich so unerwartet stark zu ihm hingezogen gefühlt hatte, verdrängte sie einfach. Wahrscheinlich hatte sie sich das sowieso nur eingebildet, weil sie gerade in einer äußerst melancholischen Stimmung gewesen war, beruhigte sie sich. Trotzdem würde sie vorsichtig bleiben, denn sie hatte sich einmal geschworen, sich nicht noch einmal auf einen so attraktiven Mann einzulassen.

Und sie musste zugeben, dass Alexander Hellberg zur besonders gut aussehenden Sorte gehörte. Vielleicht war sein Mund eine Spur zu sinnlich, aber seine vollkommen ebenmäßigen Gesichtszüge, die gerade Nase und das energische Kinn wirkten klassisch maskulin. Die überlangen dunklen Wimpern – für die jede Frau sofort Haus und Hof gegeben hätte – und die leicht geschwungenen Brauen verliehen seinem Gesicht jedoch mildernde Sanftheit und ließen seine rauchgrauen Augen geheimnisvoll strahlen. Dieser Eindruck wurde durch das dichte dunkelbraune Haar noch verstärkt. Eine beunruhigend elektrisierende Aura schien ihn zudem zu umgeben, wenn er sprach. Seine Stimme war tief und klang ein wenig heiser. Der Mann war ohne Zweifel das, was man gemeinhin als ausgesprochen sexy bezeichnete.

Es wunderte Linda überhaupt nicht, dass Alexander mit seinen siebenunddreißig Jahren noch nicht verheiratet war. Sie konnte sich nicht vorstellen, dass es überhaupt einer einzigen Frau gelingen konnte, einen Mann mit dieser auffälligen Ausstrahlung an sich zu binden.

„Bekomme ich noch einen Abschiedskaffee?“, fragte Alexander, als er sie schließlich wieder zu ihrer Haustür begleitete. Linda überhörte die warnende Stimme in ihrem Kopf und lächelte.

„Wie wäre es mit einem weiteren Espresso? Ich besitze auch so eine fauchende Teufelsmaschine, mit der man ihn herstellen kann.“

„Fein“, nickte Alexander und folgte ihr ins Haus.

„Geh doch schon mal voraus ins Wohnzimmer. Ich werfe die Maschine an und sehe dann kurz nach Charlotte. Wenn ich zurück bin, bringe ich unseren Espresso mit.“

Einige Minuten später erschien sie mit einem kleinen Tablett im Wohnzimmer. Alexander beobachtete jede ihrer auffallend grazilen Bewegungen.

„Hast du mal getanzt?“, fragte er aus einem Impuls heraus.

Linda blickte erstaunt auf. „Ja, ich habe zwölf Jahre lang ernsthaft Ballett gemacht. Ich wollte sogar Tänzerin werden. Besser gesagt, Primaballerina. Aber ich glaube, das wollen alle Mädchen irgendwann einmal. Übrig geblieben ist allerdings lediglich meine unerschütterliche Liebe zu dieser Kunst. Warum fragst du?“

„Ich dachte nur ... Man sieht es daran, wie du dich bewegst. Das wirkt immer so fließend und elegant.“

„Oh – danke schön! Ich nehme das als sehr nettes Kompliment.“

„Es war auch absolut ernst gemeint.“ Er trank seinen Espresso ziemlich schnell aus und räusperte sich. „War mit Charlotte alles in Ordnung?“

„Ja, sie liegt brav in ihrem Bett und schläft.“

Nach einer Weile stand er schließlich etwas unbeholfen auf. Die Stimmung zwischen ihnen war deutlich anders geworden, seit sie miteinander allein waren. Die Leichtigkeit ihres Zusammenseins war verflogen. „Du bist sicher müde, Linda. Ich werde jetzt besser fahren."

Widerspruchslos begleitete sie ihn in die Eingangshalle. „Es war ein sehr schöner Abend, Alexander. Ich danke dir für deine nette Einladung", sagte sie leise, als sie nebeneinander vor der Haustür standen.

„Ich danke dir. Ich fand es auch sehr schön. Wir sollten das beizeiten wiederholen." Sein Blick glitt langsam über ihr Gesicht. Er konnte den drängenden Impuls fast mit Händen greifen, der sich jäh in ihm breitmachte.

Alexander Hellberg hatte schon vor Jahren seine eigene Art entwickelt, mit Frauen umzugehen. Wenn er ein Ziel vor Augen hatte, vergaß er irgendwelche komplizierten Umwege und ging direkt darauflos. Normalerweise funktionierte diese Taktik perfekt.

Aber in diesem besonderen Fall kämpfte er für den Bruchteil einer Sekunde länger mit sich. Der Drang blieb jedoch so stark, dass er ihm schließlich seufzend nachgab. Blitzschnell schob er seine rechte Hand in Lindas Nacken und zog ihren Kopf zu sich heran.

Sein Mund lag bereits auf ihren Lippen, bevor sie seine Bewegung überhaupt realisierte.

Es war ein kurzer Kuss, weich und sanft. Fast ruckartig löste er sich wieder von ihr, weil er spürte, dass er nicht länger behutsam bleiben würde, wenn er sie auch nur noch eine Sekunde länger geküsst hätte. In seinem Magen schienen Naturgewalten zu toben, und sein Verstand war ihm irgendwie abhandengekommen.

Sie bewegte sich nicht, blieb vollkommen starr. Nur ihr Mund hatte ihn berührt, doch die Wirkung dieses Kusses war offensichtlich umfassend. Nach Atem ringend, sah er in ihre goldenen, zutiefst erschrockenen Augen, und ihn ergriff sofort das Gefühl, sich bei ihr entschuldigen zu müssen.

„Tut mir leid, ich …"

„Gute Nacht, Alexander."

„Gute Nacht, Linda."

Nachdem Alexander gegangen war, schleppte Linda sich mit letzter Kraft nach oben in ihr Schlafzimmer, dann gab sie endlich ihren zitternden Knien nach und ließ sich auf ihr Bett fallen. In ihrem Inneren herrschte Aufruhr. Ihre Hände waren eiskalt, und sie legte sie zu ihrer eigenen Beruhigung auf ihre glühenden Wangen.

Nein, dachte sie immer wieder. *Nein, das darf nicht passieren. Ich will das auf keinen Fall!*

Sie zitterte auch noch, als sie endlich die Kraft zurückgewann, um noch einmal aufzustehen und die Vorhänge zuzuziehen, damit sie Licht machen konnte. Als sie aus dem Fenster sah, stockte ihr erneut der Atem. Sein Auto stand noch immer vor dem Haus. In der Dunkelheit sah sie das rot glühende Ende einer Zigarette glimmen. Dann, endlich, leuchteten die Scheinwerfer hell auf, und der Wagen rollte langsam davon.

Erschöpft ließ sie ihre heiße Stirn gegen die kühle Fensterscheibe sinken. Mit der Zungenspitze fuhr sie langsam über ihre Oberlippe. Sie schmeckte ihn noch immer, fühlte noch immer die Wärme seiner Hand in ihrem Nacken, und sie hatte noch immer den leicht holzigen Duft seines Rasierwassers in der Nase. Sie musste aufpassen, dass er ihr nicht noch einmal so nahekam. Sie wollte auf keinen Fall so für ihn empfinden, denn das würde nur unweigerlich dazu führen, dass sie ihn enttäuschte und er ihr letztlich wehtat. Dieser schmerzlichen Erniedrigung würde sie sich nicht noch einmal aussetzen. Davon war sie nun endlich meilenweit entfernt.

3. KAPITEL

Alexander lag bereits seit Stunden wach.

In dreißig Minuten würde ohnehin sein Wecker klingeln, deshalb stand er seufzend auf und schleppte sich in seine kleine Küche, um einen starken Kaffee zu kochen. Während seine altersschwache Kaffeemaschine ihre brodelnden und zischenden Laute ausstieß, duschte er schnell und zog sich an.

Mit seinem übergroßen vollen Kaffeebecher in der Hand ließ er sich schwerfällig auf einem der beiden schlichten Küchenstühle nieder.

„Verflucht noch mal, was ist nur mit mir los?“, stieß er mürrisch hervor.

Er hätte sie auf keinen Fall küssen dürfen. Nicht diese Frau! Dieser Kuss erschien ihm jetzt absurd und unverzeihlich, ja fast sogar ein wenig unmoralisch – und in gleichem Maße wundervoll und absolut himmlisch! Gerade als er die Augen schloss, um noch einmal an ihren weichen, süßen Mund zu denken, klingelte sein Telefon.

„Alexander, hier ist Linda.“ Automatisch hielt er den Atem an.

„Guten Morgen.“ Seine Stimme war etwas belegt, und er musste sich räuspern.

„Ich möchte unbedingt mit dir sprechen. Am besten heute noch. Geht das?“ Lindas Stimme klang atemlos und ein wenig zittrig.

„Ist alles in Ordnung, Linda?“

„Ja, mach dir bitte keine Sorgen. Es ist nichts passiert oder so. Ich muss nur etwas mit dir besprechen, wie ich schon sagte.“ Sie räusperte sich ebenfalls. „Es ist wirklich wichtig! Könntest du heute noch einmal bei mir vorbeischauen, Alexander?“

„Ich muss jetzt gleich zum Dienst, aber ich könnte gleich nach Feierabend vorbeikommen. Wenn alles gut geht, wäre das heute, warte mal … so zwischen fünf und halb sechs. Ist das okay für dich?“

„Ja, fein. Ich danke dir.“

Diesmal öffnete Linda Alexander selbst die Haustür.

„Danke, dass du gleich hergekommen bist. Wollen wir in den Wintergarten gehen und einen Kaffee trinken? Er ist bereits fertig."

Alexander nickte und trottete ergeben hinter ihr her. Sie schenkte die Tassen voll und bot ihm Gebäck an, das er jedoch dankend ablehnte. „Was wolltest du mit mir besprechen, Linda?", fragte er und bemerkte, wie ungeduldig seine Stimme klang.

Ihre Wangen röteten sich leicht, und sie atmete tief durch. Aber ihr Blick traf den seinen nun direkt, und er realisierte sofort eine wilde Entschlossenheit darin, die ihn etwas überraschte. „Ich möchte dich nachdrücklich darum bitten, mich nicht noch einmal zu küssen, Alexander."

Er schluckte. Seine derzeitige Unsicherheit, ja die ganze Situation war ihm vollkommen fremd, und es fiel ihm schwer, mit diesem Zustand umzugehen. „Ich glaube, ich habe mich bereits gestern Abend dafür bei dir entschuldigt", sagte er leise.

„Ich weiß, ich möchte das auch nur ein für alle Mal klarstellen … Ich meine, ich möchte einfach nicht, dass das noch einmal zwischen uns passiert."

Das Gefühl, getadelt und abgekanzelt zu werden, drängte sich ihm auf und traf empfindlich seine männliche Eitelkeit. Trotzdem erschien es ihm wichtig, dass Linda davon nichts bemerkte.

„Wie ich schon sagte, tut mir mein kopfloses Verhalten sehr leid. Du bist gerade erst Witwe geworden. Ich hatte wirklich kein Recht dazu, dich derart zu überfallen. Verzeih mir, Linda."

Mit einer heftigen Bewegung stand sie auf. „Das hat überhaupt nichts mit Frank zu tun, sondern ganz allein mit mir! Ich will es nicht, verstehst du! Ich will nicht, dass du mich anfasst oder sogar küsst! Ich habe dir bereits angedeutet, dass meine Ehe nicht besonders glücklich gewesen ist. Frank gegenüber hätte ich, weiß Gott, keine Gewissensbisse, Alexander. Nicht im Geringsten! Soweit ich weiß, hat er mich sowieso ständig betrogen."

Mit geballten Fäusten stand sie jetzt direkt vor ihm und starrte ihm wütend ins Gesicht. Weil er einfach nicht wusste, was er sagen sollte, stand er ebenfalls auf.

„Ich will es nicht, Alexander!", wiederholte sie voller Zorn. „Es geht hier ganz allein um mich!"

Er starrte sie nur an, blickte in ihre großen goldblitzenden Augen und fühlte sich erbärmlich, bis sie ihren anklagenden Blick schließlich von ihm löste und sich abwandte. Eine ähnliche Situation hatte es für ihn noch nie gegeben.

Verwirrt registrierte er, wie sehr sie ihn gerade verletzt und gedemütigt hatte. Doch weil er die Wut, die in ihm aufstieg, nicht zulassen wollte, kämpfte er entschlossen dagegen an und zwang sich selbst zur Ruhe. So ganz gelang ihm das jedoch nicht. „Herrje, ich habe dich geküsst und sofort gewusst, dass es nicht richtig war!", reagierte er angespannt auf ihre eiskalte Abfuhr. „Aber ich habe auch nicht gespürt, dass es so furchtbar für dich gewesen ist. Es tut mir wirklich leid, Linda! Selbstverständlich werde ich dich nicht noch einmal derart belästigen."

Betroffen blickte sie wieder in seine Augen. Er verstand sie völlig falsch. Sie wollte gar nicht, dass er jetzt einfach verschwand und vielleicht niemals wiederkam. Zart legte sie ihre Hand auf seinen Arm, um ihn aufzuhalten, denn er war wirklich im Begriff, zu gehen. Eine innere Stimme sagte ihr, dass es für immer sein würde, wenn sie tatsächlich zuließ, dass er jetzt ging.

„Nein, Alexander, du hast mich vollkommen falsch verstanden", sagte sie, ohne nachzudenken und mit zitternder Stimme. „Ich fand es sogar ... sehr schön, als du mich geküsst hast. Das ist ja gerade mein Problem."

Verständnislos und gleichzeitig von heißer Freude durchflutet, starrte er sie an. „Du fandest es schön, als ich dich geküsst habe, aber du willst es trotzdem nicht wiederholen. Habe ich dich jetzt richtig verstanden, Linda?"

„Ja."

„Zum Teufel, warum nicht?"

„Ich ... ich bin nicht sehr gut darin."

Er meinte direkt zu hören, wie sich sein Verstand ganz ausschaltete.

„Worin bist du nicht sehr gut?“

„Du weißt, was ich meine.“

„Es tut mir leid, Linda. Ich weiß überhaupt nicht, wovon du sprichst.“

Offenbar rang sie mit sich. „Bei einem einfachen Kuss würde es schließlich nicht bleiben, Alexander. Du bist beileibe nicht der Mann, der sich mit einem harmlosen kleinen Kuss zufriedengibt.“

Er machte einen Schritt auf sie zu, und sie wich erschrocken zurück. Beschwichtigend hob er sofort beide Hände. „Ich weiß nicht, warum du glaubst, du … bist nicht gut darin.“ Er winkte ab. „Ich habe dich nur geküsst, Linda. Es war ein kurzer, fast scheuer Kuss, wenn du dich erinnerst. Ich hatte sicherlich nicht vor, sofort über dich herzufallen und dich dort drüben in deinem Flur zu vernaschen. Wofür hältst du mich eigentlich?“

„Wäre ich dir entgegengekommen, hättest du mit mir schlafen wollen.“

Ich werde wahnsinnig, dachte er, ich stehe kurz vor dem Zusammenbruch. Was mache ich hier eigentlich?

„Nein, Linda! Ich hätte es vielleicht gewollt, ja. Um ehrlich zu sein, weiß ich sogar ganz sicher, dass ich das auch jetzt noch will, aber ich hätte es sicher nicht erwartet. Niemals hätte ich dein Entgegenkommen einfach vorausgesetzt. Ich finde dich äußerst begehrenswert, aber ich bin doch kein Tier, verflucht noch mal!“

Eine Weile standen sie sich schwer atmend und stumm gegenüber.

Alexander versuchte, seine Gedanken zu ordnen. Er war ein erfahrener Mann und ein ebenso erfahrener Kriminalist. Der Gedanke, der sich da plötzlich in seinem Kopf breitmachte, gefiel ihm ganz und gar nicht, ließ sich aber auch nicht mehr abschütteln.

„Es tut mir leid“, hauchte Linda schließlich und senkte den Kopf. „Ich glaube nicht, dass du mich wirklich verstehst.“

„Was, zum Teufel, hat er mit dir gemacht, Linda?“, fragte er mit betont ruhiger Stimme und sprach damit den bedrückenden Gedanken aus, der soeben wie aus dem Nichts aufgetaucht war.

In stummer Abwehr verschränkte sie ihre Arme vor der Brust und schüttelte ihren Kopf.

Hilflos fuhr er sich durchs Haar, dann nickte er. „Mit einer Sache hast du recht. Ich begehre dich, Linda, das kann und werde ich nicht leugnen. Aber ich würde niemals etwas von dir verlangen, das du mir nicht freiwillig geben willst. Glaubst du mir das?“

Sie hob den Kopf und sah noch einmal direkt in seine ernsten Augen. „Ich ... ich denke, schon.“

„Hab einfach Vertrauen. Ich werde dich zu nichts zwingen. Versprochen.“

„Glaub mir, ich kann dir nur meine Freundschaft anbieten. Nicht mehr.“

Vorsichtig hob er eine Hand und strich zart über ihr seidiges Haar. Sein Kopf arbeitete noch immer auf Hochtouren, und er entwickelte innerhalb von wenigen Sekunden einen abgrundtiefen Hass auf den Mann, der einmal sein bester Freund gewesen war und den er noch nicht einmal mehr zur Rechenschaft ziehen konnte. Für was auch immer.

„Kannst du ... zum Essen hierbleiben, Alexander?“ Ihre Stimme war noch immer zittrig.

„Komm her“, forderte er sie auf und öffnete seine Arme. „Trau dich einfach, es wird dir und auch mir jetzt sicher guttun. Und es ist nur die Umarmung eines Freundes.“

Zögernd machte sie einen Schritt auf ihn zu, dann glitt sie behutsam in seine Arme und lehnte ihren Kopf an seine Brust.

Sanft schloss er die Arme um ihren zierlichen Körper, aber seine Hände bewegten sich nicht. Alles, was er tat, war, sie zu halten und ihre Nähe zu genießen. Leicht legte er den Kopf auf ihren Scheitel und nahm dankbar den Duft ihres Haares in sich auf. Erleichtert fühlte er, wie die Anspannung langsam aus ihrem Körper wich und auch er selbst wieder ruhiger wurde. „Ich bleibe übrigens sehr gerne zum Essen hier, wenn du es wirklich möchtest“, flüsterte er.

Sie lachte leise auf und blickte zu ihm hoch. „Jetzt hast du es gerade noch geschafft, mich vom Heulen abzuhalten.“

„Wenn dir zum Heulen zumute ist, dann tu es doch."

„Du bist anscheinend tatsächlich ein ganz netter Kerl, Alexander Hellberg. Das hätte ich dir auf den ersten Blick gar nicht zugetraut."

Sie rückte rasch von ihm ab, und er konzentrierte sich darauf, sie nicht sofort wieder zurück in seine Arme zu ziehen. Er würde sich in Geduld üben müssen. Eigentlich lag ihm das überhaupt nicht, aber er würde es lernen, sagte er sich. „Du bringst eben meine besten Seiten zum Vorschein."

Soweit es Alexanders Dienstplan zuließ, verbrachten sie in den folgenden Wochen sehr viel Zeit miteinander. Seine persönliche Freizeitgestaltung veränderte sich vollkommen. Der Platz in seinem Stammlokal blieb leer und sein Fernsehgerät ausgeschaltet. Auch seine wenigen Bekannten bekamen ihn nur noch sehr selten zu Gesicht. Stattdessen ging er mit Linda ins Kino und in Restaurants. Manchmal spazierten sie auch einfach nur stundenlang an der Elbe entlang, redeten und beobachteten die kleinen und großen Schiffe, die auf dem Strom an ihnen vorbeizogen. Charlotte schloss sich ihnen häufig an, und er war froh darüber, dass das Mädchen offensichtlich nichts gegen seine ständige Präsenz einzuwenden hatte.

Ganz bewusst hielt er sich zurück, berührte Linda nur manchmal und auch nur mit äußerster Vorsicht – und er begann, körperlich ernsthaft darunter zu leiden. Denn je mehr er über sie erfuhr, je häufiger er sie sah, desto stärker begehrte er sie.

Wieder einmal hatten sie einen schönen Abend miteinander verbracht. Anneliese war ebenfalls zu Besuch gewesen, und Linda hatte für sie alle gekocht. Nach dem hervorragenden Essen hatten sie Karten gespielt und viel gelacht. Auch Anneliese ging es inzwischen viel besser, und sie war offensichtlich erfreut darüber, dass Alexander jetzt so viel Zeit mit Linda und Charlotte verbrachte.

Alles verlief äußerlich harmonisch und wunderbar, doch Alexanders Nerven lagen blank. Das zarte Band der Vertrautheit, das zwischen Linda und ihm entstanden war, wurde mit jedem Tag stärker und schürte sein Verlangen.

Nachdem Anneliese bereits gegangen war und Charlotte sich in ihr Zimmer zurückgezogen hatte, blieben sie wie selbstverständlich zusammen im Wohnzimmer sitzen und unterhielten sich noch eine Weile über dies und das. Sie sprachen auch über Anneliese und Charlotte, und Alexander wurde wieder einmal bewusst, wie sehr Linda an ihrer kleinen Familie hing.

Als sie kurz aufstand, um eine neue Flasche Wasser aus der Küche zu holen, fiel Alexanders Blick auf einen prächtig blühenden Schopflavendel, der auf einem der Beistelltische stand. Linda hatte die Pflanze in eine wunderschöne Porzellanschale gesetzt, die hervorragend dazu passte. Er griff danach und steckte seine Nase in die Blütenpracht. Lindas Lachen ließ ihn aufblicken.

„Ich liebe Lavendel“, erklärte er verlegen und mit einem fast entschuldigenden Unterton in der Stimme. „Übrigens mag ich die Farbe und den Duft.“ Schmunzelnd stellte er den Blumentopf wieder zurück an seinen Platz.

Später am Abend lag Alexander rauchend auf seinem Bett und grübelte zum wiederholten Male über seine eigenartige Beziehung zu dieser Frau nach.

Sie hatten viel miteinander geredet in der letzten Zeit, aber nie mehr über ihre Ehe mit Frank. Ihre Gespräche waren durchaus persönlich, bewegten sich jedoch stets auf sicherem Terrain. Jede noch so kleine Berührung von ihm verursachte diese erschreckende Panik in ihren Augen. Er hielt sein Verlangen kaum noch aus, traf sich aber dennoch nicht mehr mit anderen Frauen, weil er instinktiv wusste, dass keine andere sein Verlangen würde stillen können.

Seit langer Zeit war Linda die erste Frau, über die er intensiv nachdachte, die ihn fesselte und faszinierte, das wurde ihm plötzlich bewusst. Automatisch erschien das Bild einer anderen Frau, seiner ersten großen Liebe, in seinem Kopf. Die Frau, die ihn auf die schlimmste Art betrogen hatte, die man sich nur vorstellen konnte. Die Frau, die nachhaltig dafür gesorgt hatte, dass er sich niemals wieder auf eine feste Partnerschaft einlassen würde.

Adrienne!

Doch das Bild aus der Vergangenheit verschwamm, und er sah wieder Lindas schönes und faszinierendes Gesicht vor sich. Ich brauche eine Auszeit, dachte er wütend.

Doch als Linda ihn am nächsten Tag im Büro anrief und fragte, ob er nach Dienstschluss auf einen Kaffee vorbeikomme, sagte er sofort zu.

Beim Mittagessen führte Alexander ein Gespräch von Mann zu Mann mit Bernd Lindemann.

„Hast du eine Idee, was ich noch tun kann, Bernd? Ich glaube, ich habe sogar annähernd so etwas wie eine Beziehung, allerdings ohne den geringsten Körperkontakt. Meine Güte, ich verbringe fast jede freie Minute mit dieser Frau und traue mich noch nicht einmal, sie zur Begrüßung auf die Wange zu küssen."

„Hast du es denn mal wieder versucht?"

Alexander schüttelte den Kopf. „Gott bewahre! Schon jede harmlose Berührung von mir scheint sie völlig aus der Bahn zu werfen. Ich fühle mich jedes Mal wie ein Sittenstrolch, wenn ich ihr nur meinen Arm anbiete, um sie zur Haustür zu bringen oder so. Du solltest nur ihre Augen sehen. Sie schaut mich dann an wie ein wehrloses Kind, das einer Prügelstrafe entgegensieht."

„Du bist immer sehr leicht ans Ziel gekommen, was, Alex?"

„Wie meinst du das?"

„Hast du schon mal was von Eroberung und Verführung gehört, du großer Casanova? Wie alt bist du eigentlich, Hellberg?"

Alexander steckte sich eine Zigarette zwischen die Lippen und kniff unwillig die Augen zusammen. „Ich bemühe mich doch ständig um sie. Dauernd bin ich in ihrer Nähe."

Lindemann schüttelte seinen Kopf. „Einfach nur für sie da zu sein ist ja gut und schön, aber in ihrem Fall wohl nicht genug, Alex. Du musst ihr richtig den Hof machen. Koch sie weich. Verwöhne sie und erinnere sie gleichzeitig daran, was du von ihr willst, ohne zu drängen. Zwinge sie dazu, sich auch mit deinen Bedürfnissen auseinanderzusetzen. Geh ruhig mal einen

Schritt zu weit. Wenn du gleichzeitig ihr die Entscheidung auf den nächsten Schritt überlässt, kann sie dir nichts vorwerfen, Junge." Lindemann lachte laut auf. „Mann, du müsstest jetzt dein verständnisloses Gesicht sehen. Ich sag ja, du hast bis jetzt nicht genug kämpfen müssen, weil die Weiber dir immer nachgelaufen sind und nur allzu willig waren."

Alexander dachte einen Moment nach und rieb sich dabei das Kinn. „Kannst du mir sagen, wo ich Karten fürs Ballett bekomme?"

Der ältere Mann strahlte ihn an. „Na, wenigstens hast du Tölpel verstanden, was ich gemeint habe. Lass nur, ich erledige das nachher für dich, du elender Anfänger."

Bereits eine Stunde nach dem gemeinsamen Mittagessen erschien Bernd Lindemann in Alexanders Büro und legte ihm zwei Karten für ‚Ein Sommernachtstraum' auf den Schreibtisch. „Ich bekomme hundertdreißig Mäuse von dir, Kollege."

„Meine Güte! Kinokarten wären mir entschieden lieber gewesen."

„Tja, echte Kultur hat eben ihren Preis."

Alexander kramte in der Innentasche seiner Lederjacke nach seiner Geldbörse und zog murrend den verlangten Betrag hervor. „Gibt es eigentlich etwas Neues im Mordfall Michaelsen?"

Bernd Lindemann verzog sein Gesicht, während er Alexander das Geld aus der Hand nahm und achtlos in seine Hosentasche stopfte. „Eigentlich wollte Siggi dir erzählen, was wir herausgefunden haben. Die Sache hat sich nämlich ungeahnt deftig entwickelt, Alex."

„Was habt ihr denn plötzlich anzubieten?"

„Setz dich lieber. Ich hole Siggi, der ist schließlich drauf gestoßen."

Einige Minuten später saßen sie zu dritt in Alexanders Büro. Siegfried Rossner, ein alter, erfahrener Kripohase, gehörte ebenfalls zur Mordbereitschaft, die Bernd Lindemann leitete.

„Atme noch einmal tief ein, Alex. Jetzt kommt es nämlich

dicke." Siggi Rossner griff nach der Bonbontüte, die neben Alexanders Computertastatur lag. „Du erlaubst doch, oder?"

„Ja, sicher." Alexander schob Siggi die Tüte mit den Fruchtgummis rüber. Er wusste, dass sein Kollege verrückt nach Süßigkeiten jeglicher Art war. „Nun fang schon an, Siggi."

Rossner schob sich zunächst ein Fruchtgummi zwischen die Lippen und kaute einige Sekunden lang mit sichtbarem Genuss. Dann lehnte er sich entspannt zurück und sah Alexander in die Augen. „Nachdem wir kein einziges Stück weitergekommen sind, habe ich mich unter anderem auch ein bisschen auf dem Kiez umgehört. Nenn es eine Eingebung, wenn du willst. Jedenfalls habe ich das Foto von deinem alten Kumpel hier und da herumgezeigt – und siehe da, bei einer älteren Bardame und zwei ihrer männlichen Kollegen hatte ich schließlich Erfolg." Er griff wieder in die Tüte, steckte sich ein Bonbon in den Mund und genoss die wachsende Spannung. „Sie kannten ihn, wenn sie es auch nur ungern zugaben. Um genau zu sein, sagten sie es erst, nachdem sie von mir erfahren hatten, dass Frank Michaelsen nicht mehr am Leben ist."

Alexander straffte seine Schultern. „Ja, sicher könnte ihn da der eine oder andere mit einem guten Gedächtnis wiedererkennen, Siggi. Wir haben eine ganze Zeit lang im Milieu zusammen Dienst geschoben, kurz vor dem Ende unserer Ausbildung."

Rossner wedelte abwehrend mit dem Zeigefinger. „Nein, nein, völlig falsch, Kollege. Keiner von den Typen, mit denen ich gesprochen habe, wusste überhaupt, dass Michaelsen ein Bulle war. Ganz im Gegenteil! Unser Mann war nämlich voll im Geschäft, Alex. Sein Laden wird von einer jungen Frau geführt, mit der er offensichtlich nicht nur geschäftlich verbunden war. Jedenfalls bewohnten sie zusammen eine Art Penthouse – sehr luxuriös übrigens. Frank Michaelsen muss verteufelt gut verdient haben. Sein Etablissement soll ein absoluter Insidertipp sein."

Er lehnte sich vor. „Deinen alten Kumpel Michaelsen kannten allerdings nur einige Auserwählte persönlich, und die waren natürlich finanziell von ihm abhängig. Man hat mir erzählt, dass es auch nicht gerade der Gesundheit zuträglich war, wenn man ihm irgendwie Ärger machte und ihm von Angesicht zu Angesicht gegenübertreten musste. Im Milieu nannte man ihn nur ‚den Schleifer'. Er war offenbar einer von der schlimmsten Sorte. Knallhart und äußerst brutal! Es kursieren die wildesten Gerüchte über ihn, und außer seiner Geliebten scheint es dort wirklich niemanden zu geben, der ihm auch nur eine einzige Träne nachweint."

Siegfried Rossner machte eine Pause. Alexander ließ das Gehörte auf sich wirken und registrierte verwundert, dass er nicht so schockiert und betroffen war, wie es nach dieser Eröffnung wohl angemessen gewesen wäre. „Und ihr seid sicher, dass ‚der Schleifer' und Frank Michaelsen ein und dieselbe Person waren?"

„Wir haben inzwischen mit der drallen Lady gesprochen, die seinen Puff führt, Alex. Er war es. Michaelsen hat am Tage den guten und des Nachts den bösen Jungen gegeben."

„Hat die Presse schon was spitzgekriegt?"

„Nein, wir lassen nichts hier raus. Allerdings wundere ich mich ein bisschen, dass bis jetzt keiner von diesen verdammten Bluthunden Lunte gerochen hat."

Alexander dachte an Linda, und ihm wurde sofort speiübel. „Was ist mit seiner Frau?"

Lindemann mischte sich ein. „Kein Handlungsbedarf, Alex. Sie hatte nicht die geringste Ahnung von seiner … Nebentätigkeit. Siggi hat ihr vor knapp einer Stunde noch einmal ordentlich auf den Zahn gefühlt. Sie ist absolut sauber."

„Michaelsen hat die Kleine nach Strich und Faden verarscht, wenn du mich fragst", ergänzte Rossner die Erläuterungen seines Kollegen.

Alexander schoss hoch und griff bereits in der nächsten Sekunde nach seiner Jacke. „Du hast schon mit ihr gesprochen! Hast du ihr … all das gesagt?"

„Ja, sicher, was hast du erwartet?"

Linda war aschfahl im Gesicht. Wortlos ließ sie Alexander ins Haus und ging voraus in die Küche, um wie immer, wenn er kam, die Kaffeemaschine in Gang zu setzen. „Du bist heute früh dran“, sagte sie tonlos und mit hörbar dünner Stimme. „Ich habe dich erst viel später erwartet.“

Er beobachtete sie, ließ sie nicht aus den Augen. Dann legte er seine Jacke über einen der Hocker und ging um den Tresen herum, bis er dicht hinter ihr stand. Sanft legte er seine Hände auf ihre Schultern und drehte sie zu sich herum. „Ich habe es gerade erfahren, Linda. Ich ... Es tut mir so leid.“

Sie sah ihn nicht an und sagte kein Wort, fiel nur nach vorn gegen ihn, schlang ihm fest die Arme um die Taille und grub ihr bleiches Gesicht in die weiche Wolle seines Pullovers. Einen Moment blieb er ganz still stehen und schloss die Augen, bevor auch er seine Arme um sie legte. Sie brauchte seinen Trost, doch ihre unerwartete Nähe kostete ihn die Kraft, die er inzwischen nur noch sehr schwer aufbrachte.

Im Stillen fluchte und bebte er gleichzeitig, während er leise und zärtlich auf sie einredete und seine Bedürfnisse wieder einmal in die Knie zwang.

Dann sah sie zu ihm hoch und machte alles noch viel schlimmer. Ihre Augen schwammen förmlich, und ihre Wangen waren feucht von den Tränen. Mit seinem Handrücken strich er sanft über ihre Wange, und sein Blick verlor sich in diesen wundervoll golden glitzernden Augen. Er spürte, wie sich ihr kleiner fester Busen im schnellen Galopp ihres Atems an ihn presste. Ohne nachzudenken, ließ er seine linke Hand sehr langsam ihre Wirbelsäule entlanggleiten und auf ihrer Hüfte liegen, während seine rechte auch noch ihre andere Wange trocknete und dann in ihrem dichten Haar verschwand.

Verzweifelt redete er sich ein, dass er ihr nur das Mitgefühl und den Beistand geben wollte, den sie brauchte, doch in seinen Ohren begann es laut zu rauschen. Ihr Name entfuhr ihm. Heiser, rau, fast flehend. Ihre Hände lagen auf seiner Brust, doch jetzt glitten sie langsam höher, und ihre Fingerspitzen berührten ganz leicht sein Gesicht. Er schloss noch einmal die Augen und hörte sie ebenfalls seinen Namen aussprechen. Seine ungeheure Anspannung brauchte wenigstens etwas Erleichterung. Ohne seine Lider zu öffnen, erhöhte er mit der Hand auf ihrer Hüfte sanft den Druck, um sie besser fühlen zu können, doch im selben Moment spürte er überrascht und gleichzeitig überwältigt, wie ihre weichen vollen Lippen seinen Mund streiften. Vorsichtig und ganz zart.

Er presste seine Lider fester zusammen, um nicht vollkommen wahnsinnig zu werden. Sein Mund antwortete ihr voller Zärtlichkeit, obwohl ihm nach Wildheit zumute war. Seine Hände glitten leicht wie Federn über ihren Rücken, obwohl er sie überall gleichzeitig berühren, fühlen, packen und ihr sofort die Kleidung vom Leib reißen wollte. Nein, er hielt es keine Sekunde länger aus. Abrupt beendete er den quälenden Kuss und rückte ein Stück von ihr ab.

Sein rascher Atem schlug ihr heiß ins Gesicht. „Alex?"

„Ich halte das nicht aus! Tut mir leid, Linda. Ich habe dir anscheinend zu viel versprochen. Scheiße! Ich komme mir langsam wie ein überreizter Teenager vor. Seit Wochen denke ich nur noch daran. Gott, Linda, ich bin kaum in deiner Nähe, und schon … schon bin ich … steinhart, verdammt!"

Beschämt wandte er sich ab, auch um noch ein weiteres Stück von ihr fortzukommen. Seine schonungslose Offenheit trieb nicht nur ihr die Röte ins Gesicht. Sie legte die Hand auf seinen Rücken, und sogar diese harmlose Berührung war eine Tortur für seinen Körper. Unweigerlich stöhnte er leise auf und ballte seine Hände zu Fäusten.

„Alex, sieh mich an, bitte."

„Gib mir eine Minute, Linda. Nur eine verdammte Minute."

Er starrte gegen die weißen Oberflächen der Küchenschränke, versuchte, an die schrecklichsten Dinge zu denken, die er jemals gesehen hatte, und seinen Atem so unter Kontrolle zu zwingen.

„Ich … musste dich küssen. Ich will doch auch, dass du mich berührst, Alex."

In seinem Bemühen um Fassung hatte er ihre zaghafte, zittrige Stimme fast überhört. Ganz langsam drehte er sich wieder zu ihr herum. „Was hast du gerade gesagt?"

Ihre Augen glühten. Erst jetzt bemerkte er den rosigen

Schimmer auf ihren Wangen. „Ich sehne mich seit Wochen danach, dass du mich anfasst, aber …" Linda brach ab.

Er fixierte ihre angstvollen Augen. Sein Daumen fuhr mutig über ihre Unterlippe, und sie senkte die Lider. „Du sehnst dich nach mir", sagte er mit heiserer Stimme. „Aber du stirbst fast vor Angst deshalb, oder?"

„Ja", hörte er sie flüstern.

„Ja." Einige Sekunden ließ er dieses Wort auf sich wirken. „Sag mir endlich, warum, Linda."

„Das kann ich nicht."

„Wie stellst du dir unsere Beziehung weiterhin vor, wenn ich fragen darf? Ich will dich, Linda! Und ich kann verdammt noch mal nichts dagegen tun."

Sie kam einen Schritt näher und sah flehend zu ihm auf. Leicht legte sie ihre Hände um seinen Nacken. Alexander richtete sich kerzengerade auf, um sich gegen einen erneuten peinigenden Ansturm seines allzu unberechenbaren Verlangens nach ihr zu wappnen.

„Sieh mich an, Alex, und küss mich. Küss mich so, wie du es willst, und nicht, wie du glaubst, es tun zu müssen."

„Ich kann das unter diesen … Umständen nicht. Tut mir leid. Ich komme mir vor wie ein Schwein, wenn du mich so panisch ansiehst."

„Du kannst es, Alex. Wenn irgendjemand es kann, dann bist du es."

Er blickte in ihr schönes, zartes Gesicht, betrachtete ihre goldenen Augen und ihren verlockenden, vollen Mund. Verzweifelt hob er die Hände und umfasste ihren Kopf. „Gott im Himmel, Linda!"

Dann küsste er sie. Süß und gleichzeitig fordernd. Sanft und zugleich mit leidenschaftlicher Härte tauchte seine Zunge ein. Er fühlte ihren Körper in seinen Armen herrlich weich werden, spürte, wie sie sich an ihn schmiegte, und glaubte vor Verlangen nach ihr zu vergehen. Erstaunt bemerkte er, dass allein dieser ungehemmte Kuss ihm bereits eine bisher unbekannte Art von Befriedigung bereitete, obwohl sein sexueller Hunger nach ihr nicht nachließ. Seine Lippen lösten sich von den ihren und glitten federleicht über ihr Gesicht. Er küsste ihr Kinn, ihre Wangen und ihre geschlossenen Augenlider. Dann hielt er sie nur noch an sich gedrückt, um sich wieder etwas zu beruhigen.

„Das war wundervoll", flüsterte sie atemlos und lächelte zu ihm auf.

„Du musst endlich mit mir reden, Linda." Alexander hielt sie ein Stück von sich ab. „Ich kann dir nicht helfen, wenn ich dein eigentliches Problem nicht kenne."

Sie sah ihn an und blieb stumm. Fest umfasste er ihre Schultern.

„Hat er dir Gewalt angetan?"

Wortlos starrte sie auf den Fußboden, ihre Lider flatterten.

„Linda, bitte."

„Ich sagte dir doch, ich bin darin nicht gut. Ich würde dich nur enttäuschen, Alex."

Erneut zog er sie an sich und streichelte ihr Haar, ihre Arme und ihren Rücken. „Sag mir, wieso du das glaubst. Das ist doch vollkommen absurd. Du könntest mich gar nicht enttäuschen. Ich begehre dich so sehr, Linda."

Leicht legte sie die Hand auf seine Wange. „Ich bin nicht gut darin, und ich … fühle nichts dabei, Alex. Du bist so … Ach, glaub mir doch einfach, ich würde dich sogar ganz sicher enttäuschen." Damit entzog sie sich ihm und wandte sich ab.

Alexander starrte nur eine Sekunde lang ihren schmalen Rücken an, bevor er reagierte. „Aber du hast doch eben etwas empfunden, als ich dich geküsst habe. Du hast sogar gesagt, dass du dich nach meinen Berührungen sehnst, Linda."

Ihre Schultern zuckten leicht. Er nahm an, dass sie weinte, aber er rührte sich nicht. In dieser Sekunde war er nicht in der Lage, sie anzufassen.

„Ja, ich finde es schön, wenn du mich so küsst, wie du es eben getan hast. Dann empfinde ich … etwas. Aber dieses schöne Gefühl wird verschwinden, wenn wir … Ich kenne das bei mir, Alexander." Jetzt schluchzte sie laut auf, drehte sich wieder zu ihm herum und warf sich zurück in seine Arme. „Immer wieder habe ich versucht, es ihm recht zu machen! Immer wieder habe ich versucht, etwas zu empfinden, wenn er mit mir geschlafen hat, aber es war sinnlos. Ich bin nutzlos, Alex, das hat er mir immer wieder gesagt. Frigide, so nennt man das doch wohl. Frank sagte immer, ich sei eine frigide, taube Nuss im Bett und deshalb brauche er andere, richtige Frauen, die einen potenten Mann wie ihn zu schätzen wüssten. Genauso hat er sich ausgedrückt. Richtige Frauen!"

Sie schluckte und rang um Fassung, ehe sie weitersprach. „Ich wollte nicht mehr mit ihm schlafen, denn ich habe dabei tatsächlich niemals etwas empfunden. Aber er ... Irgendwann machte es ihm nichts mehr aus, dass ich vollkommen ... gefühllos blieb, und er versuchte noch nicht einmal mehr, mich ..."

Der unerwartet heftige Ausbruch war so schnell vorbei, wie er gekommen war. Sie weinte nur noch still in seinen Armen, und alles, was Alexander empfand, war kalte Wut, unbändiger Hass und ... eine jäh aufflammende Bereitschaft, für die Frau in seinen Armen zu töten. Aber der Mann, dem dieser tiefe Hass galt, war ja bereits von jemand anderem getötet worden.

Was hast du ihr noch alles angetan, du elender Hund?

Er wartete ebenso darauf, dass ihre Tränen versiegten, wie auf das Abklingen seiner beißenden, hilflosen Wut. „Du willst mir doch nicht sagen, dass er dich ... vergewaltigt hat, Linda?"

„Vergewaltigt? N...nein, ich ... nein, ich ... habe ja noch nicht einmal mehr Nein gesagt."

Ohne Unterbrechung streichelte er sie, versuchte zu lindern und zu trösten, während er in seinem Kopf verzweifelt nach einer Möglichkeit suchte, um Lindas gequälte Seele zumindest ein wenig zu erleichtern. „Hör mir zu", sagte er schließlich. „Es tut mir sehr leid, was du in deiner Ehe erlebt hast. Aber das, was er gesagt hat, ist vollkommener Schwachsinn, Linda! Ich weiß, dass du nicht ... frigide bist. Ich weiß es ganz sicher. Du kannst so wunderbar weich werden in meinen Armen. Er hat dich belogen! Vielleicht war er nur wütend, weil er dir nichts geben konnte, oder er brauchte ein Alibi für seine verdammten Affären."

Im Grunde fühlte sich Alexander noch immer vollkommen

hilflos, aber er sprach trotzdem weiter. „Es war seine Schuld, Linda. Gib ihm die Schuld, Liebling! Gib einfach ihm die Schuld daran."

Schließlich war er wieder mit seinem Latein am Ende, und in seiner Verzweiflung darüber küsste er sie noch einmal. Ich werde sie einfach fühlen lassen, wie falsch Frank Michaelsen mit seinem harten und grausamen Urteil gelegen hat, dachte er. Er würde sie fühlen lassen!

Sein ganzer, unbändiger Zorn entlud sich in diesem Kuss. Hungrig fiel er über ihren Mund her und presste dabei ihren Körper ungestüm an den seinen. Doch dann zwang er sich selbst zu mehr Zärtlichkeit. Minutenlang schien er vollkommen mit ihr zu verschmelzen. Sie stöhnte leise auf, als seine Zunge sich zögernd zurückzog und seine Lippen noch einmal sehr zärtlich über ihre Wangen strichen.

„Er hat dich erniedrigt, und er hat gelogen, Linda. Er hat gelogen!", stieß er atemlos hervor.

Sie hielt sich an ihm fest, weil sie so zitterte. „Vielleicht ..."

Alexander legte seinen Zeigefinger über ihre weichen, vom Kuss geschwollenen Lippen. „Wir werden es herausfinden, Liebling. Wir beide werden es dir beweisen, dass er nicht die Wahrheit gesagt hat, vertrau mir." Eine Weile hielt er sie noch, gab ihnen beiden damit Zeit, den Aufruhr abklingen zu lassen. „Du hast mir Kaffee versprochen", sagte er schließlich leise, und sie lächelte verhalten zu ihm auf.

„Du kochst den Kaffee, und ich bringe mein Gesicht wieder in Ordnung. Charlotte wird bald hier sein. Ich will nicht, dass sie mich so sieht."

„Okay, geh nur."

An der Tür drehte sie sich noch einmal zu ihm herum. „Alex?"

„Mhm." Er griff bereits nach der Glaskanne der Kaffeemaschine.

„Danke."

Wortlos blickte er ihr nach, und es wurde ihm plötzlich bewusst, dass er soeben jene Art von Verantwortung übernommen hatte, die er eigentlich niemals hatte tragen wollen. In seiner persönlichen Lebensplanung gab es keinen Platz für einen anderen Menschen, und daran würde sich auch in Zukunft nichts ändern. Im Gegenteil.

Alexander Hellberg war inzwischen Single aus tiefster Überzeugung. Allein die Vorstellung, andere Menschen könnten Einfluss auf sein Leben und seine Person ausüben, war ihm eigentlich ein Gräuel.

Und nun war Linda da.

Linda, die ihn so dringend brauchte.

Linda, nach der er sich bereits sehnte, wenn sie nur den Raum verließ, in dem er sich gerade aufhielt.

Linda, die seit Wochen seine Gedanken und Gefühle beherrschte.

„Ich bin anscheinend nicht nur ungeheuer heiß auf sie, sondern auch ein bisschen verknallt", sagte er leise und kopfschüttelnd zu sich selbst.

Als Linda wieder zurück in die Küche kam, hatte Alexander bereits zwei Becher bereitgestellt und schenkte ihnen Kaffee ein. Dann umfasste er kurz entschlossen und mit einem breiten Grinsen ihre Taille und hob sie auf einen der hohen Hocker. Sie belohnte ihn mit einem kurzen hellen Auflachen.

„Wann erwartest du Charlotte?", fragte er, während sie sich gegenübersaßen und sich mit ihren Kaffeebechern zuprosteten.

„Sie wird bald hier sein. Warum fragst du?"

„Ich dachte, wir könnten heute ausnahmsweise noch einmal zusammen zum Italiener gehen und Pizza essen. Das würde dir das Kochen ersparen. Was meinst du?"

Ihr Blick wurde wieder ernst. Ganz langsam stellte sie ihren Becher ab und sah Alexander an. „Du musst nicht bei mir bleiben. Ich verlange rein gar nichts von dir."

„Ich weiß."

„Wenn du ... jetzt nicht mehr ... Wenn dir das alles hier zu anstrengend wird, dann geh einfach. Es hat keinen Zweck mit mir. Glaub mir, du würdest über kurz oder lang nur unglücklich und unzufrieden sein."

„Fängst du schon wieder an?"

„Ich will nur nicht, dass du dich jetzt verpflichtet fühlst, das ist alles."

Er fühlte sich irgendwie ertappt, und eine tiefe Verlegenheit ergriff von ihm Besitz. Dieses Gefühl war ihm neu. Normalerweise wäre es jetzt ein Leichtes für ihn gewesen, einfach zu gehen. In der Vergangenheit hatte er das schon oft getan. Er war stets verschwunden, wenn es ihm mit einer Frau zu eng geworden war, wenn eine Verbindung plötzlich begonnen hatte, nach Verpflichtung zu riechen.

Doch dieses Mal wollte er das nicht. Noch nicht. Linda war schon genug verletzt worden. Etwas in ihm weigerte sich vehement, diese Frau zu enttäuschen. Dazu gehörte allerdings auch, dass er ihr nichts vormachte und sie von Anfang an vor allzu schönen Illusionen bewahrte, die sie sich vielleicht über ihn machen würde, wenn er es zuließe. Nein, er würde sie jetzt nicht im Stich lassen, aber sie musste auch wissen, dass er sicherlich nicht der Mann war, der mit ihr den Rest ihres Lebens verbringen würde.

„Ich fühle mich zu gar nichts verpflichtet, Linda", sagte er. „Ich bin vor allem hier bei dir, weil ich es möchte, und ich werde nur so lange bei dir bleiben, bis sich daran wieder etwas ändert, okay?"

Gegen ihren Willen tat ihr der letzte Teil seines Satzes weh. „Okay", sagte sie. „Bis sich daran etwas ändert."

„Du hast noch nicht ein Wort über das verloren, was meine Kollegen über Frank herausgefunden haben."

Mit ernster Miene betrachtete sie den Inhalt ihres Bechers und zuckte mit den Schultern. „Ich bin nicht mehr sehr schockiert darüber, Alexander. Das klingt in deinen Ohren wahrscheinlich absurd. Ich meine, ich war mit einem Polizisten verheiratet und bin jetzt plötzlich die Witwe eines üblen Zuhälters. Das ist verrückt, findest du nicht?"

„Hm", sagte er nachdenklich. „Mir ging es nicht viel anders, als ich es erfuhr. Ich ahne, was du meinst."

Linda nickte. „Weißt du, nachdem dein Kollege wieder fort

war, habe ich ernsthaft über diese Tatsache nachgedacht. Und ich bin zu dem erschreckenden Schluss gekommen, dass diese Art Leben durchaus zu Frank gepasst hat. Solange ich ihn kannte, hatte er eine Schwäche für Geld. Für Geld und für andere Frauen. Außerdem konnte er wirklich ungeheuer roh und gemein sein. Mir war insgeheim immer klar, dass er ein Doppelleben führte, Alex. Ich habe zwar nur an Affären geglaubt und nicht an eine kriminelle Karriere, aber es war mir schon bewusst, dass es nicht normal ist, wenn ein Mann sich so gut wie nie bei seiner Familie aufhält."

„Wie oft war er eigentlich fort?"

„Fast jeden Abend. Frank hatte ja in der Regel nur noch normalen Tagdienst. Er kam meist am späten Nachmittag nach Hause, schlief dann zwei oder drei Stunden und verschwand direkt nach dem Abendessen. Manchmal für die ganze Nacht. Es kam nicht selten vor, dass er sogar mehrere Tage und Nächte fortblieb."

„Hat Charlotte sich nicht darüber gewundert?"

„Er hat seine Tochter eigentlich niemals wirklich beachtet. Charlotte hatte immer nur mich. Für sie war es eher ungewöhnlich, wenn ihr Vater mal zu Hause war. Wirkliches Interesse hat er jedoch auch dann nicht an ihr gezeigt. Ich selber habe ihr niemals etwas vorgemacht. Sie wusste, dass unsere Ehe nicht sonderlich glücklich war. Vielleicht konnte sie deshalb so gut damit umgehen, wenn er immer wieder verschwand. Sobald er hier war, machte er uns beiden ohnehin nur das Leben schwer, weil er ständig auf mir herumhackte. Frank konnte mich einfach nicht in Ruhe lassen. Immer wieder kanzelte er mich ab, am liebsten natürlich direkt vor Charlotte. Sie hat nie etwas dazu gesagt, aber ich glaube, sie hat ihren Vater dafür gehasst. Noch nicht einmal sein schrecklicher Tod hat echte Trauer bei ihr ausgelöst."

„Warum hast du all das nur so lange hingenommen, Linda? Warum hast du diese grauenhafte Ehe nicht schon vor vielen Jahren beendet?"

Sie nahm einen Schluck von ihrem Kaffee und stieß ein kurzes, bitteres Lachen aus. „Trotz allem, was er mir antat, habe ich ihn lange Zeit sehr geliebt, Alexander. Viel zu lange. Seine seelische Kälte und meine unerfüllte Liebe zu ihm nahmen mir mit der Zeit all mein Selbstvertrauen. Erst wenige Wochen vor seinem Tod fand ich endlich den Mut und auch wieder die nötige Kraft, ihn um die Scheidung zu bitten."

Alexander sah erstaunt in ihr Gesicht. „Du wolltest dich scheiden lassen?"

„Ja, ich konnte das alles, mein Leben, einfach nicht mehr ertragen. Ich konnte ihn nicht mehr ertragen. Meine Liebe zu ihm war sowieso schon lange vorher gestorben. Er hat mich auf subtile Weise gequält, und es hat mich stets belastet, wenn er hier war. Ich wollte plötzlich nur noch, dass das endlich aufhört und er ganz und gar aus unserem Leben verschwindet. Er sollte mich und Charlotte für immer in Ruhe lassen. Ich wollte frei sein von ihm, um vielleicht endlich wieder zu mir selber zu finden."

„Wie hat er auf dein Anliegen reagiert?"

„Er hat mich nur ganz ruhig angesehen und gesagt, er bringt mich um, wenn ich ihn verlasse. So wie er das sagte, habe ich ihm sogar fast geglaubt. Ich fürchtete mich, aber ich hätte mich trotzdem von ihm getrennt. Denn es war ja genau diese ständige Angst vor ihm, der ich endlich entfliehen wollte."

Linda trank ihren Kaffee aus. Alexanders Gesichtsausdruck veränderte sich, aber sie registrierte das zunächst nicht.

„Hast du meinen Kollegen von dem Zustand deiner Ehe und deinen Scheidungsabsichten erzählt?", fragte er.

„Nein, wieso sollte ich? Schließlich wurde das alles durch seinen Tod doch überflüssig, oder?"

„Du hast mir gerade ein ganz passables Mordmotiv serviert, Linda." Seine Stimme klang rau.

Sie starrte ihn an. Ihre Augen weiteten sich. „Was willst du damit sagen, Alexander?"

Er stand auf und kam zu ihrer Seite des Tresens herum. Vorsichtig legte er die Hände um ihr Gesicht. „Ich will gar nichts damit sagen. Ich bin einfach erleichtert, dass du meinen Kollegen nichts davon erzählt hast, das ist alles."

„Hallo, ihr zwei!" Charlotte stand plötzlich in der Küchentür.

Keiner von beiden hatte sie kommen hören. Alexander stand noch immer dicht vor Linda. Langsam zog er seine Hände von ihr fort.

Charlotte grinste vielsagend. „Hab ich euch bei irgendwas gestört?“, fragte sie augenzwinkernd.

„Keine Spur, Charlie. Deine Mutter und ich haben nur noch auf dich gewartet. Zieh dich lieber um, wir wollen essen gehen. Beeile dich.“

„Die Pizza war spitze, danke, Alex.“ Charlotte schob zufrieden ihren Teller zurück.

„Oh nein, heute habe ich euch zwei eingeladen“, widersprach Linda ihrer Tochter. Als Dank nickte Alexander ihr lächelnd zu.

„Mama, darf ich denn nun eigentlich in den Sommerferien mit Sandra und ihren Eltern nach Florida oder nicht?“

Linda räusperte sich verlegen. „Ich habe dir schon einmal gesagt, dass wir uns das nicht leisten können, Charlotte. Jedenfalls nicht in diesem Jahr. Du wirst dich damit abfinden müssen.“ Aus dem Augenwinkel registrierte Linda den prüfenden und nicht minder überraschten Blick Alexanders.

Charlotte verzog ihr hübsches Gesicht. „Aber es wäre doch wirklich nur der Flug und ein wenig Taschengeld, Mama. Du weißt doch, dass Sandras Eltern dort ein eigenes Haus haben. Direkt an der Küste! Es muss traumhaft dort sein, und wir könnten …“

„Ich habe dir gesagt, dieses Jahr geht es nicht, und dabei bleibt es. Diskutiere besser nicht mit mir, Charlotte. Es hat keinen Zweck. Schluss jetzt!“

„Du bist so gemein. Du gönnst mir gar nichts!“

Linda holte geräuschvoll Luft.

Alexander legte besänftigend seine Hand auf ihren Arm. „Entschuldige, dass ich mich hier einmische, Charlie, aber ich glaube, es reicht jetzt wirklich. Deine Mutter wird sicherlich ihre Gründe haben, wenn sie Nein sagt.“

„Du hast mir überhaupt nichts zu sagen, Alexander Hellberg!“

„Charlotte, bitte! Alex ist schließlich unser Freund."

„Alexander ist dein Freund, Mama! Nicht meiner!" Sie wich dem tadelnden Blick ihrer Mutter aus und setzte eine beleidigte Miene auf. „Können wir jetzt endlich gehen?"

Die Heimfahrt verlief wortlos. Kaum zu Hause angekommen, verschwand Charlotte türenschlagend in ihrem Zimmer und ging schlafen.

Auf dem Weg ins Wohnzimmer schüttelte Linda ratlos den Kopf. „Entschuldige, Alex, das ist nur diese verfluchte Pubertät."

Er lächelte und wischte ihre Entschuldigung mit einer Handbewegung fort. „Mach dir keine Gedanken. Ich kann das durchaus verkraften."

„Möchtest du noch etwas trinken, Alex? Einen Cognac vielleicht?"

„Keinen Alkohol mehr. Ich muss noch fahren. Setz dich einfach noch einen Augenblick zu mir."

Ihr Blick wirkte offen und vertrauensvoll, als sie sich neben ihm auf dem Sofa niederließ. „Du denkst wahrscheinlich darüber nach, warum ich in so einem prächtigen Haus lebe, gleichzeitig aber meiner Tochter noch nicht einmal ein Flugticket kaufen kann, nicht wahr?"

„Nein, ich denke nicht darüber nach. Du bist mir keine Rechenschaft schuldig." Er blickte auf ihre Hände, die gefaltet in ihrem Schoß lagen, und legte seine Hand obenauf. Seine Fingerspitzen berührten dabei die Innenseite ihres Oberschenkels. Ihre Augen weiteten sich leicht, aber er übersah es geflissentlich.

„Ich möchte aber, dass du weißt, warum ich meiner Tochter gegenüber so reagieren musste." Sie holte tief Luft. „Weißt du, meine Entscheidung, endlich dieses Haus zu verkaufen, ist eigentlich schon seit Monaten überfällig, Alexander. Ehrlich gesagt, bin ich ziemlich pleite. Franks Lebensversicherung deckt höchstens noch die Kosten für die nächsten drei Monate, und die Beamtenpension ist …"

„Wo ist das viele Geld geblieben, das du von deinen Eltern geerbt hast, Linda?"

Ihr Gesicht wurde starr, und sie senkte verlegen die Lider.

Alexander holte tief Luft, als ihm klar wurde, was in ihr vorging. „Er hat es dir abgeschwatzt, richtig?"

„Ich habe ihm damals völlig vertraut, Alex. Er hat gesagt, er wolle es für uns anlegen, aber es ist nichts mehr davon übrig. Ich habe alles überprüft. Die Bank …"

Alexanders Griff um ihre Hände wurde fester. „Dir ist schon klar, was er mit deinem Geld getan hat, oder?"

Linda ließ den Kopf sinken. Sie nickte. „Sein … sein Bordell aufgemacht, nicht wahr?"

„Der Gedanke drängt sich mir auch auf, ja." Wieder einmal ließ bittere Wut seine Kehle brennen. „Ich weiß, dass du das wahrscheinlich überhaupt nicht hören willst, Linda, aber du und Charlotte, ihr seid seine Erben. Weißt du, was das für dich bedeutet?"

„Davon will ich nichts!" Ihre Augen funkelten und waren voller Abscheu.

„Es gehört aber rein rechtlich gesehen dir. Wenn du mich fragst, Linda, solltest du dir das noch einmal sehr gut überlegen. Es ist schließlich ursprünglich dein Geld gewesen, das in dieses … Geschäft investiert wurde."

„Nein!" Angewidert schüttelte sie ihren Kopf. „Nein, auf keinen Fall! Übrigens, ich werde tatsächlich demnächst dieses Haus verkaufen, Alex. Ich habe bereits mit einem Makler gesprochen. Allein die Grundstücke in dieser Gegend bringen einen enormen Preis. Charlotte und ich werden uns von dem Erlös in einem angrenzenden Stadtteil eine Eigentumswohnung oder ein kleineres Haus kaufen können. Ich möchte nicht, dass sie die Schule wechseln muss. Deshalb will ich auch nicht so weit weg von hier."

Alexander hob seine Hand und strich ihr sachte über das Haar. „Versprich mir nur, dass du noch einmal darüber nachdenken wirst."

„An meiner Entscheidung wird sich nichts mehr ändern.

Dieses Haus ist doch sowieso viel zu groß, und außerdem ist es mir nicht wichtig genug, um meinen Stolz und meine Ehre aufzugeben. Meine Eltern würden das sicher ebenso sehen."

Er nickte und bewunderte sie insgeheim für diese Charakterstärke. „Gut, es ist und bleibt allein deine Entscheidung." Seine Hand verweilte in ihrem Haar. Spielerisch wickelte er sich eine der seidigen Strähnen um den Zeigefinger und strich anschließend mit seinem Daumen darüber. Ganz ernst blickte er sie an. „Ich würde dich jetzt gerne noch einmal küssen, Linda", flüsterte er heiser.

Sie reagierte nicht, sondern blickte nur regungslos auf seinen Mund. Vorsichtig näherte er sich und ließ die Fingerspitzen ganz zart über ihre Lippen gleiten. Wärme durchfuhr rieselnd ihre Adern. Sie erschauerte und schloss die Augen. Dann spürte sie seine Zungenspitze da, wo soeben noch seine streichelnden Finger gewesen waren. Ganz langsam und ganz sanft leckte er über ihre Unterlippe.

„Du schmeckst herrlich", stöhnte er leise auf. „Unglaublich herrlich." Auch seine Lippen berührten sie jetzt, strichen zart und bedächtig über die ihren.

Ihr Atem begann zu flattern. Behutsam legte er seine Hände auf ihre Schultern und ließ sie dann über ihre Oberarme hinabgleiten. Absichtlich berührten seine Daumen dabei ihre Brüste, und Linda schnappte vernehmlich nach Luft. Ihre Reaktion ließ auch ihn erschauern, doch er zog sich langsam zurück. Als sie es endlich wagte, ihre Augen wieder zu öffnen, blickte sie direkt in die seinen.

„Schlaf gut, Linda. Ich werde von dir träumen." Mit diesen Worten erhob er sich und verließ sie.

Schnurstracks marschierte Alexander zu seinem Wagen und fuhr sofort los. Mit zitternden Fingern fischte er sich eine Zigarette aus der Packung und sog gierig und tief den Rauch ein, während seine Nerven und sein Körper sich nur sehr zögernd wieder seiner Kontrolle unterwarfen. Er wollte diese Frau so sehr, dass es schmerzte. Um sich noch ein wenig mehr zu erleichtern, stieß er einen herzhaften Fluch aus. Er würde wieder Stunden brauchen, bis er endlich schlafen konnte, das war ihm jetzt bereits klar. Die Möglichkeit drängte sich ihm auf, dass diese verdammte Anstrengung vielleicht doch vergeblich sein könnte, dass er Linda vielleicht niemals bekäme und wie wütend ihn das dann machen würde. Aber er verdrängte den unangenehmen Gedanken sofort wieder, wischte ihn einfach fort.

Irgendwie forderte ihn diese Geschichte sogar heraus – und zwar in jeder Beziehung, sowohl körperlich als auch emotional. Bernd Lindemann hatte recht gehabt, er hatte wirklich niemals kämpfen oder gar betteln müssen, um eine Frau dahin zu kriegen, wo er sie am liebsten hatte. Und er konnte sich auch nicht daran erinnern, einmal nicht ans Ziel gekommen zu sein.

Auf der anderen Seite war er sich sicher, dass dieses brennende Begehren – obwohl es unvergleichlich stärker war als bei jeder anderen Frau, mit der er es in den letzten Jahren zu tun gehabt hatte – ziemlich bald nachlassen würde, wenn Linda endlich nachgegeben hatte. Und diese unabwendbare Entwicklung tat ihm dieses Mal fast leid, ja machte ihn sogar ein bisschen traurig. Er mochte sie einfach zu sehr, und das war eine schwere Herausforderung für sein Gewissen. Wenn er daran dachte, mit welcher Vehemenz sie sich heute dagegen gewehrt hatte, Franks Erbe anzutreten, musste er lächeln. Linda legte Charakterzüge an den Tag, die er ihr anfangs nicht zugetraut hätte. Sie war viel stärker, als sie selbst ahnte – und Alexander wusste, dass die Selbstsicherheit, die in dieser Frau schlummerte, nun mehr und mehr sichtbar werden würde. Sie war jetzt vollkommen frei in ihren Entscheidungen, und das schien sie nun auch endlich selbst zu bemerken.

Leider hatte diese Entwicklung aber auch zur Folge, dass Linda für ihn immer anziehender wurde – da machte er sich nichts vor. Sicherlich wäre es tatsächlich viel besser gewesen, wenn er ihre Beziehung auf rein freundschaftlicher Ebene weitergeführt hätte, aber dazu war es jetzt längst zu spät. Es gab kein Zurück mehr, denn seine Gedanken kannten nur noch ein Ziel: Linda. Ich muss sie einfach haben, sagte er sich zum hundertsten Male. Bei dieser Vorstellung stöhnte er leise auf.

Okay, Linda-Schatz, ich habe jetzt damit angefangen, dich zu verführen, und ich werde weitermachen. Es wird mich zwar langsam umbringen, aber ich werde so lange wie nur möglich durchhalten.

4. KAPITEL

Alexander wartete zwei Tage ab, ohne sich bei Linda zu melden. Als sie endlich von sich aus am dritten Tag bei ihm im Büro anrief, entschuldigte er sich wortreich und teilte ihr mit, er habe im Augenblick einfach zu viel Arbeit am Hals und sei nach dem Dienst jedes Mal zu erschlagen gewesen, um noch bei ihr vorbeikommen zu können. Sie verabredeten sich für den Freitagabend auf ein Glas Wein.

Als er am Freitag endlich wieder vor ihrer Haustür stand, hatten sie sich insgesamt fünf Tage lang nicht gesehen – und er hatte sich jede einzelne Sekunde davon wie verrückt nach ihr gesehnt.

Zum ersten Mal legte sie ihm von sich aus ihre Arme um den Hals und küsste ihn rasch auf die Wange, als sie sich begrüßten. Auch im weiteren Verlauf des Abends schien sie seine körperliche Nähe geradezu herauszufordern. Alexander blieb jedoch betont distanziert. Erst beim Abschied zog er sie an seine Brust und gestattete sich endlich wieder, sie zu küssen. Der Kuss war allerdings ebenso leidenschaftlich wie berechnend, er legte sein ganzes Können hinein. Und kaum, dass er ihre wachsende Erregung spürte, zog er sich wieder von ihr zurück. „Versprich mir, heute vor dem Einschlafen nur an mich zu denken“, flüsterte er dicht vor ihrem Mund.

Noch bevor Lindas Verstand wieder normal arbeitete, war er bereits verschwunden.

Über drei Wochen lang veränderte Alexander seine Vorgehensweise nicht. Er küsste Linda, streichelte sie mehr oder weniger aufreizend, machte ihr deutlich klar, wie sehr er sie begehrte, aber er zog sich jedes Mal von ihr zurück, wenn sie begann, auf ihn zu reagieren. Er wollte, dass sie ihn endlich ebenso brennend begehrte wie er sie. Seine Beherrschung wurde dabei allerdings immer wieder auf eine harte Probe gestellt, auch wenn das erotische Spiel, das er trieb, langsam anfing, ihm wirklich zu gefallen.

Er weidete sich daran, wenn ihre Augen sich vor Verlangen

nach seinen Berührungen verdunkelten. Er berauschte sich an ihrem schneller werdenden Atem, wenn er sie küsste, an ihrem galoppierenden Herzschlag an seiner Brust, wenn er sie in den Armen hielt. In diesen erregenden Augenblicken musste er all seine Energie aufbringen, um sein überbordendes Verlangen im Zaum zu halten, und gleichzeitig wunderte er sich immer wieder aufs Neue, dass er es auch fertigbrachte.

Da Alexander endlich mal wieder ein ganzes Wochenende dienstfrei hatte, verabredeten sie sich für den Samstagmorgen zu einem gemeinsamen Frühstück. Das Zusammensein verlief äußerst harmonisch, und sogar Charlotte, die er in der letzten Zeit eher selten zu Gesicht bekommen hatte, schien wieder versöhnt. Erst am frühen Nachmittag verabschiedete sie sich von Alexander und ihrer Mutter. „Tschau, Mama, bis morgen Mittag dann."

„Hast du deine Zahnbürste und frische Wäsche eingepackt?"

Charlotte verdrehte ihre himmelblauen Augen. „Ja, Mama, hab ich. Ich schlafe schließlich nicht zum ersten Mal bei Sandra, oder?"

Linda hauchte ihrer Tochter noch einen schnellen Kuss auf die Wange. „Geh nicht allzu spät schlafen, Schatz."

„Sandras Mutter wird uns schon rechtzeitig ins Bett schicken. Tschau, Alex. Bis bald."

„Mach's gut, Kleine. Viel Spaß."

Nachdem die Haustür geräuschvoll zugefallen war, räumten sie gemeinsam das Geschirr zusammen.

„Wollen wir noch etwas unternehmen?", fragte Alexander, während er Linda den letzten Teller reichte. „Ich habe das ganze Wochenende frei, und es scheint so, als würde es nun doch endlich Sommer werden."

„Ich wollte dich eigentlich um einen großen Gefallen bitten, Alex."

„Na, dann raus mit der Sprache. Was kann ich für dich tun?"

Linda trocknete sich die Hände ab und wandte sich ihm direkt zu. „Könntest du mir dabei helfen, Franks Sachen auszuräumen? Bis jetzt hat mir der rechte Antrieb dazu gefehlt, aber wenn ich aus diesem Haus ausziehen will, sollte ich mir wohl ohnehin langsam einen gewissen Überblick verschaffen, oder?"

Alexander strich ihr eine Haarsträhne aus der Stirn und lächelte. „Kein Problem, lass uns anfangen."

Linda brachte zwei große Kartons aus dem Keller nach oben, und Alexander betrat zum ersten Mal, seit er sie kannte, das obere Stockwerk und ihr Schlafzimmer. Sein Hals wurde staubtrocken, als er einen Blick auf das breite Bett warf.

Als Linda vier der sechs Schranktüren öffnete, verzog sie ein wenig ihren Mund und sah ihn mit ihren großen Augen an. „Das sind alles seine Sachen. Ich möchte endlich, dass der ganze Kram von hier verschwindet, Alex. Ich will nichts mehr davon sehen müssen."

Sie brauchten geschlagene zwei Stunden, um alles ordentlich zu verpacken. Da es inzwischen tatsächlich sehr heiß geworden war, zog Alexander sein Oberhemd aus und schleppte die Kartons aus dem Haus, um sie im Kofferraum seines Autos zu verstauen. Linda stand in der offenen Haustür und sah ihm dabei zu.

„Ich fahre die Sachen gleich morgen früh zu einer Kleidersammelstelle für Bedürftige, wenn es dir recht ist."

Dankbar lächelte sie ihn an. „Das ist mir sogar sehr recht, danke. Du bist mir wirklich eine große Hilfe, Alex."

„Keine Ursache." Er ging dicht an ihr vorbei in die Eingangshalle, drehte sich um und griff nach seinem Hemd, das sie bereits in ihren Händen hielt. Bevor er hineinschlüpfte, strich ihr Blick noch einmal für einen kurzen Moment über seinen nackten verschwitzten Oberkörper. Ihre Wangen röteten sich leicht, und sie wirkte plötzlich ausgesprochen nervös. Alexander registrierte sowohl ihren Blick als auch ihre Reaktion darauf. Es fiel ihm schwer, nicht zu lächeln und so seine Genugtuung zu zeigen. Als er dann auch noch ungerührt seine Jeans öffnete, um das Hemd hineinzustecken, wandte sie abrupt ihren Blick ab.

„Isst du heute Abend noch mit mir?" Ihre Stimme klang

fremd und zittrig, und Alexander fühlte, dass sein Herz einen kleinen Sprung machte. Seine Taktik schien tatsächlich die erwünschte Wirkung zu zeigen. Es wurde langsam Zeit für den nächsten Schritt.

Bernd Lindemann wäre stolz auf mich, dachte er und bereitete sich innerlich bereits auf das vor, was jetzt kommen würde. „Nein, ich werde jetzt nach Hause fahren, Linda."

Ihr ganzes Gesicht veränderte sich. „Oh, gut, wenn dir das lieber ist … Ich habe dich ja auch ganz schön beansprucht."

Er schüttelte seinen Kopf. „Ich fahr nach Hause, um zu duschen und mich umzuziehen. Du könntest jetzt ebenfalls schnell unter die Dusche hüpfen und dir danach ein Cocktailkleid oder so etwas in der Art anziehen. Und dann wirst du hoffentlich schön ungeduldig darauf warten, dass ich dich nachher abhole."

Ihre goldenen Augen schienen plötzlich Funken zu sprühen. Alexander musste schlucken.

„Ein Cocktailkleid?"

„Ja. Jedenfalls irgendwas Passendes für die Oper. Aber ich sage dir lieber gleich, dass ich keinen Smoking besitze."

„Für die Oper? Du gehst heute Abend mit mir in die Oper?" Sie senkte den Blick. Fassungslos starrte sie auf die kühlen Marmorfliesen unter ihren nackten Füßen.

Alexander genoss die Situation sogar noch viel mehr, als er erwartete hatte. „Ich habe Karten für ‚Ein Sommernachtstraum'. Siebte Reihe, Parkett, Mitte. Du magst doch Ballett, wenn ich mich richtig erinnere. Sollte es dir allerdings nicht in den Kram passen, könnten wir natürlich auch …"

Ruckartig hob sie ihren Kopf und sah ihn an. „Alexander! Hör sofort auf! Nicht in den Kram passen … Ich fasse es nicht! Natürlich passt es mir in den Kram! Es passt mir sogar ganz fantastisch in den Kram!" Sie warf kurz ihre Arme in die Luft und strahlte ihn an. Ihre Augen glänzten feucht, und er kam sich plötzlich vor wie der berittene Held in irgendeinem alten Märchen. Gerührt legte er ihr einen Arm um die Schultern und drückte ihr einen schnellen Kuss auf die Wange. „Okay, ich hole dich gegen sieben Uhr ab, Ballerina."

„Wow! Du siehst klasse aus!“ Bewundernd betrachtete Alexander sie von oben bis unten. Linda trug ein hautenges königsblaues Seidenkleid und einen transparenten lavendelfarbenen Schal, der locker ihren zarten Hals und die nackten Schultern umschmeichelte. Mit seinem Zeigefinger strich er kurz über den Schal und berührte so auch ihre Haut. „Du weißt ja, dass ich eine Schwäche für diese Farbe habe, und dir steht sie ganz besonders gut.“

Ihr Lächeln wirkte verlegen, doch ihre Augen wurden weit, als sie ihn musterte. Ihr Blick blieb auf der Höhe seiner Brust hängen.

„Was ist los?“, fragte er irritiert. „Habe ich einen Fleck auf der Krawatte?“

Sie lachte amüsiert auf. „Nein, du trägst eine.“

„Ja, stell dir vor.“ Er schüttelte den Kopf und bot ihr seinen Arm an.

„Pass auf, wenn dich in diesem Aufzug ein Filmproduzent sieht, bist du garantiert der nächste James Bond, Alex.“

Er grinste. „So schlimm?“

„Nein, nur so ungewohnt elegant. Du scheinst dich ja sogar einmal gekämmt zu haben. Alle Achtung! Ich kenne dich schließlich nur in Jeans und lässigen Hemden. In diesem Anzug legst du wirklich einen beeindruckenden Auftritt hin.“

„Nun ist es aber genug“, lachte er und hielt ihr die Autotür auf. „Steig ein und halt den Mund.“

In den folgenden Stunden revidierte Alexander gleich mehrere Vorurteile auf einmal. Er genoss den gesamten Abend, ohne die kleinste Einschränkung. Die Athletik, mit der die Tänzer ihre Körper einsetzten, um Gefühle auszudrücken, beeindruckte ihn ebenso wie die wunderbare, leichte Musik und die unerwartet gelöste Atmosphäre in der Staatsoper. Doch am meisten gefiel ihm die zu Herzen gehende Begeisterung seiner schönen Begleiterin.

Linda wirkte überaus glücklich und gelöst, als sie das Opernhaus wieder verließen. „Es war märchenhaft schön, Alex.“

„Ja das war es. Würdest du vielleicht gerne irgendwo noch etwas trinken gehen?“

„Warum zeigst du mir zur Abwechslung nicht mal deine Wohnung?“

Er zögerte, aber unter seiner Bauchdecke begann es bereits zu kribbeln. „Ich glaube nicht, dass sie dir gefallen würde. Es sind nur zwei kleine Zimmer, mit einer winzigen Küche und einem noch kleineren Badezimmer. Ich schätze, du würdest dort noch nicht einmal richtig Luft bekommen.“

Linda zog ihre Nase kraus. „Sei kein Snob, Alexander Hellberg. Ich bin schließlich auch keiner, oder glaubst du das etwa?“

„Außer ein paar Dosen Bier und Kaffee habe ich nichts zu trinken im Haus.“

„Dann kaufen wir eben irgendwo eine Flasche Wein oder so.“

Einen kurzen Moment zögerte er. Doch dann kam ihm auch schon der Gedanke, dass es wahrscheinlich gar nicht einmal so dumm war, wenn sie den Abend dieses Mal nicht in dem Haus ausklingen ließen, in dem sie mit Frank gelebt hatte. „Gut“, entschied er. „Fahren wir also zu mir.“

Alexander lenkte seinen Wagen auf eine Tankstelle und kaufte zwei Flaschen italienischen Rotwein, von dem er inzwischen wusste, dass sie ihn mochte. Dann fuhr er zu seiner Wohnung.

Entgegen Alexanders Erwartungen war Linda offensichtlich sogar richtig begeistert von seiner kleinen Behausung. Unbefangen blickte sie sich um, nahm zunächst den Gesamteindruck in sich auf und betrachtete dann in aller Ruhe einige Bilder, die das sichere Auge ihres Besitzers verrieten. Schließlich warf sie auch einen scheuen Blick in sein Schlafzimmer, weil die Tür halb offen stand und ihr so die Möglichkeit dazu gegeben wurde.

Alexander zog sein Sakko aus, warf es über eine Sessellehne und krempelte die Ärmel seines weißen Oberhemdes bis zu den Ellenbogen auf, während er sie lächelnd bei ihrer Inspektion beobachtete.

„Ich habe ja gewusst, du hast Geschmack, Alex. Es ist auch so … überraschend ordentlich hier, wenn man bedenkt … ich meine, für einen alleinstehenden Mann.“

Kopfschüttelnd öffnete er eine der Weinflaschen. „Immer

diese schrecklichen Vorurteile. Man sollte sich doch wohlfühlen in seinen eigenen vier Wänden, oder? Bring mir doch mal zwei Weingläser, dort aus dem Vertiko."

Ihre Hände strichen ehrfurchtsvoll über die dunkle glänzende Oberfläche des herrlichen Möbelstücks. „Der ist ja wundervoll, Alex. Ich liebe diese antiken Schränke." Sie öffnete eine Tür und nahm zwei langstielige Rotweingläser heraus, die sie ihm reichte.

„Ich habe das Prunkstück von einer alten Tante geerbt, die eine gewisse Schwäche für mich hegte." Mit der offenen Flasche in der Hand kam Alexander lächelnd zu ihr und schenkte ein. Dann nahm er ihr eines der Gläser ab, stellte die Rotweinflasche auf den Tisch und setzte sich aufs Sofa. Ohne ihre Augen von dem Schrank abzuwenden, führte Linda ihr Glas kurz an die Lippen und lenkte damit unbeabsichtigt seine Aufmerksamkeit auf ihren Mund. Seine begehrlichen Blicke bemerkte sie jedoch nicht.

„Spanisch, würde ich sagen. Mhm, ich schätze, Anfang achtzehntes Jahrhundert."

„Alle Achtung! Volltreffer!", lobte er erstaunt und räusperte sich. „Komm, setz dich zu mir." Mit der Hand tippte er auf die Sitzfläche neben sich. Linda löste ihren Blick endlich von dem antiken Möbelstück und folgte seiner Aufforderung.

„Du hast mir noch nicht viel über deine Familie erzählt", stellte sie fest, nachdem sie sich zugeprostet hatten.

Er stellte sein Glas ab und wandte sich ihr zu, indem er seinen linken Arm auf die Rückenlehne der Couch legte. Das gab ihm auch die Gelegenheit, ein wenig mit ihrem herrlichen Haar zu spielen.

„Da gibt es eigentlich nicht viel zu erzählen. Mein Vater ist vor acht Jahren an Krebs gestorben, und meine Mutter ging daraufhin zurück in ihren Heimatort nach Südfrankreich. Auch mein jüngerer Bruder Henri lebt dort."

„Deine Mutter ist Französin?"

Er nickte. „Meine Eltern lernten sich ganz profan während eines Sommerurlaubes kennen, den mein Vater zusammen mit zwei Freunden dort an der Küste der Provence verbrachte. Er war ebenfalls bei der Polizei und somit beruflich an Hamburg gebunden. Deshalb folgte sie ihm hierher."

Linda wusste plötzlich, wem er sein gutes Aussehen zu verdanken hatte. „Besuchst du sie oft?"

„Sooft es eben geht. Mein Bruder ist mit einer Französin verheiratet und inzwischen Vater von zwei Kindern. Henri und seine Frau Adrienne führen zusammen mit meiner Mutter eine kleine, aber feine Pension südlich von Toulon. Sie sind sehr stolz auf ihr paradiesisches Fleckchen."

„Jungen oder Mädchen?"

Verständnislos sah er sie an. „Was?"

„Die Kinder deines Bruders, Alex."

Seine Augen glitzerten, und er lachte, dann nahm er noch einen Schluck Wein, bevor er ihr antwortete: „Sie haben einen Jungen und ein Mädchen. Richard ist sieben, und seine kleine Schwester Nicole ist im letzten Monat vier Jahre alt geworden. Beide sind richtig zuckersüß und wickeln jeden um den Finger, wenn sie es darauf anlegen." Wieder lachte er kurz auf. „Ich bilde da natürlich keine Ausnahme. Wenn ich meine Familie besuche, bringe ich jedes Mal massenweise Geschenke mit. Meine Schwägerin hat mich bestimmt schon einige Male auf den Mond gewünscht, weil ich es einfach nicht lassen kann, die Kleinen so hemmungslos zu verwöhnen. Wie jedes kleine Mädchen mag Nicole Plüschtiere und pflastert ihr Bettchen damit zu. Mein Neffe ist ein kluger Bursche. Er liebt nichts so sehr wie Bücher und seine Computerspiele. Da fällt es leicht, ihnen eine Freude zu machen."

Aufmerksam hörte sie ihm zu und betrachtete nachdenklich sein Gesicht, während er sichtbar hingerissen von seinem Neffen und seiner Nichte sprach.

„Warum bist du eigentlich nicht schon lange verheiratet und hast selbst Kinder, Alex?"

Sein Blick veränderte sich fast unmerklich. Wieder trank er einen Schluck Wein, schwieg einen Moment und füllte dann ihre Gläser auf. „Vielleicht bin ich nie der richtigen Frau begegnet."

„Das klingt ziemlich abgedroschen."

„Du hast recht. Es entspricht auch nicht so ganz der Wahrheit. Ich halte einfach nichts von der Ehe. Um ehrlich zu sein, ich halte überhaupt nichts davon, wenn zwei Menschen sich so bedingungslos einander ausliefern. Das ist auch schon alles."

Der unüberhörbare Unwille in seiner Stimme hielt Linda von weiteren Fragen ab. Etwas eingeschüchtert blieb sie stumm.

Nachdenklich schaute er eine Weile in sein Glas, bevor er es wieder abstellte. Instinktiv spürte Alexander, dass die plötzliche Stille ihre Unbefangenheit zu vertreiben drohte, deshalb stand er schließlich auf, dimmte das Licht und drückte zwei Knöpfe an seiner Stereoanlage. Eine sanfte Ballade und die Stimme eines bekannten Popsängers erklangen. Entschlossen griff er nach Lindas Hand und zog sie zu sich hoch. „Tanz mit mir, Ballerina."

„Hier?"

„Du hast noch nie mit mir getanzt."

„Ist das nicht ein wenig albern, Alex?" Ihre Stimme klang nervös.

„Was soll daran albern sein?", fragte er und trat einen Schritt auf sie zu.

„Auf diese Art habe ich noch mit keinem Mann getanzt. Ich meine, allein und einfach so in einer Wohnung."

„Dann hast du eine Menge versäumt. Hör endlich auf zu denken, Linda." Er legte seinen Arm um sie und wiegte sich mit ihr im langsamen Takt der Musik. Es dauerte eine ganze Weile, bis er spürte, dass sie sich wieder vollkommen entspannte.

„Du tanzt gut", bemerkte sie.

„Und du duftest einfach wunderbar", flüsterte er ihr ins Ohr und zog ihr den Schal fort, um seinen Händen Zugang zu ihren nackten Schultern zu ermöglichen. Ihr Kopf lag an seiner Brust. Jetzt hob sie ihn und sah zu ihm auf. Ihre Blicke trafen sich, und er hielt in seiner Bewegung inne. Es war der perfekte Abend, ging es ihm durch den Kopf. Ihre Tochter würde bei einer Freundin übernachten, und er war allein mit der Frau, die er rasend begehrte. Heute Nacht könnte er sie lieben, in seiner Wohnung, in seinem Bett. Nicht dort, wo sie mit Frank … Aber es war noch viel zu früh, um sie ganz und gar zu verführen, oder?

Seine Hände strichen ihren Rücken hinauf und verloren sich wieder einmal in ihrem seidenweichen Haar. Und weil er nicht länger widerstehen konnte, tat er den schon so vertrauten Schritt: Er küsste sie. Sie war weich und anschmiegsam, ja richtig hingebungsvoll. Erwartungsgemäß geriet sein Blut in Wallung und konzentrierte sich in Sekundenschnelle pochend auf einen bestimmten Punkt seines Körpers. So wie er sie jetzt an sich presste, musste auch sie es spüren, doch sie zog sich nicht von ihm zurück. Im Gegenteil. Er fühlte ihre weiche Zunge an der seinen und ihre Hände auf seinem Gesicht. Ihr Körper erbebte unter seinen Berührungen, auch das nahm er deutlich wahr. Immer tiefer glitt er ab in den Strudel seiner Begierde. Wieder und wieder streichelte er ihren Rücken, ihre Hüften und die Außenseiten ihrer Oberschenkel. Dann unterbrach er schweren Herzens diesen berauschenden Kuss, um sie ansehen zu können. Es wurde Zeit für eine Entscheidung.

„Ich will dich. Linda, du weißt, dass ich dich will. Ich will dich lieben", flüsterte er atemlos. „Jetzt! Aber ich werde es nicht tun, wenn du es nicht auch willst." Weil sie ihn nur mit großen Augen ansah und sich ihm noch immer nicht entzog, sprach er einfach weiter. „Sag es mir einfach, hörst du! Jetzt oder später. Egal, wann. Egal, zu welchem Zeitpunkt. Es wird nichts daran ändern, dass ich dich gernhab. Vielleicht werde ich ein bisschen fluchen und mich eine Weile von dir zurückziehen, aber ich werde sofort aufhören, wenn du mich darum bittest. Hast du mich verstanden, Linda?"

„Ja", hauchte sie. Und dann übernahm sie plötzlich die Führung. Ihre Hände streichelten wieder sein Gesicht, glitten dann federleicht über seinen Hals. Dort löste sie den Knoten seiner Krawatte und zog sie sehr langsam von seinem Nacken.

Nicht weniger überrascht als erregt stieß er ihren Namen hervor, als sie begann, sein Hemd aufzuknöpfen. Wieder küsste er sie, mit all der aufgestauten Leidenschaft, die in ihm brodelte. Und erneut empfand er eine ungeheure Erleichterung bei diesem Kuss. Als er ihre zarten kühlen Hände ganz leicht auf seiner nackten Brust spürte, stöhnte er unwillkürlich laut auf vor Lust. Im Stillen ermahnte er sich sofort zur Zurückhaltung.

Halt dich zurück! Lass ihr Zeit!

Am liebsten hätte er schon jetzt den Reißverschluss ihres Kleides geöffnet, doch er schaffte es tatsächlich, sich das noch zu versagen. Stattdessen streichelten seine Hände sie weiterhin über dem Kleid. Aber er erhöhte den Druck. Und er gab dem höllischen Drang nach, ihren kleinen Busen zu umfassen. Seine Daumen strichen sanft kreisend über die Spitzen ihrer Brüste, und sein Mund wanderte liebkosend über die Haut ihres Halses.

Sie seufzte tief auf und warf ihren Kopf zurück. „Alexander, oh bitte, Alex."

Von irgendwoher erreichte ihn ihre flehende Stimme, durchbrach den Sturm, der seinen Verstand inzwischen so gnadenlos durcheinanderwirbelte. „Ja, ich ... Oh Gott ... gib mir nur ... einen Augenblick ... Ich ... höre schon auf."

Er presste sie hart an sich und stieß seinen heißen, rasenden Atem in die duftende Fülle ihres Haares.

Linda legte ihre Hände um seinen Kopf und zog ihn zurück. Ihre Augen brannten sich förmlich in seine, und auch ihr Atem raste ihm entgegen. „Glaub mir, ich werde niemals wieder auch nur ein einziges Wort mit dir reden, wenn du jetzt aufhörst."

Er starrte sie sekundenlang an. Aufgelöst und noch immer zweifelnd ließ er schließlich seinen rastlosen Blick bis zu ihrem Mund wandern. Dann umfasste er ihr Handgelenk und zog sie kurzerhand mit in Richtung Schlafzimmer. „Komm."

Zitternd stand Linda da und sah Alex zu, wie er vier lange Kerzen auf einer Kommode anzündete. Dann schloss er die Tür zum Wohnzimmer, und sie sah ihn im warmen Schein der Kerzen wieder auf sich zukommen. Seine Hände streichelten ihre Wangen. Seine Fingerspitzen strichen über ihre Augenlider und Brauen, als würde er jede Einzelheit ihres Gesichts nachzeichnen wollen. Sein brennender Blick fixierte zunächst ihre Augen und dann wieder ihren Mund.

Unter seinen Augen wurde ihr Zittern stärker. Allein diese begehrlichen Blicke brachten es schon fertig, heiße und vibrierende Schauer durch ihren Körper zu treiben. Endlich neigte er wieder den Kopf, um sie zu küssen. Seine Hände fanden nun auch den Verschluss ihres Kleides. Bedächtig zog er den langen Reißverschluss über ihren Rücken nach unten, kümmerte sich aber zunächst nicht weiter darum, sondern umfasste nur sanft massierend die Rundung ihres Pos. Erst nach einer Ewigkeit glitt seine Hand in den offenen Reißverschluss hinein und fand ihre nackte seidenweiche Haut. Sie trug nur einen weichen Büstenhalter und einen kleinen Slip unter ihrem Kleid, stellte er fest. Schwer atmend lehnte sie sich in seinen Armen zurück und bot ihm Zugang zu ihrem Hals.

Mit Lippen und Zunge zog er eine Linie hinab bis zu ihrer Kehle. Er fühlte, wie sie erschauerte, als er sie kurz aus seinen Armen entließ, um sich selbst von seinen Schuhen und Strümpfen zu befreien. Weil es ihm wichtig war, ihr noch ein wenig mehr Sicherheit zu geben, lächelte er leicht und sah ihr direkt in die Augen, bevor er sich das offene Oberhemd ganz abstreifte. Zögerlich, jedoch mit einer unverhohlenen Bewunderung, die ihn rührte, strichen ihre Hände erneut über seinen nackten muskulösen Oberkörper. Langsam und bedächtig dirigierte er sie rückwärts zu seinem Bett. Noch bevor sie sich darauf niederließ, schlüpfte sie aus ihren Pumps, und er zog ihr das Kleid von den Schultern. Ohne den kleinsten Protest stieg sie heraus, sodass es auf dem Teppich zurückblieb.

Dann ließen sie sich gemeinsam aufs Bett sinken. „Du bist unbeschreiblich schön“, murmelte er.

Linda fühlte sich wie berauscht. Seine erfahrenen Hände streichelten und neckten, sein Mund flüsterte und küsste, seine dunklen geheimnisvollen Augen beobachteten und betörten sie, führten sie behutsam in die fremde Welt einer überschäumenden Lust. Ganz langsam glitt sein Mund über die Rundung ihrer Schultern, strich über ihr Dekolleté und schien ihre zarte Haut regelrecht in Brand zu setzen, während wie durch Zauberhand ihr Büstenhalter verschwand. Niemals zuvor hatte sie auf diese Weise empfunden, und ihre Gefühle machten sie atemlos. Immer wieder hob er seinen Kopf, und ihre Blicke begegneten sich. Instinktiv wusste sie, er wollte damit sichergehen, dass es ihr gut ging. Dankbar lächelte sie zu ihm auf, denn er sollte wissen, dass es ihr noch niemals besser gegangen war als in diesem Moment und in seinen sicheren Armen.

Alexander ergötzte sich an Lindas Anblick, lauschte auf ihren immer lauter werdenden Atem, konzentrierte sich ganz auf ihre Reaktionen. Gleichzeitig brauchte er seine ganze Energie, um seinen übermächtigen Wunsch im Zaum zu halten, sich auf der Stelle und für alle Zeiten im Schoß dieser Frau zu versenken. Doch auch seine Zurückhaltung und die Art, in der ihr zierlicher Körper zitterte und schließlich begann, sich unter seinen Liebkosungen ungeduldig hin und her zu winden, erregten ihn.

Himmel!

Davon hatte er all die vielen einsamen Nächte geträumt. Sie so zu sehen – berauscht von der Lust, die er ihr schenkte. Ihre Lider flatterten, als er mit den Lippen über ihren Bauch strich und seine Zungenspitze sanft in ihren kleinen Bauchnabel stieß. Er selbst brauchte dringend Platz, und deshalb öffnete er mit einer Hand seine Hose und schob den Bund über seine Hüften nach unten. Auf die gleiche Weise entledigte er sich auch seiner Shorts. Bis vor einigen Minuten hatte er noch befürchtet, dieser Moment könne alles gefährden. Doch sie bemerkte anscheinend noch nicht einmal, dass er jetzt vollkommen nackt war. Während er sein Gesicht leidenschaftlich auf ihren Bauch presste, ließ er seine Finger unter den Rand ihres Seidenhöschens gleiten. Sanft, betont sanft liebkoste er sie und fühlte das, was er sah. Sie entbrannte unter seinen Händen, und er weidete sich daran. In seinen Lenden pulsierte es nun fast schmerzhaft, und er atmete tief ein und aus, um bei Sinnen zu bleiben. Als ihre Hände über seinen Rücken nach unten glitten, schüttelte er heftig den Kopf.

„Fass mich jetzt um Gottes willen nicht mehr an, Linda. Ich …“

Sichtbar erschrocken zog sie ihre Hände zurück, aber er ließ ihr keine Zeit, länger über seine ungewöhnliche Reaktion nachzudenken. Bevor er wieder langsam zu ihr hinaufrutschte, streifte er ihr mit einer raschen Bewegung das Höschen ab. Jetzt lag er ganz zwischen ihren geöffneten Beinen, berührte sie. Nur noch eine winzige Bewegung, und er könnte endlich dort ankommen, wohin es ihn am heftigsten trieb. In einer neuen, noch stürmischeren Welle jagte sein Verlangen über ihn hinweg, aber er kämpfte ein letztes selbstquälerisches Mal mit seiner gesamten Geisteskraft dagegen an. Und während sein ganzer Körper verzweifelt nach Erlösung schrie, nahmen seine Finger ihr virtuoses Spiel wieder auf.

Alexander hörte Lindas leises Stöhnen, fühlte ihre Feuchtigkeit bereits an seiner pochenden Erektion und starb dabei fast vor Lust. Obwohl sein übermächtiges Verlangen ihn immer heftiger drängte, doch endlich zuzustoßen, umschloss er mit seinen Lippen ein weiteres Mal voller Zärtlichkeit eine ihrer aufgerichteten Brustwarzen.

Linda schien jäh in einen wilden Strudel von Empfindungen zu geraten. Ihr kurzer, fast überrascht klingender Schrei ließ ihn sofort vermuten, dass diese Lust offenbar vollkommen neu für sie war. Sie grub ihre Finger links und rechts in das Bettlaken, während ihr Leib sich ihm entgegenwölbte und ihr Kopf auf dem Kissen einige Male hin und her flog. Fasziniert und seltsam gerührt beobachtete Alexander, wie ihre goldfarbenen Augen sich zunächst erschrocken weiteten, ehe ihr gesamter Körper von dem rhythmischen Zittern erfasst wurde, das er so zielsicher angestrebt hatte. Schließlich ermattete sie unter seinen Händen und sank mit einem leisen Seufzen zurück in die Kissen. Das hatte er gewollt. Darauf hatte er gewartet. Jetzt wusste sie, welche Freuden er ihr bereiten konnte.

Doch ihr dabei zuzusehen hatte auch ihn endgültig an seine Grenzen gepeitscht. Es war ihm unmöglich, auch nur noch eine Sekunde länger zu warten. Als sie ihn glücklich und noch sichtbar benommen anlächelte, murmelte er etwas, wusste aber selbst nicht, was es war. Langsam und doch unaufhaltsam schob er sich jetzt in sie und verharrte stöhnend, weil er selbst kaum glauben konnte, was er in diesem Augenblick empfand.

„Oh, mein süßer Liebling“, flüsterte er.

Einige Sekunden lang kostete er dieses unbeschreibliche Gefühl des Ankommens aus, nicht zuletzt auch, um zu verhindern, dass er sofort die Beherrschung verlor. Doch dann begann er schließlich, sich in ihr zu bewegen. Er glaubte, vor Glück und unbändiger Lust zu vergehen, als ihr Körper ihm in gleicher Weise antwortete. Mit geschlossenen Augen und schwer atmend suchte sie seinen Mund, und er gab ihr, wonach sie verlangte. Sein Stöhnen glich inzwischen fast Schmerzenslauten – und dann hielt er es einfach nicht mehr länger aus. Viel zu lange hatte er auf diesen Moment warten müssen. „Ich … Linda!“ Mit einem unterdrückten Keuchen vergrub er sein Gesicht in ihren Haaren und ließ sich endlich gehen.

Der berauschende Nebel, der Alexanders Verstand noch immer einhüllte, lichtete sich wieder etwas, und er spürte sofort, dass Linda noch immer bebte. Er hob seinen Kopf und sah sie an. Ihre Zunge fuhr über ihre zitternde Oberlippe, und ihre Augen glühten. Sanft legte er die Hände um ihr Gesicht und zog sich fast ganz aus ihr zurück, um dann doch wieder vollkommen einzutauchen. Ihre Reaktion sagte ihm, was er wissen wollte, und so bedeckte er ihren Mund erneut mit seinen Lippen, wiederholte mit seiner Zunge die sanft kreisenden Bewegungen seines Unterleibes, so lange, bis sie regelrecht unter ihm vibrierte. Wieder schrie sie heiser auf. Ihre Hände krampften sich im Rhythmus ihres zweiten Höhepunktes in seinen Rücken, und er fühlte, wie ihre Muskeln sich im gleichen Takt immer wieder um ihn zusammenzogen. Doch dann lag sie nur noch still und restlos erschöpft in seinen Armen.

Bedächtig rollte er sich neben sie und zog sie fest an sich. Mehrere Minuten lang sprachen sie kein Wort. Er hielt sie, streichelte ihr das feuchte Haar aus der Stirn und küsste sie zärtlich.

Ihre Hände fuhren durch das dichte, schwarze und überraschend weiche Haar auf seiner Brust und über die harten, ausgeprägten Muskeln seiner Schultern und Arme. Alexander richtete sich schließlich etwas auf und sah ihr lächelnd in die feuchten Augen. „Frigide, nicht wahr? Du sagtest doch, du seiest frigide.“

Statt auf seine Neckerei einzugehen, wurde sie puterrot.

„Ist schon gut", sagte er besänftigend und küsste sie zart auf die Nasenspitze. „Ich wollte dich nur ein bisschen ärgern. Nicht böse sein." Noch einmal küsste er sie. Sein Blick war wieder ernst. „Ich hatte fast das Gefühl, es war das erste Mal, dass du ..."

„Ja", antwortete sie sogleich einfach und offen. „Sogar vor meinen besten Freundinnen habe ich immer so getan, als wüsste ich, wovon sie sprechen. Manchmal, wenn ich ..." Sie räusperte sich vor lauter Verlegenheit. „Nun, allein mit mir war ich manchmal wohl kurz davor, aber es hat niemals geklappt. Irgendwann habe ich Frank einfach geglaubt, dass ich nichts empfinden kann, und dann auch meine dilettantischen Versuche aufgegeben." Sie lehnte sich an ihn. „Für einen kurzen Moment glaubte ich tatsächlich, ich würde mich auflösen vor Glückseligkeit."

Er zog ihren Körper wieder ein Stückchen dichter zu sich heran und lächelte äußerst zufrieden in sich hinein.

Auch sie schmunzelte jetzt. „Brauchst du vielleicht noch irgendwelche schriftlichen Beifallsbekundungen?"

Er drückte ihr einen schmatzenden Kuss auf den Mund. „Nein", sagte er rau. „Ich brauche nur dich, Linda. Bleib heute Nacht bei mir, ja? Wir müssen herausfinden, wie oft wir das wiederholen können, um wirklich ganz sicherzugehen, dass du alles andere als ... frigide bist."

Zu seiner Freude lachte sie laut auf, bevor sie ihm ihre Arme um den Hals schlang. „Darf ich dich denn jetzt auch mal anfassen?", fragte sie grinsend.

Etwas beschämt schloss Alexander seine Augen. „Verdammt noch mal, ich wäre wahrscheinlich glatt explodiert, wenn du mich auch noch angefasst hättest, Kleines."

Linda erwachte und sah sich blinzelnd um. Sie brauchte einen Moment, bis ihr klar wurde, wo sie sich befand, dann lächelte sie. Der schnelle Blick auf den kleinen Reisewecker, der neben ihr auf dem Nachttisch stand, beruhigte sie. Es war erst zehn Uhr. Charlotte würde noch mindestens drei Stunden bei Sandra bleiben.

Erst nachdem sie sich aufgesetzt hatte, bemerkte sie mit einem Anflug von Enttäuschung, dass sie allein war. Hilflos blickte sie sich um, suchte irgendetwas, das sie sich überwerfen konnte, und griff schließlich nach Alexanders Oberhemd vom vergangenen Abend, das noch immer neben ihrem Kleid auf dem Teppich lag. Als sie hineinschlüpfte, stieg ihr sein männlicher Duft in die Nase und ließ sie erneut lächeln. Das tiefe Glücksgefühl, das sie bis in den letzten Winkel ihres Körpers durchdrang, war ihr noch ein wenig fremd und verwirrte sie. Alexander hatte in der vergangenen Nacht ihr Leben auf den Kopf gestellt und Türen geöffnet, die bisher für sie verschlossen geblieben waren. Die Erinnerungen an diese Nacht mit ihm würde sie für alle Zeiten in ihrem Herzen tragen wie einen kostbaren Schatz, das wusste sie schon jetzt. Fast ein wenig übermütig ließ sie sich zurück in die Kissen fallen, um diese neue Erkenntnis zuzulassen und letztlich zu genießen. Einige Minuten blieb sie still liegen, sortierte noch einmal ihre Gefühle und Gedanken, doch schließlich erhob sie sich und öffnete die Tür zum Wohnzimmer.

Wie gewohnt trug er wieder Jeans und dazu ein anthrazitfarbenes Sweatshirt. Sie fand ihn geradezu beunruhigend attraktiv, wie er so dastand und prüfend den Frühstückstisch betrachtete. Kaffeeduft stieg ihr in die Nase, und sie seufzte auf. Eine tiefe Ruhe durchflutete ihr Innerstes, und sie konnte sich nicht daran erinnern, jemals so restlos zufrieden gewesen zu sein wie in diesem Augenblick.

Alexander kam sofort zu ihr, als er sie bemerkte, und zog sie in seine Arme. „Du kommst gerade recht. Willst du vor dem Frühstück duschen oder lieber danach?"

Genussvoll rieb sie ihr Gesicht an seiner Brust. „Mhm, du hast schon geduscht. Du riechst so gut." Als sie zu ihm aufblickte, stellte sie fest, dass sein Sweatshirt genau die Farbe seiner Augen hatte.

Er hielt sie ein Stück von sich weg und betrachtete sie eingehend. „Und du hast geschlafen wie ein Stein. Du siehst ja richtig süß aus in meinem Hemd. Hast du noch was drunter?"

Lächelnd schüttelte sie den Kopf. „Wenn ich das Hemd hinterher wieder anziehen darf, gehe ich noch schnell vor dem Frühstück duschen."

Mit einem zärtlichen Klaps auf den Po entließ er sie aus seinem festen Griff. „Abgemacht, aber nur, wenn du auch dann nichts drunter anziehst."

Zwei Stunden später stieg Linda in ihr Kleid. Sie hatten ausgiebig gefrühstückt, dabei viel miteinander geplaudert und gelacht und sich dann noch ein weiteres Mal voller Leidenschaft geliebt.

„Jetzt müssen wir uns aber wirklich beeilen, Alex. Ich möchte nicht, dass meine Tochter mich am frühen Sonntagmorgen in einem zerknitterten Abendkleid nach Hause kommen sieht."

Schmunzelnd im Türrahmen des Badezimmers lehnend, sah er ihr dabei zu, wie sie sich vor dem Badezimmerspiegel mit den wenigen Utensilien aus ihrem Abendtäschchen zurechtmachte. „Der frühe Morgen war mal. Es ist bereits Mittag – und Linda, entschuldige bitte meine Offenheit, aber meinst du nicht, Charlotte weiß sowieso, wie wir zwei inzwischen zueinander stehen? Sie ist schließlich kein kleines Mädchen mehr."

Linda schüttelte den Kopf, seufzte kurz auf und ließ ihre Puderdose zurück in die Abendtasche gleiten. Im Spiegel begegneten sich ihre Blicke. „Alex, ihr Vater ist erst vor zweieinhalb Monaten gestorben. Egal, was für ein Mensch Frank auch gewesen sein mag, aber er war ihr Vater und mein Ehemann. Ich glaube, du verkennst ein wenig die Situation."

Seine dunklen Augenbrauen hoben sich. Den störenden Gedanken an Frank hatte er in den vergangenen Wochen immer häufiger beiseitegeschoben, ja eigentlich vollkommen verdrängt, denn er war ihm alles andere als angenehm. Plötzlich erinnerte Alexander sich daran, sich schon lange nicht mehr nach dem Stand der Ermittlungen erkundigt zu haben.

Seine Stimmung kühlte unvermittelt um einige Grade ab. „Du hast doch selber gesagt, sie hat ihren Vater nicht besonders gemocht. Linda, bitte! Du bist doch eine junge, schöne Frau, und glaub mir, deine Tochter sieht das genauso. Außerdem mag sie mich."

„Ich bin fast fünfunddreißig, also beileibe kein junges Mädchen mehr. Und in erster Linie, Alexander, bin ich eine Mutter."

„Okay, okay, dann lass uns fahren, bevor wir uns noch darüber in die Haare geraten", winkte er mit barscher Stimme ab.

Linda starrte ihn an. „Bist du jetzt beleidigt oder so was in der Art?"

Er hatte bereits seine Lederjacke in der Hand und griff nach dem Autoschlüssel, der auf einer kleinen Kommode im Flur lag.

„Warum sollte ich beleidigt sein?" Sein missmutiger Gesichtsausdruck sprach Bände.

„Eben, genau das frage ich mich auch. Warum solltest du es sein?"

Auf dem Weg zu Lindas Haus sprachen sie eher wenig miteinander. Dort angekommen, verschwand Linda sofort nach oben, zog sich um und kam – jetzt ebenfalls mit Jeans und einem bequemen Sweatshirt bekleidet – zu Alex herunter in die Küche, wo er es sich in der Zwischenzeit mit einer Sonntagszeitung und einer weiteren Tasse Kaffee gemütlich gemacht hatte.

„Du trinkst zu viel Kaffee, Alex", bemerkte sie tadelnd, schenkte sich selbst ein Glas Wasser ein und setzte sich ihm gegenüber. „Du hast vorhin schon vier Tassen gehabt. Das dürften dein Magen und besonders dein Herz dir irgendwann übel nehmen."

Seine Stimmung war inzwischen wieder etwas besser geworden, und er nickte zustimmend. „Liegt wohl an meinem Job. Da ich schon seit längerer Zeit angestrengt versuche, so wenig wie nur möglich zu rauchen, brauche ich wenigstens meine Ration Koffein, um das alles hinzukriegen."

Es war das erste Mal, dass er in ihrer Gegenwart andeutete, wie er zu seiner Arbeit stand. Das fand sie spannend, und ihr Interesse war sofort geweckt. Ihr verstorbener Mann hatte so gut wie nie über seinen Job mit ihr gesprochen. Die Gespräche mit Alexander genoss sie deshalb umso mehr.

„Warum bist du Polizist geworden, Alexander?"

Er ließ die Zeitung sinken und legte sie zusammen. „Apropos, hast du etwas dagegen, wenn ich in deiner Küche rauche?"

„Nein, tu dir keinen Zwang an." Sie rutschte von ihrem Hocker und brachte ihm einen schweren Aschenbecher aus Marmor. „Beantwortest du mir meine Frage?"

Über sein brennendes Feuerzeug hinweg, die Zigarette bereits zwischen den Lippen, blickte er sie ernst und nachdenklich an. Nach einer Weile ließ er die Flamme jedoch ungenutzt verlöschen und schob die Zigarette wieder zurück in die Packung. „Ich bin zur Polizei gegangen, weil ich damals diese romantische Vorstellung von ‚Dein Freund und Helfer' im Kopf hatte. Ich wollte etwas Sinnvolles tun, für Gerechtigkeit sorgen und ... du weißt schon, die Guten beschützen und die Bösen einbuchten. Außerdem war mein Vater immer mein großes Vorbild. Ich wollte einfach so sein wie er. Inzwischen habe ich allerdings lernen müssen, dass die Wirklichkeit etwas anders aussieht und viel an diesem Job hängt, von dem ich vorher noch nicht einmal den Ansatz einer Ahnung hatte."

Seine Finger spielten mit dem Feuerzeug, das nun vor ihm auf dem Küchentresen lag. „In der letzten Zeit habe ich ziemlich oft daran gedacht, die Mordkommission zu verlassen. Ich bin schon so lange dabei – viel zu lange. Weißt du, es ist manchmal so schlimm, dass du einfach nicht mehr abschalten kannst. Du siehst jemanden dort liegen, dem ein anderer Mensch einfach das Leben genommen hat. Es kommt vor, dass das wegen Nichtigkeiten geschieht, und das alles erscheint dir so verdammt sinnlos. Du kannst nur noch reagieren und versuchen, herauszufinden, wer es getan hat und warum. Wobei die ständige Frage nach dem Warum das Schlimmste überhaupt ist, denn es wird niemals eine schlüssige Antwort darauf geben. Trotzdem stellt man sich immer und immer wieder diese Frage. Manchmal hast du auch von Anfang an den Täter, weil er eben bekannt ist, aber daran, was passiert ist, kannst du nichts mehr ändern. Niemand kann das. Du kannst nur dafür sorgen, dass der Schuldige gefasst und der Staatsanwaltschaft übergeben wird."

Linda schob ihre Hand über seine. „Du bist bestimmt ein sehr guter Polizist, Alex."

„Nun“, erwiderte er lächelnd, „ich gebe mir jedenfalls Mühe, nicht auf die gleiche Weise abzustumpfen wie so viele meiner lieben Kollegen.“ Sein dunkler Blick heftete sich auf ihren Mund. „Komm her“, sagte er leise. „Komm zu mir und küss mich, Ballerina.“

Bevor sie seiner verlockenden Aufforderung nachkommen konnte, stürmte Charlotte in die Küche, und Linda hielt abrupt in ihrer Bewegung inne.

Alexander stutzte kurz, erhob sich dann aber sofort. „Ich werde dann mal verschwinden und Mutter und Tochter miteinander alleinlassen.“

„Och, du brauchst wegen mir nicht abzuhauen, Alex. Wenn ihr wollt, gehe ich gerne rauf in mein Zimmer und schaue für den Rest des Tages fern.“ Charlottes Grinsen war frech, herausfordernd und offen wie immer. Alexander gefiel das. Linda offensichtlich nicht. Ihr verlegener Gesichtsausdruck ließ jedenfalls keinen Zweifel zu.

„Charlotte, bitte!“

Alexander mischte sich schnell ein. „Nein, nein, Charlie, ich wollte sowieso gerade gehen. Heute Nachmittag kannst du über deine Mutter voll und ganz verfügen.“ Er zog seine Jacke an und griff nach Zigaretten und Feuerzeug, schob beides in die Innentasche, ohne seinen Blick von Linda zu lösen.

„Ähm, ich bringe dann mal meine Sachen nach oben, tschau, Alex.“ Charlotte war bereits verschwunden, bevor er ihren Abschiedsgruß erwidern konnte.

Linda folgte ihm wortlos in die Eingangshalle. Vor der Haustür wandte Alexander sich ihr zu und hob ihr Kinn an. Er bemerkte eine neue Traurigkeit in ihren Augen und wunderte sich ein wenig darüber. Am frühen Morgen hatte sie ungewohnt gelöst und unbeschwert gewirkt, das hatte ihm gefallen. „Ich rufe dich heute Abend noch einmal an“, versprach er und zog sie an sich.

„Wirst du wiederkommen, Alexander?“ Die Angst in ihrer Stimme ließ ihn aufhorchen.

„Natürlich werde ich wiederkommen, schon morgen. Warum glaubst du, ich würde das nicht tun?“

Ihre Stirn sank gegen seine Brust. „Ich weiß nicht genau, nur so ein Gefühl."

Noch einmal hob er ihr Kinn an und zwang sie so, ihn anzuschauen. „Hör zu, Linda, ich ... Es war sehr schön mit dir. Sehr, sehr schön! Ich habe jede Sekunde genossen, die wir zusammen waren, aber ich begehre dich heute nicht weniger, als ich es gestern getan habe. Im Gegenteil!" Um seine Worte zu bestätigen, küsste er sie. Der Kuss war voller Zärtlichkeit und gab ihr ein wenig von der Sicherheit, die sie so dringend brauchte. Ihre Hände fuhren streichelnd über seine glatt rasierten Wangen.

„Danke für den wunderschönen Abend, Alex ... und für ... alles andere."

Er lächelte liebevoll auf sie herab. „Wir werden das wiederholen, Ballerina. Und damit meine ich übrigens auch das Ballett."

Der goldene Farbton in ihren Augen vertiefte sich, und ihr Mund verzog sich zu einem zögerlichen Lächeln. „Bis bald, Herr Hauptkommissar, und vergessen Sie mich nicht."

„Keine Chance."

Der Montagmorgen brachte Alexander nicht nur einen neuen Fall, sondern auch eine neue Kollegin, die den zweiten Schreibtisch in seinem Büro übernahm. Seit Karl-Heinz Hartmann, Alexanders früherer Kollege, vor einigen Monaten in Pension gegangen war, hatte der Schreibtisch leer gestanden.

Monika Kaminski war nicht nur sehr hübsch, sondern entpuppte sich trotz ihrer Jugend auch als eine erstaunlich kompetente Kriminalistin, wie Alexander bereits in den ersten Stunden ihrer Zusammenarbeit feststellen konnte. Zudem war ihre offene und etwas burschikose Art ihm auf Anhieb überaus sympathisch.

Schon am späten Vormittag nannten sie sich beim Vornamen, und mittags gingen sie gemeinsam in die Kantine zum Essen.

Gerade als Alexander seinen leeren Teller zurückschob, steuerte Siegfried Rossner mit einem vollen Tablett auf ihren Tisch zu.

„Darf ich mich zu euch setzen?"

„Ja sicher, Siggi, setz dich." Alexander zog für den älteren Kollegen einen Stuhl unter dem Tisch hervor, und Siegfried Rossner ließ sich darauf nieder.

„Ich lass euch zwei allein und überprüfe schon mal die Fitnesstrainer, wie du es vorgeschlagen hast", sagte Monika an Alexander gewandt und spielte damit auf den neuen Fall an, den sie zusammen bearbeiteten.

Alexander nickte. „Ja, danke, Monika. Es wird nicht mehr lange dauern, dann komme ich nach und greife dir unter die Arme."

Kaum war die neue Kollegin außer Hörweite, verzog sich Rossners Gesicht zu einem anzüglichen Grinsen. „Der würde ich auch gerne mal unter die Arme greifen, Alex."

Ebenfalls grinsend schüttelte Alexander den Kopf. „Du bist unverbesserlich, Siggi."

„Nun, so feuerrotes Haar macht mich eben an."

Alexander besorgte sich noch einen Becher Kaffee und wartete ab, bis Siegfried ebenfalls aufgegessen hatte, dann überwand er schließlich seine innere Blockade. „Gibt es eigentlich etwas Neues im Fall Michaelsen?"

Rossners Gesicht wurde ernst, aber damit hatte Alexander schon gerechnet. „Du hast einige Zeit nicht nachgefragt. Wir haben schon gedacht, die Sache interessiert dich nicht mehr."

„Doch … doch, der Fall interessiert mich durchaus noch. Ich war nur sehr beschäftigt in den letzten Wochen, das ist alles."

Alexanders Kollege spielte nachdenklich mit einem unbenutzten Messer, das vor ihm auf dem Tisch lag. „Hast du eigentlich noch Kontakt zu der schönen Witwe?"

„Ja, warum?"

Alexander wusste, dass Siegfried Rossner nichts vor ihm zurückhalten würde. Sein Kollege und er arbeiteten seit vielen Jahren zusammen, wussten ihre Stärken und Schwächen einzuschätzen und respektierten sich gegenseitig. „Das Blatt hat sich ein wenig gewendet. Sie ist inzwischen unsere erste Wahl, Alex."

„Wie bitte?" Alles in Alexander wurde kalt. Durch seine Venen schien plötzlich Eiswasser zu fließen. Er zuckte leicht zusammen und verspürte einen bitteren Geschmack im Hals. „Das kann nicht euer Ernst sein, Siggi! Die Frau kann keiner Fliege etwas zuleide tun."

Beschwichtigend spürte er Siegfrieds Hand auf seinem Unterarm. Alexander wurde bewusst, dass seine heftige Reaktion aussagekräftig genug gewesen war. Der erfahrene Kriminalist Rossner hatte nun sicherlich seine Schlüsse über die Art seiner Beziehung zu Linda Michaelsen gezogen, doch auch das würde nichts an Siegfrieds Einstellung zu ihm ändern, das wusste Alexander einfach. Ihr unerschütterliches Vertrauen in die Berufsmoral des anderen beruhte auf Gegenseitigkeit.

„Wir haben lange Gespräche mit seiner Geschäftsführerin und Geliebten geführt, Alex", fuhr Siegfried fort. „Die Angaben, die sie gemacht hat, sind uns außerdem von einem Mitglied der Familie bestätigt worden. Linda Michaelsen hatte ein echtes Motiv, mein Freund, sogar ein klassisches Motiv. Und wenn du mich fragst – ich könnte mir durchaus vorstellen, dass sie tatsächlich als Täterin infrage kommt. Sie hat ihrem holden Gatten das Lebenslicht ausgeblasen ... oder es ihm ausblasen lassen, wie auch immer."

„Was habt ihr genau?" In Alexanders Kopf herrschte ein heilloses Desaster.

Siegfried Rossner zögerte. „Alex, ich überlege gerade, ob es unter den gegebenen Umständen sehr klug ist, mit dir darüber zu reden."

Alexander sprang auf, und sein Stuhl machte auf den grauen Steinfliesen des Kantinenbodens ein unangenehmes Geräusch. Einige Köpfe fuhren zu ihnen herum.

„Setz dich, Superhirn, ich habe es nicht so gemeint. Komm, setz dich wieder hin und spiel hier nicht den Eingeschnappten."

Langsam ließ sich Alexander zurück auf seinen Stuhl sinken. „Erzähl mir genau, was ihr habt, Siggi. Ich muss alles wissen."

Rossner blickte ihm eine Weile stumm ins Gesicht, doch dann nickte er. „Michaelsen hat gegenüber seiner Geliebten durchblicken lassen, dass seine Frau sich scheiden lassen wollte, und nicht nur das. Aus Gründen, die uns noch nicht bekannt sind, lehnte

Michaelsen die Scheidung rigoros ab. Sein Bruder Walter bestätigte uns außerdem, dass seine Schwägerin sich mehrmals bei ihm über ihren Mann ausgeweint hat. Schon vor einigen Jahren hat sie Walter Michaelsen gegenüber behauptet, ihr Mann würde sie regelmäßig körperlich und seelisch misshandeln und habe sie außerdem noch um ihr Familienerbe gebracht. Sie hatte demnach jeden Grund, ihren Gemahl abgrundtief zu hassen, Alex."

Walter? Sie hat schon früher mit Walter Michaelsen darüber gesprochen? Warum gerade Walter?

Sein Magen begann zu schmerzen, und das war noch nie ein gutes Zeichen gewesen. „Siggi, Frank Michaelsen hat sich in einem Milieu aufgehalten, das prädestiniert ist für einen Mord dieser Art. Du hast Linda doch kennengelernt, sie ..."

„Wie lange bist du schon in diesem Job, Alex? Seit gestern? Du weißt doch ganz genau, dass es genug Mörder mit einem gottverdammten Engelsgesicht gibt, Herrgott noch mal! Und um deinen anderen Einwand zu entkräften – wir finden rein gar nichts, was darauf hinweisen könnte, dass Frank Michaelsen Feinde hatte oder auch nur von irgendwem bedroht wurde. Im Gegenteil. Jeder im Milieu hatte Angst oder zumindest einen Höllenrespekt vor ihm. An den Typen hat sich niemand herangewagt. Es gab kaum jemanden, der ihn persönlich kannte oder direkt mit ihm Geschäfte gemacht hätte. Das lief alles über seine Geschäftsführerin, und zwar vollkommen problemlos. Es war ein offenes Geheimnis, dass ‚der Schleifer' direkt hinter ihr stand. Er war so was wie ein Phantom auf dem Kiez. So wie es aussieht, hat er selbst nur den Ton angegeben und dann ordentlich abkassiert."

„Ihr habt mir erzählt, dass es Leute gegeben haben soll, die mit ihm zusammengerasselt sind. Was ist denn mit denen? Irgendwie muss er sich doch seinen zweifelhaften Ruf erworben haben."

Siegfried schüttelte nur seinen Kopf. „Sackgasse! Du kennst doch das Milieu."

„Und was ist mit dieser ... Frau, seiner Geliebten? Was ist mit ihr? Sie schmeißt doch jetzt den Laden allein, oder?"

„Du läufst im Kreis, Hellberg. Sie konnte doch gar nicht

wissen, dass Linda Michaelsen kein Interesse an diesem entzückenden Erbe haben würde. Es gab zwischen Frank Michaelsen und seiner Geschäftsführerin keine Vereinbarung. Wie du weißt, gibt es auch kein Testament. Seine Geliebte war viel mehr angewiesen auf den lebenden Michaelsen. Die ersten Probleme hat sie sicher inzwischen auch schon gehabt, nachdem sich überall herumgesprochen hat, dass ‚der Schleifer' nicht mehr unter den Lebenden weilt und schützend seine gefürchtete Hand über sie hält."

„Habt ihr seine Mädchen genau überprüft?"

„Wofür hältst du uns, Alex? Natürlich." Siegfried Rossner erhob sich. „Tut mir leid, Hellberg, ich muss wieder zurück an die Arbeit. Halt die Ohren steif. Und Alex – kein Wort zu ihr, in Ordnung?"

Alexander nickte wortlos. Er fühlte sich seltsam leer und ausgebrannt. Linda hatte mit Walter gesprochen! Dabei hatte sie ihm unmissverständlich den Eindruck vermittelt, er selbst sei der Erste gewesen, dem sie sich anvertraut habe. Das machte ihm zu schaffen. Er dachte an das Gespräch zurück, in dem sie ihm von ihrer Absicht berichtet hatte, sich von ihrem Mann scheiden zu lassen, und von Franks Reaktion darauf. Ein ganz passables Mordmotiv, so hatte er es selbst genannt. Beißende Übelkeit stieg in ihm auf, und er stürzte den Rest seines kalten Kaffees hinunter, bevor auch er endlich die Kantine verließ.

Die Arbeit nahm Alexander voll und ganz in Anspruch und vertrieb für einige Stunden seine Probleme. Erst als er nach Dienstschluss in seinem Wagen saß und bereits auf dem Weg zu Linda war, begann es in seinem Kopf erneut zu brodeln.

Er konnte sich gut vorstellen, dass es nicht mehr lange dauern würde, bis sich seine Kollegen auf sie stürzen würden. Sollte er nicht doch mit ihr reden, sie darauf vorbereiten? Rechneten sie vielleicht insgeheim damit, dass er zuerst mit ihr sprach? Zweifelte er gar selbst an ihr? Sein Kopf begann unter den vielen Fragen, die sich ihm aufdrängten, unangenehm zu dröhnen. Es wurde Zeit, dass er sich zusammennahm, damit sie ihm nichts anmerkte.

Als er zehn Minuten später vor ihrer Haustür stand, hatte er sich wieder im Griff – und er hatte einen Entschluss gefasst.

Sie aßen gemeinsam mit Charlotte einen vorzüglichen Lachsauflauf, den Linda ihnen kredenzte, und spielten nach dem Essen noch eine Stunde ‚Mensch ärgere dich nicht' miteinander. Dann zog sich Charlotte mit der Entschuldigung zurück, sie müsse noch ein paar Hausaufgaben erledigen und würde hinterher direkt schlafen gehen. Kaum waren sie allein, rückte Alexanders eigentliches Vorhaben in weite Ferne, und er gab viel lieber dem heftigen Verlangen nach, das er in den letzten Stunden mehr oder weniger erfolgreich verdrängt hatte.

Er zog Linda in seine Arme und küsste sie ausgiebig und voller Leidenschaft. „Den ganzen Tag habe ich mich schon danach gesehnt, dich zu küssen", flüsterte er. Im gleichen Atemzug wurde ihm bewusst, dass das absolut der Wahrheit entsprach, und dieser Gedanke rief in ihm erneut einen heftigen, aber nur sehr kurzen Anflug von echter Zerrissenheit hervor.

„Mir ist es genauso gegangen." Ihr Blick wirkte verhangen. Der intensive Kuss hatte auch bei ihr seine Wirkung nicht verfehlt.

Seine Hände fuhren wie ferngesteuert seitlich über ihren Körper und glitten schließlich unter ihr T-Shirt. Die Berührung ihrer Haut vertrieb nun auch den letzten geordneten unerwünschten Gedanken und jeden aufkeimenden Zweifel aus seinem Kopf. Er küsste ihren Hals und inhalierte gierig ihren Duft. Ihr Atem beschleunigte sich ebenfalls.

„Lass uns raufgehen", bat er sie atemlos.

Sie versteifte sich in seinen Armen. „Nein, Alex, Charlotte ist noch wach. Ich … ich kann … das so nicht."

„Sie ist in ihrem Zimmer, Liebling, komm. Zeig mir …" Alles in ihm wollte sich in diesem Moment gegen jede Art von Vernunft und die störenden Gedanken der vergangenen Stunden zur Wehr setzen.

„Nein, Alex. Jetzt nicht." Sie rückte entschlossen von ihm ab und strich mit beiden Händen beschwichtigend über seine kräftigen Oberarme.

Zischend ließ er seinen Atem entweichen und fluchte innerlich. In ihrer derzeitigen Situation wäre es überaus dumm, dilettantisch und einfach rücksichtslos von ihm, sie weiter zu bedrängen. Dies hatte nichts mit Verführung zu tun, weil er nur zu deutlich spüren konnte, dass sie jetzt einfach nicht bereit für ihn war. Er wusste genau, dass ihr das letzte Quäntchen Vertrauen noch immer fehlte, also zog er seine Hände von ihr zurück und schloss für eine Sekunde die Lider. Noch einmal atmete er laut aus.

„Okay, dann gib mir einen Schnaps. Irgendeinen."

„Alex, sei bitte nicht böse auf mich."

„Ich bin nicht böse, sondern nur ungeheuer scharf auf dich." Er versuchte zu lächeln. „Aber ich kann auch ein artiger Junge sein, wie du ja weißt."

Während sie zum Barschrank hinüberging und zwei Cognacschwenker füllte, fuhr er sich mit leicht zittrigen Fingern durchs Haar und beobachtete sie. Auch ihre Hand zitterte, bemerkte er, als sie ihm einen der Schwenker reichte.

Linda nippte nur an ihrem Cognac, während er seinen in einem einzigen Zug hinunterstürzte und auf das wohlige, beruhigende Brennen im Magen wartete.

„Willst du noch einen?", fragte sie mit einem leichten Schmunzeln.

„Nein, aber der tat höllisch gut." Sein verlangender Blick fixierte sie. „Wann wird sie endlich schlafen, deine Kleine?"

Linda lachte. „Du bist unmöglich, Alexander Hellberg."

Er erhob sich seufzend und streckte ihr lächelnd eine Hand entgegen. „Komm, wir gehen noch ein bisschen an die frische Luft. Ich brauche dringend etwas Bewegung, und es ist noch immer schön warm draußen. Wenn du Glück hast, gebe ich dir sogar ein großes Schokoladeneis aus, Ballerina."

Sie waren nicht die einzigen Menschen, die der warme Frühsommerabend nach draußen gelockt hatte. Auch andere Paare spazierten, ebenso wie sie, Hand in Hand am Ufer der Elbe entlang und sahen der untergehenden Sonne zu, deren letzte Strahlen den Fluss zum Glitzern brachten.

Nach einer Weile blieb Alexander stehen und sammelte einige flache Steine auf, die er über die Wasseroberfläche springen ließ, so wie er es schon als kleiner Junge gern getan hatte. Er brauchte die körperliche Distanz zu Linda, um wieder vernünftig nachdenken zu können.

Linda vergrub ihre Hände in den Taschen ihrer leichten Strickjacke und beobachtete ihn aufmerksam. Sie kannte ihn noch nicht sonderlich gut, aber sie spürte deutlich, dass irgendetwas mit ihm nicht stimmte. Sie vermutete den Grund dafür gar nicht erst darin, dass sie ihn vorhin zurückgewiesen hatte. Denn wenn sie es genau überlegte, war er schon während des Abendessens in einer eigenartigen, seltsam distanzierten Stimmung gewesen – zumindest so lange, bis sie sich geküsst hatten.

„Alex, ist alles in Ordnung mit dir?“

Er zögerte kurz und schnippte schließlich den letzten Stein ins Wasser, bevor er sich ihr wieder zuwandte. Sein Blick wirkte ungewohnt ernst, und auch er ließ seine Hände jetzt in die Taschen seiner Jacke gleiten.

Es war vor allem eine Sache, die Alexander beschäftigte, seit er mit Siegfried Rossner gesprochen hatte. Er selbst kannte sich gut genug, um zu wissen, dass es ein sicherer Instinkt war, der diesen Gedanken in seinem Kopf festhielt. Genau genommen war gerade dieser Instinkt ein fester und wichtiger Bestandteil seiner täglichen Arbeit. Alexander hatte mit den Jahren gelernt, sich darauf zu verlassen, doch gerade diese Tatsache bereitete ihm schon seit Stunden immer mal wieder diese heftigen Magenkrämpfe. Es war an der Zeit, den unliebsamen Schritt zu tun und diesem Desaster in seinem Inneren ein Ende zu setzen. Es war ja doch zwecklos, es weiterhin zu ignorieren. „Wie ist eigentlich dein Verhältnis zu deinem Schwager, Linda?“

„Warum fragst du mich das?“

Das Überraschungsmoment verfehlte nur sehr selten das angepeilte Ziel einer Befragung. Alexander registrierte die sichtbare Veränderung in ihrem Gesicht, und er kämpfte erneut gegen den bitteren Geschmack des Zweifels in seiner Kehle, indem er mehrere Male trocken schluckte. Doch dieses Mal ließ er sich nicht mehr verdrängen. „Antworte mir einfach."

Sie senkte den Kopf. „Wir … verstehen uns nicht besonders gut. Das heißt, wenn wir uns … überhaupt mal sehen. Du weißt ja wahrscheinlich, dass Walter beruflich sehr viel unterwegs ist."

Ihre Worte klangen vollkommen harmlos, aber der Ausdruck auf ihrem Gesicht, ihre fahrigen Bewegungen und die leichte Heiserkeit in ihrer Stimme waren eindeutig und ließen für einen erfahrenen Kriminalisten nur einen einzigen Schluss zu: Linda log, oder zumindest wollte sie unter allen Umständen etwas vor ihm verheimlichen.

Eben genau davor hatte er Angst gehabt, denn es konnte für sie nur einen einzigen Grund dafür geben. Er hätte nicht sagen können, warum er in dieser Angelegenheit so sicher war, aber er war es nun einmal. Sein kühler Verstand war bereits darauf vorbereitet gewesen, doch die Erkenntnis traf ihn trotzdem wie ein brutaler Fausthieb. Irgendetwas in ihm schien sich noch sekundenlang zu weigern, diese Ungeheuerlichkeit und das, was sie letztlich für ihn bedeutete, vollständig zu akzeptieren, und er starrte sie erschüttert an.

Von einer Sekunde auf die andere fühlte er sich jeder Illusion beraubt. Das engelhafte Bild, das er sich von dieser Frau gemacht hatte, zerbrach klirrend und ließ nur einen grausamen, vernichtenden Schmerz zurück, der seine Brust regelrecht zu zerreißen schien. Mit dem kümmerlichen Rest seiner Kraft bekämpfte er die Wut über das eigene Versagen, während sie sich regelrecht unter seinem Blick zu winden begann und damit alles nur noch schlimmer machte.

Ohne dass es ihm wirklich bewusst gewesen wäre, legte er seine Hände viel zu hart um ihre schmalen Schultern. „Sag mir jetzt, dass das nicht wahr ist! Gott, Linda, streite es ab! Nicht Walter!" Seine Stimme drohte zu kippen.

Ihr verzweifelter Blick brannte sich in seine Augen und gleichzeitig tief in seine Seele. Sie wirkte zu Tode erschrocken. „Ich … ich habe … Alex, bitte, ich …"

Sein zischender Atem drückte seine ganze Abscheu aus, und sie brach mitten im Satz ab.

„Du hast wahrlich eine tolle Show geliefert, Kleine!" Er wandte sich ab, weil er ihren ängstlichen Blick nicht mehr ertrug. Seine flache Hand traf klatschend auf seine Stirn. „Ich Idiot! Ich bin so ein verdammter Idiot! Ich hab doch tatsächlich geglaubt, du wärest … anders … Du hast mich auf die Rolle geschoben, stimmt's? Und ich bin dir herrlich auf den Leim gegangen! Gerade ich! Sieh dich nur an! Bei jedem Wort von mir zuckst du zusammen, als würde ich dich schlagen. Und bei Gott, ich hätte nicht übel Lust dazu! Dein Mann hielt dich angeblich für frigide, richtig? Ha! Noch nie vorher einen gottverdammten Orgasmus gehabt, wie? Dass ich nicht lache!"

Ängstlich und verlegen blickte Linda sich um, doch niemand schien sie zu beachten. „Du verstehst das nicht, Alex. Du … verstehst überhaupt nichts! Ich habe dich nicht angelogen, glaub mir doch!" Ein wahrer Strom von Tränen lief jetzt über ihr Gesicht.

Seine Hand schoss vor, und fast brutal zog er ihren Kopf zu sich heran. Hart und rücksichtslos presste er kurz seinen Mund auf ihre Lippen. Sein Gesicht blieb dicht vor dem ihren. „Das war es doch, was du wolltest, oder? Nettes kleines Spiel, wirklich! Wenn es dich beruhigt, es ist dir voll und ganz gelungen! Glückwunsch! Du hast mich tatsächlich so höllisch scharfgemacht, dass ich fast durchgeknallt wäre."

Zögernd löste er seine Finger aus ihrem Haar und rückte ein gutes Stück von ihr ab. Seine Hände waren zu Fäusten geballt, und er verfluchte im Stillen das neue Verlangen, das allein diese schnelle, schmerzhafte Berührung ihres Mundes in ihm hervorgerufen hatte. Angewidert von diesem Gefühl versuchte er, mit seinem Handrücken ihren süßen Geschmack von seinen Lippen zu wischen.

„Du irrst dich, Alex. Du irrst dich ganz fürchterlich!" Noch immer weinte sie. Die Arme fest um ihren Oberkörper gelegt, versuchte sie offenbar, das starke Zittern zu unterdrücken, das sie jetzt regelrecht durchschüttelte.

Sein Blick traf sie erneut, er war kalt und so unheimlich wie der eisige Morgennebel im Winter, und er wirkte ebenso hasserfüllt wie der harsche Klang seiner Stimme. „Hast du Frank umgebracht, Linda?"

„Wie ... kannst du ...?" Ihre Stimme brach endgültig. Sie wandte sich ab und rannte von ihm fort, den Strand hinauf, zurück zum Weg.

Bewegungslos und noch immer mit geballten Fäusten blickte er ihr nach, bis sie hinter einer Biegung der Straße verschwunden war.

Einige Stunden später war Alexander Hellberg bereits so restlos betrunken, dass er große Schwierigkeiten damit hatte, sich aus seiner Jeans zu schälen. Die halbe Nacht hatte er am Tresen seines ehemaligen Stammlokals verbracht. Trinkend, fluchend und rauchend. Einige Male hatte irgendjemand versucht, mit ihm ins Gespräch zu kommen, aber er hatte jeden einzelnen dieser Versuche sogleich erfolgreich im Keim erstickt.

Jetzt ließ er sich endlich auf sein Bett fallen.

War es wirklich erst zwei Tage her, dass er Linda genau hier geliebt hatte?

Der schwache Duft ihres Parfums hing noch immer in seinem Kopfkissen und war das Letzte, das er bewusst wahrnahm, bevor er in den erlösenden Schlaf hinüberglitt.

5. KAPITEL

Alexander stürzte sich in die Arbeit. Über den Fall Michaelsen informierte er sich nicht mehr. Es gab mehr als genug für ihn zu tun. Der Tote aus dem Fitness-Studio forderte seine ganze Konzentration. Alles andere verdrängte er so lange erfolgreich, bis er nach Dienstschluss zur Ruhe kam und es keine Möglichkeit mehr für ihn gab, vor seinen Gedanken und Gefühlen davonzulaufen.

Drei Wochen waren nun seit dem verhängnisvollen Abend am Strand vergangen. Linda hatte sich nicht noch einmal bei ihm gemeldet. Es fiel ihm unglaublich schwer, sich selbst einzugestehen, dass er nach wie vor verrückt nach ihr war. Immer wieder drängte sie sich in seine Gedanken, und sein Körper lechzte nach ihr. Mit all seiner Willenskraft versuchte er dagegen anzukämpfen, weil es ihn gleichzeitig enorm wütend machte, dass ihn eine Frau auf diese umfassende Weise beschäftigte.

Alles, was er sich neuerdings zugestand, war ein gelegentliches Mittagessen im Imbiss von Anneliese Michaelsen. Jetzt, nachdem er wieder Kontakt zu Franks Mutter hatte, fühlte er sich irgendwie verpflichtet, sich ab und zu bei ihr blicken zu lassen. Gleichzeitig hatte er dort aber auch das Gefühl, Linda auf eine sehr eigentümliche Weise nahe sein zu können. Anneliese war nun das letzte Bindeglied zwischen ihm und Linda.

Lindas Schwiegermutter stellte ihm niemals Fragen, die seine Beziehung zu Linda betrafen, aber ihm war durchaus klar, dass sie über die Trennung informiert sein musste. Ihr sorgenvoller Blick ließ keinen Zweifel aufkommen, aber sie war eine erfahrene, kluge Frau und hielt sich zurück. Alexander allerdings brachte es seinerseits nicht fertig, nicht nach Linda und Charlotte zu fragen. Er tat es jedes Mal – und immer drängte sich ihm das Gefühl auf, Anneliese behalte das Wesentliche für sich.

Auch heute hatte er wieder bei Anneliese hereingeschaut und dort erfahren, dass Linda inzwischen einen Käufer für die alte Villa gefunden hatte. Es war das erste Mal gewesen, dass Lindas Schwiegermutter von sich aus das Thema aufgegriffen hatte. Eine

Weile hatte sie ihn forschend angeblickt und dann offenbar beschlossen, dass es für sie nun doch an der Zeit war, etwas dazu zu sagen. „Warum rufst du sie nicht einfach an, Alex?“

„Nein.“

„Ihr habt euch gegenseitig so gutgetan, mein Junge.“

„Es ist vorbei, Anneliese.“

„Aber sie fehlt dir doch.“

„Nein, da irrst du dich. Sie fehlt mir ganz und gar nicht.“

Anneliese überging einfach seine barsche Erwiderung und sah einen Augenblick zu, wie er seine verhaltene Wut an der Currywurst ausließ, die sie ihm vor wenigen Minuten vorgesetzt hatte. „Du fehlst ihr auch, Alex, sei kein Esel.“

Zornig schob er seinen noch halb vollen Teller beiseite und funkelte sie an. „Du weißt nicht, was zwischen uns passiert ist, Anneliese, also halte dich besser da raus, okay? Also, was bin ich dir schuldig?“

Gedankenverloren saß Alexander nun wieder an seinem Schreibtisch und steckte sich eine Zigarette zwischen die Lippen, ohne sie anzuzünden. Offenbar waren seine Kollegen noch nicht viel weitergekommen, denn Linda schien bis jetzt unbehelligt geblieben zu sein. Immer wieder fragte er sich, warum er nur so blauäugig auf diese Frau hereinfallen konnte. Er hielt sich in jeder Beziehung für einen erfahrenen Mann, doch Linda Michaelsen hatte es geschafft, seinen Verstand vollkommen auszuschalten. Allein durch ihren sprichwörtlichen Liebreiz war es ihr gelungen, ihn butterweich werden zu lassen. Niemals zuvor hatte er sich einer Frau gegenüber so rücksichtsvoll gezeigt. Ganz im Gegenteil – in den zurückliegenden Jahren hatte er es sogar stets bewusst vermieden, allzu nett zu seinen weiblichen Mitmenschen zu sein. Nur so konnte man vermeiden, das verlockende Bild eines potenziellen Ehemannes abzugeben.

Es war lange her, dass ihn eine Frau nicht bereits nach ein paar Wochen gelangweilt hatte. Nein, Linda hatte ihn von Anfang an fasziniert, und das tat sie noch immer, auch wenn er sie jetzt noch nicht einmal mehr sah. Einer Frau wie Linda war er zuvor noch niemals begegnet, das hatte ihn offenbar unvorsichtig werden lassen. Sie war ihm viel zu nahegekommen. Der Gedanke daran, dass sie jetzt umziehen, ihr Leben allein mit ihrer Tochter weiterleben würde, verursachte eine Hilflosigkeit, die ihn noch wütender machte als die unvernünftige Sehnsucht nach dieser Frau, die so gar nicht zu seinen Vorstellungen passen wollte.

„Kannst du mir mal sagen, was eigentlich mit dir los ist, Alex?" Monika Kaminski riss ihn aus seinen trübsinnigen Gedanken.

Er warf die ungerauchte Zigarette beiseite, griff in die Tüte, die neben seiner Tastatur lag, schob sich einen Lakritz in den Mund und versuchte zu lächeln. „Alles in bester Ordnung, Frau Kollegin."

Monika erhob sich von ihrem Stuhl, ging um die beiden Schreibtische herum zu ihm und lehnte sich gegen den kleinen Aktenschrank, der direkt hinter seinem Drehstuhl stand. „Hör zu, ich beobachte das nun schon seit mehreren Wochen. Irgendwas stimmt mit dir nicht. Geht's vielleicht um eine Frau? Könnte ja sein, dass ich dir einen guten Rat geben kann, Herr Hauptkommissar. Ich kann wirklich gut zuhören, weißt du."

Alexander hob seinen Kopf und betrachtete nachdenklich ihr hübsches Gesicht. Monika Kaminski war fünfundzwanzig Jahre alt, eine typische Rothaarige mit leuchtend hellgrünen Augen und winzigen frechen Sommersprossen auf der Nasenwurzel. „Hast du heute Abend schon was vor?"

Die junge Kommissarin bemerkte seinen männlich abschätzenden Blick und stutzte kurz. „War das jetzt etwa eine offizielle Anmache, oder willst du wirklich nur ein Gespräch unter Freunden?"

Alexander lachte laut auf. Er wusste die stets offene Art seiner neuen Kollegin inzwischen sehr zu schätzen. „Geh das Risiko ein, und lass es doch einfach darauf ankommen, Kaminski."

Sie stieß sich vom Aktenschrank ab und schenkte ihm ein breites und nahezu umwerfendes Lächeln. „Wann holst du mich ab?"

Alexander entschied sich für die altbewährte Methode, Monika ins Kino einzuladen und hinterher mit ihr noch etwas essen zu gehen. Der spontane Entschluss, mit ihr auszugehen, hatte ihn selbst überrascht, aber er bereute es keinesfalls. Der Abend entwickelte sich außerordentlich angenehm und lenkte ihn ein wenig von seinen Problemen ab. Seine Kollegin lebte allein in einer kleinen Neubauwohnung am westlichen Stadtrand, und auf ihren Vorschlag hin fuhren sie nach dem Kino und der anschließenden Riesenpizza dorthin und köpften noch eine Flasche Wein.

Bis vor einigen Stunden hatte Monika noch nicht einmal zu hoffen gewagt, Hauptkommissar Alexander Hellberg jemals in ihre Wohnung locken zu können. Seit sie zur Mordkommission gestoßen war, hatte es durchaus den einen oder anderen Kollegen gegeben, der sein Glück bei ihr versuchte. Aber gerade bei Alexander hatte sie bis heute Nachmittag das Gefühl gehabt, er habe noch nicht einmal bemerkt, dass sie ein Mensch weiblichen Geschlechts war.

Dabei gab sie sich schon seit der ersten Sekunde ganz besondere Mühe, dass gerade er diese Tatsache möglichst schnell zur Kenntnis nahm. Nur ein einziger Blick auf den Mann hatte genügt, um ihr Interesse zu wecken. Natürlich achtete sie inzwischen darauf, dass er niemals bemerkte, welches Vergnügen es ihr bereiten konnte, ihn einfach nur anzusehen – besonders, wenn er sich unbeobachtet fühlte. Sie fand ihn wirklich umwerfend sexy – und jetzt saß dieser überaus attraktive Kerl überraschenderweise auf ihrem alten Sofa und trank mit ihr Rotwein. Sie hätte nicht sagen können, ob sie wirklich ernsthaft verliebt in ihn war, aber sie wusste genau, dass Alexander ihr Begehren geweckt hatte. Und sie würde alles daransetzen, ihn jetzt zu verführen.

Zum dritten Mal füllte sie nun bereits sein Weinglas wieder auf. Schon fast den ganzen Abend unterhielten sie sich über ihren Job, aber das störte Monika nicht, denn so blieb sein Interesse wach. Allerdings achtete sie bewusst darauf, sich lasziv und verführerisch zu bewegen, auch um sein Augenmerk auf ihre schönen langen Beine zu lenken. Sie wusste um ihre Vorzüge und setzte sie gekonnt ein.

„Ich werde mir ein Taxi rufen müssen“, sagte er jetzt. „Ich sollte nicht mehr selber fahren.“

Monika lächelte und befeuchtete ihre Lippen mit der Zungenspitze. „Du willst dich doch nicht schon verabschieden, oder? Wir sind erst wieder für übermorgen eingeteilt.“

Sein Blick wirkte bereits etwas verschwommen. Der Bordeaux hatte es in sich – und Monika war sich dessen bewusst. Sie selbst hatte vorsichtshalber nur ein einziges Glas getrunken.

„Eigentlich wollte ich morgen Vormittag trotzdem für ein paar Stunden ins Büro. Der Papierkram nimmt nämlich langsam überhand. Es ist viel liegen geblieben in der letzten Zeit.“

„Trink lieber noch ein Gläschen mit mir, Herr Hauptkommissar. So jung kommen wir nicht wieder zusammen.“ Mit diesen Worten schenkte sie Alexander kurzerhand nach, stellte die leere Flasche beiseite und rutschte noch etwas näher an ihn heran.

Alexander ließ seinen Blick kurz über ihren schlanken, hochgewachsenen Körper gleiten, doch dann rückte er sogleich wieder ein gutes Stück von ihr ab. Für einen erfahrenen Mann wie ihn war es eindeutig, was seine junge Kollegin beabsichtigte, aber irgendetwas Grundlegendes in seinem Inneren hatte sich in der letzten Zeit verändert. Er konnte nicht genau benennen, was es war. Doch er erkannte, dass er nicht die geringste Lust dazu verspürte, die Chance zu ergreifen und mit Monika ins Bett zu steigen. „Du hast wirklich sensationelle Beine, Kommissar Kaminski, aber du solltest trotzdem besser gleich wieder vergessen, was du gerade vorhattest.“ Seine Lider senkten sich etwas, und er lächelte freundlich.

„Warum?“, fragte sie schlicht.

Dass er in diesem Moment sofort an Linda denken musste, ärgerte ihn. „Sagen wir einfach, es ist der falsche Zeitpunkt“, brachte er mit einigem Nachdruck in der Stimme heraus. „Es tut mir leid, Monika. Das hat … nichts mit dir zu tun, glaub mir. Du bist eine hinreißende Frau.“

Monika war eine intelligente Person und wusste genau einzuschätzen, ob ein Mann an ihr interessiert war oder nicht. Außerdem war Alexander Hellberg für sie inzwischen fast ein offenes Buch. Die leicht unbeholfene Art, die er im Augenblick an den Tag legte, rührte sie irgendwie und linderte ihre Enttäuschung etwas. Er war offensichtlich in eine andere Frau verliebt, und das hatte sie ja eigentlich auch schon geahnt. Im Büro tuschelte man schon seit einiger Zeit über ein Verhältnis zur Frau von diesem toten Kollegen. Sie nahm an, dass an den Gerüchten einiges dran war. Dennoch hatte sie insgeheim auf eine Gelegenheit gehofft, Alexander wenigstens einmal in ihr Bett zu manövrieren. Doch jetzt erkannte sie glasklar, dass es diese Gelegenheit wahrscheinlich niemals geben würde.

Er hatte sie zurückgewiesen, und das tat weh. Aber sie war nicht der Typ, der sich allzu lange mit Illusionen zufriedengab. Mit ihren Gefühlen für Alexander Hellberg würde sie schon fertig werden. Darin übte sie sich schon seit mehreren Wochen. Warum also die Sache auch noch für ihn komplizieren? Er würde ihr dankbar sein, wenn sie es ihm leicht machte – und seine Freundschaft zu erringen war schließlich auch nicht ganz so schlecht, entschied sie.

„Mach dir keine Gedanken, Alex. Ich bin ein braves Mädchen und weiß genau, wann ich zurückstecken muss. Ich werde diese Abfuhr nicht persönlich nehmen, keine Bange." Sie lächelte breit. Dann erhob sie sich und sah zu, wie er verlegen das noch halb volle Weinglas beiseiteschob. „Willst du nicht doch noch etwas trinken, bevor du dir ein Taxi rufst?"

Er nickte, bevor er sie endlich wieder offen ansah. „Gerne, aber keinen Wein mehr. Ein starker Kaffee wäre mir jetzt bedeutend lieber."

„Kein Problem."

„Mhm, Monika … ich …"

Sie hob beide Hände. „Lass nur, Alex. Du musst dich heute Abend wirklich nicht weiter erklären. Aber sollte dir in der nächsten Zeit mal zum Reden zumute sein, solltest du wissen, dass ich wirklich eine gute Zuhörerin sein kann." Sie grinste. „Sex kann ich überall und jederzeit bekommen, aber für eine Freundschaft muss man sich üblicherweise mehr ins Zeug legen, nicht wahr?"

Ihre gewohnt burschikose Offenheit entspannte die Lage vollkommen. Er blieb noch über eine Stunde, bevor er sich schließlich betont freundschaftlich von ihr verabschiedete.

Den halben Samstag verbrachte Alexander im Bett. Schließlich, am frühen Nachmittag, stand er endlich auf und kochte sich einen starken Kaffee. Sein Zustand war einzig und allein als erbärmlich zu bezeichnen. Offenkundig glitt ihm sein Leben gnadenlos durch die Finger.

Urlaub, dachte er, ich sollte früher als geplant Urlaub einreichen und einfach jetzt schon für ein paar Wochen nach Frankreich abhauen.

Das, was letzte Nacht passiert war, machte ihm Sorgen. Noch vor gar nicht so langer Zeit hätte er sich, sofort und ohne großartig nachzudenken, auf eine schnelle Affäre mit Monika Kaminski eingelassen, Kollegin hin oder her. Auch das hatte er durch – und es war immer gut gegangen. Er hatte von Anfang an gespürt, dass sie ihn begehrte. Normalerweise hätte allein schon diese Tatsache ausgereicht, um sein Interesse zu wecken. Seit er denken konnte, war er immer sehr empfänglich für jede Art von weiblicher Begierde gewesen. Üblicherweise liebte er es, wenn die Frauen die Initiative ergriffen. Das Gefühl, begehrt zu werden, machte ihn schwach und schürte sein Verlangen.

Doch dieses Mal war es anders gewesen. Völlig anders. Er hatte nicht den kleinsten Funken Verlangen gespürt, nicht den geringsten Anflug von sexueller Lust. Vielleicht werde ich langsam alt, dachte er leicht amüsiert. Doch dann tauchte wieder einmal Lindas Bild vor seinem inneren Auge auf, und in seinen Lenden begann es sofort zu prickeln. Er fluchte laut. Langsam, aber sicher zweifelte er an seinem Verstand. Warum nur wurde er dieses verdammte Gefühl nicht los? Warum war er nicht in der Lage, sie einfach aus seinen Gedanken zu verbannen? Eigentlich konnte er doch nur froh sein über die jüngste Entwicklung, über ihre Trennung. Die Sache mit Linda hatte ihm doch ohnehin schon Kopfzerbrechen bereitet, weil sie viel zu wichtig für ihn geworden war.

Vielleicht hätte ich sogar noch einen schönen Sommer mit

ihr verbracht, überlegte er, aber dann hätte ich mich schließlich doch wieder von ihr getrennt. Spätestens nach ein paar Monaten lässt die Anziehungskraft immer nach, ging es ihm durch den Kopf. Eine feste, länger andauernde Beziehung kam für ihn schlichtweg nicht infrage. Niemals und unter gar keinen Umständen!

Mit seinem Kaffeebecher in der Hand lehnte er sich in seinem Sessel zurück und schloss die Augen. Mein Gott, wie er sich nach diesem verlogenen Miststück sehnte.

Schon am Montagmorgen hatte Alexander seine Urlaubspläne erst einmal wieder auf Eis gelegt.

Der Tote im Fitness-Studio entpuppte sich im Laufe des Tages überraschenderweise als geltungssüchtiger Selbstmörder, der einfach eine Menge Pech gehabt hatte, weil er nicht rechtzeitig gefunden worden war. Somit konnte der Fall ordnungsgemäß abgeschlossen werden. Monika übernahm freiwillig den gesamten Schreibkram, und Alexander raffte sich dazu auf, seine vernachlässigten Statistiken auf den neuesten Stand zu bringen. Beide hackten dienstbeflissen auf ihre Computertastaturen ein, als es zaghaft an ihrer Bürotür klopfte.

Erleichtert über die willkommene Unterbrechung hob Alexander seinen Kopf und bat den Besucher herein. „Charlie!“

„Tag, Alex.“

Sein Herz setzte kurz aus, bis er sich vergewissert hatte, dass sie allein war. „Komm rein, Kleines, was kann ich für dich tun?“ Während er sprach, kam ihm schon ein neuer, erschreckender Gedanke und ließ ihn mitten im Satz hochschnellen. „Ist zu Hause etwas passiert, Charlie?“

„Nein, nichts … eigentlich. Ich wollte bloß mit dir sprechen.“ Sie trat an seinen Schreibtisch und setzte sich auf den Besucherstuhl.

Monika erhob sich und nickte ihr kurz zu. „Ich besorge dir eine kalte Cola, okay?“

Charlotte lächelte die junge Frau höflich an. „Ja, danke, das wäre wirklich nett von Ihnen.“

Alexander setzte sich ebenfalls wieder und warf Monika ein kurzes, dankbares Lächeln zu, bevor sie den Raum verließ. Dann glitt sein Blick zurück zu Charlotte.

„Was gibt's, Charlie?"

„Du musst unbedingt mit meiner Mutter sprechen, Alex."

Seine Kehle war plötzlich staubtrocken, und er räusperte sich. „Warum sollte ich das tun?"

„Mama ist völlig durch den Wind. Den halben Tag liegt sie nur noch im Bett. Sie hat das Haus verkauft, wusstest du das, Alex? Sie hat unser Zuhause einfach verkauft! Nächsten Monat ziehen wir schon in ein anderes Haus um. Ich will das nicht! Es ist nicht weit weg von meiner Schule, aber viel kleiner, und die Handwerker bereiten schon alles vor. Aber deshalb bin ich nicht hier. Mama – sie macht nichts mehr alleine, Alex! Sie kocht noch nicht mal mehr. Oma kommt jetzt zwei- oder dreimal in der Woche vorbei. Sie kauft für uns ein und schaut nach dem Rechten. Ich habe solche Angst, weil Mama sich so verändert hat. Sie ist so furchtbar blass und sieht richtig krank aus. Sie wird auch immer dünner. Ich weiß nicht mehr, was ich noch tun soll. Deshalb bin ich zu dir gekommen." Ihre Augen füllten sich mit Tränen, und die ersten machten sich bald selbstständig und rollten über ihre Wangen. „Ich hab so furchtbare Angst um sie, Alex!"

Alexanders Magen begann zu schmerzen, und in seinem Kopf schien ein Orkan zu wüten. Charlotte hatte plötzlich nichts mehr von dem allzu coolen Teenager an sich, der noch vor wenigen Wochen so hemmungslos und gekonnt mit ihm geflirtet hatte. Vor ihm saß jetzt ein hilfloses Kind, das erst vor Kurzem seinen Vater verloren hatte und nun auch noch um die Mutter fürchten musste. Alexander fluchte innerlich und fragte sich, warum Linda ihrer viel zu tapferen Tochter auch das noch zumutete.

„Warum kommst du nicht mehr zu uns, Alexander Hellberg? Du hast doch gesagt, du bist unser Freund."

Er verzog das Gesicht, weil ihr Schmerz auch ihm wehtat. Er stand auf, zog das Mädchen vom Stuhl hoch und legte seine Arme um den mageren Körper. „Ich bin dein Freund, meine Kleine. Ich werde immer dein Freund sein, versprochen."

Alexander drückte ihren Kopf an seine Brust und küsste sie auf den Scheitel. Fast lautlos betrat Monika das Zimmer und stellte eine Dose Cola auf Alexanders Schreibtisch. Nachdem sie einen kurzen Blick mit ihm gewechselt hatte, verließ sie sofort wieder das Büro.

Charlotte löste sich etwas von ihm und suchte in ihrem Rucksack nach einem Taschentuch, um sich die Nase zu putzen. Dann blickte sie zu ihm auf, und ihr anklagender und hilfloser Kinderblick verursachte ihm noch tiefere Schmerzen in der Brust. „Aber du kommst nicht mehr, Alex. Plötzlich warst du einfach nicht mehr da, und von da an hat sich alles wieder verändert."

Er öffnete die Cola und nahm zunächst selbst einen kräftigen Schluck, um seinen angegriffenen Magen zu beruhigen, dann reichte er die Dose an Charlotte weiter. „Deine Mutter und ich hielten es für besser, unsere Beziehung zu beenden, Charlie. Ich kann nicht mehr zu euch kommen. Das würde auch sie nicht wollen, glaub mir."

Charlotte schüttelte heftig ihren Kopf. „Nein, das glaube ich dir nicht! Sie ist unglücklich, Alex, furchtbar unglücklich! Unser Arzt hat ihr schon wieder diese Beruhigungstabletten verschrieben. Und Oma meint, dass sie davon viel zu viele nimmt, und sie schimpft deshalb auch oft mit ihr. Mama sagt dann immer, sie kann ohne die Tabletten nicht einschlafen, aber sie nimmt sie auch am Tage und ist dann immer ganz abwesend."

Alexander hatte normalerweise gute Nerven, aber jetzt begann er innerlich regelrecht zu schlottern. „Tabletten?"

Seine starke Reaktion blieb auch Charlotte nicht verborgen, und sie hakte voller Hoffnung nach. „Bitte, Alexander! Du musst kommen und wenigstens mit ihr reden, damit es wieder besser wird mit ihr. Ich weiß, dass sie auf dich hören wird. Ihr ging es doch so gut, als du noch da warst, und jetzt ist es wieder wie früher, als …"

Sein Kopf schoss hoch, weil ihm plötzlich im Einzelnen klar wurde, was Charlotte da gesagt hatte. „Das war schon mal so … mit ihr? Sie hat schon mal diese Tabletten genommen?"

Charlotte nickte, und die Tränen begannen wieder zu fließen.

„Ja, aber da hat Papa ja noch gelebt. Weißt du, er war oft furchtbar böse zu ihr, und dann hat sie auch so viel geweint und wenig gegessen und war immer ganz in sich gekehrt. Ganz selten hat sie mal mit mir gelacht und Spaß gemacht." Charlotte schluckte trocken und befeuchtete ihre Kehle mit der süßen Limonade. „Aber du hast sie immer zum Lachen gebracht. Wenn du bei uns warst, hat sie sogar ganz viel gelacht und dann … etwas später, hat sie auch keine Tabletten mehr genommen, das weiß ich genau. Ich hab immer gedacht … nun, ich hab gedacht, ihr beide wäret … ein echtes Liebespaar geworden, Alex. Und ich … hab mich so darüber gefreut, weißt du."

Er ließ sie eine Weile weinen und ging hinüber zum Fenster, um in Ruhe nachdenken zu können. Außerdem brauchte er einige Minuten für sich, um seine Nerven wieder in den Griff zu bekommen. Am Rande registrierte er, dass sich auf den Straßen der Feierabendverkehr bemerkbar machte. Der erste Stau zeichnete sich bereits ab.

Zum Teufel noch mal, ich muss da jetzt durch. Ich kann die Kleine nicht hängen lassen! Warum hat mir Anneliese bloß nichts davon gesagt? Was ziehst du jetzt schon wieder für eine Show ab, Linda?

Alexanders Kopf arbeitete auf Hochtouren. Anneliese Michaelsen war durchaus besorgt gewesen, das war ihm schließlich nicht verborgen geblieben. Und auch sie hatte versucht, ihn dazu zu bewegen, wieder Kontakt zu Linda aufzunehmen, das musste er zugeben. Ein neuer Gedanke ließ die Bitterkeit zurückkommen, die er schon fast niedergekämpft hatte. „Warum hast du dich nicht einfach an deinen Onkel gewandt, Charlie?" Er musste ihr diese Frage einfach stellen.

Charlotte antwortete nicht sofort. Als er sich zu ihr umdrehte, erkannte er ehrliches Erstaunen in ihrem Blick. „Onkel Walter?"

„Ja. Er gehört doch schließlich zur Familie, oder? Und er … ist doch auch ein Freund von deiner Mutter."

„Aber … aber … Mama mag ihn doch überhaupt nicht, Alex. Sie will ihn nicht bei uns haben. Sie hat mal zu mir gesagt, dass er kein besonders guter Mensch sei und dass sie sogar richtig Angst vor ihm habe."

Alexanders Polizistengehirn nahm endlich wieder seine normale Arbeit auf. „Wann hat sie das gesagt?"

Charlotte dachte einen Moment nach. Die professionelle Kälte in seiner Stimme bemerkte sie nicht. „Das ist schon lange her."

„Hat ... hat dein Vater noch gelebt?"

„Ja. Ich war sogar noch in der Grundschule, Alex. So lange ist das schon her. Papa und Mama haben sich damals oft darüber gestritten."

„Und später ist dein Onkel dann gar nicht mehr zu euch gekommen?"

Charlotte schüttelte den Kopf. „Nein. Wir haben ihn erst bei Papas Beerdigung wiedergesehen, und Mama hat kaum ein Wort mit ihm gesprochen. Warum fragst du mich eigentlich nach Onkel Walter, Alex?"

Er winkte ab. „Ach, denk nicht mehr darüber nach. Das war nur so ein Gedanke. Nicht weiter wichtig." Nachdenklich strich er sich mit beiden Händen durch die Haare und starrte einen Augenblick vor sich hin. „Dein Vater war immer viel unterwegs, nicht wahr?"

„Ja. Er war nur sehr selten zu Hause."

„Und deine Mutter?"

„Mama war immer da. Sie ging eigentlich nie richtig aus. Wenn ihre Freundin Ulrike aus Köln uns besuchen kommt, gehen die beiden manchmal zusammen ins Kino oder so. Dann war aber immer Oma bei mir. Warum fragst du mich das jetzt alles, Alex?"

„Ich sagte doch, denk nicht darüber nach. Wenn du willst, dass ich dir helfe, vertrau mir, Charlie." Das war dem Mädchen gegenüber nicht sehr fair, aber darauf konnte er jetzt keine Rücksicht nehmen. „Hat sie noch andere Freunde?"

„Ja, Karina ist auch eine gute Freundin von ihr, aber die sieht sie eigentlich gar nicht mehr, weil sie mit einem Schweden verheiratet ist und auch dort oben lebt. Karina und Mama schreiben sich eigentlich nur noch."

„Sonst niemand?"

Charlotte schüttelte ihren Kopf und schaute ihn weiterhin aus Franks großen himmelblauen Augen an. „Wirst du mit Mama sprechen, Alex?"

„Gib mir noch einen Tag Zeit, Charlie. Ich werde versuchen, dir zu helfen, aber ich muss noch einmal in Ruhe über einiges nachdenken."

Charlotte lächelte tapfer und stand schließlich auf. „Okay, Alexander Hellberg, aber morgen wirst du doch kommen, oder? Bitte!"

Er bemerkte gerührt, dass sie ihn wieder mit seinem vollen Namen ansprach, so wie sie es aus Spaß auch früher schon getan hatte. So stellte sie instinktiv die alte Vertrautheit im Nu wieder her. „Ja", antwortete er nach langen Sekunden und atmete laut aus. „Morgen werde ich kommen."

Monika setzte sich zurück an ihren Schreibtisch, nachdem Charlotte gegangen war. Es war ihm offenbar anzusehen, dass er nervlich angeschlagen war, vermutete Alexander, denn ihr Blick wirkte sichtbar besorgt. „Falls du einen Freund brauchst, Alex ..."

Er sah auf und dachte einen Moment nach, dann nickte er. „Ich könnte tatsächlich einen Rat gebrauchen. Das heißt, wenn wir inzwischen wirklich Freunde sind? Die Entscheidung liegt allein bei dir", sagte er lächelnd.

„Schieß los, Alex."

„Das wird ein bisschen dauern, und wir gehen unserem Dienstschluss entgegen. Hast du nichts Wichtigeres zu tun?"

Sie lächelte und legte ihren Kopf schief. „Ich wollte heute ohnehin länger hierbleiben, um den Papierkram von letzter Woche zu erledigen. Also?"

Er begann bei der Beerdigung von Frank Michaelsen, erzählte in kurzen Worten von seiner früheren Freundschaft zu ihm und berichtete Monika auch ausführlich von seiner Beziehung zu Linda. Schließlich beendete er seinen Bericht mit dem Gespräch, das erst vor ein paar Minuten in diesem Raum stattgefunden hatte.

Monika hörte ihm geduldig zu und beobachtete währenddessen jede Regung, die sich auf seinem Gesicht abzeichnete. „Du gehst also inzwischen davon aus, dass Linda Michaelsen dich von Anfang an belogen hat?"

„Ja."

„Du bist völlig verrückt nach ihr, oder?"

Alexander stand zum wiederholten Male auf und schritt das kleine Büro ab. Er bewegte sich mit der gleichen unterdrückten Kraft, die eine wütende und frustrierte Raubkatze erkennen ließ, wenn sie in einem viel zu engen Käfig festgehalten wird. „Sagen wir mal, sie hat eine äußerst beunruhigende Wirkung auf mich. Das trifft es besser."

„Du liebst sie, Dummkopf."

Sein zorniger Blick durchbohrte sie förmlich. „Quatsch! Ich ... liebe sie nicht! Zugegeben, ich bin ziemlich scharf auf sie. Vielleicht bin ich sogar ein bisschen verknallt, aber Liebe ist ein viel zu großes Wort."

„Für wen? Für dich, Alex?" Monika erwiderte seinen Blick. „Auf wen bist du eigentlich so sauer, Hauptkommissar Hellberg? Auf Linda oder doch eher auf dich selbst, weil du dich in sie verliebt hast?"

„Ach, romantisches Weibergeschwätz! Ich hätte nicht mit dir darüber reden sollen."

Monika schmunzelte in sich hinein und bemerkte leicht irritiert, dass sie Alexander Hellberg wirklich und wahrhaftig gernhatte – und zwar als Freund. Plötzlich war sie sehr froh darüber, wie sich die Dinge zwischen ihnen entwickelt hatten. „Gut, fangen wir an, den Fall zu analysieren, Kollege. Du kennst ja die Regeln. Zuerst kommt immer die berühmte Frage nach dem Motiv. Welchen Grund kann sie also gehabt haben, dich anzulügen?"

Verwirrt ließ er sich endlich wieder zurück auf seinen Stuhl sinken und starrte Monika über die beiden Schreibtische hinweg verständnislos an. „Bitte? Was soll denn das Geschwafel?"

„Gehen wir mal davon aus, dein persönlicher Eindruck stimmt und sie hat dich tatsächlich belogen. Warum hat sie das deiner Meinung nach getan, Alexander? Was hat sie angetrieben, das zu tun?“

Er vergrub genervt seine Stirn in den Handflächen und stöhnte auf. „Meine Güte, keine Ahnung! Wahrscheinlich wollte sie mich zunächst einfach auf Abstand halten, und dann fand sie Vergnügen daran, mich am Haken zappeln zu sehen. Du weißt doch, wie solche Spielchen laufen können. Weibliche Berechnung, was weiß ich!“

„Mhm, und wenn sie nicht gelogen hat, Superhirn?“

Sein breiter Mund verzog sich zu einem zynischen, bösen Grinsen. „Na gut, Kaminski, du willst es nicht anders. Legen wir also die Fakten auf den Tisch. Da haben wir zunächst einmal die Tatsache, dass sie offenbar mit ihrem Schwager geschlafen hat, Frau Kommissarin. Eine Frau, die angeblich von ihrem Mann – besonders in Bezug auf die eigene Sexualität – erniedrigt wird. Eine Frau, die sich nach eigenen Angaben für absolut frigide hält und den Geschlechtsakt als reine Belastung ansieht, ja ihn geradezu verabscheut, schläft freiwillig mit ihrem Schwager? Ich bitte dich!“

„Hat sie es denn wirklich getan, Alex? Hat sie mit Walter Michaelsen geschlafen? Sie hat es dir doch noch nicht einmal bestätigt. Wenn ich dich richtig verstanden habe, nimmst du es nur an, oder? Und – sollte sie es tatsächlich getan haben, geschah es dann freiwillig?“

Mit dieser Frage brachte sie ihn vollkommen aus dem Konzept. „Ja … ich … natürlich …“

„Du hast sie doch noch nicht einmal mehr zu Wort kommen lassen, du arroganter Sack!“

Alexander steckte die Beleidigung weg, aber sein unterdrückter Zorn forderte seinen ganzen männlichen Chauvinismus heraus. „Als ich sie endlich im Bett hatte, ist sie …“

Monika hob beide Hände. „Verschone mich bloß mit den Einzelheiten, Alex! Das überrascht mich überhaupt nicht, glaub mir. Jede gesunde Frau hat im Grunde einen tief verborgenen Instinkt dafür, wenn sie es mit einem wirklich guten Liebhaber zu tun hat, auch wenn es ihr zunächst nicht bewusst ist. Sie muss einfach nur lernen, diesen Instinkt auch wahrzunehmen. Du kennst eben die Frauen – und das hat auch Linda instinktiv gespürt. Es könnte doch sein, dass sie vorher tatsächlich nur an ignorante Volltrottel geraten ist, ihren holden Gatten eingeschlossen. Schon mal darüber nachgedacht?"

„Gott im Himmel!" Sein Fluch befreite ihn nicht im Geringsten.

Monika lächelte verhalten. „War es auch schon früher für dich irgendwie von Belang, mit wie vielen Männern deine Bettgenossinnen es getrieben haben, bevor sie mit dir das Vergnügen hatten?"

„Natürlich nicht! Aber diese Frauen haben mir auch nicht diese wahnsinnige Show geliefert und …"

„… und dich wochenlang zappeln und hecheln lassen, wie?", vervollständigte sie seinen Satz, nicht ohne Sarkasmus. „Du musstest dich bei ihr ordentlich ins Zeug legen, was, Hellberg?"

Alexander sprang auf und griff nach seiner Jacke. „Vergiss es!"

Auch Monika erhob sich, kam auf ihn zu und legte ihre Hand auf seinen Oberarm. „Hör zu, Alex. Ganz ernsthaft. Denke darüber nach, ob du dich geirrt haben könntest. Verschließe dich nicht, nur weil du Angst davor hast, in eine Gefühlsfalle zu laufen. Du hast nämlich höllische Angst davor, dass du festsitzen könntest, glaub mir. Du zeigst alle bekannten Symptome."

„Wie meinst du das?" Tief in seinem Inneren fühlte er sich plötzlich ertappt.

„Du fürchtest dich nur davor, du könntest sie tatsächlich lieben und ihr – oder besser, deinen eigenen Gefühlen – dadurch ausgeliefert sein. Du bist ein Feigling, Alex."

Seine Kehle wurde eng, und er schluckte. „Übertreib es nicht, Kaminski!"

„Es macht dich sogar richtiggehend fertig, dass es so sein könnte, habe ich recht? Du versuchst verzweifelt, sie vor dir selbst in einem denkbar schlechten Licht dastehen zu lassen. Du redest dir ein, sie belügt und betrügt dich, nur um dich nicht an sie binden zu müssen. Deshalb gibst du ihr auch keine Chance, dir zu erklären, ob sie überhaupt irgendwann mal mit ihrem

Schwager ins Bett gestiegen ist – und wenn ja, warum. Nun, es ist schlimm für dich, dass du dich wegen der Kleinen jetzt noch einmal mit dieser Frau auseinandersetzen musst. Vor allem mit den Gefühlen, die sie offensichtlich für dich hegt. Oder hast du dir eingeredet, ihr derzeitiger Zustand hat ganz andere, natürlich wieder einmal durchweg hinterhältige, Gründe?"

Schon wieder fühlte er sich durchschaut. Wie hypnotisiert starrte er in Monikas Gesicht.

„Glaub mir, Alexander, du machst dir entschieden etwas vor. Deine Objektivität in dieser Sache ist dir nämlich vollkommen flöten gegangen."

Monikas Analyse traf ihn bis ins Mark. Aufgebracht wandte er sich ab.

„Gib ihr wenigstens den Hauch einer Chance! Du bist Polizist, Alex, und zwar ein sehr guter. Du weißt doch, dass nicht immer alles so sein muss, wie es anfangs scheint." Monika seufzte hörbar auf. „Wirst du darüber nachdenken?"

Er antwortete ihr nicht mehr, sondern verließ mit entschlossenen Schritten das Büro.

„Natürlich wirst du darüber nachdenken", flüsterte Monika Kaminski, während sie auf die Bürotür starrte, die bereits hinter ihm ins Schloss gefallen war.

Alexanders Wagen schien fast ohne seine Mithilfe den vertrauten Weg bis vor die Villa zu finden. Tief in Gedanken stellte er den Motor ab und lehnte sich mit geschlossenen Augen in seinem Sitz zurück. Er würde ihr nicht widerstehen können, wenn sie ihm zu nahekam, das wusste er schon jetzt. Und diese Erkenntnis machte ihn noch wütender, als er ohnehin schon war. Monika Kaminski hatte recht, genau darin lag sein Problem. Sein Verlangen und die Sehnsucht nach Linda waren ungebrochen. Er wollte sich dieser Schwäche nicht aussetzen, denn sie brachte ihn tatsächlich um seine Objektivität. Wenn er herausfinden wollte, ob Linda Michaelsen aufrichtig mit ihm gewesen war, musste er ihr unter allen Umständen widerstehen. Nur so konnte es ihm letztlich gelingen, sie zu durchschauen. Wenn er erst wieder mit ihr schlief, würde seine Sachlichkeit endgültig den Bach runtergehen, das hatte er aus der Vergangenheit gelernt.

Charlotte öffnete ihm die Haustür, und ein erleichtertes Lächeln erhellte sofort ihr Gesicht. „Du bist schon heute da?“

„Ja“, antwortete er knapp und mit ernster Miene. „Ich bin schon heute da.“ Er betrat die Eingangshalle und schlüpfte aus seiner Lederjacke. „Wo ist sie?“

„Mama ist oben in ihrem Schlafzimmer.“

„Schläft sie?“

„Ich habe keine Ahnung.“

„Hör zu, Charlie. Tu mir einen Gefallen und setz einen schönen, starken Kaffee für mich und deine Mutter auf und dann lass mich mit ihr allein, okay?“

Charlotte legte lächelnd zwei Finger an ihre Schläfe. „Okay, du bist der Boss, Alexander Hellberg.“

Die Tür zu Lindas Schlafzimmer stand halb offen. Schon vom oberen Flur aus konnte er sie sehen. Mit schwarzen Leggings und einem überdimensionalen weißen T-Shirt bekleidet lag sie regungslos auf ihrem Bett und starrte hinauf zur Zimmerdecke. In seinem Magen war plötzlich die Hölle los, und er stieß einen stillen Fluch aus, doch dann klopfte er zaghaft an die offene Tür und trat im gleichen Atemzug ein. Sie schnellte hoch, als sie ihn sah, und ihre Augen weiteten sich. „Alexander!“

„Guten Tag, Linda.“

Da sie sich nicht weiter bewegte, machte er die paar Schritte auf das Bett zu und zog sich einen Stuhl heran, der vor einem antiken Sekretär vor dem Fenster stand. Nachdem er sich hingesetzt hatte, sah er direkt in ihr bleiches, schmales Gesicht. Ihr Anblick brach ihm fast das Herz. Die Lider waren dick geschwollen, und unter ihren Augen stachen dunkle Ringe hervor. Dessen ungeachtet fand er sie wunderschön.

„Warum bist du hier?“

„Gute Frage.“

„Haben sie dich geschickt, um mich zu verhaften?“

Er schüttelte peinlich berührt den Kopf. „Nein, Linda, um

ehrlich zu sein, ich bin nur hier, weil ich wissen wollte, ob es dir wirklich so schlecht geht, wie deine Tochter es mir beschrieben hat."

„Charlotte? Du hast mit Charlotte gesprochen?"

„Besser gesagt, sie hat mit mir gesprochen. Sie kam heute in mein Büro."

Linda ließ sich zurück auf ihr Kopfkissen sinken. „Und? Gefällt dir, was du siehst, oder bist du sehr enttäuscht?"

„Linda, bitte! Du machst es uns beiden unnötig schwer."

Sie legte den Kopf auf die Seite und starrte ihn mit ihren goldenen, seltsam matten Augen an. Deutlich erkannte Alexander die übergroße Müdigkeit in ihnen.

„Ich mache es uns schwer? Ich, Alex?"

Er glitt ab. Er spürte genau, dass er abglitt, wenn sie ihn so ansah. Abrupt stand er auf und trat einen Schritt zurück. „Steh auf, Linda. Deine Tochter hat uns Kaffee gekocht. Ich werde dir unten etwas zu essen machen. Du musst dringend etwas Vernünftiges zu dir nehmen, damit du wieder zu Kräften kommst."

Linda erhob sich tatsächlich, langsam und schleppend zwar, aber sie tat es. Wieder erschrak er insgeheim über das sichtbare Ausmaß ihrer Erschöpfung.

„Tut mir leid, Alex! Ich werde nicht wie in alten Zeiten Kaffee mit dir in meiner Küche trinken! Nein, das werde ich ganz bestimmt nicht tun!" Sie wurde noch eine Spur bleicher, und unvermittelt sackten ihre Beine weg.

Instinktiv griff er nach ihr und hielt sie fest, ließ sie dann aber sofort auf das Bett zurückgleiten, um den direkten Körperkontakt schnell wieder zu beenden. „Leg dich wieder hin, ich werde einfach alles hierher nach oben bringen, was wir brauchen."

„Ich will nicht, dass du irgendetwas für mich tust, Alexander."

Noch einmal drehte er sich zu ihr um und sah ihr fest in die Augen. „Aber ich will es."

Auf dem Küchentresen fand er einen Zettel von Charlotte, auf dem sie ihm mitteilte, dass sie zu ihrer Oma fahren würde. Alexander ging hinüber zum Wandtelefon, schlug das Telefonregister auf, das praktischerweise direkt daneben auf einer kleinen Anrichte lag, und wählte schließlich die Nummer von Anneliese Michaelsen. Sofort nach dem ersten Läuten meldete sie sich.

„Anneliese, ich bin es."

„Hallo, Alexander, Charlotte und ich haben vor einigen Minuten miteinander telefoniert. Sie wird auf ihren eigenen Wunsch hin zwei oder drei Tage bei mir bleiben. Sie hat vorhin schon alles Nötige eingepackt und ist jetzt auf dem Weg hierher."

„Was ist mit der Schule?"

„Gestern haben doch die Sommerferien begonnen."

„Ach ja, entschuldige. Ich bin da nicht so auf dem neuesten Stand." Automatisch dachte er an den Streit zwischen Charlotte und ihrer Mutter wegen des Fluges nach Florida. Wahrscheinlich war Charlottes beste Freundin Sandra bereits unterwegs in die Sonne.

„Alexander, ich bin so froh, dass du bei ihr bist. Linda ist ... Sie braucht dich jetzt. Hilf ihr!"

Er schluckte. Anneliese Michaelsen schien wirklich viel von ihrer Schwiegertochter zu halten. Immer wieder hatte er das bemerkt. Diese tapfere Frau hatte in den letzten Monaten alles klaglos ertragen, dennoch fand sie noch die Kraft, sich um ihre Schwiegertochter zu sorgen und um ihre Enkelin zu kümmern.

Anneliese hatte ihren Sohn nicht nur verloren, sondern auch erfahren müssen, dass er nicht der integere Mensch gewesen war, für den sie ihn zeit seines Lebens gehalten hatte. Alexander dachte an Linda und hoffte inständig, dass Franks Mutter nicht noch eine weitere schwere Enttäuschung würde verkraften müssen. „Ich werde für sie tun, was ich kann, Anneliese. Wir bleiben in Verbindung."

Als Nächstes kramte er sein Notizbuch aus der Jackentasche und suchte die private Telefonnummer von Monika Kaminski heraus. „Monika, ich muss dich um einen großen Gefallen bitten."

„Um was geht es?"

„Ich bin bei Linda."

„Na bravo, Superhirn. Gut gemacht. Ich bin stolz auf dich."

„Halt die Klappe. Du musst zwei oder drei freie Tage für mich eintragen. Ja … wohl doch am besten gleich drei. Ich komme hier höchstwahrscheinlich nicht so schnell wieder weg. Überstunden habe ich genug angesammelt, und unsere Schreibtische sind zurzeit nicht gerade überfüllt. Erkläre es Bernd irgendwie."

„Ist ja gut, ich regle das für dich. Sonst noch was?"

„Ja … hmm, danke, du weißt schon, wofür." Er konnte direkt hören, wie sie lächelte. „Ach Monika, da ist doch noch etwas, das du für mich tun könntest. Die Sache wäre aber mit einigem Aufwand für dich verbunden."

„Pack aus, Alex."

„Könntest du einige Sachen aus meiner Wohnung holen und dann hierherbringen? Jetzt, wo ich einmal hier bin, widerstrebt es mir, sie auch nur für einige Minuten wieder allein zu lassen. Charlie hat nicht übertrieben. Ihr geht's tatsächlich hundsmiserabel."

„Gut, gib mir Lindas Adresse, dann brauch ich nicht erst nachzusehen. Ich bin gleich da und hole mir deinen Wohnungsschlüssel. Mach am besten inzwischen eine Liste der Dinge, die du haben willst."

„Du brauchst nicht erst hierherzukommen. Fahr einfach ins Büro, das liegt eher auf deinem Weg. Der Zweitschlüssel für meine Wohnung ist im Waffenfach, den Schlüssel dafür hast du ja. Bring mir einfach Klamotten für zwei, drei Tage hierher, du weißt schon. Eine Jeans, ein paar Hemden und Wäsche. Dann brauche ich noch meine Toilettensachen. Zahnbürste, Rasierapparat und so weiter. Du wirst schon alles finden. Tu dir keinen Zwang an. Eine Reisetasche steht unten im Kleiderschrank, da kannst du einfach alles hineinwerfen."

„Ich werde mit großem Vergnügen in deiner Unterwäsche wühlen, Herr Hauptkommissar", scherzte sie.

Er lachte dunkel auf. „Das glaube ich dir sogar."

Mit der gewohnten Routine des Junggesellen brachte Alexander ein ganz annehmbares Essen zustande. Zum Glück waren der Kühlschrank und auch die Gefriertruhe noch immer gut bestückt. Anscheinend hatte Anneliese dafür gesorgt. Dann suchte er nach einem großen Tablett, stellte zwei Teller darauf und füllte zwei Gläser mit Mineralwasser. Daneben platzierte er die Kaffeekanne und die ihm schon vertrauten weißen Porzellanbecher.

Linda kam gerade aus ihrem Badezimmer, als er mit dem vollen Tablett ins Schlafzimmer zurückkehrte. Ihre Schritte wirkten unsicher.

„Du solltest doch liegen bleiben, Linda." Er bemerkte, dass sie sich die Haare gebürstet hatte.

„Es ging wieder, und es wird doch wohl noch erlaubt sein, in seinem eigenen Hause die Toilette aufzusuchen, oder?"

„Setz dich hin und iss. Du siehst aus wie das Leiden Christi."

Linda zog einen kleinen Tisch hinter dem Kleiderschrank hervor, den man aufklappen und teilweise über das Bett ziehen konnte. Sie befestigte die Tischplatte, setzte sich zurück aufs Bett und sah Alexander erwartungsvoll an. Er setzte das schwer beladene Tablett ab und zog sich erneut den Stuhl heran, auf dem er bereits vorhin kurz gesessen hatte.

Schweigend sah er zu, wie sie langsam und mühselig Gabel für Gabel in ihren Mund schob und tapfer kaute und schluckte. Er selbst aß ebenfalls seinen Teil, und schließlich, als sie ihren noch halb vollen Teller zurückschob, schenkte er ihnen Kaffee ein. „Du hast nicht sehr viel gegessen, aber immerhin."

„Ich hatte keinen großen Hunger."

Der Kaffee tat ihm gut, und er hätte gern eine Zigarette geraucht. Aber er hielt sich schließlich in ihrem Schlafzimmer auf und verkniff es sich, sie um Erlaubnis zu bitten.

„Würdest du gerne rauchen?", fragte sie und versetzte ihn damit in Erstaunen.

„Kannst du Gedanken lesen?"

Sie wies auf den Sekretär. „Es macht mir nicht das Geringste aus, Alex. Ich mag den Geruch deiner Zigaretten. Dort steht ein kleiner Aschenbecher."

„Die Zigaretten sind unten in meiner Jacke. Ich trage das Tablett in die Küche und bringe sie mir dann mit, wenn es dir wirklich nichts ausmacht."

„Nein, sicher nicht."
„Ich könnte auch unten rauchen."
„Alex, sei nicht albern. Dieser Raum hat Fenster, die man öffnen kann."

Zwei Minuten später war Alexander wieder zurück. Sie hatte sich nicht von der Stelle bewegt. Ihre schmalen Hände umfassten den noch halb vollen Kaffeebecher. Die Zigarette zwischen seinen Lippen brannte bereits, und er tat einen langen Zug, bevor er sich wieder setzte und sofort auf den Punkt kam. „Was ist los mit dir, Linda? Warum lässt du dich so gehen und versetzt damit deine Tochter in Angst und Schrecken?"

Sie senkte den Blick. „Ich lasse mich nicht gehen. Mir geht es einfach gesundheitlich nicht besonders gut zurzeit. Das ist alles. Außerdem, entschuldige bitte, aber es geht dich wirklich nichts an, wie ich lebe."

„Versuch es gar nicht erst wieder auf die abweisende Tour, Linda. Das hatten wir schon mal. Auch damals bist du mich nicht wieder losgeworden, schon vergessen?" Seine Stimme klang sanft. Seit er hier war, drängte es ihn, sie einfach nur in die Arme zu nehmen und ihr Trost zu spenden. Seine Hände wollten sie spüren, nur noch einmal in ihr seidenweiches Haar eintauchen und damit spielen. Er hielt sich zurück und hoffte inständig darauf, dass auch sie das tun würde. Als sie sich vorbeugte, um ihren Becher abzustellen, wich er automatisch vor ihr zurück. An ihrer Reaktion bemerkte er, dass sie es registrierte. Doch sie sagte nichts dazu, sondern fragte ihn stattdessen nach Charlotte.

„Deine Tochter ist für einige Tage zu Anneliese gezogen und hat mir das Feld überlassen. Du kannst sie ja nachher anrufen. Ich nehme an, vorhin wollte sie uns nicht stören. Ich habe bereits mit Anneliese telefoniert, sie kümmert sich um Charlie, mach dir keine Sorgen."

„Charlotte hätte sich trotzdem von mir verabschieden können", murmelte Linda und seufzte.

Alexander zog ein letztes Mal an seiner Zigarette und drückte sie dann im Aschenbecher aus. „Charlie erwähnte mir gegenüber, dass du seit einiger Zeit irgendwelche Beruhigungstabletten nimmst."

„Ja, mein Arzt hat sie mir verschrieben."

„Kann ich sie mal sehen?"

Linda richtete sich auf. „Was ziehst du hier eigentlich ab, Alexander? Willst du …" Das Läuten der Türglocke unterbrach sie mitten im Satz. Alexander hob beschwichtigend seine rechte Hand.

„Das wird meine Kollegin sein. Sie ist so freundlich und bringt mir meine Sachen."

„Deine Sachen?" Linda straffte ihre Schultern und blickte ihm verständnislos nach, als er das Zimmer verließ.

„Nette Hütte", bemerkte Monika, als er ihr in der Eingangshalle seine Reisetasche abnahm. „Schau nach, ob alles dabei ist, was du brauchen könntest, Alex. Auf deinem Wohnzimmertisch lag im Übrigen eine ganze Stange Zigaretten. Ich habe sie vorsorglich mitgebracht."

„Du bist ein wahrer Engel, Monika. Du hast mir sehr geholfen, danke."

„Gern geschehen, Hellberg. Kann ich sonst noch etwas tun? Kartoffeln schälen oder dir den Nacken massieren, vielleicht?"

Alexander grinste. Er war enorm froh darüber, dass Monika offenbar tatsächlich in der Lage war, ihre Beziehung auf einer rein freundschaftlichen Ebene fortzuführen. Sie hatte es ihm gerade erst wieder bewiesen. „Du hast schon mehr als genug getan, Frau Kollegin. Den Rest schaffe ich allein." Weil ihm einfach danach war, küsste er sie kurz auf die Wange.

„Willst du uns einander nicht vorstellen, Alexander?" Lindas Stimme klang leicht brüchig. Sie stand oben auf dem ersten Treppenabsatz und betrachtete mit mattem Blick die junge rothaarige Frau, die neben ihm stand. Alexander zögerte nur ganz kurz. Er hatte nicht erwartet, dass Linda herunterkommen würde, dass sie überhaupt die Kraft dazu aufbringen könnte.

„Linda Michaelsen – Monika Kaminski, eine liebe Kollegin."

Lindas Versuch, das herzliche Lächeln der hochgewachsenen Person mit den endlos langen Beinen, dem Porzellanteint und dem feuerroten Haar zu erwidern, ging etwas daneben.

„Es freut mich sehr, Sie kennenzulernen, Frau Michaelsen."

Linda schwankte und griff nach dem Treppengeländer. Mit zwei langen Schritten war Alexander bei ihr und legte einen Arm um ihre Taille, um sie zu stützen. „Du hättest im Bett bleiben sollen, Linda. Monika, entschuldige uns, bitte."

Die junge Kriminalbeamtin lächelte verständnisvoll. „Natürlich. Ich wollte ja eigentlich auch schon wieder weg sein. Mach's gut, Alex. Frau Michaelsen, ich wünsche Ihnen gute Besserung. Hören Sie auf das, was Alexander Ihnen sagt. Man kann ihm durchaus vertrauen." Mit diesen Worten schlüpfte sie durch die Haustür und war verschwunden.

Alexander brachte Linda zurück in ihr Schlafzimmer. Vor ihrem Bett hielt er sie noch einen Moment länger als nötig in seinen Armen. Es widerstrebte ihm, sie schon wieder loszulassen, aber das hatte er ja bereits befürchtet. Sie war so schwach, wirkte so hilflos und klein auf ihn, dass er direkt fühlen konnte, wie seine Zweifel und seine Wut auf sie sich nach und nach in Luft auflösten. Linda hob ihren Kopf und sah zu ihm hoch, doch er wich ihrem Blick aus.

Ihr warmer Atem streifte seine Kehle und jagte einen elektrischen Schlag durch seinen Körper, bevor er sie zurück auf ihr Bett sinken ließ.

„Schläfst du mit ihr?"

„Was?"

„Mit deiner Kollegin. Schläfst du mit ihr, Alex? Ich hatte das Gefühl, ihr beide seid sehr … vertraut miteinander."

„Ich glaube nicht, dass ich dir darauf antworten sollte."

„Sie ist noch ziemlich jung, oder?" Ihre goldenen Augen schienen bis in seine Seele vorzudringen und seine geheimsten Gefühle freizulegen.

„Ja, sie … ist erst fünfundzwanzig." Er schluckte unangenehm berührt.

„Lebt sie allein?“ Linda saß bereits wieder aufrecht auf ihrem Bett.

„Ja, ja ... sie lebt allein! Warum fragst du überhaupt danach?“ Die Anspannung, die sich immer mehr in ihm ausbreitete, machte ihm zu schaffen. Während sie ihn über seine Beziehung zu Monika ausfragte, konnte er nur noch daran denken, wie gern er Linda wieder in seinen Armen halten, sie berühren, ihre zarte Haut streicheln würde.

„Weil ich sehen konnte, wie verliebt sie in dich ist, Alexander.“

„Das ist purer Unsinn.“

„Also schläfst du nicht mit ihr.“

„Nein, verdammt noch mal, nein!“ Seine Geduld war absolut am Ende.

„Aber du würdest es sicher gerne tun, nicht wahr? Sie ist schließlich sehr hübsch.“

Wütend packte er sie bei ihren Schultern und zog sie wieder zu sich hoch. „Hör zu, Linda, ich ...“ Ihr Gesicht war direkt unter dem seinen, und er verlor augenblicklich den Faden.

Sekundenlang kämpfte er einen verzweifelten und absolut aussichtslosen Kampf. Noch ehe er seine Fassung und Kontrolle zurückgewinnen konnte, presste er auch schon seinen Mund gierig auf den ihren. Ein tiefes, zufriedenes und zugleich wildes Stöhnen drang in sein Bewusstsein vor, und er bemerkte überrascht, dass er selbst es ausstieß. Sein Hunger nach ihr schien grenzenlos zu sein. Hemmungslos und wie rasend fuhren seine Hände über ihren Körper, wollten so viel wie nur möglich von ihr berühren, während sein wilder Mund sie regelrecht verschlang.

Plötzlich fühlte er ihre zitternde Hand ganz zart auf seiner Wange. Die zärtliche Berührung ließ ihn wieder etwas zu sich kommen. Aufgewühlt bis in die kleinste Faser seines Körpers betrachtete er ihr schönes Gesicht. Ihre weit aufgerissenen Augen drückten Erstaunen, tiefe Überraschung und noch etwas anderes aus, das er nicht richtig einordnen konnte, was ihn aber an einen mörderisch quälenden Schmerz denken ließ. „Nein, verflucht noch mal“, flüsterte er heiser. „Ich begehre keine andere Frau.“

Linda ließ ihren Kopf gegen seine Schulter fallen, und noch einmal drückte er sie an sich. Seine Lippen berührten sanft ihre feuchte, aber eiskalte Stirn. Dann legte er seinen Kopf auf ihren Scheitel und wiegte sie wie ein kleines Kind in seinen Armen.

„Oh Gott, ich liebe dich, Alexander. Ich liebe dich so sehr." Ihre Stimme war dünn und noch immer brüchig, aber er hatte jedes Wort verstanden. Augenblicklich durchfuhr ihn eine wilde Panik, und dieses Gefühl erstickte rücksichtslos jede andere Empfindung im Keim. Sein Körper versteifte sich abwehrend in ihren Armen, als ihr Mund erneut seine Lippen suchte.

Es dauerte nur den Bruchteil einer Sekunde, bis sie es bemerkte und beschämt innehielt. „Es … tut mir leid. Ich hätte das wohl nicht sagen dürfen, oder?"

Er konnte deutlich sehen, wie tief verletzt sie war. Seine eigene Reaktion konnte und wollte er trotzdem nicht rückgängig machen. „Nein, das hättest du nicht. Entschuldige, Linda. Ich wollte dir nicht wehtun … Es ist nur, weil ich …"

Weg! Fort! Ich muss sofort von hier weg! Von ihr weg!

„Ich werde es niemals wieder sagen. Bitte, geh nicht wieder fort", stieß sie so verzweifelt hervor, als hätte sie soeben seine Gedanken gelesen. Ihre Augen füllten sich mit Tränen. „Lass mich nicht wieder allein, Alexander!" Schluchzend hielt sie sich an ihm fest. In seiner Brust fühlte er einen dumpfen Schmerz. Es tat ihm unendlich weh, dass sie so litt.

„Ich werde dich nicht alleinlassen, Linda. Beruhige dich. Bitte, erniedrige dich doch nicht so vor mir. Ich werde nicht gehen, hörst du?" Behutsam umfasste er ihr tränennasses Gesicht mit beiden Händen. „Sieh mich an, Linda! Du wirst jetzt erst einmal tüchtig ausschlafen. Du brauchst unbedingt Ruhe und einen ausgedehnten Schlaf. Wenn es dir erst besser geht, reden wir über alles. Ich verspreche es dir."

Obwohl sich in ihrem Blick noch immer Verzweiflung und Qual widerspiegelten, wurde sie tatsächlich ruhiger. „Legst du dich zu mir?"

Er schluckte hart. „Das … das kann ich nicht, Kleines. Entschuldige. Ich bleibe hier bei dir sitzen, bis du schläfst, danach bin ich direkt nebenan in deinem Gästezimmer, okay? Wir können die Türen offen lassen. Du brauchst mich nur zu rufen, dann bin ich bei dir."

„Bitte, Alex. Leg dich zu mir und halt mich fest."

Er antwortete ihr nicht, sondern schickte sie ins Badezimmer und wartete ab, bis sie dort fertig war und mit einem weißen einfachen Baumwollnachthemd bekleidet wieder herauskam. Dann zog er einen Beutel mit seinen Toilettensachen aus der Reisetasche, die er in der Zwischenzeit nach oben getragen hatte, und ging selbst ins Bad. Als er wieder in das Schlafzimmer zurückkam, lag sie bereits unter ihrer Bettdecke und blickte ihm angstvoll entgegen. Mit einem flauen Gefühl im Magen schlüpfte er wortlos zu ihr unter die Bettdecke und legte sich neben sie. Voller Dankbarkeit und mit einem seligen Lächeln auf den Lippen kuschelte sie sich wie ein kleines Kind in seine Armbeuge und schlief fast augenblicklich ein.

Er selbst brauchte noch Stunden, bis er endlich Ruhe fand. Ihre unmittelbare Nähe erforderte seine ganze Nervenstärke. Ihr Duft hüllte ihn ein, und ihr warmer, regelmäßiger Atem fächelte leicht über seine nackte Brust und schien ein elektrisch geladenes Feld auf seiner Haut zu erzeugen. Um sich von der ungeheuren Spannung in seinen Lenden abzulenken, dachte er anstrengt über den Schlamassel nach, in den er geraten war.

Sie hatte genau die verhängnisvollen Worte gesagt, die ihn stets zur Flucht veranlasst hatten, und er wunderte sich darüber, dass er sie trotz dieses sonst so heilsamen Schocks noch immer begehrte. Mit einer Intensität, die ihn ziemlich durcheinanderbrachte. Schlimmer noch, er dachte sogar darüber nach, ob sie dieses Mal die Wahrheit gesagt hatte oder ob auch diese unerwartete Liebeserklärung nur ein wohlüberlegter Teil ihres Lügengebildes war. Wenn Linda die Mörderin ihres Ehemannes war, dann konnte es für sie schließlich nur von Vorteil sein, sich der Zuneigung eines Kriminalbeamten der Mordkommission sicher zu sein.

Und wenn sie die Wahrheit gesagt hat? Was dann?

Als Alexander erwachte, hatte Linda ihre Lage noch immer nicht verändert. Vorsichtig entwand er sich ihren Armen und stand schnell auf, um dem erneuten körperlichen Aufruhr aus dem Wege zu gehen, der sich bereits ankündigte.

Auch nachdem er schon geduscht, rasiert und fertig angezogen war, schlief sie noch immer tief und fest. Er nutzte die Gelegenheit und suchte im Badezimmer nach ihren Beruhigungstabletten. Im Regal neben dem Waschbecken fand er zwei kleine braune Glasbehälter. Ein kurzer Blick auf das Etikett ließ ihn schockiert den Kopf schütteln. Er kannte dieses Medikament. Es in dieser Menge zu verschreiben war von ihrem Arzt schlichtweg unverantwortlich. Besonders, wenn der Patient so offensichtlich seelisch angeschlagen war wie Linda. Um diesen Quacksalber würde er sich allerdings später kümmern müssen, entschied er. Zunächst einmal brauchte Linda dringend Hilfe, bevor sie ganz und gar von dem Mittel abhängig wurde. Entschlossen schob er die beiden Glasbehälter tief in seine Hosentasche. Er würde sie später ganz verschwinden lassen. Schließlich ging er hinunter in die Küche, um ein kräftiges Frühstück zuzubereiten.

Linda befolgte ohne Widerrede jede einzelne Anweisung, die Alexander ihr gab. Sie duschte, zog sich Jeans und ein leichtes Sweatshirt an und aß sogar auf, was er ihr auf den Teller lud. Nach dem Frühstück setzten sie sich zusammen auf die Terrasse, damit sie ein wenig frische Luft bekam.

„Du siehst schon jetzt viel besser aus“, bemerkte er nach einer Weile.

„Ja, ich fühle mich auch deutlich besser.“

Sein Lächeln war sanft und voller Mitgefühl. „Wenn das Gift erst einmal ganz aus deinem Körper heraus ist, wird es dir noch besser gehen, glaub mir.“

„Wenn ich die Tabletten nicht nehme, werde ich nicht schlafen können, Alex.“

Sein Blick wurde sofort härter. Es lag nicht in seiner Absicht, sie zu schonen, wenn es um dieses Thema ging. „Das redest du dir nur ein! Du wirst sehen, wie schnell du dich daran gewöhnen wirst, ohne diese verdammte Droge den Tag und die Nacht zu überstehen. Deine Tochter braucht dich, Linda. Eine Mutter, die stets benommen und teilnahmslos ist, kann nur eine schlechte Mutter sein, oder? Charlotte wird dich eines Tages nur verabscheuen und verachten, wenn du so weitermachst. Willst du das?"

„Nein, natürlich will ich das nicht."

„Dann hör einfach auf, deinen Körper und deinen Geist mit diesem Teufelszeug zu belasten, und sei ihr wieder die Mutter, die sie verdient und sicherlich schrecklich vermisst."

„Aber dich … dich werde ich in jedem Fall wieder verlieren, nicht wahr, Alexander?"

Ihre direkte Frage verursachte ihm sofort wieder Magenprobleme, und der neue Schmerz in ihren goldenen Augen traf ihn ebenso unvorbereitet wie die Faust eines Widersachers, die er nicht hatte kommen sehen. Sie war noch verdammt schwach, und es wäre ihm sehr viel lieber gewesen, mit diesem Gespräch noch zu warten, doch Unehrlichkeit und Feigheit entsprachen einfach nicht seinem Charakter. „Man kann nur verlieren, was man besitzt, Linda." Seine Augen ruhten auf ihrem bleichen, schönen Gesicht, das kaum eine Regung zeigte. Nur ihre Lider zuckten leicht.

„Es kann ja durchaus sein, dass du zu niemandem gehörst, aber ich gehöre dir, Alexander Hellberg. Für immer und mit Haut und Haaren."

Es war paradox, aber ihre Worte verursachten in ihm ebenso Angst und Schrecken wie auch eine angenehme, prickelnde Wärme, die lindernd durch seine Adern rieselte. Seine Verwirrung war perfekt. „Es ist nur so, dass ich …"

„Ich werde mich nicht für meine Gefühle entschuldigen, Alexander. Ich habe sie nun einmal. Es ist mir natürlich nicht gleichgültig, dass du sie offenbar nicht erwidern kannst, aber es ändert nichts an der Tatsache, dass es für den Rest meines Lebens nur noch einen einzigen Mann für mich geben wird – dich. So einfach ist das. Ich weiß das schon seit unserer Nacht in deiner Wohnung. Es tut mir inzwischen sehr leid, dass ich mich gestern so vergessen habe. Das hätte nicht passieren dürfen, aber ich habe deine Fürsorge und den Kuss, den du mir gegeben hast, einfach falsch interpretiert."

Ihre schonungslose Offenheit machte ihn verlegen. Ein Blick in ihre Augen genügte ihm jetzt, um zu wissen, dass sie absolut ehrlich mit ihm war. Auch er würde nichts zurückhalten, das war er ihr schuldig, nachdem sie sich ihm so gnadenlos offenbart hatte.

Mit der Hand berührte er leicht ihr Haar. „Ich ... ich begehre dich sehr, Linda. Ich bin nach wie vor völlig verrückt nach dir, wenn ich ehrlich bin. Deshalb konnte ich gestern Abend auch nicht widerstehen und habe dich geküsst, aber ich bin nicht bereit für eine richtige Beziehung. Ich ... werde niemals dafür bereit sein, das solltest du wissen."

Sie schloss kurz ihre Lider und sah ihn dann wieder direkt an. „Aber was ist, wenn du dich einmal wirklich verliebst?"

Er schluckte und schüttelte seinen Kopf. „Vielleicht bin ich gar nicht mehr in der Lage, irgendjemandem dieses Gefühl entgegenzubringen. Jedes Mal, wenn ich mit diesem ach so großen Gefühl konfrontiert wurde, folgten wahre Dramen. Menschen, die sich einem anderen derart ausliefern, haben keine Kontrolle mehr über das eigene Dasein, das habe ich früh gelernt. Außerdem bin ich durchaus zufrieden mit meinem Leben, so wie es jetzt ist. Ich muss mir natürlich den Vorwurf machen, dass ich nicht viel eher mit dir über meine Einstellung gesprochen habe. Das war dir gegenüber sicherlich nicht fair."

„Eigentlich hast du das ja, Alex."

„Ich kann mich nicht daran erinnern."

„Doch, wir haben über deinen Bruder und seine Familie gesprochen. Erinnerst du dich? Du sagtest, du würdest nichts von der Ehe halten, als ich dich fragte, warum du noch nicht verheiratet bist und selbst Kinder hast."

„Ach ja, an dem Abend bei mir."

„Ja, der Abend bei dir."

Sein Blick wurde eine Spur dunkler. „Bereust du es jetzt, Linda?"

Ehrlich erstaunt über seine Frage sah sie ihn an. „Nein! Niemals! Wie ich schon sagte, weiß ich seitdem, wie ich für dich empfinde. Für mich war es die wundervollste Nacht meines ganzen Lebens."

Lächelnd strich er erneut über ihr Haar und ergriff dann ihre Hand. „Für mich auch, Ballerina."

In ihren Augen glitzerte es verdächtig, und sie schaute schnell fort und blickte in den blühenden Rosenbusch zu ihrer linken Seite. Es war das erste Mal, dass er wieder diesen Kosenamen gebrauchte, den er stets voller Zärtlichkeit aussprach. „Ich bin sozusagen ins offene Messer gelaufen, Alex."

„Was? Wie meinst du das?"

„Es ist noch gar nicht lange her, da habe ich mir geschworen, mich niemals wieder zu verlieben. Ich hatte mich in Frank verliebt, und das war ein großer Fehler, wie sich sehr bald herausstellte. Du hast vollkommen recht, Alexander. Wenn man liebt, ist man so furchtbar hilflos und einem anderen Menschen praktisch ausgeliefert. Als ich dich das erste Mal sah, wusste ich schon, dass ich mich nur allzu leicht in dich verlieben könnte. Ich hätte es vielleicht verhindern können, wenn ich der warnenden Stimme in meinem Kopf gefolgt wäre und dich nicht ein zweites Mal empfangen hätte. Ich habe nicht auf diese Stimme gehört und mich von deinem Charme einwickeln lassen. Du warst keine zehn Minuten hier, da war die Falle bereits zugeschnappt, und jetzt ist es sowieso zu spät."

Alexander setzte ein freches Grinsen auf, um die eigene Verlegenheit zu überspielen. „Dann hast du dich aber wirklich gut verstellt. Ich hatte damals nämlich eher den Eindruck, du könntest mich überhaupt nicht riechen."

Linda lächelte verhalten. „Das lag auch ganz in meiner Absicht. Da habe ich noch gehofft, meine eisige Ablehnung würde dich abschrecken."

„Hat irgendwie nicht so recht geklappt, was?"

„Nein, das hat es nicht. Hast du eigentlich immer bekommen, was du wolltest, Alex?"

Seine Augen wurden schmal, und seine Miene wirkte plötzlich wie versteinert. „Nein, das habe ich nicht, Linda." Langsam zog er seine Hand von ihrer fort und atmete tief ein. „Es ist Zeit für ein Mittagsschläfchen, Ballerina. Du brauchst noch sehr viel Ruhe. Ich werde in der Zwischenzeit ein bisschen aufräumen und etwas Nettes für uns zwei kochen, einverstanden?"

Sie nickte stumm und erhob sich aus ihrem Stuhl. Er brachte sie nach oben, schüttelte das Kopfkissen auf und wartete, bis sie sich umgezogen hatte und unter ihre Bettdecke gekrochen war. An der Tür drehte er sich noch einmal zu ihr um. „Ach, Linda, wenn du auch nur noch eine einzige von diesen Tabletten nimmst, werde ich sofort gehen."

„Du hast doch sowieso schon meinen gesamten Vorrat verschwinden lassen, du elender Erpresser."

Grinsend zog er die Tür hinter sich zu.

Am späten Nachmittag telefonierten sie gemeinsam mit Charlotte und Anneliese. Zunächst plauderte Alexander eine Weile mit Franks Mutter und anschließend mit Charlotte, reichte dann aber lachend den Hörer an Linda weiter, die schon ganz unruhig auf ihrem Platz hin und her rutschte, weil sie endlich selbst mit ihrer Tochter sprechen wollte. Lindas Schwiegermutter hatte inzwischen den spontanen Entschluss gefasst, für ein paar Tage an die Nordsee zu fahren und ihre Enkelin mitzunehmen. Da auch Charlotte inständig um Lindas Einverständnis für diese Reise bat, stimmte diese schließlich zu.

„Wenn du wirklich mit Oma an die See fahren willst, dann tu das. Ich werde dafür sorgen, dass für morgen Vormittag dein Koffer bereitsteht, mein Schatz, auch wenn ich dich schrecklich vermissen werde."

„Ich bin so froh, dass es dir wieder besser geht, Mami."

„Das bin ich auch, meine Kleine. Und bitte, sei recht lieb zur Omi, ja?"

Der Abend verlief harmonisch und ruhig. Nachdem sie gegessen und ein wenig ferngesehen hatten, beschlossen sie, schlafen zu gehen. Linda nahm noch ein ausgiebiges Bad und lächelte, weil

Alexander bereits in ihrem Bett lag und auf sie wartete, als sie zurück ins Schlafzimmer kam. Einladend hob er einen Zipfel der Bettdecke, und sie kroch dicht zu ihm heran. Ihre Hand legte sich auf seine Brust und streichelte die dichte, watteweiche Behaarung.

„Du spielst mit dem Feuer, Ballerina", sagte er rau, während er seine Hand auf ihre Hüfte legte und sie instinktiv noch ein Stückchen weiter zu sich heranzog. Wie immer war das ganze Zimmer plötzlich erfüllt von ihrem Duft.

„Vielleicht will ich das ja." Sie hob ihren Kopf und sah ihn herausfordernd an.

„Ich schätze, das sollten wir lieber lassen, Linda. Du bist noch viel zu blass um die Nase."

Ihre Hand glitt langsam tiefer und erreichte schließlich seinen Bauch. Zischend stieß er die Luft aus. Fest schloss er seine Hand um die ihre, um sie aufzuhalten. „Verdammt noch mal, ich habe gerade gesagt, wir sollten das lassen, Linda!"

Sie zuckte nur kurz, interpretierte den wahren Grund seiner Heftigkeit jedoch absolut richtig und befeuchtete mit der Zungenspitze ihre Unterlippe. „Du hast vorhin gesagt, du willst mich noch immer."

„Das ist richtig, aber …"

„Und mich verlangt es nach dir, Alex", unterbrach sie ihn flüsternd und drückte ihre Lippen auf seine Brust. „Es hat mich noch niemals zuvor nach einem Mann so sehr verlangt. Ich will dich endlich wieder in mir spüren."

Er schloss überwältigt seine Augen und stieß mehrere Flüche aus, bevor sich seine Hände wie von selbst unter ihr Nachthemd schoben und damit endgültig jeden klaren Gedanken unmöglich machten.

Alexander war völlig überrascht von der Wildheit, mit der er letztlich über sie herfiel. Wie besessen liebte er sie die halbe Nacht. Er weidete sich ebenso an ihrer hemmungslosen Leidenschaft wie auch an seiner, die offenbar an keine Grenze stieß, solange es ihm nur möglich war, sie mit allen Sinnen zu genießen. Immer wieder flammte das Feuer zwischen ihnen auf, bis die völlige körperliche Erschöpfung doch noch ihren Tribut forderte und sie irgendwann ermattet in den Schlaf fallen ließ.

Als Alexander die Augen öffnete, meldete sich allerdings sofort sein Gewissen, und er nahm sich vor, während des Frühstücks noch einmal mit ihr zu reden. Es musste eine Entscheidung getroffen werden, und er würde für sie beide entscheiden müssen. Gerade als er sich aufrichten wollte, um aufzustehen, erwachte auch Linda. Ihr strahlendes Lächeln raubte ihm den Atem, und er drückte automatisch einen Kuss auf ihr wirres Haar. „Guten Morgen, Ballerina. Gut geschlafen?"

Sie schob die Arme um seine Taille und kroch noch ein Stückchen näher, bis sie dicht neben ihm lag. Ihr rechtes Bein rutschte über seinen Oberschenkel, sanft streichelte sie seinen Rücken. „Mhm, du auch?"

„Ja … ich … ich habe auch gut geschlafen." Seine Stimme klang etwas belegt, stellte er fest. Die Hitze ihres Körpers durchströmte ihn wohlig und ließ ihn erschauern.

Sie hob ihren Kopf und sah ihm in die Augen. „Ich habe geglaubt, es könnte nicht noch besser werden", flüsterte sie, „aber du hast mir letzte Nacht das Gegenteil bewiesen."

„Ja … es war … Linda, bitte …" Eine ihrer Hände glitt sanft über sein Hinterteil, und er stieß innerlich bereits wieder die wildesten Verwünschungen aus, die allesamt ihn selbst und seinen verräterischen Körper betrafen. Abrupt schob er ihr Bein von sich herunter und wand sich aus ihrer Umarmung, um bereits im gleichen Moment im Badezimmer zu verschwinden.

Linda blieb regungslos liegen und lauschte auf das Rauschen der Dusche. Vermutlich war das Wasser, das er über seinen Körper laufen ließ, eiskalt. Zufrieden, fast glücklich, lächelte sie in sich hinein.

„Ich habe den Tisch auf der Terrasse gedeckt. Das Wetter ist herrlich", rief Alexander Linda entgegen, als sie eine halbe Stunde später zu ihm hinunter in die Küche kam. Sie beobachtete, wie er nach der Isolierkanne mit dem Kaffee griff, und marschierte hinter ihm her auf die Terrasse.

„Der Koffer für Charlotte steht noch oben im Flur“, bemerkte Linda während des Frühstücks. „Die beiden werden sicherlich gleich aufkreuzen, um ihn abzuholen. Würdest du ihn runterbringen, Alex?“

Abwesend nickte Alexander nur. Seine Gedanken befassten sich mit einem anderen Thema, und er spürte bereits wieder seinen nervösen Magen. Er legte die Hand auf seinen Oberbauch.

„Was ist los? Geht es dir nicht gut?“, fragte Linda besorgt.

Er schüttelte den Kopf. „Nichts Besonderes. Seit einiger Zeit habe ich ab und an kleine Probleme mit dem Magen.“

„Siehst du, ich habe dir ja gesagt, du trinkst viel zu viel Kaffee. Du solltest häufiger auf Tee umsteigen. Der ist verträglicher, glaub mir. Du schüttest ja schon am Morgen drei oder vier Becher von dem Zeug in dich hinein.“

„Willst du etwa an mir herumerziehen?“ Er grinste. „Da wirst du dir wohl die Zähne ausbeißen, Ballerina.“

„Nun, jedenfalls habe ich dich gewarnt.“

Alexander wusste, dass die lockere Stimmung zwischen ihnen täuschte. Auch Lindas Anspannung war für ihn spürbar. Er war froh, als es endlich an der Tür läutete.

Anneliese und Charlotte hielten sich allerdings nicht länger als eine Viertelstunde im Haus auf. Sie unterhielten sich kurz mit Linda, während Alexander Charlottes Koffer nach unten brachte und anschließend im Gepäckraum von Annelieses Auto verstaute.

Er schloss gerade den Kofferraum, als Anneliese aus dem Haus trat und auf ihn zukam. Mit einem mütterlichen Lächeln auf dem Gesicht tätschelte sie kurz seine Wange.

„Du wirst doch auf sie achten, nicht wahr?“

„Ja, mach dir keine Sorgen, Anneliese. Ich werde Linda im Auge behalten. Um ehrlich zu sein, bin ich ganz froh, dass du die Idee mit der Kurzreise hattest. Im Augenblick hat deine Schwiegertochter genug mit sich selbst zu tun, da ist es ganz gut, dass sie für ein paar Tage von ihren Mutterpflichten befreit ist. Es geht ihr aber schon jetzt viel besser, und wenn ihr zurück seid, wird sie so gut wie neu sein. Dafür werde ich sorgen“, erwiderte er grinsend.

Dann erschienen auch Linda und Charlotte. Mutter und Tochter verabschiedeten sich sehr liebevoll voneinander, und bevor Charlotte zu ihrer Oma ins Auto stieg, umarmte sie auch Alexander kurz, aber sehr fest.

Alexander ging zu Linda und legte ihr einen Arm um die schmalen Schultern, als der Wagen schließlich anfuhr und hinter der nächsten Kurve verschwand.

Erst nachdem er das Geschirr abgeräumt hatte, setzte sich Alexander wieder zurück zu Linda auf die Terrasse und zündete sich nervös eine Zigarette an. „Wir müssen noch einmal miteinander reden, Linda."

„Müssen wir das?"

„Ich werde heute Nacht wieder zu Hause schlafen."

In ihrem Gesicht zeigte sich nicht die kleinste Regung. „Wenn dir das lieber ist, Alex, dann musst du das wohl tun. Ich werde dich hier sicherlich nicht festbinden."

Ihre Wortwahl war doppeldeutig und so treffend, dass er zusammenzuckte.

Nicht festbinden … nicht festbinden. Du tust es aber irgendwie, verdammt noch mal!

Er schluckte. „Ich werde morgen wieder zur Arbeit gehen und nach Feierabend vorbeischauen, um nach dir zu sehen. Wir können dann ja gemeinsam zu Abend essen, wenn du möchtest."

Ihre Augen sprühten Funken. „Warum sagst du nicht einfach, was du sagen willst, Alexander? Das wäre für uns beide doch deutlich angenehmer, oder?"

Ungeduldig drückte er seine Zigarette im Aschenbecher aus und zündete sich sofort eine neue an, dann erhob er sich und ging vor ihr auf und ab. Schließlich heftete sich sein Blick auf ihr Gesicht. „Versteh mich doch, Linda. Ich … ich kann … nicht, ich …"

„Du bist nicht gerne mit mir zusammen?"

Er steckte die Zigarette zwischen seine Lippen und raufte sich die Haare. „Doch", presste er hervor. „Doch, ich bin gerne mit dir zusammen. Sogar sehr gerne, ich … ich brauche nur etwas Abstand, wie man so schön sagt."

„Abstand? Wie albern, Alex! Du warst gerade mehrere Wochen von mir getrennt."

Er nickte. „Ja, ich weiß. Verdammt, so meine ich das auch nicht." Er machte einen tiefen Atemzug. „Ich habe dir ja bereits erklärt, dass ich keine feste Beziehung will, Linda. Daran wird sich auch in Zukunft nichts ändern. Ich brauche meine …"

„Freiheit?", unterbrach sie ihn.

„Ja … ja, meine Freiheit."

„Du bist ein erwachsener Mensch und kannst kommen und gehen, wie es dir gefällt. Ich habe dir schon gesagt, dass ich dich nicht aufhalten werde. Warum auch? Du würdest dich ja sowieso nicht aufhalten lassen, oder? Also geh doch einfach, wenn dir danach zumute ist." Ihre Stimme und ihr Gesicht wirkten kühl, verschlossen und absolut beherrscht und erinnerten ihn schmerzlich an ihre ersten beiden Begegnungen.

Sie versteht nicht, was mein eigentliches Problem ist, dachte er. Sie war es, um die er sich sorgte. Es fiel ihm unendlich schwer, sie alleinzulassen, obwohl er gleichzeitig so weit wie nur möglich von ihr fortwollte. Er konnte sich selbst nicht erklären, warum es ihm so schwerfiel, sich von ihr zu lösen. Ganz plötzlich fiel ihm ein, dass er sie noch immer nicht nach dem Grund für ihre Liaison mit Walter Michaelsen gefragt hatte. Überraschend kam die alte Wut zurück.

Der Blick aus ihren whiskeyfarbenen Augen fixierte ihn noch immer, und zweifellos hatte sie auf Anhieb die Veränderung in seinem Gesicht bemerkt. „Alex?"

„Sag mir, warum du mit Walter geschlafen hast, Linda."

Auch ihr Gesicht veränderte sich. Ihre Augen waren jetzt voller Traurigkeit. „Du hast mich gerade zum wiederholten Male darauf hingewiesen, dass ich keinerlei Ansprüche auf dich habe, Alexander Hellberg. Was, zum Teufel, gibt dir dann das Recht, mir so eine Frage zu stellen?"

Seine Augen bohrten sich in die ihren. Die übergroße Traurigkeit darin verursachte wieder den stechenden Schmerz irgendwo in seiner Brust, und er versuchte dagegenzuhalten, indem er tief einatmete. „Ich muss es einfach wissen“, antwortete er schließlich mit belegter Stimme auf ihre zynisch vorgebrachte Frage. „Ich muss es wissen, Linda!“

Sie erhob sich jetzt ebenfalls und kam zu ihm, bis sie ganz dicht vor ihm stand. „Du hast dir doch schon lange deinen Reim darauf gemacht, Herr Hauptkommissar. Warum soll ich deine fachliche Kompetenz infrage stellen und dir etwas erzählen, das du ohnehin sofort als gemeine, hinterhältige Lüge abstempeln würdest? Es gibt für dich doch sowieso nur eine einzige Erklärung dafür, oder?“

Seine Hände umfassten ihre schmalen Schultern, und er bemerkte, wie sehr sie zitterte. „Sag mir einfach die Wahrheit und lass es darauf ankommen. Du hast nicht das Geringste zu verlieren.“

„Wenn du dich nicht an mich gebunden fühlen willst, Alexander, warum ist es dann so wichtig für dich, zu wissen, was zwischen mir und Walter gewesen ist?“

Ihre Frage brachte ihn durcheinander. Fieberhaft suchte er in seinem Kopf nach einer vernünftigen und halbwegs logischen Antwort darauf.

„Alexander, ich habe dich etwas gefragt. Du sagtest, du musst es wissen. Warum?“

Sein Griff wurde fester. Obwohl es in diesem Moment vollkommen absurd erschien, verspürte er plötzlich den Wunsch, sie zu küssen. Ohne zu überlegen, zog er sie zu sich heran und gab diesem Drang nach.

Mit einem kleinen, erstaunten Seufzen ließ sie es geschehen. Der Kuss war sanft und zärtlich, nicht so wild und fordernd, wie sie es zumeist von ihm gewohnt war.

„War das deine Antwort?“, fragte sie benommen.

„Irgendwie schon“, erwiderte er. Noch immer umschlossen seine Hände fest ihre Schultern. „Du bist … wichtig für mich, Linda“, presste er unter offensichtlicher Anstrengung hervor. „Ja, du bist mir wirklich sehr wichtig!“

Sie gab ihrem Gefühl nach und ließ sich gegen ihn sinken.

Als er sanft ihr Gesicht anhob, sah er, dass sie weinte. Er war selbst viel zu erschöpft, um auf ihre Tränen zu reagieren, also hielt er sie nur fest und wartete ab.

Nach einer Weile löste sie sich von ihm und suchte in ihrer Jeans vergeblich nach einem Taschentuch. Alexander langte nach einer Papierserviette, die auf dem Tisch zurückgeblieben war, und reichte sie ihr wortlos. Linda schnäuzte sich und ließ sich schließlich zurück in ihren Korbsessel fallen. Auch Alexander setzte sich wieder und griff nach seinen Zigaretten.

Erst als seine Zigarette brannte, begann sie zu sprechen. „Ich glaube, es wird das Beste sein, wenn ich die Kurzfassung erzähle. Die Vorgeschichte können wir getrost abkürzen."

Linda atmete noch einmal tief durch und lehnte sich zurück. Sie war sehr blass, und ihre Lider waren geschwollen. Alexander konzentrierte sich ausschließlich auf den Ausdruck in ihren Augen, während sie fortfuhr: „Vor einigen Jahren hatte Frank ohne mein Wissen eine astronomische Summe in ein sogenanntes Warentermingeschäft gesteckt. Während ich mit einer schweren Grippe und hohem Fieber im Bett lag, hielt er mir ein Formular zur Unterschrift unter die Nase, das angeblich für das Finanzamt bestimmt war. Damals habe ich ihm noch vertraut, und ich unterschrieb, ohne auch nur den kleinsten Blick darauf zu werfen. Damit hatte ich eingewilligt, dieses Haus als Sicherheit für einen Kredit zu verwenden, den er für das ominöse Warentermingeschäft aufgenommen hatte. Als ich das herausfand, war es viel zu spät, um noch etwas daran ändern zu können. Um es kurz zu machen, Alex, Frank verlor alles. Frag mich bitte nicht, wie genau es dazu kommen konnte, aber das ganze Geld war weg. Er sprach davon, dass ein windiger Makler ihn betrogen habe, dem allerdings nichts nachzuweisen sei. Der Kreditvertrag ließ uns noch ein halbes Jahr Zeit, dann wäre das Haus meiner Eltern und das gesamte Inventar endgültig in den Besitz der Bank übergegangen und wir hätten praktisch nichts mehr besessen." Linda machte eine Pause und griff nach dem Wasserglas, das vor ihr auf dem Tisch stand.

Alexander drückte seine Zigarettenkippe aus, ließ sie dabei

jedoch nicht aus den Augen. „Was hat das alles mit Walter und dir zu tun?"

„Dazu komme ich jetzt." Ihre Stimme begann leicht zu zittern, als sie weitersprach. „Wie gesagt, ich mache es kurz. Walter … Walter bot uns an, den Kredit zu übernehmen, damit wir das Haus nicht verlieren."

Verwundert hob Alexander die Augenbrauen. „Er tilgte für euch den Kredit?"

Linda lächelte bitter. „Ja, das tat er. Allerdings sprach er darüber zunächst nur mit Frank – und er knüpfte eine … Bedingung an seinen Vorschlag. Er …"

Augenblicklich sprang Alexander auf. „Moment mal! Du willst mir doch jetzt nicht sagen, dass er … dich als Gegenleistung verlangte?"

Lindas Hände kneteten nervös die Papierserviette. Sie nickte. „Mein Mann kam eines Nachts in unser Schlafzimmer und rüttelte mich wach. ‚Linda-Schätzchen', sagte er, ‚wenn du dein Haus behalten willst, musst du nur ein klitzekleines Opfer bringen.' Mit einem scheußlichen Grinsen im Gesicht, das ich niemals vergessen werde, berichtete er mir von Walters Vorschlag. Ich war natürlich außer mir und lehnte rigoros ab." Ihre Stimme drohte zu versagen, und sie räusperte sich einige Male. Inzwischen zitterte sie sichtbar am ganzen Körper.

Fassungslos ging Alexander zu ihr, hockte sich vor sie und ergriff ihre Hände. „Sprich weiter", forderte er sie auf.

„Es war das erste Mal, dass er mich schlug."

Alexander stöhnte auf. „Frank hat dich geschlagen?"

Sie reagierte nicht direkt auf seine Frage, sondern sprach einfach weiter, so leise, dass er sie kaum noch verstehen konnte. „Er prügelte auf mich ein und schrie mich an, er würde sich Charlotte auf die gleiche Weise vornehmen, wenn ich mich weiter so mädchenhaft anstellte. Schließlich hänge unsere Existenz davon ab. ‚Du brauchst nur einmal für ihn die Beine breit zu machen und abzuwarten, bis er fertig ist, das kannst du doch so gut', sagte er. ‚Daliegen und abwarten. Dir kann es doch nun wirklich egal sein, wer da auf dir liegt und sich abmüht, oder?'"

Inzwischen liefen wieder Tränen über ihr Gesicht, und Alexanders Hände hielten ihre fest umfangen. Er konnte kaum glauben, was er da hörte, zweifelte nun jedoch absolut nicht mehr an ihrer Ehrlichkeit. Es kostete ihn fast so viel Kraft, ihr weiter zuzuhören, wie es sie Kraft kostete, ihm all das zu erzählen.

„Ich bekam panische Angst – vor allem um meine Tochter – und stimmte letztlich doch zu. Meine letzte Hoffnung war schließlich Walter selbst. Bis zu dem Zeitpunkt war er stets sehr nett und zuvorkommend zu mir gewesen, also redete ich mir ein, ich könnte ihn von dieser widerwärtigen Bedingung abbringen. Wir mussten … noch mehrere Wochen warten, bis … bis mein Körper wieder … na ja, die blauen Flecken, du weißt schon. An dem bewussten Tag lieferte mich Frank vor Walters Haus ab, wie eine Ware. Ich sollte dort die ganze Nacht verbringen. Walter selbst hatte … er hatte dafür gesorgt, dass es an nichts fehlte. Er … hatte Champagner kalt gestellt. Der Sektkühler … stand direkt neben dem … Bett. Entschuldige, Alex, ich …“ Sie entzog ihm ihre rechte Hand und griff erneut nach ihrem Wasserglas.

„Natürlich. Brauchst du vielleicht eine Pause?“

Sie winkte ab. „Nein, nein. Es wird schon gehen. Irgendwie tut es sogar gut, endlich einmal darüber zu reden. Walter … er erzählte mir, dass er schon lange davon geträumt hatte, einmal mit mir alleine sein zu können. Er machte mir widerliche Komplimente, die mir sehr unangenehm waren. Dann führte er mich an einen kleinen Tisch, der für zwei Personen gedeckt war. Es gab nur ausgesuchte Delikatessen, doch ich bekam nicht einen Bissen herunter.“

Linda nahm einen großen Schluck und stellte das Glas wieder ab. „Stattdessen versuchte ich, meinem Schwager ins Gewissen zu reden, und irgendwann war ich … war ich schließlich so verzweifelt, dass ich ihm auch von den Schwierigkeiten erzählte, die ich mit Frank hatte. Ich hoffte verzweifelt, dass das schließlich sein Mitleid hervorrufen würde, aber ich irrte mich schrecklich. Die ganze Zeit über starrte er mich nur wortlos an und schob sich ungerührt Kaviar in den Mund. Ich hatte schon fast das Gefühl, er würde mir überhaupt nicht richtig zuhören.“

Linda machte eine kurze Pause, ehe sie weitersprach. „Dann … dann warf er plötzlich seine Gabel auf den Teller, ging zu seinem Bett rüber und zog sich völlig ungeniert vor mir aus. Schon … schon zu diesem Zeitpunkt … war er … also, er hatte bereits eine Erektion. Mir wurde richtiggehend schlecht. Augenscheinlich hatte ich mit meiner Offenheit genau das Gegenteil von dem erreicht, was ich eigentlich bezweckt hatte. Er legte sich hin und befahl mir, mich ebenfalls auszuziehen. ‚Aber ganz langsam‘, sagte er. Ich blieb einfach in der Mitte des Zimmers stehen und rührte mich nicht, bis er mich anbrüllte. Genau wie Frank es getan hatte, drohte er damit, Charlotte könnte ernsthaft darunter leiden, wenn ich jetzt nicht so nett zu ihm sei, wie sein Bruder es ihm zugesagt habe. Ich … ich zog mich schließlich aus und ließ mich von ihm begaffen. Die ganze Zeit über war mir furchtbar übel, und ich wünschte, ich wäre tot. Walter hat …“ Linda schüttelte sich und nahm erneut einen Schluck Wasser. Erst jetzt schien sie Alexander wieder bewusst wahrzunehmen.

Er empfand unendliches Mitgefühl für sie. „Du musst nicht weiterreden, Liebes. Ich hab schon verstanden.“

„Nichts hast du verstanden, Alex! Gar nichts! Es war nämlich ganz anders, als du vermutest. Walter rührte mich überhaupt nicht an! Aber es war trotzdem grauenvoll. Er … machte … Er wollte nur, dass ich nackt vor ihm stehe und ihm zusehe, verstehst du? Er hat mich niemals angerührt. Nicht ein Mal!“ Sie schluchzte kurz auf, sprach aber sofort weiter. „Als mein Ehemann mich am nächsten Morgen abholte, war meine Liebe zu ihm endgültig gestorben. Erst nach vielen Monaten fand ich zu einem einigermaßen normalen Leben zurück. Frank wollte inzwischen nur noch selten Sex von mir – und darüber war ich sehr froh. Von Tag zu Tag verabscheute ich meinen Mann mehr. Schließlich begann ich ihn zu hassen.“

Zusammengesunken saß sie da und blickte auf ihre Hände,

die in ihrem Schoß noch immer ruhelos die Papierserviette bearbeiteten.

Alexander holte tief Luft, dann legte er seinen Zeigefinger unter ihr Kinn und zwang sie, ihn anzusehen. Sehr lange sah er nur in ihre Augen. „Es tut mir leid. Es tut mir unendlich leid, dass dir das angetan wurde. Und es tut mir von Herzen leid, dass ich diese Geschichte so vollkommen falsch interpretiert habe und dir keine Chance ließ, mir die Sache in Ruhe zu erklären. Ich hätte ..."

„Es ist okay, Alex."

„Nein, das ist es nicht. Aber was ich auch sage, es wird nichts mehr daran ändern können, und das ist schlimm. Eine Wiedergutmachung kann es in diesem Fall nicht geben."

Alexander schüttelte den Kopf und erhob sich, um erneut nach seinen Zigaretten zu greifen. Ihr goldener Blick verfolgte jede seiner Bewegungen. Während er sich eine Zigarette anzündete, zog er mit der freien Hand seinen Korbsessel näher an den ihren heran, erst dann ließ er sich wieder darauf nieder. „Wie du ja weißt, war Frank früher einmal mein bester Freund. Ich habe seinen oft seltsamen Humor und seine beeindruckende Intelligenz geschätzt. Er war ein ungewöhnlich guter Ermittler. Klug, überlegen und mit einem Instinkt ausgestattet, der in unserem Beruf so ungeheuer wichtig ist. Zugegeben, ich habe auch erlebt, dass er viele verrückte Dinge getan hat, aber ich hätte trotz alledem nie im Traum daran gedacht, dass er auch auf der falschen Seite kämpfen könnte."

Er machte eine Pause und nahm einen tiefen Zug von seiner Zigarette. „Ich meine ... ich habe damals wirklich darunter gelitten, als er so plötzlich nichts mehr von mir wissen wollte. Jetzt glaube ich zu wissen, warum er sich von mir zurückzog. Wahrscheinlich zeichnete sich bereits damals sein Einstieg in die Kriminalität ab, und er wollte mich einfach da heraushalten. Ja, ich hoffe sogar irgendwie, dass das der wahre Grund war. Und doch – ich habe ein gottverdammtes Problem mit dem Frank Michaelsen, den ich in den letzten Wochen neu kennenlernen musste."

Geräuschvoll stieß er den Atem aus, bevor er weitersprach. „Stell dir vor, zunächst konnte ich noch nicht einmal akzeptieren, dass ich dich – seine Witwe – begehre, weil ich das absurde Gefühl nicht loswurde, ich würde meinen besten Freund damit hintergehen. Inzwischen habe ich allerdings eher den Eindruck, ich habe es mit einem vollkommen anderen Frank Michaelsen zu tun. Leider gibt es keinen Zweifel mehr, dass mein ehemals bester Freund und dieser schreckliche Kerl, der dich sogar schlug und auf die gemeinste Art erpresste, in Wahrheit ein und derselbe Mann waren. Ich begreife es einfach nicht, Linda. Ich kann nicht nachvollziehen, wie ein Mensch sich so grundlegend verändern kann, wie Frank es offensichtlich in den vergangenen Jahren getan hat."

Der Rauch seiner Zigarette stieg ihm in die Augen, und er drückte sie wütend aus, ohne noch einen weiteren Zug getan zu haben. „Scheiß Qualmerei!"

Beschwichtigend legte sie die Hand auf seinen Unterarm. „Du hast ihn anscheinend wirklich sehr gemocht, damals."

„Das kann man so sehen, ja."

„Vielleicht hatte er sich ja gar nicht verändert, Alex. Vielleicht war er schon immer so und hatte sich zuvor nur verstellt, um die Menschen, die für ihn wichtig waren, absichtlich zu täuschen und in seiner Nähe zu halten. In einem Punkt gebe ich dir recht, es könnte sein, dass er einfach deine hohen moralischen Erwartungen nicht enttäuschen wollte. Wenn er sich tatsächlich aus diesem Grund von dir zurückgezogen hat, dann musst auch du ihm sehr wichtig gewesen sein."

Einen Moment dachte er darüber nach, dann griff er nach ihren Händen und hielt sie zwischen den seinen fest. „Ich denke, darauf kommt es jetzt sowieso nicht mehr an. Weißt du, ich habe mich schon mehrmals gefragt, wie Anneliese das alles verkraftet. Sie hat ihren Sohn praktisch gleich zweimal verloren. Das muss furchtbar für sie sein."

Linda nickte. „Ich liebe sie wirklich sehr. Anneliese ist eine wunderbare Frau."

„Ja, das ist sie. Eine Frau wie sie hat wahrlich bessere Söhne verdient.“ Seine Gedanken schweiften für einen Moment ab. „Sag, hat Walter sich nach der Beerdigung eigentlich noch einmal bei dir gemeldet?“

„Nein!“ Linda schüttete heftig ihren Kopf. „Und darüber bin ich auch heilfroh.“

„Er ist ein ziemlich vermögender Mann, oder?“

„Nun, er ist beruflich sehr erfolgreich. Ja, soweit ich weiß, verdient er sehr gut.“

„Glaubst du, dass Frank mit ihm Geschäfte gemacht haben könnte?“

Sie dachte einen Augenblick ernsthaft über seine Frage nach, schüttelte dann jedoch den Kopf. „Walter ist Architekt. Da fehlen die Berührungspunkte, meinst du nicht?“

„Ja, wahrscheinlich hast du recht.“

Eine Weile schwiegen sie. Alexander ließ ihre Hände jedoch nicht los.

„Wann wirst du nach Hause fahren, Alex?“

„Nach dem Abendessen.“

Wieder blieben sie beide mehrere Sekunden stumm, dann blickte sie ihm direkt in die Augen.

„Wie soll es mit uns beiden weitergehen, Alexander?“

„Wir sind doch auch gute Freunde, oder etwa nicht?“

„Du machst dir und mir nur etwas vor. Das kann auf die Dauer nicht funktionieren, und das weißt du auch.“

„Wir werden es eben versuchen, Ballerina.“

„Es wird nie wie bei einem guten Freund sein, wenn du mich berührst.“

Abrupt erhob er sich und wandte ihr seinen Rücken zu. „Das geht vorbei, glaub mir. Dieses Verlangen ist niemals von Dauer. Es hört immer irgendwann auf. Ich kenne mich da bestens aus. Du weißt jetzt, dass du empfinden kannst wie jede andere gesunde Frau auch, wenn du irgendwann … einem anderen …“

Er brachte es nicht fertig, seinen letzten Gedanken auszusprechen. Insgeheim wollte er an dem Gedanken festhalten, er allein sei die Ursache dafür, dass sie inzwischen anders empfinden konnte. Also stieß er nur seine Hände tief in die Taschen seiner Jeans und blieb stumm. Sein Blick glitt unruhig durch den großen Garten.

„Du willst es eigentlich gar nicht, oder, Alexander Hellberg? Du willst in Wahrheit überhaupt nicht gehen. Du gibst es nur nicht zu, du Feigling."

Ihre Stimmlage verriet ihm, dass sie lächelte. „Rede keinen Unsinn, Linda. Ich werde gehen, glaub mir."

„Oh ja, wahrscheinlich wirst du das sogar tun. Du würdest noch viel mehr tun, um dich gegen deine Gefühle zur Wehr zu setzen."

Er ging nicht weiter darauf ein, sondern lenkte lieber vom Thema ab und drehte sich zu ihr um. „Ich fahre schnell noch eine Kleinigkeit einkaufen. Gibt es in diesem Haus einen Grill?"

Ihr Lächeln verschwand nur langsam, hinterließ aber einen satten Glanz in ihren Augen. „Leider nein. Willst du etwa … grillen?"

Er zog seine Hände aus den Hosentaschen und breitete die Arme aus. „Warum nicht, zum Teufel? Es ist das beste Wetter dafür. Lass uns eine Grillparty für zwei veranstalten. Mit Würstchen, Koteletts, Kartoffelsalat und Bier." Noch bevor sie auf seinen Vorschlag reagieren konnte, war er bereits im Haus verschwunden. „Bin gleich zurück."

Sie verbrachten einen wunderbaren Abend miteinander.

„Du musst unbedingt noch einmal für uns grillen, wenn Charlotte wieder da ist", sagte Linda fröhlich, nachdem sie das letzte Stück ihres Koteletts gegessen hatte. „Das war einfach köstlich. Puh, ich bringe keinen einzigen Bissen mehr herunter."

Alexander lächelte angesichts ihrer Begeisterung. „Wann hast du das letzte Mal ein einfaches Grillwürstchen bekommen, Ballerina?" Ihre strahlenden Augen erinnerten ihn an glänzende Goldtopase. Irgendwo tief in seinem Bauch wurde es plötzlich ganz warm.

„Als Charlotte in der sechsten Klasse war, wenn ich mich richtig erinnere. Die Schule veranstaltete ein Grillfest, und ich ging das Risiko ein und aß eine sehr dunkle Wurst mit viel Ketchup von einem durchgeweichten Pappteller. Es war kein kulinarisches Vergnügen, glaub mir." Sie warf ihren Kopf zurück und lachte laut auf.

Die Wärme in seinem Bauch breitete sich weiter aus. „Es ist schön, wieder dein Lachen zu hören, Linda."

Er drückte die Zigarette aus, die er sich nach dem reichhaltigen Essen gegönnt hatte, und erhob sich. „Ich werde schnell aufräumen. Wie wäre es mit einem Espresso?"

Auch Linda stand auf. „Ich kann dir doch eben helfen, Alex. Mir geht es inzwischen wirklich gut."

„Nein." Er legte die Hände auf ihre Schultern und drückte sie zurück in den Stuhl. „Du wirst dich schön ausruhen. Es dauert nur ein paar Minuten. Den Grill kann ich auch morgen Abend reinigen. Das ist kein Problem. Die Holzkohle muss sowieso noch auskühlen."

Etwas später brachte Alexander tatsächlich seine Reisetasche nach unten und schlüpfte in seine Lederjacke. Linda hatte sich bereits für die Nacht zurechtgemacht und stand jetzt in ihren weißen Bademantel gehüllt neben ihm, während er aus seiner Jackentasche schon die Autoschlüssel angelte.

„Leg dich gleich mit einem schönen Schmöker ins Bett, Ballerina. Wenn etwas sein sollte, weißt du ja, wo du mich erreichen kannst. Ich werde dich morgen irgendwann im Laufe des Tages anrufen, und gleich nach Feierabend komme ich wieder zu dir, okay?"

Sie nickte. „Hast du den Haustürschlüssel eingesteckt, den ich dir hingelegt habe?"

„Ja, habe ich."

„Schlaf gut, Alex."

„Schlaf gut, Linda. Bis morgen." Er öffnete die Haustür und bückte sich, um nach seiner Tasche zu greifen. Erst als er bereits auf der Schwelle stand, drehte er sich noch einmal zu ihr um. Am Revers ihres Bademantels zog er sie zu sich heran und drückte ihr einen schnellen Kuss auf den Mund. „Schlaf gut", wiederholte er, dann ging er mit entschlossenen Schritten zu seinem Auto, stieg ein und fuhr davon, ohne sie auch nur noch einmal anzusehen.

6. KAPITEL

Überall waren Wände. Weiße, kalte, schmucklose Wände. Das Licht war so blendend grell, dass er nichts erkennen konnte. Nur dieses unheimliche Weiß und diese hinterhältigen Wände. Er tastete verzweifelt nach einem Ausgang, denn er musste unbedingt zu ihr. Linda brauchte ihn. Vielleicht war sie in Gefahr. Sie rief seinen Namen, und in ihrer Stimme klang Angst mit. Immer wieder drang ihr verzweifelter Schrei zu ihm und prallte an den kalten weißen Wänden ab. Die Angst um sie ließ ihn innerlich gefrieren und trieb ihm trotzdem den Schweiß aus den Poren, der nun bereits in kleinen Bächen über sein Gesicht lief. Wenn er nicht bald einen Ausweg fand, dann …

Alexander erwachte ruckartig. Sein Herz raste wie ein Dampfhammer, und seine Haut war von kaltem Schweiß bedeckt. Er brauchte einige Sekunden, bis er erleichtert bemerkte, dass er in einem Bett lag. Es war noch dunkel, und er ließ seine linke Hand suchend über das zweite, leere Kopfkissen gleiten. Erst jetzt war er ganz wach, und ihm wurde bewusst, dass er nicht in Lindas Bett lag, sondern in seinem – allein. Er setzte sich auf und wischte sich mit dem Handrücken den brennenden Schweiß aus den Augen. „Scheiße", sagte er laut in die einsame Finsternis hinein. „Verfluchter Traum."

Betont kontrolliert atmete er einige Male regelmäßig ein und aus, um sich zu beruhigen. Erst nachdem das Donnern in seiner Brust endlich nachgelassen hatte, knipste er seine Nachttischlampe an und stand auf. Im Badezimmer spritzte er sich minutenlang kaltes Wasser ins Gesicht und ließ es auch über seinen nackten Oberkörper laufen. Dann ging er hinüber in seine kleine Küche und öffnete den Kühlschrank. Er griff nach einer Flasche Bier, überlegte es sich aber bereits in der gleichen Sekunde anders und schob sie zurück. Er brauchte jetzt etwas Stärkeres, also gönnte er sich einen doppelten Scotch auf Eis und ging mit dem Glas in der Hand zurück in sein Schlafzimmer. Dort nahm er einen großen Schluck und wartete auf die wohltuende Wirkung des Alkohols, während er sich mit dem Oberkörper gegen das Kopfende seines Bettes lehnte und die Eiswürfel in der goldenen Flüssigkeit betrachtete.

Lindas Augen kamen ihm in den Sinn.

Der Whiskey hatte tatsächlich die Farbe ihrer Augen. Er schüttelte den albernen Gedanken ab und rief sich den furchtbaren Traum in Erinnerung. In diesem Traum hatte er sich verflucht hilflos gefühlt und panische Angst gehabt.

Nein, er wusste nicht mehr, was der Grund für diese grauenvolle Angst gewesen war. Irgendjemand hatte immer wieder nach ihm gerufen, das war im Grunde alles, woran er sich noch erinnerte. Hilflosigkeit, grenzenlose, lähmende Panik und die verzweifelten Schreie einer Frau. Mörderisch! Alexander stürzte den Rest des Whiskeys herunter, stellte das leere Glas auf seinen Nachttisch und legte sich wieder hin.

Mit offenen Augen und hinter dem Kopf verschränkten Händen lag er da und starrte hinauf zur Zimmerdecke. Wieder kam ihm Linda in den Sinn. Er dachte über die vergangenen zwei Tage nach. Es tat ihm noch immer leid, dass er ihr unrecht getan hatte. Ihre absolute Ehrlichkeit bezweifelte er jetzt nicht mehr. Im Gegenteil. Er glaubte inzwischen sogar, dass Linda Michaelsen zu den ganz wenigen Menschen gehörte, die praktisch niemals logen. Ihr Liebesgeständnis fiel ihm ein, und er schluckte trocken. Nein, sie log nicht. Sie liebte ihn wirklich – und das jagte ihm noch immer eine Heidenangst ein. Er würde ihr wehtun müssen, irgendwann. Aber er wollte es ... Oh Gott, er wollte dieses Gefühl! Sofort korrigierte er sich. Er wollte absolut nicht, dass sie ihn liebte. Liebe bedeutete Abhängigkeit, Schmerz und Tränen.

Verdammt! Es könnte doch alles so einfach sein. Ein paar Tage, Wochen oder vielleicht sogar einige Monate guten Sex, und das war's. So war es doch immer gewesen. Einfach, schnell und schmerzlos. Keine Verpflichtungen, keine Abhängigkeiten, nur guter, ehrlicher Sex.

Alexander musste allerdings zugeben, dass der Sex mit Linda nicht einfach nur gut war, sondern schlichtweg grandios. Nie zuvor hatte er eine Frau so sehr begehrt wie sie. Schon der bloße

Gedanke an ihren biegsamen Körper genügte, um seine Sehnsucht, sein heißes Verlangen nach ihr erneut zu wecken und sein Blut zum Kochen zu bringen, bis er es selbst laut in seinen Ohren rauschen hörte. Als seine pochende Erektion zu schmerzen begann, schloss er seine Augen und verfluchte sich laut dafür, dass er nicht bei ihr geblieben war und sie jetzt lieben konnte. Unter seinen Händen meinte er ihre seidenweiche Haut zu spüren. Er atmete laut aus und schüttelte unwillig seinen Kopf, doch das Bild ließ sich schon nicht mehr aus seinem Kopf vertreiben. Deutlich sah er die zarten Konturen ihres Gesichts vor sich, ihren vollen Mund, die goldenen Augen, die ihn voller Liebe und Verlangen anblickten, ihre schmalen Hüften und die kleinen festen Brüste mit den kirschroten Spitzen, die ihn schier wahnsinnig machten.

‚Mich verlangt es nach dir, Alexander', hatte sie hingebungsvoll geflüstert und ihm damit alle Kraft geraubt. ‚Ich will dich endlich wieder in mir spüren.'

In seinem Kopf hörte er die kurzen, heftigen Atemzüge, die sie ausstieß, genoss das Empfinden von grenzenloser Macht, das stets in ihm aufwallte, wenn sie sich ihm auf ihre ganz eigene Art im wahrsten Sinne des Wortes hingab.

„Linda", stöhnte er auf. „Verdammt, Linda!"

Linda erschrak bis ins Mark. Eine große kräftige Hand legte sich in der Dunkelheit über ihren Mund. Das Gewicht eines Mannes drückte ihr die Luft ab. Für den Bruchteil einer Sekunde jagte kalte Angst durch ihren Körper. Ebenso kurz kämpfte sie mit ihm und gegen ihre Panik, dann endlich drang in ihr Bewusstsein vor, was er ihr zuflüsterte. Nun erkannte sie auch den vertrauten Geruch und wurde augenblicklich vollkommen ruhig.

„Linda, Süßes, sch … sch … ruhig, Liebling! Ich bin es. Ruhig. Ich wollte dich nicht erschrecken." Seine Stimme klang etwas heiser, und sein Atem schlug ihr heiß ins Gesicht. Er roch nach Whiskey. Seine Hand löste sich von ihrem Mund und glitt bereits gierig über ihren Körper. Er schob das kurze Nachthemd nach oben und streifte es ihr ab.

„Alex? Alex, was tust du?"

„Lass mich dich lieben, Ballerina. Oh Gott, küss mich, mein Liebling!"

„Alex, du bist …" Seine heißen Lippen verschlossen ihren Mund mit einem leidenschaftlichen, langen Kuss, der sie sogleich vergessen ließ, was sie eigentlich hatte sagen wollen. Alexander schien sich regelrecht an ihr zu berauschen. Innerhalb von wenigen Augenblicken war er vollkommen nackt und presste seinen glühenden Körper gegen den ihren. Seine Hände und auch sein Mund schienen ein Eigenleben zu führen. Er murmelte Worte an ihrer Haut, an ihren Lippen, die sie nicht verstand, aber sie sog sie trotzdem auf wie süßen Wein. Sein heftiges Begehren ließ sie erschauern. Als er Sekunden später in sie eindrang, erwartete sie ihn bereits sehnsüchtig und bog sich ihm willig entgegen.

Bei jedem seiner heftigen Stöße keuchte er heiser auf. Seine Hände umfassten ihr Gesicht, und trotz der Dunkelheit sah er das goldene Leuchten in ihren Augen. Er hielt ihren Blick fest, solange es ihm möglich war, so lange, bis ihr schönes Gesicht vor seinen Augen verschwamm und er sich seinem erschütternden Höhepunkt ergab.

Ganz langsam nur fand er zurück in die Wirklichkeit. Er rutschte neben sie und zog sie fest an sich, während er auf ihren Atem lauschte und ihm klar wurde, was er gerade getan hatte. Mitten in der Nacht war er einfach zu ihr gefahren und hatte sie geliebt wie im Rausch. Noch nicht einmal an die Fahrt hierher hatte er genaue Erinnerungen. Er wusste nur noch, dass er sich mit jeder Faser seines Körpers nach ihr gesehnt hatte und hergekommen war, nur um sie berühren zu können. Seine Kehle war vollkommen ausgetrocknet. Jetzt fühlte er sich ausgelaugt, zweifelte an seinem Verstand, aber er war auf eine seltsame Art ruhig und zufrieden.

„Was war das eben?", wagte sie schließlich zu fragen, während sie nach der kleinen Lampe auf ihrem Nachtschrank tastete und sie anknipste.

Er beschloss sofort, sie habe die Wahrheit verdient. „Ich habe schlecht geträumt und bin aufgewacht. Verdammt, ich glaube, ich hatte seit der Kinderzeit keinen Albtraum mehr. Dann konnte ich nicht wieder einschlafen und habe an dich gedacht. Ich wollte dich. Ich wollte dich sogar sehr." Er senkte den Kopf und sah ihr ins Gesicht.

„Das habe ich allerdings gemerkt." Sie lächelten sich an. „Es ist drei Uhr, Alex."

Sein Blick glitt kurz zu ihrem Radiowecker, und sein Lächeln wurde zu einem breiten Grinsen. „Tatsächlich, es ist drei Uhr."

„Zuerst habe ich gedacht, ich werde überfallen. Du hast mir einen Riesenschreck eingejagt."

„Ja, ich weiß. Ich musste dir ja die Hand auf den Mund legen, weil du anfingst zu schreien. Tut mir leid, dass ich dich so erschreckt habe. Du hättest früher überlegen sollen, wem du deinen Haustürschlüssel anvertraust."

Linda setzte sich auf und sah auf ihn hinunter. Völlig entspannt, mit ausgestreckten Gliedern, lag er da und grinste noch immer. Sie lachte auf. „Du bist unmöglich, Alex!"

Alexander wurde ernst. „In erster Linie bin ich ein vollkommener Versager, mein Herz."

Linda stutzte. „Wie meinst du das denn nun wieder?"

Auch er rutschte jetzt ein wenig höher. Sein Blick glitt suchend durch das Zimmer. „Bevor ich dir das genauer erkläre … Verdammt, ich glaube, ich habe in der Eile keine Zigaretten mitgebracht."

„Schau in der linken oberen Schublade meines Sekretärs nach, dort findest du welche."

Er strahlte und drückte ihr einen schmatzenden Kuss auf den Mund. „Du hast gerade mein Leben gerettet, Ballerina."

Mit Aschenbecher und brennender Zigarette bewaffnet, ließ er sich kurze Zeit später wieder zurück auf das Bett fallen und genoss wortlos ein paar tiefe Züge. Linda beobachtete ihn eine Weile, bis sie ungeduldig wurde. „Und warum hältst du dich nun für einen vollkommenen Versager, wenn ich nachfragen darf?"

Alexander nahm noch einen weiteren langen tiefen Zug und blickte dem aufsteigenden Rauch hinterher. Seine Augen wurden dunkel. „Noch vor gar nicht allzu langer Zeit war mein Leben eigentlich absolut in Ordnung. Um präzise zu sein, genau bis zu dem Zeitpunkt, als ich dich zum ersten Mal sah. Von da an ging es mit mir rapide bergab." Er verzog keine Miene, aber als er sie wieder anblickte, konnte sie erkennen, dass es in seinen Augen humorvoll aufblitzte. Dennoch erkannte sie ebenso die Ernsthaftigkeit, die sich hinter seinen Worten verbarg.

Er drückte die Zigarette aus und schob den Aschenbecher auf den Nachtschrank, der auf seiner Seite des Bettes stand, dann setzte auch er sich ganz auf und rieb sich mit beiden Händen kräftig über das Gesicht. Insgeheim amüsierte er sich ein wenig über ihren leicht erschrockenen und gleichzeitig forschenden Blick. „Wie gesagt, seit ich dich kenne, bin ich eigentlich erledigt."

Trotzig hob sie ihr Kinn. „Wie kannst du nur so etwas Gemeines sagen, Alexander."

Er streckte die Hand aus und berührte leicht ihr Haar. „Wie ich das kann? Ich bitte dich! Bevor ich zum ersten Mal dieses Haus betreten habe, war mein Leben wirklich absolut okay. Ich habe meinen Job hervorragend erledigt, machte regelmäßig Hantel- und Lauftraining, um meinen Körper in Form zu halten, genoss meinen wohlverdienten Feierabend vor dem Fernseher oder in meiner Stammkneipe. Ab und zu ließ ich mich mit einer hübschen Frau ein, und es war mir mit der Hilfe meiner gnadenlosen Selbstdisziplin gelungen, nur noch drei bis vier Zigaretten am Tag zu rauchen. Sieh mich heute an, Ballerina! Seit ich dich kenne, qualme ich wie ein Fabrikschornstein, meine Nerven sind am Boden, ich trinke mitten in der Nacht Whiskey, ich gehe ins Ballett und an der Elbe spazieren, und das auch noch freiwillig. Seit Wochen war ich nicht mehr im Fitnessraum, und meine Laufschuhe liegen ungenutzt irgendwo in meiner Wohnung herum. Ich weiß noch nicht einmal mehr genau, wo. Mein Magen revoltiert alle zehn bis zwölf Minuten, und mein Koffeinbedarf ist trotzdem ins Unermessliche gestiegen. Die größte Sorge bereitet mir allerdings mein desolater geistiger Zustand. Der freiwillige Opernbesuch wäre ja noch irgendwie entschuldbar, aber wie soll mein Ego bitte schön damit fertig werden, dass ich mitten in der Nacht, nur notdürftig mit T-Shirt und Jogginghose bekleidet, ins Auto springe und wie ein Verrückter zu dir fahre, nur weil mir gerade danach ist?"

Linda wollte etwas sagen, doch er hob Einhalt gebietend eine Hand, und sie blieb stumm und konzentrierte sich darauf, nicht laut loszuprusten, denn sie fand ihn im Augenblick ausnehmend komisch.

„Ich bin siebenunddreißig Jahre alt, Linda. Siebenunddreißig! Man sollte doch annehmen, dass ein Mann in diesem Alter weiß, wie der Hase läuft, oder? Stattdessen benehme ich mich vollkommen idiotisch. Ich will nicht plötzlich das Gefühl haben, dass ich jemanden brauche. Ich will das nicht, hörst du! Ich will ... so nicht empfinden, zum Himmeldonnerwetter!" Er zog sie an sich und küsste sie. Als er sich von ihr löste, lächelte sie glücklich.

„Vielleicht hast du dich doch ein ganz kleines bisschen in mich verliebt, Alex."

Seine dunklen Augen streichelten ihr Gesicht. „Nein. Ich ... Alles, was ich weiß, ist, dass ich dich im Augenblick in meiner Nähe will und dass ich dich wie verrückt begehre – und das hört einfach nicht auf."

Noch einmal küsste er sie. „Ich habe wahnsinnige Angst davor, dass ich dir eines Tages sehr wehtun muss. Du hättest das nicht verdient. Ich drehe mich im Kreis, denn wenn ich tatsächlich weiterhin meinem verfluchten Bedürfnis nach dir nachgebe, wäre das dir gegenüber alles andere als fair. Ich wollte mich von dir fernhalten, Linda, aber ich bringe es einfach nicht fertig, Herrgott noch mal! Es gibt nur eine Lösung: Du musst mich wegschicken! Jage mich aus deinem Leben, bevor ich die Gelegenheit bekomme, dir wehzutun. Glaub mir, ich bin im Grunde meines Herzens ein sehr stolzer Mann. Ich werde mich daran halten, wenn du mich fortschickst."

Linda streichelte sein Gesicht. Plötzlich wurden beide wieder sehr ernst. „Solange du bei mir bist, machst du mich glücklich, Alexander."

„Vielleicht werde ich schon morgen anders empfinden und dich wieder verlassen." Er neigte den Kopf und drückte seine Lippen in ihre Handfläche.

Sie schluckte hörbar. „Dann werde ich damit leben müssen. Ich bin nicht so zerbrechlich, wie du anscheinend glaubst."

„Du hast schon so unsagbar viel ertragen müssen, Liebling. Ich bin nicht der richtige Mann für dich, und das weißt du auch."

„Ob du nun der richtige Mann bist oder nicht, ist mir vollkommen egal. Ich will nun einmal keinen anderen. Darf ich es sagen, Alex? Nur noch einmal, bitte." Er verstand sie sofort, und er begriff auch, dass sie es gerade jetzt so dringend brauchte.

„Du darfst jederzeit sagen, was auch immer du willst, Ballerina. Sag es, wann immer dir danach ist. Lass dich bloß nicht einschüchtern. Niemals wieder! Versprich mir das."

Eine einzelne Träne löste sich aus ihren Wimpern und rollte über ihre Wange. Er fing sie mit seinem Daumen auf und verrieb sie zwischen seinen Fingern. Sie nickte. „Ich verspreche dir, dass ich mich niemals mehr von dir einschüchtern lasse, okay."

„So ist es brav." Er lächelte wieder und zog sie zurück an seine Brust.

„Ich liebe dich, Alexander. Ich liebe dich … unaufhörlich." Ihre sanfte Stimme war wie ein Streicheln, und er fühlte wohlige Wärme und neues Verlangen in sich aufsteigen.

„Ich weiß", sagte er schlicht und küsste sie ein weiteres Mal.

Erst am frühen Morgen trennte Alexander sich wieder von Linda, um kurz in seine Wohnung und anschließend ins Büro zu fahren. Während der Fahrt versuchte er, sich innerlich bereits auf seine Arbeit vorzubereiten. Doch es fiel ihm schwer.

Monika Kaminski stieg gerade aus ihrem Auto, als er auf den großen Parkplatz des Präsidiums fuhr. Sie wartete, bis er seinen Wagen eingeparkt hatte, und lächelte ihm entgegen. „Hi, Superhirn. Wie war die Therapie?"

„Lindas oder meine?" Er grinste.

„Oho! Was haben wir denn da? Sag nicht, du hast jetzt doch eine feste Freundin, Hellberg? Deine strahlenden Beduinenaugen brechen mir ja glatt das Herz entzwei." Ihr Lächeln war von der gewohnten Offenheit.

„Halt den Mund, Kaminski, und lass uns an die Arbeit gehen. Hab ich viel verpasst?"

„Nicht wirklich."

Sie betraten ihr Büro und hängten die Jacken an den Garderobenständer neben der Tür. Alexander kramte nach seinen Zigaretten und warf die Packung auf seinen Schreibtisch.

„Ich koche mal Kaffee", murmelte Monika und bediente mit geübten Handgriffen die klapprige alte Kaffeemaschine, die auf der Fensterbank direkt neben einem überdimensionalen Gummibaum stand, der ebenfalls schon bessere Zeiten gesehen hatte. Seit Monika dieses Büro mit Alexander teilte, schien sich die alte Büropflanze allerdings auf wundersame Weise zu erholen. „Wir sollten diese alte Maschine mal dringend entkalken, Hellberg."

„Mhm. Gibt es etwas Neues im Fall Michaelsen?"

„Keine Ahnung. Die Dienstbesprechung ist erst für morgen anberaumt, weil der Chef ebenfalls ein paar Tage im Urlaub war. Rossner und Wagner wollten lieber auf ihn warten. Er ist erst seit heute zurück."

„Ach ja, das hatte ich ganz vergessen. Und? Was haben wir?"

Die Mittagspause fiel aus. Sie bekamen gleich zwei neue Fälle auf den Tisch und fuhren fast den gesamten Vormittag durch die Gegend. Erst am frühen Nachmittag waren sie wieder im Büro. Als Erstes rief Alexander bei Linda an und erkundigte sich nach ihrem Befinden.

Sie versicherte ihm mehrere Male, ihr gehe es prächtig, und er konnte durchs Telefon hören, wie sie lächelte. „Soll ich uns etwas Schönes kochen, Alex?"

„Mhm, es liegen noch Lachsfilets in der Tiefkühltruhe. Wenn du deinen sensationellen Lachsauflauf mit der dicken rosa Sahnesoße hinbekommst, liege ich dir zu Füßen, Ballerina."

Sie lachte kehlig auf. „Du kannst dich schon mal darauf freuen."

„Bis nachher, Linda." Er legte den Hörer auf und ignorierte

das freche Grinsen seiner Kollegin. „Erspare mir jeglichen Kommentar, Kaminski."

„Ich sag ja gar nichts, Alex. Bringst du noch ein wenig Interesse für deine Arbeit auf, oder machen wir Schluss für heute?"

Alexander warf einen schnellen Blick auf seine Armbanduhr und wollte ihr gerade antworten, als Bernd Lindemann an die halb offene Bürotür klopfte und hereinkam. „Hast du kurz Zeit, Alex?"

„Ja, sicher. Für dich immer, Bernd."

Bernd Lindemann wandte sich zunächst an Monika. „Siggi muss gleich noch einmal eins von Michaelsens Mädchen vernehmen. Ich weiß, dass unsere offizielle Dienstzeit seit einer halben Stunde beendet ist, aber es wäre gut, wenn du ihm dabei zur Seite stehen könntest. Die Kollegen Wagner und Kroning sind anderweitig beschäftigt, aber eine weibliche Beamtin ist in diesem Fall sowieso angebrachter."

„Kein Problem, Chef." Monika stand auf und verließ den Raum. Bernd Lindemann übernahm ihren Sitzplatz.

Alexander steckte sich eine Zigarette an und sah seinen Kollegen erwartungsvoll an.

„Wir haben im Fall Michaelsen noch eine Leiche, Alex."

„Was?"

„Gleicher Fundort, gleiche Tatwaffe, offensichtlich auch gleicher Ablauf. Schuss in den Nacken, mit direkt aufgesetztem Lauf. Kein schöner Anblick."

„Wer ist es?"

„Rate mal."

„Michaelsens Geliebte?"

„Du hast es erfasst, Kollege."

Alexanders Augen leuchteten auf. „Das heißt, Linda ist raus."

Bernd Lindemann hob beide Hände. „Nicht so voreilig, mein Junge. Schalte mal kurz dein viel gepriesenes Hirn ein. Du weißt genau, dass es da noch die eine oder andere Möglichkeit geben könnte."

„Sicher, aber das vorliegende Motiv passt jetzt nicht mehr."

„Es hat uns sowieso nicht gereicht. Die Dame deines Herzens

hatte nämlich ein unumstößliches Alibi, und wir haben sowieso nur noch in die Richtung eines Auftragsmordes ermittelt. Ich brauche dir ja nicht zu erzählen, wie schwer das ist."

Alexander fiel plötzlich auf, dass er nie auf die Idee gekommen war, Linda zu fragen, wo sie zum Zeitpunkt des Mordes gewesen sei. Eigentlich die erste Frage, die er ihr hätte stellen müssen. Insgeheim kam er zu dem Schluss, dass er unbewusst wohl nie mit der Möglichkeit ihrer Schuld gerechnet hatte. Trotzdem war es vollkommen untypisch für ihn, dass er noch nicht einmal daran gedacht hatte, nach ihrem Alibi zu fragen. Normalerweise war es überhaupt nicht seine Art, so etwas Wichtiges zu übersehen.

„Wo war sie denn eigentlich, als Michaelsen getötet wurde?"

„Du weißt das nicht?", fragte Bernd Lindemann ungläubig.

„Frag nicht. Sag's mir einfach."

„Linda Michaelsen war gar nicht hier in Hamburg, sondern hielt sich für mehrere Tage in Köln bei einer langjährigen Freundin auf. Sowohl deren Mann als auch diverse andere Zeugen haben ihren Aufenthalt dort bestätigt. Allerdings unterstützte das eher unsere Theorie, sie habe einen Profi damit beauftragt, ihren Mann umzubringen, denn die Dame ist äußerst selten auf Reisen."

Alexander nickte nachdenklich. „Ja, objektiv betrachtet hätte ich das genauso gesehen. Trotzdem, Bernd, wenn wir davon ausgehen, dass die beiden Morde in einem direkten Zusammenhang stehen – warum sollte Linda Michaelsen diese Frau auch noch umbringen lassen? Soweit wir es wissen, sind sich die beiden doch niemals begegnet. Linda hat ihr zum Beispiel bereitwillig und ganz offiziell das Geschäft überschrieben und damit auf alles verzichtet."

„Ja, sicher. Ich habe ja auch nur gemeint, dass Linda Michaelsen zwar nicht mehr ganz oben auf der Liste der Verdächtigen steht, aber auch noch nicht davon verschwunden ist, Alex. Dass sich die Lage für dein Mädchen deutlich gebessert hat, steht wohl außer Frage."

Alexander zog seine Augenbrauen hoch. „Für mein Mäd chen?"

„Das ist sie doch wohl inzwischen, oder?"

„Ja … ja, das ist sie wohl." Er grinste Bernd Lindemann über die beiden Schreibtische hinweg an. „Was den Fall betrifft, Bernd, hast du was dagegen, wenn ich mir trotzdem irgendwann mal die Akte zu Gemüte führe?"

„Absolut nicht. Tu, was du nicht lassen kannst. Aber ich warne dich, Alex. Nur informativ. Keine Ermittlung in eigener Sache, hab ich mich klar genug ausgedrückt?"

„Natürlich. Willst du vielleicht trotzdem vorab einen kleinen Tipp unter Kollegen?"

„Schieß los."

„Nehmt euch noch einmal Walter Michaelsen vor. Der Kerl ist nicht sauber, glaub mir."

„Wir haben ihn und alle anderen, die mit Frank Michaelsen zu tun hatten, geradezu durchleuchtet, Alex. Der Mann hat eine blütenweiße Weste, ist ein Workaholic und zahlt pünktlich und auch noch ehrlich seine Steuern. Mit anderen Worten, er ist absolut lupenrein. Eine wahre Stütze der Gesellschaft."

„Zieht es trotzdem noch mal durch. Kindheit, Privatleben, Geschäft, einfach alles."

„Du kannst ihn nicht ausstehen, oder?"

„Das kann ich nicht abstreiten, Bernd. Ich habe immer schon ein ungutes Gefühl im Bauch gehabt, wenn ich Walter Michaelsen begegnet bin. Auch damals, als Frank und ich noch so eng miteinander befreundet waren. Außerdem weiß ich inzwischen, dass er ziemlich lange scharf auf seine Schwägerin gewesen ist. Vielleicht lässt dich das noch einmal aufhorchen."

„Hm, mag sein. Ich werde die Geschichte mit Siggi noch einmal durchsprechen. Vorerst danke … und weiterhin viel Glück mit deiner kleinen Ballettliebhaberin, Hellberg."

„Raus hier, Chef."

Alexander kramte noch in seiner Jackentasche nach dem Hausschlüssel, da wurde die Tür schon von innen geöffnet. Noch bevor sie etwas sagen konnte, zog er Linda an sich und küsste sie ausdauernd, aber sehr zärtlich. „Geht's dir gut?", fragte er schließlich etwas kurzatmig.

Linda nickte und ergriff seine Hand. „Ja, es ging mir noch niemals besser." Ihre Finger streichelten seine Handfläche. „Nach dem Essen würde ich dir gerne etwas zeigen."

„So, was denn?"

„Die Handwerker sind fertig, Alex. Schon morgen könnte ich praktisch in mein neues Haus umziehen. Ich möchte, dass du es dir ansiehst. Deine Meinung ist mir wichtig."

Er lächelte, weil die Freude, die sie ausstrahlte, sofort auf ihn übersprang. Es war schön, sie wieder so glücklich zu sehen. „Aber erst essen, Ballerina! Ich sterbe vor Hunger, und aus deiner Küche duftet es herrlich."

Direkt nach dem Essen machten sie sich auf den Weg. Linda war während der Autofahrt ganz aufgeregt. Es war ihr offenbar tatsächlich sehr wichtig, dass auch ihm ihr zukünftiges Zuhause gefiel, das rührte ihn.

Das Haus, das Linda praktisch im Alleingang gekauft hatte, war für Alexander eine angenehme Überraschung. Es lag in einer etwas weniger vornehmen, aber nicht unbedingt schlechteren Wohngegend und entsprach in seiner Gesamterscheinung durchaus seinem eigenen Geschmack. Schlichtweißer Backstein mit großzügigen Sprossenfenstern und einem schiefergrauen Dach, das zu jeder Seite mit kleinen Giebeln versehen war. An der linken Seitenfront gab es einen eckigen verglasten Erker. Auch die Eingangstür wurde links und rechts von mannshohen schmalen Sprossenfenstern eingerahmt.

Voller Stolz führte Linda ihn durch das ganze Haus. Es gab insgesamt fünf Zimmer. Vier kleinere Räume und zwei Badezimmer lagen im oberen Stockwerk. Den unteren Bereich teilten sich die Küche, eine kleine Gästetoilette, die direkt vom winzigen Flur abging, und ein großzügiges Wohnzimmer. Der eckige Erker und eine durchgehende Fensterfront mit direktem Zugang zur Terrasse ließen viel Licht herein. Der kleine Garten, in den man von hier aus blicken konnte, wirkte äußerst gepflegt.

„Es ist sehr schön, Linda. Wirklich."

„Das Haus hat einem sehr netten Ehepaar gehört. Es ist erst vor drei Jahren erbaut worden, und das Paar hing sehr daran, aber nun sind sie aus beruflichen Gründen nach Süddeutschland umgezogen. Ich habe eine neue Küche und neue Bäder einbauen lassen. Ansonsten waren nur ein paar Malerarbeiten nötig." Sie lachte glücklich und drehte sich mit ausgestreckten Armen einmal im Kreis. „Der Erker ist doch der ideale Platz für einen runden Esstisch, was meinst du?"

„Perfekt."

„Wie gefällt dir meine neue Küche?"

„Auch toll. Du hast Geschmack bewiesen. Ich mag das Blau."

„Ja, ich auch – und es gibt keine zu hohen Hocker mehr, sondern nur noch eine gemütliche Sitzecke. Von den oberen Zimmern ist eines etwas größer als die anderen. Soll ich das Charlotte überlassen?"

„Natürlich, sie wird sich freuen. War sie denn noch nicht hier?", fragte er erstaunt.

Linda schüttelte den Kopf, hob ihre Schultern ein wenig an und ließ sie dann wieder fallen. „Sie war ein bisschen böse mit mir, weil ich umziehen wollte. Du weißt ja, wie sie ist, wenn sie ihren Trotzkopf an den Tag legt. Sie hat sich bis jetzt geweigert, sich dieses Haus auch nur einmal anzusehen."

„Meine Güte, das Mädchen ist manchmal wirklich schwierig", räumte Alexander ein.

Linda ließ sich ihre Freude nicht verderben. „Ach, ich kenne sie, Alex. Wenn sie erst mal alles gesehen hat, wird sie begeistert sein. Stell dir vor, wir haben ein viel kleineres Haus, aber trotzdem hat sie plötzlich ein eigenes Badezimmer. Das wird sie umhauen, oder?"

„Sicher, Ballerina, sicher." Alexander fühlte sich eigenartig berührt. „Was hast du mit den anderen Zimmern oben vor?"

„Mhm, ich habe mir gedacht, ein kleines Büro wäre nicht schlecht. Natürlich brauche ich auch ein Gästezimmer. Anneliese kann dann auch weiterhin mal über Nacht bei uns bleiben. Außerdem bekomme ich ein- oder zweimal im Jahr Besuch von meiner Freundin Ulrike aus Köln."

„Nun, damit wäre ja dein Kontingent auch erschöpft."

„Das Dachgeschoss, Alex. Es gibt noch einen riesigen Dachboden, den man durchaus noch ausbauen könnte. Im Moment brauche ich ihn allerdings nicht und habe mir diese Kosten vorerst erspart."

„Welches Zimmer wird dein Schlafzimmer?", fragte er grinsend. „Wir sollten es rechtzeitig einweihen."

Lachend überging sie seine freche Bemerkung. „Hast du schon gemerkt, dass ich jetzt noch viel schneller für dich zu erreichen sein werde? Ich meine, wenn es dich mal wieder des Nachts überkommt und du dringend zu mir fahren musst, wirst du nur noch die Hälfte der Zeit für den Weg brauchen."

„Stimmt, meine Wohnung liegt kaum fünf Autominuten von hier entfernt. Wann willst du umziehen?"

„Ich habe heute Morgen, nachdem du gegangen warst, einige Telefonate geführt. Aus der Villa werde ich nur meine beiden geliebten antiken Schränke aus dem Wohnzimmer und Charlottes Möbel mitnehmen. Einige andere Sachen – Bilder, Lampen und so weiter – lagere ich vorerst ein. Es gab auch noch viele Dinge von meinen Eltern, die schon in einem Lagerraum stehen. Die restliche Einrichtung übernimmt der neue Besitzer. Ich habe mir einiges neu gekauft. Die Möbel werden ab Anfang nächster Woche geliefert. Wenn mein neues Schlafzimmer steht, kann ich also umziehen. Die alten Schlafzimmermöbel konnte ich einfach nicht mehr ertragen, wenn du weißt, was ich meine. Und die Sofas aus dem alten Wohnzimmer waren sowieso viel zu groß."

„Das hört sich wie ein einfacher Umzug an. Da brauchen wir nicht allzu viel Hilfe."

„Ich wollte eine Firma beauftragen, Alex."

„Unsinn, das Geld kannst du dir sparen. Der eine oder andere Kollege von mir wird sicherlich gerne mit anpacken."

Ihm wurde plötzlich bewusst, was hier gerade geschah, und er musste sich räuspern. In den letzten Minuten hatte er sich verhalten, als sähe er sich schon als beständigen Teil ihres zukünftigen Lebens, und das hatte er keineswegs beabsichtigt. Etwas beunruhigt schüttelte er den lästigen Gedanken vorerst ab. Linda ist einfach zu glücklich, da kann ich jetzt nicht umschwenken und damit die Stimmung verderben, sagte er sich. Er griff nach ihrer Hand und zog Linda hinter sich her zur Treppe.

„Also, Ballerina, dann zeig mir doch mal dein Schlafzimmer. Der Teppichboden liegt doch schließlich schon drin, oder?“

Bereits zwei Wochen später war das neue Haus fix und fertig eingerichtet. Zu Lindas großer Freude gefiel es ihrer Tochter nun doch außerordentlich gut. Das lag nicht zuletzt an dem nagelneuen Computer, der jetzt in ihrem Zimmer stand. Linda hatte ein Vermögen für die Villa bekommen, und das neue Haus hatte nur einen Bruchteil davon gekostet. Sie genoss es richtig, Charlotte eine Freude machen zu können, indem sie ihr jetzt den einen oder anderen Wunsch erfüllen konnte, ohne sofort vor dem finanziellen Ruin Angst haben zu müssen. Außerdem war Charlotte sichtlich begeistert darüber, dass Alexander nun wieder fast täglich zu Besuch kam. Auch Anneliese hielt ihre Freude über die neue Beziehung zwischen Linda und Alexander diesmal nicht zurück. Über Frank sprach sie jedoch nie.

Einige Zeit nach dem Umzug war Linda gerade dabei, in ihrem neuen Garten zu arbeiten, als es an der Tür klingelte. Verwundert warf sie einen schnellen Blick auf ihre Armbanduhr. Für Charlotte war es noch viel zu früh. Sie würde erst gegen fünfzehn Uhr nach Hause kommen. Jetzt war es noch nicht einmal Mittag. Etwas unwillig zog sie sich ihre Gartenhandschuhe aus, ging zur Haustür und öffnete. Vor der Tür stand die junge rothaarige Kollegin von Alexander, und Linda erschrak bis ins Mark.

„Ist was mit Alexander?“, fragte sie atemlos.

„Oh nein, machen Sie sich keine Sorgen um ihn. Alles ist in bester Ordnung.“

Vor lauter Erleichterung lächelte Linda. „Entschuldigen Sie bitte, kommen Sie doch herein. Frau Kaminski, richtig? Ich bin wohl ein wenig zu überängstlich.“

„Sie müssen sich nicht entschuldigen. Das wäre ich an Ihrer Stelle genauso, nehme ich an.“

„Was kann ich für Sie tun?“ Linda hatte sich bereits wieder vollständig im Griff.

„Nun, Alex meinte, ich könnte Sie in einem ganz speziellen Fall um Ihre Hilfe bitten. Also habe ich den Rest des Tages freigenommen, mich einfach in mein Auto gesetzt – und hier bin ich."

„In einem ganz speziellen Fall?" Linda verzog ungläubig ihr Gesicht.

„Nun, keine Panik, es ist absolut nichts Berufliches. Ganz im Gegenteil. Ich habe nächste Woche Geburtstag, müssen Sie wissen. Meine Eltern kommen extra aus Konstanz hierher, um mit mir zu feiern. Wenn es nur das wäre, hätte ich kein Problem. Aber meine Mutter denkt, ich hätte irgendwann im vergangenen Jahr einen Kochkursus belegt. Ich hab sie in dem Glauben gelassen, obwohl ich noch nicht einmal Spiegeleier unfallfrei zubereiten kann. Meine Mutter hielt diesen Kursus für immens lebenswichtig, und so langsam glaube ich, sie hatte damit recht."

Der Wortschwall der jungen Frau riss kurz ab, und ihr breites offenes Lächeln wirkte äußerst einnehmend. Linda nutzte die kurze Atempause ihres Gegenübers und erwiderte das Lächeln. „Kommen Sie, Frau Kaminski, ich glaube, wir zwei können jetzt eine Tasse Kaffee gut gebrauchen."

Sie ging voraus in die Küche und setzte die Kaffeemaschine in Gang, während Monika Kaminski sich am Küchentisch niederließ und sofort fortfuhr: „Also, Alexander hat schon häufiger von Ihren Kochkünsten geschwärmt, und ich habe ihm bei der Gelegenheit von meinem kleinen Problem erzählt. Er meinte, Sie hätten auch Gerichte auf Lager, die man ganz einfach und schnell zubereiten kann und die trotzdem sehr beeindruckend seien. Er erzählte irgendwas von einem Lachsauflauf. Wobei sich das wiederum so kompliziert anhört …"

Linda lachte auf. „Er liebt diesen Auflauf. Glauben Sie mir, Monika, den bekommen Sie auch hin. Kein Problem. Alexander wird sich freuen, denn gerade heute gibt es sein Lieblingsessen. Können Sie Bandnudeln kochen?"

Linda diktierte Monika zunächst die Einkaufsliste und erläuterte jeden einzelnen Arbeitsschritt. Die junge Kommissarin schrieb eifrig mit. „Das ist alles?“, fragte sie erstaunt, als Linda mit ihren Ausführungen fertig war.

„Ja, sehen Sie, alles halb so schlimm, oder? Wir werden das Kunstwerk nachher zusammen herstellen. Das gibt Ihnen die nötige Sicherheit für Ihren Alleingang. Sie bleiben selbstverständlich zum Essen. Noch einen Kaffee?“

Monika nickte. „Ja, sehr gerne, danke. Sie haben übrigens eine tolle Küche. Die Kacheln sind unglaublich schön. Der Raum wirkt dadurch so nostalgisch und gemütlich.“

Linda lächelte, während sie Monika Kaffee nachschenkte. „Ich wollte eigentlich schon immer diese friesischen Kacheln haben, aber mein verstorbener Mann war dafür leider nicht zu begeistern. Er bevorzugte eine kühlere, modernere Ausstattung. In meinem alten Haus war alles weiß, groß und … kalt.“ Einer plötzlichen Eingebung folgend, die sie selbst überraschte, hob sie ihren Kaffeebecher und sagte: „Ich heiße Linda. Meinetwegen können wir die Förmlichkeiten gerne begraben. Natürlich nur, wenn …“

„Sehr gerne.“ Monika prostete Linda lächelnd zu. „Monika ist mein Name. Nicht sehr einfallsreich von meinen lieben Eltern, aber ich muss damit leben. Solange du mich nicht Moni nennst, darfst du alles zu mir sagen.“

Linda lachte laut auf. „Du gefällst mir, Monika. Als wir uns zum ersten Mal begegnet sind, musst du von mir allerdings einen furchtbaren Eindruck gehabt haben.“

Alexanders Kollegin schüttelte ihren roten Lockenkopf. „Nein, ganz und gar nicht. Du warst nur krank und nervlich sehr erschöpft, das war dir deutlich anzusehen. Dafür braucht sich wirklich niemand zu entschuldigen.“

Linda betrachtete die schönen jadegrünen Augen ihres Gegenübers. „Du hast mit Alex über mich gesprochen, oder?“

„Das hat sich so ergeben, nachdem deine Tochter bei uns im Büro aufgetaucht ist.“

„Ich nehme an, ich habe dir einiges zu verdanken.“

Monika winkte ab. „Er wäre auch so wieder bei dir aufgetaucht, früher oder später. Davon bin ich überzeugt.“

Linda war sich da nicht so sicher, aber sie sagte nichts dazu. Stattdessen ergab sie sich ihrer Neugierde, bevor dieser Gedanke die unerwartet starke Sympathie zwischen ihnen wieder ersticken konnte. Sie nahm all ihren Mut zusammen, bevor sie ihre Frage herausbrachte. „Bist du auch in Alexander verliebt, Monika?"

Das tiefe Grün von Monikas Augen wurde noch eine Spur intensiver, doch dann schüttelte sie ihren Kopf. „Man könnte sagen, ich war eine Weile ziemlich heiß auf ihn, Linda. Jedenfalls hat es mich gereizt, mein Glück bei ihm zu versuchen. Erfolglos, wenn du es genau wissen willst ... Er liebt nun einmal dich." Sie lächelte, doch ihr Blick blieb ernst. „Inzwischen bin ich wirklich froh darüber, dass er und ich Freunde geworden sind."

Nervös stand Linda auf. Sie spülte die Kaffeekanne aus und stellte sie an ihren Platz. Monika beobachtete sie eine Weile und registrierte die fahrigen Bewegungen der anderen Frau.

„Du glaubst nicht so recht an seine Liebe, oder?"

„Nun, manchmal hoffe ich, es könnte so sein, aber ... er spricht es nie aus, Monika. Er sagt höchstens mal, er begehrt mich, er ist verrückt nach mir, er will mich – und das ist alles. Mein Gott, ich weiß überhaupt nicht, warum ich so frei und offen mit dir darüber reden kann. Das liegt mir eigentlich sonst gar nicht. Schließlich kennen wir uns ja kaum."

Monika erhob sich jetzt ebenfalls und ging um den kleinen Küchentisch herum zu Linda. Beschwichtigend legte sie die Hände auf die Schultern der viel kleineren Frau. „Hör mir mal gut zu. Ich habe jeden Tag mit ansehen müssen, wie sehr der Typ deinetwegen gelitten hat. Auch wenn er es tausendmal abstreitet, ich weiß, dass er dich liebt, und er wird es auch eines Tages zugeben müssen. Erst einmal allerdings sich selber gegenüber. Der Mann hat irgendein Problem damit, tiefere Gefühle zuzulassen, Linda, das ist alles. Wer weiß, wovor er solche Angst hat und warum. Vielleicht hat ihn irgendein böser Engel auf dem Gewissen, wie gesagt, wer weiß das schon. Sagst du ihm, dass du ihn liebst?"

Linda nickte. „Ja, inzwischen tue ich das, sooft mir danach ist."

„Und wie reagiert unser Superhirn darauf?“

„Manchmal sagt er gar nichts. Meistens nimmt er mich einfach nur in den Arm und sagt: Ich weiß, Kleines, oder so was in der Art.“

„Verdammter Chauvi – aber er ist nun einmal so ungeheuer sexy!“ Monika setzte sich zurück an den Küchentisch und stützte missmutig ihr Kinn auf die Fäuste.

„Ja, verdammter, sexy Chauvi“, wiederholte Linda und lächelte unwillkürlich. „Ich glaube, du tust mir wirklich gut, Monika.“

Die jüngere Frau grinste breit. „Entschuldige bitte meine Offenheit. Meistens kann ich einfach nicht anders und plaudere unüberlegt drauflos.“

Linda hob ihre Hände. „Das ist es ja gerade, was mir an dir so gefällt.“

Auch das gemeinsame Essen verlief äußerst unterhaltsam. Alexander war zunächst etwas irritiert, weil die beiden Frauen sich plötzlich so ungeahnt gut verstanden, aber schließlich nahm er es ausnahmslos mit Humor. Nachdem Monika am späten Abend aufgebrochen und Charlotte längst im Bett war, sprach er Linda darauf an. „Ihr habt euch ja blendend verstanden. Das hätte ich nach eurer ersten Begegnung eigentlich nicht mehr erwartet.“

Linda schmunzelte und nickte. „Monika ist echt witzig. Wir haben heute Nachmittag viel Spaß miteinander gehabt. Während wir zusammen gekocht haben, jagte ein Lachkrampf den nächsten. Ich habe mich wirklich köstlich mit ihr amüsiert. Ich glaube, morgen werde ich sogar Muskelkater im Bauch haben.“

Es war Linda nicht verborgen geblieben, dass Alexander zu Beginn des Abends alles andere als entspannt gewesen war. Sie hatte beschlossen, ihm die Frage zu stellen, die ihr schon seit einiger Zeit auf der Seele lag. Monika hatte zwar vorhin gesagt, dass sie ihre Reize erfolglos bei Alexander eingesetzt hatte, aber Linda wollte genau das auch von ihm selbst hören. Außerdem war sie nicht mehr so ganz sicher, ob Monika sie vielleicht nur geschont hatte. Es war ihr einfach viel zu wichtig, in diesem

Punkt klare Verhältnisse zu haben. Schließlich lag es nach dem heutigen Tag durchaus nahe, dass Monika Kaminski zu einer gemeinsamen Freundin werden könnte. „Hast du irgendwann mal was mit ihr gehabt, Alex?"

Seine Augen wurden schmal, hielten aber ihrem fragenden Blick stand. „Würdest du mir denn glauben, wenn ich dir sagte, dass sie mich eines Abends tatsächlich zunächst mit Bordeaux abgefüllt und es dann versucht hat, aber ohne Erfolg?"

„Mhm, eigentlich eher nicht."

Lächelnd nickte er. „Siehst du! Deshalb kannst du von mir auch keine Antwort auf diese Frage erwarten. Ich bin nämlich ein von Grund auf ehrlicher Mensch."

Gegen ihren Willen musste Linda grinsen. „Du willst mir weismachen, es ist genau so gewesen?"

„Frag Monika. Ich kenne sie schon ganz gut. Sie wird dir ehrlich antworten." Er erhob sich aus seinem Sessel und ging zu ihr hinüber. Linda stand an der offenen Terrassentür und sah hinauf in den nächtlichen Sommerhimmel. „Es war zwar in der Phase, als wir zwei keinen Kontakt mehr zueinander hatten, aber ich habe tatsächlich widerstanden. Das heißt, es fiel mir nicht schwer, denn ich habe immer nur an dich denken müssen. Die ganze Zeit." Es war ihm wichtig, dass sie das wusste.

Linda antwortete nicht, sie nickte nur, um ihm zu zeigen, dass sie ihm glaubte. Zärtlich schob er seine rechte Hand von hinten in ihr Haar. Seine Finger bewegten sich spielerisch darin. Er war völlig verrückt nach ihrem Haar. „Ich werde dann auch nach Hause fahren, Ballerina. Es ist schon nach elf."

Sie sehnte sich nach seiner Umarmung, versagte sich jedoch, ihn darum zu bitten, bei ihr zu bleiben. Die Entscheidung, wo er die Nacht verbringen würde, überließ sie stets ihm allein. Er lehnte sich ein wenig vor und drückte seine warmen Lippen auf ihre Wange. Linda schloss kurz ihre Augen und genoss diese sanfte Berührung. Er legte seine Hände auf ihre Schultern und brachte sie dazu, sich ihm ganz zuzuwenden. „Möchtest du, dass ich hierbleibe, Linda?"

Seine Frage überraschte sie. Er stand nun so dicht vor ihr, dass sich ihre Körper fast berührten. Langsam glitten seine Hände von ihren Schultern die Arme hinab und umschlossen warm und beruhigend ihre kühlen Finger. Sein Blick schien sie ebenso festzuhalten, wie seine Hände es taten.

„Ich … ja …“ Ihr Blick löste sich aus dem seinen und wanderte durch den Raum. Schon vor einiger Zeit hatte sie sich fest vorgenommen, ihn niemals unter Druck zu setzen. Sie hatte viel zu große Angst davor, ihn dadurch wieder zu verlieren.

Mit seinem Zeigefinger hob er ihr Kinn. „Sag mir, wenn ich bleiben soll, Liebling.“

Jedes Mal, wenn er sie so nannte, wurden ihr die Knie weich. Sie nickte leicht. „Bitte … bleib heute Nacht hier“, flüsterte sie.

Endlich zog er sie in seine Arme. „Ich weiß verdammt noch mal nicht, warum du solche Schwierigkeiten damit hast, mir gegenüber deine Wünsche klar zum Ausdruck zu bringen, Linda. Bin ich so ein Ekel?“

Sie schluckte und schmiegte sich voller Erleichterung an seine Brust. „Natürlich bist du das nicht, aber ich … ich denke immer, ich könnte dich zu sehr drängen … und dann fühlst du dich vielleicht eingeengt und bevormundet von mir, Alex.“

Er hielt sie fest in seinen Armen und streichelte sanft über ihren Rücken in dem Versuch, so ihre Unsicherheit zu vertreiben. Es wurde immer schwieriger für ihn. Seit ihrem Zusammenbruch war es langsam, aber doch stetig schlimmer geworden. Sie vertraute ihm nicht, und ihm war klar, dass er selbst nicht unschuldig daran war. Er wusste nur zu genau, worauf sie so sehnsüchtig wartete, aber er war noch nicht bereit, es ihr zu geben. In manchen Momenten war er ganz kurz davor gewesen. Beim Sex – ja. Und er redete sich selbst ein, dass das der vollkommen falsche Augenblick sei, um die drei Worte zu sagen, auf die sie wartete und die ihm schon so oft in der letzten Zeit auf der Zunge gelegen hatten.

Nein, er brachte es noch nicht fertig. Und er wusste nicht, ob er es überhaupt jemals schaffen würde, denn er hatte diese verhängnisvollen Worte schon einmal zu einer Frau gesagt – und diese Frau hatte ihn zunächst betrogen und dann einen anderen

Mann geheiratet, während er gerade erst damit begonnen hatte, sich auf ein gemeinsames Leben mit ihr zu freuen. Der Schmerz war irgendwann vergangen, und er hatte ihr verziehen, aber diese schreckliche Zeit damals hatte sein ganzes Leben verändert.

„Alexander? Ist alles in Ordnung?“ Linda riss ihn aus seinen trübsinnigen Erinnerungen.

Erst jetzt bemerkte er, wie fest er sie an sich presste, und lockerte sofort seinen Griff. „Ja, entschuldige, alles in Ordnung.“ Er betrachtete ihr Gesicht, fuhr mit den Händen in ihr Haar und umfasste ihren Hinterkopf. „Du bist wunderschön, Linda. Wirklich wunderschön.“

Ihre Augen spiegelten tiefe Gefühle wider, dabei hatte er nur diese wenigen Worte gefunden. Es schmeichelte ihm, und er genoss das jäh aufflackernde Begehren, das er in ihrem Blick erkannte. Leicht strich er mit seinen Lippen über ihre Mundwinkel. Ihre körperlichen Reaktionen waren stets unverfälscht. Sie ließ ihrer Leidenschaft immer freien Lauf und hielt nichts zurück. Alexander liebte das. Er war hingerissen davon, wie ergeben sie auf seine Berührungen reagierte. Jedes Mal war ihre Hingabe absolut, und sie löste in ihm immer aufs Neue dieses besonders tiefe und maßlose Verlangen aus.

„Sag mir bitte immer, was du von mir willst“, raunte er. „Versprich es mir, Liebling.“

Ihre Lider waren halb geschlossen, und er konnte von ihrem Gesicht ablesen, wie sehr sie bereits danach hungerte, dass er sie leidenschaftlicher küsste. Dieser sehnsüchtige Ausdruck steigerte seine Erregung noch, und er atmete tief ein. Inständig hoffte er, sie würde ihn in so einem leidenschaftlichen Moment endlich einmal von sich aus darum bitten, sie zu küssen. Aber sie übernahm niemals die Führung, bat selten um irgendwas.

„Ja, Alex … ja, ich … verspreche es.“

Langsam löste er eine Hand aus ihrem Haar und ließ seine Finger streichelnd über ihren Nacken fahren, dann berührte er ihr Ohrläppchen, nahm es zwischen Daumen und Zeigefinger und massierte es sanft. Wieder küsste er sie nur ganz leicht, und sie stöhnte leise auf. Seine Fingerspitzen strichen über ihren

Mund, sie legte ihren Kopf zurück und öffnete verlangend die Lippen. „Bitte, Alex."

„Ja?" Einmal, ganz kurz nur, glitt seine Zungenspitze über ihre Unterlippe. Auch seine andere Hand löste er jetzt aus ihrem Haar und strich langsam ihren Rücken hinab, streichelte ihre Hüfte und legte sie auf ihren Po. Voller Verlangen presste er sie fester an sich. Während sie beide gleichzeitig vernehmlich ausatmeten, ließ er ihr Gesicht nicht aus den Augen.

„Sag mir endlich, was du von mir willst", bat er heiser.

Ihr Blick war dunkel vor Verlangen, und mit der Zunge befeuchtete sie nervös ihre Lippen. „Bitte … küss mich, Alex … küss mich endlich richtig."

Das Begehren, das wie ein brennender Pfeil durch seinen Körper schoss, war von einer Intensität, die fast schmerzte. Seine Lippen umschlossen ihren Mund, er ließ seine Zungenspitze vorschnellen und traf spielerisch auf die ihre. Dann zog er sich wieder von ihr zurück. „Nimm dir, was du willst", flüsterte er schwer atmend.

Ihre Finger verkrampften sich in den harten Muskeln seiner Schultern, bevor sie von sich aus ihre Lippen auf die seinen presste. Sie ging auf sein Spiel ein. Ihre Hände hielten jetzt seinen Kopf. Sie küsste ihn hemmungslos und gierig, und er antwortete ihr voller Leidenschaft.

„Mehr", murmelte sie, als er leise lachend nach Atem rang. „Mehr, Alex!"

Es grenzte an ein Wunder, dass er es weiterhin schaffte, sich zurückzuhalten und ihr allein die Führung zu überlassen, ja sie dazu zu zwingen. Es wurde Zeit, sie in die Vielfältigkeit einzuweihen, die vollkommene vertrauensvolle Intimität mit sich bringen konnte. Offenkundig war ihr das bis jetzt verborgen geblieben. Oder besser gesagt, man hatte es ihr vorenthalten. Bewusst blieb er passiv, zeigte ihr nur, wie gut ihm ihre Liebkosungen taten und wie willig er darauf einging.

Zielstrebig drängte sie ihn zum Sofa, und er ließ sich darauf nieder. Sie kniete sich neben ihn und fuhr damit fort, ihn wie verrückt zu küssen. Noch nie zuvor hatte er sie so erlebt. Ungeduldig zerrte sie an seiner Kleidung, bis er vollkommen nackt war. Das allein war schon unglaublich erregend. Zum ersten Mal schien sie wirklich seinen Körper zu erkunden und nicht er den ihren. Während sie versuchte, auch die eigene Kleidung loszuwerden, wurde seine Beherrschung auf eine harte Probe gestellt. Ihre Hände streichelten seine Brust, seinen Bauch, die Hüften und die Schenkel, und er glaubte schon, es nicht mehr länger aushalten zu können.

Das Spiel hatte für ihn nun ein Ende. „Biest!", murmelte er keuchend. „Gott, Linda … bitte …"

Ihre Augen leuchteten golden, als sie sich rittlings über ihn schob, offenbar stets darauf bedacht, ihn noch nicht dort zu berühren, wo er es am meisten ersehnte. Seine Hüften bogen sich ihr wie von selbst entgegen, und er konnte nichts dagegen tun. Sie schien buchstäblich über ihm zu schweben.

Mit der Zunge strich sie über seine kleinen harten Brustwarzen, und schließlich richtete sie sich auf, um ihm ins Gesicht und in seine glühenden dunkelgrauen Augen zu sehen. „Willst du mich, Alex?"

„Ja … zum Teufel, ja … ich will dich!" Mit seinen Händen umspannte er ihre Hüften, und seine Finger gruben sich in ihr Fleisch. Verzweifelt übte er sanften Druck aus, um sie auf sich herunterzuziehen, aber sie ließ sich nur leicht nach vorn sinken und rieb ihre heiße Scham voller Genuss an seinem festen Bauch. Alexander stieß einen verhaltenen Fluch aus. „Willst du, dass ich bettle?" Seine Stimme klang fremd in seinen Ohren.

Offensichtlich hatte sie eigene Spielregeln aufgestellt. Sie lachte kehlig auf, griff nach seinem Kopf und presste sein Gesicht an ihre Brust. „Ich zeige dir nur … was ich von … dir gelernt habe."

„Du wirst … Gott im Himmel …" Er stöhnte hilflos auf, bevor er ihrer stummen Aufforderung nachkam und mit seinen Lippen eine ihrer harten Brustwarzen umschloss. Sie kostete es aus und warf ihren Kopf zurück, als er begann, erst zart und dann kräftiger zu saugen.

Erst als er schon befürchtete, doch noch die Beherrschung zu verlieren, sank sie plötzlich ganz auf ihn herab und entlockte ihm einen dunklen leisen Schrei. Sie bewegte sich nicht, blieb nur still auf ihm sitzen und hielt ihn umfangen.

Seine Arme pressten sie an seine Brust, und beide nahmen nichts anderes mehr wahr als den eigenen heißen rasenden Atem und dieses unsagbare Lustgefühl, das sie einhüllte und verband wie ein undurchlässiger Nebelschleier.

„Jetzt!", keuchte sie plötzlich laut auf und begann, sich voller Lust auf ihm zu bewegen.

„Ja ... ja ... ich ... Linda! ... Ich ..." Dann schloss er ganz fest seine Augen und folgte ihr.

Monika Kaminski saß schon an ihrem Schreibtisch, als Alexander am nächsten Morgen ins Büro kam. „Morgen, Frau Kollegin."

„Morgen, Hellberg. Gut geschlafen?"

Er stutzte kurz, lächelte dann aber ebenso offen, wie sie es tat. „Ja, danke der Nachfrage. Ich habe bei Linda übernachtet und musste heute Morgen noch kurz in meine Wohnung, um mich umzuziehen. Deshalb bin ich etwas später dran als sonst."

„Verstehe. Kaffee?"

„Du bist ein wahrer Engel, Kaminski."

„Es war wirklich ein netter Abend. Linda ist toll." Monikas Lächeln vertiefte sich.

„Ja, das ist sie."

Monika reichte ihm einen vollen Kaffeebecher und fixierte dabei sein Gesicht. „Bevor du es dir bequem machst, Alex, in drei Minuten beginnt die Dienstbesprechung."

„Ach ja, habe ich gar nicht mehr dran gedacht. Gibt's Neuigkeiten?"

„Keine Ahnung. Bis jetzt ist jedenfalls noch nichts bis zu mir vorgedrungen. Die Jungs von der Nachtbereitschaft sind allerdings extra hiergeblieben."

Alexander nahm einen großen Schluck Kaffee und registrierte, dass er erst jetzt richtig wach wurde. „Okay, gehen wir rüber."

An den Dienstbesprechungen, die regelmäßig stattfanden, nahmen auch Mitarbeiter der anderen Mordbereitschaften teil, um den Informationsfluss innerhalb der gesamten Abteilung aufrechtzuerhalten. Die einzelnen Fälle wurden hier eingehend besprochen. Bestenfalls konnten die Besprechungen sogar zur Lösung einzelner Verbrechen beitragen, weil alle anwesenden Kriminalisten ihren Gedanken freien Lauf ließen. Ein Kollege, der an einem ganz anderen Fall arbeitete, konnte oft die kostbarsten Hilfestellungen leisten, weil seine Gedankengänge noch nicht so festgefahren waren. Dies galt besonders dann, wenn die ermittelnden Beamten in einer Sackgasse steckten.

In genau so einer Sackgasse steckte offenbar die Ermittlungsgruppe, die unter der Leitung von Bernd Lindemann an den beiden Mordfällen Frank Michaelsen und seiner Geliebten, Beate Folkers, arbeitete.

Tobias Kroning, ein junger Kommissar, der zu dieser Gruppe gehörte, erläuterte seinen Kollegen noch einmal den derzeitigen Stand der Ermittlungen. „Wir konzentrieren uns inzwischen auf die Lebensgeschichten der Mädchen, die für Michaelsen gearbeitet haben. Ihr wisst schon, Herkunft, frühere Zuhälter, eventuelle Dealer und so weiter. Was uns allerdings noch immer fehlt, ist jemand, der ein echtes Motiv gehabt hat, um Frank Michaelsen ins Jenseits zu befördern und seine Geliebte gleich hinterher."

Oberkommissar Peter Rades unterbrach seinen Kollegen. „Was ist mit seiner Ehefrau? Da wart ihr doch dran, oder?"

Alexander straffte unwillkürlich seine Schultern. Innerhalb der Mordkommission war es inzwischen ein offenes Geheimnis, dass er mit der Witwe von Frank Michaelsen ein Verhältnis hatte. Wie erwartet, wanderten nach Peter Rades' Frage viele Blicke zu ihm.

Er verschränkte seine Arme vor der Brust, sah seinerseits erwartungsvoll Tobias Kroning an und ignorierte geflissentlich die Blicke seiner Kollegen.

„Wir haben diese Spur ganz schnell wieder fallen lassen, weil wir inzwischen doch ziemlich sicher sind, dass sie nicht die Mörderin ist." Kronings Blick traf auf den von Alexander. Er lächelte fast unmerklich.

Alexander versuchte, das Lächeln ebenso unauffällig zu erwidern. Er mochte Tobias Kroning und arbeitete gern mit ihm zusammen. Der Mann war außerordentlich gescheit und hatte für seine jungen Jahre bereits eine hervorragende Menschenkenntnis entwickelt. Vor allem waren die Begriffe „Menschlichkeit“ und „Mitgefühl“ noch keine Fremdworte für ihn geworden. Polizisten wie Kroning blickten stets auch hinter die Kulissen.

„Erstens hatte sie für die fragliche Zeit ein hieb- und stichfestes Alibi“, fuhr Kroning fort, „und zweitens haben wir sie wirklich gründlich durchgecheckt. Sie ist einfach nicht die Person, die jemanden umbringt oder auch nur den Auftrag dazu erteilen könnte. Im Gegenteil.“ Noch einmal sah er Alexander direkt ins Gesicht. „Sie hat unbestritten unter ihrem Ehemann zu leiden gehabt, aber sie hat ihn sicherlich nicht umgebracht oder umbringen lassen. Außerdem hat sie für den Zeitpunkt des zweiten Mordes das denkbar beste Alibi. Sie war nämlich mit einem allseits geachteten Hauptkommissar unserer Mordkommission zusammen. Nein, Leute, wir konzentrieren uns jetzt ganz auf das Milieu.“

Alexander steckte sich eine Zigarette an und blickte durch den aufsteigenden Rauch hinüber zu Bernd Lindemann, der auf der anderen Seite des Raumes am Türrahmen lehnte. Alle hier wussten, dass er wegen seiner früheren Verbindung zu Frank Michaelsen nicht an dem Fall mitarbeiten durfte, trotzdem stellte er seine Frage. „Habt ihr euch noch einmal Walter Michaelsen vorgenommen, Bernd?“

„Ja. Allerdings ohne Ergebnis, Alex. Leider! Wagner und Kroning haben ihn gemeinsam stundenlang befragt. Während die beiden Morde verübt wurden, war er nicht in Hamburg. Er ist geschäftlich dauernd unterwegs, weil er freiberuflich für die verschiedensten Architekturbüros in ganz Deutschland arbeitet. Außerdem gibt es kein Motiv.“

„Jedenfalls seid ihr auf keines gestoßen“, konstatierte Alexander.

Oberkommissar Roland Wagner erhob sich. „Wir wissen natürlich, Hellberg, dass die Möglichkeit des Brudermordes besteht, aber es scheint tatsächlich kein Motiv zu geben. Frank und Walter hatten nur äußerst selten Kontakt zueinander. In den letzten Jahren trafen sie sich höchstens noch zu den Geburtstagen ihrer Mutter. Und selbst das war keine Selbstverständlichkeit, weil Walter Michaelsen, wie gesagt, sehr viel geschäftlich auf Reisen war und es auch noch immer ist. Es gab im Grunde nichts mehr, was sie miteinander verband."

Außer Linda, dachte Alexander bitter, schluckte den Gedanken aber hinunter.

„Siegfried hat es bisher erfolgreich geschafft, uns die Presse vom Hals zu halten", warf Bernd Lindemann ein. „Wir können darüber nur froh sein. Ich denke, die Familie Michaelsen kann gar nicht ermessen, was ihr dadurch alles erspart bleibt."

Siegfried Rossner nickte bestätigend. „Was diesen Fall betrifft, gilt nach wie vor strengste Nachrichtensperre. Staatsanwalt Rosenbauer steht da voll und ganz hinter uns. Wir dürfen nicht vergessen, dass das Opfer auch ein Kollege von uns gewesen ist. Unsere Priorität liegt also eindeutig im Schutz der Hinterbliebenen."

Es wurden noch einige andere Fälle diskutiert, doch nach einer guten Stunde war die Dienstbesprechung schließlich beendet. Langsam leerte sich der große Besprechungsraum, und die Beamten, deren Bereitschaftsdienst begonnen hatte, suchten wieder ihre jeweiligen Büros auf. Die anderen fuhren jetzt nach Hause.

Alexander blieb noch einen Moment sitzen und zog nachdenklich am Rest seiner Zigarette. Tobias Kroning stapelte derweil seine Unterlagen aufeinander und sah dabei Monika Kaminski hinterher, die gerade den Raum verließ. Und es war nicht zu übersehen, dass er angestrengt versuchte, das so unauffällig wie nur möglich zu tun.

Alexander schmunzelte. „Interessiert, Kroning?"

Der jüngere Mann sah zunächst drein wie ein Kind, das man mit den Fingern in der verbotenen Keksdose erwischt hatte, grinste dann aber ziemlich breit. „Könnte man so sagen, ja. Leider räumt mir der süße Rotschopf nicht die geringste Chance ein."

„Soll ich mal versuchen, ein gutes Wort für dich einzulegen?"

„Gib mir lieber einen vernünftigen Tipp, Hellberg. Du kennst sie besser als jeder andere hier."

Alexander drückte seine Zigarette aus und erhob sich lächelnd. „Wenn du mich fragst, zieht bei Kaminski am besten die Kumpeltour. Mach dich bei ihr beliebt. Das dürfte dir doch nicht wirklich schwerfallen, oder? Sieh zu, dass du mittags mit ihr isst und so weiter. Unterhalte dich mit ihr privat. Sie ist viel allein. Ihre gesamte Familie lebt irgendwo am Bodensee. Ich nehme an, irgendwann wird sie mit dir ausgehen, wenn du erst der gute alte Kumpel Tobias bist. Ach ja, sie hat übrigens nächsten Freitag Geburtstag. Da kann man als Mann ordentlich Punkte machen, wenn man es geschickt anstellt."

Grinsend klopfte Alexander seinem jüngeren Kollegen auf die Schulter. „Du wirst das schon hinkriegen, Kroning."

„Danke, Hellberg. Auch für den Tipp mit ihrem Geburtstag. Ich lass mir was einfallen."

Schon fast im Flur, wandte sich Alexander noch einmal um. „Sag mal, Kroning, kannst du kochen?"

„So leidlich, warum?"

„Sie kann es nicht."

Monika war nicht da, als Alexander zurück in ihr gemeinsames Büro kam und sich an seinem Platz niederließ. Er war gerade dabei, eine Akte für die Staatsanwaltschaft fertig zu machen, als sie ziemlich temperamentvoll die Tür aufriss.

„Bring deinen süßen Hintern in die Höhe, Superhirn! Wir haben einen neuen Fall."

Alexander schoss hoch und griff bereits in der nächsten Sekunde nach seiner Lederjacke.

Während sie nebeneinander den Flur hinunterliefen, ratterte Monika die nötigen Informationen herunter. „Eine von diesen verdammten Familientragödien. Der Vater ist flüchtig. Offensichtlich hat er seine Frau mit mehreren Messerstichen umgebracht und beide Kinder in ihren Betten erstickt. Eine Nachbarin hat sich über die weit geöffnete Haustür gewundert, dann zunächst gerufen und ist schließlich vorsichtig ins Haus gegangen, um nachzusehen. Sie hat die Leichen gefunden. Die Kinder … waren … erst drei und fünf Jahre alt.“ Sie schluckte hörbar.

Alexander sprang auf der Fahrerseite in den Dienstwagen. Wie so oft, wenn er angespannt war, brannte der Geschmack von bitterer Galle in seinem Rachen, und er schob sich eine Pfefferminzpastille in den Mund.

Monikas ohnehin schon heller Teint war nun kalkweiß.

Bevor er den Rückwärtsgang einlegte, glitt seine Hand kurz über ihre bleiche Wange. „Du schaffst das schon, Mädchen.“

Wagner und Kroning waren erst kurz vor ihnen am Tatort eingetroffen, hatten aber bereits mit gewohnter Routine die Arbeit aufgenommen und die ersten erforderlichen Maßnahmen in die Wege geleitet. Der Tatort war ordnungsgemäß abgesichert, und die Kollegen von der Spurensicherung waren auch schon angefordert worden. Alexander und Monika versuchten, sich unterdes einen ersten Eindruck zu verschaffen.

Es war die reinste Hölle.

So wie sich ihnen die Sachlage darstellte, hatte der Familienvater seine Ehefrau regelrecht niedergemetzelt. Auch die beiden Kinder lagen tot in ihren Betten. Ihre kleinen Körper waren allerdings äußerlich völlig unversehrt, und es sah fast aus, als schliefen sie nur.

„Wenn du willst, geh ruhig für eine Weile an die frische Luft, Kaminski“, bot Alexander seiner Kollegin an, deren desolate Gemütsverfassung deutlich von ihrem Gesicht abzulesen war. „Geh raus zu Kroning und hilf ihm bei der Befragung der Nachbarn. Roland und ich schaffen das hier schon allein.“

Monika nickte nur und verließ das kleine Reihenhaus. Alexander steckte sich eine Zigarette zwischen die Lippen und bot auch Wagner eine an, der gerade dazukam.

„Scheint ihr erster blutiger Fall zu sein“, bemerkte Roland Wagner, während auch er seine Zigarette anzündete.

Alexander schüttelte seinen Kopf. „Ich denke, die Kinder sind ihr viel mehr an die Nieren gegangen als das kolossale Schlachtfeld im Schlafzimmer.“

„Mann, der Kerl muss wirklich unglaublich wütend auf sie gewesen sein. Er hat sie regelrecht zerfetzt."

Alexander nickte, doch bevor er etwas erwidern konnte, klingelte sein Handy. Es war Bernd Lindemann. „Ich wollte euch nur mitteilen, dass wir ihn haben, Alex. Der Typ klettert in diesen Sekunden auf einem Baukran am Hafen herum. Wir versuchen gerade, ihn irgendwie heil nach unten zu schaffen."

Erneut warf Alexander einen Blick in das Kinderzimmer, in dessen offener Tür er gerade stand. „Glaub mir, Bernd, wenn du hier wärest, hättest du nichts dagegen, wenn der Scheißkerl tatsächlich springen würde."

Erst nachdem sie wieder zurück im Büro waren, bemerkte Alexander, wie spät es inzwischen geworden war. „Mist!", stieß er nach einem Blick auf seine Armbanduhr hervor. „Ich habe völlig vergessen, Linda anzurufen." Er griff zum Telefon.

„Lass es sein, Alex. Ich hab vorhin mit ihr telefoniert. Sie weiß Bescheid. Ich soll dir sagen, egal wie spät es heute werden wird, du sollst auf jeden Fall noch zu ihr kommen, sie wartet auf dich."

Alexander zog die Mundwinkel in die Höhe. „Wie bin ich nur so lange ohne dich klargekommen, Kommissar Kaminski?"

„Du hattest noch was gut bei mir."

„Wofür?"

„Du hast mich vorhin vor die Tür geschickt. Sekunden später hätte ich mich wahrscheinlich lächerlich gemacht und wäre umgekippt."

„Das ist schon ganz anderen passiert, Monika. Manchmal hat man eben eine schlechte Tagesform." Alexander ging um die Schreibtische herum und legte ihr eine Hand auf die Schulter. „Solche Reaktionen sind völlig normal, wir sind doch schließlich keine Roboter."

„Na ja, ich bin die einzige Frau in der Truppe. Da hat man automatisch einen anderen Anspruch an sich selbst, verstehst du, was ich meine? Bei der ersten Leiche, ja, da haben alle noch Verständnis, aber dann ..."

„Rede keinen Unsinn! Wenn Kinder im Spiel sind, klingt die Todesmelodie eben anders."

„Wie häufig hast du dir schon tote Kinder angucken müssen, Alex?"

Er zerwühlte ihr liebevoll die kurzen Locken und lächelte bitter, ignorierte aber ihre Frage und lenkte ab. „Die Unterhaltung mit den Gerichtsmedizinern hat Zeit bis morgen, Frau Kollegin. Warte einen Augenblick." Er hob seinen Telefonhörer ab und drückte auf eine Taste. „Tobias, gut, dass du noch da bist. Ich könnte in einer bestimmten Sache deine Hilfe gebrauchen. Würdest du noch einmal zu mir kommen, bevor du gehst? Danke."

Eine Minute später stand Tobias Kroning in der offenen Bürotür. Er lächelte verhalten in Monikas Richtung, sah dann aber rasch Alexander an.

„Was kann ich für dich tun, Alex?"

„Da ich euch beiden einige Dienstgrade voraushabe, erteile ich euch hiermit die dienstliche Anweisung, noch gemeinsam einen Feierabenddrink zu nehmen. Ich weiß aus Erfahrung, dass man viel besser abschalten kann, wenn man nach so einem Scheißtag nicht gleich nach Hause fährt, jedenfalls nicht, wenn man dort mit sich alleine ist."

„Dienstliche Anweisung?", fragte Monika grinsend.

„Ja, genau. Geht zusammen was trinken, und redet euch den Frust von der Seele. Ich selbst bin leider verhindert, wie du ja weißt. Es gibt da jemanden, der auf mich wartet."

Monika stand auf und schlüpfte in ihre Jacke. Tobias Kroning stand noch immer reglos in der Tür und machte einen eher hilflosen Eindruck. „Guck nicht so verdattert, Kroning. Du hast gehört, was der Hauptkommissar angeordnet hat. Hol deine Jacke. Ich will einen knallbunten Cocktail, der schnell in den Kopf steigt. Du zahlst."

Alexander sah schmunzelnd hinter den beiden her und wünschte Tobias Kroning in Gedanken viel Glück, dann griff er ebenfalls nach seiner Jacke.

Es tat ihm unsagbar gut, Linda in den Armen zu halten und ihre kleinen, ewig sanften Hände zu spüren. „Sie haben schon einiges in den Nachrichten gebracht. Es muss furchtbar für dich und deine Kollegen gewesen sein. Wie kann ein Vater nur seine unschuldigen kleinen Kinder ermorden, Alex?"

Er küsste sie aufs Haar und löste sich etwas von ihr. „Ja, es war furchtbar. Und es ist in der Tat unbegreiflich, dass der Mann das getan hat. Dieser Typ war noch bis gestern Nachmittag ein völlig normaler und unauffälliger Bürger, Linda. Er ist Busfahrer, kegelte mit Freunden im Verein und war nach außen hin ein liebevoller und treu sorgender Familienvater. Auch seine Kollegen schätzten und mochten ihn sehr. Dann eröffnet seine Frau ihm, dass sie einen anderen Mann kennengelernt hat und sich scheiden lassen will. Eine Stunde später hat er bereits seine ganze Familie ausgelöscht. Alles nach dem Motto: Wenn ich dich nicht mehr haben kann, soll dich auch kein anderer Mann kriegen. Manchmal fragt man sich, wie viele von diesen menschlichen Zeitbomben noch unter uns leben."

Alexander schwieg eine Weile. Sein Gesicht wirkte nachdenklich, während er sich eine Haarsträhne von ihr um den Zeigefinger wickelte. „Tut mir übrigens leid, dass ich dich nicht rechtzeitig angerufen habe. Es ist noch ungewohnt für mich, an so was zu denken. Hast du mit dem Essen auf mich gewartet?"

Linda schüttelte den Kopf, und dabei entglitt ihm die honigfarbene seidige Strähne. „Monika hat mich früh genug informiert. Hast du Hunger? Soll ich dir noch etwas zurechtmachen?"

„Nein, lass nur. Ich habe vorhin einen Burger gegessen. Aber zu einem kalten Bier würde ich bestimmt nicht Nein sagen."

„Schon unterwegs."

Alexander trank das Bier in der Küche, und Linda setzte sich zu ihm. Ihre Unterhaltung drehte sich noch einige Zeit um die schreckliche Familientragödie und auch um ähnliche Fälle, mit denen er schon zu tun gehabt hatte, doch schließlich berichtete er ihr schmunzelnd von Tobias' Interesse an Monika und seinem Versuch, den beiden auf die Sprünge zu helfen.

„Das hast du gut gemacht, Alex. Hoffentlich haben die zwei jetzt einen schönen Abend miteinander."

„Mhm, ich habe einfach so ein Gefühl, dass sie ganz gut zusammenpassen würden", sagte er und lächelte.

Sie stand kurz auf, um sich Mineralwasser einzuschenken. Mit dem vollen Glas in der Hand wandte sie sich ihm wieder zu. „Bist du sehr müde, oder kann ich noch etwas mit dir besprechen?"

Alexander schüttelte seinen Kopf und schob die leere Bierflasche ein Stück von sich weg. „Ich bin überhaupt nicht müde. Ganz im Gegenteil. Ich fühle mich eher wie aufgezogen. Fang an. Gibt's Probleme mit Charlie?"

„Nein, nicht mit Charlotte ... Alex, ich kann hier einfach nicht länger so tatenlos herumsitzen. Ich muss etwas tun. Arbeit, meine ich. Echte Arbeit! Den Lebensunterhalt verdienen, du weißt schon."

„Du hast doch die Villa deiner Eltern für ein richtiges Vermögen verscherbelt. Ich dachte, du hast noch so viel übrig von all dem Zaster."

Sie kam wieder an den Tisch zurück und setzte sich ihm gegenüber. Behutsam verschränkte sie ihre Hände mit seinen.

Vielleicht war es nur diese sanfte, fast beschwichtigend wirkende Geste, die irgendetwas in seinem Kopf in Alarmbereitschaft versetzte. Möglicherweise war es auch sein Gespür für gewisse Schwingungen. Jedenfalls hatte Alexander für einen winzigen Augenblick das sichere Gefühl, dass in den nächsten Minuten etwas Unangenehmes auf ihn zukommen würde. Doch so schnell, wie diese Empfindung aufgetaucht war, verschwand sie auch wieder. Innerlich schüttelte er sich kurz. Ich habe einen verflucht anstrengenden Tag hinter mir und bin einfach ein bisschen überarbeitet, dachte er.

„Das Geld würde wohl noch eine ganze Weile reichen, aber sicherlich nicht für immer, Alex", fuhr Linda fort. „Außerdem ist da noch Charlotte. Irgendwie habe ich plötzlich das Bedürfnis, uns endlich ein eigenes Leben aufzubauen. Ein Leben, für das ich verantwortlich sein kann. Und das Haus hier war eben nur der Anfang."

Linda hatte ihm erzählt, dass sie Frank direkt nach ihrem Abitur geheiratet hatte. Bis auf eine kurze Aushilfstätigkeit in einer kleinen Boutique hatte sie nie gearbeitet. Frank war immer dagegen gewesen. Das von ihr angestrebte Jurastudium war ebenfalls seinem Unwillen zum Opfer gefallen. Linda hatte sich den Wünschen ihres Mannes gefügt und war Hausfrau und Mutter geblieben.

Obwohl Alexander normalerweise froh und erleichtert darüber war, wie intensiv sie derzeit darum kämpfte, ihre Selbstständigkeit und ein gesundes Selbstwertgefühl zurückzuerobern, sah er sie jetzt besorgt an. Sacht streichelte er mit den Daumen über ihre Handrücken. „Ich will dich ja nicht verunsichern, Linda, aber du … du hast keinen Beruf, und du bist fast fünfunddreißig. Was willst du also tun?"

Ihre Schultern strafften sich deutlich, und ihre Augen wurden eine Nuance heller. „Genau darüber wollte ich mit dir reden. Du weißt doch, dass ich noch einige Sachen aus der Villa eingelagert habe. Es sind teilweise Einrichtungsgegenstände wie Bilder, Lampen, zwei kleine Kommoden und so weiter. Aber auch Kristall, Geschirr und eine ganze Menge Nippes sind dabei. Meine Familie lebte seit über hundertfünfzig Jahren in dem alten Bunker. Da sammelt sich so einiges an. Was hältst du … was hältst du also davon, wenn ich einen kleinen Laden aufmache? So ein Geschäft, wo man Geschenke aller Art, aber eben auch erlesene kleine Stücke ergattern kann? Einen gewissen Grundstock der Waren hätte ich mit den Sachen, die zurzeit im Lagerhaus herumstehen. Was den Rest betrifft – einfachere Dinge könnte ich ganz normal bei den Zulieferfirmen einkaufen, wie andere Geschenkartikelläden es auch tun, aber mein Hauptaugenmerk und Interesse würde sich eben auf diese besonderen und antiken Stücke richten."

Alexander lächelte über ihre Begeisterung. „Deine Idee ist gut, Linda. Sehr gut, aber wie willst du deinen Standard halten? Irgendwann dürfte dein Kontingent aus dem Lagerhaus ja wohl erschöpft sein, oder?"

„Auch darüber habe ich schon nachgedacht. Ich habe immer

großes Interesse an Antiquitäten und Kunst gehabt, also habe ich mich in meiner freien Zeit auch viel damit beschäftigt."

Sie reckte ihr Kinn in die Höhe. „Ich habe nicht nur einen guten Geschmack, sondern ich weiß auch viel über diese Dinge. Es fällt mir nicht sehr schwer, zu erkennen, ob eine Porzellanfigurine aus dem achtzehnten Jahrhundert stammt oder direkt aus einer Fabrik in China kommt, die Massenware herstellt. Es gibt so viele Möglichkeiten, Alex. Ich könnte dann und wann Auktionen besuchen oder mich an Wohnungsauflösungen beteiligen. Selbst auf Flohmärkten findet sich immer mal wieder ein schönes Stück. Man muss nur die Augen offen halten. Ich will mir ja nicht anmaßen, superwertvolle Antiquitäten professionell zu bewerten, sondern einfach nur schöne alte Stücke entdecken und sie dann an Leute verkaufen, die sie ebenfalls zu schätzen wissen." Ihre Stimme zitterte leicht vor Aufregung. „Nun, was sagst du?"

Ohne ihre Hände loszulassen, erhob er sich von seinem Stuhl und zog sie zu sich hoch. „Irgendwo im tiefsten Winkel meines alten Vertikos steht noch eine schrecklich pompöse Kristallkaraffe, die ich ebenfalls meiner alten Erbtante zu verdanken habe. Ich nehme an, dass eine von diesen gut betuchten Damen, die ständig einen Hut auf dem Kopf tragen, eine ganze Menge dafür springen lassen würde." Er grinste. Das ungute Gefühl, das er noch vor wenigen Minuten gehabt hatte, war fast schon vergessen.

Linda warf sich strahlend an seine Brust. „Oh danke, Alex, danke! Du weißt ja gar nicht, wie wichtig es für mich ist, dass du mir das zutraust. Ich liebe dich so sehr!"

„Ja ..." Nervös räusperte er sich, wie er es oft tat, wenn sie ihm ihre Liebe offenbarte. „Ich trau dir eine ganze Menge zu, Ballerina." Er hielt sie umschlungen und drückte einen Kuss auf ihren Scheitel. „Bleibt nur noch die Frage nach der Räumlichkeit."

Für einen kurzen Moment betrachtete sie nachdenklich und wieder sehr ernst sein Gesicht. „Wirst du mich bei der Suche nach einem passenden Laden unterstützen?"

„Natürlich! Du solltest das übrigens nicht überstürzen. Die

Lage des Geschäfts ist immens wichtig. Du musst dir alles genau überlegen, bevor du dich für einen Standort entscheidest."

„Ja, ich weiß. Es drängt mich ja auch niemand."

Ihre Augen leuchteten golden, und er konnte fühlen, wie ein tiefes Glücksgefühl auch von ihm selbst Besitz ergriff. Seine Hände strichen über ihre Arme, und er schob sie behutsam ein Stück von sich ab. „Sag mal, Charlotte hat ja zum Glück ein paar Tage Urlaub gehabt, aber was ist eigentlich mit dir? Willst du dir nach dem Umzug und bevor du dein umfangreiches Vorhaben in die Tat umsetzt, nicht auch noch eine kleine erholsame Auszeit gönnen?"

Sie legte ihren Kopf schief und schaute fragend in seine Augen. „Wie meinst du das?"

Bevor er weitersprach, küsste er sie schnell auf die Nase. „Es würde Anneliese sicherlich nicht das Geringste ausmachen, sich noch ein paar Tage um Charlie zu kümmern. Was ich sagen will ... fahr mit mir in die Provence, Linda! Lass uns zusammen ausspannen, bevor der Sommer ganz vorbei ist. Mein Urlaub ist bereits eingereicht. Wir könnten nächste Woche fahren, wenn du einverstanden bist."

Unsicher knetete sie den Ärmelstoff seines Baumwollhemds zwischen ihren Fingern, und seine ungute Vorahnung kam unvermittelt zurück, als er in ihr Gesicht sah. Ihre Miene wirkte plötzlich verschlossen. Alexander hatte eine sehr gute Menschenkenntnis, und irgendwo tief in Linda schien gerade etwas Unangenehmes vor sich zu gehen, das war nur allzu deutlich.

„Du willst mit mir zu deiner Familie fahren?", hörte er sie fragen.

„Ja."

„Warum?" Ihr Blick wirkte jetzt irritiert, so als könne sie selbst kaum fassen, dass sie ihm diese Frage gestellt hatte.

Seine Augen wurden schmal, und er atmete zischend durch die Zähne ein. „Was ist das für eine Frage?"

Linda wand sich aus seinen Armen. „Das ist in unserer Situation eine ganz normale Frage, Alexander. Warum willst du mich deiner Familie vorstellen? Ich bin doch nur die Frau, mit der du zurzeit schläfst.“ Ihre Stimme hatte einen beißenden Unterton, der ihm bisher fremd war.

Zorn wallte heiß in ihm hoch, und er versuchte, ihn wieder herunterschlucken. Diese ungewohnt zynische Attacke von ihr traf ihn vollkommen unvorbereitet. Er hatte eine andere Reaktion erwartet. Natürlich hatte er geglaubt, sie würde sich wie verrückt darauf freuen, ein paar Tage mit ihm zu verreisen. Mit einem Schlag wusste er nun, dass die ungute Vorahnung, die er vorhin gehabt hatte, doch nicht unbegründet gewesen war. „Du weißt genau, dass das so nicht stimmt, Linda. Du bist nicht einfach nur die Frau, mit der ich schlafe. Wenn ich nicht viel mehr in dir sehen würde, hätte ich dich niemals darum gebeten, mich zu begleiten.“

Für beide überraschend trafen sich ihre Blicke in ebenbürtiger Wut.

Plötzlich fühlte Linda sich viel stärker, selbstbewusster als sonst. Sie liebte ihn mehr, als sie in Worte fassen konnte. Oh ja, sie würde nur zu gern mit ihm nach Frankreich fahren. Es hätte ihr viel bedeutet, seine Familie kennenzulernen. Und sie könnte sich ohne Weiteres auch noch viel länger der Illusion hingeben, ganz und gar zu ihm zu gehören. Doch vor einer Minute hatte sich der Wind unerwartet gedreht, etwas war in ihr aufgebrochen. Sie konnte es sich selbst nicht erklären. Obwohl er sich Mühe gab, sie verwöhnte, und obwohl sie nicht wusste, wie sie überhaupt jemals wieder ohne ihn leben konnte, war jetzt ein Augenblick gekommen, der unabwendbar alles zwischen ihnen verändern würde. „Was siehst du denn in mir, Alexander?“

Er wollte nach ihr greifen, doch sie wich noch ein Stück zurück. Seine Hand fasste ins Leere, und ein beklemmendes Gefühl machte sich in ihm breit. „Herrgott! Du bist … Ich … habe dir schon einmal gesagt, dass du wichtig für mich bist“, stammelte er drauflos. „Du bist für mich wichtiger geworden, als ich es jemals angestrebt hätte, und ich … bin … nach wie vor verrückt nach dir. Verdammt noch mal, Linda, was soll das jetzt!“

Ihre Augen funkelten ihn an. „Na, das ist doch mal eine ganz neue Aussage!“

Bebend vor Wut und diesem beklemmenden Gefühl, das ihm die Luft aus den Lungen presste, versuchte er noch einmal vergeblich, sie an sich zu ziehen. Wieder entwand sie sich ihm und verpasste damit seinem Stolz und seinem Ego einen gehörigen Tritt.

„Ich will dir gerne sagen, was ich für dich bin, Alexander Hellberg! Ich bin in erster Linie deine Geliebte, die Frau, die dir zuhört, deine Langeweile vertreibt und dir ab und zu sogar dein Lieblingsessen kocht." Sie holte tief Luft, um nicht allzu laut zu werden und auch, weil sie selbst wusste, dass sie im Augenblick nicht hundertprozentig fair war. „Es ist noch nicht lange her, da habe ich zu dir gesagt, dass ich glücklich sein werde, solange du nur bei mir bist. Jetzt weiß ich, dass ich mir damit etwas vorgemacht habe, nur weil ich dich unbedingt bei mir haben wollte. Alles ist ganz anders gekommen, denn ich fühle mich verflucht austauschbar, Alexander! Das ist kein schönes Gefühl. Und ich glaube … ich kann damit doch nicht so gut umgehen, wie ich einmal dachte."

Er starrte sie wortlos an und fühlte sich grauenhaft. Bis vor wenigen Minuten war doch alles, sein Leben, noch in bester Ordnung gewesen. Besser, als es überhaupt jemals gewesen war. In diesem Augenblick schien sich das direkt vor seinen Augen wieder aufzulösen. Er schluckte hörbar und räusperte sich schließlich. „Du bist … nicht austauschbar, Linda. Du bist … für mich … Ich …"

Verdammt noch mal, sag es endlich, dachte sie, aber er brach wieder einmal ab und sah stumm auf seine geschlossenen Fäuste. Offenbar hatte er noch nicht einmal gemerkt, dass er sie geballt hatte.

Sie war mit ihrem Latein am Ende, und sie tat den letzten und einzigen Schritt, der ihr noch blieb. „Ich liebe dich, Alexander Hellberg. Ich werde dich immer lieben."

Seine Augen leuchteten auf, und noch einmal kam er einen Schritt näher. Abwehrend hob sie ihm ihre rechte Hand entgegen. „Fahr mit diesem Wissen alleine zu deiner Familie, Alex. Denk über unsere Beziehung nach, und wenn du wieder zurück bist, reden wir noch einmal über alles."

Sie warf einen Blick auf die Wanduhr. „Es ist mitten in der Nacht. Du hast morgen wieder einen harten Tag und solltest noch ein paar Stunden schlafen. Es wird wohl für uns beide das Beste sein, wenn du heute nicht hier übernachtest."

Sein Kopf war völlig leer. Dieser Tag hatte ohnehin schon eine Menge von ihm gefordert. Sie schickte ihn fort – und diese Tatsache traf ihn völlig unvorbereitet. In seinem Körper schien die Hölle los zu sein. Seine Brust wurde von einer seltsamen Beklemmung eingeengt. Ohne noch ein weiteres Wort zu verlieren, nickte er nur. Im Vorbeigehen strich er ihr stumm übers Haar, verließ dann die Küche, und schon eine Sekunde später fiel die Haustür hinter ihm ins Schloss.

Linda stand mit vor der Brust verschränkten Armen in der Küche und rührte sich nicht. Es dauerte noch einige Augenblicke, bis sie endlich nachgab und ihren Tränen freien Lauf ließ.

Monika sah auf den ersten Blick, dass mit Alexander etwas nicht stimmte, als er am nächsten Morgen im Büro erschien. Er wirkte unausgeschlafen und blieb den gesamten Vormittag eher einsilbig.

Im Fall des Vaters, der seine Frau und die Kinder getötet hatte, folgte nun die reine Routinearbeit. Es gab nicht mehr sehr viel zu ermitteln. Der Täter war geständig und befand sich zurzeit in der geschlossenen Psychiatrie. Nach Aussagen der behandelnden Ärzte war er hochgradig suizidgefährdet. Was allerdings noch ausstand, war der Bericht der Gerichtsmedizin.

Das Gutachten des Pathologen würde auch Auswirkungen auf das Strafmaß haben, das der Mann zu erwarten hatte. Da der offizielle Bericht jedoch immer einige Zeit auf sich warten ließ, war es einfacher, direkt in das gerichtsmedizinische Institut zu fahren, um vorab die benötigten Informationen einzuholen. Auf Anweisung von Bernd Lindemann übernahmen Alexander und Monika diese Aufgabe. Sie beschlossen also, das Mittagessen vorerst ausfallen zu lassen, und standen fünf Minuten später bereits im dicksten Verkehrsstau. Ungeduldig und äußerst gereizt trommelte Alexander auf dem Lenkrad herum.

„Gibt's Ärger im Paradies, Alex?"

Sein starrer Blick heftete sich weiterhin stur auf die Stoßstange ihres Vordermannes. „Lass mich in Ruhe, Kaminski!"

„Wow! Da hat die Kleine anscheinend ordentlich ausgeholt, oder?"

Sein Kopf schoss zu ihr herum. „Ich will nicht drüber reden, okay?"

„Du brauchst mich ja nicht gleich so anzubrüllen, Hellberg. Du hast so einen mordlustigen Ausdruck in den Augen, und ich habe mir eben gedacht, ich frag mal nach, bevor noch einer dran glauben muss, der gar nichts dafürkann. Das würde uns nur unnötig zusätzliche Arbeit machen."

„Verdammt noch mal, musst du immer gleich so verflucht komisch sein?" Sein Unmut schien sich tatsächlich etwas zu legen. „Tut mir leid, dass ich so aus der Rolle gefallen bin – hat nichts mit dir zu tun."

Monika lächelte nachsichtig. „Das habe ich mir fast gedacht, du alter Wutkopf." Freundschaftlich strich sie ihm eine vorwitzige dunkle Haarsträhne aus der Stirn. Er ließ es geschehen, ohne zurückzuweichen. Sein Gesichtsausdruck entspannte sich zusehends.

„Was ist los, Superhirn? Hast du bei Linda was verbockt?

„Das kann hier wohl noch eine ganze Weile dauern, oder?" Er ignorierte ihre Frage und blickte sich nach allen Seiten um. Auf allen drei Fahrspuren stand der Verkehr praktisch still. Nur ab und zu machten sie ein paar Meter gut.

Monika seufzte laut auf. „Dann eben nicht."

Alexander kurbelte das Seitenfenster herunter und suchte nach seinen Zigaretten. „Stört es dich?"

Sie ließ ihre Augenbrauen in die Höhe schnellen. „Was mich stört, ist höchstens deine schlechte Laune, Hellberg. Qualm ruhig, wenn's dir hilft. Ist schließlich deine Lunge."

In den nächsten fünf Minuten blieben beide stumm. Alexander stieß den Rauch durch das offene Seitenfenster nach draußen und warf schließlich auch seine Zigarettenkippe hinterher.

„Wir haben einen Aschenbecher im Wagen, Hauptkommissar Hellberg."

Seine Finger trommelten erneut auf dem Lenkrad herum. „Ich wollte sie mit nach Frankreich nehmen."

„Was?" Monika verstand kein Wort.

Das Trommeln hörte abrupt auf, und er ballte die Fäuste. „Verdammte Weiber! Gottverdammtes Höllenpack! Wer soll euch noch verstehen, Kaminski? Wer?"

„Im Moment habe ich eher Schwierigkeiten damit, dich zu verstehen."

Eine weitere Zigarette landete zwischen seinen Lippen, und er fuhr fluchend einen Meter weiter. Sein Brustkorb weitete sich unter dem tiefen Atemzug, den er tat. „Du weißt doch, dass ich ab Montag Urlaub habe, oder?" Er wartete ihr Nicken ab und fuhr dann fort: „Wenn ich Ferien mache, fahre ich meistens nach Südfrankreich zu meiner Familie. Ich habe Linda gebeten, mitzukommen, und dann brach plötzlich ohne Ankündigung die Hölle los."

„Inwiefern?"

„Meine Güte, ich habe geglaubt, sie fällt mir um den Hals vor Freude – aber nein, ganz im Gegenteil! Sie funkelt mich wütend an und fragt mich stattdessen, warum ich sie überhaupt zu meiner Familie mitnehmen will, denn schließlich sei sie ja nur die Frau, mit der ich zurzeit schlafe. Hast du schon mal so was Bescheuertes gehört, Kaminski? Wir sind fast ununterbrochen zusammen, und sie sagt, sie sei schließlich nur die Frau, mit der ich schlafe! Sie meinte, sie würde sich … austauschbar fühlen. So ein Quatsch!"

Bei Monika fiel sofort der Groschen. „Was hast du daraufhin zu ihr gesagt?"

„Nun, das Übliche halt."

„Soll heißen?"

„Na ja, du weißt schon, dass sie mir wichtig ist, dass ich verrückt nach ihr bin … und so weiter."

Monika verdrehte ihre grünen Augen, aber er ignorierte es.

„Schließlich hat sie gesagt, sie würde nicht mitfahren. Ich soll dort besser allein in Ruhe über uns nachdenken." Erneut warf er den Rest seiner Zigarette aus dem Fenster und fuhr ein gutes Stück weiter an die nächste Straßenkreuzung heran, die endlich ein zügiges Weiterkommen versprach.

„Das solltest du wirklich tun, Alexander."

„Was?"

„Über deine Beziehung zu Linda in aller Ruhe nachdenken. Sie scheint nicht gerade die Frau zu sein, die sich für eine längere Zeit mit halben Sachen zufriedengibt. Linda braucht Sicherheit, Alex."

„Garantien gibt es doch wohl nie, oder?"

„Mit Garantien hat das überhaupt nichts zu tun. Du weißt doch genau, was sie eigentlich meint. Sie will einfach nur wissen, ob ihr richtig zusammengehört oder nicht. Präziser, ob du zu ihr gehörst. Genau das macht ihr nämlich zu schaffen."

Er fühlte sich unendlich müde und abgespannt. Nach einer ganzen Weile wandte er sich Monika zu. „Ich habe ihr gesagt, wie ich zu ihr stehe. Mehrere Male."

„Offensichtlich reicht ihr das aber nicht." Sie legte ihre Hand auf seinen Unterarm. „Meine Güte, Alex, Linda liebt dich wirklich. Sie will nicht einfach deine Geliebte sein. Sie will wissen, dass sie die Frau ist, die du liebst."

Endlich passierten sie die große Kreuzung und ließen den Stau hinter sich. Alexander achtete wieder auf den Straßenverkehr. „Ich weiß aber gar nicht genau, ob ich sie … liebe." Seine Stimme klang belegt.

„Dann solltest du dir darüber so schnell wie möglich klar werden, mein Süßer."

„Ich lass mich nicht zu etwas drängen, das ich nicht will, Monika."

„Und ich sage dir, es ist ihr gutes Recht, zu wissen, was genau du für sie empfindest."

Einige Minuten später parkte Alexander den Wagen ein und stellte den Motor ab, dann rieb er sich die Augen. „Ich fühle mich einfach nur scheiße, zum Teufel."

Monika lächelte leicht. „Du hast dich zu sicher gefühlt, Alex. Eine Weile hat sie es dir viel zu bequem gemacht, weil sie jemanden wie dich brauchte, der sich um sie kümmert. Jetzt ist sie nicht mehr so schwach wie noch vor ein paar Wochen und will, dass du Farbe bekennst."

„Sie weiß genau, dass ich nicht der Typ bin, um ..."

„Wann fährst du zu deiner Familie?", unterbrach sie ihn.

„Gleich Montag."

„Das sind nur noch ein paar Tage. Wirst du heute Abend noch zu Linda fahren?"

Er zuckte mit den Schultern. „Sie hat mich gestern weggeschickt. Ich habe zu Hause geschlafen. Vielleicht sollte ich heute einfach mal gleich in meine Wohnung fahren."

Ihr höhnisches Auflachen ärgerte ihn. „Spiel hier jetzt bloß nicht auch noch den Beleidigten, Hellberg. Das steht dir nämlich überhaupt nicht."

Sie stiegen aus, und Alexander schloss das Auto ab. Als sie um den Wagen herumkam, griff er nach ihrem Arm, um sie noch einen Moment aufzuhalten. „Wie war es eigentlich gestern Abend bei dir, Kaminski? Ist Kroning noch am Leben? Ich habe ihn heute noch gar nicht zu Gesicht gekriegt."

Monikas wohlgeformte Augenbrauen stiegen steil in die Höhe. „Wir sind deiner dienstlichen Anweisung gefolgt und haben ein paar Drinks zusammen gekippt. Gegen Mitternacht haben wir uns angenehm angesäuselt voneinander verabschiedet. Tobias ist übrigens ein ganz netter Kerl, nur verträgt er leider überhaupt keinen Alkohol."

Alexander schmunzelte. „Ich weiß. Trotzdem ... bin ich etwas enttäuscht, Kaminski. Ich habe eigentlich erwartet, dass du ihn noch mit zu dir nimmst und den armen Kerl mit Bordeaux abfüllst, um zu sehen, ob du ihn dir gefügig machen kannst."

Die junge Kommissarin grinste frech. „Diese Behandlung bekommen bei mir nur ganz besondere Exemplare, Alex."

Alexanders offizielle Dienstzeit endete um achtzehn Uhr. Er arbeitete noch eine Stunde länger und fuhr dann tatsächlich in seine Wohnung. Seit er am Nachmittag wieder zurück im Büro gewesen war, hatte er vergebens auf einen Anruf von Linda gewartet. Selbst die Initiative zu ergreifen hatte er aber nicht fertiggebracht.

Seine Wohnung kam ihm öde und düster vor. Er war nicht mehr so häufig hier gewesen in der letzten Zeit. Überall war es staubig, und auf dem Bett lag seit drei Tagen das ungeöffnete Paket aus der Reinigung mit seinen sauberen Hemden. Direkt daneben setzte er sich auf die Matratze und starrte eine Weile trübsinnig vor sich hin.

Ich sollte hier mal wieder sauber machen, dachte er missmutig.

Das Klingeln des Telefons ließ ihn heftig zusammenfahren. Er sprintete hinüber in das Wohnzimmer und riss den Hörer an sein Ohr. „Linda!"

„Ich weiß nicht, wer diese Linda ist, aber wenn du sie so am Telefon anbrüllst, würde es mich gar nicht wundern, wenn sie vor Schreck gleich wieder auflegt, Alex."

„Oh, du bist es, Claudine. Entschuldige bitte. Warte einen Moment." Da er dringend einige Sekunden brauchte, um sich zu sammeln, ließ er kurz den Telefonhörer sinken und atmete einige Male tief ein und wieder aus, dann hob er den Apparat wieder an sein Ohr. „Was will die schönste Frau der Welt denn von mir?"

Er hörte seine Mutter leise und rauchig auflachen. „Du wirst dich niemals ändern, *mon cher*. Dein Charme ist so betörend wie eh und je."

Auch Alexander lächelte jetzt ins Telefon. „Ich hatte ja auch die beste Lehrmeisterin, Mama."

„Nenn mich nicht so, Alex, das macht mich so furchtbar alt."

Er kannte das Ritual. Seit er ein erwachsener Mann war, gehörte es als fester Bestandteil zu ihren Unterhaltungen.

Sie alberten immer auf diese Weise miteinander herum. „Du wirst niemals wirklich alt sein, Claudine."

Wieder ertönte ihr wohlklingendes dunkles Lachen. „Spaß beiseite, Alex. Ich wollte eigentlich nur wissen, wann wir dich erwarten können. Wir haben eines der schönsten Zimmer für dich und deine Begleitung freigehalten."

„Ich werde in der Nacht von Sonntag auf Montag losfahren, aber ich … komme jetzt doch allein."

„Oh, ich verstehe."

Nein, du verstehst gar nichts! „Was machen die Kids?"

„Es geht ihnen prächtig, wie immer. Aber wenn du wirklich nur eine Woche bei uns bleibst, wirst du sie diesmal leider nicht sehen können, Alex. Sie sind für mehrere Wochen zusammen mit Adriennes Schwester und ihrer Familie nach Italien verreist. Es ist das erste Mal. Kaum waren sie weg, haben wir die beiden Quälgeister schon wie verrückt vermisst, aber Adrienne hatte wirklich Ruhe nötig."

Alexander atmete tief ein. Er fand es schade, dass die Kinder nicht da sein würden, wenn er anreiste. Er liebte seinen Neffen und seine Nichte über alles. „Ist Adrienne etwa krank?"

„Nein, mach dir keine Sorgen um deine Schwägerin. Sie brauchte einfach nur etwas Erholung vom Alltag und ein wenig Zeit für sich und Henri."

„Grüß die beiden bitte von mir. Ich freue mich auf euch."

„Bis bald, mein Herz."

„Au revoir, ma belle."

Alexander wartete auf das Klicken in der Leitung und legte dann selbst den Hörer ab. Untätig stand er mitten in seinem Wohnzimmer herum und starrte die Wände an. Als es einige Minuten später an seiner Tür klingelte, wusste er schon, bevor er öffnete, dass Linda dort draußen stand. „Hallo, Alex."

Alexander trat einen Schritt beiseite und machte eine einladende Handbewegung. „Komm rein." Sie sah sehr blass aus, fand er.

„Störe ich?"

„Nein."

Unschlüssig standen sie sich im engen Flur seiner Wohnung gegenüber und schauten sich an. Er räusperte sich. „Linda, es tut mir leid, wenn ich dich mit der gemeinsamen … Reise überfallen haben sollte. Ich … wollte …"

Ihre Lider senkten sich kurz. „Wann wirst du fahren?", fiel sie ihm ins Wort.

„Am Montag. Das heißt, in der Nacht von Sonntag auf Montag. Ich fahre meistens nachts, da sind die Autobahnen freier."

Er unterdrückte das Bedürfnis, seine Arme um sie zu legen, und wandte sich abrupt von ihr ab, um ins Wohnzimmer zu gehen. Nur zögerlich folgte sie ihm. „Kann ich dir irgendetwas anbieten?", fragte er.

„Nein, danke." Ihre Stimme schwankte leicht und verriet ihre wachsende Nervosität. „Ich habe auf dich gewartet, heute Abend. Und da ich nicht genau wusste, wann du fährst, wollte ich nicht, dass wir uns so voneinander trennen, wie wir gestern Abend auseinandergegangen sind." Ihre Augen glänzten, und er trat automatisch einen Schritt auf sie zu und nahm ihre Hände in seine.

„Du siehst wunderschön aus."

„Nicht, Alexander. Komm mir jetzt nicht so."

Wieder räusperte er sich. „Ich hatte niemals vor, dich zu verletzen, Ballerina. Du weißt das."

„Ja, ich weiß das – aber es tut trotzdem weh, und ich kann es nicht mehr ertragen. Du hattest von Anfang an recht. Anscheinend bin ich für eine Beziehung, wie du sie mit mir führen willst, doch nicht gemacht. Ich will dich ganz oder gar nicht. Mit Haut und Haaren und für den Rest unseres Lebens. Und ich muss einfach wissen, dass auch du das willst. Anders kann ich nun einmal nicht leben. Die ständige Unsicherheit macht mich auf die Dauer kaputt. Mein ganzes Erwachsenenleben lang habe ich mich nach den Wünschen eines Mannes gerichtet und meine Bedürfnisse verdrängt, nur damit er zufrieden war. Bei dir geht das nicht, Alex. Mein Gefühl für dich ist zu tief, und es ist mir einfach viel zu wichtig, dass du für mich genauso empfindest."

So deutlich hatte sie es noch nie formuliert, und jedes ihrer Worte traf ihn wie ein finaler Messerstich. „Okay, ich werde allein nach Frankreich fahren, aber wenn ich zurückkomme, werden wir noch einmal reden, okay?"

„Ja."

Er zog sie ein Stück näher, legte nun doch seine Arme um ihren schmalen Körper und vergrub sein Gesicht in ihrem Haar, aber sie schüttelte ihren Kopf und stemmte sich gegen ihn. „Nein, das macht es mir nur schwerer."

„Ich will dich, Liebling. Ich will dich einfach immer, wenn du mir so nah bist", flüsterte er, während er tief ihren Duft inhalierte.

„Sag das nicht, bitte!"

Seine Lippen berührten leicht ihren Mund, und er spürte sogleich, wie sie auf seine Zärtlichkeiten zu reagieren begann. Ihr Kopf sank zurück in ihren Nacken, als er mit seinen Lippen ihren Hals liebkoste. Diese hingebungsvolle Geste ließ jeden einzelnen Nerv unter seiner Haut vibrieren. Ihn schwindelte vor Verlangen nach dieser Frau, die er nicht lieben wollte. „Du bist so wunderschön", wiederholte er murmelnd zwischen den Küssen, die er auf ihre Haut niederprasseln ließ. „So zart … und … weich."

Ihr Atem wurde lauter und kam jetzt in kurzen Stößen. Schon drängte sie sich an ihn und ließ es zu, dass er sie aus ihren Kleidern befreite. Schließlich hob er sie einfach hoch und trug sie hinüber in sein Schlafzimmer.

Zusammengerollt wie ein kleines Kind lag Linda bei Alexander. Er hielt sie fest umschlungen und spielte mit ihrem Haar. Beide wussten, dass sie sich vielleicht zum letzten Mal so nah sein würden.

Linda drückte einen Kuss auf sein weiches Brusthaar. Ihre Finger folgten verträumt dem Streifen dunkler Haare, der von dort aus nach unten lief und um seinen Bauchnabel einen kleinen Wirbel bildete. Unterhalb des Nabels verbreiterte er sich wieder und endete im dichten Wald seiner Schambehaarung. Fasziniert beobachtete sie, wie empfindlich seine Haut auf ihre leichten Berührungen reagierte. Erst nach einer ganzen Weile bemerkte sie, dass er sie unverwandt ansah. Lächelnd blickte sie in seine rauchig verhangenen Augen. Dann wurde sie sogleich wieder ernst. „Versprich mir etwas, Alexander."

„Alles." Seine Stimme klang heiser.

„Wenn du … zurück bist … komm nicht zu mir nach Hause. Melde dich telefonisch bei mir. Wir können dann essen gehen oder so."

Er drehte sich auf die Seite und stützte sich mit einem Arm ab. Der Zeigefinger seiner freien Hand glitt langsam über ihre Wange und berührte dann sanft ihre Unterlippe. „Du willst nicht mehr mit mir allein sein, richtig?"

Sie nickte nur.

Plötzlich lag er halb auf ihr. Mit seinem Brustkorb drückte er sie zurück in die Kissen. „Vielleicht sollte ich dann dies hier noch einmal ausnutzen." Seine Augen blitzten vor unterdrückter Wut und neu entflammter Erregung.

„Nein, Alex! Ich möchte jetzt nach Hause."

„Bleib bei mir", bat er und küsste sie leidenschaftlich. Seine Hände begannen erneut, sie zu streicheln.

Sie fragte sich unweigerlich, ob es irgendeinen Quadratmillimeter ihres Körpers gab, den er noch nicht berührt hatte. Einen kurzen Moment lang gab sie sich noch einmal diesen geliebten, wunderbaren Händen hin, doch dann entwand sie sich ihm endgültig und stand auf.

Mit einem lauten Aufseufzen ließ er sich zurückfallen und sah ihr beim Anziehen zu.

„Ich werde auf deinen Anruf warten, Alexander. Ich wünsche dir eine schöne Zeit bei deiner Familie."

Noch bevor sie das Schlafzimmer verlassen konnte, war er bei ihr und hielt sie fest. „Du willst doch jetzt nicht wirklich gehen, Ballerina?"

„Lass mich los, Alex, bitte."

Ihre Augen ließen keinen Zweifel mehr zu, und er nahm seine Hände betont langsam von ihren Oberarmen. „Küss mich wenigstens zum Abschied."

Zu seinem Erstaunen machte sie wieder einen Schritt auf ihn zu und küsste ihn tatsächlich. Er zog sie an sich und legte all seine Zärtlichkeit in diesen Kuss, aber sie unterbrach von sich aus die Verbindung ihrer Lippen und griff nach ihrer Handtasche.

„Bis bald, Alex."

„Ja. Ich … Bevor ich fahre, rufe ich dich noch einmal an."

Die Haustür fiel ins Schloss, und er registrierte erst jetzt, dass er splitternackt und sichtbar erregt mitten in seinem Schlafzimmer stand. Sie hatte ihm zeigen wollen, dass sie ihm auch durchaus widerstehen konnte, das war ihm klar. Und sie hatte es geschafft. Betroffen gestand er sich ein, dass er dieses Mal derjenige gewesen war, der nicht widerstanden hatte.

Am Sonntagabend telefonierte Alexander zum letzten Mal vor seiner Reise mit Linda.

„Wie hast du es eigentlich Charlie und Anneliese erklärt?", wollte er wissen.

„Ich habe beiden lediglich gesagt, dass du für einige Zeit deine Familie in Südfrankreich besuchst. Das ist alles."

Alexander nahm an, dass zumindest Charlotte sehr wohl spüren würde, dass es zwischen ihrer Mutter und ihm erneut Probleme gab, aber er behielt diese Vermutung für sich. „Monika wollte sich übrigens morgen oder spätestens am Dienstag bei dir melden."

„Gut. Vielleicht hat sie ja Lust, mich ein wenig bei der Planung des Ladens zu unterstützen, was meinst du?"

Ihr Gespräch dauerte erstaunlicherweise noch über eine Stunde, doch dann verabschiedeten sie sich trotzdem eher kühl voneinander.

„Also dann, ich bleibe ungefähr eine Woche, höchstens zehn Tage fort, Linda."

„Ich werde auf deinen Anruf warten. Aber du sollst wissen, dass ich mich in der Zwischenzeit nicht an dich gebunden fühle – und ich möchte auch nicht, dass du das in irgendeiner Weise tust. Du bist frei, Alex! Auf Wiedersehen." Das Klicken in der Leitung teilte ihm mit, dass sie aufgelegt hatte.

Ihre Worte trafen ihn wie ein brutaler Faustschlag.

Du bist frei, Alex!

7. KAPITEL

An der langen geschwungenen Landstraße, die zur kleinen Pension seiner Familie führte, hatte sich im vergangenen Jahr nichts verändert. Ab und zu tauchte ein einsames Haus auf oder sogar ein winziges Dörfchen mit drei, vier Häusern, aber die längste Zeit fuhr Alexander nur durch herrliche Felder mit strahlend gelben Sonnenblumen und leuchtend blauem Lavendel. Dazwischen muteten die vereinzelten Olivenhaine wie hellgrüne Inseln im Meer an. Eine Autofahrt durch diese Landschaft erfüllte jedes Klischee der Provence und war eine Wohltat für die Augen.

Nach einer kurzen und gedankenvollen Rauchpause am Rande eines besonders prächtigen Lavendelfeldes fuhr er nun die vertraute Straße entlang und ließ sich Zeit dabei. Obwohl die Klimaanlage im Wagen eingeschaltet war, öffnete Alexander das Seitenfenster, um den Geruch des Lavendels noch ein wenig länger wahrnehmen zu können. Der würzige Duft war zwar auch in seinem Elternhaus in Hamburg allgegenwärtig gewesen, denn so hatte seine Mutter über viele Jahre ihr Heimweh zu bekämpfen versucht. Dennoch würde er das Aroma dieser zarten, aber gleichzeitig so starken Pflanze nun für alle Zeit mit Linda in Verbindung bringen.

Auf der linken Seite der Straße konnte er bereits die Weinberge seines Bruders erkennen. Genau dort verlief eine kleine Abzweigung, die direkt zur Pension seiner Familie führte.

Er sah sofort, dass das Haus erst vor Kurzem einen neuen Anstrich bekommen hatte. Reinweiß und strahlend stand es auf seiner kleinen Anhöhe. Wilder Wein rankte sich um das Geländer der großen Veranda im Erdgeschoss, und von den Balkonen in den oberen beiden Stockwerken flossen blaue, rosafarbene und purpurne Bougainvilleen wie eingefärbte Wasserfälle bis auf die großen Naturpflastersteine vor dem Haus herab.

Alexander erfreute sich für einige stille Augenblicke an diesem Anblick, der ihn jedes Mal aufs Neue verzauberte. Er fragte sich unweigerlich, wie Linda wohl auf diese märchenhafte

Herausforderung an die Sinne reagiert hätte.

Hinter dem Haus gab es einen kleinen Swimmingpool, dort würden sich jetzt am späten Nachmittag sicherlich noch einige Feriengäste aufhalten. Hier vorn war es allerdings vollkommen ruhig. Er stieg aus dem Auto und wollte sich gerade seinem Gepäck widmen, als auch schon die Haustür geöffnet wurde.

„Alex! Schön, dass du schon da bist."

Lächelnd ging er auf seine Schwägerin zu, ergriff ihre Hände und küsste sie auf beide Wangen.

„*Bonjour*, Adrienne."

Ihre großen dunkelbraunen Augen lächelten ihn ebenso herzlich an wie ihr voller breiter Mund.

„Du wirst immer schöner, Reny", bemerkte er anerkennend.

„Alter Schmeichler! Komm herein, dein Gepäck können wir später holen. Du bist sicher hungrig und durstig nach der langen Fahrt."

Alexander legte einen Arm locker um ihre Schultern und ging langsam neben ihr her. „Mein Hunger hält sich in Grenzen. Ich habe unterwegs etwas gegessen, aber etwas Kühles zu trinken könnte ich jetzt wirklich gebrauchen."

Sie gingen direkt in die Küche, und er setzte sich an den großen Küchentisch aus Fichtenholz. Der Duft von Lavendel war hier fast betäubend. Überall hingen trockene und frische Sträuße von den Holzbalken der Decke herab. Typisch Mama, dachte er.

„Henri wird sicher bald hier sein. Er ist noch in den Weinbergen", erklärte Adrienne, während sie ein kaltes Bier aus dem Kühlschrank nahm und es ihm reichte. „Und deine Mutter ist in Toulon. Sie wollte natürlich unbedingt noch zum Friseur."

In stillem Einvernehmen lächelten sie sich an. Seine Schwägerin ließ sich auf dem Stuhl ihm gegenüber nieder und betrachtete aufmerksam sein Gesicht. „Du siehst … irgendwie verändert aus, Alex. Ist alles in Ordnung mit dir?"

Ihre Frage verwunderte ihn nicht. Adrienne kannte ihn besser als die meisten Menschen in seiner direkten Umgebung. „Du kommst noch immer gleich auf den Punkt, nicht wahr, Reny?"

„Nun, deine Augen wirken ein wenig traurig."

„Wir haben uns Weihnachten zuletzt gesehen. Das ist einige Monate her, vielleicht bin ich einfach nur älter geworden."

Sie verzog ihr hübsches Gesicht zu einer Grimasse. „Du wirst schon mit mir reden, *mon cher*. Verlass dich drauf."

Er lachte und trank in einem Zug den Rest seines Bieres aus.

Das Geräusch der zufallenden Haustür ließ sie beide aufblicken.

Jede Begegnung mit Henri stellte auch nach all den Jahren noch immer eine kleine Herausforderung für Alexander dar. Er konnte nur erahnen, dass es seinem jüngeren Bruder nicht viel anders erging, wenn sie sich trafen. Dennoch war Alexander froh darüber, dass auch Henri sich enorme Mühe gab, die alte Vertrautheit zwischen ihnen wiederherzustellen. Alexander holte also noch einmal tief Luft und bereitete sich innerlich auf die nächsten Minuten vor.

Ein schlanker hochgewachsener Mann mit dunkelbraunem Haar und schiefergrauen blitzenden Augen stand, mit Alexanders Gepäck beladen, in der Küchentür und grinste breit von einem Ohr zum anderen.

„Willkommen, großer Bruder!"

Am nächsten Tag reisten die letzten Gäste ab. Claudine Hellberg hatte diesmal peinlich genau darauf geachtet, dass zum Ausklang des Sommers das Haus ausschließlich der eigenen Familie vorbehalten war, auch weil sie gewusst hatte, dass Alexanders Besuch eben in diese Zeit fallen würde.

Adrienne hatte die belgische Familie, deren Auto sie jetzt lächelnd hinterherwinkte, noch mit einem großen Lunchpaket für die Fahrt versorgt und wartete geduldig, bis der Wagen außer Sicht war. Dann drehte sie sich mit ausgestreckten Armen einmal um die eigene Achse und jubelte: „Juhu! Endlich Urlaub!"

Alexander, der es sich mit einem Buch auf der unteren Veranda gemütlich gemacht hatte, lächelte über die kindliche Begeisterung seiner Schwägerin. „Dann komm her und trink mit mir noch einen Kaffee, Reny."

Sie stemmte ihre Hände in ihre schmale Taille und deutete

strahlend ein paar Tanzschritte in seine Richtung an. „Ich muss noch die Gästebetten abziehen."

Er winkte ab. „Ach, das kannst du doch auch noch später tun. Komm schon, sei endlich mal ein bisschen nachlässig."

„Hör auf ihn, Reny." Claudine steckte ihren Kopf aus dem Küchenfenster. „Die Arbeit läuft uns doch nicht davon. Ich werde heute das Kochen übernehmen, und du ruhst dich den ganzen Tag nur aus und lässt dich von uns verwöhnen."

Adrienne schenkte auch ihrer Schwiegermutter ein strahlendes Lächeln und sprang die Stufen zur Veranda hoch. Claudine nickte zufrieden. Ihr Kopf verschwand sogleich wieder im Inneren der Küche, und sie schloss das Fenster.

„Eure Mutter ist einfach immer gut gelaunt, Alex. Beneidenswert. Ich habe lange nicht mehr erlebt, dass sie auf jemanden richtig böse gewesen ist."

Alexander schenkte seiner Schwägerin eine Tasse Kaffee ein und schüttelte dabei seinen Kopf. „Ich bin ja auch ziemlich selten hier."

„Ach, du Dummkopf! Du weißt genau, dass sie auch dir nicht wirklich böse sein kann. Ihr Herz ist aus reinem Gold und voller Liebe für dich, glaub mir."

Sein Blick war deutlich zweifelnd. „Sie hat mir bis heute nicht verziehen, dass ich damals zur Polizei gegangen bin, statt Jurist zu werden, so wie sie es gerne gesehen hätte."

Adrienne nahm ihre Tasse auf und setzte sie kurz an die Lippen. „Ich glaube, viel schlimmer ist es für sie, dass du noch immer alleine bist, *chouchou*."

Alexander zuckte kurz zusammen, denn sie hatte dieses spezielle Kosewort schon lange nicht mehr für ihn benutzt. Etwas irritiert griff auch er nach seiner Kaffeetasse und ignorierte ihre Bemerkung.

„Bist du denn noch alleine, Alexander?", hakte sie nach.

Einen Moment lang starrte er unbewegt in Adriennes schönes Gesicht und suchte in seinem Kopf nach einer Antwort, die in irgendeiner Form der Wahrheit entsprach. Erst sein Räuspern verriet seine Unsicherheit.

Du bist frei, Alex!

Merkwürdigerweise wurde er jedes Mal wütend und bekam zudem noch seine Magenschmerzen, wenn er an diese Abschiedsworte von Linda dachte. „Ich … Es gibt da eine Frau …"

Adriennes Lider zuckten fast unmerklich. „Ist sie schön?"

Seine Augen blickten an ihr vorbei ins Leere. „Ja … ja, ich finde sie sogar sehr schön." Ein Ruck ging plötzlich durch seinen Körper, und sein Blick traf wieder auf Adriennes Gesicht. Dann stand er auf. „Ich würde gerne ein paar Schritte gehen. Begleitest du mich, Reny?"

Wortlos erhob auch sie sich und hakte sich locker bei ihm ein.

Stumm, jeder mit den eigenen Gedanken beschäftigt, gingen sie nebeneinanderher einen schmalen Kiesweg entlang, der hinter dem Haus in einen kleinen Olivenhain führte. Adrienne und er waren schon immer in der Lage gewesen, auf diese ganz spezielle Art miteinander zu schweigen. Alexander sog tief die gute Luft in seine Lungen. „Puh, in der direkten Sonne ist es ganz schön heiß", bemerkte er. „Hier unter den Bäumen ist es weitaus angenehmer."

„Was bedrückt dich so, *chouchou*?" Sie blieb an einem kleineren Olivenbaum stehen und lehnte sich mit dem Rücken dagegen. Der Rock ihres ärmellosen hellblauen Sommerkleides bauschte sich auf und flatterte in der sanften Brise.

Alexander hakte seine Daumen in die Taschen seiner Jeans und sah eine ganze Weile direkt in ihre dunklen Augen. Nicht nur er hatte sich verändert. Auch in Adriennes Augen erkannte er etwas Fremdes, das ihm gleichzeitig seltsam vertraut erschien.

„Du solltest mich nicht mehr so nennen, Reny. Du hast es seit vielen Jahren nicht getan, und dabei sollten wir es belassen, meinst du nicht auch?"

Mit einer raschen, entschlossenen Bewegung stieß sie sich vom Baum ab und umschlang ihren Schwager schon im nächsten Moment mit ihren Armen. Ihr Gesicht schmiegte sich an seine Brust, und sie atmete tief, fast schluchzend ein. Bedächtig hob Alexander seine Arme und legte sie um ihren Körper.

„Was ist denn los? Reny, um Gottes willen!"

Sie blickte zu ihm auf, und in ihren Augen erkannte er Trauer und eine tiefe Verzweiflung.

„Halt mich fest, *chouchou*, halt mich ganz fest in deinen Armen."

Ihre Augen waren dunkel und wunderschön, ihre Lippen voll und halb geöffnet. Für einige Sekunden glitt er hilflos in die Vergangenheit ab, und jeder vernünftige Gedankengang wurde nahezu unmöglich. Ohne die geringste Vorwarnung fühlte er sich plötzlich zurückversetzt in eine Zeit, in der diese Augen und diese Lippen die ganze Welt für ihn bedeutet hatten. Zärtlich fuhr ihre Hand über sein Gesicht und berührte seinen Mund. Durch den dünnen Stoff ihres Kleides konnte er jede weibliche Kontur ihres Körpers fühlen.

Leicht benommen umfasste er ihr Gesicht mit seinen Händen und berührte mit den Lippen sanft und nur ganz kurz ihren Mund. Aber die leidenschaftliche Hitze, die ihn noch vor Jahren in den Armen dieser Frau ergriffen hatte, blieb jetzt aus.

Adrienne jedoch atmete unerwartet schnell. Schon in der nächsten Sekunde presste sie sich an seinen Körper und rieb sich an ihm. Als er sie erschrocken zurückschob, verzog sie schmerzhaft ihr Gesicht und umfasste ihn erneut. „Nein, Alex … bitte, nicht aufhören! Ich brauche dich so sehr."

Seine Abwehr fiel ein wenig zu grob aus, sodass sie mit dem Rücken gegen den Stamm des kleinen Olivenbaumes stieß. Mit zitternden Händen fuhr er sich durchs Haar. „Bist du völlig verrückt geworden, Adrienne?"

„Ich will dich so sehr, Alexander. Ich liebe dich." Sie sah ihn flehend an, doch er griff wütend nach ihren Schultern und schüttelte sie.

„Was hätte ich … verdammt, Reny, was hätte ich vor Jahren dafür gegeben, das noch einmal von dir zu hören. Das ist vorbei! Ein für alle Mal vorbei! Du hast dich schon vor langer Zeit gegen mich und für meinen Bruder entschieden."

„Aber … aber … es ist kaum fünf Jahre her … da war ich auch schon die Frau deines Bruders." Ihre Stimme schien zu kippen.

„Ja, und es ist seitdem kein einziger Tag vergangen, an dem

ich das nicht zutiefst bereut habe, Adrienne! Ich hatte viel zu viel getrunken an dem Abend, und ich habe dich damals noch geliebt. Trotzdem hätte das nie und nimmer passieren dürfen. Verdammt, Reny, das ist vorbei!"

Ihr Kopf sank herab, und mit den Händen strich sie verzweifelt und gleichzeitig herausfordernd über ihren vollen Busen. „Henri kann mich nicht so glücklich machen, wie du es getan hast."

Den Namen seines Bruders zu hören machte ihn erst recht wütend. Aufgebracht nahm er sie wieder bei den Schultern. „Sieh mich an, Reny!"

Langsam hob sie ihren Kopf und blickte in seine Augen.

„Wenn es dir nur um einen guten Orgasmus geht, den dir ein Mann verschaffen soll, dann, zum Teufel, rede mit Henri. Du bist doch eine erfahrene Frau. Zeig ihm, was du willst und was du brauchst."

Ihr Blick wurde völlig ausdruckslos. „Das habe ich bereits versucht."

Alexander trat wieder einen Schritt näher und hob ihr Kinn in die Höhe. In seinen Augen erkannte sie einen Rest des alten Schmerzes.

„Du hast damals freiwillig und mit fliegenden Fahnen die Betten gewechselt", erinnerte er sie noch einmal.

Mit einem Ruck entzog sie sich seiner Hand und blickte verletzt beiseite. „Henri war damals anders, Alex. Er war jung, herrlich wild und voller Leidenschaft für mich. Heute interessiere ich ihn nicht mehr. Wenn du es genau wissen willst, er schläft schon lange nicht mehr mit mir." Ihre Stimme wurde leiser. „Ich habe versucht, ihn mit allen Mitteln zu verführen, aber du siehst doch, es klappt ja auch nicht mehr bei dir."

Ihre sichtbare Verzweiflung ließ die gleiche Zärtlichkeit in ihm aufkeimen, die er auch empfand, wenn er eines ihrer Kinder tröstete. „Komm, Reny, ertrinke jetzt nicht in deinem Selbstmitleid. Du weißt genau, dass du eine außergewöhnlich schöne und erotische Frau bist. Du könntest jeden Mann bekommen, *ma belle*."

„Ha“, lachte sie bitter auf, „jeden Mann, nur dich und deinen Bruder nicht.“

„Adrienne, gerade eben hättest du mich um ein Haar wieder um den Finger gewickelt. Ich hätte sicherlich den gleichen Fehler begangen und zum zweiten Mal meinen eigenen Bruder verraten, wenn ich nicht … Nun, ich bin im Augenblick auf eine andere Frau fixiert, das ist alles. Noch vor ein paar Monaten hättest du mein Gehirn wieder völlig hemmungslos stilllegen können, und ich wäre meinen gewissenlosen Hormonen zum Opfer gefallen. Du kennst mich.“ Er lächelte leicht, um die letzte Schärfe aus ihrem Gespräch zu nehmen.

Adrienne blieb jedoch ernst. „Diese andere Frau …“

„Ja?“ Die Heftigkeit, mit der er antwortete, ließ sie leicht zusammenfahren.

„Liebt sie dich?“

Genau wie vorhin auf der Veranda entglitt ihr seine Aufmerksamkeit, und er starrte eine ganze Weile wie betäubt ins Nichts. „Ja, das tut sie.“

„Aber du bist trotzdem nicht glücklich, *chouchou*, das kann ich sehen.“

Er reagierte zunächst nicht, sondern wandte sich von ihr ab.

Du bist frei, Alex!

Das Brennen in seinem Magen wurde wieder schlimmer. „Lass uns zurück zum Haus gehen, Reny. Henri wird sicher bald zurück sein.“

Sie legte von hinten ihre Hände auf seine Schultern und fuhr über seine kräftigen Oberarme. An seinem Rücken konnte er ihren üppigen Busen fühlen.

„Liebe mich … bitte! Nur noch einmal! Zeig mir, dass ich noch eine Frau bin, und ich werde auch dir Trost spenden.“ Ihre rechte Hand glitt über seinen Gürtel nach unten und strich über den Reißverschluss seiner Jeans. Alexander straffte die Schultern, drückte sein Rückgrat durch und wandte sich ihr wieder zu.

„Warum tust du dir das nur an, Reny? Warum tust du mir das an? Du zerstörst alles. Siehst du das denn nicht? Wir haben so hart um die Freundschaft gekämpft, die uns jetzt verbindet.“ Das

Gefühl, das in ihm aufbrach, während er sie ansah, ließ ihn plötzlich nur noch die unglaubliche Traurigkeit in ihren Augen sehen. In seinem Kopf lief ein alter Film ab, und er war nicht in der Lage, die Bilder wieder zu vertreiben. Der beißende und längst verschüttete Groll auf Henri wurde unvermittelt wieder wach.

Nun gut, er selbst hatte schon vor Jahren damit aufgehört, Adrienne zu lieben, und darüber war er froh. Dennoch war es in seinen Augen verdammt unfair, dass Henri sie nicht wenigstens glücklich gemacht hatte. Er wusste nur allzu gut, wie leidenschaftlich sie sein konnte. In dieser Frau pulsiert das pure Leben, hatte er damals zu seinem Bruder gesagt, vergiss das nie.

Anscheinend hatte Henri nicht das Beste aus ihrer Ehe gemacht. Adrienne war einmal der wichtigste Mensch in Alexanders Leben gewesen, und jetzt war sie gerade mal einunddreißig Jahre alt und schon eine zutiefst frustrierte Frau, die sich verzweifelt nach der Zuwendung und Liebe ihres Mannes sehnte und sie offensichtlich nicht bekam. Das machte ihn immens zornig. Das und …

Ich fühle mich nicht an dich gebunden, und ich möchte auch nicht, dass du das tust. Du bist frei, Alex!

Aber er fühlte sich nicht frei! Er würde sich niemals wieder frei fühlen! Selbst wenn der alte Zorn auf Henri noch immer irgendwo in seinem Inneren tobte, er selbst hatte sich in den letzten Monaten viel zu sehr verändert, um nun noch ein weiteres Mal Adriennes unverhohlenen Verführungsversuchen zu erliegen.

Ganz langsam ging er einen Schritt auf die Frau seines Bruders zu. Seine Hände legten sich erneut auf ihre Schultern, und er fesselte sie mit einem entschlossenen, durchdringenden Blick. Verwirrt sah sie ihn an.

„Alex, was ist mit dir?“, fragte sie vorsichtig.

„Ich werde nicht mit dir schlafen, Adrienne! Niemals mehr, hörst du! Es ist vorbei!“ Tief und gründlich atmete er ein und wieder aus. In seinem Kopf gab es keinen Platz mehr für Heucheleien. Er wollte ihr nichts vormachen. „Du bist schön und sehr sexy, aber … ich … ich … kann das nicht mehr. Es ist wirklich vorbei, Adrienne. Und ich habe mich verändert. Es tut mir leid. Ich bin ... gottverdammt! Ich bin wohl irgendwie ziemlich ... treu. Verstehst du, was ich dir sagen will?"

Adriennes Augen weiteten sich kurz, dann nickte sie und ließ den Kopf sinken. Sie seufzte tief auf. „Ich wollte dich nicht in Verlegenheit bringen, Alex. Mir muss es leidtun. Ich war verzweifelt und habe ... für einen Moment ... nicht richtig nachgedacht. Verzeih mir", flüsterte sie.

Alexander strich ihr liebevoll eine Haarsträhne von ihrer rosigen Wange.

„Du meinst es wirklich ernst, nicht wahr?" Ihre Stimme zitterte leicht.

„Ja. Es wird mit absoluter Sicherheit niemals wieder passieren." Tröstend fuhr er mit den Handflächen noch einmal über ihre herabhängenden Arme. „Ist es dir lieber, wenn ich früher abreise als geplant?"

Erschrocken sah sie zu ihm auf. „Nein, das darfst du auf keinen Fall tun, Alex!"

„Du musst unbedingt versuchen, eure Ehe in Ordnung zu bringen, Reny. Versprich mir das."

Ratlos zuckte sie mit den Schultern. „Ich ... ich habe einfach zu spät gemerkt, dass es ... mit ihm niemals so sein kann wie mit dir. Oh Alex, wir beide hätten ein wundervolles Leben haben können, wenn ich nicht ... Ich habe uns weggeworfen, einfach so."

Sein Lächeln war freundlich und nachsichtig. „Ach Reny, du liebst ihn doch. Mach dir doch nach all den Jahren nichts mehr vor. Du hast Henri immer mehr geliebt als mich."

Ihre Lider senkten sich. Eine kleine Weile blieb sie stumm, dann sah sie Alexander endlich wieder direkt in die Augen. „Ja ... ja, ich liebe ihn, aber er will meine Liebe nicht mehr."

„Was ist nur zwischen euch passiert, Reny?"

Wieder ein Schulterzucken. „Er hat eines Tages ganz einfach aufgehört, mich zu lieben und ... mich zu wollen. So einfach ist das. Ich glaube sogar ... dass er inzwischen eine oder sogar mehrere Geliebte hat."

„Wenn das tatsächlich stimmt, wäre er in meinen Augen

ein verdammter Idiot. Aber … für den Bruch zwischen euch muss es doch einen Grund geben. Soll ich vielleicht mal mit ihm reden?"

„Du wirst ihm doch nicht sagen, dass ich heute versucht habe …"

„Wofür hältst du mich, Adrienne? Er würde uns wahrscheinlich beide umbringen."

Sie hauchte ihm einen schnellen Kuss auf die Wange. „Danke, Alexander."

„Wofür?"

„Dafür, dass du so ehrlich zu mir warst. Und für deine Liebe, auch wenn sie jetzt ganz anders aussieht als noch vor ein paar Jahren. Ich hätte dich vorhin nicht so bedrängen dürfen. Das war falsch und unfair … und auch beschämend. Du hast mir schließlich erst vor ein paar Minuten gesagt, dass du inzwischen einer anderen Frau gehörst."

Sein Blick verdunkelte sich. „Ich gehöre niemandem."

Adriennes Lächeln wirkte jetzt fast mütterlich auf ihn. „Oh doch, das tust du, *chouchou*", widersprach sie in einem ruhigen, ausgeglichenen Tonfall, der trotz allem ein bisschen Traurigkeit erahnen ließ. „Ich glaube, du setzt dich nur verzweifelt gegen deine Liebe zur Wehr. Ich kenne dich und habe deinen brennenden Zorn schon gestern gespürt. Hör auf mich, Alexander. Du musst dich unbedingt deinen Gefühlen stellen! Nur wer sich seiner Liebe völlig hingibt, kann sie auch wirklich erleben und ihre wahre Kraft spüren, so viel weiß ich. Es ist auch für dich an der Zeit, zu vergessen und zu vergeben. Hör doch endlich auf, gegen Windmühlen zu kämpfen, mein Herz. Das Leben kann so wundervoll sein. Du verlangst von mir, die Vergangenheit abzustreifen, dann tu das gefälligst auch selbst, hörst du! Hol dir die Frau, wenn sie dich liebt und glücklich macht!"

Alexander räusperte sich und schüttelte wortlos seinen Kopf.

„Denk darüber nach, Alex", forderte sie ihn auf. Sie ergriff seine Hand und zog ihn ein Stück mit sich mit, als er noch immer nicht reagierte.

„Diese Frau …"

„Sie heißt Linda", sagte er tonlos.

„Linda. Sie will dich ganz, oder?"

„Ja, das will sie." Wieder räusperte er sich.

„Ich kann sie verstehen, Alex." Adrienne lächelte. „Ich kann sie wirklich gut verstehen."

Er wusste nicht, was er darauf erwidern sollte, also blieb er abermals stumm.

Erst einige Meter vom Pool entfernt ließ sie seine Hand los. „Ich verschwinde durch die Gartentür nach oben, Alex. Geh du lieber vorn herum." Sie wandte sich von ihm ab und wollte gehen, doch seine Stimme hielt sie davon ab.

„Adrienne?"

„Ja?"

„Nenn mich bitte nicht mehr *chouchou*, okay?"

Du bist frei, Alex! Ich fühle mich nicht an dich gebunden!

Der Schmerz, der in seinem Inneren tobte, war kaum noch zu ertragen.

Zehn Minuten später stand Alexander unter der Dusche. Während er sich mit Duschgel einseifte, erschien ihm die Episode mit Adrienne bereits in einem anderen Licht. Er spürte erst jetzt, dass das Gespräch mit ihr eine Art Abschied für ihn gewesen war.

Der endgültige Abschied von einem früheren Leben. Erst heute hatte er zum ersten Mal richtig gespürt, dass er wirklich und wahrhaftig frei war von ihr.

Doch Adrienne war eine äußerst sinnliche Frau – und der Verzicht, zu dem sie gezwungen wurde, tat ihm ehrlich leid. Noch vor ein paar Monaten hätte er ihr nicht widerstehen können, das wusste er. Aber da war kein leidenschaftliches Drängen mehr, wenn er sie betrachtete. Diese innere Glut, die alles Denken auslöschen konnte. Sein Blut hatte nicht gekocht, und sein Herz war seltsam ungerührt geblieben. Sein Empfinden war die unwiderrufliche Bestätigung dafür gewesen, dass er seit Langem frei war von dieser Last.

Frei? Du bist frei, Alex!

Verdammt noch mal, warum ging ihm dieser Satz von Linda nicht mehr aus dem Kopf? Fluchend stieg Alexander aus der Dusche und trocknete sich ab. Er schlang sich das feuchte Handtuch um die Hüften und steckte es fest. Dann ließ er sich auf seine Bettdecke fallen und schloss die Lider. Heißes Begehren rieselte durch seinen Körper, wenn er nur an Linda dachte – und diese Begierde, diese quälende Sehnsucht war noch viel stärker, brennender und nachhaltiger als das Begehren, das er früher einmal für Adrienne empfunden hatte.

Herrgott!

Seine Schwägerin hatte recht! Und Monika ebenfalls! Er bekämpfte seine Gefühle für Linda. Wenn er ehrlich war, hatte er sie bereits vermisst, als er losgefahren war. Oder noch früher?

Sie ist so wunderschön!

Ich begehre sie wie keine andere Frau zuvor.

Ich vermisse sie.

Das kann nicht gut gehen! Nein, verdammt!

Seine geschlossenen Fäuste trafen direkt neben seinem Körper hart auf die Matratze. Er öffnete die Augen und erhob sich abrupt vom Bett, um sich anzuziehen. Seine Familie erwartete ihn sicher bald zum Essen – und plötzlich war er erstaunlich ruhig.

Gerade, als er den letzten Knopf an seinem Hemd geschlossen hatte, klopfte es an der Zimmertür.

„Nur herein!“, rief er fröhlich, weil er seine Mutter erwartete. Stattdessen steckte Adrienne ihren Kopf durch die halb geöffnete Tür. Sie sah frisch und rosig aus und trug jetzt Jeans und ein erdbeerrotes T-Shirt. Ihre langen Haare hatte sie im Nacken zu einem lockeren Knoten geschlungen. „Claudine schickt mich – das Essen ist fertig, Alex.“

Gelassen erwiderte er ihren offenen Blick und nickte. „Geht es dir gut, Reny?“, fragte er.

„Ja, mach dir bloß keine Sorgen um mich, Alex. Es ist alles in Ordnung mit mir. Henri sitzt bereits unten am Esstisch und wartet ebenso auf dich wie Claudine.“

Noch einmal nickte er. „Geh schon vor, ich werde gleich

nachkommen. Wenn ich mir nicht wenigstens einmal mit dem Kamm durchs Haar fahre, gibt es von meiner Mutter wieder einen Rüffel. Also, bis gleich."

Adrienne verschwand mit einem Lächeln auf den Lippen.

Während des Essens berichtete Henri stolz von der guten Weinernte, die ihnen in diesem Jahr offenbar bevorstand. „Es ist wirklich schade, Alex, dass du nicht bis zur Lese hierbleiben kannst. Der Wein wird dieses Jahr hervorragend werden."

„Du hast doch aber hoffentlich genug Leute, oder?", fragte Alexander.

„Ja, natürlich", winkte Henri ab. „Es gibt immer genug Saisonarbeiter, die nur darauf warten, dass endlich wieder die Zeit der Lese beginnt."

Alexander setzte sein Glas an die Lippen. „Dieser hier ist aber auch nicht zu verachten. Er passt hervorragend zu Claudines fantastischer Poularde." Sein Blick glitt zu seiner Mutter. „Du verwöhnst uns, wie immer, *ma belle*." Lächelnd prostete er Claudine zu, die ihn aus ihren blitzenden schiefergrauen Augen anstrahlte.

„Oh, ich danke dir, Alexander. Du bist und bleibst der größte Charmeur, dem ich je begegnet bin – nun, vielleicht mit Ausnahme deines Vaters", schränkte sie mit einem schelmischen Lachen ein. „Ach, da fällt mir ein, was macht eigentlich dein Liebesleben?"

Früher oder später musste sie ja diese Frage stellen, dachte er etwas ärgerlich, lächelte aber tapfer weiter.

„Ja, das interessiert uns doch immer sehr, nicht wahr, Reny?" Um Henris Mund spielte ein süffisantes Grinsen.

Henri wusste natürlich, dass sein Bruder bereits seit Tagen diese Frage befürchtet hatte, aber er konnte nicht wissen, dass er Adrienne und Alexander jetzt für einen kurzen Moment aus dem Gleichgewicht brachte. Alexander spürte den Blick seiner Schwägerin und vermied es ganz bewusst, sie anzusehen. Er räusperte sich, um die eigene Anspannung zu lösen.

„Nun, dir ist ja bekannt, Claudine, dass ich dieses Mal eigentlich in Begleitung einer Frau hier erscheinen wollte. Warum fragst du also?“

Das Lächeln seiner Mutter war äußerst milde. „Ganz einfach, weil du nun doch nicht in Begleitung gekommen bist. Außerdem hast du noch niemals zuvor angekündigt, jemanden mitbringen zu wollen, das hat mich neugierig gemacht. Also, was ist mit dieser Frau? Ist es etwas Ernstes, Alexander?“

Wie so häufig, wenn er direkt in die Augen seiner Mutter sah, beschlich ihn das unangenehme Gefühl, in einen Spiegel zu sehen, der ihm mehr zeigte, als er selbst wissen wollte. Schon als Kinder waren sich Henri und er absolut sicher gewesen, dass ihre Mutter mit diesem eigenartig hypnotischen Blick alles sehen konnte, was sie eigentlich vor ihr zu verbergen versuchten. Claudine Hellberg konnte man nichts vormachen. Sie schaute jedem Menschen bis in die Seele, besonders aber ihren Söhnen.

Noch ein zweites Mal räusperte er sich. „Ich habe eine Frau kennengelernt, die mich sehr fasziniert. Wirst du dich mit dieser Information erst einmal zufriedengeben, Claudine?“

Ihr Lächeln wurde wieder breiter. „Nein, ganz und gar nicht, mein Junge. Erzähl schon, wer und wie ist sie?“

Henri schenkte grinsend ein weiteres Glas Wein ein und klopfte ihm dann aufmunternd auf die Schulter. „Komm schon, Mann! Lass unsere arme Mami nicht am langen Arm verhungern. Wenn du wieder weg bist, muss ich es ausbaden.“

Henris Bemerkung brachte ihm einen tadelnden Blick seiner Mutter ein. Doch dann ruhten ihre Augen sogleich wieder erwartungsvoll auf ihrem älteren Sohn.

Alexander setzte sein Glas an die Lippen und nahm einen kräftigen Schluck von dem leichten, spritzigen Weißwein, den sein Bruder heute Abend aufgetischt hatte. „Erinnert ihr euch noch an Frank Michaelsen?“

„Na klar!“, rief Henri aus und nickte. „Dein alter Bullenkumpel aus der Anfangszeit.“

Adrienne blickte nur interessiert auf, aber Claudine nickte ebenfalls. „Natürlich erinnere ich mich an Frank. Der Junge war wirklich umwerfend attraktiv, hatte was vom jungen Robert

Redford. Aber was hat er mit dieser Frau zu tun?"

„Vor einigen Monaten wurde er ermordet. Linda ist seine Witwe. Wir lernten uns nach Franks Beerdigung kennen." Knapper konnte man es wohl kaum formulieren. Einige Sekunden blieb es vollkommen still im Raum.

„Nicht gerade die romantischste Art des Kennenlernens, oder?", frotzelte Henri.

„Jemand hat Frank umgebracht? Das ist ja schrecklich, Alexander!" Claudine griff nach seiner Hand und drückte sie fest. „Also, sie ist ... seine Witwe – das muss alles sehr schlimm für dich gewesen sein, *chéri.*"

Wieder einmal wunderte er sich darüber, wie schnell und sicher seine Mutter die wichtigsten Zusammenhänge erfassen konnte. Sie wäre sicherlich eine fantastische Kriminalistin geworden. „Es war nicht einfach, das stimmt. Um bei der Wahrheit zu bleiben, ist es das auch heute noch nicht. Linda und ich, wir knüpfen verschiedene ... Erwartungen an unsere Beziehung. Außerdem haben wir beide unsere Vorgeschichte, das macht es auch nicht unbedingt einfacher für uns." Sein Blick glitt automatisch zu Adrienne. Ihre Lider senkten sich, und sie griff ebenfalls nach ihrem Glas, wahrscheinlich, um ihre Hände zu beschäftigen.

„Seid ihr denn nun ... zusammen?", hörte er Henri fragen.

Alexanders Blick wanderte von Adrienne langsam zu seinem Bruder. „Ich denke, schon."

Henris Stirn legte sich in Falten. „Du denkst, schon?", wiederholte er verständnislos.

„Lass deinen Bruder jetzt in Frieden", unterbrach Claudine zu Alexanders großem Erstaunen den kurzen Dialog. „Du hast gehört, was er gesagt hat." Ein weiteres Mal streichelte sie über Alexanders Handrücken. Der Blick, mit dem sie ihn betrachtete, war voller Wärme und Verständnis. „Sobald es mehr zu sagen gibt, wirst du es sicher tun, nicht wahr, Alex?"

Er legte seine andere Hand über die seiner Mutter und lächelte sie voller Dankbarkeit an. „Ja, das werde ich. Versprochen."

Den folgenden Tag verbrachte Alexander sehr zurückgezogen. Seine Familie respektierte sein Verhalten stillschweigend und ließ ihn in Ruhe. Fast den gesamten Vormittag verbrachte er im Bett. Erst gegen halb zwölf duschte er und zog sich an. Nach einem schnellen Frühstück, das nur aus einer riesigen Tasse Milchkaffee und zwei trockenen Croissants bestand, schenkte er sich eine zweite Tasse ein und nahm sie mit auf die Veranda. Dort ließ er sich in einen der Liegestühle fallen und machte das, was er seit Stunden, ja eigentlich seit Tagen schon ununterbrochen tat: Er dachte nach – und seine Gedanken drehten sich fast ausschließlich um Linda. Während er seinen Kaffee trank, fragte er sich zum wiederholten Male, was er hier eigentlich verloren hatte, wenn er doch viel lieber bei ihr sein wollte. Und er fragte sich auch, ob er sie endlich anrufen sollte, um ihr zu sagen, wie sehr er sie vermisste, verwarf diesen Gedanken jedoch gleich wieder, weil er ihm zu kindisch erschien.

Später am Nachmittag, nach einem langen einsamen Spaziergang, traf er auf seinen Bruder, der in einer kleinen Scheune nicht weit vom Haus entfernt an einem alten Traktor herumbastelte. Als Henri ihn erblickte, wischte er sich mit dem Ärmel seines Arbeitshemds den Schweiß von der Stirn und lächelte ihm entgegen. „Na, du einsamer Wolf."

„Hallo, Henri." Alexander ließ sich auf einem alten wackeligen Hocker nieder und kaute auf einem Strohhalm herum, den er träge im Mund hin und her schob. „Hast du eine Zigarette für mich?", fragte er hoffnungsvoll. „Ich habe meine vorhin auf der Veranda liegen lassen."

Henri griff in die Brusttasche seines Hemds und holte eine Packung Zigaretten und ein kleines silbernes Feuerzeug hervor. Beides warf er Alexander zu. Wortlos zog er sich schließlich eine leere Holzkiste heran und setzte sich seinem Bruder direkt gegenüber. Dann wartete er still und geduldig ab, bis Alexander sich eine Zigarette angezündet hatte, und tat es ihm anschließend gleich.

„Mann, tut das gut", seufzte Alexander auf und ließ sich mitsamt dem kleinen Hocker zurück gegen einen dicken

Holzpfeiler kippen. Eine Weile rauchten sie schweigend.

„Elendes Laster", bemerkte Henri nach einem kräftigen Zug und grinste. „Es tut mir übrigens ungeheuer gut, mal wieder mit einem erwachsenen Menschen deutsch sprechen zu können, Alex. Mutter und Reny sprechen nämlich fast nur noch französisch mit mir."

Alexander spuckte einen Krümel Tabak aus. Sein Bruder rauchte starke filterlose Zigaretten, und die war er nicht gewohnt. „Es ist eben ihre gemeinsame Muttersprache."

Henri schnaubte verächtlich. „Ich finde, sie übertreiben es ein bisschen, Alex. Adrienne ist doch praktisch in Deutschland aufgewachsen, und Mutter hat schließlich auch lange genug dort gelebt. Obwohl ich mit den Kindern deutsch spreche, bin ich immer froh, wenn wir mal Feriengäste aus Deutschland haben."

„Aber du bist doch nach wie vor zufrieden damit, hier zu leben, oder?"

Henri drückte seine Zigarette in einer alten kleinen Konservendose aus und reichte diese anschließend seinem Bruder. Er nickte. „Klar, ich meine, auf die Pension könnte ich manchmal gut und gerne verzichten, aber sicher nicht mehr auf meine Weinberge." Er hob den Kopf und sah durch die weit geöffnete Scheunentür ins Freie. „Außerdem ist das hier ein wahres Paradies für die Kinder."

Alexander nickte. „Schade übrigens, dass eure Kinder nicht hier sind. Ich freue mich immer darauf, sie zu sehen. Richard geht doch jetzt schon in die Schule, nicht wahr?"

Ihre Blicke trafen sich wieder. „Ja, er wird jeden Morgen von einem Bus direkt am Haus abgeholt. Das sind eben die Vorteile des Landlebens." Henri lachte. „Der Junge ist verdammt clever, Alex. Aus dem wird mal was."

„Das glaube ich gerne", nickte Alexander. „Er war schon immer sehr weit für sein Alter. Geht's der Kleinen auch gut?"

„Oh ja! Sie ist ein wahrer Wirbelwind, herzerfrischend temperamentvoll – und sie wird irgendwann einmal mindestens so schön werden wie ihre Mutter." Henris Blick veränderte sich plötzlich und senkte sich auf seine Hände.

Alexander hatte insgeheim nur darauf gewartet, dass die Sprache auf Adrienne kam. „Ist alles okay mit euch beiden, Henri?"

„Was soll deine Frage, Alex?" Henris Stimme klang ungewohnt hart. „Fragst du mich allen Ernstes nach dem Zustand meiner Ehe?" Wütend erhob er sich und ging wieder hinüber zu seinem alten Traktor. Über seiner Nasenwurzel zeigten sich zwei steile Falten.

Alexander folgte seinem Bruder. „Entschuldige, Henri. Ich wollte nicht neugierig sein. Ich habe mir nur Sorgen gemacht, das ist alles."

Der Kopf des Jüngeren schoss zu Alexander herum. „Warum machst du dir Sorgen um unsere Ehe … Bruder?" Der zornige Unterton in Henris Stimme entging Alexander genauso wenig wie das Aufblitzen in dessen Augen. Aber er hielt es für angemessener, beides zu ignorieren und stattdessen so offen wie nur möglich mit Henri zu sprechen.

„Weil jeder, der Augen im Kopf hat, sehen kann, dass deine Frau unglücklich ist, deshalb!"

Die Blicke der beiden Männer schraubten sich ineinander fest, bis der helle Zorn in Henris Augen langsam, aber sichtlich abflachte. „Ich will nicht darüber reden – und schon gar nicht mit dir", brachte er schließlich hervor. „Meine Frau geht dich nichts an. Nicht mehr!"

Gegen seinen Willen fühlte Alexander sich tief verletzt.

Anscheinend blieb das auch seinem Bruder nicht verborgen. „Liebst du sie nach all den Jahren denn immer noch, Alex?", fragte er fast unhörbar.

„Nein, das ist schon sehr lange vorbei", antwortete Alexander mit fester Stimme. „Ich mag sie natürlich sehr. Sie wird immer einen besonderen Platz in meinem Herzen haben, aber meine Gefühle für sie haben sich inzwischen deutlich verändert. Nein, ich liebe sie nicht mehr", wiederholte er nachdrücklich.

Henri nickte zum Zeichen, dass er ihm glaubte. Er kannte seinen Bruder. „Ich kann trotzdem nicht mit dir darüber sprechen, Alex. Versteh das bitte."

„Liebst du deine Frau denn noch, Henri?" Wieder tauchten

ihre grauen Blicke ineinander. Henri kramte erneut nach seiner Zigarettenschachtel und bot auch seinem Bruder davon an.

„Nun?“, hakte Alexander nach, nachdem beide Zigaretten brannten.

Henris Blick verdunkelte sich, und wieder entstanden über seiner Nase die tiefen Falten. „Oh ja, ich liebe sie. Ich liebe sie sogar viel mehr, als ich ertragen kann, aber sie …“ Henri brach abrupt ab. „Lass mich allein, Alex. Ich hab noch eine Menge zu tun bis zum Abendessen.“

Alexander gab noch nicht auf. „Was ist los, Henri? Rede mit mir, verdammt noch mal. Ich sehe doch, dass es dir guttun würde. Was, zum Teufel, ist mit euch beiden passiert?“ Seufzend warf er seine Zigarette auf den Boden und trat sie aus. „Vielleicht kann ich euch ja irgendwie helfen.“

„Ha! Du willst uns helfen? Ausgerechnet du?“ Henris Stimme überschlug sich, und er wurde dunkelrot vor Wut. Aufgebracht hob er seine geballten Fäuste. „Ich könnte dich manchmal umbringen, Alex! Oh ja, ich schwöre dir, wenn du nicht mein Bruder wärst, hätte ich dich wahrscheinlich schon lange umgebracht! Du bist doch an allem schuld! Ich hätte es damals schon wissen müssen. Du warst ja immer der Bessere von uns beiden!“ Wieder brach er ab. Sein wütender Blick fiel auf seine geschlossenen Fäuste, und er schüttelte verwirrt den Kopf.

Alexander erschrak bis ins Mark. Er konnte sich zwar kaum vorstellen, woher Henri wissen sollte, dass Adrienne und er ihn vor Jahren tatsächlich einmal betrogen hatten. Aber im Augenblick ließ der unverhohlene Hass in der Stimme seines Bruders keinen anderen Schluss zu. Er hat es irgendwie herausgefunden, dachte Alexander verzweifelt. Mein Gott, er weiß es!

„Henri, ich …“

Henri warf jetzt ebenfalls den Rest seiner Zigarette zu Boden und trampelte darauf herum wie auf einem unliebsamen Insekt. Dann entspannte sich sein Gesicht plötzlich, und sein Blick wurde weich, als er Alexander wieder in die Augen blickte.

„Tut mir leid, Alex. Ich … Eigentlich kannst du ja gar nichts dafür, dass …“

Alexander war nun vollends durcheinander. Es fiel ihm schwer, Henris Umschwung zu folgen.

„... dass du sie glücklich machen konntest und ich es eben nicht kann“, hörte er seinen Bruder sagen.

Henri wirkte plötzlich sehr erschöpft. Matt lehnte er sich gegen den alten Traktor und fuhr sich mit beiden Händen durch seine dunklen Haare.

„Wieso ...“ Alexander musste sich räuspern, bevor seine Stimme ihm wieder gehorchte. „Wieso glaubst du, dass du sie nicht glücklich machen kannst?“

Henri wischte sich erneut mit seinem Hemdsärmel den Schweiß von der Stirn. Seine müden Augen ließen ihn auf einmal viel älter erscheinen. „Also gut, großer Bruder, dann mach ich mich eben vor dir zum Affen, was soll's.“

„Red keinen Unsinn. Spuck es endlich aus.“

Henri holte tief Luft. „Es war kurz nach Nicoles Geburt. Sie ... Adrienne hatte es ziemlich schwer und wurde richtig krank. So krank, dass sie sich einer Operation unterziehen musste, aber das weißt du ja. Wir ... mussten nach diesem Eingriff noch länger als üblich ... warten mit ... na, du weißt schon.“

Alexander nickte nur und wartete, bis sein Bruder sich eine neue Zigarette angesteckt hatte. Er selbst winkte ab.

Schließlich fuhr Henri mit etwas festerer Stimme fort: „Fast drei Monate lang haben wir gewartet, dann haben wir wieder ... miteinander geschlafen. Es war ganz okay – jedenfalls für mich. Nun, vielleicht war ich auch ein bisschen zu ungeduldig. Du weißt ja, wie man als Mann so drauf ist, wenn man so lange abstinent leben muss und dazu noch das Objekt der Begierde ständig vor Augen hat.“

Alexander dachte automatisch an Linda. Er verstand nur allzu gut, was sein Bruder meinte.

Henri nahm einen tiefen Zug von der Zigarette, bevor er weitersprach. „Ich hab es dann ... eben auf jede erdenkliche Art bei ihr versucht, aber ohne Erfolg. Natürlich haben wir darüber gesprochen, und wir sind beide zu dem Schluss gekommen, dass sie eben noch etwas mehr Zeit braucht nach der schweren Entbindung und der Operation. Sie wollte sogar noch einmal mit ihrem Arzt darüber sprechen, aber ich habe sie beruhigt und ihr gesagt, dass wir das zusammen schon wieder hinbekommen werden.“

Henri nahm einen letzten Zug und hob die Konservendose auf, um seine Zigarette darin auszudrücken. Auch die beiden Kippen vom Boden hob er auf und warf sie dazu. „Aber es wurde nicht besser, Alex. Ich ... ich habe mich praktisch nur noch bei ihr ... abreagiert, und sie ließ es mehr oder weniger über sich ergehen, ohne selbst etwas zu empfinden. So ging es über ein halbes Jahr lang. Dann kam diese verhängnisvolle Nacht. Scheiße! Ich bin irgendwann aufgewacht. Normalerweise schlafe ich ja wie ein Stein, aber in dieser Nacht bin ich eben aufgewacht. Ich ... ich weiß bis heute nicht, ob ... sie geschlafen und geträumt hat oder wach war. Jedenfalls ... Ich öffnete die Augen und sah sie. Der Vollmond schien in dieser Nacht direkt in unser Fenster, und ich konnte sie ganz gut erkennen. Sie ... lag halb auf der Seite mit geschlossenen Augen und halb geöffneten, feuchten Lippen, wie eine Madonna hat sie ausgesehen. Zuerst dachte ich noch, wie wunderschön sie ist, und war ganz hingerissen von ihrem Anblick. Doch dann begann sie immer wieder deinen Namen zu flüstern, Alex. Ja, deinen Namen, nicht meinen! Und sie ... sie stöhnte und seufzte dabei, verdammt! Noch niemals in meinem Leben habe ich mich so gedemütigt und verletzt gefühlt.“ Voller Schmerz blickte Henri auf und sah seinem älteren Bruder in die Augen. Alexander war ebenso schockiert wie traurig, die Gefühle zeichneten sich deutlich auf seinem Gesicht ab.

„Hör zu, das ...“

Henri hob seine Hände. „Du sollst jetzt auch alles erfahren. Kannst du dir annähernd vorstellen, was das damals in mir ausgelöst hat? Seit Monaten versuchte ich, meine Frau im Bett wieder glücklich zu machen. Und dabei brauchte sie sich nur vorzustellen, sie würde mit dir ... und ... Ich habe sie niemals wieder angefasst seit dieser Nacht, Alex. Ich bringe es einfach nicht fertig.“

„Wie schaffst du das? Ich meine ... du liebst und begehrst sie doch, oder?“

Henris Gesichtsausdruck verhärtete sich ebenso wie sein düsterer Blick. „Ich komme schon klar, glaub mir."

Alexander hob beschwichtigend eine Hand. „Entschuldige, das war eine dumme Frage."

Henri schüttelte den Kopf. „Nein. Deine Frage war wohl normal für einen Mann, der so … sagen wir mal, körperlich geprägt ist, wie du es bist."

„Hast du eine Geliebte?"

Henri lächelte bitter. „Du weißt doch wohl am besten, wie die Frauen auf unseren Typ abfahren, oder?"

Alexander schüttelte unwillig seinen Kopf. „Das ist der falsche Weg, Henri! Falsch und zerstörerisch. Deine Frau liebt dich! Reny wartet nur darauf, dass du endlich zu ihr zurückkommst. Alles andere ist längst Geschichte, und das solltest auch du endlich so sehen, sonst kannst du gleich alles hinschmeißen."

„Wir waren bereits mehrere Jahre miteinander verheiratet, als das passiert ist, Alexander!"

„Meine Güte, Henri, vielleicht war es damals wirklich nur eine schreckliche Zeit für Reny. Ein einmaliger Ausrutscher, sozusagen. Was verstehen wir Männer schon davon, wie so eine Geburt und gleich anschließend eine Operation sich auswirken können. Wenn du mich fragst, war sie ganz einfach in einem psychischen Tief."

Henri fluchte unvermittelt laut auf und starrte wütend an die Decke. Wieder schlossen sich seine Fäuste. Nach einigen tiefen Atemzügen hatte er sich allerdings wieder in der Gewalt.

„Was ist nun wieder los?", fragte Alexander.

„Sie hat mit dir geredet, oder?"

Alexander nickte sofort. Es lag ihm fern, das aufkeimende Vertrauen zu seinem Bruder gleich wieder zu zerstören. „Ja, das hat sie. Und bevor du wieder ausrastest, Kleiner, sie hat mir auch erzählt, wie sehr sie sich nach deinen Zärtlichkeiten sehnt und wie oft sie schon versucht hat, dich zu verführen." Er versuchte ein Lächeln. „Deine Frau liebt und begehrt dich, du Vollidiot. Nur dich! Sie ist verzweifelt, Henri."

„Zur Hölle! Ich muss … nachdenken", schnaubte Henri.

„Ja, tu das, zum Teufel, aber warte nicht zu lange. Ich habe dich schon einmal gewarnt. Adrienne ist eine äußerst sinnliche Frau. Auch sie wird nicht ewig auf dich warten, glaub mir."

„Ich weiß, wie sie ist. Ich bin schließlich seit sieben Jahren mit ihr verheiratet."

Alexander lachte auf. „Na siehst du, du fühlst dich ja schon wieder von mir herausgefordert."

Auch Henri lächelte jetzt. „Du hast dich verändert, Alex. Ich meine, wirklich verändert."

„Ja", Alexander nickte. „Das habe ich auch inzwischen feststellen müssen – und ich denke, auch mir ist hier in den letzten Tagen einiges klar geworden."

Henri zog noch einmal seine Zigarettenschachtel heraus. „Wir haben noch etwas Zeit bis zum Abendessen. Lass uns noch eine Zigarette zusammen rauchen, und dabei erzählst du mir von den Dingen, die dich belasten, großer Bruder."

Alexander hielt kaum etwas vor Henri zurück. Er berichtete ausführlich und schonte sich auch selbst nicht dabei. Henri Hellberg hörte still zu und stellte nur ab und an eine kurze Frage. Mit seiner Abreise aus Hamburg endete Alexander.

„Nach dem, was du erzählst, muss Linda eine bildschöne und wirklich zauberhafte Person sein."

„Ja, das ist sie. Sie wirkt irgendwie immer so … elegant und grazil. Manchmal erinnert sie mich an eine kleine scheue Antilope." Alexander lachte über seinen Vergleich. „Sie würde mich wahrscheinlich auslachen, wenn sie das jetzt gehört hätte."

„Jedenfalls würde sie nicht mehr daran zweifeln, dass du dich gründlich in sie verliebt hast, Alex."

„Es fällt mir nur so verteufelt schwer, mich diesen Gefühlen auch wirklich zu stellen, Henri. Und ich schaffe es nicht, sie Linda mitzuteilen. Ich bin ein Hornochse, wenn ich sie wieder laufen lasse, das habe ich mir inzwischen eingestanden, auch wenn das allein schon schwer genug war." Er fuhr sich durchs Haar. „Ich überlege schon den ganzen Tag, ob ich einfach losfahren, ich meine, zu ihr nach Hause fahren soll."

„Mein Gott, Alexander, dich hat es ja richtig kalt erwischt!"

Henri lachte auf. „Wenn das Claudine erst begreift, wird sie völlig durchdrehen und sofort eure Hochzeit planen, Kumpel."

Alexander hob abwehrend seine Hände. „Jage mir keine Angst ein, Henri. Nein, im Ernst, ich glaube, Claudine weiß es bereits. Gestern Abend hatte sie wieder diesen mütterlichen Ich-habe-dich-sowieso-durchschaut-Blick. Sie war auch plötzlich so ungemein verständnisvoll. Sie weiß, wie ich zu Linda stehe, Henri, da bin ich mir ziemlich sicher."

Henri warf sein Werkzeug in eine Kiste und hievte sie auf den Sitz des Traktors. Danach verließen sie in stiller Übereinkunft die kleine Scheune, um zum Haus hinüberzugehen. „Weißt du denn inzwischen, was du tun wirst?", fragte der jüngere Bruder nach einer Weile.

„Ich? Na hör mal! Wir sollten beide nicht mehr die Augen verschließen und unser Schicksal in die Hände nehmen, Kleiner", erwiderte Alexander ernst. „Unser Gespräch hat das wohl deutlich gemacht. Du wirst also heute Nacht deine Frau nach allen Regeln der Kunst verführen, und ich werde ins kalte Wasser springen müssen und gleich morgen zur Dame meines Herzens fahren, um sie darüber in Kenntnis zu setzen, dass ich meine Zukunft und mein Leben von nun an in ihre kleinen Hände lege." Er lachte kurz auf und schaute seinen Bruder an. „Das sehe ich doch richtig, oder?"

Henri blieb noch einmal stehen und legte eine Hand auf Alexanders Oberarm. Seine Augen verengten sich, und er räusperte sich verlegen. „Das hat uns jetzt gutgetan, oder? Ich meine, unser Gespräch."

Alexander nickte und lächelte leicht. „Ja. Und ich bin wirklich sehr froh und erleichtert darüber, Henri."

Henri wirkte plötzlich etwas verlegen. „Es gibt da … etwas, das mich schon seit damals, seit deiner Trennung von Adrienne, belastet, Alexander. Mir ist das ziemlich peinlich, aber wir beide haben heute so offen wie schon lange nicht mehr miteinander gesprochen. Eine zweite Gelegenheit für meine Frage wird es niemals geben, das ist mir gerade klar geworden. Ich muss diese Chance einfach nutzen, auch auf die Gefahr hin, dass du mich hinterher für einen Vollidioten hältst oder mich hier an Ort und Stelle niederschlägst oder was auch immer. Es ist … es ist da etwas Besonderes zwischen euch gewesen, Alex. Ich meine, zwischen Reny und dir. Das habe ich immer gespürt."

Alexander raufte sich die Haare und starrte Hilfe suchend in den Himmel, dann versuchte er angestrengt, die richtigen Worte zu finden. „In meinen Augen machst du einen ganz entscheidenden Denkfehler, Henri. Hast du schon einmal darüber nachgedacht, warum sie mich schließlich verlassen hat, um mit dir leben zu können?"

„Nun, sie … hat sich in mich verliebt. Ich … verstehe nicht, worauf du hinauswillst."

„Das ist es, Henri! Genau darauf wollte ich hinaus. Zwischen Mann und Frau geht es um die Stärke des Gefühls und um die besondere Macht einer ganz gewissen Anziehungskraft, die sie miteinander verbinden kann. Wenn ich für Reny wirklich ein so toller Hecht gewesen wäre, wie du annimmst, dann wäre sie doch wohl niemals so bereitwillig mit dir ins Bett gestiegen, oder? Du vergisst ganz, dass du damals der große Gewinner von uns beiden gewesen bist, nicht ich. Warum nur verdrängst du diese schlichte Tatsache? Ehrlich gesagt, fällt es mir schwer, dich zu verstehen."

„Was, zum Teufel, soll ich denn tun, Alex?"

„Sie lieben, Henri! Sie will nicht mehr, aber auch nicht weniger von dir. Zeig ihr einfach, wie begehrenswert du sie findest, wie sehr du dich nach ihrer Liebe sehnst, und mach ihr vor allem klar, wie sehr du sie brauchst."

„Das klingt fast zu einfach."

„Das ist es eigentlich auch. Mit einer Sache hattest du nämlich recht, Henri. Zwischen Adrienne und mir gab es etwas Besonderes. Es ist etwas, das sich wahrscheinlich niemals ändern wird – aber es ist auch etwas, worauf du sicher niemals eifersüchtig sein musst. Deine Frau und ich sind uns einfach in bestimmten Bereichen sehr ähnlich, weißt du. Reny und ich brauchen beide die ständige Bestätigung dafür, dass wir bedingungslos geliebt und rasend begehrt werden. Das macht es schwer für unsere Partner, denn sie müssen uns ihre Liebe ja immer wieder aufs Neue beweisen und uns zeigen, dass wir einfach die Größten sind." Er lachte auf. „Anstrengend, zugegeben, aber du bekommst auch mindestens dreimal so viel zurück. Ich denke, für Reny ist der Sex eine Art Medium. Sie zieht einen nicht unerheblichen Teil der Bestätigung daraus, die sie so dringend braucht."

Henri sah ihm eine ganze Weile direkt ins Gesicht. „Ich glaube, ich habe sogar annähernd verstanden, was du meinst. Danke."

„Keine Ursache, Bruderherz. Ich bin nur froh, dass dieses Gespräch jetzt vorbei ist." Alexanders Lächeln wirkte leicht verlegen. „Meine Güte, da habe ich aber ordentlich aus dem Nähkästchen geplaudert, was?"

Henri verzog hingegen keine Miene. „Okay", sagte er entschieden. „Wenn du nämlich recht hast, wirst du morgen einem glücklichen Paar am Frühstückstisch gegenübersitzen und anschließend deinen Teil unserer kleinen Mutprobe erfüllen und die Koffer packen, um deine eigene Prüfung zu bewältigen. Ich werde über meinen Schatten springen und auf dich hören, aber du musst es auch tun. Deine wohlgemeinten Ratschläge solltest du nämlich nicht zuletzt auch selber beachten. Zeig deiner Linda, dass du sie liebst und brauchst, Alex."

Alexander lachte. „Abgemacht, ich werde dann gleich mal unsere liebe Mutter darüber informieren, dass ich vorhabe, schon morgen abzureisen."

„Oh Alex! Gönne uns noch diesen letzten entspannten Abend", sagte Henri grinsend. „Sie wird es auch verstehen, wenn du ihr morgen früh mitteilst, dass du unbedingt sofort und auf der Stelle zu Linda musst. Unsere Mutter ist eine unverbesserliche Romantikerin. Für eine Französin steht die Liebe doch sowieso immer an erster Stelle, oder? Versprich ihr einfach, dass du bald zusammen mit deiner Süßen wieder hierher zurückkommen wirst, um sie uns vorzustellen, und sie wird dir auf der Stelle alles verzeihen."

Da Claudine bereits am frühen Vormittag zu einer Verabredung mit einer alten Freundin nach Toulon gefahren war, hatte Alexander sowohl das notwendige Gespräch als auch die anschließende Verabschiedung von ihr gleich nach dem Aufstehen erfolgreich und unerwartet zügig hinter sich gebracht.

Seit einer halben Stunde saß er nun schon allein in der Küche und frühstückte, als endlich Adrienne dazukam. Natürlich konnte er es sich nicht verkneifen, sie genauer anzuschauen. Höchst zufrieden schmunzelte er dann vor sich hin, während er sich noch eine abschließende Tasse Milchkaffee gönnte.

„Guten Morgen, Schönheit."

Adrienne strahlte über das ganze Gesicht. *„Bonjour, mon ami."*

„Du bist ziemlich spät aus den Federn gekommen heute", bemerkte er lächelnd. „Schläft Henri etwa noch?"

Sie schüttelte lachend ihren Kopf. „Nein, nein. Er kommt auch gleich herunter. Eben gerade ist er aus der Dusche gestiegen. Es ist einfach zu herrlich, mal so richtig lange ausschlafen zu können."

Alexander nahm einen großen Schluck von seinem Kaffee und suchte bereits nach seinen Zigaretten. „Ich werde heute abreisen, Reny."

Sie zog einen Flunsch. „Oh, heute schon? Henri deutete vorhin so was an. Muss das sein, Alex?"

Er nickte. „Es muss!"

„Wegen Linda?"

„Ja, nur wegen Linda. Seit ich hier bin, ist mir so einiges klar geworden, Reny. Ich kann nur noch an sie denken und vermisse sie unsagbar. Ein Leben ohne Linda kommt mir plötzlich ganz unmöglich vor. Die Gespräche mit dir und Henri waren sehr wichtig für mich. Sie haben in meinem Kopf etwas ins Rollen gebracht, und damit konnte ich endlich einen Schlussstrich unter mein altes Leben ziehen."

Sie nickte verständnisvoll und lächelte dann plötzlich. „Ach Alex, apropos ins Rollen gebracht – ich ..."

„Schon gut, Reny. Ich habe durchaus Augen im Kopf."

„Ich nehme an, diese unerwartete Wende habe ich ganz allein dir zu verdanken?"

Er lächelte vielsagend, hob seine Schultern kurz an und erfreute sich stillschweigend an dem neu erwachten Funkeln in ihren schönen dunklen Augen.

„Hast du schon gepackt?“, fragte sie nach einer Weile.

„Ja, alles ist fertig. Ich wollte nur noch auf dich und Henri warten. Von Claudine habe ich mich bereits vorhin verabschiedet, bevor sie in die Stadt gefahren ist. Sie war ziemlich enttäuscht, dass ich schon wieder abreise, hat meine Gründe aber durchaus verstanden.“

„Willst du etwa in einem Rutsch durchfahren?“

„Ja. Wenn ich spätestens gegen Mittag starte und ein paar Pausen einlege, kann ich morgen früh schon in Hamburg sein. Immer vorausgesetzt, ich gerate nicht in einen dieser furchtbaren Autobahnstaus, aber damit ist eigentlich nicht zu rechnen. Die Sommerferien sind ja zum Glück fast überall vorbei.“

„Aber du nimmst dir hoffentlich noch die Zeit, um mit deinem kleinen Bruder eine letzte Tasse Kaffee zu trinken, oder?“ Henri stand lächelnd in der offenen Tür.

Alexander schmunzelte. „Klar, die Zeit nehme ich mir nur zu gerne.“

Henri kam zu ihnen an den Küchentisch und strich im Vorbeigehen seiner Frau übers Haar, bevor er sich auf dem Stuhl neben ihr niederließ. Der Blick, mit dem er sie betrachtete, während sie ihm und Alexander Kaffee einschenkte, war voller Wärme und Zuneigung.

Erst jetzt ging Alexander auf, wie distanziert die beiden bis gestern Abend noch miteinander umgegangen waren. Davon war jetzt nichts mehr zu spüren. Adrienne stellte die Kaffeekanne beiseite, legte ihre Hand locker auf Henris Oberschenkel und lächelte ihren Mann scheu und sogar etwas verlegen an. Sie machten ganz und gar den Eindruck eines frisch verliebten Paares, das gerade erst begann, sich richtig kennenzulernen.

„Ich musste Claudine versprechen, bald wiederzukommen“, sagte Alexander. „Hoffentlich kriege ich dann auch die Kinder zu Gesicht. Das Haus ist viel zu still ohne die beiden Rangen.“

Adriennes Mutterstolz ließ sie noch ein kleines bisschen mehr strahlen. „Wir werden unsere Kleinen von dir grüßen, Alex. Sie werden auch darüber traurig sein, dass sie dich nicht gesehen haben. Du weißt ja, wie sehr die beiden dich vergöttern."

„Ach übertreib nicht, Reny. Nicole wird sich kaum noch an mich erinnern. Im letzten Jahr war sie ja fast noch ein Baby."

Henri winkte ab. „Du hast ihr doch bei deinem letzten Besuch diesen weißen Plüschkater mitgebracht, erinnerst du dich?"

Alexander nickte. „Natürlich erinnere ich mich."

„Dieser Kater heißt Alex und ist praktisch ein echtes Familienmitglied geworden", fuhr Henri fort. „Sie liebt ihn über alles, macht keinen Schritt ohne dieses Vieh und kann angeblich auch nicht einschlafen, wenn sie ihn nicht fest im Arm hält. Nicole weiß ganz genau, von wem sie ihn bekommen hat. Du siehst also, du bist bei deiner kleinen Nichte unvergessen, Bruderherz."

„Ich fühle mich wirklich geschmeichelt." Alexander lachte.

Bereits zwanzig Minuten später war Alexanders Gepäck in seinem Auto verstaut, und sie verabschiedeten sich voneinander.

Henri und Alexander taten sich immer etwas schwer dabei und klopften sich nur freundschaftlich auf die Schultern.

„Ruf mich an, Alex."

„Versprochen."

Dann machte Henri seiner Frau Platz und zog sich lächelnd einige Schritte zurück. Als Adrienne ihre Arme um Alexanders Hals legte und ihn zum Abschied auf die Wange küsste, wurde es unerwartet eng in seinem Hals.

„*Au revoir*, Reny", murmelte er heiser in ihr Haar.

„Danke für alles und … mach sie glücklich, *chouchou*", flüsterte sie mit einem schelmischen Unterton in der Stimme. Alexander trat einen Schritt zurück und sah sie gleichzeitig strafend und belustigt an.

„Du kannst es nicht lassen, nicht wahr?", fragte er leise. Schnell drückte er ihr einen Kuss auf die Wange, wechselte noch einen langen Blick mit seinem Bruder, dann winkte er den beiden noch einmal zu und stieg in seinen Wagen.

8. KAPITEL

Der Morgen war trübe und grau, als Alexander die Autobahnausfahrt im Westen von Hamburg hinauffuhr. Dreimal hatte er unterwegs gerastet, um sich zu stärken und etwas auszuspannen. Jedes Mal hatte er sich Unmengen von Kaffee eingeflößt. Es war erst kurz vor sechs Uhr, und er überlegte, ob er trotz der frühen Stunde direkt zu Linda fahren sollte oder doch lieber zuerst in seine Wohnung, um rasch zu duschen und sich etwas Frisches anzuziehen. Obwohl es ihn unbestreitbar zu ihr zog, entschied er sich doch für die zweite Möglichkeit, denn es war Sonntag, und Charlotte musste nicht in die Schule. Er würde sich schließlich auch so schon nicht an ihre Absprache halten, sich vorher telefonisch zu melden. Denn bei ihr anzurufen, um sich irgendwann und irgendwo mit ihr zu verabreden, kam für ihn nicht mehr infrage. Er musste sie sehen, und das möglichst sofort.

Als er eine Stunde später geduscht und umgezogen seine Wohnung wieder verließ, war es zwar immer noch sehr früh, aber es war ihm einfach nicht mehr möglich, noch länger zu warten. Er machte einen kleinen Umweg und besorgte am nahe gelegenen Bahnhof einen kleinen Strauß rosa Rosen und frische Brötchen, dann setzte er sich zurück in sein Auto und versuchte, das nervöse Ziehen in seiner Brust wegzuatmen.

Genau, wie er es erwartet hatte, waren die Vorhänge hinter den Schlafzimmerfenstern noch zugezogen. Leise schloss er die Haustür auf und marschierte auf direktem Weg in die Küche, um den Frühstückstisch zu decken und Kaffee aufzusetzen. Erst als alles fertig und in seinen Augen nahezu perfekt war, griff er wieder nach den Rosen, holte noch einmal tief Luft und stieg langsam und so geräuschlos wie möglich die Treppe hinauf.

Zu seiner großen Überraschung lag Linda nicht mehr in ihrem Bett, sondern stand offensichtlich schon unter der Dusche, denn er hörte deutlich das Rauschen aus dem Badezimmer. Sein Herz verfiel in einen schnelleren Takt, und seine Nerven waren aufs Äußerste gespannt. Weil ihm nichts Besseres einfiel, ging er hinüber zum Fenster und öffnete die aprikotfarbenen Satinvorhänge, um die Morgensonne ins Zimmer zu lassen. Dort blieb er stehen, starrte wie blind aus dem Fenster und versuchte, die aufsteigende Panik zu ignorieren, die langsam in ihm hochzukriechen begann. Als sich die Badezimmertür hinter ihm öffnete, schloss er kurz seine Augen und drehte sich schließlich zu ihr um.

Linda sagte kein Wort, sondern starrte ihn genauso gebannt an wie er sie. Sie stand einfach nur da, duftend frisch, in ihren weißen Bademantel gehüllt und mit feuchten zurückgekämmten Haaren. Er fand sie so schön, dass es ihm den Atem verschlug, und sein Herz zog sich fühlbar zusammen. Endlich, nach einer kleinen Ewigkeit, räusperte er sich.

„Hallo, Ballerina“, brachte er mit rauer Stimme hervor.

„Hallo“, erwiderte sie so leise, dass er es kaum verstand, sondern eher von ihren Lippen ablas. Noch immer umklammerte er den kleinen Rosenstrauß und spürte plötzlich, wie ihm die Dornen ins Fleisch stachen. Wieder räusperte er sich, wagte es endlich, einen Schritt auf sie zuzugehen, und hielt ihr den Strauß entgegen. „Ich … ich hab dir Blumen mitgebracht.“

„Das sehe ich“, sagte Linda, aber sie rührte sich noch immer nicht von der Stelle und ignorierte die Rosen.

Hilflos senkte Alexander seinen Blick auf die Blumen und legte sie schließlich neben sich auf das Bett. Sein Magen spielte inzwischen vollkommen verrückt, und er fühlte deutlich, wie stark seine Hände zitterten. „Linda, ich war … ich war ein kompletter Idiot. Verzeih mir bitte. Ich …“ Er brach ab und ging einen weiteren Schritt auf sie zu. Jetzt waren sie nur noch einen guten Meter voneinander entfernt. Sein Blick verschmolz regelrecht mit dem ihren.

„Ja?“, hakte sie mit leiser Stimme nach. „Und weiter?“

„Ich hab dich so vermisst, Liebling.“

Linda spürte, dass ihr die Knie weich wurden, aber sie schaffte es trotzdem, ihrer Schwäche nicht nachzugeben. Stattdessen konzentrierte sie sich darauf, an Ort und Stelle stehen zu bleiben und ihm weiterhin in die rauchgrauen Augen zu schauen.

„Ich wollte dir … niemals wehtun“, setzte er wieder an.

„Das hast du schon mehrmals beteuert, Alex“, erwiderte sie nahezu tonlos.

Er nickte und fuhr sich mit beiden Händen gleichzeitig durchs Haar. „Ich weiß, ich will ja nur, dass du … Gott, Linda!“

In seinem Blick erkannte sie das Verlangen, und als er eine Hand hob, um sie zu berühren, wich sie erschrocken zurück.

„Ich hab’s total verbockt, nicht wahr? Ich hätte gar nicht erst fahren dürfen, verdammt noch mal! Jetzt ist es bereits zu spät, oder?“ Seine Stimme versagte fast bei seinen letzten Worten.

Linda schlang ihre Arme fest um ihren Oberkörper und blickte ihn traurig an. „Warum glaubst du das, Alex?“

„Du … du bist so … abweisend. Ich hätte …“ Er stockte und atmete tief ein.

Sie bemerkte, dass er nervös nach seinen Zigaretten tastete, es sich dann aber offenbar doch anders überlegte. Es war ihm anzusehen, wie konzentriert und verzweifelt er nach den richtigen Worten suchte.

„Ich hätte gar nicht wegfahren dürfen“, wiederholte er. „Ich brauche dich so sehr, Linda! Wenn wir … noch einmal ganz von vorn anfangen … und wenn ich mir ganz viel Mühe gebe, meinst du … meinst du, du könntest dich noch einmal in mich verlieben?“

Er sieht unendlich erschöpft aus, dachte sie. Die lange, ermüdende Fahrt steckte ihm offenbar in den Knochen, dennoch wartete sie verzweifelt darauf, dass er endlich die richtigen Worte fand. Verständnislos fragte sie sich, wie er nur annehmen konnte, sie würde jemals einfach damit aufhören können, ihn zu lieben. Sie schüttelte leicht ihren Kopf über seinen sichtlich desolaten Zustand. Alexander verstand diese kleine Bewegung anscheinend völlig falsch und rieb sich erschüttert über das Gesicht.

„Verstehe. Ich werde uns beide dann nicht mehr länger quälen und wohl besser für immer aus … deinem Leben verschwinden“, brachte er gepresst hervor.

„Du bist wirklich ein ausgemachter Idiot, Alexander Hellberg“, stellte sie lakonisch fest, als er mit durchgedrücktem Rückgrat an ihr vorbei zur Tür marschieren wollte.

Alexander hielt in seiner Bewegung inne und wandte sich ihr noch einmal zu.

Linda verschränkte ihre Hände ineinander und sah ihn betroffen an. „Warum, zum Himmeldonnerwetter, fehlt dir nur das Vertrauen, Alex?“

„Wie meinst du das?“, fragte er spürbar hoffnungsvoll.

„Warum gehst du einfach davon aus, ich würde dich nicht mehr lieben? Ich dachte, ich hätte dir deutlich genug gesagt, wie ich zu dir stehe. Viele Male!“ Ihre Stimme wurde fester. „Sag mir, was du zu sagen hast, aber stotterte um Gottes willen nicht mehr so hilflos herum wie ein kleines Kind, sondern komm endlich zum Punkt!“

Alexander rang die Hände und verzog den Mund zu einem unsicheren Lächeln. „Wie es aussieht, kann ich überhaupt nichts richtig machen, oder? Es …“

Das Klopfen an der Tür unterbrach ihn, und er schnaubte unwillig. Charlotte steckte ihren hellblonden, noch ungekämmten Kopf durch die Tür.

„Guten Morgen, Mami. Oh, sieh an, Alexander Hellberg ist wieder im Lande! Auch dir wünsche ich einen guten Morgen. Wann gibt's Frühstück?“

„Guten Morgen, mein Schatz“, sagte Linda lächelnd. Und Alexander fragte sich unweigerlich, seit wann diese zarte Frau so ungeheuer selbstsicher und beherrscht war. „Du bist aber früh aufgestanden heute. Ich komme gleich nach unten. Sei bitte so lieb und lass Alex und mich noch ein bisschen allein, ja?“

„Es ist schon alles fertig, Charlie“, mischte sich Alex ein und fuhr sich erneut mit beiden Händen über das Gesicht. „Ich habe vorhin Brötchen mitgebracht und den Tisch für uns gedeckt. Kaffee ist auch schon gekocht. Du brauchst dich nur hinzusetzen. Fang einfach an, wenn du Hunger hast.“

Linda warf ihm einen erstaunten Blick zu und unterdrückte ein Lächeln.

Charlotte sah kurz von einem zum anderen und grinste wissend. „Okay, ihr beiden. Ihr findet mich dann in der Küche, das heißt, wenn euch auch irgendwann nach Frühstück zumute sein sollte. Tschau."

Die Schlafzimmertür wurde von außen wieder geschlossen, und sie hörten Charlottes Schritte auf der Treppe.

Alexander fasste sich ein Herz und ging zurück zu Linda, bis er ganz dicht vor ihr stand. Obwohl er zunächst verärgert gewesen war, dass Charlotte sie unterbrochen hatte, bemerkte er nun, dass die Pause ihm seltsamerweise gutgetan hatte. „Ich will bei dir sein, Liebling! Ich hatte solche Sehnsucht nach dir. Bitte, ich möchte … Lass mich dich endlich küssen, Linda." Sein Blick tauchte ab in die goldene Tiefe ihrer Augen. Er hob seine Hände und umfasste zaghaft ihre Oberarme.

Linda ließ es nun widerstandslos geschehen.

Er senkte seinen Kopf und berührte mit seinem Mund leicht ihre geschlossenen samtweichen Lippen.

Sie seufzte leise auf und hob ihre Hände, um sie zunächst leicht auf seine Arme zu legen. Doch schon grub sie ihre Finger in die aufgerollten Ärmel seines Hemds.

Alexander zog sich etwas zurück und flüsterte, überwältigt von den eigenen, verzweifelten Empfindungen, ihren Namen. Seine Hände glitten hinauf und strichen sanft über Lindas feuchtes Haar. „Ich weiß jetzt, dass ich nicht mehr ohne dich leben will. Ich will, dass du nur zu mir gehörst – und dass ich zu dir gehöre. Ganz und gar, mit Haut und Haaren, genau wie du es dir gewünscht hast", sagte er leise.

Er bemerkte, dass ihre Augen feucht wurden. Sie genoss sichtlich die Berührungen seiner Hände und bewegte ihren Kopf etwas zur Seite, um ihre Wange in seine Hand schmiegen zu können. Allein diese hingebungsvolle Geste von ihr kurbelte seinen Kreislauf an, und er atmete tief ein.

„Warum willst du nicht mehr ohne mich leben?", fragte sie ruhig und mit ernstem Blick.

Alexanders Daumen strich langsam über ihre Wange und berührte sanft ihre Unterlippe. Seine Augen weiteten sich plötzlich, dann schloss er sie kurz und sog laut die Luft durch die Nase ein.

„Himmel noch mal, ich bin wirklich ein Volltrottel!", stieß er aus und lächelte auf sie hinab. „Ich rede und rede und sage doch nicht das Richtige." Noch einmal strich sein Mund über den ihren. „Entschuldige, Liebling. Ich ... will, nein, ich kann nicht mehr ohne dich sein, weil ich", er schnappte noch einmal nach Luft, „weil ich dich wie verrückt liebe, Linda. Ich liebe dich!"

Langsam ließ er den Atem wieder aus seinen Lungen entweichen und sah ihr in die Augen. Und dann brach daraus schlagartig und unaufhaltsam die größte Tränenflut hervor, mit der er je konfrontiert worden war. Linda stieß ein Geräusch aus, das ihre Erleichterung deutlich machte, und streichelte leise schluchzend sein Gesicht.

„Nicht weinen, Liebling, bitte nicht mehr weinen", murmelte er lächelnd. „So schrecklich wird das doch wohl nicht für dich sein, oder?" Er brachte sie mit seiner Bemerkung zum Lachen und zog sie fest an seine Brust.

„Sag's mir noch mal", flüsterte sie schniefend, und er tat es. „Ich liebe dich auch, Alex. Oh ja, ich bin ... so glücklich."

Alexander zog ein Taschentuch aus seiner Hosentasche und wischte ihr das Gesicht trocken. „Dann musst du jetzt aber wirklich aufhören zu weinen, sonst kannst du mein Hemd ja gleich auswringen, Kleines."

„Entschuldige bitte", sagte sie lachend und rieb mit dem Ärmel ihres Bademantels auf dem nassen Fleck auf seiner Brust herum. „Das tut mir leid." Sie zog ihm das Taschentuch aus der Hand und schnäuzte sich. „Ich muss ja scheußlich verheult aussehen", bemerkte sie.

„Ganz im Gegenteil", widersprach er strahlend. „Du bist einfach atemberaubend schön." Dann wurde er wieder ernst. „Ich bin fast durchgedreht vor lauter Sehnsucht", gestand er mit sanfter Stimme.

Linda nickte. „Mir ist es nicht besser ergangen. Du hast mir so sehr gefehlt."

„Du hast mir eine Heidenangst eingejagt, als du sagtest, ich sei frei und nicht an dich gebunden. Ich glaubte die ganze Zeit, ich hätte dich bereits verloren“, gestand er.

Sie verfolgte mit ihrem Zeigefinger die dunkle, sanft geschwungene Linie seiner Augenbraue. „Du wirst mich niemals verlieren, Alex. Es macht mich ein bisschen traurig, dass du so wenig Vertrauen in meine Liebe aufgebracht hast.“

„Ich muss dir noch eine Menge von mir erzählen, Ballerina. Es gibt da eine ganz bestimmte Sache, über die ich sogar unbedingt mit dir reden muss. Allerdings bin ich im Augenblick dazu viel zu erschöpft. Mein Organismus schreit nach Nahrung, Koffein und einer ordentlichen Mütze voll Schlaf. Ich habe gestern den halben Tag und die gesamte letzte Nacht auf der Autobahn zugebracht.“

Dann küsste er sie endlich ausgiebig und voller Genuss. Diesmal öffnete sie sich ihm verlangend, und er hatte große Mühe damit, seiner körperlichen Erschöpfung den nötigen Tribut zu zollen und den Kuss zu beenden. „Charlie wartet unten schon viel zu lange auf uns“, flüsterte er rau. „Gönne mir ein Frühstück und etwas Erholung, bevor ich nicht mehr aufhören kann.“

Linda lachte auf. „Na, dann komm frühstücken, du armer müder Mann.“

Sein Blick fiel auf das Bett. „Vergiss deine Blumen nicht, Ballerina.“ Sie hob den kleinen Strauß an ihr Gesicht und atmete den zarten Duft der Rosen ein. „Sie sind herrlich, Alex, danke. Geh du schon vor, ich will mir nur noch schnell etwas anziehen.“

Er nickte und ging hinüber zur Tür, dort drehte er sich noch einmal zu ihr um und lächelte ihr überglücklich ins Gesicht. Er fühlte sich wie nach einem Langstreckenlauf, von bleierner Müdigkeit erfüllt und restlos erschöpft – es ging ihm einfach großartig.

Gleich nach dem gemütlichen und ausgiebigen Frühstück drängte Linda Alexander, sich ein paar Stunden hinzulegen und ein bisschen Schlaf nachzuholen. Sie musste ihm allerdings versprechen, ihn spätestens am frühen Nachmittag wieder zu wecken.

Alexander zog sich bis auf seine Shorts aus und ließ sich

zufrieden zurück auf das Kissen sinken, das so herrlich nach Linda duftete. Es dauerte keine zwei Minuten, bis er eingeschlafen war.

Als Linda einige Stunden später das Schlafzimmer betrat, drehte er sich im Schlaf um. Sein wohliges tiefes Brummen amüsierte sie. Sie weckte ihn, indem sie ihm mehrere Male ihre Lippen auf die nackte Brust drückte. Seine Hände vergruben sich sofort in ihrem Haar, und er lächelte sie verträumt an, als sie ihren Kopf hob, um ihn anzusehen.

„Du bist süß, wenn du aufwachst", stellte sie fest. „Du erinnerst mich dann immer an einen zu groß geratenen Teddy."

Seine Hände lösten sich aus ihren Haaren, und er rieb sich kräftig die Augen. Dann gähnte er und reckte sich ausgiebig.

„Ich habe einen Kuchen für uns gebacken. Wie ist es damit, Alex?"

„Mhm. Es duftet schon danach. Etwa Schokolade?"

„Natürlich!"

„Ich liebe deinen Schokoladenkuchen", seufzte er auf.

„Deshalb hab ich ihn ja gebacken, mein Schatz. Außerdem musste ich mich in der Zwischenzeit doch irgendwie beschäftigen." Sie drückte ihm einen schnellen Kuss auf den Mund und erhob sich vom Bett.

„Ich spritze mir nur noch schnell ein bisschen kaltes Wasser ins Gesicht und putze mir die Zähne, dann bin ich bei dir und stürze mich auf den Kuchen", versprach er gähnend.

„Ich gehe dann, Mama!", hörte er Charlotte rufen, als er wenig später die Treppe herunterkam.

Lindas Tochter sah ihm grinsend entgegen. Sie griff gerade nach ihrer Jacke. „Tschau, Alex. Lass mir ja ein Stück von dem Kuchen übrig, hörst du!"

Er winkte ihr zu. „Klar, Charlie. Wohin soll es denn gehen?"

Charlotte schlüpfte in ihre knallrote Jeansjacke und biss herzhaft in einen hellgrünen Apfel, den sie in der Hand hielt. „Zuerst mal zu Sandra", antwortete sie mit vollem Mund. „Wir gehen mit der ganzen Clique heute Abend noch ins Kino. Ihr habt also so circa bis elf Uhr sturmfreie Bude."

Ihr freches Grinsen geriet durch den Apfelbissen in ihrem Mund noch ein wenig anzüglicher als sonst.

„Hau bloß ab, du kleines Luder“, murmelte Alexander schmunzelnd.

Während er Linda ein wenig von seiner Reise erzählte, genehmigte er sich vier große Stücke Schokoladenkuchen und einen riesigen Berg Schlagsahne dazu. Linda sah ihm belustigt dabei zu. „Schokoladenkuchen lässt dich völlig haltlos werden, Alex“, bemerkte sie.

Er nickte und schluckte etwas wehmütig den letzten Bissen herunter. „Du aber auch.“

Verliebt sah sie ihn an. „Ja, ich glaube, ich erinnere mich.“

Alexander lächelte. Er blähte seine Wangen auf, ließ laut die Atemluft wieder entweichen und blickte noch einmal auf seinen leeren Kuchenteller. „Oh Mann, war das göttlich! Wenn ich noch mehr davon in mich reinstopfe, explodiere ich wahrscheinlich. Nur deshalb höre ich jetzt auf – reine Vernunft.“ Schmunzelnd legte er seinen Kopf etwas schief. „Aber einen Kaffee kriege ich doch noch, oder?“

Linda schenkte ihm gutmütig noch eine weitere Tasse ein. Sie wollte gar nicht wissen, wie viel Koffein er seinem Körper in den letzten vierundzwanzig Stunden schon wieder zugemutet hatte. Alexander lehnte sich genüsslich zurück und steckte sich eine Zigarette an.

„Deiner Familie geht es also gut?“, kam sie noch einmal auf seinen eher kurzen und oberflächlichen Reisebericht zurück.

„Ja, und so wie ich meine Mutter kenne, kann sie es kaum noch erwarten, dich und natürlich auch Charlotte kennenzulernen.“

„Hat deine Mutter Frank eigentlich gekannt?“, fragte Linda.

Alexander nickte und zog an seiner Zigarette. „Ja, natürlich. Meine Mutter lebte ja damals noch hier in Hamburg. Frank und ich wohnten zu Beginn unserer Ausbildung beide noch zu Hause. Da blieb es nicht aus, dass wir auch gegenseitig unsere Familien kennenlernten. Allerdings waren wir weit häufiger bei

Anneliese anzutreffen. Das hatte ganz einfach damit zu tun, dass ich mein Zimmer immer noch mit Henri teilen musste."

„Wie alt ist dein Bruder eigentlich?"

„Drei Jahre jünger als ich, also genauso alt wie du, Ballerina."

„Verstehst du dich gut mit ihm?"

Alexander streifte die Asche seiner Zigarette im Aschenbecher ab. „Mhm, ja, inzwischen verstehen wir uns sogar sehr gut."

Einen Moment lang hielt er nachdenklich inne, doch dann fuhr er fort: „Früher war das allerdings anders. Wir waren beide beileibe keine frommen Chorknaben in unserer Jugend, aber Henri war ein richtig wilder Draufgänger und bereitete meinen Eltern viel Kummer. Eine Zeit lang haben wir uns wirklich große Sorgen um ihn gemacht. Claudine, meine Mutter, hatte ständig Angst davor, dass er auf die schiefe Bahn geraten könnte. Diese Sorge war auch nicht sehr weit hergeholt, denn er ist schon als Kind eher leichtsinnig gewesen und hat ständig Unsinn im Kopf gehabt. Ich habe ihn mehr als nur einmal aus irgendeinem Schlamassel ziehen müssen und war deshalb oft ungeheuer wütend auf ihn. Vieles haben meine Eltern zum Glück gar nicht mitbekommen. Wenn ich so darüber nachdenke, hat er sich mit den Jahren ordentlich verändert. Früher trug er schwarze enge Lederhosen und brauste auf einem schweren Motorrad durch die Stadt. Heute ist er ein braver Weinbauer mit einer kleinen Ferienpension, einer hübschen Ehefrau und zwei kleinen Kindern. Manchmal kann ich es kaum glauben, wenn ich ihn mir jetzt so anschaue." Er lächelte in sich hinein, nahm einen letzten Zug und drückte seine Zigarette aus.

„Du sprichst sehr liebevoll über ihn", bemerkte Linda.

Alexander nickte und stieß den Rauch geräuschvoll aus. „Ja, der Kleine hat sich gemausert."

„Sieht er dir sehr ähnlich?"

„Hm, ich denke, schon. Er ist etwas größer, dabei allerdings ein bisschen schmaler als ich, aber seine Haare und Augen haben die gleiche Farbe wie meine. Wir kommen beide eher nach unserer Mutter."

„Und seine Frau? Wie ist sie so?"

Alexander hätte auf diese Frage vorbereitet sein müssen, aber er war es nicht. Um Zeit zu gewinnen, griff er nach seiner Kaffeetasse und nahm einen großen Schluck.

„Adrienne … ist nett. Ich … hab sie sehr gern."

Linda stutzte und wartete darauf, dass er fortfuhr, aber Alexander blieb stumm und kippte den letzten Rest seines Kaffees in sich hinein. „Mehr gibt es über deine Schwägerin also nicht zu sagen?", fragte sie verwundert.

Er hatte sich wieder im Griff und lächelte Linda an. „Es ist doch viel spannender für dich, wenn du dir selbst ein Bild von Reny machen kannst, wenn wir zusammen dorthin fahren, oder?"

„Reny?"

„Ja, so wird sie meistens von uns allen genannt."

„Das klingt sehr hübsch. Ihr eigentlicher Name ist ja schon beneidenswert schön. Adrienne", sagte Linda verträumt. „Das klingt wie der Name einer Prinzessin."

„Du bist albern, Linda", befand er. „Ich finde deinen Namen viel schöner." Er betonte übertrieben das Wort ‚viel' und brachte sie damit zum Lachen, dann erhob er sich sichtlich entschlossen und zog auch sie von ihrem Stuhl hoch, um sie fest in die Arme zu nehmen. „Wie lange willst du mich eigentlich noch warten lassen, Linda? Wir sind ganz allein, lass uns endlich zusammen nach oben gehen, um richtig unser Wiedersehen zu feiern." Sein Mund umschloss sanft ihr linkes Ohrläppchen und strich dann ihren Hals hinab. Unter seinen Lippen fühlte er ihr Blut pulsieren. „Ich sehne mich so sehr nach dir, Liebling", flüsterte er.

Sie lehnte sich in seinen Armen zurück, und er hob den Kopf. Ihre Hände fuhren durch sein wirres dunkles Haar, und dann streichelte sie liebevoll sein Gesicht. „Ja, ich sehne mich auch nach dir", gestand sie.

Er gab ihr einen zärtlichen Kuss auf den Mund, dann griff er ungeduldig nach ihrer Hand und zog sie hinter sich her. „Komm."

Wenn Alexander nicht sowieso schon gewusst hätte, dass Linda in der Lage war, ihn vollkommen zu berauschen, dann hätte er es sich spätestens an diesem Nachmittag eingestehen müssen. Er konnte einfach nicht genug von ihr bekommen. Ihre Zartheit und Hingabe setzten sein gesamtes Denkvermögen außer Kraft, und er folgte nur noch seinem Gefühl. Voller Zärtlichkeit und Ausdauer liebkoste er ihren zierlichen Körper und genoss in vollen Zügen die Freuden, die er ihr damit schenken konnte. In gleicher Weise gab er sich aber auch ihren Händen und ihrem weichen Mund hin, bis er meinte, er würde jede Sekunde zerspringen.

Ihr Zusammensein blieb zunächst sanft und zärtlich. Lange strömte es dahin wie ein ruhiger Fluss, der dann langsam, aber stetig immer breiter, tiefer und wilder wurde und schließlich in einen Rausch aus überschäumender Leidenschaft und Glückseligkeit mündete.

Noch immer atmete Alexander schnell und heiß in die seidige Fülle ihres Haares und hielt sie fest in seinen Armen. „Du bist mein", raunte er ihr ins Ohr. „Du bist … alles."

Überwältigt seufzte sie tief auf. „Ich liebe dich so sehr, Alex."

Behutsam streichelte er ihre Wangen und küsste sie voller Zärtlichkeit. „Ich liebe dich auch", sagte er heiser, aber sehr bestimmt. „Ich liebe dich." Dann küsste er sie erneut.

Erst nach einer ganzen Weile entließ er sie schließlich sachte aus seinen Armen und kroch aus dem Bett. Im Stehen schlüpfte er schnell in seinen Slip. „Tut mir leid, aber ich brauche jetzt dringend eine Zigarette."

Linda rollte sich auf die Seite, zog die wärmende Bettdecke über sich und sah ihm nachdenklich hinterher. In den letzten Stunden hatte sie ihn von einer ganz neuen Seite kennengelernt. Tiefe Zärtlichkeit und absolute Hingabe hatten sich mit der unendlichen Leidenschaft gepaart, die sie bisher mit ihm erlebt hatte. Nichts hätte ihr besser verraten können, wie viel von sich selbst er zuvor vor ihr zurückgehalten, ja sogar sich selbst versagt hatte, als die Art und Weise, in der er sie soeben geliebt hatte.

Sie betrachtete ihn mit einem liebevollen und zugleich bewundernden Blick, als er kurze Zeit später zurück ins Zimmer kam, die brennende Zigarette zwischen den Lippen und den blauen

Keramik-Aschenbecher aus der Küche in der Hand. Alexander stellte den Aschenbecher auf dem Nachttisch ab und glitt wieder neben sie. Linda kuschelte sich an seine breite Brust und horchte auf den gleichmäßigen kräftigen Klang seines Herzschlages. „Du bist ein sehr schöner Mann, Alex", stellte sie seufzend fest.

Er brummte verlegen, wirkte aber durchaus geschmeichelt. „Kann man das bei einem Mann so ausdrücken? Nein, Liebling, du bist schön. Ich sicher nicht – aber trotzdem danke für das nette Kompliment."

Sie drückte einen festen Kuss auf seine dunklen Brusthaare. „Manchmal glaube ich noch immer, ich träume und irgendwann weckt mich jemand auf und sagt mir, dass das alles nicht wirklich geschehen ist. Es ist so wundervoll, Alex! Ich habe furchtbare Angst, irgendetwas könnte uns doch noch wieder trennen."

Alexander setzte sich auf und zog sie mit sich hoch. Sein Blick ruhte eine Weile auf ihrem Gesicht, dann legte er schließlich seine Zigarette im Aschenbecher ab und nahm Linda fest in beide Arme. „Nichts wird uns je wieder trennen. Ich werde gut auf uns aufpassen. Liebling, vertrau mir." Sanft schob er sie ein wenig von sich zurück, damit er sie richtig ansehen konnte.

Plötzlich wurde sein Blick ernst und sehr nachdenklich. „Bevor ich … bevor wir allerdings unser gemeinsames Leben in Angriff nehmen können, müssen wir unbedingt noch über einiges reden, Linda. Es gibt da nämlich ein paar Dinge, die du über mich wissen solltest, bevor du dich an mich bindest. Ich möchte unsere Beziehung nicht mit Geheimnissen oder gar Lügen beginnen. So etwas soll niemals zwischen uns stehen, Ballerina."

Sie nickte stumm und dachte unwillkürlich an die vielen Lügen, die Frank ihr – ohne den geringsten Anflug eines schlechten Gewissens – in den Jahren ihrer Ehe aufgetischt hatte.

„Wir sollten aufstehen und uns anziehen, Liebling", unterbrach er ihre Gedanken. „Ich möchte nicht im Bett mit dir darüber sprechen. Das wäre irgendwie nicht richtig."

Linda rutschte bereits zur Bettkante und griff nach ihrem Höschen. „Wie wäre es mit einer schönen, gesunden Tasse Pfefferminztee?", schlug sie lächelnd vor.

„Gute Idee“, antwortete er grinsend, beugte sich vor und drückte ihr einen Kuss auf den nackten Oberschenkel.

Sie machten es sich auf dem Sofa im Wohnzimmer gemütlich, zwei große Becher mit Tee vor sich und Alexanders Zigaretten in Griffweite.

„Wir haben ja bereits über meine Familie, insbesondere über Henri, gesprochen, Linda. Was ich dir erzählen möchte, hat sehr viel mit ihm zu tun. Mit ihm und letztlich dann mit mir.“

„Oh, gibt es etwa so was wie ein dunkles Familiengeheimnis bei euch?“, fragte sie neugierig.

Er verzog seinen Mund. „Nun, nicht ganz. Es ist eigentlich kein Geheimnis“, erwiderte er. „Hab ich dir eigentlich schon mal gesagt, dass ich völlig verrückt nach deinem Haar bin?“

„Alex!“

„Ist ja schon gut. Das ist jetzt nicht so ganz einfach für mich, Ballerina …“ Er sog tief den Atem ein und nahm vorsorglich einen Schluck Tee. „Ich habe dir ja bereits erzählt, dass Henri in seiner Jugend ziemlich unberechenbar war. Mit achtzehn Jahren, ein halbes Jahr vor dem Abitur, schmiss er von heute auf morgen die Schule, und mein Vater war deshalb einem Herzinfarkt nahe. Mein Bruder hatte das ungeahnte Glück, vom Wehrdienst verschont zu bleiben, und drei Monate später trat er eine Lehrstelle als Koch in einem renommierten Hotel an. Dass er eine richtige Ausbildung machte, beruhigte meine Eltern wieder etwas. Nach dem Motto: Hauptsache, der Junge lernt einen vernünftigen Beruf. Henri drehte richtig auf. Die Arbeit gefiel ihm, und er fand fast zu einem normalen Leben zurück. Allerdings nur fast. Ich war damals ja schon junger Polizeibeamter und hab ihn aus so manch misslicher Lage befreien müssen. Frank hat übrigens auch sein Scherflein dazu beigetragen, dass uns der Junge nicht völlig aus dem Ruder gelaufen ist. Machtlos blieben wir allerdings bei diesen Frauengeschichten.“

„Frauengeschichten?“, fragte Linda interessiert.

Alexander grinste süffisant. „Ah, klar, das macht dich neugierig, was? Ja, sie liefen ihm scharenweise nach. Wenn er nicht so dunkelhaarig wäre, würde ich behaupten, er hatte damals so ein bisschen was vom jungen James Dean, wenn du verstehst, was ich meine. Die Mädchen flogen auf diese fatale Mischung. Er wirkte rebellisch und gleichzeitig verträumt – ein wahrer Teufel. Versteh mich nicht falsch, ich liebe meinen Bruder, aber damals war der Junge wirklich unberechenbar und leider auch ziemlich skrupellos."

Alex presste seine Lippen aufeinander. „Stell dir vor, einmal wurde er sogar mit der frühreifen sechzehnjährigen Tochter eines hohen Politikers, der mit seiner Familie im besagten Hotel abgestiegen war, im Weinkeller erwischt. Es gab einen Riesenwirbel, und Henri hatte unglaubliches Glück, dass er nicht sofort entlassen wurde. Wenn du jetzt glaubst, der ganze Ärger hätte ihn irgendwie beeindruckt, irrst du dich. Ganz im Gegenteil, denn er schien geradezu zu seiner Hochform aufzulaufen. Es gab kaum eine Frau, die ihn nicht auf irgendeine Art reizte. Unser Don Juan hatte sie alle. Vom Zimmermädchen bis hin zur Gräfin. Verheiratet, unverheiratet, blutjung oder reife Frau. Es war ihm vollkommen egal. Ich glaube, er weiß heute selber nicht mehr, mit wie vielen Frauen er damals geschlafen hat."

„Puh", entglitt es Linda. „Dein Brüderchen war ja wirklich der Traum aller Schwiegermütter."

Alexander nahm einen weiteren Schluck Tee und nickte. „Das kann man wohl sagen. Meine Mutter meinte damals, es wäre wirklich an der Zeit, dass der Junge sich selbst mal unsterblich verliebt, das würde ihn eventuell heilen." Er grinste und schüttelte seinen Kopf. „Claudine hielt ihn sogar für sexsüchtig und versuchte, ihn dazu zu überreden, eine entsprechende Therapie zu machen."

Bevor Alexander weitersprach, räusperte er sich. „Henri und ich hatten in dieser Zeit eher wenig miteinander zu tun. Ich fand, dass er sich meistens schrecklich aufführte, und ignorierte, so gut es ging, seinen ausschweifenden Lebenswandel. Außerdem hatte ich durch meinen Beruf genug Abwechslung und pflegte lieber den Kontakt zu Kollegen und meinen anderen, eher bodenständigen Freunden. Henri und ich sahen uns nicht mehr sehr oft.

Dann verschwand er auch noch beruflich für einige Zeit nach Paris. Das lag natürlich nahe, denn durch unsere Mutter waren uns Frankreich und die französische Sprache ja seit jeher vertraut. Wir sind zweisprachig aufgewachsen, das war ihr wichtig."

Gedankenverloren fuhr er mit dem Zeigefinger den Rand des Teebechers entlang. „Ich war damals fast siebenundzwanzig Jahre alt und in meinem ersten Jahr bei der Kripo. In meiner Abteilung gab es einige Leute in meinem Alter. Wir waren eine ziemlich lustige Truppe damals und zogen nach Dienstschluss manchmal noch zusammen um die Häuser." Alexander machte eine kleine Pause, um seine Tasse zu leeren.

Linda sah ihn gebannt an und rührte sich nicht.

„An einem dieser Abende lernte ich in einer Diskothek ein Mädchen kennen und verliebte mich praktisch auf den ersten Blick in sie. Natürlich setzte ich mich recht schnell von meinen feixenden Kollegen ab. Das Mädchen und ich tanzten die halbe Nacht miteinander. Als ich ihr erzählte, dass ich Polizist sei, ließ sie sich von mir nach Hause bringen. Sie war so völlig anders als die Frauen, die ich bis dahin kennengelernt hatte, und ich wagte es noch nicht einmal, sie zum Abschied zu küssen, weil sie so ungemein schüchtern und wohlerzogen wirkte. Sie war gerade einundzwanzig Jahre alt geworden, hatte zufällig diesen bezaubernden französischen Akzent, der ja sowieso ein vertrauter Teil meines Lebens war, und ihr Name war ... Adrienne."

Linda hob erschrocken eine Hand an den Mund, und ihre Augen weiteten sich. „Adrienne?", fragte sie atemlos.

Alexander nickte ernst und hielt mit seinen Augen ihren Blick fest. „Ja, Adrienne."

Er konnte sehen, wie Linda versuchte, diesen Schock zu verdauen.

„Soll ich weitererzählen?", fragte er vorsichtig.

„Ja, natürlich", antwortete sie mit belegter Stimme. „Was ist passiert?"

Seine Finger berührten noch einmal ihr Haar, und er lächelte sanft. „Ich liebe dich", beteuerte er.

„Ich weiß, Alex. Mach dir keine Sorgen. Ich habe dir ja auch offen und ehrlich von meiner Liebe zu Frank erzählt, oder? Wir sind schließlich beide keine zwanzig mehr."

Alexander fischte sich nun eine Zigarette aus der Packung und zündete sie an. „Wir sahen uns von da an fast jeden Tag. Reny war, wie gesagt, ein sehr wohlerzogenes, behütetes Mädchen, sie hatte eine äußerst strenge Erziehung genossen. Was ich eigentlich damit sagen will: Sie war mit ihren einundzwanzig Jahren tatsächlich noch unberührt, aber schließlich ergriff sie die Initiative und drängte mich vier Wochen nach unserem ersten Abend dazu, mit ihr zu schlafen."

Hörbar stieß er den Rauch aus. „Der erste Mann für sie zu sein machte mich natürlich sehr glücklich. In dieser Nacht gestanden wir uns gegenseitig unsere Liebe. Kurze Zeit später stellte ich Adrienne stolz meinen Eltern vor, und wie ich erwartet hatte, war meine Mutter völlig aus dem Häuschen, dass meine Freundin eine Landsmännin von ihr war. Die beiden verstanden sich auf Anhieb, und auch mein Vater war hingerissen von ihr."

Alexander hielt kurz inne und zog erneut an seiner Zigarette. „Wir waren seit acht Monaten ein Paar, als wir beschlossen, zusammenzuziehen. Ich hatte ein bisschen Geld gespart und richtete meine damalige Wohnung für sie völlig neu ein."

Ehe er weitersprach, atmete er tief durch. „An meinem achtundzwanzigsten Geburtstag machte ich ihr mit klopfendem Herzen und flatternden Nerven einen Heiratsantrag. Adrienne fiel mir glücklich um den Hals. Ich weiß noch, dass ich mich an diesem Tag einfach unbesiegbar gefühlt habe. Wir warteten mit unserer offiziellen Verlobung noch bis kurz vor Weihnachten, weil Henri dann wieder nach Hause kommen würde. Mein Bruder kehrte also aus Paris zurück – und Adrienne und ich steckten uns unsere Verlobungsringe an den Finger. Die vier Jahre in Frankreich hatten meinen kleinen Bruder erwachsener und deutlich vernünftiger werden lassen. Wir verstanden uns viel besser als zuvor und sahen uns von da an recht häufig."

Er senkte den Blick und konzentrierte sich auf seine Worte. „Dann … begann das Drama mit meinen Eltern. Meine Mutter fand durch einen Zufall heraus, dass mein Vater seit vielen Jahren ein Verhältnis mit einer jüngeren Kollegin hatte. Stell dir vor, Liebling, fünfzehn Jahre lang! Fünfzehn verdammte Jahre lang hat der Scheißkerl sie belogen und betrogen. Es gab ... sogar eine Tochter."

Linda schnappte erschüttert nach Luft. „Er hatte zusammen mit seiner Geliebten ein Kind?"

Alexander nickte. „Wir haben unsere Halbschwester niemals persönlich kennengelernt."

Linda bemerkte, dass Alexanders Hände zitterten, als er seine Zigarette ausdrückte und sich sogleich eine neue ansteckte. „Meine Mutter verfiel in schwerste Depressionen und schluckte massenweise Beruhigungsmittel. Innerhalb kürzester Zeit wurde sie tablettenabhängig und landete schließlich in einer Suchtklinik."

„Deshalb hast du also so empfindlich auf meine Schlaftabletten reagiert", stellte Linda fest.

Er nickte. „Ich habe damals miterleben müssen, was so eine Sucht in ganz kurzer Zeit aus einem gesunden und schönen Menschen machen kann. Henri und ich, wir lieben unsere Mutter sehr ... und es war die Hölle für uns. Mehrere Monate verbrachte sie also zunächst in der Klinik und wechselte dann in eine ambulante Therapie. Wir haben uns abwechselnd um sie gekümmert."

„Und euer Vater?"

„Claudine lehnte es rigoros ab, ihn auch nur zu sehen, und wir respektierten das selbstverständlich. Auch wir gingen ihm in dieser Zeit tunlichst aus dem Weg, denn wir waren natürlich unglaublich wütend auf ihn und hielten es beide für besser, etwas abzuwarten, damit sich die Wogen wieder etwas glätteten. Kurz bevor meine Mutter aus der Klinik kam, zog mein Vater ganz zu seiner Geliebten."

Kurz sah Alexander auf, ehe er weitersprach. „Henri steckte die ganze Geschichte etwas besser weg als ich. Sein Verhältnis zu unserem Vater war sowieso nie wirklich unbeschwert gewesen. Bei mir lag die Sache anders. Mein Vater war für mich immer der Inbegriff eines ehrlichen, zuverlässigen Mannes gewesen. Ein Polizist, wie er im Buche steht. Ein Vater, zu dem man in jeder nur erdenklichen Weise aufschauen konnte. Ich habe ihn unglaublich bewundert, und mein heroisches Bild von ihm zerfiel nun von heute auf morgen. Meine Mutter hat ihn über alle Maßen geliebt. Es war enorm schwer für mich, zu akzeptieren, was er Claudine und uns angetan hatte, und ich litt höllisch darunter."

Mit der linken Hand fuhr Alexander sich kurz über das Gesicht und durch seine Haare, dann sprach er weiter. „Adrienne versuchte natürlich, mir zur Seite zu stehen, und sie war mir auch durchaus eine große Hilfe, aber ich machte es ihr in dieser Zeit nicht immer leicht. Ich war wohl oft ziemlich in mich gekehrt und launisch und fraß eine Menge in mich hinein, statt mich ihr voll und ganz anzuvertrauen."

Er seufzte. „Nun, meine Mutter reichte die Scheidung ein, als es ihr gesundheitlich wieder besser ging. Drei Wochen vor dem Scheidungstermin meiner Eltern erreichte mich im Büro ein Anruf von der neuen Lebensgefährtin meines Vaters. Sie wartete meine Reaktion auf ihren Anruf gar nicht erst ab, sondern teilte mir nur lakonisch mit, dass mein Vater im Universitätskrankenhaus liege und gerade eine Chemotherapie über sich ergehen lassen müsse. Erst zwei Wochen zuvor hatten sie von seiner Krankheit erfahren. Um es kurz zu machen, die Ärzte konnten ihm nicht mehr helfen, Linda. Sein Krebs war von der ganz besonders aggressiven Sorte. Er starb bereits drei Monate später … und meine Mutter saß jeden einzelnen Tag davon an seinem Bett. Allein, denn er wollte niemanden sonst dort sehen. Ihre Scheidung wurde natürlich niemals ausgesprochen." Alexander nahm einen letzten Zug und drückte mit zitternden Fingern seine Zigarette aus.

Linda wischte sich einige Tränen fort. „Das ist … furchtbar traurig. Es ist fast … als ob er bestraft worden wäre, für …"

„Ja", unterbrach er sie. „Genauso haben wir das auch empfunden. Nach der Beerdigung meines Vaters machte sich in unserer Familie eine seltsame Ruhe breit, so eine Art Lähmung. Das änderte sich erst an meinem neunundzwanzigsten Geburtstag. Reny und ich luden meine Mutter und Henri zum Essen in unsere Wohnung ein. Es wurde ein ganz gemütlicher Abend, und wir lachten sogar wieder miteinander. Claudine ging es zusehends besser, und sie teilte uns im Laufe des Abends mit, dass sie mit dem Gedanken spiele, zurück in ihren Heimatort in die Provence zu gehen. Es gab dort unten ja noch immer das Haus und das dazugehörige, recht große Grundstück ihrer Eltern. Es stand seit Jahren leer, war aber durchaus noch bewohnbar. Meine Mutter hatte die Idee, das Haus gründlich zu renovieren und eine kleine Ferienpension daraus zu machen. Sie war damals gerade zweiundfünfzig Jahre alt, also absolut noch jung genug, um ein neues Leben zu beginnen. Henri und ich unterstützten sie sofort in ihrem Vorhaben. Danach ging alles sehr schnell. Innerhalb von zwei Monaten organisierten wir alle zusammen ihren Umzug nach Frankreich. Claudine versprach Adrienne und mir, zu unserer Hochzeit wieder nach Hamburg zu kommen, und wir brachten sie gemeinsam mit Henri zum Flughafen. Ich hatte an diesem Tag Dienst und bat meinen Bruder, Reny zurück nach Hause zu fahren, weil ich vom Flughafen aus sofort wieder zurück ins Büro musste."

Er schluckte. „Adrienne und ich machten uns nun ernsthaft an die Planung unserer Hochzeit. Wir beschlossen, im darauffolgenden Frühjahr zu heiraten. Mein Leben verlief, wie man so schön sagt, wieder in geordneten Bahnen. Ich wurde befördert, wechselte in ein anderes Kommissariat und freute mich darauf, bald die Frau heiraten zu können, die ich liebte und mit der ich den Rest meines Lebens verbringen wollte. Dann wurde ich einer wichtigen Sonderkommission zugeteilt. Übrigens traf ich damals auch Frank noch einmal wieder. Für einige Zeit arbeiteten wir an demselben Fall. Er berichtete mir von seiner kleinen Familie …" Alexander hielt erneut inne und strich mit der Spitze seines Zeigefingers über Lindas Wange. „… und ich erzählte ihm von meiner eigenen bevorstehenden Heirat."

Über sein Gesicht huschte ein kleines Lächeln. „Offenbar harmonierten wir noch immer ganz gut miteinander, denn unsere gemeinsame Ermittlungsarbeit trug schon bald die ersehnten Früchte. Frank und ich erarbeiteten den entscheidenden Schritt zur Lösung des Falles und konnten die Täter entlarven. Nach der

Festnahme lobte uns der damalige Leiter der Sonderkommission über den grünen Klee und schickte uns für den Rest des Tages in die Freizeit. Ich hätte gerne noch mit Frank auf unseren Erfolg angestoßen, aber er hielt es wohl für besser, unsere neue Bekanntschaft nicht wieder zu vertiefen, und verabschiedete sich bereits auf dem Parkplatz vor dem Präsidium von mir. Ich weiß noch, dass ich dachte: Na dann eben nicht. Stattdessen beschloss ich, mit Reny zu feiern, die sich sicherlich höllisch darüber freuen würde, dass die zeitraubende Arbeit in der Sonderkommission nun endlich wieder beendet war.“ Alexander verstummte und räusperte sich. Sein Hals war staubtrocken.

„Warte einen Augenblick, Alex. Ich hole uns etwas zu trinken.“ Linda erhob sich und verschwand aus dem Zimmer.

Währenddessen stand Alexander ebenfalls auf, reckte sich ausgiebig und ging hinüber zur Terrassentür. Eine Weile starrte er reglos hinaus in die einsetzende Dämmerung, bevor er sich wieder umwandte und zwei kleine Tischlampen im Erker anknipste. Auf dem Wohnzimmertisch stand ein Glasleuchter mit zwei langen sonnengelben Kerzen darin. Er nahm sein Feuerzeug und zündete sie an.

Linda kam mit einer Flasche Rotwein zurück und reichte sie Alexander. Während er sich wieder zurück auf das Sofa setzte und die Flasche öffnete, nahm sie zwei Weingläser aus einer kleinen Vitrine und stellte sie auf den Tisch.

„Hast du vielleicht Hunger?“, wollte sie wissen.

„Nein, danke.“ Lächelnd schüttelte er den Kopf. „Der Kuchen hält noch immer vor. Komm wieder her zu mir“, bat er sie.

Linda ließ sich neben ihm nieder und schlang ihm ihre Arme um den Hals. „Du kannst auch später weitererzählen, wenn du jetzt zu erschöpft bist“, bot sie an.

„Gib mir einen Kuss und sag mir, dass du mich liebst, dann wird es schon gehen“, entgegnete er. Ein verschmitztes Lächeln umspielte seine Mundwinkel. In ihren Augen leuchtete es golden auf.

„Ich liebe dich wie verrückt, Alexander.“ Sie zog seinen Kopf zu sich heran und küsste ihn innig. Ihre Lippen waren weich und süß. Fest presste er ihren Körper an sich und labte sich an diesem Kuss, der ihm neue Kraft gab.

Einige stille Minuten hielten sie sich nur in den Armen, dann rückte Alexander ein Stück von ihr ab und goss Wein in die Gläser. „Ich brauche jetzt unbedingt einen Schluck", sagte er fast entschuldigend.

„Ja, ich auch." Sie beobachtete ihn, wie er gierig trank, und griff selbst nach ihrem Glas. „Es muss sehr anstrengend und schmerzlich für dich sein, mir das alles zu erzählen." Linda hatte bereits eine dunkle Ahnung davon, wo Alexanders Geschichte hinsteuerte.

Er winkte ab. „Es geht. Ehrlich gesagt, habe ich es mir viel schlimmer vorgestellt. Inzwischen habe ich doch einigen Abstand zu den damaligen Geschehnissen." Entschlossen stellte er sein Glas ab und wandte sich ihr wieder zu. „Ich fuhr also nach Hause", setzte er seinen Bericht fort …

Alexander schloss die schwere dunkle Wohnungstür auf. Aus irgendeinem Grund rief er nicht wie sonst sofort nach Adrienne, sondern zog erst einmal seine Jacke aus und schlüpfte aus den Schuhen. Anschließend warf er einen kurzen Blick ins Wohnzimmer und in die Küche. Als er Adrienne dort nicht fand, sagte er sich, dass sie wahrscheinlich gerade einkaufen sei, und beschloss, sich erst einmal frisch zu machen und etwa Bequemeres anzuziehen.

Noch immer beschwingt von seinem beruflichen Erfolg ging er den langen Flur entlang. Doch bevor er die Tür zum Schlafzimmer überhaupt erreicht hatte, hörte er etwas, das seine ganze Welt mit einem Schlag veränderte. Sein Verstand suchte bereits in dieser Sekunde verzweifelt nach Möglichkeiten, die die Eindeutigkeit der Geräusche aus dem Schlafzimmer infrage stellen könnten. Aber das war natürlich nur der absurde und aussichtslose Versuch, die grausame Wahrheit doch noch irgendwie abzuwenden. Im Grunde wusste er schon jetzt, dass das Leben, das er noch vor wenigen Sekunden gelebt und geliebt hatte, für immer verloren war.

Von dem Mann vernahm Alexander nur ein dunkles Keuchen,

aber natürlich erkannte er Adriennes Stimme sofort. Ihr lustvolles Stöhnen war ihm so vertraut wie der eigene Herzschlag.

Als er schließlich direkt vor der Schlafzimmertür stand, fühlte er sich sekundenlang so überfordert, dass er es einfach nicht fertigbrachte, sie zu öffnen. Eine kleine Ewigkeit stand er noch regungslos davor. Dann endlich überwand er sich und drückte die Klinke nach unten. Die Szene, die er nun vor sich sah, hatte auf ihn eine geradezu grotesk grausame Wirkung. Doch die zwei Menschen im Bett waren so in Ekstase und so sehr mit sich selbst beschäftigt, dass sie ihn noch nicht einmal bemerkten. Alexanders Magen verkrampfte sich, und ihm wurde speiübel, als er seinen Bruder erkannte.

Wie in Trance wandte er sich ab, zog die Tür möglichst geräuschvoll hinter sich zu und ging hinüber ins Wohnzimmer. Dort angekommen, atmete er einige Male tief und gründlich ein und wieder aus, aber die beißende Übelkeit blieb, und er begann heftig zu zittern. Seine Beine wollten ihn kaum noch tragen, als er langsam den Raum durchquerte.

Am Barschrank griff er nach der erstbesten Flasche und einem Glas, das er bis zum Rand vollschenkte, nur um sich den hochprozentigen Inhalt auf einen einzigen Zug durch die Kehle zu jagen. Obwohl er heftig husten musste, schenkte er sich gleich noch einmal nach, während er verzweifelt versuchte, zu verstehen, was hier eigentlich gerade mit ihm, mit seinem Leben, mit seiner Zukunft passiert war.

Nur wenige Minuten später erschienen Henri und Adrienne zusammen im Wohnzimmer.

Alexander fixierte sie und registrierte zunächst nur, dass sie sich an den Händen hielten. Eine maßlose, brennende Wut kroch langsam und unaufhaltsam in ihm hoch. Das halb volle Glas in der Hand, stand er auf der anderen Seite des Zimmers und versuchte, irgendwie bei Sinnen zu bleiben.

Adrienne sagte kein Wort. Sie löste sich schließlich von Henri und ließ sich auf das Sofa fallen. Die Tränen liefen ihr ohne Unterlass über das Gesicht, und sie zitterte am ganzen Körper. Ab und zu schluchzte sie laut auf, während Henri bereits versuchte, seinem Bruder stammelnd zu erklären, wie es zu alldem gekommen war.

„Hör zu, Alex, wir … Adrienne und ich … Wir haben uns ineinander verliebt. Niemand kann etwas dafür … und wir … Bitte … Alex! Wir haben … so lange … so lange dagegen angekämpft."

„Verliebt?" Alexanders Stimme klang selbst in seinen Ohren vollkommen fremd.

„Irgendwann war es dann …" Henris Stimme kippte. „Verzeih mir, Alex! Bitte verzeih mir!"

„Seit wann?" Alexander sah zuerst Henri ins Gesicht, aber als er spürte, wie die brennende Wut ihn zu ersticken drohte, richtete er seinen Blick auf Adrienne. „Seit wann fickt er dich?", schrie er sie außer sich vor Zorn an.

Er sah Adrienne heftig zusammenzucken, aber sie brachte noch immer kein einziges Wort heraus. Ihr Schluchzen klang nun so verzweifelt und ängstlich, dass es ihm fast das Herz in der Brust zerriss. „Verdammt noch mal, antworte mir, Reny! Seit wann?"

„An dem Tag, als wir Mutter zum Flughafen gebracht haben, hast du mich gebeten, Adrienne hierherzufahren", hörte er seinen Bruder leise sagen. „Du hattest Dienst."

Alexander ließ Adrienne nicht aus den Augen. „Gott, Reny!"

Sie sah kurz zu ihm auf, und der Blick aus ihren verweinten Augen war voller Trauer. „Verzeih mir", flüsterte sie.

„Sagt mein Bruder die Wahrheit, Reny? Liebst du ihn?"

Ihre Augen waren unnatürlich groß und so dunkel, dass er kaum die Pupillen darin erkennen konnte. „Ja! Ja, Alex, ich liebe Henri."

„Oh mein Gott, Alex!" Linda hob ihre Hände und streichelte sein Gesicht. Ihre Augen waren feucht.

Alexander atmete tief durch und nahm noch einen Schluck von seinem Wein. Minutenlang hatte es den Anschein gehabt, als wäre er vollständig in die Vergangenheit abgeglitten, doch als er sie jetzt ansah, wirkte sein Blick wieder klarer.

„Verstehst du, Linda, sie hat in aller Ruhe mit mir unsere Hochzeit geplant und es währenddessen nicht nur mit mir, sondern auch fröhlich mit Henri getrieben. Ich drehte fast durch, war vollkommen außer mir. Fast ein halbes Jahr lang haben mein kleiner Bruder und meine Verlobte mich betrogen – und ich war die ganze Zeit völlig ahnungslos. In meiner rasenden Wut darüber tat ich etwas sehr Dummes und griff Henri an. Ich prügelte ziemlich hemmungslos auf ihn ein. Erst als mir plötzlich klar wurde, dass er sich überhaupt nicht zur Wehr setzte, sondern meine brutalen Schläge einfach über sich ergehen ließ, kam ich wieder zu mir. Er lag nur still da wie ein Opferlamm. Es mag sich komisch anhören, aber genau in diesem Moment habe ich begriffen, dass er sie mindestens genauso sehr lieben musste, wie ich es tat."

Linda bemerkte, wie ein Schauer durch seinen Körper zog.

„Adrienne saß inzwischen weinend auf dem Fußboden", fuhr er fort. „Sie hatte zuvor mit all ihrer Kraft versucht, mich von ihm wegzuziehen, aber in meinem grenzenlosen Zorn habe ich sie grob zurückgestoßen. Noch heute bin ich froh darüber, dass damals nicht noch mehr passiert ist. Hätte meine Waffe nicht sicher im Büro gelegen, wer weiß …"

Alexander schüttelte den Kopf. „Ich hatte jedenfalls für mehrere Minuten total die Kontrolle verloren. Noch am selben Tag zog Adrienne zu Henri. Ich sagte ihr zum Abschied, dass ich sie beide niemals wiedersehen wolle, reichte meinen Jahresurlaub ein und vergrub mich für mehrere Wochen in meiner Wohnung, um mich in aller Ruhe meinem Selbstmitleid hingeben zu können. Ich war restlos am Ende, vollkommen erledigt und wollte sie nur noch hassen, um mit alldem besser fertigwerden zu können. Es hört sich seltsam an, aber es ging nicht. Ich brachte es einfach nicht fertig, sie zu hassen. Henri gab nicht auf und versuchte immer wieder, mit mir in Ruhe über alles zu reden. Solange es mir möglich war, wich ich ihm aus, aber irgendwann war meine Kraft am Ende. Inzwischen hatten Reny und er meine Mutter über die Vorkommnisse informiert, und sogar sie redete mir am Telefon ins Gewissen. Seit der Trennung von meinem Vater würde sie selbst viele Dinge anders sehen, sagte sie. Sie war der Meinung, dass es immer ein Wink des Schicksals sei, wenn so etwas passierte. Sie meinte, ich wäre wahrscheinlich mit Adrienne sowieso nicht richtig glücklich geworden. Um die Sache kurz zu machen: Ich redete tatsächlich mit Henri und hörte mir seine Version der Geschichte an. Er gestand mir, dass er sich bereits auf den ersten Blick ziemlich heftig in Reny verliebt hatte – und er erzählte von dem Schmerz, als er herausfand, dass es ihr ebenso ergangen war. Sie wehrten sich über viele Monate gegen ihre Gefühle, bevor sie ihnen dann doch erlagen. Henri sagte damals einen Satz, der mir ziemlich an die Nieren gegangen ist: ‚Wir lieben dich beide so sehr, Alex, aber wir lieben uns eben mehr.'"

Alexander griff erneut nach seinem Glas und setzte es an die Lippen. Linda saß stumm neben ihm, kämpfte gegen ihre Tränen und wagte es nicht, ihn zu berühren.

„Kurze Zeit später – es waren nur ein paar Wochen vergangen – eröffnete Henri mir, dass er zusammen mit Adrienne zu meiner Mutter nach Frankreich ziehen würde, um ihr bei ihren Plänen mit der Pension zu helfen. Ich war recht froh über diese Entscheidung, weil wir uns dann vorerst nicht mehr über den Weg laufen würden. Mutig fasste ich den Entschluss, mich auch endlich mit Reny auszusprechen, bevor sie ihren Umzug in die Tat umsetzten, aber nicht zuletzt auch, weil ich von Henri erfahren hatte, dass sie nun so bald wie möglich heiraten würden. Das Gespräch mit ihr gestaltete sich weitaus schwieriger. Sie bat mich immer wieder, dass ich ihr verzeihen möge, aber das konnte ich einfach noch nicht, denn ich liebte sie noch immer. Es wurde wirklich ein sehr emotionales Gespräch. Wir haben, glaube ich, beide geweint."

Alexander bemerkte plötzlich, dass Linda unaufhörlich Tränen über die Wangen liefen, und zog sie heftig an sich. „Nein, Liebling, nicht. Bitte weine nicht." Er küsste ihre nassen Wangen und versuchte ein Lächeln, das etwas verrutschte. „Du bist echt süß, Ballerina."

Sie lächelte ebenfalls unter ihren Tränen. „Es … tut mir nur so … furchtbar leid, was dir damals … passiert ist", stammelte sie. „Dein eigener Bruder!"

„Ach Liebling, das ist doch so lange her und längst überwunden."

„Wirklich?"

„Ja", bekräftigte er. „Wirklich!" Er hielt sie noch eine Weile in den Armen, bis sie sich von ihm löste.

„Wie ging es dann weiter?", fragte sie.

„Adrienne und Henri heirateten noch kurz vor ihrer Abreise. Einige Monate später teilten sie mir schriftlich die Geburt ihres Sohnes mit. An dem Tag, als ich von dem Baby erfuhr, schwor ich mir, niemals wieder einer Frau die Gelegenheit zu geben, mir so wehzutun. Ich fing bewusst ein vollkommen neues Leben an und legte mir eine Art Gefühlspanzer zu. Die Wohnung, die ich zusammen mit Reny bewohnt hatte, gab ich auf und zog in das Apartment, das du ja kennst. Ich stürzte mich in meine Arbeit, aber gleichermaßen auch in das Nachtleben. Und leider wechselte ich auch die Frauen wie meine Oberhemden. Bald hatte ich den Ruf eines unbelehrbaren Casanovas. Ich nahm mir stets, wonach mir gerade war. So ging es jahrelang. Niemals wieder ließ ich es zu, dass mir eine Frau wirklich nahekam – und dann begegnete ich dir, Ballerina."

Linda schluckte. „Du hattest recht. Ich … verstehe dein Verhalten mir gegenüber jetzt viel besser, Alex."

Mit seinem Handrücken fuhr er leicht über ihr Gesicht. „Ich habe dich von Anfang an rasend begehrt, und mein Verlangen nach dir wurde von Tag zu Tag immer intensiver. Der tiefe Eindruck, den du auf mich gemacht hast, machte mir schwer zu schaffen. Du wirktest so zart und unschuldig, aber nach meiner Erfahrung mit Adrienne konnte ich nicht mehr daran glauben, dass es so etwas wie Unschuld bei Frauen überhaupt gibt. Unser Missverständnis in Bezug auf Walter bestätigte meine Befürchtung, und ich griff nach diesem Strohhalm, um dich wieder von mir zu stoßen. Das war dumm und vollkommen überzogen."

Er zog seinen rechten Mundwinkel nach oben. „Als du mir etwas später auch noch diese Liebeserklärung machtest, bekam ich es wirklich mit der Angst zu tun. Das Schlimmste für mich war, dass ich auch danach einfach nicht mehr von dir lassen konnte. Trotzdem gelang es mir immer noch nicht, der Wahrheit ins Gesicht zu sehen. Ich redete mir weiterhin ein, dass es mit uns eben eine gewisse Zeit gut gehen und dann enden würde – und ich machte mir vor, dass das absolut kein Problem für mich wäre."

Das kurze Lachen, das er ausstieß, klang trocken. „Als du dann diese Entscheidung von mir wolltest und mich so konsequent abserviert hast, war ich völlig überrascht und gleichzeitig maßlos verletzt. Im Grunde hattest du mich da schon in der Tasche. In Frankreich hat mich die Sehnsucht nach dir fast um den Verstand gebracht, und ich konnte mir endlich eingestehen, wie sehr ich dich liebe und in meinem Leben brauche." Er drückte ihr einen Kuss auf die Nase. „Es tut mir noch immer leid, dass du das unschuldige Opfer meiner Vergangenheit geworden bist, Linda."

Sie schüttelte den Kopf. „In erster Linie warst ja wohl du das Opfer, oder? Deine Reaktion auf die Sache mit mir und Walter verstehe ich jetzt auch viel besser."

„Ja, ich habe damals einfach nur das gesehen, was ich sehen wollte."

Sie neigte den Kopf. „Wie ist es heute, Alex? Was empfindest du heute, wenn du Adrienne siehst?"

Sein Blick senkte sich, und er griff nach seinen Zigaretten. „Ich liebe sie schon lange nicht mehr, wenn du das meinst. Wir haben uns über die Jahre hinweg ein freundschaftliches Verhältnis zueinander erkämpft. Meine Mutter und die beiden Kinder, die ich wirklich sehr gernhabe, waren nicht so ganz unschuldig daran, dass das geklappt hat. Auch Henri und ich sind uns mit den Jahren wieder viel nähergekommen. Allerdings muss ich zugeben, dass es in der ersten Zeit noch sehr schwer für mich gewesen ist. Nach ihrem Umzug habe ich mir über zwei Jahre Zeit gelassen, bis ich endlich nach Frankreich gefahren bin, um sie dort zu besuchen. Selbst zu diesem Zeitpunkt habe ich Reny noch immer geliebt, erkannte das aber erst, als ich dort war. Ich kann dir nicht mehr genau sagen, wann meine Gefühle für sie sich geändert haben, wann meine Liebe zu ihr endlich eingeschlafen ist und sich in freundschaftliche Zuneigung verwandelt hat. Es passierte einfach nach und nach, nehme ich an."

Alexander zog an seiner Zigarette und blies den Rauch geräuschvoll wieder aus. Dann nahm er Lindas Hand und sah ihr direkt in die Augen. „Es gibt da trotzdem noch etwas, auf das ich zwar nicht besonders stolz bin, von dem ich aber meine, du solltest es erfahren, Linda."

In seinen Augen erkannte sie bereits jetzt, dass es ihr nicht besonders gefallen würde, was er ihr mitteilen wollte, und sie wappnete sich innerlich, indem sie tief einatmete. „Was ist es?", fragte sie heiser.

Sein Blick entglitt ihr.

Er biss kurz seine Zähne zusammen und zog seine Lippen zurück, dann atmete er ein paarmal tief durch. Erst danach sah er sie wieder direkt an. „Während Adrienne schon mit Henri verheiratet war, habe ich … habe ich noch einmal mit ihr geschlafen", brachte er mühsam hervor, ohne ihren Blick noch einmal loszulassen. Er wartete die Wirkung ab, die sein Geständnis auf Linda ausübte, aber sie atmete nur geräuschvoll ein und nickte.

„Wann hast du das getan, Alexander?"

Er räusperte sich und griff erneut nach seinem Glas. Sie wartete geduldig ab, bis er getrunken und es anschließend wieder abgestellt hatte. Seine Hände zitterten ein wenig.

„Als ich sie zum ersten Mal in Frankreich besuchte. Das … muss jetzt so … fünf Jahre her sein." Seine Stimme war nun viel leiser geworden. „Ich … wir tranken Wein zum Abendessen. Ich durchwanderte sozusagen noch einmal die gleiche Hölle, darauf war ich nicht vorbereitet gewesen. Offensichtlich hatte ich mir zuvor etwas vorgemacht. Jedenfalls war es furchtbar für mich, Reny wiedersehen zu müssen. Mit dem kleinen Richard auf ihrem Schoß und … mit Henri, der ihr kaum von der Seite wich. Ich genehmigte mir eine ganze Menge Rotwein und versuchte, mir nichts anmerken zu lassen, um meine Mutter nicht noch mehr aufzuregen, denn sie war damals sowieso schon ein Nervenbündel, weil wir endlich wieder alle an einem Tisch saßen.

Irgendwann sind schließlich alle außer mir ins Bett gegangen. Ich saß dort, in der dunklen Küche meiner Mutter, trank alleine weiter und haderte mit meinem Schicksal."

Er schluckte. „Es verging bestimmt noch eine weitere Stunde, bis ich mich endlich dazu entschließen konnte, auch schlafen zu gehen. Auf dem Flur brannte wegen Richard immer ein kleines Nachtlicht. Ich weiß noch genau, dass ich mich darüber amüsierte, weil es die Form eines tanzenden Gorillas hatte, und mir wurde klar, wie betrunken ich war. Als ich oben ankam, öffnete sich gerade die Tür zum Badezimmer, und Reny trat heraus. Wie es dann genau dazu kam, kann ich dir in allen Einzelheiten nicht mehr sagen. Ich weiß nur noch, dass sie da oben auf dem Treppenabsatz stand, in einem kurzen weißen und verdammt durchsichtigen Nachthemd. Ich starrte sie an wie hypnotisiert – und sie starrte zurück. Das Nächste, woran ich mich tatsächlich erinnere, ist, dass wir plötzlich zusammen in meinem Zimmer … in meinem Bett waren."

So schwer es ihm auch fiel, er hielt Lindas Blick fest. „Es kam wohl einiges zusammen in dieser verfluchten Nacht. Mein verletzter Stolz, der viele Rotwein und natürlich meine Liebe zu ihr. Wir sprachen nicht ein einziges Wort miteinander. Als es vorbei war, weinte sie eine Weile still in meinem Arm, dann küsste sie mich zärtlich und verschwand wortlos aus meinem Zimmer. Auf das Gefühl der Genugtuung, mit dem ich tatsächlich gerechnet hatte, wartete ich vergeblich. Nur eine verdammt große Leere und Einsamkeit blieb übrig – und ein überwältigend schlechtes Gewissen, das mich manchmal auch heute noch verfolgt. Ich fühlte mich schrecklich und machte mir die schlimmsten Vorwürfe. Dies war ja etwas ganz anderes gewesen als der Betrug von Henri und Adrienne an mir. Die beiden waren verheiratet und hatten ein Kind zusammen. Das brachte schließlich eine viel größere Verantwortung mit sich. Als sie mich betrogen, habe ich nicht verstanden, wie ein Bruder dem anderen so etwas nur antun kann. Jetzt hatte ich es selbst getan, und ich verabscheute mich dafür. Mir war speiübel."

Alexander presste die Lippen zusammen, ehe er weitersprach.

„Eigentlich wollte ich sofort am nächsten Tag abreisen, doch Adrienne und ich fanden zufällig die Gelegenheit, noch einmal miteinander zu reden. Sie gestand mir, dass sie sich manchmal noch nach mir sehnte, obwohl sie Henri wirklich über alles liebt. Mein schlechtes Gewissen zeigte mir, dass ich bereits auf dem besten Weg war, über sie hinwegzukommen, und wir beschlossen, unserer Familie zuliebe an einer echten Freundschaft zu arbeiten – und schafften es mit der Zeit tatsächlich. Im Frühjahr darauf bekamen Adrienne und Henri ihr zweites Kind, und im kommenden Jahr fuhr ich sogar zweimal zu ihnen nach Frankreich. Unser Verhältnis wurde von Mal zu Mal entspannter." Alexander trank nochmals einen Schluck Wein und betrachtete mit ruhigem Blick Lindas Gesicht.

Ihre Augen wirkten müde, aber sie lächelte tapfer. „Ich will nur von dir hören, dass es für immer vorbei ist zwischen euch."

Er nickte. „Das ist es, Linda. Es ist vorbei. Für immer." Sein Gesicht blieb ernst, und er wirkte plötzlich älter. „Ich liebe dich", sagte er heiser. „Und so wird es immer sein! Alles, Linda, alles ist mit dir anders, das musst du mir glauben!"

Ihre Augen zogen sich leicht zusammen und wurden feucht. „Du hast danach niemals wieder mit ihr geschlafen?"

„Nein, das habe ich nicht."

„Hast du … hast du es jemals wieder gewollt? Hast du sie später noch begehrt?"

„Spätestens seit ich dir begegnet bin, nicht mehr. Aber im Grunde war es auch schon vorher vorbei."

„Und was ist mit ihr? Was will Adrienne, Alex? Sie hat dich für ihn verlassen, aber sie …" Linda brach ab und sah ihn mit ihren goldglänzenden Augen an.

Alexander erkannte darin die tief sitzende Angst vor einem Gegner, den sie nicht einschätzen konnte, weil sie ihn nicht kannte. Und weil er diese Angst nur allzu gut verstand, brach ihm ihr banger Blick fast das Herz. Er legte seine Zigarette im Aschenbecher ab und griff nach ihren Händen.

„Bitte, Linda, vertrau mir. Ich weiß nicht, warum Adrienne damals noch einmal mit mir geschlafen hat. Ich weiß nur, dass sie in dieser Nacht ebenso bekümmert wirkte, wie ich mich fühlte. Wir haben beide diesen furchtbaren Fehler gemacht und müssen jetzt damit leben. Zunächst fühlte ich mich von ihr angezogen, weil ich sie noch immer liebte und deshalb begehrte, aber was in ihr vorging, weiß ich bis heute nicht. Trotz allem wurde es kein echter … Liebesakt. Es war … Als wir zusammen in meinem Zimmer waren … ging es eigentlich nur noch um den Sex – ein verfluchtes Ventil für zwei Menschen, die einander Trost schenkten, mehr war es nicht. Ganz anders als später dann mit … dir!“

Es war ihm wichtig, dass sie das verstand. Seine Kieferknochen mahlten, und der Druck seiner Hände wurde noch eine Spur fester. „Ich erzähle dir das alles, weil … Verdammt, ich liebe dich“, wiederholte er hilflos. „Ich liebe nur dich. Viel, viel mehr, als ich Adrienne überhaupt jemals geliebt habe.“ Er fixierte noch einmal ihre Augen und erkannte mit Erleichterung, dass nach einer Weile ihr Blick weicher wurde. Alexander zog sie an sich. „Mir war es wichtig, dass du das alles weißt.“

An seiner Brust schüttelte sie heftig ihren Kopf. „Ich will nichts mehr von Adrienne hören! Du hast recht, Alexander, ich sollte dir glauben, wenn du sagst, es ist ein für alle Mal vorbei.“

„Nur eines noch, Liebling. Es ist wirklich wichtig, damit du verstehst, wie wir heute zueinander stehen, meine Familie und ich. Henri und Adrienne hatten große Schwierigkeiten miteinander, und auch die sind jetzt überwunden. Ich bin in den letzten zwei Tagen meinem Bruder so nahegekommen wie schon seit Jahren nicht mehr. Wir haben uns einander offen anvertraut. Er hat mir geholfen und ich ihm.“ Er brachte ein Lächeln zustande. „Und Adrienne hat mir zum Abschied tatsächlich empfohlen, nein, vielleicht sollte ich besser sagen, befohlen, dich glücklich zu machen. Verstehst du, Linda? Sie liebt Henri! Es ist für uns beide endgültig vorbei – nicht nur von meiner Seite aus. Auch sie hat es jetzt endlich geschafft, mich ganz und gar loszulassen. Diese vertrackte Geschichte ist so verdammt schwer zu erklären, aber genau so ist es. Wir haben uns gegenseitig losgelassen!“

„Sie hat dir gesagt, du sollst mich glücklich machen?"

„Ja – und das werde ich auch tun. Darauf kannst du Wetten abschließen, Liebling."

Lindas Blick senkte sich und heftete sich auf seine Brust. Alexander legte seine Hände um ihr Gesicht und hob es wieder an, damit er ihr in die Augen sehen konnte. „Ich liebe nur dich, verflucht noch mal! Du warst diejenige, die hier vorhin von Vertrauen gefaselt hat, oder?"

„Du begehrst sie also kein kleines bisschen mehr?"

Er lächelte. „Nein, nicht das geringste bisschen. Das ist es, was ich dir sagen wollte. Ich will und brauche nur noch dich."

Linda atmete laut aus und schmiegte sich enger an seine Brust.

Unendlich erleichtert und bis in die kleinste Faser seines Körpers erschöpft, umarmte er sie lange und hielt sie fest an sich gedrückt. Erst jetzt war er sich sicher, dass er eine zweite Chance bekam – und er schwor sich, dass er sie nutzen würde. „Ich werde dir niemals absichtlich wehtun, mein süßer Liebling", flüsterte er. „Niemals!"

9. KAPITEL

Alexanders zweite Urlaubswoche verstrich viel zu schnell. In vollen Zügen genossen sie es, so uneingeschränkt zusammen zu sein. Jede Last schien von ihnen abgefallen zu sein. Bis auf ein einziges Telefonat, das Linda zwischendurch mit Monika führte, um sie über die Neuigkeiten zu informieren, gestatteten sie es ausschließlich Charlotte, ihre Zweisamkeit zu unterbrechen.

Am Vorabend seines ersten Arbeitstages lag Alexander rauchend auf Lindas Bett und wartete geduldig auf sie. Linda hatte ihm lächelnd mitgeteilt, sie habe dringend eine Stunde Schönheitspflege nötig, und hielt sich nun schon seit geraumer Zeit allein im Badezimmer auf. Alexander vertrieb sich die Zeit, indem er an den Geräuschen, die zu ihm drangen, zu erraten versuchte, was sie gerade tat. Nachdem das Badewasser abgelaufen war, erwies sich das allerdings als schwierig, und er gab es auf. Also ließ er seinen Gedanken freien Lauf und versuchte, sich ein wenig auf seine Arbeit einzustimmen. Er fragte sich, ob es inzwischen eine neue Entwicklung im Fall Frank Michaelsen gab, glaubte aber eher nicht daran.

Vielleicht würden sie Franks Mörder niemals finden.

Es kam durchaus vor, dass Morde unaufgeklärt blieben. Das geschah zwar eher selten, aber es gab diese Fälle. Oft mussten auch erst viele Jahre vergehen, bis es plötzlich einen unerwarteten Hinweis gab oder der Mörder doch noch einen verhängnisvollen Fehler machte. Es kam sogar vor, dass die zuständigen Ermittler jahrelang etwas sehr Wichtiges einfach übersahen, bis endlich einer von ihnen zufällig darüber stolperte.

Alexander beschloss, sich die Akten nun doch einmal ganz genau anzusehen, nicht zuletzt, weil er der Meinung war, dass Linda, Anneliese und Charlotte das Recht darauf hatten, zu wissen, von wem und warum Frank umgebracht worden war. Bernd Lindemann hatte ihm schließlich schon vor einiger Zeit die Erlaubnis dazu erteilt, und er hatte davon bis jetzt noch keinen Gebrauch gemacht. Vielleicht steckte die Lösung auch in diesem Fall in einem kleinen Detail. Wenn das so war, würde er es finden, das schwor er sich. Was diese Sache anging, fühlte er sich Frank noch immer verpflichtet, und er war sich sicher, dass Frank Michaelsen sich an seiner Stelle auch nicht so einfach rausgehalten hätte. Egal, was später auch geschehen sein mochte, Frank war einmal sein bester Freund und ein hervorragender Polizist gewesen, das blieb haften.

Manchmal fiel es Alexander noch immer schwer, sich vorzustellen, dass Linda über einen langen Zeitraum mit diesem Mann verheiratet gewesen war.

Jetzt gehört sie zu mir. Für immer! Er drückte seine Zigarette im Aschenbecher aus und setzte sich auf.

Lächelnd sah er auf, als sie endlich zurück ins Schlafzimmer kam. Sofort war der ganze Raum erfüllt von ihrem zarten Lavendelduft. In ihren flauschigen Bademantel gehüllt, krabbelte sie zu ihm aufs Bett und drückte einen Kuss auf seinen nackten Bauch. „Hast du mich vermisst?“, fragte sie schnurrend.

Alexander zog sie an sich. „Und wie! Was, zum Teufel, hast du dort drinnen so lange getan?“

Grinsend neigte Linda den Kopf. „Oh, das sind Frauengeheimnisse, die unter keinen Umständen ausgeplaudert werden dürfen.“

Sie alberten ein wenig miteinander herum, dann wurde er plötzlich ernst. „Ich habe mich gerade gefragt, was wohl passiert wäre, wenn Frank dich mir damals schon vorgestellt hätte. Du weißt schon, während unserer gemeinsamen Arbeit in der Sonderkommission.“

Nachdenklich kämmte sie mit ihren Fingern sein schwarzes watteweiches Brusthaar und sah ihn an. „Zu dem Zeitpunkt warst du noch mit Adrienne zusammen, Alex.“

„Ja.“ Er griff nach dem lockeren Knoten ihres Bademantelgürtels und öffnete ihn. Seine Finger fanden ihre seidenweiche Haut. Er stützte sich auf und betrachtete eingehend ihr Gesicht. „Ich nehme an, ich hätte ihn trotzdem glühend um dich beneidet“, gestand er.

„Ach Alex, du bist lieb.“

„Ich meine das todernst, Ballerina. Du hättest mich sicherlich schon damals um meinen Seelenfrieden gebracht. Du warst bestimmt schon zu jener Zeit verteufelt süß." Mit der flachen Hand strich er sanft über ihren Bauch. Seine Stimme wurde leiser, aber sein Blick blieb fest mit ihrem verbunden. „Aber hier und heute ist es mein sehnlichster Wunsch, dass du … mich heiratest, Linda."

Sekundenlang blieb sie ganz still liegen und starrte in seine dunklen ruhigen Augen.

Er schloss kurz seine Lider, beugte sich dann vor und küsste sie leicht. „Guck nicht so betroffen! Ich weiß, dass das keine leichte Entscheidung für dich ist. Denk in aller Ruhe darüber nach und sag mir dann, wie du dich letztlich entschieden hast. Wie auch immer, ich werde damit leben."

Zärtlich ließ er seine Hand unter ihrem Bademantel abwärtsgleiten, bis sie auf ihrer Hüfte zur Ruhe kam. Weil sie noch immer nichts sagte, drückte er ihr einen weiteren, kurzen Kuss auf die Lippen. „Ich würde selbstverständlich auch ohne dieses Stück Papier mit dir leben, wenn du das unbedingt willst. Mir wäre es aber viel lieber, du würdest einfach Ja sagen. Ich … will, dass du … du, Gott, Linda, sieh mich nicht so ungläubig an!"

„Ich liebe dich", brachte sie heiser hervor. Seine Augen verrieten nun doch seine Nervosität, bemerkte sie.

Er senkte den Blick und heftete ihn auf ihren Mund. „Ich liebe dich auch, mein süßer Schatz." Sanft lächelte er. „Du glaubst wahrscheinlich, ich sei jetzt plötzlich völlig verrückt geworden, oder? Ich meine, nachdem ich dir so viel Kummer bereitet habe und vor einiger Zeit am liebsten sogar noch vor dir weggelaufen wäre?"

Linda schüttelte ihren Kopf.

„So bin ich eben, Linda. Wirst du über meine Frage nachdenken?"

„Nein."

„Du willst nicht darüber nachdenken?" Bestürzt zog er seine Hand unter ihrem Bademantel hervor.

„Nein." Ihr Gesicht blieb vollkommen unbewegt. „Das brauche ich nicht, Alex."

Es dauerte eine ganze Weile, bis er begriff, wie sie das meinte.

Seine Miene erhellte sich. Erleichtert zog er sie fest an sich. „Meine Güte, ich habe für einen grauenvollen Moment tatsächlich gedacht ... Du hast mir einen Riesenschrecken eingejagt, Liebling", flüsterte er rau. Seine Kehle wurde eng. Auf seiner nackten Brust spürte er ihre Tränen. Da er selbst gegen einen dicken Kloß in seinem Hals ankämpfte, ließ er sie weinen, während er ihr beruhigend über das Haar und ihren Rücken streichelte.

Schließlich hob sie ihren Kopf und sah ihn an. „Ich werde mit Charlotte sprechen müssen", sagte sie leise.

„Natürlich", bestätigte er nickend. „Wenn du möchtest, können wir das auch gemeinsam tun, was meinst du?"

„Ja, vielleicht ist das sogar noch besser." Sie lächelte strahlend. „Meine Tochter kann dir ja eh nichts abschlagen."

Er drückte sie zurück in die Kissen, schob ihren Bademantel vollends beiseite und legte zufrieden sein Gesicht auf ihren Bauch. Eine übermächtige Wärme schien durch seine Adern zu strömen, und er gab sich diesem neuen Glücksgefühl hin wie einer liebevollen Berührung. Mit einer Hand fuhr Linda durch sein ewig wirres Haar.

„Willst du eine richtig große Hochzeit mit allem Brimborium?", fragte er.

„Ja." Sie kicherte leise, weil er mit seiner Zungenspitze ihren Bauchnabel kitzelte.

„Das ist schön. Dann sollst du sie auch kriegen."

Nach einer Weile entwand sie sich ihm vorsichtig und setzte sich auf. Ihre Finger griffen erneut in sein Haar, und sie streichelte mit ernstem Blick über seinen Kopf.

„Was ist mit dir passiert, Alexander Hellberg? Du hast recht, ich wundere mich wirklich über deinen Sinneswandel. Du hast mir einmal gesagt, dass du nichts von der Ehe hältst."

Er nickte. „Dieser verfluchte Satz von dir, Linda."

„Welcher Satz?"

„Du bist frei, Alex", wiederholte er ihre Worte, die ihn bis in seine ärgsten Träume verfolgt hatten. „Ich habe dir schon gesagt, dass mich diese Abschiedsworte von dir völlig fertiggemacht haben. Es dauerte eine Weile, bis ich begriffen habe, warum ich so wütend wurde, wenn sie mir immer und immer wieder durch den Kopf gingen. Die Wahrheit ist, dass ich die Vorstellung, tatsächlich von dir frei zu sein, einfach unerträglich finde. Allerdings musste ich erst einmal den Mut aufbringen, mich dieser unumstößlichen Wahrheit zu stellen." Er blähte kurz seine Wangen auf. „Kaminski hatte mit ihrer Analyse vollkommen recht – ich war ein elender Feigling."

Linda lächelte gerührt und drückte ihm einen Kuss auf den Mund. „Hat sie das gesagt?"

„Ja, das hat sie." Er legte eine Hand auf ihre Wange und blickte ihr tief in die Augen. „Ich will mir – uns – diese Chance nicht entgehen lassen. Und als solche sehe ich es inzwischen, Linda. Als echte Chance auf ein beständiges Glück. Ebenso wie du habe ich bereits einmal einen Menschen über alles geliebt. Und ich bin mir im Klaren darüber, dass es keine Garantien auf die Ewigkeit geben kann. Aber ich werde von mir aus alles dafür tun, damit es dieses Mal gut geht, das verspreche ich dir. Ich werde dich lieben, für dich da sein, für dich sorgen und dich niemals, niemals betrügen! Du hast mein Wort darauf. Du hast alles verändert, Ballerina. Inzwischen bin ich sogar davon überzeugt, dass ich schon seit unserer allerersten Begegnung in dich verliebt bin. Jetzt, wo der Schritt getan ist, frage ich mich, warum ich uns das Leben nur so schwer gemacht habe. Ich kann, will und werde dich nicht mehr gehen lassen. Nie mehr!"

Er zog sie zurück in seine Arme, und sie schmiegte sich an seine Brust. „Du machst mich so glücklich, Alexander Hellberg", flüsterte sie benommen.

„Du mich auch, meine kleine Ballerina." Sein Mund presste sich auf ihr Haar. „Wann heiratest du mich?", fragte er, während seine Hände wieder unter ihrem Bademantel verschwanden.

Sie dachte einen Moment nach, bevor sie ihm antwortete: „Vielleicht sollten wir bis zum Frühjahr warten, Alex. Ende März ist Frank ein Jahr tot. Ich glaube, ich würde diese Zeit gerne abwarten."

Er nickte, während er seine Hände auf eine Reise über ihren Körper schickte. „Das kann ich gut verstehen. Du hast recht. Das

Trauerjahr sollten wir besser einhalten. Sagen wir … im April. Was hältst du davon? Das wären noch knapp sechs Monate."

Sie lächelte und streckte ihm ihren Körper entgegen, um seinen suchenden Händen ihren Weg zu erleichtern. „Im Mai ist das Wetter meist schöner."

Sein Gesicht verzog sich. „Okay, dann eben im Mai. Länger warte ich aber nicht."

„Nein, das brauchst du … Alex!" Sie schnappte nach Luft, als seine Finger ihr Ziel erreichten, und sank zurück in die Kissen.

Mit flackerndem Blick beugte er sich über sie.

Alexanders Bereitschaftsdienst begann eigentlich erst um zehn Uhr, aber er betrat bereits um acht Uhr dreißig sein Büro, um sich in aller Ruhe auf die Arbeit einzustimmen. Monika hatte offensichtlich mit seinem frühen Erscheinen gerechnet, denn sie hatte ihm einige Notizen und Informationen zu neuen Fällen auf seinem Schreibtisch bereitgelegt. Mit Erstaunen betrachtete er die nagelneue Kaffeemaschine, die auf der Fensterbank stand, und setzte sie in Gang. Dann vertiefte er sich in Monikas Aufzeichnungen.

Eine halbe Stunde später traf auch seine Kollegin ein. Ihr offenes breites Lächeln machte ihn tatsächlich ein wenig verlegen.

„Morgen, Partner", murmelte er. „Kaffee ist fertig. Tolle Maschine, übrigens."

Monika warf ihre Jacke über einen Haken des Garderobenständers und kam direkt zu ihm. Bevor er sich dagegen hätte wehren können, drückte sie ihm einen lauten Kuss direkt auf den Mund. „Alexander, du bist der Beste! Willkommen zurück in unserer Miefbude. Wir haben dich alle vermisst, Superhirn."

Erstaunt sah er sie an. „Womit habe ich denn diese eindrucksvolle Begrüßung verdient?"

Sie lachte laut auf. „Och, erstens freue ich mich einfach ganz furchtbar, dich wiederzusehen, und zweitens habe ich heute Morgen schon mit deiner Zukünftigen telefoniert, nachdem du das Haus verlassen hattest. Ich bin wahnsinnig stolz auf dich, mein mutiger Krieger. Ein Heiratsantrag! Meine Güte, da hast du aber den Stein ins Rollen gebracht, mein Lieber."

Er schaffte es nicht mehr länger, sein Grinsen zu unterdrücken. „Glaub mir, du hast durchaus deinen Anteil an meiner Läuterung gehabt, Kaminski."

„Apropos Anteil." Mit hochgezogenen Brauen deutete sie auf die funkelnagelneue Kaffeemaschine. „Ich bekomme vierzig Mäuse von dir, Herr Hauptkommissar."

Am späten Nachmittag kam er endlich dazu, einen Blick in die Akte Michaelsen zu werfen. Die einzelnen Aussageprotokolle nahmen einen erheblichen Anteil ein. Alexander blätterte hin und her. Er überflog die Aussagen von Anneliese, Walter und Linda ebenso wie die Protokolle über die Vernehmungen der Mädchen.

Dem Bericht des Gerichtsmediziners schenkte er etwas mehr Aufmerksamkeit. Der Schuss in den Hinterkopf war natürlich sofort tödlich gewesen. Frank war offensichtlich mit der eigenen Waffe hingerichtet worden. Die Kugel stammte zweifelsfrei aus seiner Dienstpistole, die seither verschwunden war. Er hatte nur noch das leere Holster unter seiner Jacke getragen.

Die Ermordung von Beate Folkers, der Geliebten von Frank, war offenbar ganz ähnlich vonstattengegangen, aber das war ihm ja bereits bekannt. Einen Augenblick lang vertiefte er sich in das Passfoto der Frau. Franks Vorliebe für üppige Blondinen mit grell geschminkten Lippen hatte sich offensichtlich mit den Jahren doch nicht verloren. Alexander schüttelte automatisch den Kopf und fragte sich zum wiederholten Male, was Frank nur zu dieser Frau, zu irgendeiner anderen Frau, gezogen haben konnte, wenn er doch Linda an seiner Seite gehabt hatte.

Sie ist ein Juwel, du Arschloch! Etwas mehr Mühe und Zärtlichkeit, und du hättest mit ihr den Himmel auf Erden gehabt. Hast du sie überhaupt jemals geliebt?

Noch ein weiteres Mal überflog er die einzelnen Aussagen der beteiligten Personen. An zwei Stellen stutzte er kurz, dann klappte er den Pappdeckel der Akte zu und lehnte sich nachdenklich in seinem Stuhl zurück. Automatisch griff er in die Bonbontüte und steckte sich eins davon in den Mund.

Die Arbeit hatte ihn wieder.

Als Tobias Kroning einige Minuten später Alexanders Büro betrat, saß er noch immer so da. Nachdenklich wippte er in seinem Stuhl vor und zurück und starrte vor sich hin. „Entschuldige, dass ich dich störe, Alex, aber hast du Monika irgendwo gesehen?“

Alexander blickte auf und lächelte leicht. „Hallo, Tobias! Tut mir leid, deine Angebetete ist bereits nach Hause gefahren. Zu ihrer großen Erleichterung reisen heute endlich ihre Eltern wieder ab. Sie bringt sie zum Bahnhof.“

„Ach ja, das habe ich ja total vergessen. Dann rufe ich sie eben nachher an.“

Alexanders Augenbrauen schnellten in die Höhe. „Habe ich was verpasst?“

Kroning winkte ab. „Nicht wirklich. Wir sind ein paarmal zusammen aus gewesen. An ihrem Geburtstag bin ich morgens mit einem kleinen Blumenstrauß hier in ihrem Büro erschienen. Ich wollte es nicht gleich übertreiben, du verstehst?“

Alexander nickte. „Durchaus. Blumen sind nie verkehrt.“

„Überraschenderweise hat sie mich sofort für den Abend zum Essen eingeladen. Mann, ihre Eltern waren ganz schön anstrengend. Deine ... Freundin war übrigens auch da. Sie und ich, wir haben uns redlich Mühe gegeben, den Abend zu retten.“

„Ach, ich habe ganz vergessen, Linda danach zu fragen, und sie hat wahrscheinlich auch nicht mehr daran gedacht.“ Alexander grinste vielsagend.

Tobias grinste ebenfalls. „Verstehe. Linda gefällt mir übrigens, Alex. Sie ist eine tolle Frau und bildschön, wenn ich das bemerken darf.“

Alexander lächelte. „Du darfst. So, und du baggerst also weiterhin an Kaminski herum?“

„Ja. Ich gebe mich noch lange nicht geschlagen.“

„Richtig so, das ist der wahre Sportsgeist!“ Alexander lachte auf. „Ich drücke dir weiterhin die Daumen, Kollege.“

Tobias’ Blick fiel auf den dicken Aktenordner, der auf Alexanders Schreibtisch lag. „Du hast dir die Akte Michaelsen angesehen?“

„Ja, hab ich. Sag mal, ihr habt doch sicher nach Michaelsens Dienstwaffe gesucht?"

„Natürlich!"

„Wo?"

„Nun, selbstverständlich überall direkt am Tatort. Obwohl es nicht sehr Erfolg versprechend war, sogar bei ihm zu Hause, in seinem Büro und natürlich auch in seinem Etablissement und in dieser Penthouse-Wohnung, die er zusammen mit Beate Folkers bewohnt hat." Tobias sah eine Weile in das Gesicht seines älteren Kollegen. „Ich weiß, dass du diesen Gedanken nicht loswirst, Alex. Aber es bestand zu keiner Zeit ein echter Verdacht gegen Walter Michaelsen. Wir haben nicht den geringsten Grund, seine Wohnung zu durchsuchen. Das würden wir beim Staatsanwalt niemals durchkriegen."

Alexander nickte. „Ja, du hast natürlich recht. Es macht mich eben immer furchtbar wütend, wenn wir nicht weiterkommen. Schließlich wurde die Folkers zweifelsfrei mit derselben Waffe umgebracht. Der Täter muss sie also aufbewahrt haben. Zumindest bis dahin."

„Hast du vergessen, dass Walter Michaelsen noch nicht einmal in Hamburg war, als die Morde verübt wurden?"

„Nein, zum Teufel, hab ich nicht."

„Vergiss es, Alex! Das sind reine Milieumorde gewesen und nichts anderes. Rache, Drogen, Mädchen, Kohle oder was auch immer."

„Es ist ja nicht so, dass für mich nur Walter Michaelsen als Täter infrage käme, Tobias. Ich verstehe nur nicht, warum die Ermittlungen allesamt im Sande verlaufen. Jede Spur, der ihr nachgegangen seid – und das waren weiß Gott nicht sehr viele –, stellte sich ziemlich schnell als Sackgasse heraus."

Tobias Kroning zuckte mit den Schultern. „Die Menschen auf dem Kiez sind häufig äußerst verschlossen, wie du weißt."

Alexander nickte. „Im Bericht von unserem Lieblingsdoktor habe ich gelesen, dass die Folkers offensichtlich misshandelt wurde und einen wahren Drogencocktail im Blut hatte, bevor man sie von dieser Welt verbannt hat."

„Stimmt. Man hat sie vorher ganz schön fertiggemacht, aber leider auf sehr umsichtige Weise. Es gibt keine Fremdspuren."

„Wie lange hatte Michaelsen eigentlich ein Verhältnis mit dieser Frau?"

„Du hast doch die Akte gelesen."

Alexander winkte ab. „Ich bin noch nicht ganz durch. Mir hat bisher die Zeit gefehlt. Einige Seiten habe ich überschlagen, weil mich einzelne Aussagen und der Bericht von der Gerichtsmedizin vorrangig interessierten."

Tobias Kroning ließ sich auf Monikas leeren Stuhl sinken und stützte das Kinn auf seine gefalteten Hände. Seine Augen wurden schmal. „Du grübelst, Superhirn! Du weißt, was der Chef angeordnet hat. Inoffizielles Interesse ist für dich erlaubt, eigene Arbeit und persönliche Ermittlungen jedoch nicht."

Alexander verschränkte die Hände hinter seinem Hinterkopf und lehnte sich mit einem vielsagenden Grinsen auf den Lippen zurück. „Ich zeige lediglich Interesse, Kommissar Kroning. Komm schon, hilf mir, damit ich nicht den ganzen Kram lesen muss."

Tobias langte über Monikas Schreibtisch und angelte sich eines von Alexanders Bonbons. „Michaelsen betrieb sein Geschäft seit mindestens sieben Jahren. Beate Folkers kannte er offenbar noch länger. Mit ihr hat er in einer kleinen Wohnung angefangen. Sie hat als Callgirl für ihn gearbeitet und machte ihn auch mit einigen ihrer Kolleginnen bekannt. Die gemeinsame Luxuswohnung kaufte er vor fünfeinhalb Jahren. Zum gleichen Zeitpunkt eröffnete er auch sein Etablissement und machte Beate Folkers zu seiner Geschäftsführerin."

„Wisst ihr, wie er die Dame kennengelernt hat?"

„Fehlanzeige."

„Habt ihr sie zu ihren Lebzeiten nicht danach gefragt?"

„Offenbar hat niemand daran gedacht."

„Ist sie mit einem der Mädchen besonders befreundet gewesen?"

„Sicherlich nicht. Die Mädchen waren allesamt nicht sehr gut auf ihre Chefin zu sprechen. Jedenfalls hat keine von ihnen auch nur ein gutes Haar an ihr gelassen. Die Frau muss ein richtiges Aas gewesen sein."

„Was ist eigentlich aus dem Puff geworden?"

„Der jüngere Bruder von Beate Folkers hat ihn ... aufgelöst. Stell dir vor, der Junge ist Diakon in einem kleinen Kaff irgendwo an der Nordsee."

Alexander schüttelte grinsend seinen Kopf. „Wisst ihr, wo die Mädchen untergekommen sind?"

Tobias nickte und räusperte sich. Aus irgendeinem Grunde schien er plötzlich ein Lachen unterdrücken zu müssen. „Zumindest von vier Mädchen wissen wir, wo sie jetzt arbeiten. Zwei von ihnen sind wie vom Erdboden verschluckt und eine ..." Tobias' Mundwinkel zogen sich endgültig in die Breite, und er rieb sich die Augen. „Du wirst es mir sowieso nicht glauben, Alex."

„Sei nicht albern, was ist mit ihr passiert?"

Der jüngere Mann konnte sich nun nicht mehr länger zurückhalten und prustete los vor Lachen, sodass Alexander zunächst Schwierigkeiten hatte, ihn zu verstehen. „Eine ... eine hat den ... Diakon in sein Heimatdorf be...begleitet."

„Du machst Witze." Alexander grinste jetzt ebenfalls.

„Nein, sie ... sie sitzt jetzt tatsächlich hinterm Deich und wärmt dem Diakon das Bettchen."

„Eine Art *Pretty Woman* oder wie?"

„Nun, jedenfalls hat der junge attraktive Diakon sie mitgenommen. Der Herr sei seiner Seele gnädig." Tobias liefen vor Lachen bereits Tränen über die Wangen.

Sie machten noch eine ganze Weile ein paar alberne und wenig stubenreine Späße auf Kosten des jungen unbekannten Diakons, bis das Klingeln von Alexanders Telefon sie unterbrach.

Alexander räusperte sich gründlich, bevor er den Hörer abhob.

„Alex, stell dir vor, ich habe ... den perfekten Laden gefunden!" Lindas Stimme überschlug sich fast vor Freude und Aufregung.

„Nun mal immer langsam mit den jungen Pferden, Liebling", versuchte er sie lachend zu beruhigen.

„Ich bin so aufgeregt, Alex! Wann kommst du nach Hause?"
Alexander warf einen Blick auf seine Armbanduhr und nickte lächelnd Tobias zu, der, noch immer grinsend und einen Gruß winkend, das Büro verließ. „Ich denke, ich bin ungefähr in einer Stunde bei dir."

„Gut", antwortete sie atemlos. „Mach, so schnell du kannst, mein Schatz!"

Er lächelte in das Telefon. „Schön, dass du mich immer noch so ungeduldig erwartest, Liebling."

„Ich will dir nur so schnell wie möglich das Geschäft zeigen, du eingebildeter Affe." Ihr Lachen stimmte ihn noch eine weitere Spur fröhlicher.

„Ich liebe dich auch, Ballerina."

Tatsächlich befand auch Alexander die Geschäftsräume, die sie zusammen besichtigten, als nahezu perfekt. Es handelte sich um ein schmales altes Einzelhaus am Ende einer durchaus belebten Geschäftsstraße. Die verspielte Architektur des Hauses gab einen mehr als passenden Rahmen für Lindas Vorhaben ab. Der Erker im oberen Stockwerk, der wie ein winziger Turm wirkte, sorgte noch zusätzlich für romantisches Flair. Und die schmiedeeisernen Blumenkasteneinfassungen vor den beiden kleinen Schaufenstern unterstrichen diesen Eindruck.

Im Inneren des Hauses gab es vier Räume. Der Ausstellungsraum zog sich über die gesamte untere Etage hin. Im ersten Stock, den man durch eine kunstvoll geschwungene, ebenfalls schmiedeeiserne Treppe erreichte, befand sich ein gemütlicher Aufenthaltsraum, in dem es sogar eine Küchenzeile gab und von dem außerdem noch ein kleines Badezimmer abging. Der Keller war bereits vom Vormieter ausgebaut worden und konnte somit ohne Sorge als Lagerraum auch für kostbare Möbelstücke genutzt werden.

Linda gab dem Makler kurzerhand ihre feste Zusage und vereinbarte mit ihm einen Termin für den nächsten Vormittag, um den Mietvertrag zu unterschreiben.

„Wo fährst du hin?", fragte sie Alexander einige Minuten

später, als sie in seinem Auto saßen. „Das ist nicht der Weg nach Hause."

Er nickte. „Ich habe vorsorglich vom Büro aus drei Riesenpizzas bei unserem Italiener bestellt. Wir brauchen sie jetzt nur noch abzuholen. Charlie wird sich sicher auch darüber freuen, und wir haben schließlich einen Grund zu feiern, oder?"

Linda strahlte. „Wollen wir die zu erwartenden positiven Auswirkungen der Pizza nutzen und mit ihr außerdem noch über unsere Heiratspläne sprechen?"

Alexander nahm eine Hand vom Lenkrad und legte sie auf ihren Oberschenkel. „Vielleicht sollten wir sie erst einmal fragen, ob sie etwas dagegen hätte, wenn ich bei euch einziehe. Wir wollen deine Tochter doch nicht gleich überfordern."

„Du willst ... ganz offiziell zu mir ziehen?" Lindas Stimme klang belegt.

„Ich bin doch sowieso kaum noch in meiner Wohnung, Linda."

„Ja ... ich dachte nur ..."

„Liebling, du bist sozusagen mit mir verlobt. Gibt es irgendein Problem?" Sein unterdrücktes Grinsen verriet ihr seine Genugtuung. Er kannte sie inzwischen gut genug, um zu wissen, wie er sie aus der Fassung bringen konnte. Nach wie vor tat sie sich schwer damit, alte Ängste vollständig abzulegen.

„Alex, du bist einfach ..."

„Ich weiß, du liebst mich rasend, nicht wahr?" Lachend lenkte er den Wagen in eine Parklücke und drückte ihr anschließend laut schmatzend einen Kuss auf die vollen Lippen.

„Bin gleich zurück. Tanz mir nicht davon, Ballerina."

„Natürlich freue ich mich, wenn du ganz zu uns ziehst, Alex. Was sollte ich wohl dagegen einzuwenden haben?" Charlotte strahlte über das ganze Gesicht – und wenn er ehrlich war, hatte Alexander das auch nicht anders erwartet.

„Wir wollten eben nicht über deinen Kopf hinweg entscheiden, Charlie."

„Schwachkopf! Was hättet ihr Turteltäubchen wohl getan,

wenn ich jetzt Nein gesagt und ein riesiges Theater veranstaltet hätte?"

Alexander und Linda zuckten gleichzeitig mit ihren Schultern und grinsten sich an.

„Wann soll die Aktion denn starten?", wandte sich Charlotte an ihre Mutter.

Linda erhob sich schmunzelnd und sammelte die leeren Pizzakartons zusammen. „Das muss dir schon Alex beantworten."

Alexander nippte an seinem Bier und machte ein nachdenkliches Gesicht. „Nun, ich kann zwar offiziell erst in sechs Monaten aus meinem Mietvertrag heraus, aber wenn ich einen Nachmieter stelle, geht es auch früher. Zufällig weiß ich, dass Tobias Kroning schon seit Langem eine Wohnung hier in der Nähe sucht. Ich werde ihm meine anbieten. Vielleicht ist er ja damit einverstanden. Aber … davon unabhängig habe ich nicht vor, mit meinem Umzug noch so lange zu warten. Ich denke, ich werde einfach in den nächsten Tagen nach und nach meine Sachen herbringen."

„Welche Möbel möchtest du denn gerne behalten?", fragte Linda, nachdem sie wieder ihm gegenüber Platz genommen hatte.

„Nur den antiken spanischen Schrank aus dem Wohnzimmer und einige wenige Kleinigkeiten. Du hast ja schließlich gerade eine Menge neuer Möbel gekauft, Ballerina, und die gefallen mir. Für meine alten Sachen ist hier ja wohl kein Platz mehr, oder?" Er lächelte. „Du kannst gern ein bisschen stöbern bei mir. Vielleicht findest du noch etwas für dein Geschäft."

„Das ist eine großartige Idee, Alex."

Schon den ganzen Abend musste Alexander immer wieder über die beiden Mordfälle und das Gespräch mit Tobias Kroning nachdenken. Er versuchte, sich nicht anmerken zu lassen, dass er dann und wann mit seinen Gedanken woanders war, denn er wollte auf keinen Fall, dass seine Arbeit und Franks gewaltsamer Tod diesen schönen Abend belasteten. „Gut, dann lass uns am Wochenende zusammen meine Sachen durchforsten und schon mal das Nötigste einpacken. In den nächsten Wochen wird eine

Menge Arbeit auf uns zukommen. Der Laden will schließlich auch eingerichtet und eröffnet werden."

Sie hatten es sich gerade im Wohnzimmer vor dem Fernseher gemütlich gemacht, als es an der Haustür klingelte. Da Charlotte annahm, dass eine ihrer Freundinnen vor der Tür stand, opferte sie sich freiwillig und hievte sich umständlich aus ihrem Sessel, um nachzusehen. Einige Sekunden später kam sie mit Anneliese Michaelsen im Schlepptau zurück. Linda und Alex erhoben sich automatisch.

„Anneliese, welch eine Überraschung!", rief Linda ehrlich erfreut aus und gab ihrer Schwiegermutter einen Begrüßungskuss auf die Wange.

„Ich hoffe, ich störe euch nicht", sagte die ältere Frau, nachdem sie auch von Alexander herzlich begrüßt worden war und nun neben Linda auf dem Sofa Platz nahm.

„Ach, keine Spur. Wir freuen uns immer, dich zu sehen", beruhigte er sie. „Setz dich doch, Anneliese. Wie wäre es mit einem schönen Glas Rotwein?"

„Gerne, mein Junge, ich danke dir." Lächelnd und mit wachem Blick beobachtete sie, wie er aufstand und ein weiteres Glas aus der Vitrine nahm.

„Ich hatte hier in der Nähe einen späten Arzttermin und dachte mir, es wäre doch schön, wenn ich bei der Gelegenheit bei euch vorbeischaue", erklärte sie ihr unangemeldetes Erscheinen.

„Du bist doch nicht etwa krank?", fragte Linda erschrocken.

Anneliese nahm kopfschüttelnd die Hand ihrer Schwiegertochter in die ihre. „Nein, mein Schatz, mach dir keine Sorgen. Es handelte sich nur um eine Routineuntersuchung."

„Es ist schön, dass du da bist", ergriff wieder Alexander das Wort. „Wir hätten dich ohnehin in den nächsten Tagen eingeladen. Es gibt eine Neuigkeit, die wir gerne mit dir teilen möchten."

„Alex zieht bei uns ein!", platzte Charlotte strahlend heraus.

Annelieses blassblaue Augen glitten von Linda zu Alexander, und sie nickte zufrieden. „Genauso sollte es sein. Ich freue mich für euch." Mit feierlichem Gesichtsausdruck griff sie nach ihrem

Glas. „Ich trinke auf eure Verbindung, Kinder. Möge euch das Glück immer treu bleiben."

Mit Tränen der Rührung in den Augen gab Linda ihrer Schwiegermutter einen Kuss auf die Wange. „Danke, Anneliese, dein Einverständnis bedeutet mir wirklich sehr viel. Es ist in unserer besonderen Situation keine Selbstverständlichkeit, das weiß ich."

„So, mein Junge, jetzt hast du also doch noch eine Familie bekommen", bemerkte die ältere Frau mit einem milden Lächeln. „Und? Tut es sehr weh?"

Alexander winkte grinsend ab. „Erspare mir deinen Sarkasmus. Nein, im Ernst, ich bin tatsächlich über alle Maßen glücklich, Anneliese." Er prostete ihr zu. „Vielleicht sollte ich die derzeitige allgemeine Harmonie und das unverhoffte familiäre Zusammensein nutzen …" Er warf einen fragenden Blick auf Linda und wartete ihr Nicken ab. Dann wandte er sich an Charlotte. „Charlie, ich habe deiner Mutter außerdem noch einen Heiratsantrag gemacht."

Tränen der Rührung rollten Anneliese jetzt über die Wangen, doch sie blieb vollkommen stumm und drückte nur fest Lindas Hand.

Charlotte hingegen warf sich mit einem jubelnden Aufschrei Alexander um den Hals und küsste ihn immer wieder auf beide Wangen, bis alle vier in ein befreiendes Gelächter ausbrachen.

„Nun", bemerkte Alexander strahlend, nachdem sie sich wieder einigermaßen beruhigt hatten, „das ging ja viel einfacher, als ich dachte." Liebevoll, aber unnachgiebig schob er Charlotte ein Stück von sich fort und schaute ihr mit seinem breitesten Grinsen direkt ins Gesicht. „Sie hat übrigens Ja gesagt."

Einige Stunden später lagen Alexander und Linda in ihrem Bett und kuschelten sich dicht aneinander.

„Anneliese hat sich ehrlich für uns gefreut, oder?", fragte sie nach einiger Zeit.

„Ja, das hat sie. Ich fürchte, ich habe ihr heute eine späte Genugtuung beschert. Sie hatte es nämlich schon früher darauf angelegt, mich dauerhaft zu verkuppeln. Seltsamerweise war es ihr andererseits völlig egal, ob ihre Söhne im Hafen der Ehe landeten." Er lächelte verschmitzt. „Frag mich bitte nicht, warum."

„Ich erinnere mich, dass ihr zwei schon bei deinem ersten Besuch darüber gewitzelt habt. Ich glaube einfach, dass meine Schwiegermutter eine sehr gute Menschenkenntnis hat, Alex." Sie zögerte kurz.

Alexander rückte etwas von ihr ab und beobachtete die Veränderung in ihrem Gesicht. „Was ist los, Liebling?"

„Du hast also schon ... bevor du Adrienne kennenlerntest, gegen die Ehe gewettert? Anneliese kann ja nicht wissen, dass du später ... Ich meine, wenn alles glattgegangen wäre, wärest du ja heute ohnehin mit Adrienne verheiratet, oder?"

Sein Blick wurde weich, und wie so oft fuhr er mit seinem Zeigefinger langsam über ihre Wange. „Damals war ich jung, Linda, jung und fast völlig unerfahren. Ich war kaum zwanzig, und die Mutter meines besten Freundes sah mich aus irgendwelchen dunklen Gründen bereits mit schreienden Babys auf dem Schoß vor sich. Es war ein kleines unterhaltsames Spielchen zwischen uns. Nicht mehr und auch nicht weniger." Alexander seufzte auf. „Warum, zum Teufel, suchst du noch immer das berühmte Haar in der Suppe?"

„Wie meinst du das?"

„Nun, du erwartest von mir, dass ich dir und deinen Gefühlen für mich grenzenloses Vertrauen entgegenbringe, aber wie steht es eigentlich mit deinem Vertrauen in meine Gefühle, Linda?"

Ihre Lider schlossen sich für einen kurzen Moment, und sie atmete tief ein. „Es tut mir leid, Alex, ich werde nun mal diese Angst nicht los, dich wieder zu verlieren. Ich weiß ja, dass das völlig unbegründet ist, aber ..."

So wie er es oft tat, schob er seine Hände unter ihr Haar, bog ihren Kopf zu sich heran und küsste sie. „Ich habe dir schon einmal gesagt, dass ich das nicht zulassen werde, Ballerina. Mehr kann ich nicht tun."

Noch einmal drückte er sanft seine Lippen auf ihren Mund. „Meine Güte, unsere Altlasten machen es uns nicht gerade leicht, oder?" Er lächelte müde und zog ihren Körper fest an seine Seite. „Wir zwei werden es schaffen, Liebling. Ich verspreche es dir. Egal, was noch kommt, wir beide schaffen das. Wir werden ein glückliches Leben zusammen haben, Ballerina." Doch kaum hatte Alexander die Worte ausgesprochen, verspürte er ein leichtes, aber unangenehmes Kribbeln in seiner Magengegend.

10. KAPITEL

Alexander wartete ungeduldig auf das Ende der laufenden Dienstbesprechung. Er war jetzt über zwölf Stunden ununterbrochen im Dienst gewesen, nachdem man ihn zuvor mitten in der Nacht aus dem Tiefschlaf gerissen hatte, weil eine frühmorgendliche Putzfee über die Leiche eines bekannten Hamburger Bankiers gestolpert war.

Trotzdem war Alexander nicht besonders müde, sondern eher aufgekratzt – und er sehnte sich nach Linda. Er warf einen schnellen und, wie er hoffte, unauffälligen Blick auf seine Armbanduhr. Sicherlich war sie schon seit einigen Stunden im Geschäft und versuchte, sich allein durch die schweren Kartons und Kisten zu arbeiten, die es noch immer auszupacken galt.

„Gut, ich danke euch!“ Bernd Lindemanns Stimme riss ihn aus seinen Gedanken. Alexander erhob sich ebenso wie alle anderen im Raum und langte nach dem Aktendeckel, den er vorhin auf der Fensterbank des Besprechungszimmers abgelegt hatte. Als er aufsah, stand sein Bereitschaftsleiter direkt vor ihm.

„Du bist ziemlich geschafft, nicht wahr, Alex?“

„Mhmm, stimmt wohl. War 'n verdammt langer Tag. Ich freue mich auf den Feierabend und ein kühles Bier.“

„Ist sonst alles in Ordnung mit dir?“

„Ja, warum fragst du?“ Der kaum wahrnehmbare aggressive Unterton in Alexanders Stimme ließ Bernd Lindemann sogleich beschwichtigend lächeln.

„Du bist erst vor ein paar Wochen aus dem Urlaub zurückgekommen, machst auf mich aber eher den Eindruck, als solltest du schleunigst lange Ferien antreten. Normalerweise strotzt du doch nur so vor Energie. Ich mach mir Sorgen, Junge, das ist alles.“

„Tut mir leid, Bernd. Ich gebe es nicht gerne zu, aber ich bin körperlich tatsächlich ziemlich fertig. Die letzten Wochen hatten es in sich.“

„Der Umzug?“

Alexander nickte. „Auch, aber vor allem der Laden. Wir haben von Grund auf alles renoviert, weil meine Süße ganz feste Vorstellungen in ihrem zauberhaften Kopf ausgebrütet hatte. Im Keller haben Kroning und ich massenweise Regale zusammengeschraubt." Er lachte trocken auf. „Es müssen Hunderte gewesen sein. So ganz nebenbei haben wir am Wochenende auch noch meine alte Wohnung für ihn in Schuss gebracht. Meine Güte, Bernd, zeig mir noch einen Eimer Farbe oder auch nur einen verdammten Werkzeugkoffer, und ich fange wahrscheinlich an zu schreien. Ich bin kaum noch richtig zum Schlafen gekommen."

Bernd Lindemanns Mundwinkel zogen sich in die Breite, und er legte Alexander kameradschaftlich eine Hand auf die Schulter, während sie zusammen das Besprechungszimmer verließen.

„Die Kleine hat dein ganzes langweiliges Leben gründlich umgekrempelt, stimmt's?"

„Stimmt." Alexander grinste plötzlich. „Herrlich, nicht wahr?"

Inzwischen waren sie vor Bernd Lindemanns Büro angekommen und blieben noch einmal stehen. „Ähm, Alex, du hast dir doch vor einiger Zeit die Akte Michaelsen angesehen, oder?"

Alexander nickte stumm.

„Und?"

„Was und?"

„Früher hast du dich nie aus Sachen heraushalten können, nachdem du erst einmal deine neugierige Nase hineingesteckt hattest." Bernd Lindemann schnaubte unwillig. „Du warst schon immer der beste Ermittler in meiner Abteilung, aber das weißt du ja wohl selber am allerbesten, nicht wahr? Ich will deine Meinung hören, Alex."

Alexanders rechte Augenbraue stieg steil in die Höhe. „Ach, auf einmal, Chef?"

Lindemann schnaubte erneut, drückte mit einer Hand die Türklinke hinunter und schob mit der anderen Alexander ziemlich unsanft in sein Büro. „Du wirst erst zu deinem Mädchen abmarschieren, wenn du mir deine Gedanken zum Fall Frank Michaelsen mitgeteilt hast, Hauptkommissar Hellberg."

Alexander unterdrückte ein selbstgefälliges Grinsen. „Es macht dich höllisch wütend, dass ihr nicht weiterkommt, was?"

„Das kannst du laut sagen. Ich hasse das! Setz dich hin, verdammt noch mal!"

Der ältere Mann kramte in einer Schreibtischschublade und zückte eine Tüte mit Alexanders Lieblingsbonbons. Nachdem er sie aufgerissen hatte, hielt er sie seinem ersten Hauptkommissar unter die Nase. Ergeben ließ sich Alexander auf einen Stuhl fallen und griff zu. Er wartete darauf, dass Bernd sich ebenfalls setzte, und kaute stumm, aber mit sichtlichem Vergnügen vor sich hin.

„Treib es nicht auf die Spitze, Hellberg", warnte der Bereitschaftsleiter mit lächelnden Augen.

Alexander kräuselte nachdenklich seine Lippen. „Gib mir offiziell grünes Licht, Bernd."

Bernd Lindemanns mächtige Faust traf mit einem dumpfen Geräusch auf die Schreibtischplatte. „Das kann ich nicht tun, und das weißt du auch."

„Dann werde ich brav die bestehenden Anweisungen meines ehrenwerten Chefs befolgen und mich fein aus der laufenden Ermittlung heraushalten."

Die Blicke der beiden Männer schienen sich für einige Sekunden ineinanderzubohren. Mit anhaltend herausfordernder Miene schob sich Alexander schließlich ein weiteres Bonbon in den Mund und stützte die Unterarme auf seine Schenkel auf, blieb aber weithin stumm.

„Arrogantes Arschloch", flüsterte Bernd Lindemann.

„Und? Was ist nun?", fragte Alexander ungerührt.

Lindemanns Mund wurde zu einem schmalen Strich. „Es geht nicht, Alex. Selbst wenn ich es wollte. Mir sind in dieser Sache die Hände gebunden. Deine weit zurückliegende Freundschaft mit Michaelsen hätte ich ja noch irgendwie ignorieren können, aber jetzt lebst du auch noch mit seiner Witwe zusammen. Herrgott! Deine offizielle Mitarbeit in dieser Sache ist inzwischen völlig undenkbar geworden. Normalerweise dürfte ich dir noch nicht einmal mehr gestatten, dich über den Stand der Ermittlungen zu informieren."

„Welche Ermittlungen, Chef?"
„Werd jetzt nicht auch noch frech, du Rotzlöffel!"
Alexander stand auf und griff im Stehen ein weiteres Mal in die Tüte. Es wurde Zeit für ihn, den entscheidenden Schritt zu tun. Die körperliche Arbeit der vergangenen Wochen hatte ihm eine Menge Zeit zum Nachdenken gelassen.
„Dann lass uns einen Kompromiss schließen, Bernd."
„Was für einen Kompromiss?", fragte Lindemann hoffnungsvoll.
„Nehmen wir mal an, in meinem Kopf hat sich ein ganz bestimmter ... Gedanke breitgemacht, weil mir beim Durchgehen der Akte eine winzige, vielleicht auch völlig unwichtige Kleinigkeit aufgefallen ist. Es könnte doch sein, oder?"
„Verdammt noch mal, Alex!"
Alexander hob seine Hand. „Hör mir erst zu, Bernd."
Sie wechselten noch einen langen Blick, dann nickte der Bereitschaftsleiter und verschränkte die Arme über seinem unübersehbaren Bauchansatz. „Es bestünde doch die Möglichkeit, rein theoretisch, wohlgemerkt, dass ich mir einen Kollegen schnappe, von dem ich erstens beruflich eine Menge halte und zu dem ich zweitens auch noch eine freundschaftliche Beziehung außerhalb der Dienstzeit unterhalte. Und dass ich eben genau diesen Kollegen an meinen Gedanken teilhaben lasse. Natürlich ganz privat, das versteht sich ja von selbst."
„Natürlich", warf Lindemann schon halb resigniert ein. „Und zufällig arbeitet dieser nette Kollege auch ganz offiziell am Fall Michaelsen mit und könnte somit, ohne Hemmungen haben zu müssen, deine genialen Erkenntnisse als seine eigenen einbringen."
„Blitzmerker!" Alexander lehnte sich lässig gegen die Fensterbank und hängte die Daumen in die Vordertaschen seiner dunkelgrauen Jeans. Sein breiter Mund wurde von einem leichten Lächeln umspielt.
„Du denkst an Kroning."
„Ich würde ihn nicht im Unklaren lassen. Er würde über alles, was wir zwei hier drinnen besprochen haben, von mir un-

terrichtet werden. Das ist meine einzige Bedingung. In den vergangenen Wochen ist er tatsächlich zu einem Freund geworden, und ich würde diese Freundschaft nur sehr ungern wieder aufs Spiel setzen. Weder die zu ihm noch die zu Monika Kaminski."

Lindemanns Blick hob sich. „Was hat Kaminski nun wieder damit zu tun?"

Alexander stieß sich von der Fensterbank ab und baute sich breitbeinig vor Bernd Lindemanns Schreibtisch auf. „Kann es sein, Chef, dass dir neuerdings der Büroklatsch verborgen bleibt?"

„Ich verstehe kein Wort, Hellberg."

Alexander lachte kurz auf. „Bernd! Kroning und Kaminski – na, du weißt schon. Da bahnt sich halt was an. Zumindest sind die beiden sehr, sehr häufig privat zusammen. Übrigens ist Kaminski inzwischen auch noch zur besten Freundin von meiner Linda avanciert. Da ergibt sich sowieso das eine oder andere Zusammentreffen unserer beiden jungen Kommissare außerhalb der Dienstzeit."

Lindemann raufte sich die wenigen Haare, die noch auf seinem Schädel zurückgeblieben waren. „Also gut, zum Himmeldonnerwetter! Das ist ja alles ... Regle du das, Alex. Ich werde in diesem Laden noch vollkommen verrückt."

„Apropos Laden, Bernd. Wenn wir uns dann endlich einig sind, würde ich jetzt wirklich gerne abhauen. Linda braucht dort nämlich dringend meine Muskelkraft."

„Mach, was du willst, du elender Schurke, nur verschwinde endlich."

Ein kräftiger Regen setzte gerade ein, als Alexander die Tür zu Lindas Geschäft aufstieß und sich Tobias Kroning gegenübersah, der laut pustend den antiken englischen Sekretär aus Lindas altem Schlafzimmer an der linken Seitenwand des Ausstellungsraumes platzierte.

„Ist das die richtige Methode, um seinen wohlverdienten freien Tag zu verbringen, Kollege?", fragte Alexander feixend.

Tobias wischte sich mit dem Ärmel seines karierten Baumwollhemds den Schweiß von der Stirn und zog ebenfalls seine Mundwinkel in die Breite. „Bei mir in der Wohnung war eh nichts mehr zu tun, Alex, und ich hatte von Monika das von dem Bankier gehört. Hab mir gedacht, du wirst ziemlich froh sein, wenn du nach Feierabend nur noch die Hälfte zu schleppen hast, nachdem man dich mitten in der Nacht aus dem Schlaf gerissen hat."

„Vor allem bin ich froh darüber, dass du Linda nicht allein vor dem ganzen Kram hast sitzen lassen, ich danke dir, Kumpel", erwiderte Alexander und klopfte seinem jüngeren Kollegen leicht auf die Schulter.

„War mir ein Vergnügen, Alex."

„Wo steckt meine Kleine eigentlich?"

Tobias rollte seine Hemdsärmel noch ein Stückchen höher und blickte zur Zimmerdecke. „Oben. Sie wollte gerade dafür sorgen, dass wir etwas in den Magen bekommen. Kaminski ist seit einer knappen Stunde ebenfalls hier. Sie ist unten im Keller und sorgt dort für Ordnung."

Alexanders Lederjacke landete schwungvoll auf einem Stuhl hinter der kleinen nierenförmigen Verkaufstheke. „Na, dann wollen wir mal sehen, was unsere Hausherrin für unser körperliches Wohlbefinden so tun kann. Mir knurrt nämlich auch schon seit Stunden der Magen."

„Geh ruhig schon mal vor, Alex. Ich sage Monika noch eben Bescheid." Tobias' verschmitztes Lächeln sprach Bände. „Der Keller in diesem Haus ist wirklich heimelig, und die Dame scheint besonders auf hart arbeitende, verschwitzte Männer zu stehen. Sie hat so was Hungriges in ihrem Smaragdblick, seit sie durch diese Tür hereinmarschiert ist. Ich komme mir schon die ganze Zeit vor wie ein Tortenstück, auf das sie sich am liebsten sofort stürzen würde." Er schnalzte mit der Zunge. „Das sollte ich ausnutzen."

Kopfschüttelnd wandte sich Alexander der Treppe zu. „Na dann viel Spaß im Keller, Herr Kommissar."

Er sah Linda am Arbeitstresen der kleinen Küchenzeile stehen und hörte ihr leises Summen, als er oben ankam. Augenblicklich wurde Alexander warm ums Herz. Da sie ihm den Rücken zugewandt hatte, bemerkte sie ihn noch nicht, und er betrachtete eingehend ihre äußerst anziehende Rückseite.

Ihre Beine steckten in engen verwaschenen Jeans, und oben herum trug sie eine alte weiße Leinenbluse, die sie etwas nachlässig in den Hosenbund gestopft hatte. Ihre Haare wurden im Nacken von einem langen bunten Seidenschal zusammengehalten, dessen Enden weit über ihren schmalen Rücken fielen.

Leise trat er von hinten an sie heran, umfasste mit beiden Händen ihre Taille und drückte seine Lippen seitlich auf ihren Hals. Ein kurzer Ruck ging durch ihren Körper, dann schienen ihre Muskeln und Knochen sofort weich zu werden. Wohlig lehnte sie sich gegen ihn und genoss seine Zärtlichkeit.

„Hallo", flüsterte er direkt in ihr Ohr.

„Hallo", hauchte sie zurück und drehte sich in seinen Armen herum, um ihm ihre Arme um den Nacken zu schlingen. „Schön, dich endlich wiederzuhaben."

„Ebenso", erwiderte er leise und zog sie noch ein wenig fester an sich. „Ich laufe immer gleich heiß, wenn ich dich nur sehe, Liebling, das wird langsam peinlich." Ihr kehliges Kichern veranlasste ihn dazu, ihren Mund mit einem langen Kuss zu verschließen, der erst durch das geräuschvolle Auftauchen von Monika und Tobias unterbrochen wurde.

„Nun schau dir das bloß an, Kroning. Hör sofort mit der hemmungslosen Knutscherei auf, Hellberg, damit wir endlich was zwischen die Zähne bekommen." Monika zwinkerte ihm fröhlich zu, als er sich von Linda löste und sich ihnen zuwandte.

Alexanders Mundwinkel schnellten nach oben, und er schüttelte den Kopf. „Dein freches Mundwerk wird dir irgendwann noch mal zum Verhängnis werden, Kaminski."

„Wann willst du eigentlich eröffnen, Linda?", fragte Monika während des gemeinsamen Abendessens.

„Ich dachte an den nächsten Montag."

„Hast du auch an so was wie Werbung gedacht?", wollte Tobias wissen.

Linda nickte. „Alex hat bereits mit den kleinen Wochenblättern gesprochen, die in den einzelnen Stadtteilen verteilt werden. Sie warten nur noch auf das richtige Datum, dann wird meine Anzeige geschaltet. Wir wollten ganz sichergehen, dass wir dann auch wirklich fertig sind." Sie rollte mit den Augen. „Ich habe einen Riesenbammel, wenn ich ehrlich bin."

„Ach was, dazu besteht überhaupt kein Grund, Liebling. Es wird alles wunderbar laufen, glaub mir", versicherte Alexander aufmunternd.

Ihr sonniges Lächeln drückte ihre ganze Dankbarkeit aus. „Ihr habt mir alle so wunderbar geholfen. Das Schlimmste haben wir doch überstanden, nicht wahr?"

Alexander nickte bestätigend. „Alles, was jetzt noch auf uns zukommt, sind Kleinigkeiten. Ich werde nachher noch die letzten Möbel rücken, und du kannst bereits mit der Gestaltung und der Dekoration beginnen."

„Ach ja, das wäre schön, Alex", erwiderte Linda lächelnd. „Charlotte schläft ja heute bei Sandra. Die Mädchen haben wegen irgendeiner Lehrerkonferenz morgen schulfrei. Deshalb habe ich heute keine mütterlichen Verpflichtungen mehr und kann hier noch ein bisschen was schaffen."

Tobias und Monika warfen sich einen schnellen Blick zu. „Wir haben heute Abend nichts weiter vor", warf Tobias ein. „Wir bleiben noch und helfen euch."

Monika nickte begeistert. „Jetzt kommt doch die beste Arbeit, Linda. Die kannst du unmöglich nur für dich alleine beanspruchen. Ich liebe es, in schönen Sachen zu wühlen und zu dekorieren."

Alexander dachte unwillkürlich an die äußerst nüchterne und moderne Einrichtung von Monikas Wohnung und musste grinsen. Ein Blick genügte, um zu wissen, dass es Tobias Kroning nicht anders erging, denn der versuchte seinerseits, ein lautes Auflachen zu unterdrücken. „Wir wissen alle, wie sehr du Nippes liebst, Kaminski."

„Ach, halt deine Klappe, Hellberg!" Sie zog beiden Männern eine Grimasse. „Sag mal, Herr Hauptkommissar, wo warst du vorhin eigentlich noch so lange? Ich dachte, du würdest ebenfalls gleich nach der Dienstbesprechung hier auftauchen."

Alexander griff nach der Bierflasche, die vor ihm stand, und nahm einen großen Schluck, bevor er antwortete: „Ich war noch beim Chef."

„Hast du etwa einen Rüffel kassiert?", fragte Monika grinsend.

„Nein, ganz im Gegenteil, du widerliche Giftspritze. Auch du hast hoffentlich inzwischen bemerkt, dass ich ein kriminalistisches Genie bin", gab er spöttelnd zurück.

Monika Kaminski verzog erneut das Gesicht und verdrehte ihre grünen Augen.

Tobias lachte und setzte ebenfalls seine Bierflasche an die Lippen. „Treffer – und versenkt, Hellberg", bemerkte er.

„Sei du bloß ruhig, Kroning!" Monikas Augen funkelten ihn wütend an, aber damit brachte sie ihn nur noch mehr zum Grinsen.

„Sag mal, könntet ihr drei mir vielleicht mal eine Frage beantworten?", mischte sich Linda mit ernstem Gesicht ein. „Warum sprecht ihr euch eigentlich dauernd nur mit euren Nachnamen an?"

Eine kleine Weile blieb es noch still, dann brach wie auf ein Kommando das Gelächter los.

Nachdem sich die Männer wieder in das untere Stockwerk begeben hatten, beschäftigten sich die beiden Frauen zunächst damit, die kleine Küche wieder in Ordnung zu bringen.

„Wie soll man zum Himmeldonnerwetter zu einer emanzipierten Arbeitsteilung kommen, solange es Kerle gibt, die über so herrliche Muskeln verfügen und sich deshalb wunderbar für schwere Arbeiten einsetzen lassen?", seufzte Monika auf, während sie Teller, Gläser und Besteckteile in die winzige Geschirrspülmaschine stapelte.

Linda legte lächelnd ihr Wischtuch beiseite und wandte sich ihrer Freundin zu. „Tobias hat auch recht schöne Muskeln, nicht wahr, Monika?"

„Mhm. Ganz nett." Monikas Blick senkte sich. „Wo hast du den Reiniger für die Spülmaschine?"

„Na sag schon, Monika! Was läuft da zwischen Tobias und dir?"

„Was soll da schon laufen? Wir sind nur gut befreundet. Zieh gefälligst den Kuppelpelz wieder aus, Linda-Mäuschen." Monika klappte die Tür des Geschirrspülers zu und sah ihrer Freundin wieder ins Gesicht. „Hör auf zu grinsen, Kurze. Nur weil du und dein Lover an nichts anderes mehr denken könnt als wilde Küsse und hemmungslosen Sex, muss es ja nicht gleich jedem so ergehen, oder?"

Linda lachte auf. „Du willst mir doch nicht weismachen, du hättest noch nicht bemerkt, dass der arme Tobias ganz furchtbar verschossen in dich ist? Du bringst den bedauernswerten Kerl doch vollkommen aus der Fassung."

Monika lehnte sich gegen den Küchenschrank, zog einen Schmollmund und verschränkte ihre Arme. „Ich gebe es ja zu, er ist ganz süß."

„Und? Was hält dich dann zurück?

„Jedenfalls hat das nichts mit Alex zu tun, falls du das denkst. Das glaubst du mir hoffentlich."

„Natürlich glaube ich dir, Monika. Und nein, daran habe ich überhaupt nicht gedacht. Ich kenne dich inzwischen ganz gut. Wenn ich nur den kleinsten Zweifel an deiner Loyalität hätte, wäre ich wohl heute kaum so eng mit dir befreundet."

Monika nickte und scharrte mit ihrem rechten Fuß nervös auf dem dicken hellblauen Teppich hin und her. „Danke, das bedeutet mir wirklich sehr viel."

Fragend hob Linda die Augenbrauen. „Ich will trotzdem noch wissen, warum du dem armen Tobias keine richtige Chance gibst."

Nervös lachte Monika auf. „Okay, wir haben schon mal ein bisschen geknutscht", gab sie zögernd zu.

Lindas Gesicht erhellte sich. „Und? Wie war's?"

Verschmitzt verzog ihre Freundin die Lippen. „Ich würde sagen, er kann es."

„Er kann es!“ Linda zeigte sich fassungslos. „Was ist das denn für eine Aussage?“

Zu ihrem großen Vergnügen färbte sich Monikas Gesicht dunkelrot, und sie schnappte seufzend nach Luft. „Er ist ... ach, Linda, er ist so herrlich verliebt in mich! Er verliert so süß die Kontrolle, wenn er mich küsst. Und ständig gibt er mir das Gefühl, ich sei die begehrenswerteste Frau auf der Welt. So etwas habe ich bisher noch nicht kennengelernt. Das ist so ... mhm.“

Linda wusste nur zu gut, wovon ihre Freundin sprach, und seufzte laut auf, während sie sich ebenfalls gegen den Küchenschrank lehnte und ihren Kopf gegen Monikas Schulter sinken ließ. „Oh ja! Ich weiß genau, was du meinst.“

Die Stille hielt nur eine Minute an, dann brachen sie beide gleichzeitig in albernes Gelächter aus. Erst nach einer ganzen Weile hatten sie sich wieder unter Kontrolle.

„Wie lange willst du ihn denn noch hinhalten?“, fragte Linda schließlich.

„So lange, bis ich es nicht mehr aushalte. Ich habe mir selber fest versprochen, es dieses Mal geruhsamer anzugehen. Ich bin zu dem Schluss gekommen, dass ich in der Vergangenheit viel zu ... na, sagen wir mal, viel zu impulsiv gewesen bin, wenn es um dieses Thema ging. Nie wieder, Linda! Der Kerl soll sich ruhig noch eine Weile nach mir verzehren, bevor er an sein Ziel kommt. Ich glaub nämlich ... okay, ich sag es dir: Ich glaube nämlich, dass ich den süßen Kroning gerne behalten würde. Und zwar, solange es nur geht.“

Monika stieß ein verlegenes leises Lachen aus. „Ich weiß, bei dir war es anders, Linda. Du hast Alex nicht bewusst warten lassen, aber ... na ja, ich habe halt jeden Tag mit angesehen, wie unser Superhirn sich gewunden und nach dir verzehrt hat. Das hatte schon was. Dabei hat er sich immer mehr in deinem Netz verfangen. Also habe ich mir überlegt, ich lasse Kroning auch noch eine Weile zappeln.“

Linda lächelte. „Aber übertreib es bloß nicht, hörst du. Nicht dass der Schuss nach hinten losgeht.“

„Keine Bange, lange halte ich ja selber nicht mehr durch. Puh, vorhin sah er nämlich wirklich sexy aus, mit seinen zerzausten blonden Haaren, dem offenen Hemd und den hochgekrempelten Ärmeln, die sich so schön um seine Oberarme spannten." Monika zeichnete mit ihrem Zeigefinger eine Linie von ihrem Nacken herab bis zur Brustmitte und seufzte. „Genau hier lief ihm ganz langsam ein einzelner Schweißtropfen herunter. Fast wäre ich direkt vor seinen Augen zu einer einzigen Hormonpfütze zerflossen."

Linda und Monika lachten auch noch, als sie an den schuftenden Männern vorbei in den Kellerraum hinabstiegen, um sich einer neuen Arbeit zuzuwenden.

Beide Männer richteten sich gleichzeitig auf und blickten kopfschüttelnd den kichernden Frauen hinterher.

„Das kriegen die irgendwie in die Wiege gelegt", bemerkte Tobias lakonisch.

„Das liegt nur daran, dass sie selbst während der Arbeit ununterbrochen miteinander quatschen", erwiderte Alexander. Grinsend setzten sie sich nebeneinander auf die riesige Wäschetruhe, die sie gerade aus dem Keller raufgeschleppt und neben den alten Sekretär geschoben hatten.

Alexander griff in die Brusttasche seines Hemds und zog seine Zigaretten heraus. „Ich finde, wir haben uns nach dieser Kraftanstrengung eine kleine Rauchpause redlich verdient", sagte er und gab Tobias Feuer, der sich bereits eine Zigarette zwischen die Lippen gesteckt hatte. Die brennende Zigarette im Mundwinkel, stopfte Alexander die Packung wieder in seine Brusttasche zurück, wobei ihm der Rauch in die Augen stieg und er sein rechtes Auge zukneifen musste. Mit einer schnellen Kopfbewegung deutete er zur Kellertreppe.

„Wie kommst du denn voran mit der rothaarigen Xanthippe?"

„Geht so."

„Geht so?"

„Ja."

„Aha."

Alexander wartete noch zwei oder drei Züge von seiner Zigarette ab, bevor er die nächste Frage stellte. „Wie war's vorhin im Keller?"

Sein junger Kollege stieß einen leisen Fluch aus und ballte seine freie Hand zu einer Faust, die kraftvoll auf seinem eigenen Oberschenkel landete.

„Aha“, sagte Alexander noch einmal und unterdrückte ein Grinsen. „Ich kenne das Gefühl.“

„Sie ist …“

„Komm schon, spuck es aus. Was ist sie?“

„Sie macht mich völlig fertig, Alex. Ich habe mich noch nie so verflucht schlecht gefühlt.“

„Du willst doch nicht sagen, unser Rotkäppchen hat dich noch immer nicht rangelassen?“, fragte Alexander verständnislos. Er selbst kannte Monika schließlich vollkommen anders.

„Nein, zur Hölle noch mal, das hat sie nicht.“

„Dann solltest du schnellstens etwas unternehmen.“

„Sehr witzig. Was denn, bitte schön?“

Nach einem letzten Zug drückte Alexander seine Zigarette schließlich in einem Aschenbecher aus, der hinter ihnen auf der Fensterbank stand. „Das Zauberwort heißt: Beharrlichkeit. Übrigens, eine der stärksten Waffen, die uns Männern zur Verfügung stehen. Und sieh zu, dass du möglichst viel mit ihr alleine bist.“

„Ich halte es nicht mehr lange aus, Alex“, gab Tobias flüsternd zu und fuhr sich mit beiden Händen durchs helle Haar. Sein Gesicht nahm eine dunkle Färbung an. „Ich bin kurz vorm Durchdrehen. Und glaub mir, ich bin nicht besonders stolz darauf.“

Alexander klopfte seinem Freund auf die Schulter. „Ich sagte dir ja schon, ich kenne das Gefühl, zum Wachsmännchen zu werden. Das Schlimme ist, dass sich unter gewissen Umständen auch später nicht viel daran ändert.“

Die beiden Männer sahen sich in die Augen.

„Man fühlt sich ziemlich affig dabei, oder?“

„Ja, aber glaube mir, Tobias: Nichts auf der Welt lässt sich mit dem Gefühl vergleichen, wenn du merkst, dass es ihr genauso ergeht.“

„Ihr seid wirklich zu beneiden, Linda und du. Man sieht auf den ersten Blick, dass es zwischen euch beiden etwas ganz Besonderes ist.“

Alexander lächelte versonnen und blickte zur Kellertreppe, auf der gerade wieder die beiden Frauen erschienen, die zusammen einen großen Karton herauftrugen.

Den Rest des Abends verbrachten sie damit, den Ausstellungsraum fast vollständig einzurichten und auszustaffieren. Sogar den Männern schien diese Aufgabe höllischen Spaß zu machen. Gegen Mitternacht brachen Tobias und Monika auf, und einige Minuten später stiegen auch Alexander und Linda ins Auto.

An einer roten Ampel schob Alexander seine Hand auf ihren Oberschenkel. „Tut mir übrigens leid, dass ich heute erst so spät für dich da sein konnte."

Sie lächelte. „Ach Alex, du kannst doch nichts dafür. Es ist schließlich dein Job."

„Konntest du wenigstens noch ein paar Stunden schlafen, nachdem man mich in aller Herrgottsfrühe aus dem Bett geklingelt hat?"

„Ich schlafe generell nicht besonders gut, wenn du nicht neben mir bist, aber ich bin noch ein bisschen liegen geblieben."

Er warf ihr noch einen kurzen, sehr liebevollen Blick zu, bevor er weiterfuhr und schließlich den Wagen vor ihrem Haus einparkte.

Nach einer schnellen Dusche machten sie es sich trotz der späten Stunde noch mit einem Glas Wein gemütlich. Alexander hatte ihnen in der Küche eingeschenkt und anschließend die Gläser nach oben ins Schlafzimmer getragen, während Linda sich im Badezimmer für die Nacht zurechtgemacht hatte. Jetzt kuschelten sie sich nebeneinander auf das Bett und stießen an.

„Auf deinen Erfolg", sagte Alexander leise.

„Darauf trinke ich gerne." Linda stellte ihr Glas auf dem Nachtschränkchen ab, legte ihren Kopf auf seinen Oberkörper und umschlang ihn mit einem Arm.

„Du musst furchtbar müde sein", flüsterte sie und pustete ein Brusthaar von ihm beiseite, das ihre Nase gekitzelt hatte.

„Ich bin nicht müde. Wir sind ganz allein im Haus, meine Schöne. Ich will dich lieben." Seine Stimme klang angenehm rau.

Er stellte ebenfalls sein Glas ab und nahm sie fester in den Arm, wobei er gleichzeitig etwas tiefer rutschte. Sanft fuhr er mit der Hand über ihre Hüfte, und sie wunderte sich darüber, dass diese langsame, fast träge Liebkosung sie bereits erregte.

Linda drückte ihm einen sanften Kuss auf die Haut und erfreute sich an seinem leisen Seufzen. Mit einem zufriedenen Lächeln auf den Lippen blickte sie zu ihm hoch. Sein Kopf lag auf der Seite, und sein Gesicht war vollkommen entspannt. Der Mann schlief tief und fest. Sie betrachtete eine Weile sein Gesicht, und ihr Lächeln vertiefte sich. Behutsam streichelte sie noch einmal über sein wirres dunkles Haar, bevor sie das Licht löschte und vorsichtig die Decke über ihre Körper zog.

Als Linda erwachte, war Alexanders Bettseite bereits leer. Aber es war ihr inzwischen vertraut, dass er fast immer vor ihr aufstand und sich um das Frühstück kümmerte. Sie reckte sich ausgiebig, ging kurz ins Bad und schlüpfte in ihren Bademantel, um schließlich die verlockende Duftspur des Kaffees aufzunehmen.

Alexander saß bereits am Küchentisch und nippte an seinem Becher. „Na, du Schlafmütze", begrüßte er sie lächelnd.

„Das musst du gerade sagen." Grinsend ging sie auf ihn zu, beugte sich hinunter und drückte ihm einen Morgenkuss auf die Lippen.

„Tut mir leid", brachte er verlegen hervor.

„Och, ich hab es überlebt." Das Grinsen ließ sich nur sehr schwer wieder unterdrücken. Es war einfach zu schön, ihn einmal so herrlich verlegen zu sehen.

„Ich werde es wiedergutmachen, Ballerina."

„Darauf kannst du wetten."

„Jetzt muss ich leider los, den einen oder anderen Mörder entlarven."

„Ich weiß." In ihren Augen blitzte es spitzbübisch auf. „Kommst du nachher wieder direkt in den Laden?"

Er nickte und schaute noch immer wundervoll schuldbewusst drein, während er bereits aufstand. „Ich melde mich zwischendurch noch telefonisch bei dir, okay?"

„Ja, ist gut. Bis dann." Sie erwiderte seinen schnellen Abschiedskuss und lächelte ihm hinterher, als er das Haus verließ.

Alexander richtete es so ein, dass er zusammen mit Tobias zum Mittagessen gehen konnte. Sie saßen an einem kleinen Ecktisch der Kantine und genehmigten sich nach einem riesigen Wiener Schnitzel mit Pommes frites noch eine Tasse Kaffee.

„Ich komme dann nachher wieder mit in Lindas Laden, Alex. Einige von den Kartons, die noch im Keller herumstehen, sind für einen Mann alleine viel zu schwer."

„Du bist ein echter Freund, Kroning." Er zwinkerte. „Monika wird übrigens auch wieder da sein. Vielleicht kannst du es trotzdem so einrichten, dass du nach der Schlepperei noch ein paar Minuten für ein Gespräch mit mir übrig hast."

„Was ist los? Hast du Probleme?"

„Nein, Tobias, ich könnte in einer bestimmten Angelegenheit einfach nur deine Hilfe gebrauchen, aber das möchte ich lieber außerhalb der Dienstzeit in aller Ruhe besprechen, ist das in Ordnung für dich?"

„Absolut."

Linda war überglücklich. Der Laden strahlte im warmen Glanz verschiedenster Lichtquellen, und fast alles war bereits an seinem endgültigen Platz. Die einzelnen, ausgesuchten Möbelstücke kamen hervorragend zur Geltung und dienten gleichzeitig der edlen Präsentation von hochwertigem Porzellan und den verschiedensten Dekorationsstücken. An den Wänden hingen geschmackvolle und, wie Alexander bemerkte, auch einige durchaus merkwürdige Ölgemälde und Drucke sowie die unterschiedlichsten Seidenblumengestecke.

Es gab Leuchter, Tischwäsche, antike Haushaltsgegenstände, die nur noch der Dekoration dienten, aber auch moderne Glasartikel, edle Servietten und Kerzen, die Linda zusammen mit einigen bunten Kleinartikeln bei einem namhaften Lieferanten für Geschenkartikel bestellt hatte.

Besonders stolz war sie aber auf die kleine beleuchtete Glasvitrine direkt neben dem Verkaufstresen, die eine ganze Reihe von antikem Schmuck beinhaltete und dafür genau den richtigen Rahmen abgab. Die alten Stücke stammten teilweise aus ihrem Besitz, aber auch von einigen erfolgreichen Versteigerungen, die sie in der letzten Zeit mit großem Spaß besucht hatte. Jeder verkäufliche Gegenstand war inzwischen mit einem gut sichtbaren Preisetikett ausgezeichnet, und den winzigen nierenförmigen Verkaufstresen zierte eine alte messingfarbene Registrierkasse, die Alexander in einem sehr vornehmen Antiquitätenladen entdeckt und kurzerhand gekauft hatte. Erst vor ein paar Tagen hatte er Linda das gute Stück zur Einweihung geschenkt.

Linda breitete die Arme aus und drehte sich jubelnd ein paarmal um die eigene Achse, während Alexander lächelnd eine Flasche Champagner öffnete und ihnen allen ein Glas einschenkte. Sogar Charlotte, die heute fleißig mitgeholfen hatte, bekam ein halb volles Glas zugeteilt. „Auf ‚Lindas Laden'", sagte er feierlich.

Alle versammelten sich um die sichtbar glückliche Inhaberin und stießen gemeinsam an. Monika Kaminski drückte ihrer Freundin einen schmatzenden Kuss auf die Wange. „Ich trinke darauf, dass du den stinkreichen Damen hier in der Gegend ordentlich das Geld aus der Tasche ziehen wirst, und darauf, dass ihre Ehemänner dich dafür hassen und gleichzeitig bewundern werden. Auf dich, Kurze!"

Tobias ließ noch einmal seinen Blick durch den Ausstellungsraum wandern. „Meine Güte, es ist tatsächlich beeindruckend geworden. Wenn man bedenkt, dass unten im Keller noch mindestens dreimal so viel herumsteht. Das hat wirklich Klasse, Linda!"

„Danke, Tobias. Ich danke euch allen für eure tatkräftige Hilfe. Es ist alles ..." Der Punkt war erreicht, Linda fing vor lauter Freude und Rührung an zu weinen.

Alexander stellte lächelnd sein Glas beiseite und nahm Linda auch ihres aus der Hand, bevor er sie fest in seine Arme schloss. „Es ist ja gut, Liebling."

„Ich bin so furchtbar glücklich", brachte sie schluchzend hervor.

„Ja, ich weiß, Ballerina. Ich weiß das ja. Sch … sch."

Charlotte kicherte, wurde von Monika aber sofort strafend angesehen, die ihrerseits völlig hingerissen die zu Herzen gehende Szene beobachtet hatte.

Tobias räusperte sich. „Äh, ich gehe dann schon mal nach oben, Alex. Du wolltest ja ohnehin noch etwas mit mir besprechen, oder?"

Alexander nickte ihm zu. „Ich komme gleich nach, Tobias, danke."

Monika sammelte die Gläser ein, stellte sie auf ein Tablett und drückte es Tobias in die Hand. „Hier, Kroning, nimm den Kram mit rauf und spül schon mal. Ich werde Charlotte und Linda indes mit deinem Auto nach Hause fahren, ihr Männer könnt ja dann mit Alex' Wagen nachkommen, damit du nicht um dein Vergnügen gebracht wirst, mich später nach Hause zu fahren." Ohne mit der Wimper zu zucken, schob sie ihre Hand in die Vordertasche seiner Jeans und zog den Autoschlüssel heraus.

Tobias stand mit dem vollen Tablett in den Händen da und starrte sie einen Moment lang mit offenem Mund an, bevor er endlich ein verlegenes Lächeln zustande brachte, nickte und sich dann schließlich umdrehte, um nach oben zu verschwinden.

Monika schüttelte ihren Kopf. „Ich sage euch, kein anderer Mann kann so drollig verdattert aus der Wäsche gucken wie Kroning."

Linda begann, an Alexanders Brust zu kichern. „Und ich sage dir, Monika, ohne dich war unser aller Leben stinklangweilig."

Alexander schloss hinter den Frauen den Laden ab und stieg die kleine Treppe hinauf. Tobias hatte tatsächlich die Gläser gespült und hängte gerade das Geschirrtuch über den kleinen Heizkörper. Alexander warf ihm einen wissenden Blick zu.

„Armer Mann!"

„Halt die Klappe, Hellberg, und sag, was du zu sagen hast."

„Setz dich, das könnte jetzt ein paar Minuten dauern."

Fast eine halbe Stunde lang hatte Tobias ihm aufmerksam und still zugehört und zog nun, nachdem Alexanders Ausführungen beendet waren, seine Stirn kraus. „Das heißt im Klartext, der Chef will deine inoffizielle, für die Akten unsichtbare Mitarbeit an dem Fall, und ich soll praktisch den Verbindungsmann spielen. Dafür darf ich mich dann aber auch mit deinen Federn schmücken."

„So ungefähr. Wobei im Augenblick noch nicht einmal sicher ist, ob es da jemals Federn geben wird, mit denen du dich schmücken könntest."

„Was ist dir denn so Großartiges aufgefallen, Alex?"

„Gar nichts Großartiges, eigentlich nur ein winziges Detail, aber das hat gereicht, um etwas hier drin in Gang zu setzen." Er tippte sich an seine Schläfe. „Erst einmal nur so viel: Ich glaube nicht an einen Milieumord. Das habe ich die ganze Zeit nicht getan."

„Ja, ich weiß."

„Im Moment möchte ich dir eigentlich noch nicht viel mehr dazu sagen, weil es durchaus sein kann, dass ich mich da in etwas verrannt habe. Ich muss mir einfach noch mehr Klarheit verschaffen, und das kann leider noch etwas Zeit in Anspruch nehmen. Die Sache ist nicht ganz ohne Risiko für mich, denn sie könnte auch Auswirkungen auf meine Beziehung zu Linda haben. Wie du dir sicher denken kannst, will ich das in jedem Fall verhindern und muss deshalb höllisch aufpassen. Ich bitte dich deshalb zunächst einmal, mir blind zu vertrauen und geduldig zu sein. Sollte ich deine direkte Hilfe brauchen, werde ich dich sofort in alles einweihen und rundherum informieren."

Mehrere Sekunden lang studierte Tobias Kroning das Gesicht seines Freundes, dann nickte er kurz und entschlossen. „Du bist der Boss, Hellberg."

„Ich danke dir, Kroning. Ich wusste, dass ich mich auf dich verlassen kann."

„Jederzeit. Wenn du Erfolg hast, Alex, werde nämlich ich der große Held sein."

Linda und Monika hatten bereits den Tisch für ein gemeinsames Abendessen gedeckt, als die beiden Männer zu ihnen stießen, doch ziemlich bald nach dem Essen trennten sich die Freunde schließlich. Als Charlotte einfiel, dass sie noch eine unerledigte Hausaufgabe machen musste, saßen Alexander und Linda endlich allein miteinander auf der Couch im Wohnzimmer und konnten sich in Ruhe unterhalten.

„Hast du eigentlich schon deine Mutter angerufen, Alex?" Lindas Frage ließ ihn leicht zusammenzucken, und er schüttelte betreten den Kopf.

„Nein. Asche auf mein Haupt. Allein die Vorstellung macht mich fertig. Ich weiß, ich bin ein elender Feigling."

„Wie wäre es denn jetzt damit? Es ist noch nicht allzu spät."

Sein Brustkorb weitete sich unter einem seufzenden Atemzug. „In Ordnung, du hast gewonnen." Damit schlug er sich mit beiden Händen auf die Oberschenkel und erhob sich. Der Griff zum Hörer und das Eintippen der Telefonnummer erschienen ihm fast wie ein Zahnarztbesuch, den er zu lange vor sich hergeschoben hatte.

Eine helle fröhliche Kinderstimme meldete sich. „Richie? Hier ist Alexander."

„Onkel Alex! Wie geht es dir?"

„Großartig. Viel wichtiger ist, wie geht es dir, Kumpel?" Alexander lächelte Linda vielsagend zu, während er eine Weile mit seinem Neffen sprach und die ausführlichen Berichte über die Schule, eine tödlich nervende kleine Schwester und die übersprudelnde Begeisterung über das neue Videospiel, das Alexander bei seinem Besuch für Richard dagelassen hatte, geduldig über sich ergehen ließ.

„Du wolltest bestimmt mit Omi sprechen, oder?"

„Ja. Ist sie gerade in der Nähe?"

„Sie wartet schon darauf, dass ich ihr endlich den Hörer gebe. Bis bald, Onkel Alex. Kommst du bald mal wieder her? Nicole ist nämlich total verknallt in dich."

Alexander unterdrückte ein Grinsen. „Sicher, ja, schon bald."

Schon im nächsten Moment erklang die angenehme dunkle Stimme seiner Mutter. „Alles in Ordnung bei dir, mein Sohn?"

„Hallo, Claudine. Ja, alles bestens. Deshalb rufe ich auch an."

Er räusperte sich. „Dein allergrößter Traum wird im nächsten Mai wahr werden, Mama."

Eine kleine Weile blieb es still in der Leitung, dann hörte er seine Mutter vernehmlich nach Luft schnappen.

„Du machst mich schwach, *mon cher*! Wann werden wir Linda endlich kennenlernen? Sie muss fürwahr eine Zauberin sein."

Er lächelte breit und warf Linda einen blitzenden Blick zu. „Zauberin nicht direkt, *ma belle*, aber bezaubernd durchaus."

Linda erhob sich und kam langsam zu ihm. Ihre Arme schoben sich um seine Taille. Den Hörer weiterhin am Ohr, lächelte er glücklich auf sie herab. „Ich denke, wir werden gleich nach Weihnachten kommen und den Jahreswechsel mit euch verbringen. Natürlich nur, wenn es dir recht ist, Claudine."

„Das ist eine wunderbare Idee. Ich freue mich schon wahnsinnig darauf, Alexander. Werdet ihr zu dritt kommen?"

„Selbstverständlich kommen wir zu dritt. Charlie gehört doch zu uns."

Linda drückte ihm einen Kuss auf die Wange, während er sich bereits von seiner Mutter verabschiedete. „Grüß den Rest der Familie, Claudine. Ich soll dir auch schöne Grüße von deiner zukünftigen Schwiegertochter ausrichten."

„Gib ihr einen Kuss von mir. Lass bald wieder von dir hören."

Alexander legte auf und zog Linda fest an sich.

„Na?", fragte sie lächelnd. „War es nun so furchtbar?"

„Durchaus nicht so schlimm, wie ich anfangs befürchtet hatte. Aber einfach war es auch nicht." Er grinste.

„Ach du!", rief sie aus und boxte ihn zart in den Bauch.

„Den soll ich dir von ihr geben", sagte er und drückte seinen Mund auf ihre Lippen.

Linda bog sich ihm entgegen und genoss die Liebkosung, die sehr schnell leidenschaftlicher wurde. „Ich glaube kaum, dass deine Mutter so einen Kuss gemeint hat", bemerkte sie schmunzelnd und atemlos.

„Vergiss nicht, sie ist Französin. Sie weiß genau, wie ich dich küsse, wenn ich es tue." Er lachte und zog sie wieder zurück zum Sofa.

„Mir ist aufgefallen, dass du auch mit deinem Neffen deutsch gesprochen hast, Alex. Wachsen die Kinder zweisprachig auf?“, fragte sie, nachdem sie es sich gemütlich gemacht hatten.

Alexander nickte. „Ja, Adrienne und Henri machen das ganz bewusst. Sie spricht nur französisch mit den Kindern und er ausschließlich deutsch. Es ist niemals anders gewesen. Ich finde das auch sehr gut so.“

„Ja, das ist toll. Henri und du – seid ihr auch zweisprachig aufgewachsen?“

„Im Grunde schon. Allerdings hat meine Mutter auch häufig deutsch mit uns gesprochen. Sie hat das nicht ganz so ernst genommen, wie Adrienne es tut. Deshalb hat das Französische nicht ganz denselben Stellenwert für uns wie die deutsche Sprache. Sogar bei Henri, der ja nun schon seit Jahren in Frankreich lebt, hat sich daran bis heute nichts geändert. Deutsch ist und bleibt unsere Muttersprache. Bei Richard und Nicole ist das anders, sie scheinen inzwischen beide Sprachen vollkommen verinnerlicht zu haben. Es ist wirklich bemerkenswert. Ich denke, sie träumen sogar mal in dieser, mal in jener Sprache. Es macht ihnen nichts aus, innerhalb einer einzigen Sekunde umzuschwenken. Wenn sie zum Beispiel gleichzeitig mit Henri und Adrienne zusammen sind, geht es ständig hin und her. Das klingt ziemlich lustig.“

„Du liebst die Kinder deines Bruders wirklich sehr, nicht wahr, Alex?“

Einen Augenaufschlag lang studierte er ihre schönen Gesichtszüge, bevor er antwortete: „Du hast mich ertappt. Ja, ich liebe sie sehr.“ Seine Finger beschäftigten sich hingebungsvoll mit ihrem Haar, und ein mildes Lächeln umspielte seinen Mund. „Ehrlich gesagt, die Kleinen waren für eine lange Zeit die einzigen beiden Menschen, die mir ernsthaft etwas bedeuteten. Muss ich mich etwa dafür schämen?“

Linda lachte kurz auf. „Nein, nein, weiß Gott nicht, Alex. Ich finde es schön und sehr rührend, wie du von den Kindern sprichst.“ Sie machte eine kurze Pause und wurde ernst. „Allerdings wirft diese Tatsache auch eine Frage auf, die wir uns bis jetzt noch nicht gestellt haben.“

Sein grauer Blick verdunkelte sich. „Wir haben Charlie, Linda. Du hast also bereits eine Tochter, und ich ..."

„Ich bin durchaus noch jung genug, um noch einmal schwanger werden zu können." Ihre Hand strich sanft durch sein ewig wirres Haar. „Hättest du gerne ein eigenes Kind, Alexander?", fragte sie mit fester Stimme.

Er lehnte sich zurück, schloss für einige Sekunden seine Lider und ließ den so lange verdrängten Gedanken immer weiter aus der Tiefe seines Bewusstseins auftauchen, bevor er sie wieder direkt ansah. „Irgendwie wäre ich gerne derjenige gewesen, der diese Frage stellt, Ballerina."

Sie lächelte. „Du wirst das Risiko eingehen müssen, Alex. Antworte einfach freiheraus."

„Du würdest das Kind bekommen müssen, Liebling, nicht ich."

„Du weichst aus, Alexander."

Er küsste sie kurz und heftig. „Himmeldonnerwetter! Ja! Ja, ich hätte verdammt gerne ein eigenes Kind. Nein, besser gesagt, ich hätte verdammt gerne ein Kind mit dir."

Ihre Blicke verschmolzen miteinander. Dann lächelte sie. „Ich habe so gehofft, du würdest das sagen", brachte sie heiser hervor. „In unserem Alter sollten wir das allerdings nicht auf die lange Bank schieben."

Alexanders Gesicht hellte sich auf. „Heißt das etwa, wir legen jetzt gleich los?"

11. KAPITEL

Du scheinst es tatsächlich geschafft zu haben. Gratuliere, Linda. Der Laden läuft." Monika hob ihren Kaffeebecher und prostete ihrer Freundin anerkennend zu.

Linda zog eine Grimasse und trank einen Schluck. „Hast du etwa auch nur eine Sekunde daran gezweifelt?"

Monika Kaminski schüttelte ihre leuchtend roten Locken und setzte ihr gewohnt freches Grinsen auf. „Nein, eigentlich nicht, aber du musst zugeben, deine Idee klang am Anfang schon irgendwie verrückt. Na ja, die ersten vier Wochen hast du jedenfalls hinter dir – und offensichtlich ist nicht nur die Miete für den Laden gesichert."

Linda lächelte stolz und deutete noch einmal fasziniert auf den Bildschirm ihres Computers, vor dem sie nebeneinandersaßen. „Sieh dir das nur an, Monika. Zeig mir nur ein Geschäft, das bereits nach dem ersten Monat schwarze Zahlen schreibt. Das ist fantastisch! Grandios! Ich kann es noch gar nicht richtig fassen."

„Nun, du solltest dich lieber mit dem Gedanken anfreunden, dass du bald eine Aushilfe brauchen wirst. Wie du weißt, muss ich das ganze Wochenende Bereitschaftsdienst schieben, und für dich steht das Weihnachtsgeschäft vor der Tür. Auch wenn du vorhast, an den Samstagen bereits um sechzehn Uhr zu schließen, Linda, die Leute werden dir den Laden einrennen."

Nachdenklich nickte Linda. „Ja, ich weiß. Leider ist Charlotte noch etwas zu jung, um hier ein bisschen zu jobben, und meine Schwiegermutter hat ja ihr eigenes Geschäft und damit genug zu tun. Ich könnte eine Annonce in die Stadtteilzeitung setzen lassen, was meinst du dazu?"

„Häng doch einfach ein Schild in dein Schaufenster", schlug Monika vor.

„Mhm, gar keine schlechte Idee, Feuerkopf."

Schon zwei Tage später brachte das kleine hellblaue Pappschild im Schaufenster den gewünschten Erfolg. Eine elegante, sympathische und – wie sich später herausstellte – äußerst praktisch veranlagte Dame in den besten Jahren schneite in den Laden und somit auch in Lindas Leben.

Elisabeth Bergstedt war mit einem bedeutenden Chirurgen der Universitätsklinik verheiratet und hatte drei inzwischen fast erwachsene Kinder. Achtzehn Jahre lang war sie nur für ihre Familie da gewesen und sehnte sich schon seit einiger Zeit nach einer sinnvollen Abwechslung, die sich mit ihrem Familienleben, so gut es ging, vereinbaren ließ.

Linda mochte die Frau auf Anhieb und wurde sich mit ihr sehr schnell einig. Elisabeth Bergstedt arbeitete von nun an mehrere Stunden in der Woche und auch fast jeden Samstag in ‚Lindas Laden'. Sie entwickelte innerhalb von nur wenigen Wochen eine ganz besondere Liebe für diese Arbeit und ebenso rasch eine ausgeprägte mütterliche Fürsorge für ihre Chefin und jeden anderen Menschen, der mit Linda verbunden war. Da sie außerdem über einen sicheren Geschmack und eine angeborene Freundlichkeit verfügte, war sie auch bald bei sämtlichen Kunden äußerst beliebt.

Nachdem nun auch der erste Adventssamstag erfolgreich und reibungslos überstanden war, schloss Linda pünktlich um sechzehn Uhr die Ladentür ab und lächelte ihrer Mitarbeiterin dankbar zu. „Jetzt haben wir uns aber einen schönen Kaffee und ein klitzekleines Adventsschlückchen verdient, meinen Sie nicht?"

Elisabeth Bergstedt lächelte ebenfalls. „Es kann auch gerne ein richtiger Schluck sein", antwortete sie munter. „Das hat heute richtig Spaß gemacht, Frau Michaelsen. Ich freue mich schon auf den nächsten Samstag. Wir haben einen fantastischen Umsatz gemacht."

„Stimmt", nickte Linda. Ihr Blick wirkte jedoch etwas wehmütig. „Der englische Sekretär stand viele Jahre in meinem alten Schlafzimmer und davor in dem meiner Eltern. Es war nicht ganz so einfach, ihn tatsächlich zu verkaufen."

Die ältere Frau löschte die Hauptbeleuchtung des Ausstellungsraumes, und so kam in der Dämmerung des späten Nachmittags die üppige Weihnachtsbeleuchtung noch besser zur Geltung. „Sie trauern doch eigentlich um jedes alte Stück, das wir verkaufen, Frau Michaelsen. Wenn Sie mich fragen, ist das sogar ein wesentlicher Bestandteil Ihres Erfolgs. Die Leute merken, dass Ihnen die meisten Dinge hier wirklich am Herzen liegen. Das macht jedes einzelne Stück zu etwas ganz Besonderem."

Sie folgte ihrer Chefin in das obere Stockwerk und half bei der Vorbereitung ihrer kleinen Kaffeetafel. Während Linda ihre Becher auf den Tisch stellte und eine Kerze anzündete, füllte Elisabeth Bergstedt zwei winzige Gläschen mit Kirschlikör und platzierte sie daneben. Es war ihnen zu einer lieben Angewohnheit geworden, nach Ladenschluss bei einer Tasse Kaffee und manchmal eben auch bei einem Likör noch ein gemütliches Schwätzchen miteinander zu halten.

„Holt Ihr Verlobter Sie heute wieder hier ab?"

Linda nickte. „Mhm. Er wird sicherlich bald hier sein."

„Ein wahres Prachtstück, der Mann", schwärmte Elisabeth.

Linda schmunzelte. „Dessen bin ich mir absolut bewusst." Sie hob ihr Likörschälchen und prostete ihrer Mitarbeiterin zu. „Ich weiß, dass ich die Jüngere von uns beiden bin, Elisabeth, aber ich möchte Ihnen – dir – trotzdem das Du anbieten. Das heißt, natürlich nur, wenn es Ihnen, oder dir, auch recht ist."

Elisabeth strahlte und griff ebenfalls nach ihrem Likörglas. „Es ist mir sogar eine ganz besondere Freude, Linda."

„Na, dann trinken wir darauf, dass unsere Zusammenarbeit weiterhin so erfolgreich bleibt, und vor allem, dass uns die gemeinsame Arbeit auch in Zukunft so großen Spaß bereitet. Prost, Elisabeth! Ich bin wahnsinnig froh, dass ich dich habe. Du hast heute deine erste Gehaltserhöhung eingeheimst."

„Oh, vielen Dank, Frau … ich meine natürlich, Linda." Lachend stießen sie sehr vorsichtig mit den zarten Gläschen an und ließen genussvoll das klebrige dunkelrote Getränk durch ihre Kehlen rinnen.

„Wann wird denn wieder einmal deine lustige Freundin Monika hier im Laden mithelfen?", wollte Elisabeth wissen.

„Leider wohl erst am letzten Samstag vor Weihnachten. Die nächsten Wochenenden haben Alexander, Tobias und sie durchgehend Bereitschaftsdienste. Ich bin schon froh, dass Alex am Heiligabend zu Hause sein kann, weil glücklicherweise zwei Tage vorher sein Urlaub beginnt. Er sagte mir, es sei das erste Mal seit Jahren, dass er über die Feiertage Urlaub eingereicht hat. Seine Familie lebt ja ohnehin in Frankreich, deshalb hat er zu Weihnachten immer den Kollegen mit Kindern den Vortritt gelassen." Sie lachte. „Das ist nun vorbei."

„Freust du dich schon darauf, deine zukünftige Schwiegermutter kennenzulernen?"

„Oh ja, sehr sogar. Wir haben inzwischen schon einige Male miteinander telefoniert. Sie erfüllt wirklich jedes Klischee. Von einigen Fotos, die Alex mir gezeigt hat, weiß ich, dass sie eine äußerst attraktive Frau ist, und am Telefon ist sie immer überaus charmant. Eben genau so, wie man es von einer eleganten Französin in ihrem Alter erwartet." Linda schmunzelte. „Im Ernst, Elisabeth, ich glaube, ich werde mich mit ihr gut verstehen. Sogar Charlotte ist ganz aus dem Häuschen vor Aufregung. Sie will bei der Gelegenheit ihr Schulfranzösisch ordentlich vertiefen. Na ja, schaden kann es nicht. Willst du noch einen Likör?"

Elisabeth schüttelte ihren Kopf. „Nein, danke, Linda, aber meine Familie erwartet nachher ein von A bis Z durchgestyltes Abendessen, und ich habe noch nicht einmal alles eingekauft. Ich muss jetzt wirklich los." Sie erhob sich und holte ihren Mantel aus dem kleinen Garderobenschrank neben der Treppe. „Wir sehen uns dann am Dienstag. Tschüss, Linda."

„Tschüss, Elisabeth. Ich wünsche dir ein schönes Wochenende."

Elisabeth Bergstedt war kaum zehn Minuten weg, da wurde die Ladentür von außen schon wieder aufgeschlossen, und Alexander kam herein. Linda hatte im oberen Stockwerk inzwischen alles in Ordnung gebracht, auch dort das Licht gelöscht und war mit ihrer Jacke über dem Arm wieder in den Verkaufsraum zurückgekehrt.

„Bin ich zu spät?", fragte er, während er wieder abschloss, seinen Schlüssel allerdings stecken ließ.

„Nein, mein Schatz, ganz und gar nicht. Elisabeth ist gerade erst weg. Ich muss nur noch schnell die Kasse leeren." Sie lehnte sich gegen ihn, als er seine Arme um sie legte und sie zur Begrüßung sanft auf die Lippen küsste.

„Glückwunsch zum Verkauf des Sekretärs. Ich konnte ihn sowieso nie leiden."

„Mir hat es trotzdem etwas wehgetan, als die Leute ihn rausgetragen haben." Sie strich mit ihren Handflächen über seine Brust und legte keck ihren Kopf auf die Seite. „Du hast mich heute insgesamt viermal angerufen", stellte sie verschmitzt fest.

„Ich hatte eben Sehnsucht nach dir, Ballerina. Das Alleinsein liegt mir nicht mehr besonders, aber verrate es ja niemandem." Behutsam strich er ihr eine Haarsträhne von der Wange und küsste sie noch ein weiteres Mal. „Ich habe Charlie gerade zu Sandra gefahren. Wir haben abgesprochen, dass sie morgen spätestens zum Abendessen wieder zu Hause ist. Ich hoffe, das war in deinem Sinne."

„Absolut. Das heißt, wir haben wieder einmal sturmfreie Bude, was?" Sie grinste.

„Stimmt, aber bevor wir das richtig genießen können, kommen Monika und Tobias auf ein Glas Wein vorbei, damit wir uns alleine auch ja nicht langweilen." Verschwörerisch lächelte Alexander ihr zu.

Linda stieß ihm ihren Finger in den Bauch. „Langweilen? Alexander Hellberg, ich warne dich. Wir sind noch nicht einmal miteinander verheiratet."

Der Abend gestaltete sich, wie immer, wenn sie mit Monika und Tobias zusammensaßen, sehr unterhaltsam. Inzwischen öffnete Alexander bereits die zweite Flasche Rotwein, um ihre Gläser nachzufüllen.

„Wann fängt eigentlich dein Urlaub an, Alex?", wandte sich Tobias Kroning an seinen Freund.

Alexander steckte sich eine Zigarette an und lehnte sich, einen Arm locker um Lindas Schulter gelegt, entspannt zurück. „Zwei Tage vor Heiligabend. Wir fliegen allerdings erst am Neunundzwanzigsten. Die lange Autofahrt erspare ich mir dieses Mal. Was macht ihr zwei Hübschen eigentlich zum Jahreswechsel?"

Tobias und Monika wechselten einen schnellen Blick.

„Kroning wird mich auf eine kleine Nordseeinsel verschleppen", berichtete Monika grinsend. „Der Süße hat dort eine alte einsame Kate für uns gemietet. Er will mich bekochen und ganz allein mit mir in das neue Jahr tanzen, hat er gesagt."

„Das ist wirklich eine schöne Idee, Tobias", lobte Linda. „Das klingt sehr romantisch!"

Das schüchterne Lächeln, das Tobias' Gesicht erhellte, wirkte fast ein wenig rührend. Linda wusste, dass ihre Freundin dem armen Mann noch immer nicht nachgegeben hatte. Immer häufiger fragte sie sich, warum Monika sich das selbst noch versagte. Tobias tat Alexander und ihr inzwischen richtig leid, und Linda bezweifelte, dass der junge Kommissar das Theater noch lange mitmachen würde. Seit mehr als zwei Monaten hofierte er seine Kollegin nach Strich und Faden, doch seine bisherigen Bemühungen waren erfolglos geblieben.

„Vielleicht solltest du noch einmal mit ihr reden", schlug Linda vor, nachdem die beiden sich eine Stunde später von ihnen verabschiedet hatten. „Auf mich hört sie nicht."

Alexander erhob sich von seinem Platz und half ihr beim Abräumen der Gläser. „Du glaubst tatsächlich, sie würde auf mich hören? Sie kann sich doch denken, dass ich mit Kroning ebenfalls über das Thema spreche. Keine Chance, Liebling!"

Linda stellte das Tablett mit den Gläsern auf dem Küchentisch ab und drehte sich zu Alexander um, der gerade den Aschenbecher ausleerte. „Wie lange macht er das noch mit, was meinst du?"

Alexander zuckte mit den Schultern. „Jedenfalls nicht mehr lange. So wie ich ihn verstanden habe, ist das mit der Nordseeinsel sozusagen Kaminskis letzte Chance. Es gibt dort nur ein einziges Schlafzimmer." Seine Mundwinkel hoben sich. „Noch in diesem Jahr, hat er gesagt, oder er ist gezwungen, ein letztes, klärendes Gespräch zu führen."

Sein Gesicht wurde wieder ernst. „Was mir allerdings viel mehr Sorge bereitet, ist, dass er sogar ernsthaft darüber nachdenkt, sich wegen Kaminski an eine andere Dienststelle versetzen zu lassen, wenn es mit ihr nun doch nicht klappen sollte. Das wäre für die ganze Abteilung ein erheblicher Verlust. Ohne Zweifel ist er ernsthaft in sie verliebt. Warum nur benimmt sie sich so eigenartig keusch, Linda? Kannst du mir das sagen?"

Linda schüttelte ratlos ihren Kopf. „Nein, nicht wirklich. Vor einiger Zeit hat sie mir zwar mal gesagt, dass sie es dieses Mal nicht überstürzen will, aber davon kann ja wohl inzwischen keine Rede mehr sein. Ich habe sie vor Kurzem noch einmal darauf angesprochen, aber ihre Antwort war ziemlich dürftig. Sie sei noch nicht so weit, hat sie gesagt, mehr nicht. Vielleicht hat sie einfach nur ein bisschen Angst vor dem entscheidenden Schritt, weil die Sache mit Tobias ihr ernst ist. Du weißt doch, Schatz, manchmal steht man sich halt selbst im Weg."

Alexander schnaubte. „Kaminski Angst? Dass ich nicht lache! Die spinnt, das ist alles. Und so ganz nebenbei erwähnt, macht sie auch mich mit ihrer albernen Ziererei ziemlich wütend! Kroning hat das nicht verdient. Dieses rothaarige Biest macht mir meinen besten Kollegen und Kumpel kaputt. Und das passt mir ganz und gar nicht! Ach, zum Teufel mit Kaminski! Komm, Liebling, lass uns lieber schlafen gehen. Ich muss morgen ziemlich früh aus den Federn."

Erleichtert und körperlich leicht angeschlagen blickten Alexander und sein Kollege Roland Wagner dem Streifenwagen hinterher, in dem – nach einigen Schwierigkeiten – nun endlich ein junger Mann saß, der noch vor wenigen Minuten getobt hatte wie ein wild gewordener Stier in einer spanischen Arena. Alexanders alte Lederjacke war am rechten Ärmel eingerissen, und Roland Wagner presste sich ein Taschentuch auf eine blutende Wunde am Kinn.

„Das war verdammt knapp", schnaubte Wagner. „Meine Güte, ich werde alt. Woher hatte der Typ bloß auf einmal das zweite Messer?"

Alexander zuckte mit den Schultern und warf noch einmal einen Blick auf das junge Opfer, das einige Meter hinter ihnen auf dem nassen Asphalt lag.

Das Mädchen war ohne Zweifel eine echte Schönheit gewesen. Dicke nasse Strähnen ihres schwarzen, mindestens hüftlangen Haares bedeckten den zierlichen, gerade ausgereiften Körper. Ihrem schmalen Gesicht mit den ausgeprägten Wangenknochen sah man noch im Tod die rassige Schönheit an, die verbunden mit der noch kindlichen Sanftheit eine fatale Kombination abgab und in Alexander sofort das Bild einer temperamentvollen, unbekümmerten Person mit einer ungewollt magischen Anziehungskraft auf das männliche Geschlecht heraufbeschwor.

In seinem Magen verspürte er das gewohnte flaue Gefühl, und wie jedes Mal, wenn er auf den Leichnam eines Menschen blickte, versuchte er, das Brennen von bitterer Galle in seinem Rachen mit Unmengen von starken Pfefferminzpastillen zu vertreiben. Alle paar Minuten schob er sie sich in den Mund.

Kaum älter als Charlie, ging es ihm durch den Kopf.

„Wenn die Jungs von der Spurensicherung hier fertig sind, kann sie abtransportiert werden", sagte er zu einem der uniformierten Beamten und wandte sich wieder Roland Wagner zu.

„Ist der andere Junge schon weg?"

Wagner nickte. „Zum Glück hat er nur den kleinen Kratzer am Arm abgekriegt. Der Arzt hat ihm lediglich einen Verband angelegt und uns dann grünes Licht gegeben. Willst du ihn übernehmen, Alex?"

„Ja, ich vernehme ihn, sobald wir wieder an der Dienststelle sind. Schick du noch mal einen Kollegen von der Schutzpolizei zu der Frau, die uns benachrichtigt hat. Sie sollte wissen, dass durch ihr schnelles Handeln höchstwahrscheinlich ein anderes junges Menschenleben gerettet wurde – und dann schnappst du dir Kroning und fährst zu den Eltern."

Erneut nickte Wagner und warf noch einen Blick auf das tote Mädchen, das nun endlich mit einer Plane abgedeckt wurde. „Man gewöhnt sich einfach nie daran."

Alexander schob sich eine weitere Pfefferminzpastille zwischen die Lippen und schlug den Kragen seiner Jacke hoch. „Das ist auch gut so."

Weitere zwei Stunden später war der größte Teil der Arbeit erledigt, und Alexander räumte seinen Schreibtisch auf, um endlich nach Hause zu fahren. Es war weiß Gott keiner von den einfachen Tagen gewesen. Ein junges türkisches Mädchen war ums Leben gekommen, weil ihr Bruder nicht ertragen konnte, dass seine Schwester sich in einen deutschen Jungen verliebt hatte. Die verzweifelten Eltern hatten an einem einzigen verhängnisvollen Abend praktisch gleich zwei Kinder verloren.

Wieder dachte Alexander automatisch an Charlotte – und auch an das Kind, oder die Kinder, die Linda und er sich noch wünschten und vielleicht irgendwann haben würden. Jemand hatte mal gesagt, dass man durch den Tod der Eltern seine Vergangenheit, durch den Tod eines Kindes jedoch seine Zukunft verlieren würde. Er wusste nicht mehr, wo er diesen Satz gelesen oder gehört hatte. Doch er stellte fest, dass es plötzlich eine Angst in seinem Leben gab, die er bis jetzt in dieser umfassenden Form nicht gekannt hatte.

Auf dem Flur traf er auf Tobias, der ebenfalls gerade aus seinem Büro kam. In stillem Einvernehmen verließen sie zusammen das Präsidium und gingen nebeneinanderher zum Parkplatz. „Alles brav erledigt vorm Urlaub, Herr Hauptkommissar?", fragte der junge Beamte.

Alexander steckte sich im Gehen eine Zigarette an. „Morgen bin ich schließlich auch noch mal hier. Nur kein Neid, Kollege." Seine Mundwinkel hoben sich. „Fährst du jetzt zu Kaminski?"

Tobias nickte. „Rotkäppchen hat wirklich eine ganz miese Grippe. Linda hat der armen Kranken heute Mittag schon selbst gemachte Hühnersuppe vorbeigebracht. Mal sehen, ob der lästige Verehrer nun auch noch was für die leidende Patientin tun kann. Schließlich muss sie bis Silvester wieder fit sein."

„Hühnersuppe? Linda hat Hühnersuppe gekocht? Sicher werde ich die dann auch vorgesetzt bekommen. Ich hasse Hühnersuppe!" Alexander schüttelte sich.

Tobias lachte. „Sei froh, dass dir jemand Suppe kocht, du undankbarer Rüpel! Ich finde sie jedenfalls lecker."

Auf dem Parkplatz schnippte Alexander seine Zigarettenkippe weg. Tobias hob bereits seine Hand zum Abschiedsgruß, doch plötzlich hielt er jäh inne. „Ach Alex, was mir gerade einfällt – ich bin der Sache, die dir so am Herzen liegt, nachgegangen. Du hattest recht mit deiner Vermutung, dass niemand von uns die Geschichte überprüft hat."

Alexander schluckte trocken. „Hab ich mir fast gedacht. Verdammt noch mal, warum bleibt mir im Moment nur so wenig Zeit dafür übrig? In den letzten Wochen konnte ich mich kaum noch rühren vor lauter Arbeit. Schätze, dieser Müll wird mir noch das ganze Fest vermiesen."

Tobias nickte. „Die Arbeit wächst uns zurzeit allen über den Kopf. Es ist auch nicht sonderlich förderlich, dass der Chef den Fall inzwischen hintangestellt hat. Ich habe gehört, dass es der Führung zwar auch nicht so recht gefällt, aber da es auf der anderen Seite kein Vorankommen gibt, hat auch für die oberen Etagen nun der tote Bankier Vorrang. Nicht zuletzt, weil die Presse in dem Fall ganz ordentlich Druck macht. Hat Lindemann noch mal mit dir gesprochen?"

„Klar hat er das, aber auch er weiß schließlich, wie es zurzeit auf unseren Schreibtischen aussieht. Wahrscheinlich wird es zu den Feiertagen hin wieder ruhiger werden. Lass uns im neuen Jahr noch mal in Ruhe darüber sprechen, Tobias – und danke."

„Wie immer gerne, Alex."

Alexanders Blick registrierte plötzlich die sichtbare Erschöpfung seines jüngeren Kollegen. „War schlimm heute für dich, oder?"

„Na ja, es war nicht das erste Mal, dass ich eine unerfreuliche Nachricht überbringen musste. Den größten Teil hat Wagner übernommen. Ich hab eigentlich nur danebengestanden. Trotzdem – ja, es war schrecklich. Die Eltern … Das nimmt einen halt mit."

Alexander nickte und klopfte dem jungen Kommissar leicht auf die Schulter. „Ich weiß."

Aus einem plötzlichen Impuls heraus hielt Alexander unterwegs bei einem Blumenladen an und kaufte für Linda einen großen Strauß purpurfarbener Rosen.

Sie rührte tatsächlich in einem großen Topf mit dampfender Hühnersuppe, als er mit den Rosen in der Hand in der Küchentür auftauchte. Nach ihrem Begrüßungskuss warf er einen argwöhnischen Blick in die blubbernde Tiefe des Topfes, hielt ihr dann aber den Strauß unter die Nase.

„Wie komme ich denn zu der Ehre, mein Rosenkavalier?", fragte sie strahlend und mit der Nase zwischen den herrlichen Blüten. „In dieser Jahreszeit kosten Rosen ein kleines Vermögen. Du hast doch nicht etwa ein schlechtes Gewissen?"

„Mir war einfach danach", erklärte er mit belegter Stimme.

„Du wirst trotz dieser herrlichen Blumen die Hühnersuppe essen, Alexander." Ihr Lächeln wärmte ihn und verursachte gleichzeitig ein Kribbeln in seinem Magen.

„Natürlich werde ich deine gesunde Suppe essen, Ballerina. Erspare mir all die Vorträge, die dir bereits auf der Zunge liegen. Ich weiß inzwischen, wie wichtig es ist, für Charlie ein gutes Beispiel abzugeben. Selbst mich erziehst du noch gnadenlos und mit wachsendem Erfolg."

Sie wiegte ihren Kopf hin und her und sah forschend in seine müden Augen. „Schlimmer Tag, was?"

„Frag nicht."

„Okay."

Sie wusste, dass er ihr erzählen würde, was ihn bedrückte, sobald er dazu bereit war. Während er nach oben ging, um sich frisch zu machen und sich etwas Bequemeres anzuziehen, versorgte sie die herrlichen Rosen und deckte den Tisch.

Charlotte traf Alexander im oberen Flur, nachdem er geduscht und umgezogen aus dem Schlafzimmer kam.

„Alles klar mit dir, Charlie?", fragte er mit einem prüfenden Seitenblick auf ihr hübsches und, wie ihm plötzlich auffiel, dezent geschminktes Gesicht, während sie nebeneinander die Treppe hinunterstiegen.

„Alles bestens, Alex. Ist was? Du guckst so ... besorgt."

„Wäre das so schlimm? Ist es verboten, mich um dich zu sorgen?"

Charlotte hielt in ihrer Bewegung inne und sah ihn erstaunt an. Als sich ihre Blicke begegneten, schob sie ihre schmalen Finger in seine Hand und schüttelte ihren Kopf. „Nein, das ist überhaupt nicht schlimm", antwortete sie mit hörbar belegter Stimme und drückte ihm spontan einen Kuss auf die Wange. „Ich bin echt froh darüber, dass du bald offiziell mein Stiefpapi wirst, Alexander Hellberg."

„Da haben wir etwas gemeinsam, Charlie."

Sie lächelten sich an, und Charlotte hob schnüffelnd ihre Nase. „Wir haben so einiges gemeinsam, Alex. Zum Beispiel unsere intensive Abneigung gegen Hühnersuppe."

Alexander lachte trocken auf und zog sie die letzten Stufen hinter sich her. „Komm schon, Süße, lass uns tapfer zu den Löffeln greifen und deine Mutter glücklich machen."

Noch immer Hand in Hand, betraten sie die Küche und ließen sich erst los, als sie sich an den gedeckten Tisch setzten.

Linda lächelte still in sich hinein, während sie ihnen reichlich von der Suppe auffüllte.

„Mama hat mir übrigens erzählt, dass ihr vielleicht noch ein Baby bekommen wollt, Alex. Das ist in Ordnung für mich. Ich wollte nur, dass du das weißt. Aber glaubt ja nicht, dass ihr mich ständig zum Babysitten einsetzen könnt. Da habt ihr euch geschnitten." Ebenso wie Alexander löffelte Charlotte brav ihre Suppe.

Er lächelte, aber sein Blick blieb ernst. „Noch ist es ja nicht so weit."

Wie so häufig verschwand Charlotte auch an diesem Abend sofort nach dem Essen wieder auf ihrem Zimmer, um sich bis zum Schlafengehen mit ihrem heiß geliebten Computer zu beschäftigten.

Alexander holte eine Flasche Wein aus dem Keller, und Linda zündete im Wohnzimmer ein paar Kerzen an. „Lass den Fernseher aus", bat er sie lächelnd. „Ich möchte, dass du dich heute Abend nur auf mich konzentrierst."

Linda beobachtete ihn dabei, wie er mit geübtem Griff die Flasche entkorkte und ihnen einschenkte. Sie ließ sich neben ihm nieder und zog ihre Beine unter sich.

„Morgen müssen wir unseren Baum abholen", erinnerte sie ihn. „Wenn du direkt nach dem Dienst zum Laden kommst, können wir das auch gemeinsam machen. Elisabeth kann dann abschließen, oder ich fahre hinterher noch einmal dorthin, wenn sehr viel zu tun sein sollte."

Er nickte fast unmerklich und nippte versonnen an seinem Wein, während er in die Flammen der Kerzen starrte.

Linda wusste sofort, dass er ihr gar nicht richtig zugehört hatte. „Alex, was ist los?" Ihre Hand legte sich auf seinen Arm, und er zuckte bei ihrer Berührung leicht zusammen. Sein Blick, blitzend im Kerzenlicht, begegnete dem ihren.

„Ich habe heute eine winzige Kostprobe davon bekommen, was es bedeuten kann, ein Vater zu sein." Gedankenvoll wickelte er sich eine ihrer seidigen Haarsträhnen um den Zeigefinger und erzählte ihr von der jungen Türkin, die auf gewaltsame Weise und durch die Hand des eigenen Bruders ihr Leben verloren hatte.

„Das ist ja furchtbar", flüsterte sie traurig.

Mit einem Nicken gab er ihr recht. „Sie war noch so jung und wirklich bildschön", sagte er. „Sie hatte so etwas von einer orientalischen Märchenprinzessin an sich, wenn du weißt, was ich meine."

Sanft strich Linda über seinen Kopf, während sie nickte. „Und der deutsche Junge? Ihr Freund?"

Alexanders Lider senkten sich, und die überlangen dichten Wimpern warfen im Kerzenschein halbmondförmige Schatten auf seine Wangen. „Ein eher sanfter junger Mann. Gut aussehend, ein wenig unerfahren, aber von Grund auf anständig. Er hat sie mit all der Kraft und Inbrunst geliebt, zu der er in seinem Alter fähig ist. Ich glaube, er wird lange brauchen, um darüber hinwegzukommen – wenn das überhaupt irgendwann möglich ist. Hinzu kommt noch das grausame Gefühl, dass er sie nicht

beschützen konnte, weil er selbst bewusstlos geschlagen wurde."
Betroffen streichelte Linda ihn weiter. „Du wirst ein Kind niemals vor allen Gefahren beschützen können, Alex. Das ist unmöglich."

„Das ist es ja, was mir so zu schaffen macht, Ballerina. Es war immer schlimm, aber heute – es war einfach anders. Als ich das Mädchen dort liegen sah, dachte ich zuallererst an Charlie. Es war furchtbar. Als deine Tochter vorhin oben aus ihrem Zimmer spazierte, mit ihrem gewohnt herrlich frechen Koboldgrinsen, hätte ich sie am liebsten ganz fest in den Arm genommen und sie anschließend in ihrem Zimmer eingeschlossen – so für die nächsten zwanzig bis dreißig Jahre."

Sie lächelte. „Das ist der Preis dafür, wenn man plötzlich eine eigene Familie hat, Alex. Man beginnt, sich um seine Lieben zu sorgen. Das gehört dazu. Aber dafür bekommst du dann ja auch eine Menge Liebe zurück."

„Ja." Er zog sie heftig an sich und vergrub seine Nase in ihrem Haar. „Ich liebe dich", murmelte er leise.

Zärtlich legte sie die Arme um seinen Nacken. „Ich liebe dich auch, Alexander. Jeden Tag ein bisschen mehr."

„Meinst du, Charlie ist noch wach?", fragte er mit einem schelmischen Lächeln auf den Lippen.

„Es ist gerade mal neun, Alex. Natürlich ist sie noch wach."

„Ich denke, wenn ich jetzt anfange, mit dir herumzuknutschen, kann ich nicht mehr aufhören."

Lachend warf sie ihren Kopf in den Nacken. „Dann lass es doch einfach."

„Will ich aber nicht." Er knabberte bereits leicht an ihrer Unterlippe, während seine rechte Hand schon unter den weiten Pullover rutschte, den sie trug. „Himmel noch mal, du hast ja gar nichts drunter!"

Sie kicherte, als er sich herabbeugte und sein ganzer Kopf unter ihrem Pullover verschwand. „Alex!"

„Mhm, nicht stören jetzt, Ballerina."

Als seine Zungenspitze spielerisch die kleinen, bereits harten Spitzen ihrer Brüste berührte, entglitt ihr ein tiefes Seufzen.

„Alex, bitte! Sie kann wirklich jeden … Moment … herunterkommen. Alex!"

„Ich kriege einfach niemals genug von dir", raunte er erregt, als sein dunkler Kopf wieder zum Vorschein kam.

Leidenschaftlich presste er seine Lippen auf ihren Mund. Linda stöhnte unter seinem Kuss und bog sich ihm instinktiv entgegen. Viel zu spät bemerkte sie, dass seine Finger sich bereits am Knopf und dann am Reißverschluss ihrer Jeans zu schaffen machten.

„Alex, ich …" Doch bevor sie ein weiteres Mal widersprechen konnte, berührte er sie. Augenblicklich verlor sie die Kontrolle.

Überwältigt betrachtete er ihr schönes Gesicht, während er sie sanft und rhythmisch massierte, bis ihr Körper sich zunächst versteifte und dann heftig zu zittern begann. Er liebte das. Er war verrückt danach, zu sehen, was er in ihr auszulösen vermochte. Das Gefühl von Macht, das ihn dabei durchströmte, ließ ihn wohlig erschauern.

„Mehr", forderte er schwer atmend, nachdem sie hilflos in seinen Armen erschlaffte. „Ich will, dass du noch einmal kommst." Unnachgiebig verfolgten seine Hände und sein Mund das von ihm angepeilte Ziel. Die Hitze, die durch ihren sich windenden Körper strömte, schien sich über ihre Münder und Zungen mit der kochenden Lava in seinen Adern zu vereinigen.

„Nein, ich will … dich", flüsterte sie stöhnend, fast bettelnd, als seine Finger ihr Spiel erneut beschleunigten und sie weiterhin gnadenlos vorantrieben.

Diesmal war es Alexander, der noch einen letzten Rest von Vernunft aufbrachte und sie daran hinderte, auch seine Hose zu öffnen. Sie befanden sich schließlich im offenen und von der Treppe einsehbaren Wohnzimmer. Charlotte könnte tatsächlich jede Minute herunterkommen, um ihnen eine gute Nacht zu wünschen. Entschlossen presste er sie fest an sich und konzentrierte sich auf die Bewegung seiner Finger. Er kannte ihren Körper inzwischen gut genug.

„Ja, Liebling!" Genau im richtigen Augenblick verschluckte sein Mund ihren ekstatischen Aufschrei. Ihr Leib bäumte sich in seinen Armen auf, presste sich gierig gegen seine Hand und sie begann noch einmal, sich unkontrolliert zu winden. Erst als sie zum zweiten Mal ermattet zusammensank, lockerte er seinen Griff und gab dann auch zögernd ihren Mund frei.

„Gott im Himmel!", brachte er keuchend hervor. „Ich platze gleich."

Ihre Augen blieben noch sekundenlang geschlossen. Als sie sie endlich öffnete, schien ihn ein goldenes Licht zu blenden. Noch immer rang sie nach Atem und lächelte selig. „Meine Güte, Alex!"

„Mach deine Hose zu, Ballerina, und bereite dich innerlich auf eine anstrengende Nacht vor. Du kannst drauf wetten, dass ich eine entsprechende Gegenleistung einfordere, sobald wir in unserem sicheren Schlafzimmer sind." Sein Atem fand tatsächlich zu einer gewissen Regelmäßigkeit zurück. Mit zitternden Fingern griff er nach seinen Zigaretten und steckte sich eine zwischen die Lippen.

Keine zwei Minuten später rief ihnen Charlotte von oben einen Gute-Nacht-Gruß zu.

Linda schaffte es gerade noch, ihrer Tochter zu antworten, dann prustete sie los vor Lachen.

„Na warte!", zischte Alexander grinsend zwischen seinen Zähnen hervor und drückte seine nur halb gerauchte Zigarette aus.

12. KAPITEL

Linda traute ihren Augen kaum, nachdem sie Alexanders Familie kennengelernt hatte. Die Natur hatte es mit dieser kleinen Ansammlung von Menschen fast zu gut gemeint, stellte sie verblüfft fest.

Alexanders Mutter, Claudine Hellberg, konnte man wegen ihrer reifen Schönheit, ihres Charmes und ihrer auffallenden Eleganz selbst als viel jüngere Frau nur bewundern.

Wie erwartet sah Henri Hellberg seinem älteren Bruder tatsächlich sehr ähnlich. Auch er hatte die dunkelgrauen, anhaltend glitzernden Augen und herrlich langen Wimpern seiner Mutter geerbt. Sein Haar trug er etwas länger, aber es war ebenfalls dunkel und genauso dicht wie das von Alexander. Nur im Körperbau unterschieden sich die beiden Männer deutlich voneinander. Henri war etwas größer, aber auch viel schmaler und feingliedriger gebaut als sein älterer Bruder. Henris Erscheinung unterstrich den Charakter des sensiblen, kreativen Menschen ebenso, wie Alexanders muskulöse, kräftigere Figur seine Tatkraft und stete Bereitschaft zum Beschützen hervorhob. Trotzdem strahlten beide Männer gleichermaßen eine unbeschreibliche Attraktivität und Männlichkeit aus.

Vor ihrer Begegnung mit Adrienne Hellberg hatte Linda zunächst so etwas wie Angst verspürt. Dieses Gefühl verschwand jedoch schlagartig, als sie direkt in das offene Gesicht und in die warmen dunkelbraunen Augen der Frau sah, die Alexander vor ihr geliebt hatte. Diese Augen zeigten nicht die geringste Spur von Eifersucht oder gar Neid. Ganz im Gegenteil: Adrienne schien sich tatsächlich für Alexander und Linda zu freuen. Sie erwiderte Lindas Blick und hauchte ihr dann ohne Umschweife Küsschen auf beide Wangen, um sie willkommen zu heißen.

Linda ihrerseits betrachtete Adrienne Hellberg unauffällig und musste zugeben, dass sie sich einer wirklichen Schönheit gegenübersah. Die Frau war das absolute Gegenteil ihres Typs, das stellte Linda auf den ersten Blick fest. Adrienne war groß, fast so groß wie Alexander. Trotz ihrer beiden Schwangerschaften hatte sie sich eine fantastische Figur erhalten, die in ihren ausgeprägten Formen stark an das Schönheitsideal der frühen Sechzigerjahre erinnerte. Ihr Busen war üppig, sprengte fast die einfache Baumwollbluse, die sie trug, und betonte die schmale Wespentaille. Ihre langen schlanken Beine steckten in einer eng anliegenden verwaschenen Jeans. Das glänzend dunkelbraune Haar fiel ihr locker und in leichten Wellen über die Schultern. Adrienne Hellberg hatte ohne Frage eine starke sinnliche Ausstrahlung. Doch merkwürdigerweise war es gerade dieser Gegensatz, der Linda sofort und endgültig die neu erworbene Selbstsicherheit zurückgab.

Letztlich konnte es Linda auch nicht mehr verwundern, dass auch die beiden Kinder einfach bezaubernd aussahen. Die kleine Nicole hatte sichtbar die klassische Schönheit ihrer Mutter geerbt, aber auch sie besaß die wundervollen rauchigen Augen ihrer Großmutter väterlicherseits. Richard hatte ebenfalls all die typischen Attribute seiner Großmutter geerbt und wirkte somit wie eine kindliche, engelhafte Ausgabe der beiden Männer in der Familie.

Linda und auch Charlotte fühlten sich bereits nach wenigen Stunden liebevoll in Alexanders Familie aufgenommen. Die Tage vergingen wie im Fluge, waren angefüllt mit Lachen, Glück und stundenlangen Gesprächen in gemütlicher Runde. Die Landschaft um den Besitz der Hellbergs war auch zu dieser Jahreszeit einfach atemberaubend schön.

Noch niemals zuvor war Linda in der Provence gewesen, und das milde Klima, das derzeit herrschte, tat ihr gut. Zusammen mit Alexander unternahm sie lange Spaziergänge, und er versprach ihr, im Sommer wiederzukommen, damit sie die Provence auch in ihrer schönsten Zeit bewundern konnte.

„Ich kann kaum glauben, wie wundervoll es hier schon jetzt ist, Alex", sagte Linda seufzend auf einem ihrer Streifzüge. „Es ist noch so warm wie bei uns im Frühling, und erst diese herrliche Landschaft." Sie strahlte über das ganze Gesicht.

„Oh, die milden Temperaturen sind zu dieser Jahreszeit keine

Selbstverständlichkeit. Der Mistral hat sich bisher noch zurückgehalten. Wenn er aber erst über das Land fegt, kann es auch hier in der Provence ziemlich ungemütlich und kalt werden, glaub mir", warf Alexander ein. „Wir haben einfach Glück, dass dieser tückische Wind bisher ausgeblieben ist. Es hat hier sogar schon Schnee gegeben, auch wenn du es dir gerade kaum vorstellen kannst."

Linda lachte. „Na, dann haben wir eben Glück, mir soll es recht sein. Jedenfalls muss es großartig sein, hier zu leben."

Alexanders Augenbrauen schnellten in die Höhe. „Nun, den Zahn muss ich dir leider gleich wieder ziehen, mein Liebling. Du weißt doch, dass ich beruflich an Hamburg gebunden bin. Ich mag meinen Job, und ich liebe unsere Stadt. Und im Gegensatz zu meinem Bruder würde es mich absolut nicht glücklich machen, als Weinbauer zu arbeiten und eine Ferienpension zu betreiben."

Lächelnd winkte Linda ab. „Ach Alex, das weiß ich doch. Es war ja auch nur so dahergesagt. Wenn ich ehrlich bin, will ich doch auch gar nicht aus Hamburg fort. Jetzt, wo ich meinen Laden habe. Nein, den würde ich nicht wieder aufgeben wollen."

„Wenn wir im nächsten Sommer für zwei ganze Wochen hierherkommen, werde ich dir Toulon zeigen, und natürlich auch Nizza und St. Tropez", versprach er, zog sie an sich und küsste sie kurz auf die Nasenspitze. „Es gibt so viel zu sehen, Liebling. Du kannst dir auch gerne eine richtige Liste zusammenstellen, wenn wir wieder zu Hause sind. Die arbeite ich dann brav mit dir ab." Er lachte und erfreute sich an ihrer Begeisterung.

Als sie Hand in Hand den Weg zurück zur Pension schlenderten, sahen sie schon von Weitem, dass Charlotte vor dem Haus mit den Kindern Ball spielte.

Adrienne, Henri und Claudine saßen auf der Veranda und beobachteten lachend das wilde Treiben, während sie sich Claudines selbst gemachte Zitronenlimonade schmecken ließen.

„Sieh dir das nur an, Alex. Es ist Dezember, und deine Familie sitzt dort auf der Veranda und trinkt Limonade", sagte Linda lachend.

Charlotte wurde nicht müde, sich mit den Kindern zu beschäftigen, und hatte offenbar selbst großen Spaß daran, sich immer wieder neue Spiele für die Kleinen auszudenken.

Nachdem Alexander sich mit Linda zum Rest der Familie auf die Veranda gesetzt hatte, neckte er sie deswegen ein wenig.

„Wie war das doch gleich mit dem Babysitten?“, rief er ihr munter zu.

„Ach, halt den Mund, Alexander Hellberg.“ Charlotte lachte. Sie überließ die Kleinen einen Moment sich selbst und kam zu den Erwachsenen, um sich ebenfalls mit einem Glas Limonade zu erfrischen.

„Sie beten dich an, Charlie“, stellte Alexander grinsend fest.

„An dich komme ich trotzdem noch nicht ran, Alex. Nicole hat mir heute verraten, dass sie dich eines Tages heiraten wird.“

„Hast du ihr nicht gesagt, dass ich leider schon an deine Mutter vergeben bin?“

Die Erinnerung an das Gespräch ließ Charlotte schallend auflachen. „Oh doch, das habe ich. Sie sah mich daraufhin sehr streng an und gab mir zur Antwort, dass ihr Papa ihr beigebracht hat, dass man immer brav teilen muss.“

Henri gluckste vor Vergnügen, und auch die Frauen amüsierten sich königlich.

„Na, da habe ich aber auch noch ein Wörtchen mitzureden“, wandte Linda lachend ein.

Einige Tage später wurden sie von der gesamten Familie nach Toulon zum Flughafen begleitet.

„Schreib mir“, raunte Adrienne ihrer zukünftigen Schwägerin zum Abschied ins Ohr. „Wir sehen uns spätestens im Mai bei eurer Hochzeit wieder. Ich freue mich darauf“, fügte sie noch augenzwinkernd hinzu.

Linda wusste, dass es absolut ehrlich gemeint war.

Auch Henri und Claudine verabschiedeten sich herzlich von ihr und ebenso liebevoll von Charlotte.

Nicole hingegen fing sofort an zu weinen, als Alexander sie hochhob und ihr einen schmatzenden Abschiedskuss auf die rosige Wange drückte. „Na, na, Nicki, du wirst mir doch jetzt das Herz nicht noch schwer machen."

„Ich hab dich so lieb, Onkel Alex." Ihre winzige Hand legte sich sanft auf seine Wange.

Das unbeschreibliche Gefühl, das diese Geste in ihm hervorrief, ließ seine Stimme heiser werden. „Ich hab dich auch lieb, mein süßes Häschen. Bleib gesund und munter. Bald kommst du ja Charlie, Linda und mich in Hamburg besuchen. Versprich mir, dass du jetzt wieder mein tapferes Mädchen bist. Heulsusen mag ich nämlich überhaupt nicht."

„Ich … verspreche es", brachte sie unter lautem Schluchzen hervor, das sie vergebens versuchte, zu unterdrücken. Alexander gab der Kleinen noch einen zweiten Kuss, reichte sie dann lächelnd an seinen Bruder weiter und griff nach Lindas Hand.

„Sie ist so unglaublich süß", stellte Linda fest, nachdem sie im Flugzeug ihre Plätze eingenommen hatten.

Alexander wusste sofort, dass Linda von Nicole sprach. „Ja, das ist sie." Seine Stimme klang müde. Er lehnte sich in seinem Sitz zurück und sah ihr tief in die Augen, dann setzte er ein breites Grinsen auf. „Wir werden zusammen auch süße Kinder bekommen, Ballerina. Schau uns an."

Der erste Arbeitstag im neuen Jahr begann für Alexander ungewohnt ruhig. Kaminski und Kroning hatten einen Tag länger Urlaub eingereicht und würden erst morgen wieder im Büro erscheinen. Auch Bernd Lindemann war noch nicht wieder aus seinem Kurzurlaub zurück. Auf dem Flur begegnete er einzig Siegfried Rossner, der zusammen mit Wagner und einigen Kollegen anderer Bereitschaften der Mordkommission über die Feiertage die Stellung gehalten hatte.

„Morgen, Alex. Ein schönes neues Jahr."

„Wünsch ich dir auch, Siggi. Gab es was Besonderes?"

„Nichts. Die bösen Buben saßen alle brav bei Muttern unterm Tannenbaum. Selbst Silvester war es ungewöhnlich ruhig. Schöne Tage gehabt?"

Alexander nickte. „Sehr schön sogar. Es ist schon etwas Besonderes, mit der ganzen Familie unterm Weihnachtsbaum zu sitzen." Die Erinnerung daran, wie Linda sein Weihnachtsgeschenk, eine Goldkette mit einem kleinen Brillantanhänger, ausgewickelt und vor Freude geweint hatte, ließ ihn lächeln.

„Das freut mich für dich. Also, wenn was sein sollte, ich bin in meinem Büro und erledige den Schreibkram."

Alexander schnaubte unwillig. „Mhm, das werde ich wohl auch tun."

Nachdem er in seinem einsamen Büro seine Jacke aufgehängt hatte, setzte er die Kaffeemaschine in Gang, grinste den kleinen hässlichen Plastiktannenbaum an, den Kaminski während der Adventszeit angeschleppt hatte, und befreite seinen Computer von der Schutzhülle. „Tag, alter Kumpel", knurrte er sarkastisch und ließ sich schließlich auf seinen Bürostuhl fallen. Als das Telefon klingelte, hob er nur zögernd ab und meldete sich.

„Keine Panik, Alex, es droht keine Arbeit, ich bin es nur."

„Kroning! Was gibt's? Ich dachte, ihr seid noch an der See?"

„Sind wir auch, das heißt, bis heute Abend sind wir's noch. Hab mir gedacht, ich wünsche dir schnell ein frohes neues Jahr – wird ja schließlich ein ganz besonderes für dich werden, oder?"

Alexander lächelte in den Hörer. „Da könntest du recht haben, Kollege. Wie ist es denn so um diese Jahreszeit an der wilden Nordsee?"

Einen Moment blieb es still, aber Alexander glaubte zu hören, dass sein Freund grinste. „Feucht."

„So, so, feucht. Klingt irgendwie … heiß."

„Du bist ein Ferkel, Hellberg!"

„Aber ich habe recht, oder?"

„Du hast es verdammt gut getroffen, mein Freund."

„Na, dann achte lieber darauf, dass du nicht ausrutschst, und tu weiterhin deine Pflicht, Tobias. Ein gutes neues Jahr auch dir – und bestell deinem widerspenstigen Rotschopf schöne Grüße."

Tobias Kroning lachte. „Danke, werde ich tun. Sie lässt euch auch alle grüßen. Bis morgen, Alex."

Alexander legte den Hörer gar nicht erst ab, sondern drückte nur kurz die Freitaste und wählte sofort die Nummer von

‚Lindas Laden‘, um auch Linda an der guten Nachricht teilhaben zu lassen.

„Dem Himmel sei Dank“, rief sie erleichtert aus. „Ich wünsche den beiden Glück.“

„Na, jedenfalls ist erst einmal ihr Hormonhaushalt wieder ins rechte Lot gekommen. Vor allem mit Tobias konnte ich wirklich mitfühlen.“

„Ich weiß, Schatz. Oh … ich habe Kundschaft. Bis heute Abend.“

„Ich liebe dich, Ballerina.“

„Ich liebe dich auch.“

Alexander verbrachte seinen Arbeitstag tatsächlich vorwiegend vor dem Bildschirm seines Computers und schaffte es somit, eine Menge liegen gebliebener Schreibarbeit zu erledigen. Sie wurde nur durch ein paar Telefonate, ein gemeinsames, aber eher kurzes Mittagessen mit Siegfried Rossner und seinen neugierigen Blick auf die Dienstpläne der nächsten Wochen unterbrochen.

Während er in seine neue, mit Lammfell gefütterte Lederjacke schlüpfte, beglückwünschte er sich selbst dazu, diesen tristen Tag durchgestanden zu haben, ohne den widerlichen grauen Kasten endgültig aus dem Bürofenster befördert zu haben.

Erst auf seiner Fahrt nach Hause kam ihm wieder Frank Michaelsen in den Sinn und auch der Mensch, den er inzwischen für seinen und somit auch für Beate Folkers' Mörder hielt. Er war sich sicher, dass er richtiglag, aber es fehlte ihm noch immer das Motiv. Nachdenklich fixierte er das rote Signal einer Verkehrsampel, die ihn zum Halten zwang. In der feuchtkalten Dämmerung des Nachmittags wirkte die glühende Farbe fast ein wenig bedrohlich.

„Was hast du nur getan, Frank, damit das passieren konnte?“, sagte er laut in die abgeschiedene Stille seines Wagens hinein. Seit vielen Wochen stellte er sich immer und immer wieder diese Frage.

Die Frage nach dem Motiv war stets vorrangig, gehörte nun einmal zu seiner täglichen Arbeit. Aber in dieser speziellen Angelegenheit war sie für Alexander sogar zum Mittelpunkt seines beruflichen Denkens geworden.

Die Ampel sprang um auf Grün, aber da die Kreuzung vor ihm hoffnungslos verstopft war, blieb er einfach an Ort und Stelle stehen, um eine weitere Rotphase abzuwarten.

Manchmal fiel es Alexander noch immer schwer, wirklich zu realisieren, wie sehr sein Leben sich verändert hatte. Frank, ja, Frank war eigentlich der Auslöser gewesen. Sein Tod hatte überhaupt erst das Zusammentreffen mit Linda möglich gemacht, hatte seinem Leben die Wende gebracht und endlich den nötigen Sinn gegeben. Aber Franks Tod hatte auch noch eine Menge anderer Dinge zum Vorschein gebracht. Unschöne Wahrheiten waren ans Tageslicht gezerrt worden, die sein festes Bild von einem alten Freund wie ein Kartenhaus zum Einsturz gebracht hatten. Und er konnte noch immer nicht begreifen, dass der Frank, den er gekannt, gemocht und nicht zuletzt geachtet hatte, eine Frau – seine Frau – auf die gemeinste Art und Weise erniedrigt und ihr dazu auch noch Gewalt angetan hatte.

Er versuchte nachzuempfinden, was einen Mann dazu treiben konnte, so weit zu gehen und einer so zarten und wehrlosen Person derart Gewalt anzutun. Die Gründe, die ihm in den Sinn kamen, hatten allesamt irgendwie mit Geisteskrankheit, sozialer Verrohung und Hass auf die Frauen im Allgemeinen zu tun. Allerdings schien nichts von alledem auf Frank zuzutreffen.

Trotzdem hatte er es getan, hatte sie immer und immer wieder verletzt. In Alexander erwachte aufs Neue der brennende Wunsch, Rechenschaft von Frank zu fordern – und wieder verspürte er in seiner grenzenlosen Wut den beißenden Drang nach Genugtuung.

„Wenn es ein Jenseits gibt … wenn du uns sehen kannst, dann sieh gut hin, Frank! Sieh dir an, wie glücklich wir miteinander sind. Sie und ich … und deine Tochter. Sieh ganz genau hin, du elende Ratte – und, verdammt noch mal, wenn es ein Jenseits gibt, dann warte … warte dort auf mich …"

Ohne dass er es bewusst wahrgenommen hätte, war er inzwischen vor dem Haus angekommen. Er ließ den Wagen ausrollen, stellte den Motor ab und löste seinen Sicherheitsgurt. Ein heißer Schauer lief ihm plötzlich durch den Körper. Die Heftigkeit dieses Gefühls traf ihn unvorbereitet, ließ ihn regelrecht erstarren und gleichzeitig laut nach Luft schnappen.

„Das ist es!", rief er laut in die Stille seines Wagens hinein. „Verdammt noch mal! Das muss es sein!"

Die ungeheuren Adrenalinströme, die seinen Geist und seinen Körper innerhalb von nur wenigen Augenblicken durchzogen und bis in die kleinsten Nervenenden hinein aufpeitschten, ließen ihn noch mehrere Male tief durchatmen, bevor er sich endlich imstande sah, aus dem Wagen auszusteigen.

Das Haus war hell erleuchtet. Er wusste, dass Linda heute bereits am frühen Nachmittag Elisabeth Bergstedt den Laden allein überlassen hatte, und er beeilte sich damit, die Haustür aufzuschließen und nachzusehen, wo sie steckte. Das Bedürfnis danach, sie jetzt auf der Stelle anzusehen und zu berühren, war so übermächtig wie das anhaltende Vibrieren seiner Nerven. Die Spannung in seinem Inneren war so stark, dass er das Gefühl hatte, förmlich unter Strom zu stehen.

Er entdeckte sie im Wohnzimmer. Sie saß auf einem der Stühle im Erker und telefonierte gut gelaunt mit Monika, wie er sehr schnell heraushörte.

„Ja, er ist gerade nach Hause gekommen, Monika. Okay, ich werde es ihm sagen, bis bald." Sie legte auf und kam ihm strahlend entgegen. „Monika meinte gerade, sie wundert sich zwar drüber, aber sie freut sich tatsächlich auf dich. Sie sind vor …"

Er unterbrach den drohenden Redeschwall, indem er sie heftig an sich zog. Dann küsste er sie inbrünstig.

„Ich habe dich auch vermisst", brachte sie mit einem atemlosen Grinsen hervor, als er nach einer kleinen Ewigkeit schließlich von ihr abließ.

Seine Hände gruben sich in ihr Haar, und zum ersten Mal an diesem tristen Tag lächelte er. „Was wolltest du gerade sagen? Ich glaube, ich habe dich unterbrochen."

„Ich habe keine Ahnung. Ach doch." Ihr Lachen war wohltönend und voller Wärme. „Sie sind vor einer Stunde in Hamburg angekommen. Den Rest kennst du ja schon."

„Wo ist Charlie?", wollte er mit heiserer Stimme wissen, ohne seine Finger aus ihrem Haar zu lösen. Sein Blick flackerte und glitt ruhelos über ihr Gesicht.

„Sie ist noch bei Sandra. Alex? Ist alles in Ordnung mit dir?"

Er atmete hörbar ein. Seine Fingerspitzen berührten ihre Kopfhaut und hinderten sie daran, sich auch nur einen Zentimeter von ihm zu entfernen.

„Wann wird sie nach Hause kommen?"

Unter seinem irritierenden Blick, der unaufhörlich über ihr Gesicht wanderte, begann sie leicht zu zittern, und auch ihre Stimme drohte ihr jetzt den Dienst zu versagen. Sein Körper drückte sich hart und fordernd gegen ihren. Er war bereits heftig erregt, das konnte sie deutlich fühlen.

„Noch ... noch nicht." Sie räusperte sich.

Sein Atem schlug ihr heiß entgegen. „Wie lange, verdammt?"

Lindas Herzschlag geriet immer mehr aus dem Takt, denn sie hatte ihn noch nie zuvor so erlebt. „Es ... es wird reichen."

Kaum hatte sie es ausgesprochen, da zog er sie auch schon hinter sich her. Linda stolperte die Treppe hinauf und fragte sich, warum sie überhaupt noch auf den Beinen stehen konnte, die sich anscheinend in den letzten paar Sekunden in Wackelpudding verwandelt hatten.

Im Schlafzimmer angekommen, sah sie, dass er bereits auf der Treppe seinen Gürtel und seine Hose geöffnet haben musste. Er gab ihr einen sanften Schubs, und sie fiel rücklings auf das Bett. Wie gelähmt starrte sie in seine blitzenden Augen, die sie voller Begehren betrachteten. In ihrem Kopf überschlugen sich die Gedanken, und sie wusste nicht recht, wie sie auf sein Verhalten reagieren sollte. Trotzdem machte es ihr keine Angst.

Sie würde niemals Furcht vor Alexander haben, das wurde ihr in diesem Moment bewusst. Andererseits schämte sie sich aber fast dafür, dass seine offen zur Schau getragene Gier auch sie so stark in körperliche Erregung versetzte. Als ihr klar wurde, dass Alexander sie nicht so lieben würde, wie er es sonst tat, schoss sogar hitziges Verlangen durch ihren Körper. Dieses Mal ging es ihm allein um den Sex, das wusste sie. Er würde nicht rücksichtsvoll sein, sondern einem elementaren Bedürfnis nachgeben, dem er selbst nichts entgegenzusetzen hatte. Warum auch immer, sein heftiges Drängen machte sie schwach.

Während er sich mit hastigen, ungeduldigen Bewegungen seiner Schuhe, Strümpfe und der Jeans entledigte, ließ er sie keine einzige Sekunde aus den Augen – und sie fühlte, wie unter seinem lüsternen Blick eine weitere heiße Welle pure Begierde durch ihre Adern pulste.

„Es ist keine Zeit für Raffinesse. Ich kann nicht mehr warten", teilte er ihr schwer atmend mit und warf seinen Pullover von sich.

„Das ist … in Ordnung."

„Gut."

Fasziniert beobachtete sie ihn, und ihr Atem beschleunigte sich hörbar, obwohl er sie noch immer nicht berührte, sondern sie mit den hungrigen Blicken eines Wolfes verschlang. Breitbeinig und zum Bersten erregt, stand er vor ihr und riss sich als letztes Kleidungsstück sein T-Shirt vom Leib.

„Verdammt noch mal, Linda, zieh dich endlich aus. Wenn ich dich auch nur noch einmal anfasse, zerspringe ich in tausend Stücke."

Sein wilder Blick schien nun wie festgenagelt an ihrem Gesicht zu hängen, während sie sich genauso schnell und hastig auszog, wie er es zuvor getan hatte. Er bewegte sich unterdessen nicht, sondern stand nur keuchend und mit geschlossenen Fäusten vor ihr. Schon eine Minute später füllte er sie aus und stemmte sich hoch auf seine Arme, um sie ansehen zu können. Seine Hüften bewegten sich in erbarmungslosem Tempo.

„Tut mir … leid", stammelte er. „Ich … Gott, Linda, sag mir, dass du mich liebst, schnell."

„Ich liebe dich."

„Noch mal!", verlangte er gepresst durch seine zusammengebissenen Zähne.

„Ich liebe dich", wiederholte sie. „Ich liebe dich … ich liebe dich …" Ihre anfangs noch geflüsterten Worte wurden zu einem rauen Schrei, der sich mit dem heiseren Laut vermischte, der seiner Kehle entwich, als er sich zuckend in sie entlud.

Regungslos blieb Alexander auf Linda liegen und rang um einen regelmäßigen Atem und in gleichem Maße auch um seine Fassung.

Ihre Hände glitten federleicht und mit einer Zärtlichkeit über seinen Rücken, die ihm in ihrer Intensität nach diesem schnellen, harten Liebesakt fast paradox erschien.

Vorsichtig hob er seinen Kopf und küsste sie zart auf den Mund. „Ich liebe dich“, brachte er, noch immer heiser, hervor. „In meinem Alter sollte ich mich eigentlich besser beherrschen können, meinst du nicht?“

„Untersteh dich!“ Ihr Lächeln war so sanft wie ihre Berührungen.

Er grinste zufrieden, rollte sich vorsichtig von ihr herunter und zog sie zu sich heran. „Du guckst immer so wild, so süß, wenn du … kommst, meine ich. Dieser Blick macht mich völlig schwach, Linda. Du scheinst jedes Mal wieder überrascht davon zu sein.“

Ihre Hand strich durch sein dichtes dunkles Brusthaar. „Bin ich ja auch. Es scheint mich jedes Mal unerwartet zu überrollen. Ich glaube, du weißt inzwischen viel besser, wann ich so weit bin. Viel besser als ich selbst.“

Er ließ sich zurück auf die Matratze fallen und atmete laut aus. „Du gibst mir wirklich den Rest, Ballerina. Meine Selbstüberschätzung wird noch in ungeahnte Höhen steigen, nur weil du mir das Gefühl gibst, dass ich ein Magier bin, dabei bist du hier diejenige, die offenbar zaubern kann. Jesus, ich bin völlig leer gepumpt.“

Ihre Augen verdunkelten sich, sahen nun fast bronzefarben aus, bemerkte er.

Entschlossen griff sie nach seiner Hand und legte sie auf ihre Scham. Seine Augen weiteten sich überrascht, als sich ihre Hand über seine schob und diese fest an sich presste. Sie rollte halb auf die Seite und rieb sich hemmungslos daran.

„Nein ... nur du kannst zaubern“, flüsterte sie, schon wieder halb benommen vor Verlangen.

„Du kannst gar nicht einschätzen, wie viel du mir gibst, Liebling“, flüsterte er überwältigt. Er übernahm die Führung und beobachtete voller Genuss, wie sie sich ihrer Lust erneut hingab.

„Jetzt“, flüsterte er nach einer Weile fast lautlos und mehr zu sich selbst. Alexander beugte sich vor, entzog ihr seine Hand, um sie sofort durch seine Lippen zu ersetzen. Seine Zunge liebkoste einige Male sanft den Mittelpunkt ihrer Lust und zog dann kleine feste Kreise.

Er konnte beinahe selbst fühlen, wie die herrlichen Wellen über ihr zusammenschlugen. Ihr Körper erbebte unter den süßen Wonneschauern, während sie laut seinen Namen schrie. Sein Glück war vollkommen.

Der frühe Morgen roch nach Schnee, und der Himmel sah aus, als hätte ihn jemand ein gutes Stück heruntergezogen. Es war klirrend kalt, als Alexander auf dem Parkplatz vor dem Präsidium aus seinem Auto stieg.

Seinen Atemwolken folgend, machte er sich auf den Weg in das Innere des sternförmigen Gebäudes. Es war noch still auf dem Flur der Mordkommission, aber schon hier stieg ihm der Kaffeeduft in die Nase, der, wie er inständig hoffte, aus seinem Büro kam.

Noch bevor er die Tür öffnete, wusste er, dass er nicht enttäuscht werden würde.

Monika Kaminski erhob sich sofort freudestrahlend von ihrem Platz, war mit einem Satz bei ihm und schlang ihm ihre langen Arme um den Hals. „Guten Morgen, Superhirn! Du hast mir tatsächlich gefehlt, du alter Widerling.“

„Morgen, Kaminski.“ Er räusperte sich, weil ihn ihre offen zur Schau gestellte Zuneigung noch immer ein wenig in Verlegenheit geraten ließ. „Na, du strahlst ja wie ein Weihnachtsengel.“

„Gut beobachtet, Herr Hauptkommissar!“

Er verstrubbelte liebevoll ihre leuchtend roten Locken und

lächelte sie wohlwollend an. „Und? Hat sich das Warten auf den Prinzen gelohnt?“

„Du wirst von mir keine Beschwerden zu hören bekommen, Alex.“

Alexander setzte ein freches Grinsen auf. „Siehst du, Kaminski. Technik ist eine, Liebe eine ganz andere Sache, wenn es um Sex geht.“

„Ach, und du kanntest den Unterschied natürlich schon immer, nicht wahr? Eingebildeter Affe.“

„Ich weiß. Ich mag dich auch, Feuerkopf.“

„Glaub mir, auch wir hätten unseren Spaß miteinander gehabt.“

„Sicher hätten wir das. Nur – sei doch ehrlich, Kaminski, heute bist du mir richtig dankbar, oder?“

Monikas Gesicht wurde für einen kurzen Augenblick ganz ernst. „Wir haben inzwischen beide unsere große Liebe gefunden, nicht wahr, Alex?“

„Ja, das haben wir. Mit Kroning hast du den Jackpot geknackt. Und ich war noch nie glücklicher in meinem Leben als jetzt mit Linda.“

Sie lachten sich voll innigem Verständnis an, und Monika drückte ihm einen herzhaften Kuss auf die Wange.

„Nimm gefälligst die Finger von meiner Freundin, Hellberg!“ Tobias’ grinsendes Gesicht schob sich durch die Tür.

Alexander lächelte zurück. „Komm rein, Kroning, mich verlangt es heute eher nach dir.“

„Gott bewahre!“ Der jüngere Mann zog eine Grimasse.

„Ernsthaft, ich müsste heute noch dringend mit dir reden, Tobias.“

„Mittagessen?“

„In Ordnung. Um zwölf.“

Die beiden Männer verließen das Gebäude und aßen in einer kleinen Gaststätte zu Mittag. Alexander hatte die Mahlzeit geduldig abgewartet, doch direkt danach lehnte er sich zurück und zündete sich eine Zigarette an. Dann weihte er Tobias mit kurzen, knappen Worten in seine neuen Erkenntnisse zum Mordfall Frank Michaelsen ein.

„Das setzt allerdings eine geballte Ladung Emotionen voraus, Alex."

„Das ist richtig."

„Und du bist davon überzeugt, dass diese Emotionen auch vorhanden sind."

„Ja."

„Was lässt dich da so sicher sein?"

„Ich weiß es einfach, Tobias. So was spürt man."

„Vielleicht ist es nur dein Verdacht, der dich so sicher sein lässt."

Alexander schüttelte vehement seinen Kopf. „Ich vertraue auf meine Menschenkenntnis, aber in diesem Fall vor allem auf meine Erfahrung."

„Aber du bist selbst emotional stark eingebunden, Alex."

„Wieder richtig. Und genau darüber zerbreche ich mir auch schon seit Tagen den Kopf."

Tobias Kroning griff nach Alexanders Zigaretten und bediente sich. „Mann, wie willst du die Sache bloß angehen, Alex? Du wirst bald mit Linda sprechen müssen, ist dir das klar?"

Alexander nickte und raufte sich mit allen zehn Fingern die Haare. „Und du kannst mir glauben, dass allein schon der Gedanke daran ausreicht, um in mir die schlimmsten Übelkeitsanfälle auszulösen, aber da gibt es verdammt noch mal kein Schönreden. Wenn es so weit ist, werde ich es einfach tun."

„Uns fehlt noch immer das Wichtigste, Hellberg."

„Ist mir klar."

„Was schlägst du also vor?"

„Es ist schon viel zu viel Zeit verstrichen. Ich glaube, dass uns nur eine einzige Möglichkeit offensteht, Kroning."

„Und die wäre?"

„Der Frontalangriff."

Zurück an seinem Schreibtisch, führte Alexander ein kurzes Telefonat und ignorierte danach für mindestens drei Minuten erfolgreich den neugierigen Blick seiner Kollegin. „Was ist?", fragte er sie endlich.

Monika deutete mit ihrem ausgestreckten Zeigefinger auf das Telefon. „Kannst du mir mal sagen, warum du dich ausgerechnet mit diesem Typen treffen willst?"

„Vielleicht will ich ihn zu meiner Hochzeit einladen."

„Sehr witzig! Hör auf, mich zu veralbern, Hellberg!"

„Ich muss schon sagen, meine Achtung vor Kroning wächst stündlich. Es freut mich, dass ich mich offensichtlich nicht in ihm getäuscht habe."

„Wovon redest du da eigentlich, zum Teufel?"

Alexander erhob sich und ging hinüber zum Garderobenständer, um seine Jacke anzuziehen. „Weißt du was, frag besser deinen Schatz danach. Aber bitte mach das erst, wenn ihr euren Dienst beendet habt, okay? Sag ihm einfach, er hat von mir die Erlaubnis bekommen, dich einzuweihen. Und Kaminski, Finger weg vom Telefon! Kein Anruf bei Linda! Das ist immens wichtig. Hab ich mich klar genug ausgedrückt?"

Mit offenem Mund und zusammengekniffenen Lidern starrte sie ihn an. „Was, um Himmels willen, geht hier ab, Hellberg?"

Alexander zwinkerte ihr zu. „Bis morgen, Rotkäppchen." Sein breites Grinsen war das Letzte, was sie von ihm sah, bevor er aus dem Büro verschwand.

Der moderne Bungalow entsprach absolut nicht Alexanders Geschmack.

Er fragte sich unweigerlich, wie sich überhaupt jemand in einem so seelenlosen Gebäude zu Hause fühlen konnte. Das Haus war flach, lang gestreckt und hatte eine äußerst kühle Ausstrahlung. Die Außenwände hatten einen weißen Anstrich, und die Fensterrahmen und Türen glänzten in tiefem Schwarz. Das hypermoderne Bauwerk sah aus wie ein überdimensionaler Schuhkarton, aus dem irgendjemand gleichmäßige quadratische Löcher ausgestanzt hatte, um sie anschließend mit einem dicken schwarzen Filzstift zu umranden. Einen Vorgarten gab es praktisch nicht.

Schwarze Steinfliesen führten hinab bis zur Garage, die im Souterrain des Hauses untergebracht war. Daneben gab ein schmaler Plattenweg aus den gleichen Fliesen den Weg zur Haustür vor. Lediglich ein einziger hüfthoher Rhododendron stand genau in der Mitte einer winzigen Rasenfläche. Alexander hätte jede Wette abgeschlossen, dass es sich um eine weiß blühende Sorte handelte.

Fröstelnd trat er vor die lackschwarze Eingangstür und drückte auf einen lackschwarzen Klingelknopf, der direkt neben einem lackschwarzen Briefkasten angebracht worden war.

Seelenlos!

Nach einer eher distanzierten Begrüßung bat Walter Michaelsen seinen Besucher in das Innere des Schuhkartons und führte ihn direkt in einen großen Raum, der am Ende eines langen, schmalen, weiß gestrichenen Flurs lag.

Es war nicht zu übersehen, dass dieses Zimmer dem Architekten sowohl als Arbeitszimmer als auch als Wohnraum diente. Bücherregale, Zeichenbrett und ein Computertisch befanden sich ebenso darin wie ein riesiger Flachbildfernseher, vor dem eine schlichte schwarze Ledercouch, ein dazu passender Sessel und ein flacher weißer Kunststofftisch platziert waren. Auch hier waren die Wände vollkommen weiß, und bis auf einige Skizzen, die neben dem Zeichenbrett an der Wand hingen, gab es keinerlei Bilder oder andere Dekorationsstücke.

Der Raum eignete sich nicht unbedingt dazu, die Winterkälte aus Alexanders Körper zu vertreiben. Er war froh darüber, dass Walter ihm gar nicht erst anbot, die Jacke abzulegen.

„Setz dich, Alex." Walter Michaelsen deutete auf die Couch. „Kann ich dir etwas anbieten? Kaffee, Tee oder etwas Kaltes vielleicht?"

Alexander schüttelte leicht seinen Kopf. „Nein, danke. Wie ich dir schon am Telefon sagte, habe ich nur einige kurze Fragen an dich. Ich will dich nicht lange aufhalten."

Die Fragen, die Alexander ihm stellen wollte, interessierten Walter offensichtlich vorerst nicht. Er ließ sich in den schweren Sessel fallen, sodass er seinem Besucher direkt gegenübersaß, und sah ihm in die Augen. „Ich habe von meiner Mutter von eurer bevorstehenden Hochzeit erfahren. Gratuliere, Alex."

„Danke."

„Linda ist wirklich eine … tolle Frau."

„Ja, das ist sie." Alexander spürte einen leisen Anflug von Wut in sich aufsteigen und räusperte sich. „Walter …"

„Nun ja, heute kann ich es dir ja sagen. Ich hatte mir eigentlich selbst ein paar Chancen bei ihr ausgerechnet."

„Bitte?" Die Wut breitete sich aus und begann zögernd Wärme durch Alexanders Adern zu pumpen.

Walters Blick blieb absolut entspannt. Er lehnte sich bequem zurück, verschränkte locker seine Arme und seufzte auf. „Ich hatte mir sogar fest vorgenommen, mich um Linda zu bemühen. Natürlich wollte ich ihr zuvor einen gewissen Zeitraum gönnen, um nach der Beerdigung von Frank zur Ruhe zu kommen. Das Mädel braucht einen Mann, der ihr … sagen wir mal, das Leben bereitet. Du weißt ja, sie ist ein bisschen … labil."

Sein Blick wurde plötzlich eiskalt. „Doch dann warst du plötzlich ständig in ihrer Nähe. Meine Mutter war so nett und hat mich auf dem Laufenden gehalten. Aber, sei beruhigt, ich kenne auch so meine natürlichen Grenzen und habe mir den ungleichen Kampf schließlich erspart." Sein Lächeln war ebenso eisig wie der Ausdruck in den hellen wasserblauen Augen. „Wie gesagt, mir bleibt nur übrig, dir zu gratulieren. Nun wirst du sie also bekommen, Alex."

Alexanders Gesicht blieb zunächst vollkommen unbewegt, doch dann setzte er mit voller Absicht ein anzügliches und sehr breites Grinsen auf. „Falsch. Ich werde sie nicht erst bekommen, Walter, denn sie gehört mir bereits seit vielen Monaten." In seinen grauen Augen flackerte es kurz auf. „Sie gehört ganz und gar mir", wiederholte er nachdrücklich. „Mit Haut und Haaren. Und glaub mir, sie genießt diese Tatsache jeden Tag aufs Neue."

Es entsprach eigentlich nicht seiner Art, sich vor Geschlechtsgenossen mit sexuellen Erfolgen zu rühmen, und es war ihm auch bewusst, dass Linda seine Wortwahl überhaupt nicht gefallen hätte, aber in diesem besonderen Fall hatte er nicht widerstehen können – und er war sich sofort sicher, dass Walter Michaelsen die Anspielung durchaus verstanden hatte.

Als er jetzt in Walters Gesicht sah, ließ die ungeheure Genugtuung auch noch den letzten Rest von Kälte aus Alexanders Körper verschwinden.

Walter Michaelsen richtete sich kerzengerade auf, und seine ineinander verschränkten Arme lösten sich voneinander. „Stell bitte deine Fragen, Alex. Meine Zeit ist kostbar."

Kleine feine Schneeflocken wirbelten im Schein der Straßenlaternen durch die Luft, als Alexander einige Zeit später vor ‚Lindas Laden' aus seinem Auto stieg. Mit langen eiligen Schritten ging er auf die reich verzierte Eingangstür zu. Die heimelige, gemütliche, ja fast schon kitschige Atmosphäre des Geschäfts schien ihn heute ganz besonders anzuziehen.

Da sowohl die schöne Inhaberin des Ladens als auch Elisabeth Bergstedt gerade in Kundengespräche vertieft waren, bedachte er Linda mit einem strahlenden Lächeln, nickte auch Elisabeth freundlich zu und verschwand dann sofort lautlos in die obere Etage. Wie verabredet, saß Tobias Kroning dort bereits vor einem Becher Kaffee und wartete ungeduldig auf ihn.

„Und?"

„Volltreffer, Kroning! Bestätigung auf der ganzen Linie. Mann, ich brauche dringend eine gehörige Dosis Koffein."

Alexander hängte seine Jacke auf und marschierte schnurstracks zur Küchentheke, um sich ebenfalls Kaffee einzuschenken. Mit dem Becher in der Hand rutschte er die Eckbank entlang, bis er seinem jungen Kollegen gegenübersaß.

„Hab mir schon gedacht, dass du vor mir hier sein wirst. Du hast noch nicht mit Monika gesprochen, oder?"

Der jüngere Mann stieß ein verneinendes Geräusch aus. „Ich hatte noch nicht die Gelegenheit dazu. Allerdings fahre ich gleich anschließend zu ihr. Natürlich hat sie mir vorhin schon im Büro die Hölle heißgemacht, gleich nachdem du weg warst."

Alexander nahm einen kräftigen Schluck von seinem Kaffee und grinste in sich hinein. „Kann ich mir denken. Sprich ruhig mit ihr, Kroning. Es könnte durchaus von Nutzen sein, zu erfahren, was sie von der ganzen Sache hält."

Tobias Kroning lehnte sich zurück und lauschte kurz auf die Stimmen, die aus dem unteren Stockwerk zu ihnen heraufdrangen. Es schien so, als würden sie noch eine ganze Weile ungestört bleiben. „Wirst du heute mit Linda sprechen?"

Ohne zu antworten, erhob sich Alexander noch einmal von seinem Platz und kramte in der Innentasche seiner Jacke, um seine Zigaretten zu suchen. Mit einer schwungvollen Handbewegung ließ er die Packung und das Feuerzeug über die Tischplatte gleiten, bis beides genau vor Tobias Kroning liegen blieb. „Hier, du hast ja sowieso nie eigene."

„Du hast meine Frage nicht beantwortet, Alex."

„Willst du auch noch Kaffee?"

Tobias' sandfarbene Augenbrauen stiegen steil in die Höhe, aber er hielt Alexander tatsächlich seinen Becher entgegen.

Erst nachdem beide Tassen wieder gefüllt waren, rutschte Alexander auf seinen Platz zurück. Mit ernstem Blick zündete er sich eine Zigarette an und inhalierte tief und lange. „Ich mach mir fast in die Hosen, Kroning."

„Kann ich gut verstehen, glaub mir."

„Keine Ahnung, was passiert, wenn ich mit ihr rede."

„Wir könnten dich auch ganz raushalten, das weißt du."

Abwehrend hob Alexander die Hand. „Auf keinen Fall! Das würde sowieso nicht funktionieren. Linda kennt mich inzwischen zu gut." Er schüttelte bekräftigend seinen Kopf. „Krumme Wege liegen mir außerdem nicht. Sie würde es mir sofort ansehen, wenn die Sache über die Bühne geht. Außerdem ... haben wir uns gegenseitig versprochen, immer ehrlich miteinander zu bleiben, Tobias. Ich muss dieses Versprechen halten – egal, was auch kommt."

„Du hast natürlich recht. War ja auch nur so eine Idee."

„Ich weiß, dass du es gut gemeint hast, aber ich werde diese Geschichte durchziehen, wie wir es besprochen haben – und das notwendige Gespräch mit Linda ist der Anfang."

Tobias drückte seine Zigarette aus und blickte Alexander ernst in die Augen. „Du weißt, wo du mich finden kannst. Ruf mich an, wenn du mich brauchst."

„Danke. Verflucht, Tobias, es könnte tatsächlich sein, dass ich gerade dabei bin, mein schönes neues Leben wegzuschmeißen. Ich weiß nicht, was ich tue, wenn hier alles den Bach runtergeht."

„Ich glaube, du siehst die Sache viel zu eng, Alex. Linda kennt deine Arbeit, und sie weiß auch, wie ernst du sie nimmst. Es ist schließlich dein Job und deine Pflicht, Mörder zu überführen – nichts anderes hast du getan. Sie wird nicht ernsthaft erwarten, dass du in diesem Fall die Augen verschließt und zur Tagesordnung übergehst. Übrigens solltest du auch nicht vergessen, dass Linda dich über alles liebt. Jeder kann das sehen."

Alexander nickte, und seine dunklen Augen blitzten auf. „Und das ist momentan auch das Einzige, worauf ich baue, das kannst du mir glauben."

Linda saß einfach nur da und weinte still vor sich hin. Alexander ging vor ihrem Stuhl in die Hocke und wollte nach ihren Händen greifen, doch sie entzog sich ihm hastig und versetzte ihm damit einen Dolchstoß direkt ins Herz. Betroffen und gegen seinen Willen auch tief in seinem Stolz verletzt erhob er sich wieder.

„Es tut mir so leid, Linda, Liebling, aber ich ... wollte, dass du Bescheid weißt, bevor wir ..."

Sie hob den Kopf, und ihr Blick begegnete seinem. „Wo bleibt ... wo bleibt da verdammt noch mal die Gerechtigkeit, Alex?" Sie schluckte schwer. „Frank hat mich betrogen, ja sogar geschlagen und mit Worten gequält. Und ..."

„Ich weiß, mein Liebling, ich kann mir vorstellen, wie schwer das alles für dich ist."

Mit einem Ruck sprang sie von ihrem Platz auf, und er wich automatisch zurück. „Du weißt gar nichts!", schrie sie zornig auf. Ihrem bleichen tränennassen Gesicht waren die seelischen Schmerzen deutlich anzusehen, denen sie ausgesetzt war. „Du machst alles kaputt. Meine Familie! Warum konntest du es nicht einfach ... ruhen lassen? Du ... verdammter ... Bulle!" Der ungefilterte Hass in ihrer Stimme ließ ihn zusammenzucken. Voller

Verzweiflung schlug sie ihre Hände vors Gesicht und schluchzte laut auf.

Alexander seinerseits kämpfte gegen die Panik an, die sich zunehmend in ihm ausbreitete und ihm das Atmen schwer machte. Hier lief etwas überhaupt nicht so, wie er es mit logischem Verstand vorausgeplant hatte. Aufgebracht wandte er sich von ihr ab, weil er dem nagenden Wunsch widerstehen wollte, sie in seine Arme zu reißen. Seine Hände schlossen sich zu harten Fäusten, während er ihrem Schluchzen und seiner damit verbundenen gnadenlosen Angst ausgeliefert war. Betroffen fühlte er, wie Tränen in ihm aufstiegen.

Alles zusammen brachte ihn dazu, etwas zu tun, das er noch niemals zuvor getan hatte. „Bitte, Linda … verlass mich nicht", brachte er mit heiserer, kaum hörbarer Stimme hervor. „Ich … bitte, Ballerina … tu das nicht!"

Ihr Schluchzen wurde leiser, und noch bevor er sich ganz zu ihr herumgedreht hatte, fühlte er ihre Hände auf seinem Rücken. Erleichtert wie noch nie zuvor in seinem Leben legte er seine Arme um sie und drückte ihren Körper tröstend an sich. Er presste die Lippen auf ihren Scheitel, dann küsste er ihre Stirn, ihre nassen Wangen und schließlich ihren Mund.

„Es tut mir leid", flüsterte sie rau und unter neuen Tränen. „Es tut mir furchtbar leid. Du … du hast nur … deine Arbeit … ich meine … ach Alex! Ich hätte das eben nicht sagen dürfen, aber … es ist alles so furchtbar für mich. Bitte verzeih mir! Ich liebe dich doch so sehr! Ich will dich nicht auch noch verlieren!"

„Ich liebe dich auch. Meine Güte – und wie ich dich liebe." Seine Stimme zitterte.

Noch lange hielten sie sich aneinander fest. Er ließ sie einfach weinen und versuchte zu trösten, so gut es eben ging.

Endlich hob sie ihren Kopf und sah ihn an. „Was wird nur Charlotte sagen, Alex? Sie hängt so furchtbar an Anneliese."

„Ich weiß. Soll ich mit ihr reden?"

Entschieden schüttelte sie ihren Kopf. „Nein, das ist meine Aufgabe." Linda schluckte schwer. „Sie ist kein kleines Kind mehr."

„Und sie ist sehr klug“, fügte Alexander lächelnd hinzu. „Sprich in aller Ruhe mit ihr, Ballerina. Sie wird es verkraften. Ich weiß das.“

Noch einmal drückte er seinen Mund auf den ihren, dann trafen sich erneut ihre Blicke und tauchten ineinander.

„Wann?“, fragte sie nur. Aber er wusste, was sie meinte.

Seine Hände fuhren über ihr wirres Haar, und er räusperte sich. „Morgen.“

„Schon so bald?“

Er nickte und presste seine Lippen auf ihre Stirn. „Es muss sein, Linda. Wir können es nicht länger hinausschieben.“

„Glaubst du … glaubst du, dass es noch mehr gibt, dass …“

„Wir werden sehen. Ja … ja, ich glaube, da ist noch viel mehr.“

„Kann es nicht sein, dass du dich doch geirrt hast, Alex? Vielleicht …“

„Nein.“ Alexander schüttelte seinen Kopf. „Ich habe mich nicht geirrt – leider.“

Als er am nächsten Mittag zum Dienst erschien, war Alexander noch immer todmüde. Fast die ganze Nacht hatten Linda und er miteinander geredet. Beide waren sie sich klar darüber, dass es nicht leicht werden würde, was ihnen jetzt bevorstand. Aber sie waren sich auch darüber einig, dass ihre kleine Welt es wert war, alles gemeinsam auszufechten.

Linda und Charlotte waren zum wichtigsten Bestandteil seines Lebens geworden – und würden es auch bleiben.

Monika Kaminski genügte ein einziger Blick in Alexanders Gesicht, um zu wissen, dass er mit Linda über die Ergebnisse seiner Ermittlungen gesprochen hatte. Sie selbst würde in einigen Stunden ihren Teil übernehmen und gleich nach Dienstschluss zu ihrer Freundin fahren, um bei ihr sein zu können, wenn es ernst wurde.

Wortlos stellte sie Alexander einen vollen Becher Kaffee vor die Nase und setzte sich zurück an ihren Schreibtisch. Eine kleine Weile schwiegen sie, doch dann durchbrach Monika die Stille in dem kleinen Büro. „Bleibt Linda heute zu Hause?“

Er nickte und setzte dankbar den dampfenden Becher an die Lippen. „Ich habe Elisabeth gestern Abend noch angerufen. Sie übernimmt den Laden heute allein", erklärte er.

„Was ist mit Charlotte, Alex?"

Es war nicht zu übersehen, dass er fast unmerklich zusammenzuckte. „Nun, heute Vormittag ist sie in der Schule. Anschließend geht sie ..."

„Das meine ich nicht, verdammt!"

„Ich weiß, Kaminski. Entschuldige." Ratlos schüttelte er seinen Kopf. „Wir wissen noch nicht, wie sie es aufnehmen wird. Ich denke ... ich denke, wir werden das gemeinsam angehen, wenn die Sache vorbei ist. Gestern habe ich extra gewartet, bis sie endlich im Bett war, bevor ich mit Linda gesprochen habe. Das Mädchen hat schließlich schon mit bewundernswerter Haltung den Tod des Vaters hingenommen. Sie war Frank sicherlich nicht sehr nahe, aber er war letztlich doch ihr Vater."

Nachdenklich starrte er vor sich hin. „Wenn sie wüsste, wie ähnlich sie ihm ist. Diese stoische Stärke, gepaart mit einer beneidenswerten Unbekümmertheit. Frank war ein Meister darin, Dinge hinzunehmen und an sich abprallen zu lassen, die unabwendbar waren. Nicht zu fassen! Charlotte macht das genauso wie er."

In einem Zug schüttete er den Rest des heißen Kaffees in sich hinein. „Es ist nicht gut, wenn das Leben dich so hart werden lässt, Monika, nicht in so jungen Jahren. Was Charlie jetzt braucht, ist vor allem Zuwendung und Geborgenheit."

Monika lächelte sanft. „Und die wird sie von euch beiden bekommen, nicht wahr?"

Er nickte. „Ich werde mein Bestes tun, das kannst du mir glauben. Ist Tobias schon hier?", wechselte er plötzlich das Thema.

Monikas Lächeln wurde noch eine Spur breiter. „Ja, er hat bei mir übernachtet. Wir sind zusammengekommen."

In Alexanders Augen blitzte der alte Schalk auf. „Na, das will ich doch hoffen", sagte er betont zweideutig.

„Oh Hellberg, du bist unverbesserlich."

„Aber das magst du doch gerade so an mir, Rotkäppchen." Er

zauberte sein vertrautes breites Lächeln auf sein Gesicht. „Oder etwa nicht?"

„Blödmann!" Monika winkte ab und erhob sich, um ihm einen weiteren Schub seines heiß geliebten Koffeins zu gönnen.

„Du bemutterst mich heute ja so auffällig mitfühlend, Kaminski? Pass bloß auf, dass ich mich nicht daran gewöhne."

Erst am späten Nachmittag schaffte Alexander es schließlich, auch mit Tobias Kroning zu sprechen. „Wenn nichts dazwischenkommt, können wir in spätestens einer Stunde abhauen. Ich habe schon mit dem Chef gesprochen", informierte er seinen jüngeren Kollegen kurz, der sich währenddessen an den leeren Schreibtisch seiner Freundin setzte. „Monika ist übrigens schon zu uns gefahren, damit jemand bei Linda und Charlie ist. Ich soll dir ausrichten, dass du sie dort erreichen kannst", fügte er noch hinzu.

„Ich habe mir schon gedacht, dass sie zu Linda fährt, sobald sie hier wegkann." Tobias Kroning bedachte seinen Freund mit einem prüfenden und gleichzeitig auch besorgten Blick. „Wie geht es dir, Kumpel?"

Alexander verschränkte die Hände hinter seinem Kopf, schob sich ein paar Weingummis in den Mund und lehnte sich in seinen Bürostuhl zurück. „Nun, ich bin nicht gerade freudig erregt, aber so weit ganz okay. Das Gespräch mit Linda war kein Honigschlecken. Ich bin einfach nur froh, dass es überstanden ist."

„War's so schlimm?"

„Noch viel schlimmer! Für einige Momente habe ich tatsächlich geglaubt, sie würde mich in den Wind schießen – war'n echtes Scheißgefühl."

Tobias nickte mitfühlend. „Kann ich mir lebhaft vorstellen." Alexander schob ihm die Bonbontüte über den Schreibtisch zu.

„Wir trinken jetzt noch gemütlich einen Kaffee zusammen, stopfen uns mit Zuckerkram voll, und dann gehen wir es an, Kommissar Kroning. Ich brauche ganz einfach noch ein paar Minuten."

„Was ist, wenn wir uns die Nase stoßen?"

„Werden wir nicht. Ihr gewohnter Tagesablauf ist mir vertraut. Außerdem habe ich mich in diesem speziellen Fall abgesichert. Das heißt, Linda hat es getan."

„Bitte? Du hast Linda dort anrufen lassen, oder wie soll ich das verstehen?"

„Nicht aufregen, Kollege. Sie hat es vollkommen freiwillig übernommen und mit Bravour hinter sich gebracht. Ich habe direkt danebengestanden. Es erschien uns beiden irgendwie unauffälliger, wenn sie dort anruft."

Tobias nickte. „Das leuchtet ein."

Alexander nahm einen Schluck Kaffee. „Die anderen Kollegen wissen Bescheid?"

„Ja. Sie warten nur noch auf ein Zeichen von dir."

„Gut."

Merkwürdigerweise war Alexander in der ganzen Zeit noch nicht wieder in der Wohnung von Anneliese Michaelsen gewesen. Es hatte sich einfach nicht ergeben. Nur so war es zu erklären, dass er sich jetzt mit einem Schlag in seine Jugendzeit zurückversetzt fühlte, als er vor der schweren dunklen Eichentür stand und auf den vergilbten Plastikklingelknopf drückte. Innerhalb von wenigen Sekunden wurde ihm bewusst, wie sehr auch er persönlich gefühlsmäßig eingebunden war. Erneut wünschte er sich inbrünstig, er wäre in der Lage gewesen, sich aus diesem Fall herauszuhalten.

Nachdem sie die Tür geöffnet hatte, leuchteten Annelieses Augen zunächst erfreut auf, als sie sich Alexander gegenübersah, doch dann erblickte sie auch Tobias Kroning, und das Leuchten erlosch sofort wieder. Nach einem weiteren langen, sehr ernsten Blickwechsel mit Alexander trat sie einen Schritt zurück und bat die beiden Männer herein.

Obwohl der Blick, den sie mit Alexander getauscht hatte, keinen Zweifel mehr am eigentlichen Grund dieses Besuchs zuließ, hielt Anneliese noch für einige Minuten verzweifelt an der Normalität fest. „Kommt herein. Ich habe gerade frischen Kaffee aufgesetzt." Sie lachte nervös auf und ging voran ins Wohnzimmer.

„Man könnte glauben, ich hätte euch erwartet, oder? Setzt euch doch. Nehmen Sie bitte dort Platz, Herr Kroning." Mit einer einladenden Handbewegung deutete sie auf das Sofa.

Alexander wurde die Kehle eng. Es erschien ihm, als hätte sich hier in den vergangenen Jahren nicht das Geringste verändert. Vielleicht eine andere Tapete, aber die Möbel waren noch immer nicht erneuert worden. Er kannte das beigefarbene Samtsofa mit den zwei passenden Sesseln ebenso gut wie die alte Anrichte aus Mahagoni, aus der Anneliese gerade zwei weitere Tassen nahm, um sie auf den Couchtisch zu stellen. Über zwei Jahre seines Lebens hatte er hier viel mehr Zeit verbracht als im eigenen Zuhause – und das hatte nicht zuletzt auch an der Frau gelegen, der er jetzt erneut gegenübersaß.

Während er Anneliese Michaelsen dabei beobachtete, wie sie die Tassen mit dampfendem Kaffee füllte, nahm er insgeheim und schweren Herzens Abschied von einem Gefühl, das ihm all die Jahre erhalten geblieben war, ohne dass es ihm auch nur eine Sekunde wirklich bewusst gewesen wäre.

„Schwarz und stark, so hast du ihn doch am liebsten, nicht wahr, mein Junge?", fragte sie mit dünner Stimme.

„Ja, schwarz und stark. Du hast schon immer den allerbesten Kaffee gemacht, Anneliese."

Alexander fühlte den fragenden Blick von Tobias, auch ohne dass er ihn dafür ansehen musste. „Du weißt, warum wir heute hier sind, nicht wahr, Anneliese?"

„Ich kann es mir denken, Alex. Ich kenne dich vielleicht viel besser, als du glaubst. Ich habe gewusst, dass du es irgendwann herausfinden würdest. Im Grunde bin ich seit Franks Beerdigung auf diesen Augenblick vorbereitet. Du hast dort an seinem Grab gestanden, und ich wusste, du würdest … Es sind deine Augen, weißt du? Deine Augen vermitteln einem immer das Gefühl, sie könnten alles sehen – einfach alles!"

Das leichte Zittern in ihrer Stimme verschwand wieder. „Obwohl ich mich eigentlich sehr darüber gewundert habe, warum nicht einer deiner lieben Kollegen", sie warf einen kurzen, fast anklagenden Blick auf Tobias, „schon vorher auf die Idee gekommen ist, ich könnte etwas mit dem Tod meines jüngsten Sohnes zu tun haben." Ihre müden stahlblauen Augen ruhten jetzt wieder auf Alexander. „Du bist hier, um ein Geständnis von mir zu bekommen, hab ich recht?"

„Ja, du hast recht."

„Bis jetzt dürftest du nur reine Vermutungen haben, Alexander. Nicht mehr und auch nicht weniger. Und trotzdem bist du dir absolut sicher, nicht wahr?"

„Das siehst du vollkommen richtig."

Alexander ignorierte das überraschte zischende Atemgeräusch seines Kollegen, denn ihm war bereits jetzt klar, dass Anneliese Michaelsen nichts mehr vor ihm zurückhalten würde. Tobias Kroning konnte das natürlich nicht wissen. Er kannte Anneliese Michaelsen nicht, und Alexander war durchaus bewusst, dass der junge Kommissar sich über die ungewöhnliche Art und Weise dieser Befragung nur wundern konnte.

Erstaunt hob Anneliese ihre Augenbrauen. „So, so. Nun, daran soll es nicht scheitern, mein Junge, dein Geständnis kannst du gerne haben. Ich habe sowieso keine Kraft mehr. Deine sicherlich sehr klugen Vermutungen interessieren mich allerdings trotzdem. Dann sag mir doch mal, du Schlaukopf, warum ich meinen eigenen Sohn umgebracht haben könnte."

Alexander setzte seine Kaffeetasse ab und erwiderte wieder Annelieses ruhigen Blick. „Zugegeben, darüber habe ich mir die längste Zeit den Kopf zerbrochen – und es kam für mich zunächst nur ein einziger Grund infrage. Das heißt, eigentlich sind es zwei Gründe, aber das läuft auf einen einzigen Punkt hinaus: Linda und Charlotte – und zwar in genau dieser Reihenfolge. Du wusstest, was Frank Linda antat, und du hast auch schon vor einiger Zeit von seinem Doppelleben erfahren. Das habe ich mir inzwischen von Walter bestätigen lassen. Du liebst Linda und Charlie über alles. Wahrscheinlich hast du es einfach nicht mehr länger ertragen, was dein Sohn diesen beiden Menschen antat. Allerdings … reichte mir diese Erklärung noch nicht. Ich bin mir darüber klar geworden, dass es ein Zusammenspiel, sozusagen eine Verkettung mit deiner persönlichen Geschichte gegeben haben muss, damit du diese Liebe so radikal über die Gefühle stellen konntest, die du für Frank gehabt haben musst. Es interessiert mich, was dich diesen finalen Schritt tun ließ, Anneliese. Sag du es mir, denn dass da noch etwas anderes eine Rolle gespielt hat, dessen bin ich mir sicher."

„Du hast in der Tat einen verdammt klugen Kopf. Aber zuerst sag du mir noch, wie du überhaupt auf mich gekommen bist, Alex."

„Es war ein klitzekleiner Zufall, Anneliese, auch eine Verknüpfung, wenn du so willst. Wie so oft im Leben. Zu Beginn der Ermittlungen stand eine Zeit lang Linda unter Verdacht. Als mein Vorgesetzter mich darüber informierte, fiel mir unter anderem auf, dass ich sie nie danach gefragt hatte, wo sie sich zum Zeitpunkt von Franks Ermordung aufgehalten hatte. Ich konnte mir zunächst nicht erklären, warum ich noch nicht einmal auf die Idee gekommen bin, sie nach ihrem Alibi zu fragen, denn schließlich ist diese Frage einer der Hauptbestandteile jeder Morduntersuchung und somit auch meiner täglichen Arbeit. Sie ist mir sozusagen in Fleisch und Blut übergegangen, verstehst du?"

Anneliese nickte.

„Schließlich gab es für mich nur eine Erklärung", fuhr Alexander fort. „Linda war mir nicht nur persönlich sehr wichtig, nein, ich traute ihr dieses Verbrechen schlichtweg nicht zu. Mein Unterbewusstsein hatte mir eine Grenze auferlegt. Verstehe mich richtig, wir befassen uns natürlich häufig mit Mördern, denen man weiß Gott nicht ansehen kann, wozu sie tatsächlich fähig sind, aber darum geht es hier nicht ... Dieser spezielle Vorgang im Gehirn, von dem ich spreche, ist wie eine natürliche unsichtbare Mauer. Einem kleinen Kind traut auch niemand einen Mord zu, oder? Der gleiche – in der Psychologie übrigens durchaus bekannte Mechanismus – setzt manchmal auch bei Erwachsenen ein. Man kann selbst als erfahrener Ermittler nichts dagegen tun. Da gibt es diese Mauer in deinem Kopf, die den Blick auf das Wesentliche verhindert – und du springst einfach nicht drüber. Du siehst sie noch nicht einmal. Verstehst du, was ich ausdrücken will?"

„Ja, aber was hat das mit mir zu tun, Alex?"

„Kurz nach meiner Rückkehr aus Frankreich las ich mir die Ermittlungsakte von Frank durch und stolperte sozusagen dabei zweimal. Einer dieser Stolpersteine war, dass offenbar niemand, nicht ein einziger meiner Kollegen, sich um dein Alibi gekümmert hatte. Jeder der Beteiligten war in dieser Hinsicht überprüft worden, nur du nicht."

Anneliese lächelte milde. „Ich hatte ihnen in irgendeinem ersten Gespräch doch von mir aus gesagt, dass ich zum Zeitpunkt des Mordes noch in meinem Imbiss gearbeitet habe."

Alexander nickte. „Ja, das hast du gesagt, aber niemand hat jemals deine Angaben auf ihre Richtigkeit überprüft, obwohl dieser Vorgang eigentlich zur Routinearbeit gehört. Es ist ein manchmal lästiger, aber notwendiger Bestandteil jeder Mordermittlung. Wie gesagt, dein Alibi überprüfte niemand. Ein unentschuldbarer Fehler, wenn du mich fragst. Während ich die Akte studierte, ärgerte ich mich also zunächst über meine Kollegen, bis mir plötzlich einfiel, dass auch ich schon einmal diesen Fehler begangen hatte, wenn auch aus einer rein persönlichen Motivation heraus. Eben einige Monate zuvor, als es um Lindas Alibi gegangen war. Damals haben meine Kollegen vernünftig gearbeitet und konnten den Verdacht gegen Linda bald fallen lassen, aber in deinem Fall lag die Sache vollkommen anders, Anneliese. Niemand, einfach niemand traute dir den Mord an deinem eigenen Sohn zu. Keiner meiner Kollegen hätte dich ernsthaft als Mörderin in Betracht gezogen. Du bist einfach … eine zu wunderbare Frau. Eine außerordentlich sympathische, warmherzige und stets verständnisvolle Person, die furchtbar um ihren jüngsten Sohn getrauert hat. Deine überaus mütterliche Ausstrahlung war dein Schutzschild. Ich erinnere mich an niemanden, der nicht sofort von dir eingenommen gewesen wäre."

„Und du, Alex? Hast du mein Alibi überprüft?"

„Nein. Das erschien mir inzwischen überflüssig und unwichtig. Die fehlende Überprüfung deines Alibis ließ nur den Keim meines Verdachts reifen, sonst nichts."

„Du sagtest, du seist zweimal … gestolpert.“ Mit ruhigen, auffallend gelassenen Bewegungen schenkte sie ihnen Kaffee nach.

Tobias räusperte sich verlegen, blieb aber ansonsten weiterhin vollkommen still.

Anneliese lächelte ihm wohlwollend und mütterlich zu, während sie auch seine Tasse wieder auffüllte und den Teller mit Gebäck, der auf dem Tisch stand, ein Stückchen weiter zu ihm hinschob.

Alexander holte währenddessen zum entscheidenden Schlag aus. „Ich habe erst aus unseren Unterlagen erfahren müssen, dass Walter und Frank aus der ersten Ehe deines verstorbenen Mannes stammten, Anneliese.“

Für einen winzigen Moment hielt sie mitten in ihrer Bewegung inne und starrte Alexander an.

„Wir zwei haben früher über Gott und die Welt miteinander gesprochen. Nächtelang haben wir dort drüben in deiner Küche vor einer riesigen Kanne mit starkem Kaffee gesessen und geredet, während Frank schon lange im Bett lag und seinen üblichen Wochenendrausch ausschlief. Aber über dieses Thema hast du niemals auch nur ein einziges Wort verloren“, fuhr er fort. „Auch Frank hat mir gegenüber nie etwas davon erwähnt. Die Tatsache, dass er gar nicht dein Sohn war, hat mich also ziemlich überrascht.“

Ihre Augen drückten plötzlich eine unendlich tiefe Traurigkeit aus. „Und du glaubst jetzt, dass genau das dein fehlendes Verbindungsstück ist, oder?“

Beschwichtigend hob Alexander beide Hände. Der schlichte schmale Goldreif, den er neuerdings an seinem linken Ringfinger trug, reflektierte den Schein des kitschigen Kristallleuchters, der von der Decke hing. „Nicht direkt. Ich glaube nur, dass deine Bereitschaft zum Mord an Frank auch damit etwas zu tun hatte. Nicht weil du ihn etwa weniger geliebt haben könntest als einen leiblichen Sohn, nein, dafür kenne ich dich zu gut. Du hast Frank und auch Walter sicherlich immer sehr geliebt. Ich glaube viel eher, Anneliese, es könnte etwas mit dem Vater der beiden zu tun haben.“

Sie sprang auf, ließ sich aber sofort wieder in ihren Sessel zurückfallen.

Ihre schnelle, unerwartete Bewegung veranlasste Tobias dazu, reflexartig zu reagieren. Seine Hand war bereits auf dem Weg zu seinem Holster gewesen, doch weil er sich deshalb schon in der nächsten Sekunde albern vorkam, zog er sie langsam zurück und räusperte sich noch einmal.

Alexander ließ Anneliese nicht aus den Augen, aber er war vollkommen ruhig sitzen geblieben. Äußerlich wirkte er absolut entspannt und souverän. „Sprich mit mir, Anneliese! Sag mir, warum Frank und seine Geliebte wirklich sterben mussten."

Ihre Blicke tauchten ineinander. Einige Zeit blieb es sehr still im Raum. „Kann ich … alleine mit dir sprechen, Alexander?" Kurz schaute sie zu Tobias Kroning hinüber, der mit ineinander verschränkten Händen vornübergebeugt dasaß und dessen Gesicht man die wachsende Anspannung jetzt deutlich ansehen konnte.

Alexander schüttelte den Kopf. „Nein, tut mir leid, Anneliese. Dieses Mal nicht. Abgesehen davon ist Kommissar Kroning hier offiziell der ermittelnde Beamte. Er tut uns beiden nur einen kleinen Gefallen, indem er sich ein wenig zurückhält."

„Verstehe." Sie nickte und schloss für einige Sekunden ihre Lider.

Alexander wusste, dass sie das tat, um ihre letzten Energien zu mobilisieren.

Schließlich atmete sie tief ein und trank mit zitternden Händen den Rest ihres Kaffees aus. „Hast du eine Zigarette für mich, Junge? Meine liegen noch irgendwo in der Küche."

„Du rauchst wieder?"

„Ich habe nie damit aufgehört."

„Seit unserem Wiedersehen habe ich dich nie mehr rauchen sehen. Deshalb bin ich davon ausgegangen, du hättest es schon vor Jahren aufgegeben."

Sie neigte den Kopf etwas zur Seite und zog eine Zigarette aus der Packung, die Alexander ihr hinhielt. „Ich habe mir angewöhnt, nur noch hier zu Hause zu rauchen. Das spart." Sie lächelte. „Ich weiß, dass das albern klingt, aber so ist es nun mal."

Erst jetzt bemerkte Alexander den schweren Kristallaschenbecher, der auf dem Tisch stand. Nachdem er ihr Feuer gegeben hatte, zündeten auch er und Tobias sich eine Zigarette an.

Anneliese nahm ein paar tiefe Züge und starrte eine Weile dem aufsteigenden Rauch nach. „Ich war sechsundzwanzig, als ich Georg, meinen späteren Mann, kennenlernte", sagte sie schließlich.

Ihre Stimme zitterte zunächst leicht, wurde dann jedoch immer fester. „Er war gut zehn Jahre älter als ich. Seine erste Frau war viel zu jung an irgendeiner unheilbaren Nierenerkrankung gestorben. Von heute auf morgen saß er mit zwei kleinen Kindern alleine da. Georg betrieb damals eine kleine Gaststätte in der Innenstadt. Vier Monate vor dem Tod seiner Frau habe ich dort als Bedienung angefangen – und ich habe mich sofort in meinen Chef verliebt. Alle Frauen waren verrückt nach ihm. Er hatte so was an sich ... na ja, du weißt schon."

Sie lächelte bitter. „Er beachtete mich eigentlich nie besonders, und ich litt darunter, denn mit den anderen Mädchen in der Gaststätte flirtete er immer ziemlich heftig. Doch kurz nach dem Tod seiner Frau fragte mich Georg plötzlich, ob ich nicht Lust hätte, mich um seine beiden Jungen zu kümmern. Natürlich sagte ich sofort zu. Es erschien mir wie ein Geschenk des Himmels. Die beste Möglichkeit, um ihm endlich näherzukommen. Von da an half ich in der Gaststätte nur noch manchmal aus. Die meiste Zeit kümmerte ich mich um die Kinder und um den Haushalt. Und ich achtete auch darauf, dass ein Essen für Georg Michaelsen auf dem Tisch stand, wenn er nach Hause kam."

Noch einmal zog sie mehrere Male schnell an der Zigarette, erst dann sprach sie weiter. „Es war ... es war nicht besonders schwer, Georg zu verführen. Eigentlich ... ging es sogar verdammt leicht. Es dauerte noch nicht einmal eine Woche, da landete ich auch schon in seinem Bett. Ein halbes Jahr später war ich die neue Frau Michaelsen und dachte wirklich, ich sei am Ziel meiner Wünsche. Ich war jung und verliebt – und ich glaubte damals, ich hätte mit Georg das große Los gezogen. In der Gaststätte arbeitete ich jetzt gar nicht mehr. Mein Leben beschränkte sich in der Hauptsache auf eine winzige Zweizimmerwohnung mit Ausblick auf ein altes stillgelegtes Straßenbahndepot. Aber ich war glücklich, denn ich war ja Georgs Frau. In meinen Augen war er schön und stark – der goldblonde Prinz aus meinen Träumen. Ich betete diesen Mann geradezu an – und ich machte mich innerhalb von wenigen Wochen vollkommen von ihm abhängig."

Anneliese seufzte tief auf und schüttelte leicht ihren Kopf. „Mein unerwartetes Glück hielt allerdings nicht sehr lange vor, denn bereits einige Monate nach unserer Heirat erwischte ich ihn im Hinterzimmer der Gaststätte mit meiner früheren Kollegin, von der ich außerdem angenommen hatte, sie sei eine gute Freundin von mir." Anneliese stockte und schluckte hörbar.

Alexanders Augen wurden schmal, und unbewusst strich er sich einige dunkle Haarsträhnen aus der Stirn. „Scheiße!", entglitt es ihm schlicht.

„Natürlich machte ich ihm sofort eine Riesenszene", fuhr Anneliese fort. „Georg tat sogar so, als wäre er am Boden zerstört und bat mich mehrmals um Verzeihung für seinen Fehltritt. Erst zu Hause zeigte er mir dann sein wahres Gesicht. Oh, er wartete noch brav bis nach dem Abendessen und … bis die Jungen im Bett waren. Doch dann prügelte er ohne große Ankündigung brutal und wortlos auf mich ein. Erst als ich zusammengekrümmt, blutend und wimmernd mit mehreren gebrochenen Rippen auf dem Küchenfußboden lag, sprach er wieder mit mir. ‚Du wirst mich nie wieder vor anderen Leuten so lächerlich machen', drohte er leise. ‚Wenn du noch einmal wagst, so mit mir zu reden, bringe ich dich um, du kleine Hure. Du hast dich ins gemachte Nest gesetzt. Ich bin es gewesen, der dich aus dem Dreck geholt hat. Vergiss das nicht! Kümmere dich um die Kinder und den Haushalt und halt ansonsten gefälligst deine Schnauze.'"

Mit einem durchdringenden Blick sah sie Alexander an. „Das waren genau seine Worte. Sie haben sich für alle Zeiten in mein Gehirn gebrannt. Vielleicht ist es für einen Außenstehenden schwer zu verstehen, dass ich nach diesem Vorfall weiterhin bei ihm geblieben bin. Aber zu meiner Angst, er könnte mir tatsächlich etwas antun, kamen auch noch andere Dinge. Ich besaß nichts. Kein eigenes Geld, keine Wohnung. Ich hatte noch nicht einmal eine Freundin hier in Hamburg, denn ich hatte mich mit meiner eigenen Familie überworfen und war deshalb aus Essen abgehauen, bevor ich in Georgs Kneipe den Job bekam. Doch vor allem waren da ja die Kinder. Die beiden Jungen waren einfach goldig. Vom ersten Tag an habe ich sie ebenso abgöttisch geliebt wie ihren Vater. Und sie liebten mich! Niemals hätte ich es fertiggebracht, sie wieder zu verlassen, nachdem sie ja schon ihre leibliche Mutter so früh verloren hatten."

Anneliese beugte sich vor und drückte die Zigarette im Aschenbecher aus. „Ich tat also, was Georg verlangte, und konzentrierte mich fast ausschließlich auf meine Mutterrolle. In mein Bett kam Georg nur noch sehr selten, und er machte auch keinen Hehl mehr aus seinen zahlreichen Affären. Die eine oder andere Frau brachte er sogar kalt lächelnd mit in unsere Wohnung. Immer wieder schlug und demütigte er mich und später dann auch die Kinder. Immer wegen irgendwelcher Nichtigkeiten. Die Jungs und ich waren stets darauf bedacht, ihn ja nicht zu reizen, wenn er im Haus war. Er trank, er war jähzornig und bösartig, und es wurde von Tag zu Tag schlimmer mit ihm. Ich weiß bis heute nicht genau, wie ich das ausgehalten habe, ohne komplett durchzudrehen oder schließlich doch noch wegzulaufen."

Tief durchatmend machte Anneliese eine kleine Pause.

Die beiden Männer warteten geduldig, bis sie von sich aus dazu bereit war, ihren Bericht wieder aufzunehmen, und sagten kein Wort.

„Als Georg dann zehn Jahre nach unserer Heirat an einem Herzinfarkt starb, habe ich nicht einmal mehr um ihn weinen können. Es war sogar eine ungeheure Erleichterung für uns, endlich vor ihm Ruhe zu haben. Mit dem Geld aus seiner Lebensversicherung baute ich die Gaststätte um, eröffnete kurz darauf meine Imbissstube und bezog diese Wohnung. Mein furchtbares Leben mit Georg ließ ich genauso zurück wie all die Schmerzen, die schrecklichen Erniedrigungen und die Abhängigkeit. Aus mir wurde eine selbstständige und bald auch wieder selbstsichere Frau. Ich zog weiter die Kinder groß, hielt mir die Kerle vom Hals und war überglücklich, als Walter sein Architekturstudium aufnahm. Als Frank dann zwei Jahre später zur Polizei ging, machte mich das sogar besonders stolz. Mein ganzes Bestreben bestand darin, dass aus den Jungen ehrliche und zuverlässige Männer werden würden. Und dieser Wunsch schien sich ja auch zu erfüllen."

Das leichte Lächeln, das über ihr Gesicht huschte, war bitter. „Den ersten richtigen Dämpfer bekam ich dann, als du nicht mehr zu uns kamst, Alex. Du erschienst mir immer wie eine Art Garant für ein Leben, das von Aufrichtigkeit und Moral geprägt war. Natürlich wusste ich, dass Frank dazu neigte, über die Stränge zu schlagen, wenn niemand auf ihn aufpasste, denn so war er schon als Kind gewesen. Gerade deshalb warst du für ihn so wichtig. Du bist unglaublich stark, Alex. Gefestigt in deinem Charakter, selbstbewusst und vor allem aufrichtig, das wusste ich schon bei unserer allerersten Begegnung. Du hast ebenso deine Jugend in vollen Zügen genossen wie Frank, aber du hast dich immer innerhalb der Grenzen bewegt. Sicherlich würdest du niemals jemandem absichtlich Schaden zufügen. Du nicht, Alex."

Aus ihrer Stimme konnte man nun die Bitterkeit heraushören. „Frank hat meine zahlreichen Fragen nach dir einfach ignoriert. Du kamst nicht mehr hierher – und das war's. Ich weiß noch, dass ich einige Jahre später in der Innenstadt in einem großen Kaufhaus war, um ein Geburtstagsgeschenk für Walter zu besorgen. Dort stand ich plötzlich deiner Mutter gegenüber. Wir hatten uns ja nur ein- oder zweimal gesehen. Weißt du noch, das Grillfest, das auf dem Gelände der Polizeischule stattfand? Dort hattet ihr uns miteinander bekannt gemacht."

Alexander nickte, blieb aber weiterhin stumm. Er wollte sie nicht unterbrechen.

„Ich traf also deine Mutter in diesem Kaufhaus, und wir gingen spontan eine Tasse Kaffee miteinander trinken. Sie fragte mich sofort nach Frank. Ich erzählte von ihm, und sie berichtete mir die Neuigkeiten von dir. Von ihr erfuhr ich auch, dass der Bruch zwischen euch offensichtlich von Frank ausgegangen war und du selbst deshalb ziemlich ratlos gewesen bist. Ich war furchtbar wütend auf meinen Sohn, weil er dich vertrieben hatte, Alexander. Trotz deiner Jugend warst du zu der Zeit mein liebster Gesprächspartner und wichtigster Ratgeber." Ihr Lächeln war warm und ehrlich.

Erneut nickte Alexander und lächelte zurück. „Auch du warst damals sehr wichtig für mich, Anneliese."

„Dann lernte Frank kurze Zeit später Linda kennen und heiratete sie schneller, als ich es je für möglich gehalten hatte. Dieses wundervolle Mädchen eroberte sofort mein Herz. Linda brachte die helle Freude zurück in mein Leben. Sie war ein so fröhliches, hübsches Mädchen – und sie war wirklich sehr verliebt in Frank. Wie du dir sicher denken kannst, war mein Glück vollkommen, als dann auch noch Charlotte zur Welt kam, und ich half Linda mit der Kleinen, wo ich nur konnte."

Noch einmal machte sie eine kleine Pause. Mit leicht zitternden Fingern zog sie sich eine weitere Zigarette aus der Packung, und Alexander gab ihr Feuer.

Anneliese lächelte dankbar, dann sprach sie weiter. „Frank hatte inzwischen zur Kripo gewechselt und arbeitete sehr viel, sodass Linda für jede Hilfe von mir sehr dankbar war. Wir waren in dieser Zeit fast täglich zusammen. Mir blieb es nicht lange verborgen, dass Linda in ihrer Ehe alles andere als glücklich war und dass ich meinen Sohn fast nie zu Hause antraf, wenn ich sie besuchte. Natürlich versuchte ich, mit ihr darüber zu reden, aber sie blockte meine Fragen kategorisch ab. Ich rief Frank in seinem Büro an und verabredete mich mit ihm zum Essen. Das Gespräch verlief leider sehr unschön. Er drohte mir, dafür zu sorgen, dass ich Linda und Charlotte nicht mehr sehen könne, wenn ich mich nicht aus seinem Leben und aus seiner Ehe heraushalten würde. Die Art, wie er mit mir sprach, ließ keinen Zweifel daran, dass er seine Drohung auch wahr machen würde. Zum ersten Mal erinnerte er mich in fataler Weise an seinen Vater, und mir wurde übel bei diesem Gedanken."

Ihre Augen wurden feucht. „Lindas Unglück war bald nicht

mehr zu übersehen. Es wurde immer schlimmer. Zuerst verlor sie ihre natürliche Fröhlichkeit fast ganz. Dann fing sie an, diese verdammten Schlaftabletten zu schlucken, und wurde immer dünner und blasser. Mir krampfte sich das Herz zusammen, wenn ich sie sah. Wenig später entdeckte ich zufällig diese blauen Flecken an ihrem Oberkörper. Du kannst dir sicher vorstellen, was damals in mir vorging. Trotzdem sprach ich mit ihr nie wieder über Frank, denn ich wollte sie nicht zusätzlich gefährden. Ich wusste nur allzu gut, welchen begründeten Ängsten sie ausgesetzt war."

Ein raues Lachen entglitt ihrer Kehle. Bevor sie weitersprach, nahm sie einen langen Zug von ihrer Zigarette und blies den Rauch hörbar aus. „Der Rest war dann fast eine Kleinigkeit. Wenn man über so viele Jahre eine Imbissstube führt, hat man viele Stammkunden, und es ergeben sich die unterschiedlichsten Kontakte. Bei mir essen Banker und Kaufleute, Versicherungsfuzzis, Hausfrauen mit ihren Kindern und Kraftfahrer ihre Currywurst, aber unter meinen Kunden finden sich durchaus auch ein paar Jungs, denen man nicht so gerne im Dunkeln begegnen würde. Ob du es glaubst oder nicht, diese Art Jungs sind meistens die treuesten Kunden. Einige kommen schon seit vielen Jahren zu mir."

„Du hast jemanden auf Frank angesetzt, nicht wahr?", unterbrach Alexander nun ihren Bericht.

„Ja. Das heißt, zunächst natürlich nur, um herauszufinden, was mein Sohn in seiner Freizeit so tut. Es dauerte nicht lange, da wusste ich fast alles über sein widerliches Geschäft. Ich war so unendlich schockiert und maßlos wütend. Mein erster Impuls war es, mit Walter darüber zu sprechen, und offensichtlich überrumpelte ich ihn völlig damit, denn er versuchte gar nicht erst, zu verheimlichen, dass er über die Machenschaften seines Bruders bereits seit längerer Zeit im Bilde war. Wir sprachen lange miteinander an diesem Abend. Walter gestand mir, dass er schon seit einiger Zeit in Linda verliebt sei und deshalb nichts unternommen habe. Auch er wollte sie in erster Linie vor Frank beschützen."

Verfluchter Lügner, dachte Alexander.

„Er erzählte mir auch, dass Linda mit ihm über die Misshandlungen gesprochen hatte, denen sie ausgesetzt war“, fuhr Anneliese fort. „Ich musste also mit der Tatsache fertigwerden, dass mein Sohn jahrelang ein Doppelleben führte, ein Zuhälter und Betrüger war. Ein widerlicher, gewalttätiger Kerl, der seine hilflose Frau demütigte und schlug. Dieses zarte Wesen, das mir inzwischen wichtiger war als mein eigenes Leben. Mir drehte sich der Magen um.“

Anneliese hielt kurz inne, um erneut eine Zigarette auszudrücken. Ihre Hand zitterte jetzt sichtbar, und ihr Atem ging schneller. „Noch am gleichen Abend beschloss ich, dass Frank sein Leben verwirkt hatte. Er hatte jede erdenkliche Chance bekommen und sie mit Füßen getreten. Bist du da nicht meiner Meinung, Alexander? Er war Polizist, mein Gott! Er hätte doch wissen müssen, worin sich Recht und Unrecht unterscheiden.“

„Wie …“ Alexander räusperte sich. Seine Stimme war belegt. „Wie hast du es angestellt?“

„Meine schweren Jungs aus der Imbissstube kamen noch einmal zum Einsatz. Es kostete mich fast meine gesamten Ersparnisse, dass sie mir Frank zu diesem Fabrikhof schafften. Ich allein wäre körperlich schließlich nicht in der Lage dazu gewesen. Sie zwangen ihn auf die Knie und hielten ihn für mich fest … Natürlich sagte ich ihm noch, warum ich es tun musste. Er hat sich nicht einmal mehr verteidigt, nicht um sein Leben gebettelt und schon gar nicht geweint. Er blieb einfach stumm, weil er wusste, dass es doch nichts mehr für ihn ändern würde. So war er schon immer gewesen. Ich … ich hatte kein Mitleid mit ihm. Dieser furchtbare und grausame Mann hatte nicht mehr das Geringste mit dem goldigen Blondschopf gemein, den ich einst großgezogen und geliebt hatte, also setzte ich ihm eine Schusswaffe in den Nacken und drückte ab. Die Waffe, die einer von beiden extra für diesen Zweck mitgebracht hatte, brauchte ich noch nicht einmal. Ich hatte gar nicht mehr daran gedacht, dass Frank ständig seine Dienstwaffe bei sich trug. Ich habe ihn mit seiner eigenen Waffe erschossen.“ Sie holte tief Luft. „Einige Zeit später kümmerte ich mich um das blonde Gift."

„Du sprichst von Beate Folkers?"

Anneliese nickte, die Kälte in ihrer Stimme war jetzt unverkennbar. „Als ich sie sah, kam mir fast die Galle hoch. Sie verkörperte genau den Typ Frau, mit dem mein eigener Mann sich so gerne vergnügt hatte. Grell blondiert, vollbusig und schrecklich vulgär. Die Jungs brachten auch sie zum Fabrikhof. Ich hatte nicht mehr genug Geld zur Verfügung, um sie zu bezahlen. Deshalb erlaubte ich ihnen, sich vorher noch ein bisschen mit diesem Flittchen zu vergnügen. Sie hatten ihren Spaß, das drückte den Preis. Und diese verdammten Huren, die ehrbaren Frauen die Männer wegnehmen, haben es ja auch nicht anders verdient."

Alexander ignorierte das angewiderte Atemgeräusch von Tobias und kämpfte gegen die Übelkeit, indem er sich eine seiner Pfefferminzpastillen in den Mund schob. „Wir brauchen die Namen."

„Keine Chance, Alexander. Du hast mein Geständnis, das muss dir genügen. Ich habe abgedrückt. Ich habe sie beide erschossen. Meinen Sohn und die Hure. Die Namen der beiden Jungs erfahrt ihr von mir nicht. Niemals!"

Nun, das wird sich noch zeigen, dachte er.

„Wo befindet sich Franks Waffe jetzt, Anneliese?"

„In meiner Tiefkühltruhe im Geschäft. Gleich unter den Koteletts."

Alexander nickte.

„Weiß es Linda schon, Alexander? Hast du es ihr gesagt?"

„Ja."

Ihre Augen füllten sich mit Tränen, und das erleichterte ihn fast ein wenig. „Als du uns nach Franks Beerdigung zum ersten Mal besucht hast, habe ich es schon in deinen Augen gesehen. Ich sah deinen Hunger, noch bevor du ihn selbst wahrnehmen konntest, Alexander! Ein einziger Blick auf sie hatte ausgereicht, und dein kleiner Freund hatte dir bereits den freien Willen geraubt. Ha! Männer! Du konntest nicht mehr zurück, nachdem du sie gesehen hattest, nicht wahr? Dein Verstand schaltete sich ab, und dein Unterleib übernahm die Herrschaft über dein Handeln. So war es doch, oder? Ihr Männer seid so irrsinnig leicht zu lenken und durchschauen. Es war eine Freude, zu sehen, wie du dich nach und nach immer mehr in ihrem Netz verfingst. Ich war so unendlich glücklich darüber, als mir bewusst wurde, dass du dich ernsthaft in sie verliebt hattest und ihr zwei endlich ganz zusammengekommen seid. Sicher, diese Entwicklung konnte ich nicht voraussehen, als ich Frank tötete, aber spätestens da wusste ich, dass ich genau das Richtige getan habe."

Alexander schob sich noch eine Pfefferminzpastille in den Mund. Sein Gesicht blieb unbewegt, aber ihm war inzwischen speiübel, und er fragte sich, wie er sich nur so sehr in einem Menschen hatte täuschen können.

Ihr Kopf sank herab, doch dann straffte sie abrupt ihre Schultern und drückte ihr Rückgrat durch. „Du wirst mich jetzt mitnehmen müssen, nicht wahr, mein Junge?"

„Pack das Notwendigste zusammen, Anneliese. Kommissar Kroning wird dafür Sorge tragen, dass deine Aussage schriftlich festgehalten wird. Er kümmert sich um alles Weitere."

Sie stand auf, und auch Tobias Kroning erhob sich. Er warf Alexander einen kurzen Blick zu und bezog Stellung vor der Haustür.

„Ich werde nicht versuchen, wegzulaufen, Herr Kroning. Machen Sie sich keine Sorgen. Ich wüsste ja gar nicht, wo ich hinsollte."

Noch einmal drehte sie sich zu Alexander um. „Ich habe Linda noch nie zuvor so strahlend schön gesehen wie an deiner Seite, Alexander. Du wirst sie auch weiterhin so glücklich machen und für all das Leid entschädigen, dessen bin ich mir sicher."

Alexander erwiderte nichts, sondern blickte ihr stumm hinterher, als sie ins Schlafzimmer verschwand, um ihre Sachen zu packen. Er achtete darauf, dass die Tür offen blieb, um Anneliese vom Flur aus im Auge behalten zu können.

Nur das leichte Zucken eines Gesichtsmuskels unterhalb seines rechten Auges verriet seine angeschlagene Gemütsverfassung, als er sich schließlich wieder seinem Freund und Kollegen zuwandte. „Die Waffe muss sichergestellt werden, Kroning.

Kümmere dich zuerst darum. Ich gehe jetzt runter und schicke dir Wagner rauf. Es wird Zeit, dass ich hier raus- und nach Hause komme. Es ist euer Fall."

Tobias nickte und zog sein Handy aus der Jackentasche.

Erst nachdem er schon eine ganze Weile zu Hause war, bemerkte Alexander, wie umfassend seine Erschöpfung eigentlich war. Wie ein natürliches Beruhigungsmittel durchströmte sie seinen Körper.

Monika hatte sich noch vor dem Abendessen von ihnen verabschiedet. Alexander nahm an, dass sie, obwohl ihre offizielle Dienstzeit bereits seit Stunden beendet war, sofort ins Präsidium fahren würde, um Tobias bei der nun folgenden Routinearbeit unter die Arme zu greifen.

Direkt nach seinem Eintreffen hatte Alexander beiden Frauen zunächst eine kurze Zusammenfassung von Annelieses Aussage gegeben und sich dann einen doppelten Cognac eingegossen, den er in einem einzigen Zug hinuntergestürzt hatte.

Jetzt saß er stumm in der Küche und sah Linda beim Einräumen der Spülmaschine zu. Sie hatte kaum noch geweint, und Alexander war froh über die unerwartete Stärke, die sie jetzt ausstrahlte. Bevor sie sich wieder zurück zu ihm an den Tisch setzte, kippte sie seinen Aschenbecher aus und stellte ihn wieder zurück auf den Küchentisch. Gegessen hatte er kaum etwas, aber er rauchte fast ununterbrochen.

„Ich werde mich um einen guten Anwalt für sie kümmern, Alex", durchbrach sie die Stille.

Sein müder Blick hob sich, und Linda erschrak über die tiefe Traurigkeit, die sie in seinen Augen erkennen konnte.

„Auch wenn es schwerfällt, Liebling, du solltest die ganze Geschichte nicht nur mit den Augen der Liebe sehen, die du Anneliese entgegenbringst. Stelle dich lieber der schrecklichen Wahrheit. Es bringt nichts, wenn du dir unnötig etwas vormachst."

„Wie meinst du das?"

Er zündete sich eine neue Zigarette an und erhob sich, um mit knapp bemessenen Schritten vor ihr auf und ab zu gehen.

„Ich weiß genau, dass du im Moment nur daran denken kannst, dass sie es für dich und deine Tochter getan hat, nicht wahr? Du denkst, ihre Liebe für euch sei so groß, dass sie dafür sogar ihren eigenen Sohn umgebracht hat, weil der dich gequält und getäuscht hat."

Linda nickte.

„Das ist aber grundverkehrt, Linda! Grundverkehrt!"

Erschrocken blickte sie unter ihren geschwollenen Lidern zu ihm auf. „Aber genau so ist es doch gewesen, Alex. Sie hat das Gleiche in ihrer eigenen Ehe durchgemacht. Jetzt sah sie, wie unglücklich und verängstigt ich war, und sie wollte dem ein Ende setzen."

„Nein!" Alexander drückte seine Zigarette aus, setzte sich ihr wieder gegenüber und ergriff ihre Hände. „Nein, Liebling. Ich habe heute Abend mehr erfahren, als ich eigentlich wollte – und es tat sogar mir weh. Ich habe mit so vielen Mördern zu tun gehabt. Es gab für sie immer irgendeinen Grund, um es zu tun. Gefühle wie falsche Liebe, Eifersucht, Hass, Neid und auch Rache. Aber für mich, Linda, für mich ist keines dieser Gefühle Grund genug, um einen Menschen zu töten. Niemand hat das Recht dazu, das Leben eines anderen Menschen zu beenden!"

„Was ist mit Notwehr?"

„Zugegeben, ein weites Feld, aber du weißt so gut wie ich, dass dies absolut kein Fall von Notwehr war. Weder du noch Charlotte seid einer unmittelbaren, lebensbedrohlichen Gefahr ausgesetzt gewesen. Du bist eine erwachsene Frau, Linda. Verstehe mich richtig. Ich respektiere die Angst, die du vor Frank hattest – trotzdem hattest du aber auch immer eine Wahl. Es gab immer die Möglichkeit für dich, dieser Ehe und auch Frank zu entkommen. Schließlich hattest du ja auch vor, dich scheiden zu lassen, oder etwa nicht? Du hast also eigentlich gar nicht damit gerechnet, dass er dir in diesem Fall wirklich etwas antun würde. Das wissen wir doch beide. Ja, zugegeben, Frank war ein Schwein, aber er war sicherlich nicht dumm, Linda. Sein Geschrei wäre groß und beängstigend gewesen, aber er hätte dich letztlich doch gehen lassen, oder siehst du das anders?"

Sie starrte einen Augenblick lang auf ihre Hände, die warm von seinen umschlossen auf dem Tisch lagen. Dann schloss sie kurz ihre Augen und nickte. „Du hast recht."

„Anneliese hat mit dem Mord an Frank die eigene Wut und Frustration kompensiert. Sie wollte Rache. Diese Rache galt in erster Linie jedoch Georg Michaelsen. So sehe ich das. Der beste Beweis dafür ist der Mord an Beate Folkers. Sie ist sogar so weit gegangen, zuzulassen, dass dieser Frau vor ihrem Tod noch Gewalt von Männern angetan wurde. Wie passt das für dich zusammen, Linda? Nein, sie hat sich vielleicht eingeredet, es allein für dich zu tun, auch um ihr eigenes Gewissen zu beruhigen. Aber in Wirklichkeit tat sie es nur, um ihren eigenen, brennenden Wunsch nach Vergeltung zu erfüllen. Frank sah Georg Michaelsen nicht nur sehr ähnlich, er hatte auch die gleichen Verhaltensweisen wie sein Vater an den Tag gelegt. Dafür musste er sterben. Beate Folkers ist bestraft worden, weil sie zufällig dem Typ entsprach, den auch Georg Michaelsen seiner Frau stets vorgezogen hatte. Es war ihr grenzenloser Hass und der Wunsch nach Rache, der sie vor allem antrieb. Nicht die Liebe zu dir und Charlie." Alexander verstärkte den Griff um ihre Hände. „Ich habe sie auch sehr gemocht. Mehr als das, Ballerina. Damals habe ich Frank sogar um seine Mutter beneidet."

Verwundert sah sie ihn an. „Du? Du hast Frank um Anneliese beneidet? Aber, Alex, deine eigene Mutter ist doch fantastisch!"

Alexander lächelte. „Natürlich ist sie das. Sie ist wunderschön, klug, gebildet … und entschuldige bitte, aber da wirst du mir sicherlich recht geben müssen, sie ist auch ziemlich kapriziös. Sie war stets verständnisvoll, hat Henri und mich immer wie gleichberechtigte Partner behandelt – und genau darin lag ihr Fehler. Jedenfalls habe ich es so empfunden."

„Das verstehe ich nicht."

„Das glaube ich gerne. Das ist auch schwer zu verstehen, denke ich. Ich versuche es mal zu verdeutlichen. Meine Mutter war stets wie eine gute Freundin für Henri und mich, aber immer mit einem enormen Anspruch, was unsere Erziehung anging. Die musste perfekt sein, wir mussten perfekt sein – und zwar nur aus einem einzigen Grund: Wir sind schließlich ihre Söhne. Henri hat es dann ja auch bestens verstanden, sich ihren Ansprüchen zu widersetzen. Ich liebe meine Mutter wirklich sehr, Linda. Sie ist klasse, eine tolle, attraktive Frau eben, aber ... sie war niemals auch nur eine Spur mütterlich. Wir hatten sicherlich nie einen Grund, an ihrer Liebe zu zweifeln, aber Henri und ich, wir waren viel mehr ihr Publikum als ihre Kinder."

Er lachte. „Das klingt wahrscheinlich schlimmer, als ich es meine. Sieh sie dir an, Ballerina. Meine Güte, meine Mutter zeigt mir am liebsten ihre Liebe, indem sie mit mir flirtet wie ein junges Mädchen, und genauso verhält sie sich auch Henri gegenüber. Sie ist immer erst die Frau, dann die Mutter. Es wundert mich fast, wie wichtig es ihr immer war, dass wir heiraten und möglichst viele Kinder in die Welt setzen. Schließlich machte sie die Geburt von Richard und Nicole gleichzeitig auch zur Großmutter."

Lindas Mundwinkel hoben sich. „Ich glaube, jetzt habe ich dich verstanden. Bei Anneliese war das immer anders. Sie war stets eine Mutter wie aus dem Bilderbuch."

„Ganz genau. Als ich zum ersten Mal bei ihr in der Küche stand, bräunte ein herrlich duftender Käsekuchen im Ofen, und sie saß an ihrem Küchentisch und schälte Kartoffeln für das Abendessen. Ihre runden Wangen waren gerötet von der Hitze des Backofens, und ihre hellblauen Augen strahlten eine unglaubliche Freundlichkeit aus. Sie begrüßte mich mit einem Lächeln, das herzlicher nicht hätte sein können, wischte sich ihre Hände an einem karierten Küchentuch ab und lud mich sofort ein, zum Essen zu bleiben."

Wieder lachte er laut auf. „Als ich Frank zum ersten Mal zu uns nach Hause mitbrachte, klimperte Claudine erst einmal mit ihren langen Wimpern und verdrehte ihm den Kopf, bevor sie den gekauften Butterkuchen auf den Couchtisch stellte und vorsichtig fragte, ob wir vorhätten, zum Abendessen zu bleiben."

Linda kicherte. „Wirklich?"

„Genau so hat sich das abgespielt. Dabei kann sie richtig gut kochen, wenn sie es will, aber das weißt du ja." Er freute sich, dass er Linda mit seiner kleinen Erzählung ein wenig aufgeheitert hatte. Liebevoll hob er ihre Hände an seine Lippen und drückte jeweils einen langen Kuss auf die Handrücken „Schön, dass du mich wieder anlächelst, Ballerina."

Sie beugte sich ihm entgegen, entzog ihm ihre rechte Hand und strich ihm mit einem verträumten Blick durchs wirre Haar. „Danke, dass du für klare Sicht gesorgt hast, Alexander."

„Reiner Selbstschutz. Ich liebe dich. Es hätte mir gerade noch gefehlt, dass du dir eine Mitschuld einredest. Ich möchte von nun an ein friedliches Leben haben." Sein Lächeln erreichte endlich wieder seine Augen. „Wie geht es Charlie?"

„Du hast sie wirklich gut eingeschätzt, Alex. Sie ist sehr, sehr traurig und hat heute auch immer mal wieder geweint, aber sie hat der Realität sofort ihre sture Stirn geboten. Zum Ende unseres Gesprächs hat sie eigentlich sogar eher mich getröstet. Ich habe Sandra erlaubt, bei ihr zu übernachten, die beiden Mädchen sind schon vor einer Ewigkeit nach oben verschwunden. Vorhin habe ich sie sogar miteinander lachen hören. Das hat mich ungeheuer beruhigt."

Alexander erhob sich und zog auch Linda hoch, um seine Arme um sie zu legen. „Kinder haben immer ihre eigenen Methoden, sich dem Unvermeidlichen zu stellen. Sie sind oft viel stärker als wir Erwachsenen."

Ihre Lider senkten sich für eine Weile, dann sah sie ihn an. Ihr Blick war wieder ernst. „Wir beide wären uns niemals begegnet, wenn Anneliese es nicht getan hätte, Alexander."

„Nein, höchstwahrscheinlich nicht."

„Denkst du darüber nach?"

„Nein", sagte er entschieden. „Nein, aber ich glaube durchaus an das Schicksal. Heute haben wir uns – und nur darauf kommt es jetzt noch an. Auf dich, Charlotte und auf mich." Ihre Blicke verschmolzen miteinander.

„Weißt du was, Alex? Du hältst mich jetzt wahrscheinlich für wankelmütig, und ich kann es selbst kaum glauben, aber ich will eigentlich gar keine große und pompöse Hochzeitsfeier mehr. Alles hat sich irgendwie verschoben. Ich will deine Frau werden, aber möglichst … intim. Verstehst du, was ich meine?"

Sein Blick streichelte ihr Gesicht. „Ja, natürlich weiß ich, was du meinst, und du sprichst mir damit aus der Seele." Er räusperte sich. „Wenn es dir lieber ist, können wir die Hochzeit auch verschieben. Ich hätte Verständnis dafür, wenn du in der derzeitigen Situation noch ein paar Monate länger warten möchtest."

Nachdenklich erwiderte sie seinen Blick. „Nein", antwortete sie schließlich. „Ich möchte nicht warten. Das ist unser Termin, unser neues Leben als Familie. Ich möchte alles andere hinter mir lassen."

Sein Lächeln war sanft und verständnisvoll. „Es bedeutet mir viel, dass du das so siehst, das solltest du wissen."

„Aber wir sollten es wirklich nur im kleinen Kreis feiern. Nur unsere Familie und Monika und Tobias. Der Anlass ist wichtig, nicht die Form, oder? Ich will dich, für immer, mehr brauche ich nicht."

Seine Augenbrauen schossen in die Höhe. „Kein Wahnsinnskleid?"

Sie lachte. „Das habe ich nicht gesagt."

„Lass uns endlich schlafen gehen, Ballerina", beendete er das Thema. „Ich bin todmüde, und ich möchte diesen grauenvollen Tag endlich ganz hinter mir lassen."

13. KAPITEL

Einige Monate später

Gleißendes Sonnenlicht fiel durch die offenen Fenster auf Lindas Gesicht und weckte sie. Unwillig zog sie sich die Bettdecke über ihren Kopf und stöhnte, um ihrer tiefen Abneigung gegen das bevorstehende Aufstehen den nötigen Ausdruck zu verleihen.

Sie fühlte, dass Alexander sich wieder zu ihr legte und leise lachend eine Hand unter die Bettdecke schob, um seine Fingerspitzen federleicht über ihren Körper fahren zu lassen. „Du solltest diesen denkwürdigen Tag nicht verschlafen, Ballerina", murmelte er direkt an ihrem Ohr. Sein warmer Atem kitzelte noch ein paar Nerven mehr wach und entlockte ihr ein kleines Kichern. „Du willst mich heute festnageln, schon vergessen, Liebling?"

Wie er es erwartet hatte, schoss sie sofort hoch und setzte ein gespielt entrüstetes Gesicht auf. „Ich dich! Du hast es so gewollt, wenn ich dich daran erinnern darf, Herr Hellberg! Du hast ja geradezu darum gebettelt, dass ich dich heirate."

„Du wirst deine übermäßige Selbstsicherheit vielleicht noch schwer bereuen, wenn ich doch noch Panik bekomme und dich einfach vor dem Standesamt stehen lasse, mein Herz", neckte er sie grinsend, während er sich eine ihrer langen Haarsträhnen um den Zeigefinger wickelte.

Ihre Lippen kräuselten sich. „Oh, das wirst du sicher nicht tun, Alex." Sie machte eine kleine wohlüberlegte Pause und holte tief Luft. „Weißt du, Schatz, diese komische Angewohnheit von dir, ständig meine Haare um deine Finger zu wickeln, hat nämlich eine tiefgründige, psychische Ursache, wenn du mich fragst. Sie macht doch sehr deutlich, wie sehr du danach verlangst, von mir festgebunden zu werden. Du kommst ohne mich nämlich gar nicht mehr zurecht."

Sein Blick wurde plötzlich sehr ernst, und an seinem Kinn zuckte ein Muskel, während seine Finger noch einmal genüsslich durch ihr honigfarbenes Haar glitten. „Du weißt ja nicht, wie recht du damit hast, Ballerina."

„Ich liebe dich", hauchte sie ihm zu.

„Und ich liebe dich", erwiderte er und drückte ihr einen schnellen Kuss auf die Stirn. „Aber jetzt erhebe dich, Weib! Meine Mutter hat uns bereits ein fürstliches Frühstück bereitet. Wie ich sie kenne, ist sie schon seit Stunden auf."

Linda zog sich murrend die Bettdecke über den Kopf. „Gott im Himmel, ich bin tatsächlich in eine Familie von notorischen Frühaufstehern geraten!"

Der Anblick von Linda und Alexander während der kurzen Trauzeremonie rührte fast alle Anwesenden zu Tränen. Während der Standesbeamte sprach, hielt sich das Brautpaar fest an den Händen und blickte sich unentwegt direkt in die Augen. Nachdem sie die Ringe gewechselt und die Papiere unterschrieben hatten, küsste Alexander Linda so intensiv und ausdauernd, dass erst Charlottes Kichern das frischgebackene und offenkundig überglückliche Ehepaar zurück in die Realität holte.

Wie Linda es sich gewünscht hatte, blieb es nach der Zeremonie bei einem festlichen Essen in einem kleinen, aber feinen Restaurant zusammen mit der Familie und ihren engsten Freunden. Am frühen Abend fanden sich die Hochzeitsgäste noch zu einem Abschiedsgetränk bei Alexander und Linda zu Hause ein.

Die Erwachsenen machten es sich im Wohnzimmer gemütlich, während Charlotte ein entschuldigendes Lächeln an den Tag legte und zusammen mit Richard und Nicole nach oben in ihrem Zimmer verschwand, um mit ihnen Zeichentrickvideos anzuschauen.

„Schade, dass deine Freundin Ulrike und ihr Mann schon heute Nachmittag wieder abreisen mussten, Linda", meinte Monika nach einer Weile. „Ich fand sie sehr nett."

Linda nickte. „Ja, ich war auch etwas traurig darüber, aber Wolfgang ist zurzeit beruflich sehr eingespannt. Sie mussten heute noch zurück, und die Fahrt dauert einige Stunden. Leider konnte er sich nur für den einen Tag loseisen. Ich war froh darüber, dass sie überhaupt kommen konnten. Ich habe Ulrike schon weit über ein Jahr nicht mehr gesehen."

„Es war wirklich ein ganz wunderschöner Tag, *chérie*." Claudine legte ihre Hand auf die ihrer neuen Schwiegertochter. „Das Essen war köstlich."

Linda lächelte. „Darum hat sich Alexander gekümmert, Claudine. Ich habe mich da ganz auf seinen guten Geschmack verlassen."

Henri hob sein Champagnerglas. „Und wie man an dir sehen kann, hat er den tatsächlich." Er strahlte seine Schwägerin an, und sie lächelte beglückt zurück.

„Danke für das nette Kompliment, Henri."

„Na, Alex, du bist ja so still", meldete sich Adrienne lächelnd zu Wort. „Wartest du etwa schon sehnsüchtig darauf, dass wir alle endlich von hier verschwinden?"

Alexander hob beschwichtigend seine Hände. „Oh nein, macht es euch nur weiterhin bei uns gemütlich. Meine Frau und ich haben ja noch ein ganzes Leben vor uns." Sein Blick ruhte auf Linda, und sie schluckte angestrengt.

Ja, ich bin jetzt wirklich seine Frau, dachte sie glücklich und holte seufzend Luft.

Alexander legte seinen Arm um ihre Schultern und zog sie an sich. Seine Lippen berührten zärtlich ihr Haar. Die anderen in der Runde lächelten sich zu. Tobias' linke Hand suchte automatisch nach der rechten von Monika und drückte sie. Auch Henri und Adrienne tauschten verliebte Blicke miteinander.

Claudine Hellberg ließ ihre Augen zufrieden über die drei Paare wandern und lächelte in sich hinein. „Seid mir nicht böse, Kinder, aber ich bin tatsächlich rechtschaffen müde und werde mich jetzt zurückziehen." Sie küsste jeden einzelnen von ihnen auf beide Wangen, sogar Monika und Tobias, drückte Linda und ihren älteren Sohn noch einmal herzlich an ihre Brust und verschwand nach oben.

„Warum ist diese tolle Frau eigentlich noch immer allein?" Monikas Frage stand für einige Sekunden im Raum. Erwartungsvoll sah sie zuerst Alex, dann seinen Bruder und schließlich Adrienne an.

Adrienne lächelte sanft. „Claudine hat ihren Mann sehr geliebt, Monika. Sie sagte einmal, dass sie es sich nicht vorstellen könne, einen anderen Mann so vollständig in ihr Leben zu lassen. Aber ich weiß, dass sie in Toulon jemanden hat, den sie ab und zu besucht. Wir wissen das alle. Sie macht kein Geheimnis daraus."

„Du verstehst dich sehr gut mit deiner Schwiegermutter, nicht wahr?", hakte Monika nach.

„Wir leben schon seit Jahren in einem Haus zusammen. Ja, wir verstehen uns gut. Für mich ist sie Schwiegermutter und beste Freundin in einer Person." Adriennes Lächeln vertiefte sich, und sie sah Linda an. „Und ich freue mich so sehr, dass wir nun eine weitere tolle Frau in unserer Familie haben."

Glücklich erwiderte Linda das Lächeln ihrer Schwägerin.

Keine Minute später erschien Charlotte auf der Bildfläche „Eure beiden Quälgeister liegen in meinem Bett und schlafen tief und fest, Adrienne. Ich wollte euch nur noch schnell eine gute Nacht wünschen. Lasst sie heute einfach hier. Ich lege mich zum Schlafen auf meine Couch, die kann ich ausklappen."

Adrienne und Henri sahen sich kurz an und lächelten.

„Charlotte", sagte Henri augenzwinkernd. „Das bedeutet, du schenkst uns eine ungestörte Nacht in unserem Hotelzimmer. Das können wir niemals wiedergutmachen."

„Glaub mir, Henri, ich werde mir etwas einfallen lassen", grinste Charlotte zurück und warf mit einem gekonnten Schwung ihr blondes Haar zurück, das sie neuerdings wachsen ließ.

Linda wusste bereits, dass ihre Tochter heftig für Alexanders Bruder schwärmte, und musste lächeln. Erst gestern Abend hatten sie ein langes und sehr vertrautes Gespräch miteinander geführt. Charlotte fand es einfach cool, wie sie sagte, dass Henri sein Haar so lang trug. In einem alten Märchenbuch, das Charlotte noch immer wie einen Schatz hütete, gab es ein Bild von einem schönen schwarzhaarigen Prinzen.

Schon als kleines Mädchen hatte sie dieses Bild geliebt und immer wieder betrachten müssen. Der Prinz saß auf einem schwarz-weiß gescheckten Pferd, und seine dunklen Augen glitzerten mit der silbernen Rüstung, die er trug, um die Wette. Seine

Züge waren fast engelhaft schön, und sein langes dunkles Haar wehte wild im Wind. Charlotte hatte Linda gestanden, dass sie sofort an diesen Prinzen denken musste, als sie Henri Hellberg zum ersten Mal gesehen hatte. Sie hatte auch zugegeben, dass sie Adrienne gerne hassen würde, ihr das aber einfach nicht gelingen wollte, weil sie Henris Frau viel zu nett fand. Es war allerdings offensichtlich, dass Charlotte nicht widerstehen konnte, trotzdem den einen oder anderen Flirtversuch an Alexanders jüngerem Bruder auszuprobieren.

„Gute Nacht, alle zusammen", rief sie und zwinkerte Henri dabei verschwörerisch zu. Dann verschwand sie wieder in das obere Stockwerk.

„Nun, dann wollen wir das junge Ehepaar mal nicht länger auf seine wohlverdiente Hochzeitsnacht warten lassen", sagte Tobias nach einer Weile, klopfte sich auf die Schenkel und erhob sich.

Fünfundvierzig Minuten später lagen auch Alexander und Linda in ihrem Bett.

„Ich bin todmüde", sagte Linda entschuldigend und kuschelte sich an seine Seite.

Seine Hand fuhr ihr sanft übers Haar. „Ich auch, Ballerina."

„Bist du glücklich, Alexander?"

„Mhm, sehr!"

„Versprichst du mir etwas?"

„Alles."

„Wenn du … wenn deine Liebe eines Tages … vergehen sollte, ich meine …"

Abrupt setzte er sich auf und zog sie mit sich hoch. In der Dunkelheit konnte er ihr Gesicht kaum erkennen, aber er sah, dass ihre Augen nass glänzten. „Was redest du da für einen ausgemachten Unsinn?"

„Du hast viele Frauen gehabt, Alex."

Er wurde sofort wütend und hatte einige Mühe, dagegen anzukämpfen. „Und?"

„Vielleicht wirst du dich eines Tages mit mir … langweilen."

„Linda, hör zu, es gibt überhaupt keinen Grund ..."

„Versprich mir nur, dass du es mir dann ehrlich sagst, Alex. Mehr verlange ich nicht von dir." Ihre Stimme zitterte. „Ich könnte es nicht ertragen, wenn du ... mich betrügst. Nein, bei dir könnte ich das nicht."

„Herrgott! Was reitet dich da nur? Heute ist unser Hochzeitstag, Linda."

„Versprich es mir, Alex."

Er zog sie an seine Brust und atmete tief ein. „Hör zu, Liebling, ich liebe dich! Hast du das so weit verstanden? Du vertraust mir noch immer nicht, Linda, und das verletzt mich. Ich weiß, dass es für dich schwierig ist, nach der Ehe, die hinter dir liegt, aber unsere wird anders sein, glaub mir das."

In der Dunkelheit wandte er sich ihr ganz zu und umfasste mit beiden Händen ihre Oberarme. „Wenn dir so viel daran liegt, werde ich dir heute das Versprechen geben, das du verlangst. Ich verspreche dir feierlich, dass ich sofort mit dir reden werde, wenn ich glaube, dass in unserer Ehe etwas falschläuft, in Ordnung?"

Sie nickte. „Danke."

„Ich bin noch nicht fertig, Linda. Vielleicht würdest du endlich zur Kenntnis nehmen, dass du die einzige Frau bist, die mich interessiert. Daran wird sich auch in Zukunft nichts mehr ändern, das weiß ich, sonst hätte ich dich nämlich nicht geheiratet. Und noch etwas, Ballerina, ich bin nicht länger bereit, ständig für seine Fehler bezahlen zu müssen. Merke dir das für unsere Zukunft. Ich bin nicht Frank! Ich bin Alexander Hellberg, ich liebe dich und werde dich weder belügen noch betrügen. Das habe ich dir bereits versprochen, als ich dir den Antrag machte, erinnerst du dich?"

„Es tut mir leid", sagte sie heiser. „Ich wollte dich nicht verärgern." Die Finger ihrer rechten Hand fuhren leicht über seine Unterlippe. „Es tut mir leid, Alexander."

„Es ist gut, Liebling." Seine Hände lösten sich von ihren Oberarmen und fuhren unter ihr Haar, bis sich seine Finger in ihrem Nacken trafen. Mit den Daumen hob er leicht ihr Kinn an, und sie sah seine Augen aufblitzen, als würde ein einzelner silberner

Lichtstrahl von der dunklen Oberfläche seiner Iris reflektiert. „Du wirst nichts mehr dagegen tun können, Linda. Mich wirst du nicht wieder los." Sein Gesicht kam näher, und seine Lippen strichen sanft über ihren Mund. „Ich habe dir gesagt, es wird für immer sein, und so habe ich das auch gemeint – genau so."

Noch ein weiteres Mal fühlte sie die zärtliche Berührung seines Mundes, und ein warmer Schauer lief zielgerichtet durch ihren Körper. „Alex?"

„Mhm."

„Ich bin jetzt gar nicht mehr müde."

Er lachte leise und rau. „Ich habe gehofft, dass du das sagst."

Zwei Tage später nahmen sie Abschied von Alexanders Familie. Claudine flog mit ihren Enkelkindern direkt nach Hause, während Henri und Adrienne die Gelegenheit nutzten und noch einen kurzen Abstecher zu Adriennes Eltern machen würden, die inzwischen in der Nähe von Paris lebten.

Vom Flughafen aus fuhren Alexander und Linda direkt zu ‚Lindas Laden', um Elisabeth Bergstedt willkommen zu heißen, die erst gestern von einer längeren Urlaubsreise zurückgekehrt war.

Lindas Angestellte lächelte ihnen warm entgegen und kam mit ausgebreiteten Armen auf sie zu, als sie Hand in Hand den Laden betraten. „Herzlichen Glückwunsch, Linda. Ihnen auch, Herr Hellberg. Alles Gute für Ihre gemeinsame Zukunft."

„Vielen Dank, Frau Bergstedt." Lächelnd ließ auch Alexander die herzliche Umarmung der älteren Frau über sich ergehen.

„Es ist schade, dass du nicht dabei sein konntest, Elisabeth", sagte Linda. „Es war traumhaft schön." Ihre Augen hoben sich, und sie wechselte einen liebevollen Blick mit ihrem Ehemann.

„Na", erwiderte Elisabeth lächelnd und tätschelte Alexanders glatt rasierte Wange. „Das will ich wohl meinen, wenn man sich so ein Prachtstück von Mann angeln kann."

Alexander grinste breit. „Sie sind gerade zu meiner besten Freundin avanciert, Elisabeth."

„Und Sie sind ein viel zu charmanter Schmeichler."

Linda unterbrach das Geplänkel. „Wie war der Vormittag? War schon viel los?“ Neugierig blickte sie sich um. „Ha, dieser hässliche Porzellandackel ist ja endlich weg!“

Mit unverhohlenem Stolz nickte Elisabeth. „Hab ihn heute Morgen an eine alte Schachtel im Persianer verkauft. Sie ist eine Nachbarin von mir, und ich konnte diese hochnäsige Schreckschraube noch nie leiden.“

Alexander schüttelte den Kopf und lachte. Elisabeth Bergstedt wurde ihm von Tag zu Tag sympathischer. „Bevor ich zum Dienst fahre, brauche ich unbedingt noch eine Tasse starken Kaffee“, teilte er den beiden Frauen schließlich mit. „Ich werde mal nach oben gehen und welchen aufsetzen.“

„Bereits geschehen“, sagte Elisabeth. „Der Kaffee müsste inzwischen fertig sein.“

„Ach, Sie sind ein wahrer Engel!“, rief er dankbar aus und drückte der überraschten Elisabeth ohne Umschweife einen schmatzenden Kuss auf die Wange, bevor er strahlend und mit langen Schritten die kleine Treppe hinaufsprang.

Linda lachte. „Er ist so unverschämt glücklich, Elisabeth. Es ist ein berauschendes Gefühl, zu wissen, dass man selbst der Grund dafür ist. Ich hätte nie gedacht, dass das Leben so herrlich sein kann.“

Elisabeths Gesicht wurde ernst. „Ich hoffe, der Gedanke an die Mutter deines ersten Mannes hat euren Hochzeitstag nicht zu sehr belastet.“

Linda schüttelte ihren Kopf. „Nein, das hat er nicht. Es ist alles gesagt und alles getan. Mit Alexanders Hilfe habe ich Franks Mutter einen guten Anwalt besorgt, und ich schreibe ihr ab und zu. Charlotte tut das übrigens auch. Anneliese wartet jetzt im Untersuchungsgefängnis auf ihren Prozess. Mein Mann und ich haben uns versprochen, dass wir unsere Altlasten von nun an hinter uns lassen werden. Wir wollen uns nur noch auf unser zukünftiges Leben konzentrieren.“

Während der Dienstbesprechung gab Alexander seinen Kollegen ein opulentes Frühstück aus, um auch diejenigen Menschen an seinem Glück teilhaben zu lassen, mit denen er in der Regel die meiste Zeit des Tages verbrachte.

Als Hochzeitsgeschenk überreichte ihm Bernd Lindemann im Namen aller Kollegen zwei Karten für die neueste Ballettinszenierung an der Staatsoper und hielt sogar eine kleine Rede.

Grinsend zwinkerte Alexander seinem Bereitschaftsleiter zu und bedankte sich anschließend bei seinen Arbeitskollegen, die sich das köstliche Frühstück schmecken ließen und ihn zwischendurch immer mal wieder mit nicht ganz ernst zu nehmenden Ratschlägen für ein funktionierendes Eheleben überhäuften. Die Stimmung war sehr gelöst und fröhlich. Eine gute Stunde später fiel es daher allen schwer, sich zurück an ihre übervollen Schreibtische zu setzen und den Besprechungsraum zu verlassen, in dem heute nicht ein einziger Fall besprochen worden war. Doch schließlich scheuchte Bernd Lindemann seine Untergebenen zurück an die Arbeit.

Monika Kaminski half Alexander noch beim Aufräumen des Besprechungsraumes, dann kehrten auch sie wieder zurück in ihr gemeinsames Büro.

„Ist Linda heute wieder im Laden?“, fragte Monika nach einer ganzen Weile stiller Aktenbewältigung.

„Hm, wir haben vorhin noch meine Verwandtschaft zum Flughafen gebracht, und dann sind wir direkt zum Geschäft gefahren.“

„Deine Familie ist schon wieder weg? Das ist schade.“

„Ja, finde ich auch.“

„Man merkt euch an, dass ihr euch sehr zugetan seid. Das ist so ...“ Das Klingeln von Alexanders Telefon unterbrach sie.

Er verdrehte seine Augen, hob ab und meldete sich. „Claudine?“

Monika erschrak heftig, weil Alexander schon im nächsten Moment aufsprang. Sein Gesicht war mit einem Schlag aschfahl geworden, und seine Kieferknochen mahlten. Offenkundig zutiefst aufgewühlt, wandte er sich von ihr ab und drehte sein Gesicht zur gegenüberliegenden Wand. Sie konnte sehen, wie er den Kopf hob und für einige Sekunden an die Decke starrte.

„Wann?“, hörte sie eine Stimme fragen, und sie brauchte einen Augenaufschlag lang, um diese fremd klingende, heisere Stimme Alexander zuzuordnen.

„Ja, Claudine, ich komme zu dir, noch heute. *Oui* … ich … *Maman*, bitte …“ Plötzlich verfiel Alexander ganz ins Französische. Es klang zärtlich und zugleich unendlich traurig.

Monika starrte seinen breiten bebenden Rücken an. Sie wusste, dass etwas Furchtbares geschehen sein musste, obwohl sie kein einziges Wort mehr von dem verstand, was Alexanders mit dieser seltsam fremden Stimme ins Telefon murmelte. Mit klopfendem Herzen erhob auch sie sich und ging langsam um die beiden Schreibtische herum. Kaum war sie bei ihm angekommen, ließ er den Hörer sinken und legte ihn schließlich zurück auf den Apparat.

„Um Gottes willen, Alex, was ist passiert?“, fragte Monika flüsternd.

Unruhig sah sie ihn an, und der zutiefst gequälte Ausdruck in seinen Augen traf sie wie ein Faustschlag.

Alexander Hellberg schien in den letzten paar Sekunden um mehrere Jahre gealtert zu sein. Tiefe senkrechte Falten traten auf seiner Stirn hervor und ließen sein immer noch bleiches Gesicht hart und kantig erscheinen. Wie blind starrte er stumm seine Kollegin an. Dann hob er langsam seine Hände und vergrub sein Gesicht darin.

Monika legte ihm eine Hand auf den Arm, als sie sein unterdrücktes Schluchzen wahrnahm. „Setz dich, Alexander. Hast du gehört? Setz dich hin und rühr dich nicht von der Stelle.“

Nachdem er ihren Anweisungen gefolgt war, langte sie über den Schreibtisch und griff nach ihrem Telefonhörer.

„Kroning? Alex … er … Komm bitte sofort her!“

Keine Minute später betrat Tobias Kroning das Büro. Sein Blick fiel auf Alexander, der jetzt vornübergebeugt an seinem Schreibtisch saß und sein Gesicht noch immer mit beiden Händen bedeckte. In zwei Sätzen erklärte Monika ihrem Freund, was in den letzten Minuten geschehen war.

„Er hat noch kein Wort gesagt“, schloss sie ihren Kurzbericht ab.

Tobias setzte sich auf die Kante von Alexanders Schreibtisch und legte ihm eine Hand auf die Schulter. „Sag uns, was los ist, Alex."

Alexander wollte offensichtlich reden, aber seine Stimme versagte. Er räusperte sich heftig und ließ endlich seine Hände sinken. „Ich muss mit Linda sprechen", flüsterte er kaum hörbar. „Ich muss sofort zu Linda."

„Was ist passiert?", hakte Tobias Kroning nach.

„Sie sind ... tot", brachte Alexander mit krächzender Stimme hervor. „Alle beide."

Tobias und Monika warfen sich einen schnellen Blick zu. „Wer ist tot, Alex?"

Alexander hob den Blick und sah seinem Freund ins Gesicht. „Reny ... und Henri – beide tot! Ein ... ein schrecklicher Autounfall. Sie ... ein Lkw ... Henri wollte ausweichen ... Ein Baum, oh, mein Gott!" Wieder verbarg er sein Gesicht in den Händen.

„Ich spreche mit Lindemann", informierte Monika die beiden Männer, während sie bereits in ihre Jacke schlüpfte. „Fahrt ihr schon mal los, ich komme dann nach."

Tobias Kroning nickte ihr zu. „Gut. Ich kümmere mich um Alex und bringe ihn nach Hause. Wir sehen uns später."

„Komm, Kumpel, ich fahre dich zu Linda. Was kann ich sonst noch für dich tun?", wandte er sich dann wieder an seinen Freund.

Alexander schüttelte seinen Kopf, offensichtlich, um langsam wieder einen klaren Gedanken fassen zu können. „Ich muss ... noch heute einen Flug bekommen ..."

„Ich kümmere mich darum, sobald wir bei euch sind, Alex", versprach Tobias.

Alexander schlüpfte gerade in seine Jacke, da öffnete sich erneut die Bürotür, und Bernd Lindemann kam herein. Offenbar hatte Monika bereits mit ihm gesprochen.

„Hör zu, Alexander, ich habe zwei Wochen Urlaub für dich eingetragen! Du hast sowieso noch unzählige Überstunden abzubummeln. Sieh zu, dass du zu deiner Mutter kommst. Sie braucht dich jetzt. Kroning, auch dir gestehe ich ein paar freie

Tage zu. Kaminski hat mich soeben davon überzeugt, dass Alex in den nächsten Tagen einen Freund gebrauchen könnte. Sie meinte, es sei besser, wenn du ihm und seiner Frau jetzt zur Seite stehst. Wir werden hier schon klarkommen. Seht zu, dass ihr wegkommt. Habt ihr nicht gehört? Bewegt eure Hintern hier raus!"

Tobias Kroning nickte seinem Chef dankbar zu und wunderte sich insgeheim darüber, dass Monika die Situation so gut eingeschätzt und offensichtlich auch noch seine Gedanken gelesen hatte. Ihm wurde plötzlich klar, wie wichtig Alexander ihm inzwischen war. Sein Freund stand sichtlich unter Schock, und er hätte ihn jetzt nicht besonders gern alleingelassen.

Drei Stunden später befanden sich Alexander, Linda und Tobias bereits auf ihrem Weg zum Flughafen. Monika und Elisabeth Bergstedt erklärten sich sofort dazu bereit, sich mit vereinten Kräften um Charlotte und auch um den Laden zu kümmern. Außerdem würde Monika kurzerhand für die Zeit von Alexanders und Lindas Abwesenheit in das Gästezimmer der Hellbergs ziehen.

Unentwegt hielt Linda Alexanders Hand – auch noch, als sie in der Maschine saßen. Sie hatten noch nicht sehr viel miteinander gesprochen, seit sie von dem schrecklichen Unfall erfahren hatten. Alexander schien vollkommen betäubt vom Schmerz zu sein.

Am Tag von Annelieses Verhaftung hatte sie Tränen in seinen Augen gesehen, weil er geglaubt hatte, sie, Linda, würde ihn wegen seiner Ermittlung verlassen. Dieses Mal hatte er still in ihrem Arm geweint – und es hatte ihr fast das Herz zerrissen. Trotz all der Trauer war sie aber auch unendlich froh darüber, dass er sich ihr öffnete und ihr so die Möglichkeit gab, für ihn da sein zu können. Frank hätte ihr gegenüber niemals so offen seine innersten Gefühle gezeigt.

Jetzt saß Alexander weiterhin stumm in seinem Sitz und starrte hinaus in die dichten Wolken, bis er schließlich von einer Sekunde auf die andere in einen erschöpften Schlaf fiel.

Linda wandte sich an Tobias, der auf der anderen Seite neben ihr saß. „Ich danke dir, dass du ihn jetzt nicht alleinlässt", flüsterte sie ihm zu.

Er schloss kurz seine Augen und neigte den Kopf. „Er würde das Gleiche sicher auch für mich tun, Linda. Es ist wichtig, dass wir beide, du und ich, jetzt die Übersicht behalten."

Ihr Blick hob sich. „Die Kinder, Tobias! Ich darf noch gar nicht an die Kinder denken."

„Ich weiß. Sie sind noch so verflucht klein."

„Warum passiert so etwas nur?"

Ruhelos ließ Tobias seinen Blick durch die Kabine wandern, als würde er etwas Bestimmtes suchen. „Das kann dir niemand beantworten, Linda, aber ich weiß, dass ihre Seelen jetzt so zerbrechlich sind wie feinstes Porzellan."

Prüfend sah sie ihm in die Augen, aber es bedurfte keiner weiteren Frage. Tobias nickte. „Ja, ich weiß, wovon ich spreche. Meinen Vater lernte ich niemals kennen. Als meine Mutter an Lungenkrebs starb, war ich sieben Jahre alt. Genauso alt wie Richard heute."

„Ich war zwölf, als meine Eltern starben. Es war auch ein Unfall, ein Flugzeugabsturz. Sie waren auf ihrem Weg in die ersten Ferien, die sie ohne mich verbringen wollten. Mein Onkel kümmerte sich von da an um mich."

Tobias nahm ihre Hand. „Ich wusste bereits, dass wir zwei diese schlimme Erfahrung teilen. Alexander hat mir einmal davon erzählt. Ich wuchs auch bei Verwandten auf, bei einer Tante. Sie hat es mir zum Glück nicht an Zuneigung fehlen lassen, aber es gibt viele Kinder, die in einem Heim landen, wenn so ein schreckliches Unglück geschieht. Ich bin meiner Tante noch heute unendlich dankbar. Ich glaube, jedes Kind hat eine tief verwurzelte Angst vor diesen Waisenhäusern."

Linda verfiel eine Weile in nachdenkliches Schweigen, dann schaute sie noch einmal zu Alexander, aber er schlief fest.

„Das ist die Erschöpfung, Linda. Er ist völlig am Ende. Sein Körper hat die Notbremse gezogen. Das Nickerchen wird ihm sicherlich guttun."

„Ja, das glaube ich auch."
„Und wie geht es dir, Linda?"
Sie seufzte. „Es geht schon. Allerdings mache ich mir auch große Sorgen um Charlotte, wenn ich ehrlich bin. Sie hat in ihrem jungen Leben ja schon so einiges wegstecken müssen, aber so furchtbar traurig habe ich sie noch nie zuvor erlebt. Sie war richtig außer sich vor Kummer. Normalerweise verkraftet sie so etwas viel besser. Vielleicht hat diese Sache das Fass einfach zum Überlaufen gebracht. Ich bin doch sehr unsicher, ob es richtig gewesen ist, sie allein zu lassen."
Verständnisvoll lächelte Tobias. „An eurem Hochzeitstag habe ich mitbekommen, auf welche Weise deine Tochter Henri angesehen hat."
Wieder entwich ihr ein tiefes Seufzen. „Ach, du hast das bemerkt? Ja, sie war furchtbar verliebt."
„Monika hat mich darauf aufmerksam gemacht. Ihr Frauen habt ja oft einen sicheren Blick für so etwas. Charlie hat deinen Schwager mit der gleichen glühenden Sehnsucht angesehen wie eine Fünfjährige ein großes, gut gefülltes, aber leider unerreichbares Bonbonglas." Tobias tätschelte Lindas Arm. „Mach dir keine zu großen Sorgen um sie, Linda. Monika weiß genau, was sie tun muss. Sie ist ja selber noch ein halber Teenager. Vertrau ihr. Meiner Meinung nach ist es sogar besser, dass du dich jetzt nicht auch noch um Charlotte kümmern musst. Die eigenen Mütter sind bei solchen Gelegenheiten oft viel zu emotionsgeladen."
Linda verzog die Lippen zu einem winzigen Lächeln. „Wahrscheinlich hast du recht. Monika ist die Bessere für den Job." Traurig schüttelte sie ihren Kopf. „Meine arme Kleine! Sie tut mir so leid. Soweit ich weiß, war sie noch niemals zuvor in jemanden verliebt."
„Der Schmerz wird bald nachlassen, Linda. Sie ist noch so jung."

Die Durchsage des Flugkapitäns, der die Passagiere auf die bevorstehende Landung vorbereitete, weckte Alexander. Linda studierte mit einem zärtlichen Blick sein Gesicht und registrierte, dass er nicht mehr ganz so blass war. Er lächelte leicht und hob ihre Hand an seine Lippen.

„Geht es dir ein bisschen besser?", fragte sie ihn mit einer Stimme, die ihre ganze Liebe und Besorgnis zum Ausdruck brachte.

„Ja, ich glaube, ich kann sogar wieder ein bisschen denken." Er sah ihr eine Weile in die Augen. „Es wird schlimm werden, nicht wahr?"

„Du hast schon viele schlimme Tage durchgestanden, Alex. Und du warst immer stark."

„Nicht immer."

„Du wirst ganz stark sein, dessen bin ich mir sicher. Claudine und die Kinder brauchen dich jetzt ganz besonders."

Alexander legte seinen Kopf zurück und schloss kurz seine Augen. „Wenn wir ankommen, wird meine Mutter ihre Tränen bereits geweint haben, Linda. Ich kenne sie. Sie ist inzwischen die Stärkste von uns allen. Schon lange ist sie nicht mehr die Frau, die sie einmal gewesen ist. Das Leben … ihr Leben hat sie härter werden lassen. Sie hat gelernt, mit Schmerzen und dem Verlust umzugehen." Seine Stimme wurde heiser. „Gott, die Kinder!"

Es war schon fast vollkommen dunkel, als sie in die kleine Straße einbogen, die durch die Weinberge hindurch und schließlich zur Pension führte.

Auf Alexanders Anweisungen hin lenkte Tobias den Mietwagen direkt vor das Haus, und sie stiegen aus. Kaum war die erste Autotür zugeschlagen worden, öffnete sich auch schon die Haustür. Im gelben Schein der Außenbeleuchtung blieb Claudine Hellberg dort einige Sekunden unbeweglich stehen und fixierte ihren Sohn.

Auch Alexander hielt einen Moment inne, bevor er schließlich mit ausladenden Schritten auf seine Mutter zuging und sie wortlos an sich zog. Er nahm das leichte Beben ihres schmalen Rückens und die tiefen Atemzüge wahr, die ihn fühlen ließen, wie intensiv sie um Fassung bemüht war.

Ihr Gesicht drückte sich fest an seine Brust, und sein Kopf

ruhte auf ihrem Haar. So standen sie einige Minuten lang einfach nur da und hielten sich fest in den Armen, tauschten sich wortlos aus. Doch schließlich löste sich Claudine Hellberg aus der Umarmung ihres Sohnes, um auch Linda und Tobias Kroning begrüßen zu können.

Alexander und Tobias kümmerten sich um das Gepäck, und Linda folgte ihrer Schwiegermutter in die Küche. Claudine hatte bereits ein leichtes Abendessen vorbereitet, und kurze Zeit später saßen sie alle zusammen am Esstisch.

„Die Kinder schlafen schon seit zwei Stunden. Sie waren sehr erschöpft", sagte Claudine mit ruhiger Stimme.

„Wie geht es ihnen?", wagte Linda zu fragen.

„Sie … sind noch so klein", antwortete Claudine. „Richard hat sich in den Schlaf geweint, aber Nicole scheint das alles noch gar nicht richtig zu begreifen. Ich habe ihnen erzählt, dass ihre Mama und ihr Papa jetzt Engel und im Himmel sind und niemals wieder zu uns kommen können. Eben was man Kindern in so einem Fall erzählt. Mir sind einfach keine anderen Erklärungen für sie eingefallen."

„Wie soll es jetzt mit ihnen weitergehen?"

Alexanders Frage löste offenbar eine Art Panik in Claudine aus, denn ihr Blick wirkte plötzlich gehetzt und ängstlich. Sie erhob sich ruckartig und marschierte einige Male durch die Küche. Dann blieb sie hinter Alexander stehen, legte ihm eine Hand auf die Schulter und strich anschließend über sein wirres dunkles Haar, um es etwas zu ordnen. „Du hast dich schon wieder nicht ordentlich gekämmt, *mon cher*."

„Claudine, bitte!"

Alexanders Mutter machte einen tiefen Atemzug, blieb aber hinter ihm stehen. Ihre feingliedrigen Hände ruhten auf seinen Schultern. „Ich finde, wir sollten erst einmal alle schlafen gehen. Morgen können wir dann weitersehen."

„Was ist eigentlich mit Adriennes Familie?", fragte Tobias.

Claudine nickte. „Sie kümmern sich zurzeit alle gemeinsam um Adriennes Mutter. Sie hatte schon vorher erhebliche gesundheitliche Probleme, und nun bedarf sie offensichtlich auch noch psychologischer Hilfe. So wie es zurzeit aussieht, werden ihre Eltern und ihre Schwester wohl erst zur … Beisetzung herkommen können. Adriennes Eltern sind mit mir einer Meinung, dass sie … dass die beiden hier beerdigt werden sollten. Schließlich haben sie ja hier auch gelebt."

Noch einmal atmete sie tief und seufzend ein, dann beugte sie sich vor und drückte Alexander und Linda jeweils einen schnellen Kuss auf die Wange „Also, ich brauche jetzt wirklich ein paar Stunden Ruhe. Gute Nacht, Kinder."

Linda und Alexander nickten ihr liebevoll zu, und auch Tobias wünschte ihr eine gute Nacht.

An der Tür drehte sie sich noch einmal um. Ihr Blick blieb an Tobias hängen. „Ich bin sehr froh darüber, dass Sie hier sind, Herr Kroning. Wirklich sehr froh."

Er lächelte. „Danke, aber nennen Sie mich doch bitte Tobias, Frau Hellberg."

„Dann lassen wir doch besser gleich das Sie, und ich bin für dich Claudine."

Tobias nickte zustimmend. „Sehr gerne."

Nachdem Claudine die Küche verlassen hatte, griff er noch einmal zur Rotweinflasche, die auf dem Tisch stand, und bediente sich. „Deine Mutter hält sich fantastisch, Alex", bemerkte er.

„Ich habe eigentlich nichts anderes von ihr erwartet, Tobias."

„Was meinst du? Kann sie das Haus auch allein bewirtschaften?"

Alexander zuckte mit seinen Schultern. „Mhm, ich denke, ja. Zumindest die Pension. Die Weinberge könnte sie gut verpachten. Das machen viele der Landbesitzer hier. Trotzdem mache ich mir Sorgen. Sie wird auch nicht jünger. Und die Kinder …"

„Was wird jetzt aus ihnen, Alex?", mischte sich Linda ein. Ihre Blicke trafen sich in stummem Verstehen.

„Ich weiß genau, woran du denkst, Ballerina, aber ich werde meiner Mutter in keinem Fall vorgreifen. Wenn es keine entsprechende Vereinbarung gibt, werden die Kinder hier in ihrer gewohnten Umgebung bleiben. Vorausgesetzt, Claudine möchte es so."

Linda nickte traurig. „Ja, du hast recht. Aber du sollst wissen, dass ich selbstverständlich bereit wäre …"

„Das weiß ich doch, Liebling." Alexander warf ihr einen dankbaren Blick zu.

Sie hob ihr Glas an die Lippen und trank es aus. „Ich bin auch ziemlich müde. Kommst du mit?" Ihr Blick heftete sich auf das Gesicht ihres Mannes.

„Ich komme gleich nach, Ballerina. Geh ruhig schon mal voraus." Er versuchte ein Lächeln.

„Gut, dann bis gleich. Gute Nacht, Tobias."

„Schlaf gut, Linda. Gute Nacht."

Alexander verteilte den letzten Rest Rotwein auf ihre beiden Gläser und hob seinen Blick. „Übrigens, Tobias, wenn du Monika gerne anrufen möchtest, tu dir keinen Zwang an und bediene dich. Das Telefon steht im Flur, hinter der Treppe."

„Ja, danke. Vielleicht sollte ich das tatsächlich tun. Sie wartet sicher auf eine Nachricht von uns."

„Wie steht es eigentlich zurzeit mit dir und Rotkäppchen?"

Tobias zog seine Augenbrauen über der Nasenwurzel zusammen. „Interessiert dich das jetzt wirklich?"

„Klar. Komm schon, Kroning, das lenkt mich ein bisschen ab."

„Also gut." Tobias stützte die Ellenbogen auf den Tisch und faltete seine Hände, dann legte er sein kantiges Kinn darauf.

„Monika Kaminski ist ein verzogenes Gör, wenn du mich fragst. Sie ist scharfsinnig, anspruchsvoll, ungeheuer sexy, verdammt hübsch, aber auch völlig verdreht, ungewöhnlich eigenwillig, egoistisch, nervtötend kompliziert, und sie kann auch zuckersüß sein, wenn sie es nur will. Um es kurz zu machen, Alex, es kostet jede Menge Kraft, sich auf diese Frau wirklich einzulassen. Die ganze Person ist für mich eine einzige Herausforderung – und ich liebe Herausforderungen über alles, deshalb werde ich sie heiraten. Das heißt, wenn sie mich nimmt." Er erwiderte das warme Lächeln seines Freundes.

„Hast du deiner geliebten Herausforderung diese festen Absichten schon mitgeteilt?", fragte Alexander mit hochgezogenen Augenbrauen.

„Nein."

„Mhm, das habe ich mir fast gedacht. Du hast eine Heidenangst davor, was?"

„Und wie!" Tobias lachte nervös auf. „Ich kann dir beileibe nicht sagen, ob ich überhaupt den leisesten Anflug einer Chance habe. Das heißt im Klartext, ich weiß bis heute nicht, wie sie wirklich zu mir steht, welche Gefühle sie für mich hat. Schlimmer noch – ob sie mich überhaupt ernst nimmt. Du kennst ja ihre burschikose Art. Sie macht mich noch wahnsinnig, Alex."

„Nun, warum gibst du dich dann nicht einfach damit zufrieden, weiterhin in ihr Bettchen kriechen zu können, und erhältst dir wenigstens auf diese Weise einen gewissen Ruheraum?"

Tobias schnaufte. „Das fragst mich ausgerechnet du?"

Alexander brachte tatsächlich ein Grinsen zustande und hob beide Hände. „Ertappt. Entschuldige, war eine saudumme Frage von mir."

Der Jüngere wurde wieder ernst. „Ich will sie unbedingt, Alexander. Ich muss diesem altmodischen und unwiderstehlichen Drang nachgeben und sie zu meiner Ehefrau machen, sonst werde ich noch verrückt. Erst wenn sie dieses vermaledeite Papier unterschrieben hat, werde ich wieder ruhiger schlafen können. Frag mich bitte nicht, warum das so ist, aber ich kann es kaum erwarten, dass ich dieses anstrengende Weibsstück endlich meine Ehefrau nennen kann."

Alexander hob sein Glas. „Meine Güte, Kaminski hat es wirklich drauf. Sie hat dich mit Haut und Haaren eingelullt."

„Da sprichst du ein unwiderlegbares Wort sehr gelassen aus. Prost!"

Plötzlich holten die schrecklichen Ereignisse dieses Tages sie wieder ein. In stillem Einvernehmen und mit ernsten Mienen tranken sie aus, räumten gemeinsam den Tisch ab und stiegen nebeneinander die Treppe nach oben.

„Schlaf gut, Tobias. Danke für alles. Auch ich weiß sehr zu schätzen, dass du meine Familie und mich unterstützt. Es tut gut, dich jetzt in der Nähe zu haben."

Tobias nickte nur. „Gute Nacht, mein Freund."

Sie tauschten noch einen längeren Blick und verschwanden dann in ihren Zimmern.

Das gemeinsame Frühstück verlief sehr ruhig. Claudine aß kaum etwas, trank aber mehrere Tassen Milchkaffee. Linda tat es ihr nach, beschränkte sich allerdings auf zwei Tassen, während sie versuchte, Richard in ein ablenkendes Gespräch über sein neuestes Videospiel zu verwickeln. Nur die beiden Männer brachten es fertig, einige Croissants zu verspeisen und sich einen dicken Kanten Butterkäse freundschaftlich zu teilen.

Während des gesamten Frühstücks saß Nicole auf Alexanders rechtem Oberschenkel. Ihren weißen Plüschkater fest in einem Arm, hielt sie in ihrer anderen Hand ein halbes Croissant und knabberte still daran herum. Schließlich legte sie das Gebäck beiseite und lehnte sich zurück an seine Brust.

„Bist du etwa noch müde, mein Häschen?", fragte er sanft.

Die Kleine schüttelte nur ihren Kopf, schob einen Daumen in den Mund und kuschelte sich traurig noch ein bisschen fester in seinen Arm. Tief gerührt lächelte Alexander auf ihren dunklen Wuschelkopf herab. Erst Richard brachte es einige Zeit später fertig, seine kleine Schwester auf andere Gedanken zu bringen, indem er ihr versprach, mit ihr zusammen ein großes Königsschloss aus Bausteinen zu bauen.

Alexander zwinkerte seinem Neffen verschwörerisch zu. Der Junge war blass, und man sah ihm an, dass auch er in der vergangenen Nacht viel geweint hatte. Dennoch schien er tatsächlich zu verstehen, dass auch die Erwachsenen Zeit für ihre Trauer und die damit verbundenen gemeinsamen Gespräche brauchten.

„Würdest du mir nachher mit den Sachen von Henri und Adrienne helfen, mein Kind?", fragte Claudine ihre Schwiegertochter, nachdem die Kinder nach oben verschwunden waren. „Ich möchte das nur ungern allein tun."

„Natürlich, Claudine. Wir können jetzt gleich damit anfangen, wenn du willst."

„Ich danke dir, *chérie*."

Alexander lächelte den Frauen zu. „Geht nur nach oben. Tobias und ich kümmern uns um das hier." Er deutete auf den Frühstückstisch.

„Wir sehen uns später", flüsterte Linda und drückte ihrem Mann einen Kuss auf die noch unrasierte Wange.

Alexander sah müde und ausgelaugt aus. Sie wusste, dass er nur sehr wenig geschlafen hatte. Sein Lächeln wirkte trotzdem aufmunternd.

Nachdem die beiden Männer in der Küche für Ordnung gesorgt hatten, schlug Alexander vor, Tobias die Gegend zu zeigen. „Wir könnten, glaube ich, beide eine Portion frische Luft ganz gut gebrauchen."

„Ja, sehr gerne."

Sie verließen das Haus durch die Vordertür und wanderten ein kurzes Stück durch den Weinberg, der dem Gebäude am nächsten lag. Alexander schluckte, die Weinberge waren Henris ganzer Stolz gewesen.

Die Männer schlugen einen Bogen und landeten schließlich in dem kleinen Olivenhain hinter der Pension.

„Erntet deine Mutter die Oliven?"

„Oh ja, aber es reicht nur für den Eigenbedarf."

„Es ist traumhaft schön hier. Sag mal, Alex, reizt es dich nicht, für immer hier zu leben?"

„Nein." Alexander schüttelte entschieden seinen Kopf. „Es ist noch gar nicht so lange her, da haben Linda und ich ebenfalls darüber gesprochen. Ich liebe das Haus und auch dieses wunderschöne Land, aber ich gehöre nicht hierher. Mein Platz ist und bleibt in Hamburg. Die Stadt ist meine Heimat, und ich könnte mich nirgendwo sonst so wohlfühlen. Ich brauche einfach die Großstadt, die Elbe und den Hafen. Außerdem würde ich niemals meinen Beruf aufgeben. Er bedeutet mir viel zu viel. Bei Henri war das ganz anders. Er ... war hier glücklicher als irgendwo sonst auf der Welt." Sein Blick verschleierte sich, und er ging zielstrebig auf einen kleinen Olivenbaum zu, dessen Stamm stark zu einer Seite geneigt war. Tief in Gedanken versunken strich er über die Rinde des kleinen Baumes, schien ihn zärtlich zu streicheln.

Tobias folgte ihm und beobachtete die merkwürdige Szene stumm.

„Adrienne – sie war so ... lebendig. Pures, wildes Leben. Hungrig nach Liebe und unverfälschter Leidenschaft", flüsterte Alexander ergriffen.

„Was?" Tobias traute seinen Ohren nicht. „Was hast du gerade gesagt?"

Ihre Blicke trafen sich, und Alexander schien aus einer Art Trance zu erwachen. Er räusperte sich gründlich. „Reny ... und ich waren früher einmal zusammen. Bevor ... bevor sie und Henri sich ineinander verliebten", erklärte er rasch.

Der ungläubige Blick unter den hellen Wimpern drückte Tobias Kronings ganze Verwirrung aus. „Das ... wusste ich ja gar nicht."

„Nein, woher auch." Alexander lächelte.

„Dein eigener Bruder hat ... dir die Freundin ausgespannt?"

„Ja, sie haben sich ineinander verliebt. Was soll man da machen?"

„Das muss ja furchtbar für dich gewesen sein", brachte der jüngere Mann schließlich hervor.

„Das war es. In der Tat, ja, damals war es das." Er dachte an Linda und fühlte, wie sich Wärme in seiner Brust ausbreitete.

„Du hast deinen Bruder nicht dafür gehasst?"

„Oh doch, das habe ich zumindest versucht. Eine ganze Weile jedenfalls, aber ich schätze, Blut ist doch dicker als Wasser, oder? Es war nicht immer leicht, wieder normal miteinander umzugehen, aber wir haben es schließlich hinbekommen. Hier an diesem kleinen Baum hatten Adrienne und ich einmal ein sehr entscheidendes Gespräch miteinander."

Natürlich würde Tobias Kroning jetzt davon ausgehen, dass dieses Gespräch schon eine lange Zeit zurücklag, aber das war Alexander egal. Es tat ihm in dieser Minute unglaublich gut, jemandem davon erzählen zu können.

Seine Lider schlossen sich für den Bruchteil einer Sekunde, und er sah deutlich Adriennes schöne, madonnenhafte Gesichtszüge vor sich. Er war plötzlich sogar unendlich froh darüber, dass es diesen Tag für sie beide gegeben hatte. Ihrem verzweifelten Verführungsversuch hatte er widerstanden, und trotzdem waren sie sich an diesem Tage näher gewesen als in all den Jahren zuvor. Niemand würde ihm diese letzte Nähe je wieder nehmen können. Diesen Tag, an dem Adrienne und er beide gemeinsam Abschied genommen hatten von einem unglücklichen und unerfüllten Leben.

Zusammen hatten sie sich von einer schmerzlichen Passion befreit, die in erster Linie auf Illusionen und einer Liebe beruht hatte, die auch damals schon lange gestorben war. Erst an dem Tag hatte auch er sich ganz aus der Umklammerung seiner Vergangenheit befreien können, das wusste er jetzt. Und danach war er endlich bereit gewesen, sich der größten Liebe seines Lebens hinzugeben und sie vollkommen anzunehmen. So wie Adrienne es ihm geraten hatte.

„Woran denkst du?“, fragte Tobias in die anhaltende Stille hinein.

„An Linda“, antwortete er schlicht und wahrheitsgemäß.

Der Freund lächelte verhalten. „Meinst du, es ist schon warm genug, um mit den Kindern diesen herrlichen Pool auszuprobieren? Wir sollten wirklich versuchen, die Kleinen ein bisschen abzulenken.“

Alexander grinste. „Das ist eine gute Idee, Kroning.“

Die Männer verbrachten fast den gesamten Nachtmittag zusammen mit den Kindern, und ihr Lachen tat allen gut. Immer wieder suchte Nicole Alexanders Nähe, und er ließ sie gewähren, weil es auch für ihn Trost bedeutete, ihre tiefe kindliche Zuneigung entgegenzunehmen. Aber er führte zwischendurch auch ein langes Gespräch mit seinem Neffen. Wie schon so oft fiel ihm dabei auf, wie reif der Junge für sein Alter war. Alexander zweifelte nicht eine Sekunde daran, dass Richard die Tragweite seines Verlustes schon ziemlich genau einzuschätzen wusste.

„Glaubst du, dass sie uns immer noch sehen können, Onkel Alex?“

„Ja, das glaube ich sogar ganz sicher.“

„Nicki sagt, Mama und Papa sind jetzt unsere Schutzengel."

Alexander nickte ernst. „Das ist eine schöne Vorstellung. Ich nehme an, es ist sogar was dran."

„Musst du bald wieder zurück nach Hamburg?"

Alexanders Finger strichen über den dunklen Kopf des Jungen. Automatisch lächelte er ein wenig, weil Richard offenkundig die tiefe Abneigung gegen jede Art von Kämmen und Bürsten mit ihm teilte. „Ja, ich will dir nichts vormachen, Richie, das werde ich. Dort ist mein Zuhause und auch meine Arbeit."

„Ja", sagte der Junge nachdenklich und mit ernstem grauem Blick. „Das kann ich verstehen."

„Außerdem wartet dort ja auch Charlie auf ihre Mutter und auf mich", fügte Alexander noch hinzu. „Und Linda hat ihren kleinen Laden."

„Och, Charlie ist doch schon so groß." Richard zog seine kleine Nase kraus.

Alexander legte seinen Kopf schief und grinste. „Nun, einige Jahre wird sie schon noch bei Linda und mir wohnen bleiben."

Wieder machte Richard ein sehr nachdenkliches Gesicht. „Onkel Alex?"

„Mhm."

„Muss ich jetzt für Nicki sorgen? Ich meine, auf sie aufpassen und so?"

„Wir passen alle zusammen auf sie auf, okay? Aber du solltest im Augenblick ganz besonders lieb zu ihr sein. Du bist der Große. Es ist wichtig für sie, dass sie sich jetzt auf dich verlassen kann, Kumpel."

Der Junge nickte heftig, und mit seinen dunkelgrauen Augen erwiderte er Alexanders ernsten Blick. „Ich verspreche dir, dass ich ganz schrecklich lieb zu ihr sein werde, Onkel Alex", sagte er feierlich.

„Das ist für mich eine große Beruhigung, Richie."

Richard stand auf und wollte schon hinüber zu seiner Schwester laufen, die von Tobias immer wieder ins Wasser geworfen wurde und sich dabei offensichtlich und unüberhörbar köstlich amüsierte. Halb in der Bewegung hielt der Junge inne und drehte sich noch einmal zu Alexander um.

„Meine Videospiele darf sie aber nicht anfassen."

„Ja", entgegnete Alexander so ernsthaft, wie es ihm möglich war. „Alles muss seine Grenzen haben. Da hast du vollkommen recht."

Nachdem auch Richard wieder platschend ins Wasser gesprungen war, glitt Alexanders Blick zum Haus hinüber. Auf der hinteren Terrasse saßen Linda und seine Mutter nebeneinander und unterhielten sich, während sie Tobias und den Kindern beim Toben zusahen.

Plötzlich fiel ihm das Schlucken schwer. Er wusste, dass es da noch etwas gab, das Claudine auf der Seele lag, und er fragte sich schon seit gestern Abend, warum sie es noch immer vor ihm zurückhielt. Er sah es in ihren Augen, in ihrem flackernden Blick, dass sie sich regelrecht mit etwas herumquälte.

„Bringst du uns heute ins Bett, Onkel Alex?", fragte Nicole nach dem Abendessen. „Ach bitte, bitte!"

Alexander wechselte einen Blick mit seiner Mutter, bevor er der Kleinen antwortete: „Na, dann würde ich an eurer Stelle aber ganz schnell zum Zähneputzen aufbrechen. In fünf Minuten bin ich oben, und dann will ich blitzsaubere Zähnchen und gewaschene Hände und Gesichter vorfinden."

Mit einem verhaltenen Jubelschrei sprangen beide Kinder gleichzeitig auf und verließen die Küche. Die Erwachsenen lächelten ihnen nach.

„Es tut gut, sie wieder ein bisschen fröhlicher zu sehen", bemerkte Claudine. „Das können nur Kinder, nicht wahr?" Ihre Augen wurden feucht, und sie erhob sich abrupt und beschäftigte sich mit dem Geschirr.

„Warte, ich werde dir helfen", sagte Linda. Auch ihre Stimme klang belegt.

„Und was kann ich tun?", fragte Tobias mit hörbar schlechtem Gewissen.

Claudine hatte sich wieder vollkommen im Griff. „Du bleibst

da schön sitzen und genießt deinen Wein, junger Mann. Mein Sohn Henri war ganz besonders stolz auf diesen Jahrgang, also genieße ihn mit der ihm zustehenden Würdigung. Du kannst uns ja ein wenig unterhalten, während wir hier aufräumen."

Alexander brachte zunächst Nicole ins Bett. Nachdem er ein bisschen mit ihr herumgealbert hatte, deckte er sie richtig zu und drückte ihr einen Kuss auf die Stirn. „Schlaf gut, mein Häschen."

Ihre kleinen Arme legten sich um seinen Hals und hielten ihn ganz fest. „Ich hab dich so lieb, Onkel Alex."

„Ich dich auch, Kleines." Er musste hier raus, sein Hals wurde bedenklich eng.

„Gute Nacht", murmelte er mit heiserer Stimme. Noch einmal streichelte er über die babyweiche Wange, dann wandte er sich rasch von der Kleinen ab und verließ das Zimmer. Plötzlich überrollte ihn die Trauer erneut mit einer Vehemenz, der er kaum etwas entgegensetzen konnte. Um Fassung ringend, atmete er mehrere Male tief ein und wieder aus, bevor er die Tür zu Richards Kinderzimmer öffnete, auch ihm eine gute Nacht wünschte und ihn ordentlich zudeckte.

„Kann ich dich in Hamburg besuchen kommen, Onkel Alex?"

„Jederzeit. Du kannst kommen, wann immer du willst, Richie."

„Kann ich auch ..." Der Junge brach ab. Offensichtlich kämpfte er mit den Tränen.

Auch Alexander schluckte heftig und ließ sich auf die Bettkante sinken. „Was wolltest du mich fragen?"

„Ach nichts. Es ist nicht so wichtig."

„Du solltest doch inzwischen wissen, dass du alles mit mir besprechen kannst, Kumpel."

Richards Augen hefteten sich auf Alexanders große Hand, die sich über seine kleine Faust geschoben hatte. „Mama hat immer gesagt, dass du ein ganz besonders tapferer und mutiger Mann bist, Onkel Alex."

„Hat sie das?"

Verdammt, Reny!

„Ja. Und ich will immer genauso tapfer und mutig sein wie du."

Alexander fluchte noch ein weiteres Mal still in sich hinein und machte einen tiefen Atemzug. *Herrje, ich mutiere hier noch zur Heulboje, wenn ich nicht aufpasse.*

„Du bist der tapferste und mutigste Junge, der mir je begegnet ist, Richard. Und glaub mir, es ist auch für den tapfersten und mutigsten Jungen absolut okay, wenn er mal weinen muss. Ich weine auch manchmal, Richard."

Das Gesicht des Jungen wurde von einem erleichterten Lächeln erhellt. „Gute Nacht, Onkel Alex."

„Schlaf gut, mein tapferer Freund."

Mit langsamen Schritten stieg Alexander die Treppe hinab. Unten angekommen, blieb er vor der Küchentür stehen und rieb sich mit beiden Händen kräftig über das Gesicht. Das ungute Gefühl in seiner Magengegend nahm zu.

In der Küche war es still. Claudine, Linda und Tobias saßen stumm am Tisch und tranken Wein.

Alexander strich Linda im Vorbeigehen sanft über das Haar und griff sofort nach seinen Zigaretten, während er sich neben ihr niederließ. Dann fiel ihm plötzlich schmerzlich ein, dass er die gleiche Szene bei Henri und Adrienne beobachtet hatte, als er im vergangenen Spätsommer allein hier gewesen war. Dankbar nahm er das volle Weinglas entgegen, das Tobias ihm zuschob. Mit seinen Nerven stand es wahrlich nicht zum Besten. „Wir sollten uns endlich über die Kinder unterhalten, Mama", stieß er fast grob hervor.

Zunächst erschrocken, dann verständnisvoll schaute sie ihn an. Schließlich schob sie ihren Stuhl zurück und stand auf. „Ich weiß ja nicht, wie es euch geht, aber mir ist nach einer schönen Tasse Milchkaffee", sagte sie mit seltsam zitternder Stimme, die ihren Sohn aufhorchen ließ.

Lindas Augen wanderten von ihrer Schwiegermutter zu Alexander. Dann warf sie Tobias einen fragenden Blick zu. Der zuckte aber nur leicht mit den Schultern.

„Claudine, setz dich wieder hin und rede endlich mit mir", drängte Alexander mit deutlichem Nachdruck. „Im Augenblick braucht hier niemand einen Kaffee, verdammt noch mal!"

Sekundenlang starrten sich Mutter und Sohn in die Augen. Claudine hatte immer gewusst, dass ihr Sohn die sichere Nase eines Bluthundes entwickelt hatte, einen todsicheren Instinkt, auf den er sich nur allzu gern verließ. Worüber wundere ich mich also, fragte sie sich. Sie hätte von vornherein wissen müssen, dass sie ihm nicht lange etwas verheimlichen konnte. „Ich bin … gleich wieder da." Claudine verließ die Küche, kam allerdings schon in derselben Minute mit einem großen beigefarbenen Umschlag wieder zurück. „Die … die Kinder, sie werden bei dir leben, Alexander."

„Was?" Automatisch huschte sein Blick zu Linda, die ihn aus großen Augen anstarrte.

„Henri und Adrienne haben gleich nach Nicoles Geburt alles Erforderliche dafür in die Wege geleitet, damit du keine Probleme mit den Behörden bekommst, falls …"

„Was soll das heißen?"

„Nun, es ist … sozusagen testamentarisch festgelegt, dass du die Kinder adoptieren kannst, selbst wenn du weiterhin alleinstehend geblieben wärest. Vorausgesetzt natürlich, dass du damit einverstanden bist. Ein entsprechendes Schriftstück liegt bei einem Notar in Toulon. Außerdem …" Claudine sank erschöpft auf einen Stuhl und fuhr sich durchs Haar.

Alexander fühlte Lindas Hand auf seinem Schenkel und griff automatisch danach.

„Du weißt, dass ich damit einverstanden wäre", flüsterte sie ihm zärtlich zu.

Er hob seine Hand und strich leicht über die weichen Spitzen ihres Haares. Dann glitt sein Blick zurück zu seiner Mutter. Sämtliche Nervenenden in seinem Körper schienen nun unangenehm zu vibrieren. Dieses stechende Gefühl unter seiner Haut war ihm durchaus vertraut, er wusste aus Erfahrung, dass es sich um sein ganz persönliches Alarmsystem handelte. „Das ist doch noch nicht alles, oder?"

Stumm schüttelte Claudine Hellberg ihren dunklen Kopf und legte den großen Umschlag vor sich auf den Tisch. Erst jetzt bemerkte Alexander, dass sich einige silbrig glänzende Strähnen durch die dunkel glänzende Fülle ihres kurz geschnittenen Haares zogen.

„In diesem Umschlag befinden sich zwei Briefe, die an dich persönlich andressiert sind. Der eine Brief ist eine beglaubigte Kopie des Testaments, das dem Notar vorliegt. Der andere Brief ist von Henri. Soweit ich weiß, hat auch Reny noch ein paar Zeilen für dich hinzugefügt."

Mit zitternder Hand schob sie Alexander den großen Umschlag zu, auf dem, wie er jetzt erkennen konnte, sein Name zu lesen war. Eher widerstrebend legte er seine rechte Hand darauf und verharrte eine kleine Ewigkeit in dieser Haltung. Sein Blick tauchte tief in den seiner Mutter.

„Vielleicht möchtest du lieber allein sein, wenn du den Brief von Henri liest." Lindas sanfte Stimme durchbrach die lähmende Stille am Tisch, und Alexander fuhr leicht zusammen, als hätte sie ihn aus einem Tagtraum geweckt.

„Ja, vielleicht. Ich weiß nicht", brachte er unsicher hervor. Eigentlich war es ihm egal, also überließ er den anderen die Entscheidung.

„Ich bleibe bei dir, Alex", flüsterte Linda.

Claudine erhob sich. „Linda, ich weiß, dass du jetzt gerne bei deinem Mann bleiben würdest, aber vertrau mir einfach, wenn ich dich jetzt darum bitte, mich ins Wohnzimmer zu begleiten", sagte sie mit ihrer noch immer brüchigen Stimme. „Lassen wir die Männer einen Moment allein. Bleib bei ihm, Tobias", fügte sie mit einem seltsam bittenden Blick hinzu.

Tobias nickte der älteren Frau wortlos zu. Da er es aber für besser hielt, Alexander zumindest eine gewisse Privatsphäre zuzugestehen, erhob auch er sich und wandte seinem Freund den Rücken zu, um aus dem Fenster hinaus in die Dunkelheit zu sehen.

Sichtlich ratlos blickte Linda zwischen Alexander und Claudine hin und her.

Claudine nickte ihr aufmunternd zu. „Wir können drüben miteinander reden, Linda."

Alexander hob seinen Kopf und sah Linda an, dann nickte auch er. „Es ist schon in Ordnung, Liebling." Instinktiv wusste er, dass Claudine gute Gründe haben musste, wenn sie es für besser hielt, dass Linda nicht dabei war, wenn er den Umschlag öffnete.

„Wenn du mich brauchen solltest …"

„Du bist ja gleich nebenan. Sobald ich mir das angesehen habe, komme ich zu dir, versprochen." Er neigte sich zu ihr und küsste sie sanft auf die Lippen.

Immer noch etwas widerstrebend, verließ Linda nun zusammen mit ihrer Schwiegermutter die Küche.

Kaum dass sie allein waren, atmete Alexander tief ein. Mit einer entschlossenen, schnellen Bewegung öffnete er den großen Umschlag und schüttelte die beiden kleineren Briefe heraus, die seine Mutter ihm bereits angekündigt hatte.

Der größere Umschlag war hellblau, länglich und sah recht offiziell aus, weil er mit einem purpurfarbenen Siegel verschlossen war. Diesen Brief öffnete Alexander zuerst.

Wie erwartet, handelte es sich um die beglaubigte Abschrift des gemeinsam unterzeichneten Testaments von Adrienne und Henri Hellberg. Tatsächlich hatten sie darin verfügt, dass ihre Kinder bei ihm in Hamburg aufwachsen sollten, falls sie beide nicht mehr in der Lage dazu wären, ihre Kinder selbst großzuziehen. Alexander überflog das amtlich klingende Dokument und nickte gerührt.

„Setz dich, Tobias, du machst mich sonst noch nervöser, als ich ohnehin schon bin", sagte er, nachdem er sich gründlich geräuspert hatte. Er griff nach seiner Zigarettenpackung und zog eine heraus. Tobias tat es ihm nach.

„Soll ich nicht doch lieber gehen, bevor du …"

„Quatsch! Wenn ich tatsächlich anfangen sollte zu heulen, ist es für dich genauso unangenehm wie für mich. Vergiss es hinterher einfach, okay?"

„Kein Thema." Tobias steckte seine Zigarette an und reichte Alexander das Feuerzeug.

Alexander nahm zwei tiefe Züge von seiner Zigarette, bevor er den anderen, kleineren Umschlag aufriss und mehrere Bögen daraus hervorzog. Das feste sonnengelbe Briefpapier war ihm durchaus vertraut. Adrienne hatte es stets für ihre regelmäßige Korrespondenz verwendet. Sie hatte Computer ebenso wenig gemocht wie er. Mit zitternden Fingern faltete er den Stapel auseinander und starrte sekundenlang auf die große ausladende Handschrift seines Bruders, bevor er richtig zu lesen begann:

Lieber Alexander!
Adrienne und ich haben uns vor einiger Zeit über die Möglichkeit unterhalten, dass uns gemeinsam, oder auch nur mir allein, etwas zustoßen könnte, und wollten für diese Eventualität die notwendige Vorsorge treffen.
Einer dieser beiden Fälle muss nun offenbar eingetreten sein, denn sonst würdest Du diesen Brief nicht in Deinen Händen halten.
Wie Du ja unserem gemeinsamen Testament entnehmen kannst, wirst Du die Kinder mit zu Dir nehmen. Sollte jedoch Reny noch leben, wird sie natürlich die Kinder bei sich behalten, deshalb wunderst Du dich vielleicht, warum Du trotzdem diese Zeilen erhältst – doch dazu komme ich später.
Zunächst möchte ich Dir noch einmal sagen, wie furchtbar leid es mir noch immer tut, dass wir Dir damals solche Schmerzen zufügen mussten, nur weil wir zwei uns ineinander verliebten. Ich weiß, dass Du mir niemals wirklich verzeihen konntest. Mir würde es schließlich ganz genauso gehen, und ich danke dir dafür, dass Du es immer wieder versucht hast.
Das, was ich Dir angetan habe, war unter Brüdern unverzeihlich, aber auch ich habe einen verdammt hohen Preis dafür bezahlen müssen. Ich habe meine Frau immer über alle Maßen geliebt, das weißt Du ja, aber es gab nicht einen einzigen Tag, an dem ich wirklich, bis in die Tiefen meiner Seele, glücklich gewesen wäre – nicht einen einzigen Tag! Viel zu groß war meine Schuld.

Dennoch war es mir stets unmöglich, auf Adrienne zu verzichten. Ihre Liebe war mir heilig, und ihre stete Nähe war für mich unverzichtbar und schlichtweg lebensnotwendig. Adrienne war von Anfang an mein Leben, Alex. Von dem Augenblick an, als ich sie zum ersten Mal an Deiner Seite sah. Ich habe immer gewusst, dass sie mich ebenso geliebt hat wie ich sie, denn sonst wäre sie niemals in der Lage gewesen, Dich zu verlassen. Und nur deshalb habe ich auch den Verrat an Dir, meinem Bruder, einigermaßen ertragen können. Eure Verbundenheit war allerdings tief verwurzelt – auch das habe ich immer gewusst, und oft genug war ich eifersüchtig und zerfressen vom Neid auf das, was Ihr miteinander teilen konntet.

Doch nun zu den Kindern, Alex.
Ich werde Dir die Tatsachen darlegen, wie sie sind, und nichts beschönigen.
Als ich Adrienne heiratete, war sie bereits im fünften Monat schwanger. Wir haben alle in dem Glauben gelassen, dass Richard über einen Monat zu früh auf die Welt gekommen ist, auch Dich. Du weißt so gut wie ich, dass das allein noch keinen Hinweis auf die Vaterschaft geben kann, denn der Zeitpunkt der Zeugung fiel in einen Zeitraum, in dem wir beide, Du und ich, dafür infrage gekommen wären. Aber, Alexander, leider habe ich meine Frau über viele Jahre lang belogen, zumindest habe ich ihr etwas Grundlegendes verschwiegen. Als ich fünfzehn Jahre alt war, habe ich erfahren, dass ich unfruchtbar bin. Diese Tatsache habe ich einer schlichten Kinderkrankheit zu verdanken. Der einzige Mensch, der von meiner Einschränkung wusste, war unsere Mutter …

Vor Alexanders Augen begannen die Buchstaben zu tanzen. Er hatte nicht bemerkt, dass er seit einiger Zeit schwer und geräuschvoll ein- und ausatmete, und er nahm auch Tobias nicht mehr wahr, der ihn mit wachsender Besorgnis beobachtet hatte und inzwischen direkt neben ihm stand. Erst jetzt spürte Alexander die Hand des Freundes auf seiner Schulter. Aufgewühlt blickte er zu ihm auf.

„Oh, mein Gott!“, war alles, was er hervorbrachte, bevor ihm die Stimme brach und ihm ein unaufhaltsamer wässriger Film die Sicht nahm. Alexander ließ den Brief auf die Tischplatte sinken und vergrub das Gesicht in seinen offenen Handflächen. Erst nach einigen Minuten gewann er seine Fassung zurück. „Entschuldige, Kroning … ich …“

„Ist schon gut, Alex. Sag mir nur, was ich für dich tun kann.“

Alexander schob Tobias den Stapel gelber Briefbögen zu. „Ich kann das nicht mehr. Lies mir vor.“ Er tippte auf die Stelle, bis zu der er selbst gekommen war. „Ab da. Du kannst auch vorher den Anfang für dich alleine lesen, damit du …“

„Bist du dir sicher, Alex?“

„Ja, zum Teufel, ja. Ich schaffe das nicht.“

Tobias Kroning hob zögernd und mit sichtbarer Verlegenheit die dicht beschriebenen Seiten auf. Nach einigen nachdenklichen Sekunden begann er schließlich, den Anfang des Briefes zu überfliegen, bis er zu der Stelle kam, auf die Alexander gedeutet hatte. Auch er sog hörbar seinen Atem ein und räusperte sich. Wieder zögerte er.

Alexander griff unterdes nach seinen Zigaretten. Seine Hände zitterten so stark, dass er einige Mühe hatte, sich selbst Feuer zu geben. Endlich gelang es ihm, und er zog gierig und tief den Rauch in seine Lungen. „Und? Liest du nun für mich weiter?“, fragte er rau.

„Vielleicht sollten wir uns vorher einen ordentlichen Schnaps genehmigen, Alex. Das macht es für uns beide leichter.“

Alexander nickte und deutete auf den Kühlschrank. „Sieh dort nach.“

Tobias öffnete das Tiefkühlfach und zog eine volle geeiste Flasche Anisschnaps heraus. Im Küchenschrank fand er passende Gläser und brachte alles zusammen mit an den Tisch. Da das starke Zittern von Alexanders Händen noch immer anhielt, übernahm er auch gleich das Einschenken und schob seinem Freund das gut gefüllte Glas hin.

„Prost.“ Tobias setzte an und trank in einem Zug sein Glas leer.

„Danke, Kroning.“ Alexander stürzte den hochprozentigen Inhalt des kleinen Glases hinunter. „Sei ein echter Kumpel und gib mir noch einen.“

Sie tranken beide noch zwei weitere Schnäpse und warteten eine Weile wortlos die Wirkung ab, bevor Tobias wieder nach den beschriebenen Blättern griff.

„Bist du bereit?“

„Leg los, aber zügig, bitte. Und guck mich um Gottes willen nicht so mitleidig an, Kroning.“

„Also … – der einzige Mensch, der davon wusste, war unsere Mutter.

Ich verschwieg Adrienne nach Richards Geburt, dass nur Du allein als Vater infrage kommen konntest. Mutter bat ich darum, ihr Wissen für sich zu behalten.

Adrienne und ich einigten uns darauf, Dir zu schreiben, dass unser Sohn einen guten Monat zu früh auf die Welt gekommen ist. Sie hatte mir erzählt, dass Ihr immer verhütet hattet, somit konntest Du gar nicht erst auf die Idee kommen, Richards Vater zu sein.

Mein schlechtes Gewissen brachte mich von nun an langsam, aber sicher um, Alexander. Jetzt hatte ich mich nicht nur Dir gegenüber gleich zweimal versündigt, nein, ich betrog auch Reny aufs Grausamste, denn sie war damals noch aus tiefster Seele davon überzeugt, dass ich tatsächlich Richards Vater sei. Denn nur sie und ich hatten in der Zeit, die infrage kam, ein- oder zweimal ohne Kondom miteinander geschlafen.

Alles änderte sich gut zwei Jahre später, nachdem Du uns endlich zum ersten Mal wieder besuchtest. Ich war so glücklich darüber, Dich zu sehen, wieder mit Dir reden zu können, Alex, denn ich hatte Dich schmerzlich vermisst.

Einige Wochen nach Deiner Abreise teilte Adrienne mir voller Freude mit, dass sie wieder ein Kind erwartete. Du kannst Dir sicherlich vorstellen, was daraufhin in mir vorging. Ich wusste ja, dass sie von mir nicht schwanger sein konnte – und Deine Anwesenheit, mein Bruder, lag weniger als zwei Monate zurück. Die Wut über Euren offensichtlichen Betrug, der Schmerz und die blinde Eifersucht, der ich mich sowieso ständig ausgesetzt sah, ließen mich unvorsichtig werden. Statt diesen Vorfall als meine gerechte Strafe anzunehmen, knallte ich ihr die Tatsachen vor den Kopf, schrie ihr schonungslos die ganze Wahrheit direkt ins Gesicht. Ich wollte sie verletzen, wie sie mich verletzt hatte. Für Reny war es grausam, sich der Wahrheit stellen zu müssen. Sie hatte Deinen Jungen zur Welt gebracht, Alex, und nicht meinen! Und sie wusste, dass sie wieder ein Kind von Dir unter ihrem Herzen trug.“

Als Alexander aufschluchzte, hielt Tobias einen Moment inne und hob seinen Kopf.

Alexanders zitternde Hände schienen miteinander zu ringen, er starrte auf die Tischplatte. Tobias' Lesepause veranlasste ihn dazu, den Kopf zu drehen.

Der jüngere Mann erschrak ein wenig über den Ausdruck in den Augen seines Freundes. Er hatte schon Mördern direkt in die Augen geblickt, und auch Menschen, denen man gewaltsam einen geliebten Angehörigen genommen hatte. Aber der Schmerz, der ihm jetzt aus Alexanders Blick begegnete, war offenkundig, umfassend und erkennbar grenzenlos. Diese Augen schienen regelrecht unter der seelischen Qual zu brennen.

„Weiter!“, flüsterte Alexander nachdrücklich. „Weiter, Kroning.“

Tobias nickte und senkte seinen Blick wieder zurück auf den Brief, um fortzufahren.

„Wir hatten damals eine sehr schwere Zeit miteinander, Reny und ich, doch dann siegte schließlich doch wieder die Liebe, die wir füreinander empfanden. Letztlich war es dann sogar ihre Idee, mit dem zweiten Kind ebenso zu verfahren, wie wir es schon bei Richard getan hatten. Sie bat mich inständig, auch dieses Kind als mein eigenes anzunehmen.

Adriennes Schwangerschaft und vor allem die Geburt standen allerdings unter keinem guten Stern. Sowohl sie als auch Nicole wären fast dabei gestorben. Ich habe Höllenängste um sie ausgestanden.
Nun habe ich ein offenes und volles Geständnis abgelegt, obwohl ich schon in dieser Sekunde hoffe und jede Nacht darum bete, dass Du diesen Brief niemals lesen musst.
Ich habe Dir alles genommen, was wirklich wertvoll für Dich gewesen war oder gewesen wäre, wenn Du nur davon gewusst hättest. Zuerst Adrienne, dann auch noch Deine Kinder. Jeden einzelnen Tag habe ich in der Angst vor einer grauenhaften Strafe gelebt, einer Strafe von Dir, oder von Gott – ganz egal!
Du sollst wissen, dass es mir zutiefst leidtut, was ich Dir angetan habe. Aber ich konnte nicht anders entscheiden, und ich würde es auch heute noch nicht tun. Reny und die Kinder waren immer das Wichtigste für mich. Es gab für mich niemals eine Wahl, Alexander. Zu keiner Zeit.
Ich weiß nicht, welcher Situation Du gegenüberstehst, wenn Du jemals diesen Brief lesen solltest. Vielleicht … nein, diesen Gedanken werde ich nicht niederschreiben. Ich kann es nicht, denn allein schon die Vorstellung, Du könntest noch einmal Deine Hände auf meine Frau legen, macht mich krank, und es fällt mir nicht leicht, das zuzugeben. Es gab so verdammt viele Situationen und Bereiche in meinem Leben, in denen es für mich unvergleichlich schwer war, Dein kleiner Bruder zu sein.
Dem Originaltestament liegt eine eidesstattliche Erklärung von Adrienne und mir bei, die bestätigt, dass Du der leibliche Vater unserer ehelich geborenen Kinder bist. Entscheide selbst, wann und ob überhaupt Du Deinen Kindern die Wahrheit sagst. Ich vertraue Dir, wie ich Dir immer vertraut habe, und verbleibe in der stillen Hoffnung, dass Du mir irgendwann verzeihen kannst, in Liebe,
Dein Bruder Henri.“

Tobias las noch das Datum vor, das unten auf der Seite vermerkt war, und Alexander registrierte, dass Henri den Brief genau eine Woche nach Nicoles Geburt verfasst hatte.

„Hier sind noch ein paar Zeilen von Adrienne, Alex. Vielleicht solltest du die doch lieber selber lesen."

Alexander nickte stumm und nahm ihm den letzten Bogen aus der Hand.

„*Geliebter chouchou*", las er ganz oben auf dem Briefbogen. „Scheiße!", rief er wütend aus und griff erneut nach der Schnapsflasche.

„Lass nur", sagte Tobias. „Ich mach das schon."

Sie stürzten gleichzeitig ihren vierten Schnaps hinunter, und Alexander zwang sich dazu, die Augen wieder auf das Blatt zu senken, das er zitternd in der Hand hielt. Adriennes schön geschwungene Handschrift schien ihn ebenso hypnotisch anzustarren, wie es eine Giftschlange tun würde, bevor sie angreift.

Geliebter chouchou!
Ich brauche Dir wohl kaum noch zu sagen, wie unendlich leid mir alles tut. Ich nehme an, mein Mann hat in seinem Schreiben an Dich schon genug Entschuldigungen hervorgebracht.
Alles, was ich noch will, ist, mich für die Zeit zu bedanken, in der Du für mich da gewesen bist. Sie war die glücklichste Zeit meines Lebens. Auch wenn meine Liebe zu Henri noch so groß ist, so war ich mit Dir doch unvergleichlich glücklicher und vor allem zufriedener, mein Herz. Dies ist keine barmherzige Lüge, glaube mir, sondern nur die schlichte Wahrheit und ebenso eine Folge der Umstände. Henri und ich haben es niemals ganz geschafft, uns von unserer Schuld zu befreien.
Du sollst wissen, dass ich allein durch Dich gelernt habe, was Menschlichkeit, Liebe und Fürsorge bedeuten können und wie wichtig diese Dinge für ein glückliches und harmonisches Zusammenleben sind.
Ich danke Dir für die Liebe, die Du mir stets geschenkt hast. Und vor allem danke ich Dir für das Wertvollste und Wun-

derbarste in meinem Leben: unsere Kinder!
Natürlich weiß ich, dass eine Bitte um Vergebung vermessen und unangebracht wäre, ich erspare sie deshalb Dir und auch mir.
Ich liebe Dich, chouchou, für immer.
Reny.

Es war Alexander jetzt egal, dass er nicht allein war. Er ließ seinen Tränen einfach freien Lauf, um dem ungeheuren Druck in seiner Brust und in seiner Kehle ein Ventil zu bieten. Tobias Kroning stand wortlos auf und reichte ihm eine Packung Papiertaschentücher, die er auf einem kleinen Regal über der Arbeitsplatte entdeckt hatte. Alexander zog dankbar eines der Tücher heraus und putzte sich geräuschvoll die Nase.

„Scheiße!", rief er erneut aus. „Verdammte Scheiße! Da oben liegen meine Kinder in ihren Betten, Kroning! Meine Kinder! Und ich habe nichts gewusst. All die verdammten Jahre nicht!"

Die Wut, die ihn überflutete, vertrieb die Tränen, und er starrte eine Weile zornig vor sich hin. Dann landete seine Faust mit ungebremster Heftigkeit auf dem Tisch „Teufel noch eins, ich habe diese Frau damals geliebt, Kroning! Meine Güte, sie und mein geliebter kleiner Bruder, dieser skrupellose Hundesohn, hätten mir um ein Haar das ganze Leben versaut. Und die Kinder ... Habe ich dir jemals erzählt, wie gerne ich immer eigene Kinder gehabt hätte, Kroning? Aber dazu hätte es ja auch wieder einer Frau bedurft, Kroning! Einer Frau, die einen betrügen kann, die dein Herz in ihren Händen hält und die Macht hat, es eiskalt zu zerdrücken, wenn ihr gerade danach ist. Nein, Kroning, das wollte ich nicht noch einmal erleben. Das Risiko war mir verdammt zu groß! Nicht noch einmal! Nicht mit mir!"

Er sprang so ruckartig von seinem Stuhl auf, dass er nach hinten umfiel. Mit großen, zornigen Schritten durchmaß er den Raum. Tobias blieb nichts anderes übrig, als ihm weiterhin stumm zuzuhören. Er hätte auch gar nicht gewusst, was es jetzt noch zu sagen gäbe.

„Meine Kinder!", fuhr Alexander wütend fort. „Es hat ihnen

nicht gereicht, mich … Verdammt noch mal, nein, jetzt werde ich ungerecht. Sie haben sich nämlich wirklich geliebt, Kroning, glaub mir! Trotzdem hatten sie nicht das Recht, mir meine Kinder vorzuenthalten, oder?"

Tobias schüttelte nur stumm seinen Kopf.

Als Alexander weitersprach, wurde seine Stimme plötzlich weicher. „Und Linda, meine Linda! Gott, ohne sie hätte ich bis zum Ende so weitergemacht. Ich wäre langsam, aber sicher gefühlsmäßig vor die Hunde gegangen. All diese Frauen! Meine Güte, sie haben mir nicht das Geringste bedeutet! Sie hat mich da herausgeholt, weißt du das eigentlich? Sie hat mein Leben wieder in Ordnung gebracht, mir den Glauben wiedergegeben. Und nun?" Er brach ab und kam zurück zum Tisch.

Langsam bückte er sich und stellte den Stuhl wieder auf, dann ließ er sich erschöpft darauf nieder. „Soll ich dir was sagen, Kroning, ich habe es gewusst." Er schlug sich mit der flachen Hand auf die Brust. „Die Kinder, meine ich. Hier drin hab ich es immer gewusst. Verstehe mich richtig, bis heute war mir das natürlich nicht klar, konnte es ja auch nicht. Der Gedanke wäre einfach zu absurd gewesen. Er ist mir noch nicht einmal im Ansatz gekommen. Nur dieses tiefe und unergründliche Gefühl war da … immer, wenn ich die Kinder sah. Die Kleine … Gott, es hat mir fast jedes Mal das Herz aus dem Leib gerissen, wenn ich mich wieder von ihr trennen musste! Verdammt noch mal! Was soll ich jetzt nur tun, Kroning? Wie soll ich ihnen das jemals erklären?"

Mit beiden Händen fuhr er sich durchs Haar und atmete einige Male tief ein und wieder aus. Minutenlang blieb er vollkommen reglos sitzen, dann ging ein Ruck durch seinen Körper, und er drückte sein Rückgrat durch. „Es … tut mir leid. Ich habe mich gerade furchtbar gehen lassen, stimmt's?"

„Wenn ich bedenke, was du eben erst erfahren musstest, hast du dich hervorragend gehalten, wenn du mich fragst", entgegnete Tobias Kroning entschieden und lächelte leicht.

„Ich bin Vater, Kroning, ich bin tatsächlich der Vater von diesen beiden wunderbaren Kindern da oben."

„Ja, das bist du."

„Herr im Himmel – Linda! Was soll ich ihr nur sagen?"
„Ich denke, die Wahrheit würde es tun, Alex."
Alexander nickte. „Meinst du, wir könnten noch einen vertragen?", fragte er mit einem Seitenblick auf die Schnapsflasche.
„Dann bin ich endgültig blau", erwiderte Tobias Kroning gelassen und schenkte schon im gleichen Atemzug beide Gläser bis zum Rand voll. Sie prosteten sich zu und tranken aus. Dann schichtete Alexander die verstreuten Seiten des Briefes aufeinander, faltete sie zusammen und schob sie in die Brusttasche seines Hemds. Schließlich verließen sie einträchtig die Küche, um nach den beiden Frauen zu sehen, die sich ins Wohnzimmer zurückgezogen hatten.

Schon beim ersten Blick in Lindas bleiches Gesicht wusste Alexander, dass Claudine ihr in der Zwischenzeit alles erzählt hatte. Die tiefe Erschütterung zeichnete sie, und es war auch unübersehbar, dass sie geweint hatte. Gleichzeitig rief er sich ins Gedächtnis, dass seine Mutter all die Jahre Bescheid gewusst hatte, und das Herz wurde ihm sogleich noch schwerer.
Er bedachte seine Mutter lediglich mit einem kühlen Blick. Es war ihm jetzt wichtiger, mit Linda zu sprechen. Ihre whiskeyfarbenen Augen erschienen ihm unnatürlich groß. Sie starrte ihn an, und ihre Lippen formten seinen Namen, ohne dass ein Laut zu hören war.
Alexander schluckte und schob seine Mutter beiseite, die in dem Augenblick aus ihrem Sessel aufgesprungen war, als Tobias und er das Wohnzimmer betreten hatten. Erschüttert und aufgewühlt ging er vor Linda in die Hocke und wollte nach ihren Händen greifen. Mit einer raschen Bewegung verhinderte sie diese Berührung, indem sie ihre Arme vor der Brust verschränkte. Sein Blick bohrte sich in den ihren, und er suchte verzweifelt nach den richtigen Worten, doch er fand sie nicht. Sein Kopf war vollkommen leer.
„Bitte nicht!", flüsterte sie flehend, „Ich kann jetzt nicht mit dir reden." Tränen rollten erneut über ihre Wangen, sie zog schluchzend die Luft ein und löste sich aus der festen Umklammerung seines Blickes, indem sie sich von ihm abwendete.

„Liebling, ich …“

„Lass mich allein!“, bat sie kaum hörbar, aber mit deutlichem Nachdruck.

Niemals zuvor in seinem Leben hatte er sich so einsam gefühlt wie in diesem Augenblick. In seiner Brust formierte sich ein brennender Schmerz, und er atmete dagegen an, jedoch ohne den geringsten Erfolg zu verspüren.

Er wollte ihr so gern sagen, wie sehr er sie liebte und brauchte, brachte es aber nicht mehr fertig. Seine körperlichen und auch geistigen Kräfte waren fast aufgezehrt, und den kläglichen Rest benötigte er nun für sich selbst. Also erhob er sich nur stumm und mit gesenktem Kopf.

Im Vorbeigehen berührte er Tobias am Oberarm. „Danke“, murmelte er, dann sprang er mit langen Schritten die Treppe hinauf, ohne sich noch einmal umzusehen.

Zunächst lehnte Alexander nur seine heiße Stirn für einige Augenblicke außen gegen die Zimmertür, dann fand er endlich die Kraft, sie zu öffnen. Das Flurlicht warf einen gelblichen, sanften Schein auf das kleine Bett. Das dunkle lockige Haar lag ausgebreitet auf dem Kopfkissen, und mittendrin erkannte er das pausbäckige wunderhübsche Gesicht seiner kleinen Tochter.

Angestrengt schluckte er gegen den riesigen Kloß an, der sich schon wieder in seinem Hals breitmachen wollte, und sah weiter auf das kleine Gesichtchen hinab, um sich jede Einzelheit davon fest einzuprägen. Es war das erste Mal, dass er dieses Geschöpf mit den stolzen Augen des Vaters betrachten durfte, und Alexander wollte diesen Moment unbedingt für sich festhalten. Sein Blick glitt noch einmal über die dunklen Haare, die ihr schon fast bis auf die schmalen, zerbrechlich wirkenden Schultern reichten und sich in lustigen ungebändigten Löckchen über das Kissen und einen Teil ihres Gesichtchens kräuselten. Ihre Wangen waren im Schlaf leicht gerötet, und die überlangen schwarzen Wimpern hinterließen dort ihre halbmondförmigen Schatten.

„Du bist einfach wunderschön“, flüsterte Alexander andächtig. Vorsichtig schob er ein vorwitziges Löckchen von der zarten

Kinderwange und lächelte seine schlafende Tochter an. „Schlaf gut, mein Häschen", fuhr er flüsternd fort. „Ich liebe dich."

Ebenso leise, wie er sie zuvor geöffnet hatte, zog er die Tür wieder hinter sich zu. Ohne zu zögern, öffnete er direkt nebenan die Tür zum Zimmer seines Sohnes. In seinem Magen breitete sich ein heißes Gefühl aus, als er auf das schlafende Kind herabblickte.

Zum ersten Mal wurde ihm bewusst, wie unglaublich ähnlich der Junge ihm sah. Natürlich waren auch Henri und er sich äußerlich sehr ähnlich gewesen, aber dies hier war etwas ganz anderes. Diese Ähnlichkeit hatte nicht nur etwas mit den hervorspringenden Merkmalen zu tun, die Henri und er mit ihrer Mutter geteilt hatten, und er fragte sich, wie er sie nur so lange hatte übersehen können.

Gott, wenn er nur daran dachte, dass Adrienne schon mit diesem, mit seinem Kind schwanger gewesen war, als er sie damals in den Armen des eigenen Bruders überrascht hatte, kam ihm die bittere Galle hoch. Er rief sich bewusst das längst vergangene Erlebnis noch einmal ins Gedächtnis zurück. Quälte sich ein letztes Mal mit den Ereignissen, die darauf folgten. Auch den Tag, an dem er Richard zum ersten Mal auf seinen Arm genommen hatte, brachte er sich in Erinnerung. Es war der gleiche Tag gewesen, an dem er trunken vor Liebe und Wein seine Tochter gezeugt hatte.

Und wie sehr hatte er sich für diese Nacht gehasst! Nicht ein Mal danach hatte er einen Gedanken daran verschwendet, dass er völlig ungeschützt mit Adrienne geschlafen hatte. Nur der verdammte Betrug hatte für ihn im Vordergrund gestanden, nur das schlechte Gewissen Henri gegenüber hatte damals sein Denken beherrscht.

Die heftigen Gefühle überfluteten ihn aufs Neue, und er fühlte seine Beine nachgeben. Langsam ließ er sich neben dem Kinderbett auf die Knie nieder, ohne auch nur eine Sekunde lang den Blick vom Gesicht seines Sohnes zu wenden.

„Ich liebe dich, mein Sohn", brachte er flüsternd hervor, dann gab er sich einer neuen Tränenflut hin und ließ seinen Kopf schwer auf die gesteppte Bettdecke sinken. Er weinte alles aus sich heraus. Angefangen bei der Trauer über die beiden Menschen, die er trotz allem so schmerzlich vermisste, bis hin zum Kummer über die verlorenen Jahre mit seinen Kindern. Er weinte über die Schmerzen, die sie alle zusammen ertragen mussten. Dann wieder verfluchte er Adrienne und vor allem seinen Bruder aus tiefstem Herzen, bis die Tränen schließlich von allein versiegten. Hinterher erschrak er ein wenig über seinen Zusammenbruch und sah besorgt nach, ob er den Jungen etwa aufgeweckt hätte. Doch Richard schlief so tief und fest, wie es nur Kinder fertigbringen.

Tobias Kroning trat einen Schritt näher an Linda heran, nachdem Alexander nach oben verschwunden war. Sein ernster Blick heftete sich auf ihr verweintes und blasses Gesicht. Claudine Hellberg stand mit verschränkten Armen reglos am Fenster. Auch sie sah ihre Schwiegertochter an und schüttelte leicht ihren Kopf.

„Warum tust du ihm das an?", fragte Tobias mit unverhohlener Betroffenheit und deutlichem Unverständnis in der Stimme. „Wie kannst du ihm gerade jetzt deine Liebe und deinen Beistand verweigern? Entschuldige bitte, Linda, aber ich verstehe dich einfach nicht."

Ihr Blick hob sich. „Es ist ... ich kann ... nicht."

„Du kannst nicht? Hast du auch nur die geringste Vorstellung davon, was dieser Mann, *dein* Mann, in der vergangenen Stunde ertragen musste? Denke mal darüber nach, Linda Hellberg!"

Er holte tief Luft, weil er bemerkte, dass der Anisschnaps inzwischen seine tückische, leicht verzögerte Wirkung zeigte. „Meine Güte, er hat geweint wie ein kleines Kind! Alexander Hellberg hat geweint, Linda! Doch wahrscheinlich hast du gar keine Vorstellung davon, was das bedeutet, für einen Mann wie ... Verdammt und zugenäht, ich habe zu viel getrunken."

Wieder schnappte er nach Luft und raufte sich mit beiden Händen die hellen Haare. „Komm zu dir, verflucht noch mal! Dein Mann braucht dich jetzt mehr denn je!" Abrupt wandte er sich von der entsetzten Linda ab, die ihn mit offenem Mund anblickte, und sah Claudine an, deren Miene dagegen fast gelassen wirkte. „Kann ich mal nach Hamburg telefonieren?"

Sie nickte. „Natürlich", antwortete sie mit heiserer Stimme.

Tobias pustete geräuschvoll die Luft durch seine fast geschlossenen Lippen und verließ das Zimmer. Vorsichtig bewegte er sich bis zum Ende des langen Flurs, wo das einzige Telefon des Hauses auf einer antiken Kommode stand. Das kleine Schränkchen stand unter der Treppe, sodass man sich zumindest der Illusion hingeben konnte, einigermaßen ungestört zu telefonieren. Tobias warf einen schnellen Blick auf seine Armbanduhr. Mit etwas Glück war sie noch wach.

Er wusste, dass Monika selten vor Mitternacht ins Bett ging, wenn sie normalen Tagdienst hatte. Also wählte er entschlossen die Nummer von Linda und Alexander, denn dort hielt sie sich ja zurzeit auf.

Schon beim zweiten Klingeln hob sie ab, ohne sich zu melden. Offenbar hatte sie seinen Anruf schon erwartet. „Na, Kroning, bringt die Sehnsucht dich schon um?"

Tobias lächelte in den Hörer und konzentrierte sich darauf, deutlich zu artikulieren. „Du sagst es, meine Schöne. Vermisst du mich denn auch ein bisschen, du süße …"

„Sag mal, Kroning, hast du was getrunken?"

„Ich bin stockbesoffen, deshalb … deshalb rufe ich ja auch an", sagte er und unterdrückte einen heftigen Schluckauf.

„Ist es so schlimm?" Monika kannte ihn schon ganz gut. Tobias war mit Alkohol normalerweise eher zurückhaltend, denn er vertrug nicht besonders viel davon.

„Noch schlimmer, aber das … erfährst du noch früh genug, du kleine, neugierige, süße …"

„Kroning, du lallst grässlich! Was willst du?"

„Ich sag dir jetzt was, das haut dich glatt um, Kaminski." Er hörte selbst, dass er mit den S-Lauten so seine Schwierigkeiten hatte, konnte aber nichts dagegen tun.

„Nun spuck es schon aus, du alte Schnapsdrossel."

Tobias lehnte sich mit der Stirn gegen die Rückseite der Treppe und atmete tief durch die Nase ein. Er schloss seine Augen, weil er Monika dann besser vor sich sah, öffnete die Lider aber schnell wieder, weil ihm schwindelig wurde.

„Ich liebe dich, Kaminski."

Auf der anderen Seite der Leitung blieb es vollkommen still.

„Hast du mich gehört, du wundervolle, herzlose Frau? Ich liebe dich!", rief er lallend in den Hörer. „Sogar wahnsinnig tue ich das", fügte er sicherheitshalber noch hinzu. „Ganz furchtbar wahnsinnig liebe ich dich, Kaminski!"

„Ich lieb dich auch, du verrückter großer Junge", kam es so leise zurück, dass er es beinahe nicht verstanden hätte, dann hörte er nur noch ein Klicken. Monika Kaminski hatte aufgelegt.

Typisch!

„Heiliges Kanonenrohr! Sie liebt mich auch", sagte er mit einem glücklichen, aber sehr schiefen Grinsen zum Telefonhörer. Vorsichtshalber wiederholte er auch diesen Satz noch zweimal, dann legte er endlich auf und gab sich erleichtert einige Minuten seinem heftigen Schluckauf hin, bevor er sich selbst um die Treppe herummanövrierte und sich mit beiden Händen am Geländer mühevoll hinauf in das obere Stockwerk zog.

Linda räusperte sich einige Male, nachdem sie wieder allein mit ihrer Schwiegermutter war, und erhob sich.

„Willst du endlich zu ihm gehen und ihm beistehen, oder bist du zu feige?", fragte Claudine mit schneidender Stimme, nachdem Tobias den Raum verlassen hatte.

„Es ist so … schwer für mich", setzte Linda an.

„Was ist denn so schwer für dich, Linda? Dass mein Sohn dich von Herzen liebt und geheiratet hat oder dass er jetzt eigene Kinder mit in eure Ehe bringt? Du hast auch eine Tochter, *chérie*."

Lindas Augen weiteten sich vor Entrüstung. „Es geht nicht um die Kinder! Sie sind zauberhaft … und … Ach was soll's! Es geht um Adrienne, Claudine. Und nur um sie!"

Claudine Hellbergs Blick wurde weich, und sie ging mit bedächtigen Schritten auf ihre Schwiegertochter zu, bis sie ganz dicht vor ihr stand. „Ich weiß, dass du eine sehr schwere Zeit hinter dir hast, *ma petite*. Deine erste Ehe war sicherlich kein Zuckerschlecken, und Frank war offenbar nicht der Mann, für den wir ihn alle gehalten haben. Trotzdem …"

Sie beugte sich zu Linda hinunter, die ein gutes Stück kleiner war als sie. „Schau mir in die Augen, Linda. Darin erkennst du die Seele einer Frau, die weiß, was es bedeutet, von dem Mann, den sie liebt und vertraut, belogen und betrogen zu werden. Ich kann gut nachfühlen, was du in dieser Hinsicht durchmachen musstest, aber diese Zeit liegt doch weit hinter dir. Alexander hat nichts, aber auch rein gar nichts mit Frank gemein!“

Claudine schnappte nach Luft und wischte Linda mit ihrem Handrücken eine einzelne Träne von der bleichen Wange. „Herrje, Linda, Reny ist tot!“

Linda sah in die Augen der älteren Frau, und es gab ihr einen schmerzhaften Stich, dass diese denen von Alexander so ähnlich waren. „Er wird stets die Kinder vor Augen haben, ihre gemeinsamen Kinder. Ich werde niemals wissen, ob er …“

„Wach auf, Linda! Es ist doch offensichtlich, wie sehr der Mann dich liebt und verehrt. Glaube mir, ich muss es wissen, *chérie*. Reny hat er niemals auf diese besondere Art angesehen. Seine Augen hatten niemals diesen ganz speziellen Ausdruck. Sie beginnen zu leuchten, wenn er dich anschaut.“

Claudine schluckte. „Ja, er hat Adrienne geliebt, aber das ist viele Jahre her, und die Liebe zu ihr lässt sich sicherlich nicht mit dem tiefen und reifen Gefühl vergleichen, das er für dich empfindet, mein Schatz.“ Beschwörend legte sie ihre Hände um Lindas Gesicht. „Hat Alexander dir jemals die Frage gestellt, ob du ihn mehr liebst, als du Frank geliebt hast, Linda? Hat er jemals deiner Tochter so etwas wie Eifersucht entgegengebracht?“

Linda schüttelte ihren Kopf. „Nein, nein … er ist immer so lieb zu Charlotte, aber meine Beziehung zu Frank war auch ganz anders, als es seine zu Adrienne gewesen ist, Claudine. Er weiß, dass ich Frank am Ende nur noch gehasst habe.“

„Oh, Hass kann manchmal beherrschender und viel leidenschaftlicher als jede Liebe sein, Linda.“

„Er hat mit ihr geschlafen, obwohl sie bereits Henris Frau war, Claudine! Die Frau seines Bruders!“

Claudine nickte. „Ich weiß, Reny hat es mir damals erzählt. Ich meine damit, sie hat es mir schon weit vor Nicoles Geburt gestanden.“

„Sie hat es dir erzählt? Einfach so?“

„Ja, wir … hatten ein sehr vertrauensvolles Verhältnis zueinander. Das ergibt sich von ganz allein, wenn zwei Frauen, die sich sehr mögen, unter einem Dach zusammenleben. Adrienne wusste, dass sie sich auf mich verlassen konnte.“ Sie schluckte. „Aber auch das geschah, einige Jahre bevor ihr beide euch kennengelernt habt, oder? Dich hat er nie betrogen.“

Linda nickte widerwillig. „Darum geht es auch nicht. Entscheidend ist, dass er einfach nicht von ihr lassen konnte, Claudine. Alexander ist … er ist der korrekteste und ehrlichste Mensch, den ich kenne, trotzdem hat er seinen Bruder betrogen, und dafür muss er einen triftigen Grund gehabt haben.“

„Oh ja, den hatte er in der Tat, Linda! Viele Gründe sogar. Setz dich, ich werde dir etwas über meine beiden Söhne erzählen. Glaub mir bitte, wenn ich dir sage, dass mir das nicht leichtfällt, denn ich missbrauche damit das Vertrauen von ihnen beiden – und auch das von Adrienne. Ich werde dir ihre Geschichte aus meiner Sicht erzählen. Vielleicht eröffnet dir das ja noch eine neue Seite der Tragödie.“

Wortlos ließ Linda sich zurück auf das Sofa fallen und sah ihre Schwiegermutter mit großen, erwartungsvollen Augen an.

Claudine setzte sich ihr gegenüber in einen der riesigen geblümten Ohrensessel. „Du hast absolut recht, wenn du sagst, Alex ist ein korrekter und ehrlicher Mensch. Ich habe nie wieder jemanden kennengelernt, der so zuverlässig und anständig ist wie er. Es liegt ihm einfach im Blut. Schon in der Schule war er immer erfolgreich und immens fleißig. Niemals hat er seinem Vater und mir echten Kummer bereitet, noch nicht einmal während der Pubertät.“

Ein leichtes Lächeln huschte über Claudines Gesicht. „Seine Abiturnote war vorbildlich, und wir nahmen an, dass er einer glänzenden Karriere als Jurist entgegensehen würde, aber leider dachte Alexander gar nicht daran, zu studieren. Schon während der Schulzeit hatte er sich in den Kopf gesetzt, Polizist zu werden. Er hat seinen Vater sehr verehrt und wollte einfach sein wie er. Zunächst war ich natürlich außer mir vor Enttäuschung, aber ich war dennoch immer stolz auf ihn, das musst du mir glauben."

Ihre Augen wurden feucht. „Das soll übrigens jetzt nicht heißen, dass ich den Beruf meines Mannes nicht geachtet hätte, im Gegenteil. Mein Mann war ein guter Polizist, und ich habe ihn für seine Arbeit bewundert. Ich hatte mir eben nur eine akademische Laufbahn für meinen Ältesten vorgestellt, weil ich der Meinung war, dass es zu ihm passte."

Wieder lächelte sie. „Henri war zeit seines Lebens ganz anders. Er war ein freches, ungezogenes Kind. Durch die Schule kam er eher schlecht als recht und brach sie auch noch kurz vor dem Abitur einfach ab, um in eine Lehre als Koch zu gehen. Mit unserem jüngeren Sohn hatten wir jede Menge Probleme, aber ich liebte ihn abgöttisch, und Alexander und mein Mann warfen mir oft vor, ich würde ihn vorziehen und schrecklich verhätscheln. Ich nehme an, sie hatten nicht immer ganz unrecht damit. Henri wurde zunehmend rebellisch und gefährlich rücksichtslos. Seine Ausstrahlung hingegen war enorm. Sie lag irgendwo zwischen Engel und Teufel. Unberechenbar eben. Genau diese Aura war es, die ihn aber auch für viele Frauen so unwiderstehlich machte."

Obwohl Linda diesen Teil der Geschichte schon von Alexander kannte, hörte sie gebannt zu. Es war ihr niemals etwas wichtiger gewesen, als so viel wie nur möglich über ihren Mann zu erfahren.

Ein kurzes bitteres Lachen entglitt Claudines Kehle, bevor sie weitersprach. „Als Henri aus Paris zurückkehrte und Alexander ihm voller Stolz Adrienne präsentierte, sah ich auf den ersten Blick, dass die Katastrophe damit ihren Anfang nahm. Adriennes Augen leuchteten auf, als sie Henri ansah, und er flirtete hemmungslos mit ihr und wickelte sie mühelos um seinen kleinen Finger. Schon nach kurzer Zeit wunderte ich mich, dass Alexander so ahnungslos und vor allem so ruhig blieb."

Claudine erhob sich und ging hinüber zum Fenster, schob die Spitzengardine beiseite und starrte in die Dunkelheit hinaus. „Später erfuhr ich, dass er noch nicht einmal bemerkt hatte, welche enorme Anziehungskraft Henri auf Adrienne ausübte. Das war so typisch für Alex. Nicht im Traum hätte er daran gedacht, dass sein Bruder es darauf anlegen könnte, ihm die Frau auszuspannen. Du weißt ja, wie furchtbar die Geschichte endete, Linda. Es war für Alexander sehr schlimm, und seine Trauer und Enttäuschung über den Betrug brachen auch mir fast das Herz."

Tief einatmend strich sich Claudine mit der Hand durchs Haar, dann fuhr sie fort: „Henri und Adrienne waren allerdings wirklich sehr ineinander verliebt. Das wurde mir spätestens bewusst, als sie zu mir zogen. Es ist schwer nachzuvollziehen und noch schwerer zu beschreiben, was mit den beiden passierte. Sie liebten sich leidenschaftlich, aber sie wurden einfach nicht glücklich miteinander. Da war Henris hitziges Temperament, das Adrienne immer mal wieder das Leben schwer machte, und dazu kam auch noch ihre fortschreitende Schwangerschaft. Ja, ich wusste schon damals, dass mein älterer Sohn der Vater des Kindes sein musste, aber ich gab Henris bitterem Drängen nach und beteiligte mich an dieser furchtbaren ... Sache. Renys zweite Schwangerschaft brachte dann das Fass zum Überlaufen, weil nun auch sie die ganze Wahrheit erfuhr. Es war eine schreckliche Zeit, und ich glaubte schon, sie würden sich nun doch trennen. Das taten sie jedoch nicht."

Unruhig stand Claudine auf und wanderte im Zimmer umher. „Eines Abends, Henri war für einige Tage zu einer Winzertagung in die Schweiz gefahren, brachte ich endlich den Mut auf, Adrienne zu fragen, warum sie überhaupt noch einmal mit Alexander ins Bett gegangen war. In dieser Nacht redete sie sich all ihren Kummer von der Seele."

Angespannt rutschte Linda nach vorn, bis sie nur noch auf der äußersten Kante des Sofas saß. Sie wagte kaum zu atmen.

Claudine kehrte zurück und setzte sich wieder in ihren Sessel. Ihr Blick heftete sich erneut auf Lindas Gesicht. „Adrienne war von Anfang an von Henri fasziniert gewesen. Die Art, wie er ihr seine Zuneigung gezeigt, wie er um sie geworben hatte, hatte sie tief berührt. Oh ja, er konnte umwerfend charmant sein. Ich versuche es dir zu erklären, Linda. Adrienne verliebte sich zwar leidenschaftlich in Henri, aber sie liebte auch Alexander. Auf eine andere Art, die nicht unbedingt ruhigerer Natur war, im Gegenteil. Sie vertraute mir an, dass sie sich wahrscheinlich noch nicht einmal für Henri entschieden hätte, wenn Alexander nicht an diesem verhängnisvollen Tag früher nach Hause gekommen wäre. Aus eigener Kraft hätte sie diese Entscheidung niemals fällen können, sagte sie. Tatsächlich war sie hin und her gerissen zwischen den beiden Männern, und voller Zweifel."

„Sie hat also beide geliebt. Henri und Alexander", stellte Linda mit müder Stimme fest.

„Ja, das hat sie wohl." Claudine nickte, hob kurz ihre Hände und ließ sie dann wieder zurück in ihren Schoß fallen. „Nach unserem Gespräch verstand ich zumindest ansatzweise, warum sie es damals fertiggebracht hatte, sich auf Henri einzulassen, während sie auf der anderen Seite weiterhin mit Alexander lebte und offensichtlich seelenruhig ihre Hochzeit plante. Sie wollte unbedingt an Alexander festhalten, denn er verkörperte noch immer alles, was sie sich vom Leben und ihrer Zukunft erträumt hatte. Als Alexander die beiden zusammen erwischte, nahm er damit Adrienne die Entscheidung ab. Natürlich blieb ihr daraufhin nichts anderes übrig, als sich öffentlich zu Henri zu bekennen, denn sie wusste ja, dass es kein wirkliches Zurück mehr geben würde zu Alexander, selbst dann nicht, wenn er es zunächst zugelassen hätte. Oh, das ist wirklich schwer zu erklären, nicht wahr? Man muss Alexander schon gut kennen, um das zu verstehen."

Nachdenklich sah Linda sie an, dann nickte sie bedächtig. „Stimmt. Alex geht Vertrauen über alles. Er wäre wohl niemals mehr richtig glücklich mit ihr geworden."

„Adrienne liebte Henri wirklich. Manchmal jedoch schien sie die Sehnsucht nach Alexander regelrecht aus dem Nichts zu überfallen. Ich weiß nicht, was es letztlich war, das sie immer wieder zu ihm zog. Aber ich weiß, dass die körperliche Begegnung bei seinem ersten Besuch hier allein von ihr ausgegangen ist. Sie hat es mir selbst gestanden. Sie sagte, sie habe ihn regelrecht bedrängt. Außerdem war er damals nicht nur furchtbar betrunken, sondern auch noch immer verliebt in sie. Sie hatte ein leichtes Spiel."

Claudines Stimme klang nun etwas heiser. „Für mich grenzt es bis heute an ein Wunder, dass Alexander und Henri zu einer einigermaßen normalen Beziehung zurückfanden, denn der Bruch zwischen ihnen war doch gewaltig. Als Mutter war es grausam, mit ansehen zu müssen, was da mit meinen Söhnen geschah. Erst im letzten Sommer schien Alexander seinem Bruder plötzlich endgültig verziehen zu haben."

Sie lächelte. „Alexander ... er erzählte uns von dir. Meine Schwiegertochter kannte ihn zu gut, Linda, sie sah als Erste, was wir dann alle erkannten. In seinen Augen las sie, dass er für sie nun endgültig verloren war – und wollte Abschied nehmen. Sie versuchte sogar, ihn ein letztes Mal zu verführen, doch ohne Erfolg. Er liebte *dich*, also wies er sie zurück, Linda."

„Er ..." Lindas Stimme versagte ihr den Dienst, als ihr bewusst wurde, was das bedeutete.

„Ja, Linda. Er wies Adrienne zurück. Sie nahmen tatsächlich Abschied voneinander, wenn auch ganz anders, als Adrienne es ursprünglich geplant hatte. Sie hat es mir selbst gestanden."

Tief und gründlich atmete Claudine ein und wieder aus. „Danach wurde alles anders. Es klingt verrückt, aber ich habe Henri und Adrienne nie zuvor so glücklich erlebt wie in den Monaten danach. Vielleicht war es sogar die einzige wirklich glückliche Zeit, die sie miteinander erleben durften. Du hast sie doch bei eurem Besuch hier und auf eurer Hochzeit gesehen. Wirkten sie nicht wie ein frisch verliebtes Paar?"

„Ja, du hast recht, aber ich ... ich verstehe einfach nicht, wie Adrienne auch nur versuchen konnte, Alex noch ein weiteres Mal zu verführen."

„Ach Linda! Adrienne wollte einfach verzweifelt an etwas festhalten, das ihr einmal so unendlich wichtig gewesen war. Sie hat Halt und Bestätigung als Frau gesucht. Die Dinge, die ihr Ehemann ihr zu diesem Zeitpunkt verweigerte. In ihrer Lage war es fast logisch, dass sie es noch einmal bei Alex versuchte. Alexanders Zuneigung zu Reny hatte sich hingegen schon seit

Jahren verändert, auch wenn ihm das selbst lange Zeit nicht bewusst war. Er empfand durchaus eine tiefe Zuneigung für sie, aber bei Weitem keine leidenschaftliche Liebe mehr. Ihre gemeinsame Zeit war zu einer Erinnerung für ihn geworden, nicht mehr und nicht weniger. Und genau diese Erinnerung stand den beiden lange Zeit im Wege."

Noch einmal stand Claudine auf und ging zu einem kleinen Tisch, auf dem eine Wasserkaraffe und ein paar Gläser standen. Sie schenkte zwei Gläser ein, kam zurück zur Sitzecke und stellte ein Glas vor Linda ab.

„Als Alexander uns im Sommer besuchte, war Adrienne zutiefst unglücklich in ihrer Ehe", setzte Claudine ihren Bericht schließlich fort. „Henri schlief zu diesem Zeitpunkt schon seit Monaten nicht mehr mit ihr. Und wie gesagt, sie kannte Alexander gut, er war ihr vertraut. Er ist ein Mann – und er ist nicht aus Stein. Vergiss nicht, welche Art von Leben er geführt hat, bevor er dich kennenlernte, Linda. Für ihn war das, was sich zwischen Mann und Frau abspielen sollte, inzwischen hauptsächlich aufs Körperliche reduziert. Du solltest doch am besten wissen, dass er ein sehr leidenschaftlicher Mann ist. Wenn er auf irgendetwas rein gar nicht verzichten kann, dann ist es doch der Sex, nicht wahr?"

Sie schmunzelte über Lindas Verlegenheit. „Ich weiß, es ist ungewöhnlich, dass eine Mutter so über den eigenen Sohn spricht, aber ich kenne ihn eben sehr gut. Alexander hat eine ganze Menge von seinem Vater. Zum Glück nicht alles, aber das ganz bestimmt. In ihrer Verzweiflung hatte Adrienne ganz einfach gehofft … Aber wie gesagt, er wies sie ab."

„Er wies sie ab", wiederholte Linda die letzten Worte ihrer Schwiegermutter. Es klang so, als müsse sie sich ein weiteres Mal klarmachen, was das bedeutete.

Claudine legte eine kleine Atempause ein und nahm einen großen Schluck aus ihrem Wasserglas. „Er liebt dich so sehr, mein Kind. Ich habe überhaupt nicht mehr daran geglaubt, dass es irgendeiner Frau doch noch gelingen könnte, ihn aus seinem einsamen Leben zu befreien, doch du hast es geschafft."

Ihre Stimme wurde nun eine Nuance schärfer. „Ja, er liebt dich wirklich. Wenn er sich nur schlicht und einfach ein bisschen in dich verknallt hätte, wäre mein Sohn dir nämlich schon längst wieder durch die Lappen gegangen. Darauf gebe ich dir mein Wort. Er hatte sich schon lange auf ein Leben allein eingerichtet."

Weil Linda nun wieder anfing zu weinen, lächelte Claudine mitfühlend. Sie erhob sich, setzte sich neben Linda auf das Sofa und strich ihr sanft über das Haar. „Na, mein Kind, dir wird wohl langsam klar, dass du dich eben sehr dumm verhalten hast, nicht wahr?"

Linda nickte und wischte sich die Tränen von den Wangen. „Ich hätte nicht an ihm und an seiner Liebe zu mir zweifeln dürfen."

„Ich habe nur so offen mit dir gesprochen, weil mir Alexanders Glück mehr als alles andere am Herzen liegt und weil ich sehe, dass du ihn ebenso sehr liebst wie er dich." Sie seufzte. „Mir wird er allerdings nicht so leicht verzeihen können, dass ich dieses Spiel der vielen Lügen mitgespielt habe."

Traurig ließ Claudine ihre Hand sinken, stand auf und strich ihren Rock glatt. „Wer weiß, vielleicht habe ich heute auch noch meinen anderen Sohn für immer verloren. Er kann mit Unwahrheiten einfach nicht gut umgehen. Sollte er mir gar nicht mehr zuhören wollen, Linda, sag ihm irgendwann, dass ich ihn sehr, sehr liebe. Meine Entscheidungen habe ich stets aus dem Herzen heraus getroffen. Ich war der Meinung, es sei so die beste Lösung für uns alle, vor allem aber für die Kinder. Vielleicht wird er es sogar irgendwann einmal verstehen oder zumindest nachvollziehen können."

Wieder stieß sie ein kurzes, bitteres Lachen aus. „So wie ich ihn kenne, ist es wahrscheinlicher, dass er mir wieder einmal vorwerfen wird, ich hätte Henri mehr geliebt als ihn. Gott weiß, dass das nicht stimmt."

Traurig ging sie zur Tür. „Ich lass dich jetzt allein, *chérie*. Denk über alles in Ruhe nach – und dann hilf endlich deinem Ehemann, mit seiner neuen Situation fertigzuwerden. Er braucht dich jetzt unbedingt in seiner Nähe. Gute Nacht, *ma petite*."

Linda blieb noch eine Weile still in ihrer Sofaecke sitzen, und plötzlich überfiel sie ein maßloses Schuldgefühl, das tonnenschwer auf ihren Schultern lag und sie regelrecht niederdrückte. Tobias hatte mit seinen Anschuldigungen vollkommen recht gehabt. Heute Abend hatte sie ihren Mann im Stich gelassen. Den Mann, um dessen Liebe sie monatelang verzweifelt gekämpft hatte und der in unvergleichlicher Weise für sie da gewesen war, als sie selbst am Boden gelegen hatte. Der einzige Mann, der sie jemals richtig glücklich gemacht hatte.

Sie mochte sich noch nicht einmal annähernd vorstellen, was er jetzt gerade durchmachte. In grenzenlosem Schmerz kniff sie ihre Augen zusammen. Er hatte sein Leben für sie geändert – und heute hatte er sie gebraucht, verzweifelt nach ihrem Beistand verlangt, und sie hatte ihn nur eisig zurückgewiesen und einer offenbar völlig überzogenen Eifersucht nachgegeben.

Es wäre nur so wenig nötig gewesen, um ihm mitzuteilen, dass sie immer für ihn da sein würde. Eine Umarmung, ein sanftes Streicheln und ein aufmunterndes Lächeln hätten wahrscheinlich schon genügt. Stattdessen hatte sie ihrem Kummer freien Lauf gelassen, ihren dummen Ängsten, und hatte damit seine Gefühle mit Füßen getreten. Jetzt blieb ihr nichts anders übrig, als sich ängstlich zu fragen, ob sie seine Liebe damit verspielt und für immer verloren hatte.

Alexander saß im einzigen Sessel des Gästezimmers, das sie gestern bezogen hatten, und starrte in sein eigenes, erschöpftes Gesicht, das sich in der dunklen Scheibe des Fensters widerspiegelte. Als Linda zu ihm ins Zimmer kam, sah er nur ganz kurz in ihre Richtung.

Sie wollte zu ihm gehen, schaffte es aber noch nicht. Wortlos schloss sie hinter sich die Zimmertür und blieb tatenlos an Ort und Stelle stehen. Gerade eben auf der Treppe hatte sie noch genau gewusst, was sie ihm alles sagen wollte, doch jetzt schien ihr Kopf wie leer gefegt zu sein, und sie brachte kein einziges Wort heraus.

„Tobias wird dich morgen sicher gerne zum Flughafen bringen, wenn du das möchtest“, sagte er, ohne sie anzusehen. Sein Tonfall klang bitter.

Panik stieg in ihr auf. Hier lief etwas grundlegend falsch. „Ich … Alex …"

„Du brauchst dich nicht bei mir zu entschuldigen, Linda. Das Leben ist nicht immer komisch, das wissen wir doch beide. Wir sind alt genug, um diese Sache einigermaßen vernünftig über die Bühne zu bringen, nicht wahr?"

Seine Stimme blieb vollkommen ruhig und entsetzlich gleichgültig, das jagte ihr einen weiteren riesigen Schrecken durch die Glieder. Ein kräftiges Zittern entstand tief in ihrem Inneren und breitete sich über ihren ganzen Körper aus. „Ich will ja gar nicht …", setzte sie mit krächzender Stimme an. Sie hätte es wissen müssen, er schützte sich und seine angeschlagenen Nerven, indem er sie nicht aussprechen ließ.

„Und ich will nicht mehr hören, was du mir zu sagen hast, Frau Hellberg! Im Augenblick ist das sogar das Letzte, was ich will. Meine Kraft ist für heute aufgebraucht."

Linda zuckte zusammen, als hätte er ihr ein Messer in die Brust gerammt. Aber er sah es nicht, weil er es weiterhin angestrengt vermied, sie auch nur anzusehen, während er mit dieser seltsam monotonen Stimme weitersprach, die nicht einmal die kleinste Gefühlsregung verriet.

„Meine Kinder haben ein Recht darauf, dass ich den Rest meiner Energie zusammenkratze, um ab morgen unser Leben neu zu ordnen. Ich kann es mir nicht mehr leisten, meine letzten Reserven zu verschwenden."

Verschwenden? Voller Erschrecken stellte sie fest, dass ihre Beine unter ihr nachgaben. Halt suchend machte sie einen Schritt nach vorn und griff nach dem Bettgestell. „Ich liebe dich", brachte sie endlich mit kratzender Stimme und kaum hörbar hervor.

Sein unendlich müder Blick hob sich, und er schien sich zwingen zu müssen, sie anzusehen.

Verzweifelt erwiderte sie seinen Blick. Ihre Augen brannten noch von den Tränen, die sie in der letzten Stunde vergossen hatte.

Er räusperte sich und zog seine Stirn kraus, dann sah er wieder zum Fenster. „Dann hast du allerdings eine ziemlich seltsame Art, mir das zu zeigen."

„Bitte … Alexander, verzeih mir! Ich war so …"

„Dumm? Verletzt? Eifersüchtig?"

„Ja", krächzte sie. „Ja!"

Er stand so schnell auf, dass sie erschreckt zusammenfuhr. Das Herz klopfte ihr bis zum Hals. Nach zwei Schritten blieb er vor ihr stehen und umfasste mit beiden Händen fest, fast schmerzhaft ihre Schultern.

„Sieh mich an! Sieh mir in die Augen, verflucht noch mal!", befahl er mit dieser erschreckend gleichgültigen Stimme.

Voller Angst blickte sie zu ihm auf und tat, was er verlangt hatte. Sie sah direkt in seine Augen – und irgendetwas passierte, während sie das tat. Sie sah viel mehr als nur das dunkle, jähe Aufblitzen von Leidenschaft, das ihr inzwischen so vertraut war wie das eigene Spiegelbild.

Es war, als gestatte er ihr, bis tief in seine Seele vorzudringen, und dort fand sie nichts anderes als sich selbst. Stundenlang hätte sie noch so dastehen können, wenn er sie nur weiterhin in diese Augen voller Liebe hätte schauen lassen. Aber Alexander senkte den Blick und küsste sie. Der Kuss dauerte lange, und er ließ ihn ausklingen, indem er auch noch ihre Nase, ihr Kinn und die Tränen von ihren Wangen küsste.

„Weißt du jetzt, was du so dringend wissen wolltest?", fragte Alexander heiser.

„Ja."

„Willst du es auch noch von mir hören? Ich erinnere mich dunkel daran, dass es für dich ganz besonders wichtig ist, es zu hören."

Linda presste ihren Kopf so fest an seine Brust, wie es möglich war, und ihre Arme umschlangen seine Taille. „Verzeih mir", flüsterte sie nur. „Es tut mir so unendlich leid."

Lächelnd legte er einen Finger unter ihr Kinn und hob es an. „Wir haben alle unsere dunklen Stunden, mein Liebling. Und wir alle machen unsere Fehler! Ich liebe dich, wie ich noch nie eine Frau vor dir geliebt habe, Ballerina. Nichts war je wie das hier." Er zeigte auf sie und dann auf sich selbst. „Nichts!", wiederholte er, dann zog er sie wieder zurück in seine Arme und ließ sie dort eine Weile weinen. „Wenn du nicht endlich mit dem Heulen aufhörst, wirst du morgen gar nicht mehr aus den Augen schauen können. Die Kinder … meine Kinder werden vielleicht noch Angst vor mir bekommen und denken, ich hätte dich verprügelt."

Ganz leise lachte sie auf und löste sich etwas von ihm. Ihre Hände fuhren über sein geliebtes Gesicht und strichen durch sein dunkles Haar. „Sie werden niemals Angst vor dir bekommen, Alexander. Das geht gar nicht. Sie lieben dich."

„Mach das niemals wieder! Stoß mich niemals mehr von dir fort, hörst du! Halt mich! Lass mich nicht los", flüsterte er plötzlich und zog sie wieder zurück in seine Arme. „Halt mich ganz fest, Linda, und lass mich nicht los!", wiederholte sie noch einmal.

„Ich lass dich nicht los, Alex, nie mehr."

Auch später, im Bett, hielt Linda Alexander noch immer fest umschlungen, wiegte ihn stumm in ihren Armen wie ein Kind, das nach mütterlichem Trost verlangte. Sein Kopf lag still und schwer an ihrer Brust, und sie konnte fühlen, wie sein warmer Atem durch die Baumwolle ihres T-Shirts drang. Unermüdlich streichelten ihre Hände durch sein dichtes Haar, über seinen kräftigen Nacken und die festen Schultern, und sie konnte direkt fühlen, wie sein aufgewühltes Inneres dabei zur Ruhe kam.

Linda dachte unwillkürlich an den Mann, den sie vor sich gesehen hatte, als sie ihm zum ersten Mal begegnet war. Ein Jahr und fast drei Monate war das jetzt her, doch es erschien ihr eher, als sei ein halbes Leben seither vergangen. Sie sah ihn noch immer vor sich, in ihrem alten Wintergarten, mit seiner beeindruckenden Präsenz, dieser starken maskulinen Ausstrahlung, die so schrecklich einschüchternd und beängstigend auf sie gewirkt hatte, eben weil sie von einer unverkennbaren Sexualität geprägt war. Seine lässige Kleidung, die nur einen einzigen Zweck zu erfüllen schien, nämlich gerade diese Ausstrahlung noch zu unterstreichen. Ebenso wie sein dunkles dichtes Haar, das stets so aussah, als hätten es weibliche Hände gerade voller Genuss durchwühlt. Sie erinnerte sich auch noch gut daran, wie herausfordernd sein breiter Mund auf sie gewirkt hatte und wie katastrophal sich der Blick aus seinen anthrazitfarbenen ewig glitzernden Augen auf ihr Seelenheil ausgewirkt hatte.

Ihre Unsicherheit fiel ihr wieder ein. Sie dachte daran, wie gefährlich er ihr erschienen war, weil er vom ersten Augenblick an Gefühle und Bedürfnisse in ihr wachgerufen hatte, die ihr bis dahin völlig fremd gewesen waren.

Einzelne Episoden wurden vor ihrem inneren Auge wieder wach: das hilflose Verlangen, diese muskulösen Arme und Schultern zu berühren, das ihr so große Angst gemacht hatte. Das warme Prickeln auf ihrer Haut, das allein schon ein einziger Händedruck von ihm auslösen konnte. Sie dachte an seinen ersten, vorsichtigen Kuss, der sie bis ins Mark erschüttert hatte, und an den Tag, als er ihr geholfen hatte, Franks Schränke auszuräumen. Wie er mit bloßem Oberkörper die Kartons zu seinem Auto getragen hatte. Schön, kraftvoll und beeindruckend wie ein gefährliches Tier hatte er dabei ausgesehen. Sie erinnerte sich noch genau, wie fasziniert sie gewesen war, von dem Spiel seiner Rückenmuskulatur und von dieser beeindruckenden Brust, die aussah, als hätte sie ein talentierter Bildhauer erschaffen. Natürlich hatte sie auch schon vorher gewusst, dass es Männer gab, die stärker behaart waren, als es ihr Mann gewesen war, aber sie hatte diese eindeutigen Zeichen der Natur früher eher beunruhigend gefunden. Zu viel Mann! Zu viel Gefahr!

Frank hatte auch einen durchaus ansehnlichen und durchtrainierten Körper gehabt, aber seine Brust war nicht behaart gewesen, und sie erinnerte sich an das Kribbeln in ihren Fingern, als sie Alexanders verschwitzte Brust an diesem Tag so dicht vor Augen gehabt hatte, wie ihre Kehle dabei trocken wurde und wie ihr Körper bei diesem Anblick plötzlich unter Strom zu stehen schien. Wie gern hätte sie schon damals dem Verlangen nachgegeben, diesen Mann zu berühren, und wie hatte sie sich selbst wegen dieser Gedanken und Gefühle gescholten, weil sie dachte, sie würden ihr nur Unglück und Schmerz bereiten, wenn sie ihnen nachgab. Es waren dann nur noch wenige Stunden vergangen, bis Alexander sie endlich vom Gegenteil überzeugt hatte, ihr gezeigt hatte, wie überaus empfindsam und zärtlich er sein konnte, und sie war mit ihm glücklicher geworden, als sie es jemals zu träumen gewagt hatte.

Linda seufzte laut auf und veranlasste ihn dazu, seinen Kopf zu heben.

„Was ist denn so schwer?", fragte er lächelnd. „Ich vielleicht?"

„Nein, ganz und gar nicht. Ich habe gerade an unsere erste Zeit gedacht und daran, wie unerfahren und dumm ich gewesen bin. Du warst so auffallend …" Sie brach vor lauter Verlegenheit ab und schüttelte lächelnd ihren Kopf.

Alexander rutschte ein gutes Stück hoch und sah ihr neugierig ins Gesicht. Auch im gedämpften Licht der kleinen Lampe, die sie hatten brennen lassen, konnte er sehen, wie sie vor lauter Verlegenheit dunkelrot anlief. Seine rechte Hand verschwand in ihrem Haar, und um seinen Mund spielte jetzt ein verschmitztes Lächeln. „Nun? Was wolltest du sagen? Weil ich so auffallend … was?"

„Ach, das ist zu albern, Alex. Vergiss es bitte." Kichernd drehte sie ihren Kopf weg.

„Keine Chance, Ballerina. Sag schon."

Sie räusperte sich und sammelte ihren ganzen Mut zusammen. Sie war beileibe nicht gern frivol, das lag ihr nicht. „Na, weil du so … männlich aufgetreten bist. Ich hielt dich für … gefährlich", brachte sie kichernd hervor.

„Oh!" Er brauchte einen Augenblick, um diese Pille zu schlucken, doch dann wurde auch er ein wenig albern. „Gefährlich, so, so, wie ungemein schmeichelhaft." Sein Grinsen hatte etwas Diabolisches. „Ich meine mich daran erinnern zu können, dass ich mich dir gegenüber immer korrekt verhalten habe, *Madame*!"

Übermütig drückte er ihr einen Kuss auf den Mund, dann stutzte er. „Sag, bist du jetzt etwa enttäuscht?"

„Nein", rief sie mit gespielter Empörung aus. „Ganz und gar nicht!"

„Ich und gefährlich! Linda, Linda! Ich fasse es nicht." Er

schnalzte anzüglich grinsend mit der Zunge. „Irgendwie hat das was, finde ich."

„Ach hör jetzt auf, Alex. Du ärgerst mich nur."

Er drehte sich ganz auf die Seite und zog ihre Hüften an sich. „Könntest du das für mich noch präzisieren?"

„Nein, keinesfalls! Außerdem riechst du nach Schnaps."

„Du lenkst ab, Liebling, aber ich werde dir das mal durchgehen lassen. Äh … Schnaps? Stimmt übrigens, Kroning und ich haben vorhin eine Kleinigkeit zu uns genommen."

Sie betrachtete ihn argwöhnisch. „Eine Kleinigkeit?"

„Ja, ja, wirklich nur eine winzige, unbedeutende Kleinigkeit, kaum der Rede wert."

Ihre Augen senkten sich, und sie ließ beide Hände über seine Brust gleiten.

„Ist was?", fragte er.

Sie stieß nur ein verneinendes Geräusch aus und betrachtete ihre Finger, die die herrliche weiche Fülle seiner Brustbehaarung durchpflügten. „Ich liebe das", seufzte sie auf. „Ich weiß eigentlich gar nicht, was an so ein paar Haaren besonderes dran sein soll, aber sie sind einfach herrlich."

„Mehr", flüsterte er. „Sag mir, was dich sonst noch so alles an mir anmacht."

Linda schnaubte und verpasste seiner Brust einen Klaps. „Ach Alex, du bist unverbesserlich, und außerdem glaube ich, bist du doch ziemlich beschwipst."

„Keine Spur. Aber ich schmecke gut, koste mal."

Sein lächelnder Mund kam näher, und er knabberte ein bisschen an ihrer Unterlippe, bevor sich seine Lippen ganz mit ihren verbanden. Sie war unendlich froh, dass es ihm jetzt so offensichtlich besser zu gehen schien, und gab sich erleichtert diesem zärtlichen Kuss und seinen Liebkosungen hin. Die vertraute Welle der Erregung packte sie, als seine beherrschende Zunge tief in ihre Mundhöhle eintauchte.

Er begann sie zu streicheln, und sie fühlte, wie sich zwischen ihren Körpern die Hitze und Härte seiner Erektion ausbreitete. Alexander unterbrach den Kuss. „Ich bin vollkommen kaputt, aber ich glaube, ich kann trotzdem nicht mehr damit aufhören“, raunte er ihr ins Ohr.

„Dann hör nicht auf.“ Ihr Körper wand sich bereits, und sie richtete sich kurz auf, um aus ihrem T-Shirt und ihrem Höschen zu schlüpfen. Die eben erst überwundene Angst, ihn verloren zu haben, steigerte das Verlangen nach ihm nur noch mehr. Sie brauchte jetzt dringend die Bestätigung, dass er ihr gehörte – ihr allein. Mit hungrigen Blicken verfolgte sie, wie er seinen Slip abstreifte und sich wieder zu ihr legte.

Ihre Hände antworteten auf seine Zärtlichkeiten und fuhren ruhelos über seinen Körper. Als er sich halb auf sie legte, strichen ihre Finger lustvoll über die festen Muskeln seiner Arme und glitten an seinen Seiten hinunter bis zum Gesäß. Mit gespreizten Fingern erfühlte sie die Härte seiner Oberschenkelmuskeln und zeichnete den Schwung seiner Hüftknochen nach. Ihre rechte Hand wanderte von dort aus weiter nach vorn zu seinem Bauch und folgte schließlich dem Streifen dunkler Haare, der in seiner dichten Schambehaarung mündete.

Voller Lust keuchte er auf, als ihre zärtliche Hand ihn schließlich umschloss und sanft zu massieren begann. Überwältigt ließ er sich für einen Moment zurückfallen, um sich dem unerwarteten Genuss ganz und gar hingeben zu können. Doch schließlich unterbrach er selbst diese Wonne, indem er ihre Hand fortzog. „Wenn du nicht damit aufhörst, wirst du das Beste noch verpassen“, raunte er stöhnend und richtete sich auf, kniete nun zwischen ihren geöffneten Schenkeln und betrachtete sie eingehend.

Seine Hände legten sich auf ihre Knie und fuhren von dort aus die Innenseite ihrer Schenkel hinauf. „Ich liebe dich“, flüsterte er rau.

„Ich liebe dich auch“, antwortete sie ebenso atemlos und zuckte im nächsten Augenblick heftig zusammen, weil er seinen Mund bereits zielstrebig an der weichen Innenseite ihrer Oberschenkel entlangfahren ließ und eine brennend feuchte Spur legte. Ihr Unterleib wurde von enormen Hitzewellen überflutet, als seine Lippen sich endlich über den Mittelpunkt ihrer Lust schoben, seine Zunge heiß und fordernd anklopfte. Sie war ihm so hilflos ausgeliefert, dass sie glaubte, sterben zu müssen, wenn er sich jetzt wieder von ihr zurückzog. Ihre Hände umfassten voller Leidenschaft seinen dunklen Kopf in ihrem Schoß, und ihre Finger gruben sich tief in sein Haar.

Heiser schrie sie seinen Namen, hörte aber selbst nur sein wildes Stöhnen und fühlte nichts als diese atemberaubende Zunge, die so herrliche Wunder an ihr vollbrachte. Die Lust, die er ihr schenkte, wurde fast unerträglich, aber noch unerträglicher war der Gedanke daran, er könne damit aufhören. Als seine Zunge schließlich in sie eindrang, bäumte sie sich auf und wurde von der erlösenden Wucht eines lang anhaltenden Höhepunktes davongetragen. Nur ganz langsam zog er sich von ihr zurück und ließ seinen Mund nach oben zu ihren Brüsten wandern, dann richtete er sich wieder auf und sah mit glasigen, wilden Augen in ihr Gesicht.

Wieder kniete er zwischen ihren Beinen, und ihr Blick glitt an ihm herunter. Der Wunsch, ihn in sich zu spüren, war jetzt so übermächtig, dass sie erwartungsvoll zu zittern begann. „Bitte!“, hauchte sie.

In seinen Ohren klang dieses Flehen fast wie ein Schluchzen, und das brachte ihn nahezu um den Verstand. Er hätte sowieso keine einzige Sekunde mehr warten können. Mit einer einzigen fließenden Bewegung vergrub er sich in ihr. Ihre Hände legten sich auf seine Hinterbacken und gaben ihm einen schnellen Rhythmus vor, der keinerlei Verzögerungen mehr zuließ. Bereits nach wenigen Stößen fühlte er nicht nur seinen, sondern auch ihren Höhepunkt kommen. Und als sich ihre Beine fest um seine Hüften legten und ihr Körper sich unter ihm aufbäumte, gab es auch für ihn kein Zurück mehr. Es war, als verströme er in diesem Augenblick nicht nur seinen Samen, sondern gleichzeitig auch all das Leid der vergangenen Stunden, ja seines ganzen Lebens. Der Schmerz, die Trauer, heiße Tränen und alles andere, was ihn jemals bedrückt hatte, stieß pumpend und unter endlosen Wonneschauern aus ihm heraus. Nur ein warmes, allumfassendes Glücksgefühl blieb zurück. Keuchend und restlos ausgelaugt sank er auf sie und rang nach Atem. Erst nach einer ganzen Weile schaffte er es, sich auf den Rücken zu rollen und ihren schmalen Körper der Länge nach auf sich zu ziehen. Behutsam bettete sie ihren Kopf auf seine Brust. Seine Hände lagen entspannt auf ihrem Rücken.

„Du bist sogar unglaublich gefährlich“, murmelte sie zufrieden und leise lachend in sein Brusthaar.

„Das liegt nur an dir.“ Seine Stimme klang noch immer etwas rau und atemlos. „Du scheinst tatsächlich animalische Instinkte in mir zu wecken, die selbst mir noch unbekannt waren, mein Liebling. Meine Güte, ich bin völlig fertig.“

Schmatzend drückte sie einen Kuss auf seine Brust, dann bewegte sie leicht fordernd ihren Unterleib und rieb sich an ihm.

Er holte tief Luft. „Erbarmen! Gnade! Hab Mitleid mit mir, Liebling, sonst werde ich den morgigen Tag nicht mehr erleben.“

Wieder lachte sie leise in sich hinein. Schwungvoll setzte sie sich rittlings auf seinen Bauch und strahlte ihm überglücklich ins Gesicht. Dann beugte sie sich vor und küsste ihn hingebungsvoll. Anschließend ging ihr frecher Mund auf Wanderschaft, kümmerte sich zunächst um seine Ohrläppchen und dann um sein Kinn und seine Kehle. Kollernd vor unterdrücktem Lachen ließ er sie gewähren, blieb jedoch regungslos unter ihr liegen. Sie rutschte so weit zurück, bis sie mit ihrem Mund seine kleinen Brustwarzen erreichen konnte. Ihre Zungenspitze betupfte beide mit leichten Schlägen, und sie amüsierte sich über seinen Protest und darüber, dass seine flachen Brustwarzen ebenso hart werden konnten wie ihre. Sein Stöhnen bereitete ihr heiße Freude.

„Oh Gott, was habe ich getan? Ich habe ein Sexmonster erschaffen“, stieß er ächzend hervor.

Linda richtete sich auf, und das, was sie da an ihren Pobacken fühlte, ließ sie zufrieden lächeln.

14. KAPITEL

Hamburg, einige Wochen später

Es geht gut voran. Wenn wir es schaffen, in dem Tempo weiterzumachen, sind wir nächste Woche sicher fertig." Tobias Kroning stand in der Mitte des Raumes und blickte sich zufrieden um.

„Ja." Alexander lächelte. „Ich denke auch, dass wir unseren Zeitplan locker einhalten können. Es wird auch langsam Zeit, das Gästezimmer ist für beide Kinder wirklich zu klein. Komm, Kroning, lass uns für heute Feierabend machen. Nach all der Schufterei ist mir nach einem kalten Bier."

Der Freund nickte dankbar und half Alexander beim Einsammeln der Werkzeuge.

Seit drei Wochen arbeiteten sie jetzt in jeder freien Minute am Ausbau des Dachgeschosses. Zwei schöne helle Zimmer waren hier oben für Richard und Nicole entstanden und inzwischen auch fast fertig geworden. Außerdem hatte Alexander noch ein zusätzliches kleines Badezimmer für die Kinder einbauen lassen. Mit dem Ergebnis war er sehr zufrieden.

„Ich bin dir echt dankbar, Mann!", versicherte Alexander zum wiederholten Male. „Für einen alleine wäre das eine Heidenarbeit gewesen."

Der jüngere Mann lächelte. „Ich habe dir bereits mehrmals gesagt, dass es mir Spaß macht. Es ist ein ziemlich guter Ausgleich zum Job."

Alexander winkte ab. „Na, ich kann mir auf die Dauer auch was Besseres vorstellen, Kroning."

„Ach, du wirst nur langsam alt, Hellberg."

„Sieh dich ja vor, du Jungbulle. Dir mach ich allemal noch was vor." Alexander schüttelte grinsend seinen Kopf und schob den Werkzeugkoffer unter die Dachschräge.

Das Gesicht von Tobias Kroning wurde allerdings wieder ernst. „Dir geht es doch gut, oder?"

Die Blicke der beiden Männer trafen aufeinander.

„Ja, mir geht es sehr gut." Alexander lachte kurz auf. „Außerdem rauche ich jetzt schon seit fast zwei Monaten nicht mehr. Seit ich Vater bin, hat sich meine Einstellung zu einigen Dingen grundlegend geändert."

„Ja, ich weiß. Und das ist auch gut so, mein Lieber." Tobias stemmte seine Hände in die Hüften und versperrte seinem Freund den Weg zur Treppe. „Hast du inzwischen deine Mutter angerufen?"

„Nein."

„Warum nicht, Alex? Verdammt noch mal, du kannst es ihr doch nicht ewig nachtragen. Die Beerdigung liegt bereits über zwei Monate zurück."

„Claudine ist körperlich gesund und auch ansonsten wohlauf. Sie hat die Weinberge gut verpachtet und ein Zimmermädchen für die Pension eingestellt. Es ist also alles bestens. Linda telefoniert mindestens einmal die Woche mit ihr." Er schnaubte. „Ich bring das im Moment noch nicht, Kroning. Es wird schon, mach dir keine Sorgen."

„Sie wird die Kinder doch sicher furchtbar vermissen."

„Das ist ihr Problem, nicht meines."

„Hellberg, manchmal hätte ich wirklich Lust dazu, dir die Fresse zu polieren. Hat dein beleidigtes Ego schon mal in Betracht gezogen, dass vielleicht auch deine Kinder ihre Oma vermissen könnten? Solange die beiden leben, haben sie mit ihrer Großmutter unter einem Dach gewohnt. Sie haben gerade erst ihre Eltern verloren, Mann!"

Alexander ließ den Kopf sinken, und er rieb sich mit der rechten Hand über das unrasierte Kinn. „Ich weiß. Ja, verflucht noch mal, ich weiß das alles, aber sie sind wirklich glücklich hier – und ich brauche einfach noch ein bisschen Zeit. Meine Mutter … Ach, es ist einfach zu viel schiefgelaufen zwischen uns. Sie hat mich zum Nebendarsteller der Familie degradiert, Kroning. Sie hat zugelassen, dass ich … Verflucht noch mal, du kennst doch die Fakten! Mach du mir nicht auch noch die Hölle heiß. Meine Frau hat es darin nämlich schon zur Perfektion gebracht."

„Wie kommt Linda eigentlich mit den Kindern zurecht?"

„Och", sagte er grinsend und nicht ohne Stolz. „Meine Kleinen haben sie im Sturm erobert – eben ganz der Vater."

„Willst du es ihnen irgendwann sagen?"

„Soweit sie die Sache begreifen, wissen sie, dass der Adoptionsantrag läuft. Ich habe ihnen erklärt, dass Linda und ich damit zu ihren neuen Eltern werden. Sie wissen auch, dass Henri und Adrienne es genau so gewünscht haben – das sollte zunächst genügen. Richard hat mich gefragt, ob er dann richtig mein Sohn ist, und ich habe Ja gesagt. Alles andere ist eine Sache, die sich allein hier drin abspielt." Er tippte sich auf die Brust. „Die Zeit wird auch dafür eine Lösung bereithalten, denke ich. Und wenn nicht, ist es für mich auch in Ordnung." Plötzlich grinste er breit. „Ehe ich es vergesse, ich habe noch eine Überraschung für dich, mein Freund. Wenn wir hier oben fertig sind, darfst du unten noch das Gästezimmer neu tapezieren. Na, freust du dich? Dein geliebter Ausgleich zum Job bleibt dir somit noch eine Weile erhalten."

Tobias hob seine hellen Augenbrauen. „Das Zimmer sieht doch noch ganz okay aus."

Das Lächeln von Alexander wurde noch eine Spur breiter. „Ich sag dir, ich bin neuerdings so gerne Papi, davon kann ich einfach nicht genug bekommen."

Es dauerte eine Weile, bis Tobias ihn verstand, doch dann verzog sich sein Mund zu einem breiten Lächeln. „Du machst Witze!"

„Schon in fünf Monaten, Kroning. Dein derzeitiger Gesichtsausdruck würde übrigens deiner Zukünftigen gut gefallen."

„Mann, ich gratuliere." Sie standen da und grinsten sich an. „Hab ich die Chance, Patenonkel zu werden?"

„Klar, du bist sogar absolut konkurrenzlos."

Alexander setzte sich mit seiner zweiten Flasche Bier zu Linda in die Küche, nachdem er Tobias zur Tür gebracht und sich von ihm verabschiedet hatte. Stumm sah er ihr eine Weile bei der Vorbereitung des Abendessens zu. Er tat das gern, es entspannte ihn, die ruhigen und routiniert anmutenden Bewegungen ihrer Hände zu verfolgen.

„Hast du großen Hunger?“, fragte sie.

„Nicht sehr. Wo ist Charlie?“

„Mhm, ich nehme an, sie ist noch draußen im Garten, bei den Kleinen, warum?“

„Ich will es endlich hinter mich bringen.“

„Sie kommt klar, Alex.“

„Ich weiß. Sie ist ein starkes Persönchen, und sie hat einen hellen Kopf, deine Tochter. Trotzdem, du weißt, wie ich dazu stehe.“ Er erhob sich und ging zu ihr. Seine Arme legten sich von hinten um ihre Taille, und sein Kopf vergrub sich seitlich an ihrem Hals. „Ich liebe dich, Ballerina“, flüsterte er in ihr duftendes Haar. „Jeden Tag ein bisschen mehr.“

Sie wischte sich ihre Hände an einem Geschirrtuch ab und drehte sich lächelnd in seinen Armen herum. „Ich liebe dich auch, Alexander.“

Noch einmal drückte er sein Gesicht an ihren Hals und sog gierig ihren Duft ein. „Hm, immer nur eine Spur von Lavendel, das ist der Trick, nicht wahr?“ Er knurrte ein wenig, und sie musste lachen.

Ihre Blicke streichelten sein unrasiertes Gesicht, bevor sie ihm einen schnellen Kuss auf die Lippen drückte. „Das Essen kann noch warten, lass dir mit Charlotte ruhig Zeit“, sagte sie sanft und küsste ihn erneut. „Ich halte euch solange die Kleinen vom Hals.“

Seine rechte Hand fuhr ihr durchs Haar. „Hab ich dir eigentlich schon mal gedankt, mein Liebling?“

Ihr Lächeln war warm. „Gedankt? Wofür denn?“

„Für dein Mitgefühl, für die unerschütterliche Liebe, die du mir und meinen ... unseren Kindern jeden Tag schenkst, für mein Leben und überhaupt für ... dich.“

Ihre feuchten Augen rührten ihn, und er zog sie noch einmal fest an sich, bevor er sich räusperte und sich lächelnd von ihr löste.

Bevor er die Küche verließ, warf er ihr eine Kusshand zu.

Im Wohnzimmer ging Alexander hinüber zu der kleinen Kommode im Erker und zog die oberste Schublade auf. Er zögerte nur einen Augenblick, dann nahm er ein Schriftstück heraus, faltete es zusammen und schob es in seine Brusttasche. Nach zwei, drei tiefen Atemzügen ging er durch die Terrassentür nach draußen.

Charlotte saß am Gartentisch und las in einem kleinen Taschenbuch, nicht ohne ab und an einen Blick auf Richard und Nicole zu werfen. Sie tobten ein paar Meter weiter in der Spielecke herum, die Alexander ihnen im Garten eingerichtet hatte. Er wollte sie gerade ins Haus schicken, als Linda wie versprochen hinter ihm auftauchte und ihm diese unangenehme Aufgabe abnahm.

„Kommt, ihr Süßen, Zeit für die Badewanne!“, rief sie ihnen zu. Wieder einmal war Alexander erstaunt darüber, wie unerwartet prompt die Kinder auf Lindas Aufforderung reagierten. Sie klopften sich ohne Widerworte den Sand von den Beinen und trotteten brav hinter ihr her ins Haus. Alexander schüttelte seinen Kopf.

„Tz, tz, mit mir spielen die kleinen Ungeheuer immer erst ihre nervtötenden Spielchen, bevor sie gehorchen“, sagte er und lächelte.

Charlotte hob ihren Kopf und lächelte zurück. „Mama ist halt eine Respektsperson für sie.“

Er hob eine seiner dunklen Augenbrauen. „Na hör mal, sieh dich ja vor, du Rotznase.“

„So hab ich das nicht gemeint“, lachte Charlotte auf. „Ich meinte eher, dass du ein zu guter Kumpel bist, das ist alles. Man denkt immer, mit dir könnte man es ja machen. Du machst doch auch immer jeden Blödsinn mit, Alex. Du hast selber Schuld.“

Er grinste und rutschte neben Charlotte auf die Bank. „Gefällt mir ja auch irgendwie, das muss ich zugeben.“ Mit einer Kopfbewegung deutete er auf das Taschenbuch, das sie noch immer in ihren Händen hielt. „Für die Schule?“

„Ja. Furchtbar, kann ich dir sagen. Die reinste Zeitverschwendung.“ Angewidert verzog sie ihr hübsches Gesicht. „Einfach grauenvoll – und so etwas nennt man klassische Literatur.“

Alexander warf einen kurzen Blick auf den Buchumschlag und nickte. „Das war noch nie anders, Charlie. Ich kann mich nicht daran erinnern, dass mich auch nur eine einzige Schullektüre wirklich interessiert hätte. Ich habe nie begriffen, warum sie einen nicht einfach einen guten spannenden Kriminalroman lesen lassen oder so etwas in der Art. Alle Schüler wären sofort begeistert und von Grund auf motiviert, denkst du nicht?"

„Ganz meine Meinung", lachte sie. „Siehst du, Alex, genau das meine ich, du bist einfach klasse. Nicht so abgehoben und angespannt wie die meisten Erwachsenen, die ich kenne."

„Danke für das Kompliment, Kleines." Er räusperte sich und zog das zusammengefaltete Schriftstück aus seiner Brusttasche.

Charlotte warf ihm einen unsicheren Blick zu. „Was ist das?"

Er überhörte zunächst ihre Frage. „Hat deine Mutter dir erzählt, dass wir heute Morgen das Ergebnis der Fruchtwasseruntersuchung bekommen haben?"

„Ja, sie hat mir sogar verraten, dass ihr ein Mädchen bekommen werdet."

„Du weißt ja, der Arzt hat uns zu der Untersuchung geraten, weil wir beide nicht mehr ganz so jung sind, aber darum geht es mir jetzt nicht." Alexander konzentrierte sich auf die klaren wasserblauen Augen seiner Stieftochter, fand jedoch keinerlei Kummer oder gar Missgunst darin.

„Ich möchte, dass du dir das ansiehst und durch den Kopf gehen lässt", sagte er und schob ihr das Schriftstück zu. Weil es ihn nun nicht mehr auf seinem Platz hielt, stand er auf und ging ein paar Schritte. Sein Blick glitt durch den kleinen gepflegten Garten. Linda hatte zu Beginn des Sommers einige Lavendelstauden gesetzt, die noch immer ihre leuchtend violetten Blüten trugen. Der Anblick milderte ein wenig seine Anspannung.

„Das ist doch nur der Antrag auf die Adoption", hörte er Charlottes Stimme hinter sich. „Ich weiß doch, dass ihr die Kleinen adoptieren werdet. Warum zeigst du …"

„Richtig, das ist ein Adoptionsantrag, Charlie. Die Adoption für Richard und Nicole ist nur eine reine Formsache. Den Antrag für die beiden habe ich schon vor einigen Wochen eingereicht. Dies ist ein anderes, ein zweites Formular, das ich erst einreichen werde – oder eben nicht –, wenn ich deine Meinung dazu gehört habe. Vielleicht solltest du noch einmal einen längeren Blick darauf werfen. Es steht nämlich dein Name drauf." Seine Stimme zitterte leicht. Das Gespräch war viel aufreibender für ihn, als er es vorher vermutet hätte.

Langsam drehte er sich wieder zu ihr herum. Charlotte saß aufrecht und regungslos da und starrte auf das Schriftstück in ihren Händen. „Wenn ich auf mein Herz höre, habe ich nämlich schon jetzt zwei Töchter, Charlie. Es wäre schön, wenn alle meine Kinder auch meinen Namen tragen würden. Es wäre … Ich würde es mir halt wünschen, das ist alles."

Das junge Mädchen starrte ihm ungläubig ins Gesicht. Ihre Augen waren weit aufgerissen. Das Bild eines jungen lebenslustigen Mannes mit ebenso lebhaften blauen Augen und denselben drahtigen strohblonden Haaren kam ihm unweigerlich in den Sinn. Manchmal verblüffte ihn noch immer die starke Ähnlichkeit zwischen Charlotte und ihrem Vater.

Er schluckte hörbar und sprach weiter. „Natürlich bleibt es allein deine Entscheidung. Ich weiß, dass das vergangene Jahr für dich alles andere als einfach gewesen ist. Du hast deinen Vater verloren und praktisch auch deine geliebte Großmutter – du warst dabei so tapfer, wie ich es zuvor noch bei keinem anderen Menschen erlebt habe. Dein Vater, Charlie, war einmal mein bester Freund. Ich verurteile das, was er später getan hat. Besonders das, was er dir und deiner Mutter angetan hat, aber er war damals, als ich ihn kannte, ungeheuer wichtig für mein Leben, ein Teil davon, und das habe ich niemals vergessen. Es war schwer für mich, nach seinem Tod erfahren zu müssen, in welcher Weise er sich verändert hatte. Die beiden Bilder wollten einfach nicht recht zusammenpassen."

„Er hat Mama wehgetan."

Alexander musste sich erneut räuspern. „Ja, das hat er getan. Es klingt vielleicht zu einfach, aber ich glaube heute, dass dein Vater im Grunde seines Herzens sehr unglücklich gewesen ist. So unglücklich, dass er das wahre Glück nicht sehen konnte, das er eigentlich besaß. Ich weiß nicht, was mit ihm passiert ist, warum er sich so verändert hatte. Leider kann ich ihm meine vielen Fragen nicht mehr stellen. Ich weiß auch nicht, warum er dir kein besserer Vater sein konnte, aber inzwischen kenne ich dich gut genug, um zu wissen, wie sehr du ihn trotz allem geliebt hast. Du hast es nicht geschafft, diese Tatsache vor mir zu verbergen, Schatz. Deine Kaltschnäuzigkeit konnte mich niemals täuschen. Ich weiß nämlich selber viel zu gut, wie man Gefühle verbirgt. Jahrelang habe ich das getan. Ich hab's sozusagen erfunden. Man legt sich einen Panzer zu, wenn man so tief verletzt wurde, nicht wahr? Es tut einfach zu weh, wenn man jemanden liebt und keinerlei Gegenliebe erfährt, ja sogar zurückgestoßen wird. Da ist man dann doch viel lieber der coole Typ, oder?"

Er lächelte sanft, als ihre Lider sich vor lauter Verlegenheit senkten. „Aber glaube mir, das ist ganz und gar nicht die Lösung, Charlie. Man wird dann nur allzu schnell selbst zu seinem ärgsten Feind. Und es ist absolut in Ordnung, wenn man seine Gefühle auch zeigt. Es könnte sonst sein, dass du vergisst, wie lebenswichtig sie sein können. Niemand ist allein auf der Welt, und es sind immer die Menschen, die uns lieben, die wir zuerst verletzen." Er holte tief Luft. „Ich schweife ab. Du weißt, wie sehr ich deine Mutter liebe, Charlotte. Du bist ein Teil von ihr, und somit liebe ich auch dich. Ich mag und respektiere dich als Menschen, als Kumpel und als ... Tochter. Auch das solltest du wissen. Das wird auch so bleiben, egal wie deine Entscheidung in dieser Sache ausfällt. Ich ..."

„Ich bin einverstanden", flüsterte sie so leise, dass er sie fast nicht gehört hätte.

Charlotte sprang von der Bank auf, ging zu ihm und warf ihre langen schlanken Arme um seinen Hals. „Ich bin einverstanden, Alexander Hellberg. Oh ja, das bin ich!"

Lachend vor Erleichterung wirbelte er sie mehrmals im Kreis herum, dann drückte er ihr einen herzhaften Kuss auf die Wange.

„Ich hab dich nämlich auch lieb, Alex", flüsterte sie atemlos.

Sie strahlten sich an, entdeckten sich plötzlich ganz neu.

„Aber ich nenn dich nicht Papa", sagte sie wieder in dem frechen Tonfall, den er von ihr gewohnt war.

„Damit kann ich locker leben, Charlie." Er verstrubbelte ihr das blonde Haar. „Okay, dann werde ich also gleich morgen meinen zweiten Adoptionsantrag einreichen."

„Na, hoffentlich finden die niemals raus, was du für ein Typ bist, Alex."

„Du bist und bleibst ein freches Luder, Charlotte ... Hellberg."

„Sei vorsichtig, noch ist es nicht so weit. Die vom Amt könnten Spione einsetzen, und dann ist es aus mit der angestrebten Vaterschaft." Sie kicherte und machte sich schleunigst davon.

„Na warte", rief er aus und jagte spielerisch ein Stück hinter ihr her, an seiner amüsiert dreinblickenden Ehefrau vorbei, die gerade von oben heruntergekommen war.

„Ich werde noch wahnsinnig in diesem Irrenhaus!", rief sie lachend hinter den beiden her. „Die kleinen Biester haben mir gerade das Badezimmer unter Wasser gesetzt, und ihr zwei Verrückten jagt jetzt auch noch durchs Haus. Es ist nicht zu fassen!"

Alexander hielt mitten in seiner Bewegung inne und drehte sich zu ihr um. „Na, was glaubst du, wie turbulent es hier erst zugehen wird, wenn unser kleines Mädchen auf der Welt ist?" Er kam grinsend auf sie zu und zog sie fest an sich.

Linda legte ihren Kopf schief und sah zu ihm auf. Seine dunklen Augen leuchteten auf vor Glück. Er schien tatsächlich in seinem Element zu sein.

„Es wird sicherlich nicht einfach werden, Alex. Die Kinder, das Baby, dein Dienst und der Laden. Unser ganzes Leben steht plötzlich auf dem Kopf."

Seine Hand schob sich warm über ihren Bauch. „Keine Angst, meine süße Ballerina, wir zwei Hübschen werden auch das Kind schon schaukeln."

– ENDE –

ANMERKUNG UND DANKSAGUNG

Liebe Leser,

natürlich ist auch in den Diensträumen der Hamburger Polizei das Rauchen absolut verboten. Ich habe mir die Freiheit genommen, es Hauptkommissar Alexander Hellberg zu gestatten, weil es so ausnehmend gut zu ihm passte. Ich hoffe, Sie sehen mir das nach.

Bedanken möchte ich mich bei: meiner Agentur *Interpill Media* für die nette und vertrauensvolle Betreuung. Bei *husky-media* für die wundervolle Gestaltung und Pflege meiner Homepage. Bei Ulrike Plessow und Cornelia Adolph von *BuchContact*. Bei meiner Lektorin Daniela Peter von *MIRA-Taschenbuch* und natürlich auch bei meiner zweiten Lektorin Anke Brockmeyer. (Die Arbeit mit Euch war ein Vergnügen!)

Ein besonders herzliches Dankeschön geht an meine Leser. Ihr könnt Euch kaum vorstellen, wie viel Freude es mir macht, für Euch zu schreiben!

Von ganzem Herzen danke ich meiner Familie, vor allem meinem Mann. Seine Liebe ist und bleibt das Fundament für jedes Wort, das ich schreibe.

Erfahren Sie mehr über Susanne Schomann bei Facebook und unter www.susanneschomann.de.

Claire Garber

Die Liebe ist ein Dieb und der Pirat der Träume

Im Namen der Liebe geben wir Lebensziele auf, vernachlässigen Freundinnen und nehmen zu – und was bleibt, wenn die Liebe dann gestorben ist? Dieser Frage geht Redakteurin Kate Winters alias Piratin Kate in ihrer vielbeachteten Rubrik der Zeitschrift „True Love" nach. Aber bis Kate erkennt, dass man wahre Liebe finden kann, sind viele Anschläge auf ihrer Computer-Tastatur und noch mehr Küsse von ihrem Jugendfreund Peter Parker nötig …

Band-Nr. 25658
8,99 € (D)
ISBN: 978-3-86278-707-4
416 Seiten

Sheila Roberts

Schokolade für dich

Samantha's „Sweet Dreams Chocolates" steht vor der Pleite. Weder mit geballtem Charme noch mit ihren süßen Kreationen kann sie den Bankdirektor Blake Preston verführen. Jedenfalls nicht zu einem Kredit. Trotzdem gibt sie nicht auf. Ein großes Schokoladen-Festival soll Geld in die leeren Kassen bringen. Erstaunlicherweise wird sie bei der Planung von Blake tatkräftig unterstützt. Logisch, dass man sich dadurch näherkommt. Aber niemals würde Sam sich in einen Banker verlieben – auch wenn er noch so sexy ist …

Band-Nr. 25653
8,99 € (D)
ISBN: 978-3-86278-509-4
eBook: 978-3-86278-594-0
400 Seiten

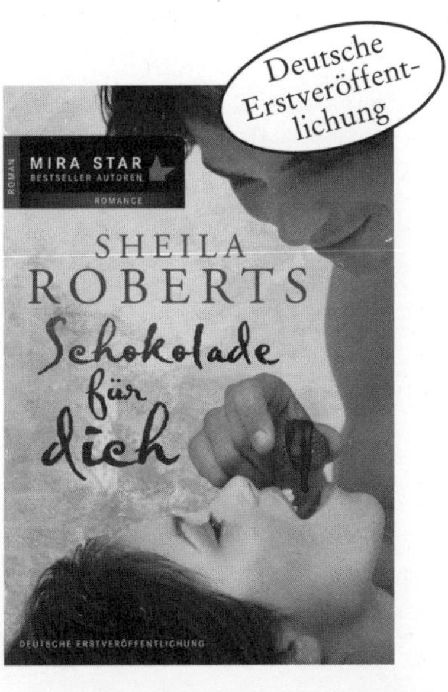